HEYNE
BÜCHER

Von Patricia Grasso ist
als Heyne-Taschenbuch erschienen:

Rose der Wüste · Band 04/203

PATRICIA GRASSO

DIE DRUIDENGÖTTIN

Roman

Deutsche Erstausgabe

WILHELM HEYNE VERLAG
MÜNCHEN

HEYNE ROMANE FÜR »SIE«
Nr. 04/226

Titel der Originalausgabe
LOVE IN A MIST
Aus dem Amerikanischen
von Isabella Bruckmaier

Printed in France 1998
Umschlagillustration: Pino Daeni / Agentur Schlück
Umschlaggestaltung: Atelier Ingrid Schütz, München
Satz: Fotosatz Prechtl, Passau
Druck und Bindung: Brodard & Taupin

ISBN 3-453-13490-7

Für Noralee Murphy, deren intime Kenntnis der Magie nur noch von ihrer Großzügigkeit übertroffen wird, mich an diesem arkanen Wissen teilhaben zu lassen.

Und für Percy, meinen hübschen Jungen, der die sanfte Seele eines Heiligen besitzt.

Und für Pip, den Waisenknaben, dessen »große Erwartungen« ihm mein Herz und mein Zuhause öffneten.

Erstes Kapitel

Wales, im August 1575

Dunkle Wolken hingen düster über dem saftigen Grün des weiten Landes. Der Nachmittag schien der Dämmerung gewichen zu sein. Nur hin und wieder erhellte ein Blitz den Himmel, um genauso schnell wieder zu verschwinden, wie er gekommen war.

Die achtzehnjährige Keely Glendower stand am Fenster und beobachtete, wie sich die Naturgewalten entluden. Das Unwetter, das vor der Burg heraufzog, entsprach dem Sturm, der sich in ihrem Herzen zusammenbraute. Welche Sorgen Keely quälten, war an ihren feingezeichneten Zügen abzulesen. Tiefe Trauer mischte sich mit einer Wut, die ihr das Atmen schwermachte.

Ihre wunderschöne, noch so junge Mutter lag im Sterben! Keely seufzte tief und verzweifelt. Ihr Herz kämpfte dagegen an, doch ihr Verstand sagte ihr, daß dies so war. Ihre sanfte, liebenswürdige Mutter starb.

Megan Glendower Lloyd lag in dem Zimmer nebenan im Bett und verblutete langsam an den Folgen einer Fehlgeburt. Ein letztes Mal hatte sie versucht, ihrem Ehemann einen zweiten Sohn zu schenken. Vergeblich. Nun blieb nichts mehr zu tun, als auf das Ende zu warten.

»Ist sie schon tot?«

Keely wirbelte herum beim Klang dieser Stimme. Ein Schauer lief ihr über den Rücken vor Abscheu, als ihr Blick auf ihren Stiefvater fiel.

Baron Madoc Lloyd stand in der Tür. Groß und kräftig wie er war, hätte der Baron ein gutaussehender Mann sein können, wäre da nicht diese unverhüllte Kälte in seinen grauen Augen gewesen.

Keelys Blick ruhte auf ihm. In ihren wunderschönen veilchenblauen Augen spiegelte sich nicht das geringste Erbarmen mit diesem Mann. Für sie war er schuldig am Tod ihrer Mutter.

»Bin ich bereits ein freier Mann?« dröhnte Madocs Stimme in ihren Ohren.

Der Zorn trieb Keely die Röte ins Gesicht. Sie hob die Hand und deutete mit dem ausgestreckten Zeigefinger auf ihn, um ihm ihre Anklage entgegenzuschleudern. Doch bevor sie das erste Wort hervorstoßen konnte, zerriß vor dem Fenster ein gewaltiger Blitz den Himmel, und ein ohrenbetäubender Donner hallte in ihrem Zimmer wider.

»Verhexe mich nicht«, rief Madoc und bekreuzigte sich. Er machte auf dem Absatz kehrt und ließ die Tür laut krachend ins Schloß fallen.

Keely wollte ihm nacheilen, aber eine schwache Stimme hielt sie zurück.

»Überlasse ihn den göttlichen Gewalten«, hörte sie ihre Mutter sagen.

Keely lief hinüber zu der Todkranken und setzte sich auf den Stuhl, auf dem sie schon seit längerer Zeit am Krankenbett wachte. So traurig sie war, sie schaffte es, ihrer Mutter zuzulächeln.

»Was Madoc am meisten begehrt, wird ihm zuletzt das Leben kosten«, erklärte ihr Megan. »Glaube mir, ich habe es gesehen.«

Keely nickte. Alles, was ihre Mutter je gesehen hatte, war ausnahmslos eingetroffen.

»Es gab eine Zeit, als Madoc mich über alle Maßen liebte«, hub Megan an, und ihre Stimme wurde sanft, als sie sich der Erinnerung hingab. »Doch mein Herz gehörte deinem Vater. Und es gehört ihm noch immer.«

Daß sie von ihrem Vater sprach, überraschte Keely. Bisher hatte ihre Mutter sich standhaft geweigert, ihre Fragen über ihren leiblichen Vater zu beantworten, bis sie ihrerseits nicht mehr an dieses heikle Thema gerührt hatte. Nun hoffte sie, ihre Mutter würde ihr etwas über ihn erzählen. Sie hatte sehr lange darauf gewartet, etwas über ihn zu erfahren. Jetzt schien diese Zeit des Wartens vorüber zu sein.

»Du siehst mir ähnlich, doch die veilchenblauen Augen

hast du von ihm«, fuhr Megan fort. »Immer wenn ich dir in die Augen blickte, sah ich ihn. Madoc brachte es nicht über sich, dir zu verzeihen, *seine* Tochter zu sein.«

»Reden wir weiter darüber, wenn du dich etwas ausgeruht hast«, unterbrach Keely sie, als sie erkannte, daß dieses Gespräch ihrer Mutter die letzten Kräfte raubte.

»Meine geliebte Tochter, ich stehe an der Schwelle zum Jenseits, und bald werde ich nicht mehr hier weilen«, erklärte ihr Megan. »Wenn der Hahn kräht, werde ich aufgebrochen sein zum Großen Abenteuer.«

Keely wollte ihrer Mutter gerade widersprechen, als diese sie zurechtwies. »Bestreite nicht, was ich gesehen habe. Lughnasadh, die Zeit der Eheschließung und Trennung, ist gekommen, und endlich werde ich frei sein von Madoc ... Bringe mir meine Sichel.«

Keely eilte zu der Truhe, in der ihre Mutter die kleine goldene Sichel aufbewahrte, mit der sie die Misteln in den riesigen Eichen schnitt. Einen Augenblick später setzte sie sich auf den Bettrand und reichte sie ihr.

»Nach meinem Tod gehört diese goldene Sichel dir«, sagte Megan. Dann nahm sie das einzige Schmuckstück ab, das sie je getragen hatte, und gab es ihrer Tochter.
Ein Drachenanhänger, der an einer schweren Goldkette hing. Leuchtende Saphire und Smaragde inmitten funkelnder und glitzernder Diamanten bildeten den Kopf eines Drachen, aus dessen Rachen ein glühend roter Rubin Feuer zu speien schien.

»Nimm diesen Anhänger nie ab. Der Zauber seiner Liebe wird dich schützen«, erklärte Megan. »Dein leiblicher Vater trägt den Rumpf des Drachen.«

Keely legte die Kette an und berührte den Drachen, der auf ihrer Brust lag. »Kannst du mir sagen, wie er heißt?«

»Seine Name ist Robert Talbot.«

Ein strahlendes Lächeln erhellte Keelys Gesicht. So lange hatte sie darauf gewartet, den Namen ihres Vaters zu erfahren, und nun endlich kannte sie ihn.

»Wandle unter den Mächtigen, doch das Glück wirst du finden, wo die Birke, die Eibe und die Eiche zusammenstehen«, legte Megan ihr dar. »Schenke dem König mit der Flammenkrone und der goldenen Hand dein Vertrauen. Und hüte dich vor dem dunklen Schmied.«

Ein kalter Schauer lief Keely den Rücken hinunter. »Dem dunklen Schmied?«

»Wende dich an deinen Vater, wenn Madoc dich aus dem Haus weist«, fuhr Megan fort.

»So lange Rhys lebt, wird das nicht geschehen«, versicherte Keely ihr. Sie wollte nicht, daß ihre Mutter sich so kurz vor ihrem Tod noch Sorgen um sie machte.

»Obwohl er dich wie eine Schwester liebt, ist Rhys nur dein Stiefbruder und muß Madoc gehorchen, will er sein Erbe nicht verlieren«, widersprach Megan ihr. »Ich weiß über diese Dinge Bescheid, denn ich habe sie selbst erlebt. Versprich mir, daß du zu deinem Vater gehst.«

»Ich schwöre es.« Keely küßte ihre Mutter sanft auf die Wange. »Wo finde ich diesen Robert Talbot?«

Ein Lächeln glitt über die Züge der Sterbenden. »Robert Talbot ist der Herzog von Ludlow.«

Das Blut wich aus Keelys Gesicht. »Der *englische* Herzog von Ludlow?«

Megan lächelte nur.

»Ich bin ein verdammter Engländer?« konnte Keely nicht an sich halten.

»Engländerin«, berichtigte Megan sie und drückte ihr kurz die Hand.

Aufgewühlt von dieser schier unglaublichen Enthüllung ihrer Mutter, starrte Keely ins Leere. Man hatte sie dazu erzogen, alles Englische zu verachten, dabei floß dieses schändliche Blut in ihren eigenen Adern! Wohin gehörte sie? Hierher, nach Wales, wo sie geboren war? Oder nach England, dem Land des Feindes? Oder nirgendwohin?

»Unterrichte deine Kinder, so wie ich dich unterwiesen habe«, riß Megan sie aus ihren Gedanken.

Ertappt wandte Keely sich wieder ganz ihrer Mutter zu. Wie schrecklich selbstsüchtig von ihr, nur an sich selbst zu denken, während ihre Mutter im Sterben lag. Typisch englisch.

»An Samhuinn werde ich wieder bei dir sein«, versprach Megan. »Gib mir die Hand.«

Sie malte mit ihrem Finger einen Kreis in Keelys Hand. »Denke daran, Kind, das Leben ist ein Kreis ohne Anfang und Ende. Du wirst geboren, du lebst dein Leben und du stirbst.«

Ein zweites Mal beschrieb Megan mit ihrem Finger einen Kreis in Keelys Hand, und in einer sanften, singenden Stimme erklärte sie ihr: »Du wirst geboren als Kind, wirst eine junge Frau und schließlich eine alte Frau ... und stirbst.«

Und ein drittes Mal zeichnete Megan einen Kreis in die Hand ihrer Tochter. »Du wirst geboren, wächst heran, stirbst. Und wirst *wiedergeboren*.«

Keely spürte, wie die Finger, die ihre Hand umfangen hielten, erschlafften und nach unten sanken. Sie blickte in das Gesicht ihrer Mutter, sah den heiteren Ausdruck darin und wußte, daß ihre Mutter das Große Abenteuer angetreten hatte.

Ergeben küßte Keely ihrer Mutter die Hand. Dann beugte sie sich vornüber, verbarg das Gesicht an der Brust der Toten und weinte hemmungslos.

Es dauerte, bis ihr Schluchzen sich beruhigte und schließlich erstarb. Erschöpft suchte sie Halt bei ihrer Mutter.

Was sollte nun aus ihr werden? fragte sich Keely. Sie hatte nicht nur ihre Mutter verloren, sondern auch ihr Zuhause. Obwohl sie ihr ganzes Leben auf der Burg ihres Stiefvaters verbracht hatte, wußte Keely, daß sie keine Lloyd war und daß sie nicht wirklich hierhergehörte. Nun war sie allein auf der Welt.

Oder vielleicht auch nicht. Ihr Stiefbruder Rhys liebte sie wie eine Schwester, und auch ihre Cousins Odo und Hew waren ihr herzlich zugetan. Und da gab es nun diesen Robert Talbot, der Mann, der ihr Vater war.

Erschöpft erhob Keely sich und ging an den Tisch ihrer Mutter. Mit einem Strauß aus Eichenblättern und Misteln und einer langen weißen Kutte kehrte sie zurück zum Totenbett. Die Kutte duftete nach Lavendel, dem Duft ihrer Mutter, und dieser Duft raubte ihr fast den Verstand. Der Verlust schien ihr unermeßlich. Als Keely ihrer Mutter den Strauß in die Hände legte und der Toten einen Kuß auf die Wange drückte, flüsterte sie: »Bis wir uns wiedersehen an Samhuinn.«

Dann streifte sie der leeren Hülle ihrer Mutter das Zeremoniengewand über. Anschließend berührte sie den Drachenanhänger, der sich leuchtend von ihrer strahlend weißen Leinenbluse abhob, und betete, sein Zauber möge ihr die innere Kraft schenken, die sie brauchte.

Sie holte noch einmal tief Luft, um wieder etwas Fassung zu gewinnen, und lief die von Fackeln beleuchteten Gänge zum großen Saal hinunter. Als sie dort ankam, nickte sie beim Eintreten den Dienerinnen ihrer Mutter zu, die sich sofort aufmachten, die Leiche für die Beerdigung vorzubereiten.

Keely stand nun allein in der Tür und ließ den Blick über die hier versammelte Menge schweifen. Rhys war nicht hier, aber Odo und Hew, ihre treuen Cousins. Als sie erkannten, wie niedergeschlagen sie war, eilten sie zu ihr.

Madoc, der am langen Ende des Haupttisches saß, blickte von seinem Bierkrug auf und entdeckte sie.

»Na, sie hat sich aber Zeit gelassen mit dem Sterben«, grölte er betrunken.

Keely trat einen Schritt zurück, als habe er sie geschlagen. Alle Farbe war aus ihrem makellosen Antlitz gewichen. Lloyds Gefolgsleute ringsum im Saal hielten entsetzt den Atem an.

Wie konnte Madoc es wagen, in diesem Ton von ihrer herzensguten Mutter zu sprechen! Keely wollte auf ihn zustürzen und ihn zurechtweisen, aber ihre Cousins konnten sie gerade noch rechtzeitig zurückhalten.

Odo und Hew überragten die meisten anderen Männer um Haupteslänge, und was ihnen an Geisteskraft fehlte, machten sie mit ihrer überreichen Muskelkraft wett. Die beiden hatten sich neben ihr aufgestellt und sie in ihre Mitte genommen. Sie hielten sie an den Armen fest und ermahnten sie, ruhig zu bleiben.

Odo, der ältere der beiden, deutete mit einer schnellen

Kopfbewegung auf den Baron. »Es bringt nichts, ihn zu reizen.«

»Wo ist Rhys?« wollte Keely wissen.

»Er ist mit ein paar seiner Leute unterwegs. Auf Raubzug«, antwortete Hew.

Das überraschte Keely. »Willst du damit sagen, er reitet los, um Raubzüge zu machen, während unsere Mutter auf dem Sterbebett liegt?«

»Er hatte keine andere Wahl«, erklärte ihr Odo.

»Madoc hat es ihm befohlen«, fügte Hew hinzu.

Mit unverhohlenem Haß starrte Keely ihren Stiefvater an, der wie ein König am Tafelende thronte.

»Wo bleibt mein Abendessen?« forderte er barsch und schlug mit der Faust auf den Tisch. »Bringt mir noch ein Bier. Ohne Bier kann ich meine wiedergewonnene Freiheit nicht feiern. Elen soll es mir bringen, die mit den großen Brüsten.«

Der Blick aus Keelys veilchenblauen Augen verfluchte ihn, aber sie folgte dem Rat ihrer Cousins und wandte sich um, wobei ihr ebenholzschwarzes Haar in der Luft wirbelte. Keely verließ den großen Saal und machte sich auf in die Küche. Wie zwei große Hunde blieben ihr Odo und Hew auf den Fersen.

»Sei gegrüßt, Haylan«, rief Keely der Köchin zu, einer Frau mittleren Alters.

»Es tut mir sehr leid für dich, Megan. Deine Mutter war eine weise und gütige Seele«, tröstete sie diese und nahm sie in die Arme. »Ein großer Verlust für den Baron, aber ich bezweifle, daß er es erkennt.«

»Der Kummer macht Madoc hungrig«, erklärte ihr Keely mit Tränen in den Augen. »Bringe ihm schnell sein Abendessen und sorge dafür, daß Elen ihn bedient.«

Haylan nickte und rief: »Elen!«

Eine hübsche Dienerin lief zu ihnen herüber.

»Servier das Essen am langen Tisch«, wies Haylan das Mädchen an, als sie ihr die Schüssel reichte. Dabei zog sie das Mieder des Mädchen eine Handbreit nach unten. »Ein hübsches Dekolleté tröstet einen trauernden Mann. Sei nett zum Baron.«

»Hoffentlich nett genug, um ihn ins Jenseits zu befördern«, meinte Elen und verzog das Gesicht.

»Die letzten Wünsche meiner Mutter sind euch bekannt«, erklärte Keely und wandte sich wieder ihren Cousins zu. »Nach dem Abendessen räumt ihr den Saal für die Totenwache. Ich komme dann zu euch.« Mit diesen Worten verließ sie die Küche.

Drei Stunden später lag Megan Glendower Lloyd aufgebahrt in dem von Fackeln erhellten großen Saal. Ihr einfacher Holzsarg ruhte auf ein paar Balken. Wie sie dalag in ihrem weißen Kleid, schien sie zu schlafen.

Keely betrat den beinahe menschenleeren Saal. Sie trug ihr ebenholzschwarzes Haar, das ihr bis an die Hüfte reichte, offen. Sie hatte ihre eigene weiße Zeremonienrobe angezogen, und der Drachenanhänger funkelte auf ihrer Brust. In den Händen hielt sie einen frischen Strauß Eichenblätter und Mistelzweige.

Odo und Hew warteten neben der Bahre auf sie.

»Habt ihr euch um das Grab gekümmert?« flüsterte Keely ihnen zu.

»Ist an der Stelle ausgehoben, die du haben wolltest«, antwortete Odo.

»Und das Kreuz?«

»Wie du es angeordnet hast«, erklärte Hew.

Keely nickte zufrieden und legte ihrer Mutter den Strauß auf die Brust. Dann nahm sie auf der Holzbank neben der Bahre Platz.

Odo und Hew setzten sich neben sie, der eine zu ihrer Linken, der andere zu ihrer Rechten. Die treue Haylan betrat den Saal, sie brachte ihren eigenen Hocker mit und gesellte sich schweigend zu ihnen. Schließlich erschien Madoc. Er setzte sich auf die Bank neben Odo.

»Mit der Totenwache verliert man eine ganze Nacht guten Schlafs«, beschwerte er sich.

»Das ist das mindeste, was du für eine liebende Ehefrau tun kannst, die ihr Leben gab, um dir einen zweiten Sohn zu schenken«, entgegnete ihm Keely.

»Megan war nie eine liebende Ehefrau«, murrte der Baron bitter. »Ihr Herz gehörte stets ihm, nie mir.«

Keely erstarrte. Er redete von ihrem Vater. Hatte Madoc ihn gekannt? Keely wollte gerade ihren Stiefvater danach fragen, als sie spürte, wie ihre Cousins nach ihren Unterarmen griffen, damit sie ihre Zunge in Zaum halte.

Eine Stunde verstrich, und eine weitere verging.

»Ich habe Durst«, brach Madoc die Stille und erhob sich von der Bank. »Ich brauche eine Stärkung. Bin gleich zurück.«

Er verließ den Saal und ließ sich nicht mehr blicken. Vater Bundles tauchte kurz vor Anbruch der Dämmerung in dem mittlerweile überfüllten Saal auf. Während er sich seinen Weg durch die dicht gedrängt stehenden Clans- und Gefolgsleute bahnte, brummte der alte Priester etwas in seinen Bart über diese unchristlich frühe Stunde. Einen Toten mitten in der Nacht zu begraben sei barbarisch, dachte er. Und zwar bevor sein Blick auf Keely fiel.

In ihrem langen, fließenden weißen Kleid sah Keely aus wie eine heidnische Prinzessin. Um den Hals trug sie einen aus Eichenblättern und Mistelzweigen gewundenen Kranz.

»Schande über dich, daß du das zu Megans Beerdigung trägst«, schalt Vater Bundles sie aus. »Das mußt du beichten, noch bevor die Sonne untergeht.«

Keelys Gesichtsausdruck verdüsterte sich, und sie zog eine Augenbraue hoch. »Ich ehre das Andenken meiner Mutter, Vater Bundles. Wenn Ihr Eure Zeit mit Predigen verschwenden wollt, verzichten wir auf die Totenmesse. Es ist Eure Entscheidung.«

»Das ist Gotteslästerung«, stieß Vater Bundles hervor. Er ließ den Blick über die versammelte Menschenmenge schweifen. »Wo sind Baron Lloyd und Rhys?«

»Der Baron schläft, er scheint etwas zuviel getrunken zu haben«, erklärte ihm Keely, »und mein Bruder hat beide Hände voll zu tun, bei den Engländern zu plündern.«

»Eine widernatürliche Familie«, knurrte der alte Priester.

»Diese Menschen hier sind Freunde, die gekommen sind, um Megan zu beerdigen«, unterbrach ihn Keely. »Bitte beginnt mit der Totenmesse.«

Mit Odo und Hew hinter ihm, die den Sarg trugen, führte Vater Bundles den Leichenzug vom großen Saal zur Kapelle. Hinter dem Sarg ging Keely, die übrigen Trauergäste folgten ihr.

Der alte Priester wollte gerade mit der Predigt beginnen, als Keely ihm zurief: »Feiert die kurze Messe, Vater. Megan wollte in der Morgendämmerung beerdigt werden.«

Der Ausdruck auf Vater Bundles Gesicht zeigte Megan deutlich, daß Madoc von dieser Blasphemie erfahren würde. Die kurze Messe dauerte genau zwanzig Minuten.

»Megan wird nicht in der Gruft der Lloyds ihre letzte Ruhe finden«, verkündete Keely. »Meine Mutter wünschte, bis in alle Ewigkeit die aufgehende Sonne auf ihrem Grab zu spüren.«

Vater Bundles schien jeden Augenblick in die Luft zu gehen, aber er schluckte seine Ärger hinunter. Schließlich war es eine furchtbare Sünde, seine Wut im Hause Gottes zu zeigen.

Keely zog sich die Kapuze über ihr ebenholzschwarzes Haar und führte die sonderbare Prozession aus der Kapelle hinaus. Odo und Hew trugen wiederum den Sarg. Hinter ihnen schritt Vater Bundles, dem ein Dudelsackbläser folgte, der eine traurige Melodie zum besten gab. Still und stumm marschierten dahinter die Clans- und Gefolgsleute des Barons.

Im Osten färbte sich der Himmel flammend rot, während sich die Prozession am Friedhof vorbei zu einem Wiesenhang empor wand, an dem drei mächtige Eichen wie alte Freunde beieinander standen. Das Grab, das unter einer dieser drei Eichen ausgehoben war, würde von den ersten Sonnenstrahlen beschienen werden.

»Das ist ungeweihter Boden«, protestierte Vater Bundles.

»Dann müßt Ihr ihn weihen«, fuhr Keely ihn an, die allmählich die Geduld verlor.

Vater Bundles wollte gerade widersprechen, als sein Blick auf Odo und Hew fiel. Der Anblick der beiden düster dreinblickenden Hünen ließ ihn einlenken.

Er murmelte ein paar lateinische Gebete, besprengte das

Grab mit Weihwasser und eilte von dannen. Die Anwesenden sprachen Keely ihr Beileid aus und verschwanden. Es dauerte nicht lange, und Keely und ihre beiden Cousins waren allein.

Odo und Hew senkten den Sarg in den Boden, als die Sonne aufging und die Welt in strahlendes Licht tauchte. Alles schien den Atem anzuhalten.

Keely schloß die Augen, streckte die Arme der Sonne entgegen und flüsterte: »Vater Sonne küßt Mutter Erde.« Dann senkte sie den Blick und sah in das offene Grab. »Ruhe in Frieden, liebe Mutter. Sieh zu, wie das Licht jeden Tag neu in die Welt kommt.«

Odo und Hew schaufelten das Grab zu und setzten den provisorischen Grabstein, ein keltisches Kreuz aus Eichenholz. Später würde der Steinmetz das endgültige Kreuz setzen.

»Rhys hätte hier sein sollen«, konnte Keely ihre Enttäuschung nicht verbergen.

»Er wird schrecklich wütend auf Madoc sein«, bemerkte Odo.

»Meine früheste Erinnerung ist, wie meine Mutter und ich unter diesen Eichen sitzen«, hub Keely an, und die Tränen stiegen ihr in die Augen. »Jeden Tag saßen wir hier, sommers wie winters, bei Regen und bei Sonnenschein. Sie lehrte mich das alte Wissen. Nun stehe ich alleine in der Welt.«

»Aber du hast doch uns«, protestierte Hew.

»Und vergiß Rhys nicht«, fügte Odo hinzu.

Und Robert Talbot, dachte Keely, bedankte sich aber mit einem Lächeln bei ihren Cousins für ihre Treue.

Dann wischte sie sich die Tränen aus dem Gesicht und kniete sich neben das Grab ihrer Mutter. Sie nahm den Kranz aus Eichenblättern und Mistelzweigen ab, den sie um den Hals trug, hängte ihn an das Kreuz und schloß die Augen. »Bis Samhuinn«, flüsterte sie.

Odo und Hew schienen allmählich die Fassung zu verlieren. Fragend blickten die beiden Kämpen, die schon so manchen Strauß mit den Engländern ausgefochten hatten, einander an und bekreuzigten sich — für alle Fälle.

Als Keely und ihre Cousins in den großen Saal zurückkehrten, saßen die Clans- und Gefolgsleute schon an den langen Tischen und nahmen das Morgenmahl ein. Am Kopfende hatte Madoc Platz genommen. Er wirkte müde und nicht besonders glücklich mit seinem fahlen Gesicht, den Kopf in die Hand gestützt.

Neben ihm stand Vater Bundles. Der alte Priester machte einen äußerst erregten Eindruck, wie er auf Madoc einredete und auf den Saaleingang deutete.

»Aye, Vater«, stimmte ihm Madoc mit laut dröhnender Stimme zu und musterte seine Stieftochter. »Megan erzog ihre Tochter als Heidin, so wie sie selbst eine war.«

Ungeachtet der Folgen trat Keely hinzu. »Beschmutze nicht das Andenken meiner Mutter und ihren guten Namen, du feiges ...«

»Sei verflucht und verrotte!« brüllte Madoc und schlug mit der Faust auf den Tisch. »Hier bin ich der Herr. Wage es nie wieder, so respektlos mit mir zu sprechen«, wies er Keely zurecht.

Keely kannte ihren Stiefvater gut genug, um dieses Gepolter richtig einzuschätzen. Sie zog eine feingezeichnete ebenholzschwarze Augenbraue hoch und bemerkte: »Dein Kummer macht dich etwas unleidlich. Vielleicht hebt ein Krug Bier deine Laune wieder.« Mit einem verächtlichen Blick fügte sie hinzu: »Du bist der Herr? Eher eine betrunkene Schlange, die daherkommt als ...«

Madoc sprang hoch und schlug noch einmal auf den Tisch. Die Zornesröte war ihm ins Gesicht gestiegen.

»Du bist nichts weiter als ein Bastard, eine vermaledeite Hexe und ein Bastard!« rief er und trat auf sie zu.

Odo und Hew stellten sich beschützend vor Keely wie zwei zu allem entschlossene Hunde, die ihre Herrin verteidigen.

»Tretet zur Seite«, befahl Madoc.

»Du mußt an uns vorbei, wenn du zu ihr kommen willst«, ließ Odo ihn wissen.

Dieser offen zur Schau getragene Ungehorsam verblüffte Madoc. Er ließ die Augen von einem riesenhaften Bruder zum anderen schweifen. »Ihr beide habt zusammen nicht mehr Hirn wie ein Spatz.«

Diese Beleidigung kam an. Mit zusammengekniffenen Augen knurrten Odo und Hew bedrohlich, was Madoc ein paar Schritte zurückweichen ließ.

»Du gehörst nicht zu den Cymry«, wandte Madoc sich an seine Stieftochter. »Pack deine paar Habseligkeiten und verlasse Wales.«

»In meinen Adern fließt das Blut von Llewelyn dem Großen und Owen Glendower«, rief Keely. »Ich bin eine Prinzessin von Powys und Gwynedd.«

»Du bist die Prinzessin von Nirgendwo«, schnaubte Madoc verächtlich. Dabei wurde er so laut, daß man ihn bis in die entferntesten Winkel des großen Saales deutlich hören konnte. »Dieser funkelnde Drachenanhänger und die veilchenblauen Augen brandmarken dich als das, was du bist: die nicht sonderlich geschätzte Folge des Fehltritts eines Engländers.«

Jedermann im Saale hielt hörbar den Atem an.

»Megan ist tot«, fuhr Madoc fort. »Such deinen englischen Vater. Verlasse mein Land.« Dann ließ er seine Clans- und Gefolgsleute seinen Zorn spüren und warnte sie: »Wendet diesem erbärmlichen Bastard euren Rücken zu, wenn ihr nicht Ausgestoßene sein wollt wie sie.«

Keely machte auf dem Absatz kehrt, daß ihr weißes Kleid und ihr schwarzes Haar nur so wirbelten, und schritt stolz aus dem Saal. Bevor Odo und Hew ihr nach draußen folgten, knurrten sie noch einmal laut und deutlich eine Drohung, die dem Baron galt, und diesen einen Schritt weiter zurückweichen ließ.

Als ihre Cousins sich draußen zu ihr gesellten, bemerkte Keely: »Ich hätte nie gedacht, daß Madoc ...« Schluchzend brach sie ab, die Tränen strömten ihr über die Wangen.

»Er hätte es nicht gewagt, wäre Rhys hiergewesen«, versuchte Odo sie zu trösten und legte ihr den Arm um die Schulter.

»Madoc lügt«, fügte Hew hinzu.

Keely und Odo schauten ihn fragend an.

»Du bist nie und nimmer erbärmlich«, erklärte Hew. »Wenigstens habe ich dich noch nie winseln gesehen.« Er sah seinen Bruder an. »Was genau bedeutet eigentlich *erbärmlich*?«

Odo gab seinem Bruder einen Klaps auf den Hinterkopf. »Was bedeutet das schon, du hirnverbrannter Idiot?«

Hew zuckte die Achseln. »Wahrscheinlich weißt du es genausowenig.«

Trotz der mißlichen Lage, in der sie sich befand, schenkte Keely den zwei Riesenkerlen ein Lächeln. »Ich danke euch dafür, daß ihr mir so treue Cousins seid«, erklärte sie. »Odo, könntest du bitte Merlin für die Reise fertigmachen. Und packe bitte noch einen Sack Futter für sie ein. Und du, Hew, könntest du Haylan bitten, einen Korb mit Essen für mich herzurichten? Genug von allem, um bis nach England zu gelangen.«

»Wir begleiten dich«, sagte Odo.

»Es ist wirklich nicht nötig, daß ihr die Verbannung mit mir teilt«, versuchte Keely sie daran zu hindern, ihre Heimat aufzugeben.

»Wir bestehen darauf«, erklärte Hew. »Außerdem währt nichts ewig.«

»Wir drei werden bald nach Wales zurückkehren«, fügte Odo hinzu.

»Dann nehme ich euer Angebot an«, willigte Keely dankbar ein. »Mein Vater lebt in Shropshire.«

»Wer ist dein Vater?« wollte Odo wissen.

»Robert Talbot.«

»Talbot hört sich nach einem englischen Namen an«, bemerkte Hew.

Keely sah ihm in die Augen. »Der Herzog von Ludlow ist ganz gewiß ein Engländer.«

»Der Herzog von ...?«

»Du hast richtig gehört. Der Herzog von Ludlow ist mein leiblicher Vater.« Mit diesen Worten wandte Keely sich um. »Und nun wollen wir nicht noch mehr Zeit verschwenden. Wir treffen uns in einer Stunde vor dem Stall.«

Mit ihren paar Habseligkeiten sicher in den Satteltaschen

verstaut, ließ Keely den Blick ein letztes Mal über ihr spartanisch eingerichtetes Zimmer schweifen, bevor sie nach draußen eilte. Der Stallhof war auffallend leer, nur Haylan, Odo und Hew waren zu sehen. Offensichtlich fürchteten Madocs Clans- und Gefolgsleute ihren Baron zu sehr, um sich von Keely zu verabschieden. Keely machte ihnen daraus keinen Vorwurf. Wenn Madoc dazu in der Lage war, seine eigene Stieftochter zu verstoßen, würde er auch nicht davor zurückschrecken, seinen eigenen Leuten dasselbe oder noch Schlimmeres anzutun.

Als sie vor Haylan stand, zauberte Keely ein breites Lächeln auf ihr Gesicht. »Ich möchte dir für alles danken«, erklärte sie der grauhaarigen Köchin. »Vor allem für die Treue, die du meiner Mutter erwiesen hast.«

»Megan war eine große Lady«, antwortete Haylan. »Und eines Tages wirst du eine genauso große Lady sein.«

Keely umarmte Haylan und bat sie: »Sage Rhys, er solle mir keinesfalls folgen. Ich werde ihm schreiben, sobald ich mich in meinem neuen Zuhause bei meinem Vater eingerichtet habe.«

Haylan nickte und wandte ihre Aufmerksamkeit den zwei Hünen zu, die vor ihr standen. »Beschützt das Mädchen mit eurem Leben.«

Odo und Hew nickten gleichzeitig.

Keely unterdrückte ihre Tränen, umarmte Haylan ein letztes Mal und kletterte auf Merlin. Odo und Hew stiegen ebenfalls auf ihre Pferde.

»Wartet!« rief eine Stimme.

Keely drehte sich um und sah Vater Bundles auf sie zulaufen.

»Ich möchte mich für das Ungemach entschuldigen, das ich dir bereitet habe«, keuchte der Priester, als er bei ihr angelangt war.

»Es besteht kein Anlaß für eine Entschuldigung«, erklärte ihm Keely. »In dem Augenblick, als ich empfangen wurde, flüsterte der Wind mein Schicksal den heiligen Steinen zu. Was geschieht, war so bestimmt von Anbeginn.«

Vater Bundles unterließ es, sie wegen ihrer unchristlichen

Ansichten zurechtzuweisen. »Ich werde jeden Tag eine Messe lesen, damit Lady Megans Seele ihren Frieden findet«, versprach er ihr.

»Vielen Dank, Vater.« Keely glaubte genausowenig an den Sinn christlicher Riten, wie ihre Mutter daran geglaubt hatte, aber um Menschen wie den Priester nicht unnötig zu beunruhigen, hatten sie dies stets verheimlicht.

»Gott schütze dich, Kind«, schloß Vater Bundles und segnete sie, indem er das Kreuz schlug.

Ohne ein weiteres Wort ritten Keely und ihre Cousins zum Stallhof hinaus. Obwohl ihr ganz weh ums Herz wurde, warf Keely keinen einzigen Blick zurück auf ihr altes Zuhause. Ihr Schicksal erwartete sie in England. Megan hatte es gesehen, und was ihre Mutter sah, traf jedesmal ein.

Leicester, England

Die Sonne stand hoch am wolkenlosen Himmel an diesem Augusttag. Das Land und die Menschen litten unter der ungewöhnlich drückenden sommerlichen Hitze.

Ein einsamer Reitersmann erreichte die Kuppe eines grasüberwachsenen Hügels. Bei dem Anblick, der sich ihm von hier aus bot, hüpfte sein Herz vor Freude. Nach tagelangem Reiten unter sengender Sonne hatte der Graf von Basildon sein Ziel erreicht; er hatte die Reisegesellschaft von Königin Elisabeth eingeholt, die wie jedes Jahr ihren Sommersitz aufgesucht hatte. Vor ihm erhob sich Schloß Kenilworth, das Heim Robert Dudleys, des Grafen von Leicester.

Das alte Schloß wurde seit alters her mit König Arthur in Verbindung gebracht, aber Richard Devereux wußte es besser. Das riesige Anwesen war ursprünglich eine normannische Festung gewesen. Heinrich V. hatte ein Sommerhaus am Ufer eines künstlich angelegten Sees hinzugefügt, und Dudley hatte weitere Gebäude in dem leichten Stil mit den hohen Fenstern bauen lassen, wie er jetzt so modern war.

»Ich begreife nicht, daß Elisabeth den Sohn eines Verräters so belohnte«, sprach Richard zu sich selbst. Die Dudleys waren so treu, wie das Wetter beständig war — von einem Tag auf den anderen konnte alles anders sein.

Richard wollte seine Reise zu einem Abschluß bringen und gab seinem Pferd die Sporen, so daß es die letzte Strecke Wegs zu dem herrschaftlichen Anwesen im Galopp zurücklegte. Kaum hatte er den inneren Hof erreicht, sprang er aus dem Sattel und warf die Zügel einem Stallburschen zu.

»Daß du ihn mir ordentlich versorgst«, befahl Devereux.

»Aye, Euer Lordschaft«, erwiderte der Junge mit einem breiten Grinsen.

»Ich habe mich schon gefragt, wann du endlich hier eintriffst«, ließ sich eine vertraute Stimme vernehmen.

Richard wandte sich um und reichte Baron Willis Smythe die Hand, einem seiner engsten Freunde. »Ich gehe nicht davon aus, daß Dudley ein Zimmer für mich bereithält?« fragte er.

»Alles überfüllt hier«, antwortete Smythe. »Glücklicherweise habe ich dir eine Pritsche in meinem Zimmer reserviert.«

Der allseits bekannte Graf von Basildon und Baron Smythe schlenderten gemeinsam zum Hauptgebäude. Die Myriaden von Frauen, an denen sie vorbeigingen, hochgeborene Frauen ebenso wie niedere Mägde, blieben stehen, um diesen Anblick vollkommener Männlichkeit zu genießen, den die zwei Freunde boten.

Beide Männer waren herrlich gebaut. Sie hatten breite Schultern und schmale Hüften, und ihre muskulösen Oberschenkel kamen in den engen Hosen, die sie trugen, bestens zur Geltung. Aber damit erschöpften sich die Ähnlichkeiten der beiden.

Der größere Graf mit den grünen Augen und der dichten kupferroten Haarmähne bewegte sich mit der Eleganz eines Raubtiers. Der kräftigere, schwarzhaarige Baron hatte tiefliegende, blaue Augen und einen eher schwerfälligen Gang.

Hätten sie die Wahl gehabt, diese Richterinnen männlicher Attraktivität, hätten sie zweifelsohne den Grafen gewählt, der, wie jedermann wußte, reicher war als der Papst.

Baron Smythe fehlte es in der Regel an finanziellen Mitteln, obwohl sein durchdringender Blick Wertvolleres versprach als Gold.

»Sowohl Lady Mary als auch Lady Jane haben mich die ganze Zeit gepiesackt. Sie wollten unbedingt wissen, wann du ankommst«, erzählte Willis Smythe, als sie die Eingangshalle des Hauptgebäudes betraten. »Wie willst du dein Spiel mit zwei Geliebten im selben Haus spielen, ohne in Teufels Küche zu kommen?«

Er bekam keine Antwort. Smythe wandte sich um, als er merkte, daß sein Freund innegehalten hatte.

Richard war mitten im riesigen Foyer stehengeblieben und sah einer jungen Dame nach. Als die blonde Schönheit den Grafen erkannte, blieb sie stehen, knickste und warf ihm ein bezauberndes Lächeln zu. Nachdem er sie mit glühenden Blicken aus smaragdgrünen Augen von Kopf bis zu den Schuhspitzen gemustert und ausgezogen hatte, blinzelte Richard ihr vielsagend zu.

»Lady Sarah sieht besonders begehrenswert aus«, bemerkte Richard, als er ihr nachblickte.

»Blüht ihr das Schicksal, deine nächste Geliebte zu werden?« fragte Willis. »Oder bleibt ihr dieses Glück verwehrt?«

Richard betrachtete seinen Freund eingehend aus den Augenwinkeln. »Du weißt doch, Will, ich lasse mich nie auf ein Techtelmechtel mit unverheirateten Frauen ein.«

»*Devereux*!«

Als er seinen Namen hörte, drehte Richard sich um und wartete auf den Grafen von Leicester, der ihnen entgegenkam.

»Willkommen in Kenilworth. Die Königin ruht sich gerade von der Morgenjagd aus«, erklärte Dudley. »Darf ich Eure Ankunft melden?«

»Ich würde es vorziehen, mir den Staub vom Gesicht zu waschen, bevor ich Ihrer Majestät gegenübertrete«, entgegnete Richard. »Sagt Burghley, ich wäre hier und hätte wichtige Nachrichten.«

»Hoffentlich keine schlechten.«

»Ganz im Gegenteil, ziemlich gute sogar.«

»Welche denn?« Die Worte waren Leicester über die Lippen gekommen, bevor er sich auf die Zunge beißen konnte.

Richard blickte ihm in die Augen, ein Blick, dem der ältere entnehmen konnte, daß diese Nachrichten ihn nichts angingen.

»Die Unterbringung des königlichen Gefolges ist nicht ganz einfach«, erklärte Dudley, nachdem er sich etwas gefangen hatte. »Smythe und Ihr werdet ein Zimmer teilen müssen.«

»Ich verstehe«, antwortete Richard mit einer kalten Höflichkeit, die nur zu klar machte, wie sehr er den prunkvollen Grafen verabscheute. Ohne ein weiteres Wort wandte er sich ab, um mit Willis Smythe weiterzugehen.

Hätte sich Richard umgeblickt, wäre ihm nicht der tödliche Ausdruck auf dem Gesicht seines Gastgebers entgangen. Der Graf von Leicester, der hoch in der Gunst der Königin stand, hegte für den Baron von Basildon keine Zuneigung. Im Gegenteil, der ältere Günstling wartete nur darauf, daß dieser arrogante Emporkömmling seine gerechte Strafe bekam.

»Da wären wir«, sagte Willis und öffnete eine Tür.

Richard folgte ihm in das Zimmer und blickte sich entsetzt um; ihr gemeinsames Zimmer kam ihm eher vor wie ein Wandschrank. »Ich hätte wissen müssen, daß Dudley mich in die schlimmste Dachkammer von ganz Kenilworth steckt. Ruf bitte einen Dienstboten.«

Smythe öffnete die Tür und winkte den ersten Dienstboten herbei, der vorbeikam. »He, Mädchen, komm hier rein!« brüllte er das Hausmädchen an.

Ein hübsches junges Ding trat ängstlich über die Schwelle. Richard erkannte ihre Furchtsamkeit an ihrem Gesichtsausdruck und lächelte, um ihr die Angst zu nehmen.

»Ich hätte gerne eine Kleinigkeit zu essen und eine Schüssel warmes Wasser, damit ich mich waschen kann«, erklärte er ihr mit einer Stimme, die so sanft war, daß die Bangigkeit des Mädchens im Nu verflogen war. »Wäre das möglich?«

Wie gebannt von dem Lächeln des schönen Grafen starrte das Mädchen ihn an, ohne ein Wort zu sagen.

»Hallo?« versuchte Richard sie aus ihrer Trance zu reißen und drückte ihr eine Münze in die Hand.

»Ich kümmere mich sofort darum, Euer Lordschaft«, sagte sie schließlich, nachdem sie sich wieder gefangen hatte, und eilte zur Tür hinaus, um seinen Wünschen nachzukommen.

»Wenn ich einem Dienstboten einen Auftrag gebe, werde ich schlecht bedient«, beschwerte sich Willis. »Aber wenn du ihnen etwas aufträgst, stolpern die Weiber vor lauter Hast, dir alles recht zu machen, über die eigenen Füße. Ich möchte gerne wissen, woran das liegt.«

»Du hast nicht gut aufgepaßt«, sagte Richard, streifte sein schmutziges Wams über den Kopf und warf es in eine Ecke. Er setzte sich auf die Kante seines Bettes und zog die Stiefel aus. »Zwischen einer einfachen Bitte und einem Befehl liegen Welten.«

»Was willst du damit sagen?« wollte Willis wissen, der ihm gegenüber auf dem anderen Bett saß.

»Gib einer Frau, was sie sich ersehnt, und sie wird Berge für dich versetzen«, erklärte ihm Richard. »Es ist so unglaublich einfach, die geheimen Sehnsüchte einer Frau zu erkennen. Die meisten Dienstmädchen zum Beispiel wünschen sich nichts mehr, als wie eine Lady behandelt zu werden. Während die meisten Damen vornehmer Herkunft, die ich kenne — wie Sarah —, sich danach verzehren, wie die gewöhnlichsten Weibsbilder behandelt zu werden. Richte dich nach dieser einfachen Regel, mein Freund, und das schöne Geschlecht wird dich anbeten.«

Willis grinste und verschränkte die Arme vor der Brust. »Was geschieht, wenn du irgendwann auf eine Frau triffst, die du nicht so leicht durchschauen kannst?«

Richard zuckte die Achseln. »Wahrscheinlich heirate ich sie und mache sie zu meiner Gräfin.«

»Und wenn sie gemeiner Herkunft ist?«

Eine kupferrote Augenbraue hochgezogen, musterte ihn Richard. »Englands wohlhabendster Graf kann heiraten, wen er will.«

»Die Erlaubnis der Königin vorausgesetzt.«

»Keine Angst. Ich weiß, wie ich Elisabeth zu behandeln habe.«

»Könnte der Eifer der Dienstboten auch mit ihrem Wissen um deine fette Geldbörse zusammenhängen?« hakte Willis nach, wobei in seiner Stimme deutlich Eifersucht mitschwang.

Dieser Ton seines Gegenübers brachte Richard zum Lachen, und er warf ihm einen Beutel mit Goldmünzen zu. »Du kannst ja beide Möglichkeiten überprüfen«, schlug er vor. »Und laß mich wissen, wie es ausging.«

»Leugne bloß nicht, daß die Königin dich so schätzt, weil deine Geschäfte ihre Schatzkammern mit Gold füllen«, gab Willis irritiert zurück. Daß sein vermögender Freund es sich mit der Selbstverständlichkeit eines Kavaliers, der nicht um die Bedürfnisse anderer wußte, leisten konnte, ihm einen Beutel Goldmünzen zuzuwerfen, hatte ihn doch verunsichert.

Mit gespieltem Entsetzen antwortete Richard: »Und ich hatte gedacht, Elisabeth liebte mich meines fabelhaften Aussehens und meines umwerfenden Charmes wegen.«

Willis platzte beinahe vor Lachen. Schließlich stand er auf, ging zu Tür und verabschiedete sich. »Ich verschwinde jetzt. Bis später.« Bevor er auf den Korridor hinaustreten konnte, sausten zwei Dienerinnen an ihm vorbei. Die eine trug eine Schüssel mit warmem Wasser, und die andere brachte dem Grafen ein Tablett voll der feinsten Delikatessen.

Zwei Stunden später verließ der Graf von Basildon das Zimmer. Er war, bis auf die weiße Halskrause, ganz in Schwarz gekleidet und machte sich auf den Weg zu Dudleys Arbeitszimmer, wo ihn die Königin erwartete. Er klopfte und betrat, als er dazu aufgefordert wurde, das Zimmer. Robert Cecil, Graf Burghley, saß allein am Schreibtisch.

»Du bist also endlich angekommen — und mit nur sechs Wochen Verspätung«, begrüßte ihn Burghley. »Wenn du noch etwas länger gebraucht hättest, so hättest du uns gleich vor den Toren Londons treffen können.«

»Ist sie sehr wütend?« erkundigte sich Richard und nahm

in dem Stuhl auf der anderen Seite des Schreibtischs Platz. Er reichte Burghley ein kleines Paket. »Ich bringe gute Nachrichten, und ich habe einen Plan, durch den wir drei reicher als der Papst werden können.«

»Es läßt sich nichts dagegen einwenden, das Geschäft vor das Vergnügen zu setzen«, bemerkte Cecil. »Sie wird dir verzeihen.«

»Das habe ich von Englands Vornehmsten gelernt«, erwiderte Richard, womit er auf die Jahre anspielte, die er als Zögling im Haushalt seines älteren Gegenübers verbracht hatte.

Mit einem Kopfnicken bedankte Burghley sich für dieses Kompliment und bemerkte lächelnd: »Ich nehme an, Dudley hat dir sein schrecklichstes Zimmer gegeben?«

»Nein, Dudley hat Smythe das schrecklichste Zimmer gegeben«, antwortete Richard, »für mich hat er keines freigehalten.«

Bei der Erwähnung des Barons runzelte Burghley die Stirn. »Habe ich dir nicht geraten, die Freundschaft mit Smythe zu beenden?«

»Warum lehnst du ihn so ab?« wollte Richard wissen. »Willis lebte wie ich als Zögling in deinem Haushalt. Liegt es etwa daran, daß er neben seinem Namen nichts Nennenswertes sein eigen nennt?«

»Dieses Gespräch haben wir schon hundertmal zuvor geführt«, antwortete Burghley. »Meine Gründe haben nichts mit seinen finanziellen Verhältnissen zu tun. Ich halte Smythe für nicht vertrauenswürdig, und ich hege einen gewissen Verdacht gegen ihn, was das plötzliche Ableben seines Vaters und seines Bruders angeht. Du weißt das, Richard.«

»Ich kann einfach nicht glauben, daß Willis seine Familie umgebracht haben soll, um diesen lumpigen Titel zu erben.«

»Habgierige Männer haben schon aus geringerem Anlaß einen Mord begangen. Und vergiß nicht, daß er das Erbe verschwendete, das ...«

Unvermittelt ging die Tür auf. Die zwei Männer sprangen auf die Füße und verbeugten sich, als die Königin in den Raum trat.

Hochgewachsen, schlank und rothaarig, war Elisabeth Tudor im reifen Alter von zweiundvierzig Jahren noch immer eine hinreißend schöne Frau. Sie trug ein tief ausgeschnittenes Kleid aus zartrosa Seide, dessen Goldbordüren und Perlenstickerei ein Vermögen gekostet haben mußte. Atemberaubende Diamanten glitzerten an ihrem Hals, ihren Fingern und im Haar. Wenn sie sich bewegte, sprühte Elisabeth Funken wie ein tanzender Sonnenstrahl.

Die Königin setzte sich und forderte Burghley auf, ebenfalls Platz zu nehmen. Richard ließ sie stehen wie ein ungezogenes Kind, das auf seine Strafe wartet, und musterte ihn von Kopf bis Fuß, wobei der Graf sich nicht wohl fühlte in seiner Haut.

»Der verlorene Höfling kehrt heim«, erklärte Elisabeth schließlich. »Eure außerordentliche Verspätung mißfällt mir.«

»Vergebt mir, Majestät«, entschuldigte Richard sich und verbeugte sich tief. »Obwohl ich mich danach sehnte, wieder in Eurer Gesellschaft zu sein, war ich Gefangener Eurer geschäftlichen Interessen in London.«

»Ihr klingt wie Cecil. Zu viele Jahre im Haushalt meines guten Geistes haben aus Euch einen übermäßig ernsten jungen Mann werden lassen«, antwortete die Königin, zufrieden mit der kunstvoll gedrechselten Antwort. »Setzt Euch, lieber Midas. Erzählt, was Ihr in den letzten Wochen berührt und in Gold verwandelt habt.«

»Ich habe wichtige Neuigkeiten aus dem Osten erfahren«, antwortete Richard. »Meine Schwester Heather schreibt, Sultan Selim sei gestorben. Nun ist Prinz Murad der neue Sultan. Seine Mutter und seine Ehefrau sind Befürworterinnen von Handelsbeziehungen mit England.«

»Wen hat Eure Schwester geheiratet?« erkundigte sich Elisabeth.

»Den Fürsten Khalid, den Cousin den Sultans.«

»Ach ja, ich erinnere mich. Eure drei Schwestern besaßen allesamt die unglaubliche Impertinenz, ohne meine Zustimmung zu heiraten.«

»Flatterhafte Wesen«, warf Burghley ein. »Nichtsdestotrotz haben sich alle drei Devereux-Mädchen England gegenüber als ausgesprochen loyal erwiesen, besonders die jüngste Schwester.«

Richard warf seinem Mentor eine dankbaren Blick zu. »Ich habe einen Plan, der uns drei reich machen wird.«

»Mein lieber Midas, Euer Reichtum übersteigt bereits jede Vorstellungskraft«, neckte ihn Elisabeth.

»Dann könnt Ihr sicher sein, daß ich unbestechlich bin und bei alledem nur Euer Wohl im Auge habe«, konterte Richard. Mit funkelnden Augen fing er an, ihr seinen Plan auseinanderzusetzen. »Gewährt mir einen königlichen Freibrief für mein neuestes Unternehmen, die Levantinische Handelsgesellschaft, und wir teilen den Gewinn. Im Osten kommt die Diplomatie nur langsam von der Stelle. Ich gehe davon aus, daß wir in drei Jahren gut im Geschäft sind.«

»Und welcher Anteil geht an die Krone?« fragte Elisabeth.

»Für das Löwenjunge, dachte ich, den Löwenanteil von fünfzig Prozent«, gab Richard zur Antwort. »Burghley und ich teilen uns die anderen fünfzig Prozent. Aus dieser mächtigen Allianz wird England großen Nutzen ziehen.«

»Siebzig Prozent«, widersprach die Königin.

»Sechzig«, schoß Richard zurück.

»Die Abmachung gilt«, erklärte Elisabeth lächelnd. »Cecil, Ihr kümmert Euch darum, daß er den Freibrief unverzüglich erhält.«

Richard öffnete das Päckchen, das er mitgebracht hatte. »Die Mutter des Sultans schickt dieses bescheidene Geschenk als Zeichen ihres guten Willens.«

Bei dem bescheidenen Geschenk handelte es sich um einen diamantenbesetzten Fächer, der aufgeschlagen einem schillernden Regenbogen glich und dessen Griff über und über mit Smaragden, Saphiren und Rubinen besetzt war.

»Und dies ist ein Geschenk der Frau des Sultans.« Richard zog ein entzückendes Sträußchen Porzellanblumen hervor, das ebenfalls mit unschätzbar wertvollen Edelsteinen übersät war. »Wir sollten uns mit entsprechenden Geschenken bedanken. Heather ließ mich wissen, dies sei im Osten so Brauch.«

Beeindruckt von dem neuen Zierat, konnte Elisabeth die

Augen nicht losreißen. Ohne hochzusehen, meinte sie: »Und wie belohnen wir die Loyalität Eurer Schwester?«

»Dafür muß sie nicht belohnt werden«, entgegnete Richard. »Allerdings bat sie mich, ihr einen Wurf Ferkel zu senden.«

»Warum Ferkel?« wollte Elisabeth wissen.

»Um sie großzuziehen und zu schlachten«, erklärte Richard schmunzelnd. »Meine Schwester ist eine bemerkenswerte Frau. Sie liebt Schweinefleisch, hat aber seit neun Jahren keines mehr gegessen, da es bei den Moslems verboten ist. Heather ist sich sicher, daß ihr Ehemann ihr bei einem Geschenk der englischen Königin kein Hindernis in den Weg legen wird.«

»Wie raffiniert«, bemerkte Elisabeth bewundernd. »Ihr habt uns einen Dienst erwiesen, Richard. Gibt es noch etwas, was Ihr vorzubringen wünscht?«

Richard zögerte für den Bruchteil einer Sekunde. »Was meine Pflichten in Irland angeht . . .«

»Ihr seid zu unabkömmlich, um England zu verlassen«, unterbrach Burghley ihn, was ihm einen vorwurfsvollen Blick seines Protegés eintrug.

»Das Ersuchen ist abgelehnt«, erklärte die Königin.

»Aber Majestät . . .«

»Keinem meiner Peers ist es erlaubt, seinen Pflichten außerhalb Englands nachzukommen, solange er keinen Erben hat.«

»Dann bitte ich um die Erlaubnis, einen Erben zu bekommen«, erwiderte Richard.

»Wie? Wollt Ihr auf den Marktplatz gehen und einen Sohn kaufen?« stichelte Elisabeth.

Burghley lachte leise, was nicht allzuoft vorkam.

Richard, der bis unter die Haarwurzeln rot geworden war, verbesserte sich: »Ich bitte um die Erlaubnis, zu heiraten und einen Erben zu zeugen.«

»Mein lieber Junge, das Zeremoniell verlangt, daß Ihr zuerst eine Braut sucht und dann meine Erlaubnis einholt«, erklärte ihm die Königin nachsichtig, als habe sie ein Kind vor sich. »An wen habt Ihr gedacht?«

»Ich hege Absichten, die tugendsame und liebreizende Morgana Talbot, Ludlows Tochter, zu ehelichen«, log Richard in der Hoffnung, einen akzeptablen Namen genannt zu haben. Schließlich war eine Frau wie die andere. Außerdem war die Ehe nicht mehr als ein Geschäft, und um einen Erben zu zeugen, bedurfte es weder großer Liebe noch Leidenschaft. Er mußte umgehend nach Irland, um der Familie seiner ältesten Schwester gegen die gierigen Geier zu helfen, die auf der Insel das Regiment führten. Diese korrupten englischen Raubvögel lauerten in ihrem Nest im Dubliner Schloß auf jede Gelegenheit, sich auf den stolzen irischen Adel zu stürzen und sich so viel wie möglich unter den Nagel zu reißen. Nur ein reicher Mann wie er war vor diesen Versuchungen sicher. Andernfalls drohte ein Bürgerkrieg.

»Ihr liebt mich so wenig, daß Ihr mich verlassen würdet, um Euch eine Frau zu nehmen?« fragte Elisabeth.

»Lady Morgana ist hübsch, verblaßt aber im Vergleich mit Eurer Schönheit«, versicherte Richard ihr und schenkte ihr ein jungenhaftes Lächeln. »Euch gehört meine Treue, meine Bewunderung und mein Herz. Morgana Talbot kann niemals für mich sein, was Ihr für mich bedeutet.«

»Unverschämter Schmeichler!« Elisabeth klopfte ihm mit dem juwelenübersäten Griff ihres Fächers auf die Finger.

Richard warf Burghley einen Seitenblick zu, der sich die Hand vor den Mund hielt, um ein Schmunzeln zu verbergen.

»Holt Talbots Einwilligung ein und dann macht der Kleinen den Hof«, erklärte ihm Elisabeth. »Ihr seid, was Geldgeschäfte angeht, ein Zauberer, und ein geborener Höfling. Mir ist völlig unbegreiflich, was Euch am Krieg so gefällt.«

»Ich mache mir Sorgen wegen meiner Schwester Kathryn«, gestand Richard. »Sie schreibt, in Irland ginge es drunter und drüber.«

»Tyrones Gräfin«, erklärte Burghley der Königin.

Elisabeth seufzte. »Mir scheint, ich habe Wölfe geschickt, um Irland zu regieren.«

»Übrigens schreibt Kathryn auch, ein undichtes Dach bereite ihr große Sorgen, aber die Anfrage ihres Mannes, bleierne Dachplatten einzuführen, sei niemals beantwortet worden.«

»Aus Blei läßt sich Munition herstellen«, mischte Burghley sich ein.

»Sendet Richards Schwager, was er benötigt«, befahl die Königin. Zu Richard gewandt, bemerkte sie trocken: »Ihr habt noch eine Schwester in Schottland. Hat diese keine Sonderwünsche?«

»Im Augenblick nicht.« Richard hatte nicht vor, der Königin von seinem schottischen Schwager zu erzählen, der ihn ständig bearbeitete, sich für Mary Stuarts Entlassung aus der englischen Gefangenschaft einzusetzen. Sogar Brigettes ältere Söhne schrieben ihm einen Bittbrief nach dem anderen, in dem sie flehentlich darum baten, ihre Königin möge endlich nach Schottland zurückkehren. So wichtig Richard seine Familie auch war, er wagte es nicht, seiner Königin zu nahe zu treten.

Die Königin erhob sich zum Zeichen, daß die Audienz beendet war. »Nun denn, meine Untertanen erwarten mein Erscheinen im Saal.« Mit diesen Worten entschwebte sie mit Burghley im Schlepptau.

»Und falls Devereux tatsächlich einen Erben zeugt?« flüsterte Burghley der Königin zu, während er sie in den Bankettsaal begleitete.

»Es scherte mich nicht, wenn dieser Junge hundert Söhne zeugte«, antwortete Elisabeth und warf ihrem Minister einen langen Blick aus den Augenwinkeln zu. »Ich werde mich unterstehen, einem meiner wertvollsten Höflinge zu gestatten, nach Irland zu verschwinden, um sich dort töten zu lassen.«

Burghley nickte zufrieden.

Richard folgte ihnen in einigem Abstand und blieb im Eingang zum Bankettsaal stehen. Die Übergabe der Geschenke mußte jeden Augenblick beginnen.

Etwas erhöht auf einem Podest thronte Elisabeth hoheitsvoll im bequemsten Sessel, der im Schloß aufzutreiben war. Der Sheriff von Leicestershire trat vor, verbeugte sich förmlich und reichte ihr wie jedes Jahr einen mit Goldmünzen gefüllten silbernen Becher.

»Ein wunderbares Geschenk«, bedankte sich Elisabeth, wobei sie den Becher samt Inhalt betrachtete. »Ich bekomme nicht oft so etwas Herrliches geschenkt.«

»Wenn es Eurer Majestät gefällt«, entgegnete der Sheriff, »so seid gewärtig, dieser Becher enthält weit mehr als nur Gold.«

»Was könnte das sein?« fragte die Königin mit einem fragenden Lächeln.

»Die Herzen Eurer Euch liebenden Untertanen«, lautete die Antwort.

»Wir danken Euch, Sheriff«, erwiderte Elisabeth aufrichtig erfreut. »Das ist in der Tat weit mehr.«

Als er Elisabeth bei dieser Zeremonie betrachtete, erfüllte eine große Bewunderung Richards Herz. Er liebte seine Königin trotz ihrer weiblichen Eitelkeit und ihres schwierigen Charakters. Noch nie hatte auf Englands Thron ein begnadeterer Herrscher gesessen.

»Ihr habt immer diesen merkwürdig geschmerzten Gesichtsausdruck, als habe man Euch einen Spieß in Euren Allerwertesten . . .«

Richard wirbelte herum und entdeckte den Grafen von Leicester neben sich. Mit steinernem Gesichtsausdruck musterte er den langjährigen Favoriten der Königin.

»Der Sommerumzug Ihrer Majestät sollte Anlaß geben für Heiterkeit«, erklärte Dudley. »Lacht Ihr nie? Wie wäre es mit einem Lächeln?«

»Ach, Leicester, Lachen ziert häufig einen hohlen Kopf«, erwiderte Richard, »und ein Lächeln verbirgt meist eine trügerische List.« Mit diesen Worten wandte er sich um und ging zur Tür.

»Ihr verlaßt uns so früh?« fragte ihn Dudley mit vor Sarkasmus triefender Stimme. »Wir werden Euch vermissen.«

»Shropshire und eine Braut warten auf mich«, überraschte Richard den grauköpfigen Grafen und kehrte dem sprachlosen Leicester den Rücken. Dieser so seltene Anblick zauberte die Andeutung eines Lächelns auf Richards Lippen, als er den Saal verließ.

Zweites Kapitel

Keely hatte es sich in dem Badezuber bequem gemacht, den man ihr in ihrem Zimmer im Gasthof *Zum Eberkopf* in der Nähe von Ludlow, Shropshire, hergerichtet hatte. Das Zimmer war düster, kaum größer als ein Wandschrank, mit nur einem kleinen Fenster, von dem aus man den gepflasterten Hof sehen konnte. Aber es war ordentlich und sauber, und die Bettlaken waren makellos.

Ob ihr Vater sie anerkennen würde? fragte Keely sich zum hundertsten Mal.

Bei den heiligen Steinen Gottes! Natürlich würde er sie anerkennen, versicherte sie sich selbst und malte sich ihr ergreifendes Treffen aus.

Wie sie würdevoll durch den großen Saal in Schloß Ludlow schreiten würde, wo Robert Talbot in einem Sessel vor dem Kaminfeuer sitzen, sich bei ihrem Eintritt erheben, sie in seine Arme nehmen und gegen seine Brust drücken würde. Seine Tochter würde er sie nennen, und sie würde Vater zu ihm sagen. Gemeinsam würden sie Megan beweinen. Dann würde ihr Vater ihr versprechen, sie zu lieben und zu schützen und die Wunden zu heilen, die die achtzehn Jahre ihr zugefügt hatten, in denen sie einander nicht gehabt hatten.

Was für eine wunderbare, rührende Szene. *Zu wunderbar.* Schwarze Gedanken begannen, diesen vollkommenen Tagtraum zu verdunkeln.

Wohin sollte sie gehen, wenn Robert Talbot ihr den Rücken kehrte? fragte Keely sich. Vor vielen Jahren hatte er ihre Mutter verlassen. Woher hatte Megan dieses blinde Zutrauen genommen, daß dieser verantwortungslose englische Herzog seine uneheliche Tochter lieben und sie vor aller Welt anerkennen würde? Schließlich war sie nur ein Bastard.

Und Rhys! Sie hatte nicht einmal eine Chance gehabt, sich

von ihrem geliebten Bruder zu verabschieden. Was hatte Rhys getan, nachdem er entdeckt hatte, daß sie verschwunden war, verstoßen von Madoc?

Jemand klopfte an die Tür und riß sie aus ihren düsteren Gedanken. Es war Odos Stimme, die rief: »Bist du bereit, kleines Mädchen?«

»In ein paar Minuten bin ich soweit.«

Keely kletterte aus dem Zuber und trocknete sich ab. Sie zog einen leichten Wollrock an, so veilchenblau wie ihre Augen, und dazu eine langärmelige weiße Leinenbluse mit einem tiefen, runden Halsausschnitt. Dann stieg sie in ihre schwarzen Reitstiefel und legte sich den juwelenbesetzten Drachenanhänger an, der sich auf dem strahlenden Weiß der Bluse funkelnd abhob.

Anschließend bürstete sie sich das Haar und bändigte die ebenholzschwarze Mähne in einem Zopf. Schließlich öffnete sie die Tür und bat ihre Cousins herein.

»Habt ihr gebadet?« fragte sie die beiden und musterte sie von Kopf bis Fuß. Als sie wie zwei Riesenbabys brav nickten, fügte sie hinzu: »Ich muß schon sagen, ihr seht gut aus.«

»Du siehst auch wunderschön aus, kleines Mädchen«, gab Odo das Kompliment zurück. »Bist du nun bereit, deinen Vater aufzusuchen?«

Obwohl sich der Magen bei diesen Worten zusammenkrampfte, hob Keely entschlossen den Kopf. »So bereit, wie man nur sein kann.«

»Sollen wir unsere Sachen mitnehmen?« fragte Hew.

»Wir holen sie später«, antwortete Keely mit einem Lächeln, das sowohl ihre beiden Cousins wie sie selbst ermutigen sollte. Dann nahm sie ihren Mantel und machte sich auf den Weg, ihre Cousins auf den Fersen.

Der Stallknecht hatte bereits Merlin und die Pferde ihrer Cousins gesattelt und in den gepflasterten Innenhof geführt. Die drei stiegen in die Sättel und machten sich auf den Weg nach Schloß Ludlow.

Das Dorf Ludlow und die Hügel, in die es eingebettet lag, zeigten sich in zeitloser Schönheit. Die Sonne stand an einem wolkenlosen Himmel, und aus dem Westen wehte ein leichter Sommerwind. Hübsch anzusehende, reetgedeckte Häuser waren über die dicht bewaldeten Hügel verstreut, und bunte Wildblumen — dunkelviolette Disteln, blaue Kornblumen, orange und rosa Zistrosen, Goldruten und blaßrosa Majoran — blühten üppig auf den Wiesen.

Schließlich tauchte Schloß Ludlow vor ihnen auf, grau und bedrohlich, wie ein in Stein verwandeltes, urzeitliches Ungeheuer. Keely stockte der Atem. Vor Angst verkrampfte sich ihr der Magen, ihr Herz schlug wild. Zum ersten Mal in ihrem Leben hatte sie wirklich Angst. Mit all diesen Ungewißheiten zu leben, war wahrlich nicht einfach.

Keely zwang sich, ein paarmal tief Luft zu holen. Sie mochte ein Feigling sein, aber niemand brauchte das zu wissen.

»Oben auf dem Turm ist die Flagge des Herzogs gehißt«, rief Odo und deutete nach oben.

»Dann ist der Herzog zu Hause«, fügte Hew hinzu.

»Ich fühle mich nicht wohl«, erklärte Keely, die der Mut verlassen hatte. Sie versuchte, Merlin zu wenden. »Versuchen wir es doch morgen. Ich bin sicher, bis dahin geht es mir wieder besser.«

»Jetzt bist du soweit gekommen, nun mußt du deinen Weg zu Ende gehen«, entgegnete Odo und versperrte ihr mit seinem Pferd den Weg.

Widerstrebend nickte Keely. Am liebsten wäre sie den ganzen Weg nach Hause, nach Wales, zurückgaloppiert, aber es gab nur den Weg nach vorne.

Da in England Frieden herrschte, konnten Keely und ihre zwei Begleiter ungestört über die stets heruntergelassene Zugbrücke und die äußeren Befestigungsanlagen in den inneren Hof reiten. Niemand hielt sie auf oder befragte sie, bis sie das Hauptgebäude erreicht hatten.

»Was ist Euer Begehr?« Der Mann, offensichtlich ein mit großer Befugnis ausgestatteter Bediensteter, versperrte ihnen den Eingang zum großen Saal.

»Wer seid Ihr?« entgegnete Keely. O Gott! Sie hatte nicht so hochnäsig klingen wollen. Überheblichkeit gehörte sich nicht für Bastarde.

»Ich bin Mr. Dobbs, der Majordomus des Herzogs«, ließ der Mann sie von oben herab wissen. »Und wer seid Ihr?«

»Lady Glendower«, antwortete Keely mit der Andeutung eines Lächelns. »Ich habe dem Herzog etwas Wichtiges mitzuteilen.«

Dobbs musterte sie von Kopf bis Fuß und bemerkte ihre recht gewöhnliche Aufmachung. So wie dieses junge Ding daherkam, war ihm noch keine Lady unter die Augen gekommen.

»Seine Gnaden ist beschäftigt«, erklärte Dobbs und versuchte sie hinauszugeleiten. »Versucht Euer Glück an einem anderen Tag.«

Obwohl ihr Mut sie so gut wie verlassen hatte, wich Keely nicht vom Fleck. Ginge sie jetzt, würde sie niemals wiederkehren.

»Die Belange, über die ich mit dem Herzog zu sprechen wünsche, haben Vorrang vor allem anderen«, bestand Keely. »Laßt ihn bitte wissen, daß ich hier bin.«

Der Majordomus wollte gerade den Mund öffnen und sie fortschicken, als eine Frauenstimme aus dem Saal sich einmischte. »Wer ist das, Dobbs?«

Dobbs wandte sich um und rief: »Eine junge Frau, die darauf besteht, mit Seiner Gnaden zu sprechen.«

»Bringt sie zu mir«, erklärte die Lady.

Dieser Saal übertraf alles, was Keely je gesehen hatte. Er war riesig, hatte eine hohe Balkendecke und zwei große Kamine. Farbenprächtige Banner hingen von den Balken, und prächtige Gobelins schmückten die Wände.

Keely starrte den blonden, blauäugigen Engel an, auf dessen Geheiß sie den Saal betreten hatte. Das Mädchen war ein, zwei Jahre jünger als sie und trug ein hellblaues Seidenkleid, das ihre Figur betonte. Neben diesem Engel stand eine eher unscheinbare ältere Frau.

»Mylady, darf ich Euch Lady Glendower vorstellen«, ließ sich Dobbs vernehmen, wobei er das Wort *Lady* besonders betonte. »Lady Glendower, darf ich Euch Lady Morgana vorstellen, die Tochter Seiner Gnaden.«

Morgana Talbot schenkte dem zierlichen Eindringling ihre

ganze Aufmerksamkeit. Die zarte Schönheit des Mädchens war ihr sofort aufgefallen — der schwarz glänzende Zopf, der makellose helle Teint mit dem zarten rosa Schimmer auf den Wangen und die schlanke, frauliche Figur.

Und dann sah Morgana die Augen des Mädchens — sie waren veilchenblau, dieselbe seltene Farbe wie die Augen ihres Vaters. Ihr Blick blieb auf dem Funken sprühenden Drachenanhänger haften, der die andere Hälfte des Anhängers zu sein schien, den ihr Vater stets trug. War dieses Mädchen vielleicht die Frucht eines Fehltritts aus der Jugendzeit ihres Vaters?

Keely wußte, der Engel vor ihr war ihre Halbschwester. Ob es noch andere Geschwister gab? Sie trug ein sehr teures Kleid. Keely blickte an sich herunter, an ihrem bescheidenen Aufzug, und fühlte sich wie in Lumpen gehüllt. Sie war tatsächlich nur die arme Verwandte.

Jede der beiden Schwestern sah in der anderen die Eigenschaften, die sie bei sich selbst vermißte. In diesem Augenblick waren zwei Feindinnen geboren.

»Lady Glendower, meine Gesellschaftsdame, Mrs. Ashmole«, stellte Morgana Talbot die beiden Frauen einander vor.

Keely nickte der älteren Frau zu.

Mrs. Ashmole musterte sie von oben bis unten. Ihrem Gesichtsausdruck konnte Keely entnehmen, daß sie die Prüfung nicht bestanden hatte.

»Seine Gnaden ist leider nicht anwesend«, erklärte Morgana. »Kann ich Euch helfen?«

»Die herzogliche Flagge weht über Ludlow«, widersprach Keely.

»Ihr habt mich falsch verstanden. Mein Vater besucht gerade Freunde«, entgegnete Morgana scheinheilig lächelnd. »Was genau wollt Ihr mit ihm besprechen?«

»Ich fürchte, das ist eine private Angelegenheit«, erwiderte Keely. »Ich werde in ein paar Tagen wiederkommen.«

»Nein!«

Keely starrte die Blondine überrascht an.

»Seine Gnaden ist ein bedeutender Mann und hat nicht

für jeden Zeit, der ihn zu sprechen wünscht«, beharrte Morgana. »Sagt mir, worum es geht, und ich überbringe Eure Nachricht.«

»Vielen Dank, aber das möchte ich lieber nicht tun«, entgegnete Keely und wollte gerade gehen.

»Mein Vater hat Euch doch nicht mit dem Versprechen verführt, Euch eine gesellschaftliche Stellung zu verschaffen?« fragte Morgana.

Entsetzt drehte Keely sich um und starrte offenen Mundes ihre Schwester an.

»Hübsche Frauen zu verführen ist die Lieblingsbeschäftigung meines Vaters«, log Morgana.

Keely wurde kreidebleich und wich wie vom Donner gerührt einen Schritt zurück. War es ein Fehler gewesen, nach Schloß Ludlow zu kommen? Nein — Megan hatte sich nie geirrt, wenn sie etwas *gesehen* hatte. Etwas stimmte hier nicht. Keely konnte die gefährliche Mischung aus Angst und Haß beinahe sehen, die ihre Halbschwester umgab.

»Ich möchte mich für die Störung entschuldigen, die mein Eindringen verursacht hat«, verabschiedete sich Keely steif. »Ich werde ein andermal wiederkommen.«

»Wen soll ich Seiner Gnaden melden?« ließ Morgana nicht locker.

Keely zwang sich zu einem Lächeln. »Sagt Seiner Gnaden, daß seine Tochter ihn besuchen wollte.«

»Betrügerin«, zischte Mrs. Ashmole; aus ihrem Mund klang das wie ein Fluch.

Keely merkte, daß Odo und Hew vor sie treten und eingreifen wollten. Mit einer Hand hielt sie die beiden zurück.

»Mein Vater hat zwischen Shropshire und London Dutzende von Bastarden gezeugt. Selbstverständlich erkennt er sie niemals an«, erklärte Morgana giftig, was so gar nicht zu ihrem engelsgleichen Aussehen paßte. »Dobbs!«

Der Majordomus der Talbots, der offensichtlich in Hörweite geblieben war, um nichts zu versäumen, kam in den Saal geeilt.

»Werft diesen Bastard aus meinem Schloß«, befahl Morgana.

Dobbs blickte zu Keely, zögerte und ging dann auf sie zu. Der fürchterliche Anblick der zwei walisischen Riesen, die ihm in den Weg traten, ließ den Diener erstarren.

»Es besteht kein Anlaß, sich Umstände zu machen, Mr. Dobbs«, erklärte ihm Keely, ihre Haltung bewahrend. »Ich finde den Weg selbst hinaus.«

Blind vor Tränen floh Keely aus dem Saal die Stufen hinunter. Beinahe wäre sie in der Hast, mit der sie der erlittenen Erniedrigung zu entkommen suchte, mit einem jungen Mann zusammengestoßen.

Der fünfzehn Jahre alte Henry Talbot, der einzige Sohn und Erbe des Herzogs, trat schnell zu Seite, um dieser wunderschönen Vision, die ihm da entgegenflog, Platz zu machen.

Wer war sie? Ein neuer Dienstbote? Während er ihr nachblickte, dachte Henry, daß er gerne mit ihr seiner neuen Lieblingsbeschäftigung nachginge — der Liebe.

Als er sich umwandte, um seinen Weg die Treppe hinauf fortzusetzen, sah Henry sich zwei Riesen gegenüber. Er sprang ihnen aus dem Weg und blieb, den Rücken an der Wand, stehen. Falls es sich hier um die Aufpasser der jungen Dame handelte, würde er sich nie ihrem Zauber hingeben können.

Mit einem schnellen Blick vergewisserte Henry sich, daß er nicht mehr Gefahr lief, niedergetrampelt zu werden. Der Weg war frei, und er eilte in den großen Saal, wo seine Schwester vor Wut schäumte.

»Wie kann diese Schlampe es wagen, so mir nichts dir nichts in diesen Saal zu marschieren!« wütete Morgana, während sie vor dem Kamin auf und ab ging.

»Beruhigt Euch, Mylady«, erhob Mrs. Ashmole die Stimme. »Dieses Frauenzimmer ist nichts als eine geldgierige Betrügerin.«

Morgana drehte sich um und runzelte die Stirn. »Sie wird es auf keinen Fall wagen, nochmals hier aufzutauchen.« Aus den Augenwinkeln erspähte die blonde Schönheit ihren jüngeren Bruder. »Mrs. Ashmole, bitte laßt mich alleine, mein geliebter Bruder kommt zu Besuch.« Bei diesen Worten verzog sie den Mund zu einem Lächeln, das jedoch nicht die Augen erreichte.

Henry schnaubte verächtlich, als die alte Dame den Saal verließ. Wenn seine Schwester lächelte, verhieß das nichts Gutes — und in der Regel für ihn.

»Ashmole kann so langweilig sein«, erklärte ihm Morgana. »Obwohl ich zugebe, daß ihre Ergebenheit ungewöhnlich ist.«

»Ashmole wird für ihre Ergebenheit gut bezahlt«, entgegnete Henry. »Was hattest du vorhin für eine hübsche Lady zu Besuch?«

»Die Schlampe war keine Lady«, zischte Morgana. »Das Biest besaß die Frechheit, hier hereinzumarschieren und mit Vater sprechen zu wollen.«

»Hübsch war sie jedenfalls.«

»Auf eine gewöhnliche Art vielleicht.«

Henry unterdrückte ein Lächeln und musterte seine Schwester aus den Augenwinkeln. Daß sie dem Mädchen ein solches Lob zukommen ließ, überraschte ihn.

»Was wollte sie denn?« fragte er.

»Das Miststück hatte vor, Vater zu erzählen, sie sei seine lange verlorene Tochter.«

»Glaubst du denn, daß sie wirklich ...?«

»Anbetracht dieser veilchenblauen Augen und dem verfluchten Drachenanhänger besteht kaum ein Zweifel, wer ihr leiblicher Vater ist«, unterbrach Morgana ihn. »Wie das Vater wieder ähnlich sieht, seine Bastarde über das ganze Land zu verstreuen.«

»Veilchenblaue Augen wie Vater«, wiederholte Henry. »Warum hast du nicht nach ihm rufen lassen?«

»Warum sollte ich ihn wegen so einer Nebensächlichkeit wie dem Auftauchen eines seiner Bastarde stören?« hielt Morgana dagegen. »Und außerdem, möchtest du dein Zuhause wirklich mit so einem Weibsstück niedriger Abstammung teilen?«

»Bastarde sind nicht erbberechtigt«, meinte Henry. »Wie sollte sie uns schaden?«

»Es ist schon schlimm genug, daß die Gräfin von Cheshire so hinter Vater her ist«, beklagte sich Morgana. »Wir brauchen nicht noch jemand, der es auf unser Erbe abgesehen hat.«

»Mein Erbe«, stellte Henry richtig.

»Natürlich, wie du meinst.«

»Was Lady Dawn angeht«, bemerkte Henry, »ist Vater hinter ihr her. Ich habe noch gesehen, wie ...«

»Ach! Ihr Männer seid alle gleich.«

»Und was soll das schon wieder bedeuten?«

Morgana ließ die Frage unbeantwortet. Statt dessen lenkte sie das Gespräch auf ihr Lieblingsthema — sich selbst. »Was mich angeht, ich kann mich nicht entscheiden zwischen Richard Devereux und Willis Smythe. Wen von beiden soll ich heiraten?«

»Es kümmert mich nicht im geringsten, welcher Unglückliche deine Hand gewinnt«, antwortete Henry mit schmerzlichem Gesichtsausdruck.

»Diese Haltung geziemt sich nicht für den zukünftigen Herzog von Ludlow«, schimpfte Morgana. »Zwar ist Devereux ein Graf und einer der reichsten Männer Englands, aber Baron Smythe sieht teuflisch gut aus.«

»Dann heirate Devereux und nimm dir Smythe als Liebhaber«, riet ihr ein merklich angewiderter Henry. »Wo ist Vater?«

Morgana zuckte die Achseln. »Wahrscheinlich liegt er mit Lady Dawn im Bett«, erklärte sie übelgelaunt. »Warum willst du das wissen?«

»Weil er, du hirnverbrannte Närrin, erfahren muß, daß ...«

»Verlier kein Wort über sie«, drohte Morgana, »oder du wirst es bereuen!«

»Vater hat das Recht zu wissen, daß er noch ein Kind hat«, bestand Henry. »Außerdem würde ich meine andere Schwester gerne kennenlernen.«

»Wenn du Vater ein Sterbenswörtchen davon erzählst, werde ich ihm von dem hübschen Mädchen erzählen, das du ...« Morgana sprach den Satz nicht zu Ende. Statt dessen warf sie ihm einen durchtriebenen Blick zu. »Ich weiß, was du getan hast, und ich weiß, daß Papa dir gesagt hat, du sollst die Finger von den Mädchen in Ludlow lassen. Du hast schon zwei Bastarde in die Welt gesetzt. Wie viele soll Vater denn noch unterstützen?«

»Du hast gewonnen«, gab Henry widerwillig nach.

»Schwörst du es?«

»Ich schwöre, Vater nichts von seinem anderen Kind zu erzählen.«

»Ich wußte, ich kann mich auf dich verlassen«, jubelte Morgana und küßte ihn auf die Wange, bevor sie auf dem Absatz kehrtmachte, um den Saal zu verlassen.

Kaum war er alleine, wischte sich Henry die Backe mit dem Ärmel ab und setzte sich. Zwar hatte er geschworen, seinem Vater kein Sterbenswörtchen zu verraten, aber er hatte nicht versprochen, ihrer bislang unbekannten Halbschwester zu sagen, wo sie ihren Vater finden konnte, wenn er nach London abreiste.

»Dobbs!« rief Henry. Als der Majordomus ein paar Augenblicke später auftauchte, gab er ihm Anweisung, den drei Besuchern, die soeben Ludlow verlassen hatten, einen Mann hinterherzuschicken. »Er soll es im Gasthof *Zum Eberkopf* versuchen. Das ist der einzige Gasthof weit und breit. Dann brauche ich Pergament, eine Feder und einen Boten meines Vaters. Und zwar schnell, Mann.«

Jeder Hoffnung beraubt, sprang Keely auf Merlin und verließ den Innenhof von Schloß Ludlow im Galopp. Sobald sie die äußeren Befestigungsanlagen hinter sich gelassen hatte, ließ sie die Zügel streifen, damit ihre Cousins sie einholen konnten. Wortlos ritten die drei dahin.

Madoc hat recht gehabt, dachte Keely. Sie war tatsächlich die Prinzessin von Nirgendwo.

Die ländliche Gegend erschien ihr nun nicht mehr wie eine Idylle. Die dünne Besiedlung war nur ein Spiegel ihrer eigenen Verlassenheit, die reetgedeckten Häuser waren nun ärmliche Hütten in ihren Augen. Sogar die unzähligen Wildblumen, die sich sanft im Sommerwind wiegten, schienen sich über sie lustig zu machen.

Irgendwo zwischen Schloß Ludlow und dem Gasthof *Zum Eberkopf* wurde aus Keelys tiefer Herzenspein eine leise vor sich hin brodelnde Verärgerung, und schließlich kochte sie vor Wut. Der Herzog von Ludlow hatte ihre geliebte Mutter geschwängert und sie anschließend im Stich gelassen. Dafür würde er teuer bezahlen. Aber wie? Sich an einem der mächtigsten Peers Ihrer Majestät zu rächen, schien so gut wie unmöglich.

Einem anderen Angst einzujagen ist falsch, hörte Keely die Stimme ihrer Mutter sie schelten.

Keelys Wut war so schnell verflogen, wie sie gekommen war. Doch mit der Wut war auch ihre ganze Kraft verschwunden. Sie fühlte sich müde und ausgelaugt. Ihre niedrigeren Triebe — deren Ursprung zweifellos in dem schlechten englischen Blut zu suchen war, das durch ihre Adern floß — mußten strikt unter Kontrolle gehalten werden. Wenn sie diesen unseligen Kräften nachgab, würde dies gewiß zu ihrem Untergang führen.

»Was sollen wir nun machen?« fragte Hew, als sie alle drei zu Tisch in der Gaststube saßen.

»Keely wartet einen oder zwei Tage«, meinte Odo, »und dann versucht sie noch einmal, ihren Vater zu sehen. Diesmal gehen wir zur Abendbrotzeit nach Schloß Ludlow, da treffen wir den Herzog gewiß an.«

»Ich kann nicht nach Ludlow zurück.« Keely schüttelte traurig den Kopf. »Dieses Mädchen — meine Halbschwester — will mich dort nicht sehen.«

»Vielleicht wollte sie nur vorsichtig sein«, wandte Odo ein.

»In ihren Augen konnte ich deutlich sehen, daß sie erkannte, wer ich bin«, widersprach Keely. »Sie fühlt sich durch mich bedroht.«

»Du bist die Tochter des Herzogs«, warf Odo ein, »genauso wie sie.«

»Nicht ganz genauso«, berichtigte ihn Keely. »Ich bin der Bastard des Herzogs.«

»Ich denke, wir sollten wieder nach Hause gehen«, erklärte Hew. »Rhys wird uns vor Madoc beschützen.«

Keelys Gesicht spiegelte ihre abgrundtiefe Traurigkeit.

»Die Prinzessin von Nirgendwo ist eine Frau ohne Zuhause«, flüsterte sie mit gebrochener Stimme. »Es ist nicht nötig, daß ihr mein Exil mit mir teilt. Ich wünsche, daß ihr beide nach Wales zurückkehrt.«

Odo griff nach ihrer Hand, und Hew legte seine Hand auf ihre beiden Hände.

»Wir drei stehen das gemeinsam durch«, erklärte Odo.

»Das hätte ich nicht besser sagen können«, bekräftigte Hew.

»Klar hättest du das nicht«, meinte Odo. »Weil du ein hirnverbrannter Idiot bist.«

Keely mußte über die beiden lachen und wollte gerade das Wort ergreifen, als die Tür zur Gaststube aufflog und ihre Aufmerksamkeit gefangennahm. Gekleidet in die Livree des Herzogs von Ludlow betrat ein herzoglicher Bote die Schenke. Er ließ den Blick über die spärlichen Gäste schweifen und trat auf sie zu.

Als er ihren Tisch erreichte, erkundigte sich der Mann: »Seid Ihr die Frau, die heute morgen auf Schloß Ludlow war?«

Unruhig kaute Keely auf ihrer Lippe, bevor sie schließlich nickte.

Der Bote zog ein Pergament hervor und reichte sie ihr.

Einen langen Augenblick starrte Keely verwirrt zunächst den Mann und dann das Pergament in ihrer Hand an. Langsam öffnete sie es und las. Schließlich sah sie auf und schenkte dem Boten einen veilchenblauen Blick und ein Lächeln.

»Soll ich auf ein Antwortschreiben warten?« erkundigte sich der Bote freundlich, von ihrem bezaubernden Lächeln hingerissen.

»Bitte bestellt, ich möchte mich bedanken.«

Der Bote nickte und verließ ohne ein weiteres Wort den Gasthof.

»Laß mich die Nachricht sehen«, sagte Hew.

»Du kannst doch nicht lesen«, erinnerte ihn Odo.

»Du auch nicht«, schoß Hew zurück.

»Habe auch nicht behauptet, daß ich es kann«, hielt Odo

dagegen. »Na, kleines Mädchen, sind das gute Nachrichten?«

»Ich habe einen Bruder namens Henry«, erzählte ihnen Keely. »Er schreibt, *unser* Vater wird in der dritten Septemberwoche in seine Residenz nach London zurückkehren. Er ist sicher, daß ich dort ohne Einmischung seitens Lady Morgana mit ihm sprechen kann.«

»Das sind in der Tat gute Nachrichten«, meinte Odo.

»Brechen wir jetzt gleich nach London auf?« flehte Hew. »Ich hätte es nie zu träumen gewagt, daß ich den Tag erlebe, an dem ich in das Herz unserer Feinde reise.«

»Natürlich gehen wir nach London.« Odo versetzte seinem Bruder einen Klaps. »Keely muß doch ihren Vater treffen.«

»Es ist nicht nötig, daß ihr beide mich nach London begleitet«, erklärte ihnen Keely. »Ich bin sicher, daß ich allein zurechtkomme.«

»Glaubst du wirklich, wir würden dich alleine reisen lassen?« fragte Odo.

»So leicht wirst du uns nicht los«, fügte Hew hinzu.

»Ich wollte euch nie loswerden«, antwortete Keely. »Na gut, haben wir genug Münzen, um unsere Ausgaben zu bezahlen?«

»Na na, kleines Mädchen, jetzt fang nicht an, dir den Kopf über solche Nebensächlichkeiten zu zerbrechen«, erhob Odo die Stimme. »Geh du nach oben und schlaf dich aus. Heute nachmittag reisen wir ab.«

Keely lächelte und erhob sich von der Bank. Sie beugte sich zu den beiden Männern, um ihnen beiden einen Kuß auf die Wange zu geben. »Ich habe euch sehr lieb«, meinte sie, was beide vor Verlegenheit rot werden ließ.

Sobald sie nach oben verschwunden war, warf Hew seinem Bruder einen Blick zu. »Na, was jetzt?«

»Wir haben nicht viele Münzen«, gestand Odo. »Aber das ist noch lange kein Grund, sich Sorgen zu machen. Wir schaffen es bis London, und wir werden bis zur dritten Septemberwoche nicht verhungern. Irgend etwas wird sich ergeben.«

Wieder flog die Tür zur Gaststube auf, und ein hochgewachsener, gutaussehender Mann trat ein. Sein arrogantes Auftreten und seine vornehme Kleidung schrie förmlich: »reicher Edelmann«. Der hochgestellte Herr suchte unverzüglich den Wirt auf und erklärte mit lauter Stimme: »Ich brauche für eine Stunde ein ordentliches Zimmer und ein heißes Bad. Selbstverständlich werde ich den Preis für einen ganzen Tag entrichten. Wie weit ist es bis nach Schloß Ludlow?«

»Eine halbe Stunde die Straße entlang, Mylord«, gab der Wirt zur Antwort. »Bitte folgt mir. Ich werde Euch mein bestes Zimmer zeigen.«

Odo, der den Edelmann nicht aus den Augen ließ, als dieser die Treppe hinaufging, lehnte sich zu seinem Bruder hinüber und flüsterte: »Es ergibt sich gerade was.«

Hew zuckte zusammen und blickte ihn entsetzt an. »Denkst du das, was ich denke, daß du denkst?«

»Was, zum Teufel, brabbelst du da?« fuhr Odo seinen Bruder an und knuffte ihn. »Drück dich klar und deutlich aus.«

»Für Wegelagerei kann man gehängt werden«, gab ihm Hew leise zu bedenken.

»Nenn es einfach Plündern«, riet ihm Odo. »Und überhaupt, erhängt werden ist ein schnellerer Tod als zu verhungern.«

»Wir werden schon nicht erwischt«, flüsterte Hew zurück, und seine Miene hellte sich auf.

Stirnrunzelnd sah Odo ihn an. »Wie kannst du dir da so sicher sein?«

»Wir tragen die Karneole bei uns«, erklärte ihm Hew und zog einen der glatten, rotbraunen Steine aus seiner Tasche. »Keely hat gesagt, in diesen Steinen stecke ein Zauber, der uns vor Ungemach schützt. Das hat Megan ihr beigebracht.«

Odo schloß die Augen, als könne er die abgrundtiefe Dummheit seines Bruders nicht länger mit ansehen und unterdrückte das Verlangen, ihm eine zu scheuern. »Ich kenne die vollkommene Stelle, um unseren Freund zu treffen«, erklärte er und stand auf. »Komm, gehen wir.«

Hew sah ihn verständnislos an. »Welchen Freund?«

Diesmal versetzte Odo ihm einen Klaps und knurrte: »Du hirnverbrannter Idiot.«

»Ach«, rief Hew. Endlich hatte er verstanden und folgte seinem Bruder hinaus.

Eine Stunde später waren Odo und Hew bereit für ihren »Plünderstreifzug«. Die unmaskierten Plünderer legten sich im dichten Gehölz entlang der Straße auf die Lauer und warteten auf ihr Opfer, das sich in diesem Augenblick in gemächlichem Tempo Schloß Ludlow näherte.

Immer näher kam der Edelmann.

Beinahe war auf der Höhe ihres Verstecks.

Odo gab Hew das Zeichen loszureiten. Sie stürmten vor und hinter dem ahnungslosen Reiter auf die Straße. Erschrocken bäumte sich dessen Pferd auf, wobei der Hut des schwarzgekleideten Edelmanns zu Boden fiel und eine flammendrote Mähne enthüllte. Er wollte nach seinem Degen greifen, ließ aber die Hand am Griff, als er eine Schwertspitze an seinem Nacken spürte.

»Wer wagt es, sich an einem Peer der Königin zu vergreifen?« fauchte der Graf von Basildon in einem Ton, der aus seiner tiefen Verachtung keinen Hehl machte.

»Wer auf dieser Straße reist, muß Maut zahlen«, erklärte ihm Odo. »Und diesen Maut treiben wir ein.«

»Gebt uns, was Ihr an Münzen bei Euch habt, edler Herr«, fügte Hew hinzu.

Als er ihre Forderung hörte, hob Richard Devereux seine kupferroten Augenbrauen. »Ihr versucht, den Grafen von Basildon auszurauben?«

»Wir *versuchen* gar nichts«, schoß Odo zurück. »Wir tun es. Gebt mir Euer Schwert mit dem Griff voran, und anschließend den Degen.«

Richard leistete Widerstand und tat nichts dergleichen.

»Beeilt Euch«, fuhr Hew ihn an. »Oder Ihr bedauert es.«

Langsam zog Richard sein Schwert. In dem Augenblick, als er es ihnen reichte, trat er seinem Roß in die Flanke, das daraufhin zur Seite tänzelte. Richard zog den Fuß aus dem Steigbügel, versetzte Odos Pferd einen Tritt und schwang den Schwertgriff in das Gesicht des zweiten Wegelagerers.

»Verschwinde!« rief Hew, der das Gleichgewicht verlor, seinem Bruder zu, und dieser machte sich aus dem Staub, so schnell er konnte.

Hew fiel von seinem Pferd und landete unsanft auf der Straße. In seiner Verzweiflung, dem Engländer zu entkommen, rappelte Hew sich hoch und stolperte in das Unterholz. Ein paar Sekunden später packten ihn zwei kräftige Hände von hinten.

Richard hob die Faust zum Schlag und fauchte: »Ich will dein Gesicht sehen, wenn du deine Zähne schluckst.« Dann stöhnte er, sank wie ein Sack in sich zusammen und begrub Hew unter sich.

»Hast du ihn umgebracht?« starrte Hew seinen Bruder an.

»Nur ein liebevoller Klaps«, beruhigte ihn Odo und hob den Grafen etwas hoch, damit Hew unter ihm herausrutschen konnte. »Er wird bald wieder aus seinem Nickerchen erwachen.«

»Und Alarm schlagen«, erklärte Hew und faßte sich an den Nacken, als spüre er bereits, wie sich die Schlinge um seinen Hals zuzog. »Wir müssen ihn zurückhalten.«

Odo brütete lange darüber nach und meinte schließlich: »Wenn wir sein Pferd stehlen, gewinnen wir genug Zeit, um Keely zu holen und von hier zu verschwinden.«

»Dann machen wir uns nicht nur der Wegelagerei, sondern auch noch des Pferdediebstahls schuldig«, stöhnte Hew.

»Kopf hoch«, tröstete ihn Odo. »Die Engländer können uns nur einmal hängen.«

Die zwei Waliser begannen, den Grafen nach Wertgegenständen zu durchsuchen. Bevor sie sich davonmachten, zog Hew einen der magischen Karneole aus seiner Hosentasche und legte ihn dem Grafen in die rechte Hand.

»Damit uns Keely nicht ausschimpft, wenn sie erfährt, was wir getan haben«, erklärte Hew, als er den fragenden Blick seines Bruders auf sich ruhen fühlte.

»Nimm noch seine Stiefel«, wies Odo ihn an. »Wenn er barfuß nach Ludlow laufen muß, gewinnen wir eine Menge Zeit.«

Odo und Hew stiegen auf ihr Pferd und verschwanden, das Pferd des Grafen im Schlepptau, im Schutz der Wälder von Shropshire.

Als einige Zeit verstrichen war, öffnete Richard die Augen, schaute hinauf in den blauen Himmel und setzte sich schließlich langsam auf. Er faßte sich an seinen schmerzenden Hinterkopf und blickte sich verwirrt um. Wo war sein Pferd? Und wo waren seine Stiefel abgeblieben?

»Verdammte Mistkerle!« fluchte er.

Er betrachtete den rotbraunen Stein in seiner linken Hand. Sollte dies ein Entgelt für das sein, was sie ihm gestohlen hatten? Neben ihm lag sein Hut.

Mit dem Stein in der einen und dem Hut in der anderen Hand stand Richard auf. Den Stein würde er behalten. Er sollte ihn stets an diese Schurken und das, was sie ihm angetan hatten, erinnern.

Sollte ich die beiden je zwischen die Finger bekommen, schwor Richard sich, *werden sie sich wünschen, als Kleinkinder gestorben zu sein.*

Und dann trat Richard den erniedrigendsten Gang seines Lebens an, den Marsch nach Schloß Ludlow. »Au!« Er bückte sich und entfernte einen spitzen Stein, der zwischen seinen Zehen eingeklemmt war. Befreit von dem Missetäter richtete er sich wieder auf, drückte die Schultern durch und setzte seinen Weg fort.

Die Mistkerle hatten ihm eine wichtige Lektion erteilt, erkannte Richard. Wenn er eines Tages in Irland war, würde er stets auf Rückendeckung achten. Doch Lektion hin oder her, für dieses Verbrechen würden die Schurken teuer bezahlen.

Richard war so damit beschäftigt, sich seine Rache auszumalen, daß er Schloß Ludlow in kürzester Zeit erreichte. Nur das Gelächter der Talbotschen Soldaten riß ihn aus dieser beglückenden Tagträumerei.

Hocherhobenen Hauptes ging Richard über die heruntergelassene Zugbrücke und durch den äußeren Burghof in den inneren Hof. Trotz seines schamroten Gesichts tat der

Graf von Basildon, als höre er das Gelächter nicht, das ringsum erschallte, wo er sich zeigte.

»Was, zum Teufel, treibt Ihr da, Devereux?« Die tiefe Stimme gehörte Robert Talbot.

Richard wandte sich um und zog eine rotbraune Augenbraue in die Höhe, als er sich der eindrucksvollen Gestalt des Herzogs von Ludlow gegenübersah. »Ich bin gekommen, Euer Gnaden, um Morgana den Hof zu machen.«

»Ihr seid barfuß von Leicester hierher marschiert?«

»Ich bin ausgeraubt worden, Ihr Dummkopf!« brüllte Richard und wedelte mit seinem Hut in die Richtung des Herzogs. Nun wagte es niemand mehr, über den Grafen zu lachen. Niemand bis auf eine Ausnahme.

Ein kehliges Lachen weckte jedermanns Aufmerksamkeit. »Ach Tally«, gurrte die Gräfin von Cheshire, »Devereux hat die süßesten ...« Blitzschnell hielt ihr der Herzog den Mund zu, so daß sie den Satz nicht vollenden konnte.

»Ich möchte mich für die unerfreulichen Umstände entschuldigen. Selbstverständlich könnt Ihr Euch aus meiner Garderobe nach Gutdünken bedienen«, erklärte Robert Talbot dem Grafen, als er ihn ins Schloß geleitete. »Wir werden den Schuldigen fassen und hängen — da könnt Ihr sicher sein.«

»Laßt die Gegend nach zwei Riesen absuchen«, antwortete Richard.

»Riesen?« wiederholte Talbot, der nicht glauben konnte, was er soeben gehört hatte.

»Ich meine zwei sehr große Männer«, verbesserte Richard. »Sie sprachen mit einem Akzent, vermutlich ein walisischer Akzent.«

»Sehr ungewöhnlich«, meinte Talbot.

Morgana Talbot stand im Torbogen zum großen Saal und sah ihren Vater und den barfüßigen Grafen von Basildon in dem langen Korridor verschwinden. »Was ist passiert?« fragte sie die Gräfin, als diese vorbeikam.

»Devereux ist gekommen, um Euch den Hof zu machen«, antwortete Lady Dawn mit einem hinterlistigen Lächeln. »Der Graf hat die attraktivsten Zehen, falls Ihr an solchen

Verlustierungen Vergnügen findet. Ich habe von Lady Mary *und* von Lady Jane gehört, der Graf von Basildon habe mehr zu bieten, als man ihm ansieht.«

Morgana Talbot starrte die Gräfin an, doch zuletzt gewann ihre Neugier die Oberhand über die Abneigung, die sie der wollüstigen Lady Dawn gegenüber hegte. »Was hat er mir zu bieten?«

»Devereux trägt eine Sommersprosse spazieren auf der Spitze seines ...« Und mit einem kehligen Lachen beließ es die Gräfin von Cheshire dabei und schlenderte in den großen Saal, um auf die Rückkehr der beiden Herren zu warten.

Drittes Kapitel

In den englischen Hecken und Gärten blühten die purpurfarbenen Herbstastern und verströmten ihren eigenartigen Duft. Der Erntevollmond war nah, das Herbstäquinoktium, die vollkommene Tagundnachtgleiche. Die Londoner Christen trafen ihre Vorbereitungen für das Fest des heiligen Michael, und die Bauern vor der Stadt bereiteten ihr Erntefest vor.

Und dann gab es welche, die bereiteten sich auf ein ganz anderes Fest vor. Sie wußten, wer sich hinter dem heiligen Michael verbarg — ein heidnischer Gott, der in alten Zeiten unter dem Namen Sonnengott verehrt worden war.

Der frühe Abend, die stille Zeit vor der Dämmerung, legte sich über England. Mitten in einem abgeschiedenen Eichenhain auf dem Berg von Primrose standen drei Menschen, zwei Riesen und ein zierliches, dunkelhaariges Mädchen.

»Kleines Mädchen, mir gefällt das nicht«, erklärte Odo.

»Du wirst als Hexe verbrannt, wenn uns jemand dabei sieht«, fügte Hew hinzu. »Und wir werden bestimmt als Hexenmeister zusammen mit dir verbrannt.«

»Die Könige und Königinnen des Waldes werden uns beschützen«, entgegnete Keely und deutete auf die riesigen Eichen. Sie zog ihren weißen Mantel über den violetten Wollrock und die weiße Leinenbluse und verbarg ihre ebenholzschwarze Mähne unter der Kapuze. »Weil ihr diesen Herrn in Shropshire ausgeraubt habt, befinden wir uns in großer Gefahr. Was immer wir anderen an Schaden zufügen, kehrt zehnfach zu uns zurück.«

»Verdammt«, brummte Hew. »Wir haben doch schon gesagt, daß es uns leid tut.«

»Wie oft willst du uns deshalb noch ausschimpfen, Kleines?« fragte Odo sie. »Wir haben ihm doch den Karneol als Schutz gelassen.«

Keelys Mund zuckte, aber sie sagte nichts darauf. Statt

dessen nahm sie die acht Steine, die Odo ihr reichte, und erklärte: »Madoc Lloyd hat meine Seele verletzt. Wenn ich nicht Alban Elued, das Licht des Wassers, achte, wird sich die Wunde entzünden und mich vergiften.«

Anschließend ging Keely in die Mitte des Eichenhains und legte mit den Steinen einen großen Kreis, den sie nach Westen hin offen ließ. Zwischen die Steine legte sie Holunder-, Preisel- und Schlehenbeeren und wilde Pflaumen.

»Wollt ihr mitkommen?« fragte Keely ihre Cousins. »Im Kreis ist es sicher.«

Doch sowohl Odo wie Hew schüttelten den Kopf. Sie mußten sie vor jeder Gefahr schützen, und dazu brauchten sie einen klaren Kopf.

Keely betrat den Kreis von Westen aus und schloß die Lücke mit dem letzten Stein. Dabei sprach sie: »Störende Gedanken bleiben draußen.«

In der Mitte des Kreises angelangt, drehte sich Keely dreimal im Uhrzeigersinn, und blieb, die Augen nach Westen auf die untergehende Sonne gerichtet, stehen. Dann schloß sie die Augen, konzentrierte sich auf ihren Atem und berührte den Drachenanhänger, dessen Saphire, Diamanten und Rubine in den letzten Sonnenstrahlen Feuer zu sprühen schienen.

Keely bebte, ein kalter Schauer der Vorahnung lief ihr den Rücken hinunter. Sie liebte die Rituale, die ihre Mutter sie gelehrt hatte. Doch sie war sich nicht sicher, ob sie ohne Megans spirituelle Begabung wirksam sein würden.

»Die Alten sind hier, sie warten ab und sehen zu«, klang Keelys sanfte Stimme durch die stille Nacht. »Die Sterne sprechen durch die Steine, und das Licht scheint durch die dickste Eiche.« Ihre Stimme wurde lauter. »Himmel und Erde sind ein Reich.«

Keely umrundete das Kreisinnere im Uhrzeigersinn und sammelte die wilden Beeren, um sie neben sich im Kreiszentrum, der Seele des Kreises, auf den Boden zu legen. »Ich bewahre das Gute und entferne das Nutzlose. Gedankt sei der Muttergöttin für die Früchte der Erde. Gedankt sei Esus, dem Gott des Opfers, der in diesen majestätischen Bäumen wohnt, die uns mit Nahrung versorgen und mit Holz, um uns Behausungen zu bauen und uns zu wärmen.«

Nach einer langen Pause, in der sie über die nächsten Schritte des Rituals und ihre Gefühle nachdachte und sich sammelte, so wie die Natur ihre Kraft sammelt, drehte sie sich dreimal mit geöffneten Armen um sich selbst und rief mit lauter Stimme: »Geist, der mich auf meiner Reise geleitet, hilf mir, die Sprache der Bäume zu verstehen. Geist meiner Ahnen, hilf mir, die Sprache des Windes zu verstehen. Geist meines Stammes, hilf mir, die Sprache der Wolken zu verstehen.«

Daraufhin blickte Keely in die untergehende Sonne und schloß die Augen. »Öffne mein Herz, damit ich über den Horizont hinaussehe.«

Es verstrich einige Zeit, und dann geschah es. Bilder tauchten vor ihrem geistigen Auge auf ...

Undurchdringliche Dunkelheit. Ein flaues Gefühl in der Magengrube. Unsichtbares Übel, das ganz in der Nähe lauert. Schließlich das warme Gefühl von Sicherheit. Starke, schützende Arme, so zuverlässig wie die mächtigen Eichen. Arme, die sie willkommen heißen. Sie beschützen ...

Das Bild verschwand, und sie befand sich wieder in der Wirklichkeit des Berges von Primrose.

Keely machte langsam die Augen auf, berührte den leuchtenden Drachenanhänger und sprach leise ein Gebet. »Ich bitte die ganze Macht der Liebe meiner Mutter, die in diesem Drachen lebt, mich und die meinen zu schützen.«

Versunken in das Schauspiel, flüsterte Hew seinem Bruder zu: »Ich bin kein Feigling, aber sie treibt mir wirklich den Angstschweiß auf die Stirn.«

»Ich weiß, was du meinst«, stimmte Odo ihm so zermürbt zu, daß er sogar einen verstohlenen Blick über die Schulter warf. »Mir kommt es so vor, als hätten es diese Bäume nur darauf abgesehen, mich zu packen.«

Die beiden wollten gerade zu Keely gehen, als diese sie ohne hochzublicken warnte: »Es ist verboten, den Kreis zu durchbrechen.« Mit geschlossenen Augen beendete sie die Zeremonie. »Ich danke der Göttin und diesen Eichen dafür, daß sie mich an ihrer Weisheit teilhaben ließen.«

Erschöpft ging Keely zum westlichen Rand des Kreises, wo sie begann, die Steine wieder einzusammeln und den Bann zu brechen. Anschließend zog sie die weiße Robe aus, legte sie zusammen und holte ihre Tasche.

»Hast du gehört, was die Bäume sagten?« wollte Odo wissen.

»Ja«, beantwortete sie seine Frage.

»Und was der Wind flüsterte?«

»Ja.«

»Heute weht kein Wind«, warf Hew ein.

»Der Wind umgibt uns immer«, erklärte ihm Keely.

»Ich habe ihn nicht gehört.«

»Du hirnverbrannter Idiot«, fuhr Odo ihn an. »Natürlich konntest du ihn nicht hören. Der Wind hat ihr ins Ohr *geflüstert*.«

Keely schmunzelte ihren beiden Cousins zu, bevor sie den Himmel absuchte. Im Westen war der Himmel noch immer flammend rot, während er sich im Osten bereits in ein dunkles Schiefergrau färbte.

»Hast du über das Firmament hinausgesehen?« wollte Hew wissen.

Keely nickte und hoffte, daß sie die Zeichen richtig verstanden hatte. Ach, wenn sie doch nur einen Funken des Talents ihrer Mutter besäße! »Wir müssen zurück nach London und bis zum Morgengrauen in unserem Zimmer bleiben.«

»Warum?« fragte Odo.

»In der Taverne finden wir Sicherheit«, antwortete sie.

»Ist die Sicherheit ein Mensch?« platzte Hew heraus.

»Vielleicht«, lächelte Keely unsicher. »Ich habe schützende Arme gespürt.«

»Wessen Arme waren das?« hakte Odo nach.

Keely zuckte die Achseln. »Ich konnte kein Gesicht sehen.«

»Wahrscheinlich war ich es«, meinte Hew.

»Wie kommst du darauf?« widersprach Odo. »Ich bin viel stärker als du.«

»Blödsinn, bist du nicht«, wehrte sich Hew.

»Bin ...«

»*Nicht*!«

Keely kicherte. Sie liebte diese hitzköpfigen Brüder, die es für ihre Pflicht hielten, sie zu beschützen.

»Wovor verstecken wir uns?« fragte Odo sie.

»Du meinst, vor wem«, verbesserte Keely ihn. »Der Tag und die Nacht sind in vollkommenem Gleichgewicht, aber Vater Sonne verliert an Kraft. Wenn dieser Tag vergangen ist, wird der Herr, den ihr in Shropshire ausgeraubt habt, uns nicht mehr finden können.«

»Ich hänge am Leben«, meinte Hew und faßte sich an den Hals. »Woher weißt du, daß wir im Gasthof *Zum Hahn* Sicherheit finden? Hast du die Zukunft in den Wolken gelesen?«

»Die Antwort darauf werden wir morgen finden«, antwortete Keely. »Die Bäume und der Wind und die Wolken rieten mir, in diesen Gasthof zurückzukehren.«

»Na, ich habe nichts davon gehört«, meinte Hew verächtlich.

Odo versetzte seinem Bruder einen Klaps. »Nur falls du es vergessen hast, Keely besitzt die Gabe. So ist es doch, Kleines?«

»Megan hatte das Zweite Gesicht, soviel steht fest«, wand Keely sich. Sie kaute mit ihren kleinen weißen Zähnen auf ihrer Unterlippe, bevor sie gestand: »Ich habe so etwas noch nie empfunden, aber ich fühle in meinem tiefsten Inneren, daß etwas Außergewöhnliches geschehen wird.«

»Das reicht mir vollkommen«, gab Odo sich zufrieden.

»Ich finde es durchaus vernünftig, daß wir uns eine Weile in unserem Zimmer verbergen«, stimmte Hew zu. »Wenn uns dieser Herr erwischt, sind wir nicht mehr das Schwarze unter dem Fingernagel wert. Um das zu wissen, brauche ich nicht das Zweite Gesicht.«

»Das ist nicht alles«, fuhr Keely fort, als sie auf ihre Pferde stiegen. »Das Gold, das wir für das Pferd des Herrn bekommen haben, wird in London nicht lange reichen. Vielleicht finden wir in dem Gasthof Arbeit, falls mein Vater sich weigert, mich anzuerkennen.«

Als sie in das Zentrum von London ritten, legte sich eine merkwürdige Traurigkeit über sie, und sie redeten kein Wort mehr. Trotz der späten Stunde wimmelte es in den engen Gassen nur so von hin- und hereilenden Menschen. Die Bewohner dieser Stadt schienen an einem nie enden wollenden Wettrennen teilzunehmen. Die dicht gedrängt stehenden Häuser und die schmalen Gassen gaben Keely das Gefühl, keine Luft mehr zu bekommen.

Sie versuchte, möglichst tief und ruhig zu atmen, während sie mit ihren Cousins am Cheapside Market und der St. Paul's Cathedral vorbeiritt. Schließlich erreichten sie die Friday Street, wo sich der Gasthof *Zum Hahn* befand.

So weit weg von Zuhause, dachte Keely, und sie fühlte sich auf merkwürdige Weise allein, obwohl ihre Cousins sie begleiteten und sie an Hunderten von Menschen vorbeigekommen waren. Hier brauchte niemand eine Druidenpriesterin mit zweifelhaftem Talent oder eine walisische Prinzessin am Bettelstab. Taffy, walisische Trottel, wie die Engländer zu spotten pflegten.

Keely hoffte, daß sie die Geschehnisse am Berg von Primrose richtig gedeutet hatte und daß der Gasthof *Zum Hahn* die ersehnte Zufluchtsstätte vor dem in der Dunkelheit lauernden Übel war, das sie gefühlt hatte. Gewiß würde die Gefahr, daß dieser Herr sie fand, zusammen mit der Sonne schwinden.

Hätte Keely gewußt, wie sehr sie sich irrte, wäre sie bestimmt nach Wales zurückgejagt und hätte den Zorn ihres Stiefvaters auf sich genommen. In diesem Augenblick saß der Gegenstand all ihrer Überlegungen in der Gaststube des *Hahns* und wartete darauf, daß die beiden hünenhaften Straßenräuber auftauchten, die ihn seiner Würde beraubt hatten.

Die Schenke des Gasthofs *Zum Hahn* war überraschend geräumig, groß genug für einen Kamin und eine Theke. Auf der linken Seite des Raums, dicht neben der engen Stiege, die zu den Schlafzimmern im ersten Stock führte, befand sich der Kamin. In der Ecke gegenüber war die Theke. Dazwischen standen mehrere Tische und Stühle.

Richard Devereux saß an einem Tisch hinten bei der Theke, von dem aus er den Eingang gut beobachten konnte, zusammen mit seinem Freund Willis Smythe. Die beiden Männer tranken Bier und unterhielten sich.

»Hätte ich gewußt, daß alles auf deine Rechnung geht«, sagte Willis, »hätte ich darauf bestanden, in einem Etablissement zu essen, das von einer gehobeneren Schicht besucht wird.«

»Die Preise sind hier außergewöhnlich«, entgegnete Richard.

»Die letzten zwei Wochen bist du den kichernden Dingern am Hof aus dem Weg gegangen«, neckte Willis ihn. »Je länger du dich fernhältst, um so schwieriger wird es, weiterzumachen, wo du aufgehört hast.«

»In letzter Zeit hatte ich alle Hände voll zu tun mit den Geschäftsinteressen der Königin«, erklärte Richard.

Willis schmunzelte und mußte an sich halten, um nicht laut zu lachen.

»Wenn jemand seine Würde verliert, ist das kein Grund, fröhlich zu sein«, fügte Richard hinzu. »Und wenn du Wert darauf legst, dein hübsches Gesicht zu behalten, solltest du dir es genau überlegen, ob du die Geschichte weitererzählen willst. Burghley bemerkte, du hättest sie jedem aufgetischt, der sie hören wollte.«

»Es tut mir leid«, entschuldigte sich Willis mit einem Grinsen, wie es einem aufrichtig Reuigen schlecht anstand.

»Die Eigentümer des *Hahns* sind Freunde meiner Schwester Brigette«, wechselte Richard das Thema. »Bucko gibt an mich weiter, was sich die Kaufleute der Stadt hier so erzählen.«

»Eine Gräfin, die sich mit Wirtsleuten anfreundet?« fragte Willis überrascht.

Richard zuckte die Achseln. »Es ist schon Jahre her, als Brigette mit ihrem Mann stritt, nach London davonlief und hier vorübergehend als Kellnerin unterkam, bis sich die beiden wieder versöhnten.«

Willis schlug sich vor Lachen auf die Schenkel. »Das ist ja noch besser. Eine Gräfin, die sich als Kellnerin verkleidet?«

»Wenn ich mich recht erinnere, lachte Iain damals nicht«, bemerkte Richard trocken.

»Dein Schwager scheint einiges gemein zu haben mit dir«, meinte Willis.

Richard zog eine rotbraune Augenbraue hoch.

»Mangel an Humor.«

»Offensichtlich besitzt du ausreichend Humor für uns beide«, antwortete Richard. »Klatscht man am Hof noch über etwas anderes als meine Demütigung?«

Willis machte eine kleine Pause, als denke er nach. »Es heißt, Lady Morgana Talbot und du wärt so gut wie verlobt.«

Richard rollte die Augen. »Du tätest gut daran, meinem Beispiel zu folgen. Such dir eine reiche Erbin. Was gibt es sonst noch?«

»Vor kurzem ist ein gewisser Signor Fulvio Fagioli aus Italien eingetroffen und bricht den Damen am Hof reihenweise die Herzen«, erzählte ihm Willis. »Muskeln und Charme sind eine unwiderstehliche Kombination. Fagioli brachte aus Italien ein merkwürdiges Gerät mit, es heißt Gabel und ...«

»Da wären wir, meine Herren«, unterbrach eine Frau sie und stellte zwei Schüsseln dampfenden Eintopfs vor ihnen auf den Tisch.

»Seid gegrüßt, Marianne.« Richard blickte auf zu der Frau des Besitzers. Er nahm ihre Hand und küßte sie, wie es am Hof Sitte war.

Marianne kicherte. Sie war eine gutaussehende Frau mit üppiger Figur, warmem, von blonden und grauen Strähnen durchzogenen braunen Haar und haselnußbraunen Augen, die vor Witz und Verstand nur so funkelten.

»Madame Jacques, darf ich Euch Baron Willis Smythe vorstellen«, erklärte Richard.

Nachdem sein Freund diesen Einsatz gegeben hatte, übernahm Willis und küßte der Frau die Hand. »Das Vergnügen ist ganz auf meiner Seite, Madame.«

»Die Abstammung merkt man einfach«, meinte Marianne, offensichtlich beeindruckt. »Wir haben Euch eine ganze Weile nicht gesehen. Wie geht es Eurer Schwester?«

»Brie geht es gut, aber das Schicksal hat ihr eine Tochter beschert, die ähnlich temperamentvoll ist wie sie.«

Voller Mitgefühl schüttelte sie den Kopf und grinste: »So richtig kann ich über Bries Unglück nicht lachen. Ich mache mir selbst die meiste Zeit über Sorgen wegen meiner Tochter Theresa.«

»Da möchte ich Euch mein Beileid ausdrücken«, antwortete Richard. Mit gesenkter Stimme fuhr er fort. »Ich bin hier, weil ich zwei Diebe fangen möchte und dabei Eure Hilfe brauche. Es handelt sich um zwei wahre Hünen; befinden sich solche unter Euren Gästen im *Hahn*?«

»Ihr meint die beiden Begleiter der Frau mit den veilchenblauen Augen?« erkundigte Marianne sich.

»Eine Frau mit veilchenblauen Augen?« wiederholte Richard überrascht. Der einzige Mensch, den er kannte und der diese ungewöhnliche Augenfarbe hatte, war der Herzog von Ludlow.

Marianne nickte.

»Wie heißen sie?«

»Glendower, glaub ich. Oder Lloyd.«

»Waliser Trottel«, murmelte Willis.

»Das Pack hat mich auf der Straße nach Schloß Ludlow ausgeraubt«, erzählte Richard Marianne.

»Haben ihm einfach die Stiefel ausgezogen und sein Pferd gestohlen«, fügte Willis hinzu. »Der Baron ging den ganzen Weg barfuß nach Schloß Ludlow.«

Marianne zerriß es beinahe vor Lachen. Willis Smythe stimmte ein.

Richard spürte, wie ihm das Blut ins Gesicht schoß. Er konnte nichts dagegen tun. Einer der Nachteile, worunter Rotschöpfe zu leiden hatten. Die Menschen lachten über ihn, seit er diesen beiden Hünen in Shropshire in die Hände gefallen war, und das behagte ihm ganz und gar nicht. Für diese Erniedrigung würden ihm diese walisischen Mistkerle teuer bezahlen.

»Soll ich die Wache rufen?« fragte Marianne.

Richard schüttelte den Kopf. Die Wache würde dafür sorgen, daß die Schurken am Galgen in Tyburn baumelten, aber für ihn wäre es wesentlich befriedigender, sich eigenhändig an den beiden zu rächen. Außerdem wollte Richard die Frau nicht hängen sehen, es bestand ja immer noch die Möglichkeit, daß sie mit dem Verbrechen nichts zu tun hatte.

»Woher wußtest du, daß sie hier sind?« wollte Willis wissen.

»Diese Hohlköpfe haben mein Pferd an meinen Pferdeknecht, Jennings, verkauft«, grinste Richard.

Willis lachte. »Sie stahlen dein Pferd und verkauften es dir anschließend?«

»Genau.«

»Willst du sie gefangennehmen?«

»Daß eine Frau dabei ist, ändert meine Pläne.« Richard schüttelte den Kopf. »Ich werde sie von Beagan und ein paar meiner Männer bewachen lassen.«

»Da kommen sie«, flüsterte Marianne hinter vorgehaltener Hand. »Ich gehe jetzt.«

»Falls du es wagst, dich umzudrehen«, warnte Richard seinen Freund, »erwürge ich dich mit bloßen Händen, das schwöre ich dir.«

Willis grinste und begnügte sich damit, seinem Freund dabei zuzusehen, wie er seine Beute beobachtete.

Der Anblick Keelys erschütterte Richard von Grund auf. Es war wie ein Schock. Mit aufgerissenen Augen starrte er die zierliche Schönheit mit dem ebenholzschwarzen Haar an, die mit ihren hünenhaften Begleitern durch die Gaststube schritt. Obwohl sie nur schlicht gekleidet war, erschien sie ihm unwiderstehlich, weitaus schöner als die sogenannten Schönheiten am Hof.

Richard sah, wie sie an einem Tisch am anderen Ende der Stube Platz nahm. Und mit einemmal war Rache das letzte, woran er dachte ...

Endlich in Sicherheit, atmete Keely erleichtert auf, als sie die Gaststube betrat. Odo führte Hew und sie zu einem Tisch nahe beim Kamin.

Kaum hatte sie zwischen den beiden Platz genommen,

meinte Keely: »Ach, lassen wir das mit dem Abendessen doch bleiben und gehen gleich auf unser Zimmer.«

»Du hast den ganzen Tag noch nichts gegessen«, gab Odo ihr zu bedenken.

»Und du bist ohnehin schon zu dünn«, fügte Hew hinzu. »Außerdem bin ich am Verhungern.«

Keely hatte ein Einsehen und nickte.

Sie war ständig auf dem Sprung, schlimmer wie ein Frosch im Teich, ihre Nerven waren zum Zerreißen gespannt. In ihren Druidenknochen spürte Keely, daß etwas Außerordentliches geschehen würde. Sie hatte das Gefühl, an einem Abgrund zu stehen — vielleicht sogar vor einem Abgrund des Verderbens.

»Was darf's sein, Leute?« begrüßte Marianne sie mit einem Lächeln und stellte zwei Krüge Bier vor Odo und Hew und einen Becher Glühwein vor Keely.

»Fünf Schüsseln Eintopf«, bestellte Odo.

»Fünf, stimmt das?«

»Wir haben Hunger«, erklärte Hew.

Keely trank einen Schluck von dem Glühwein. Die Wärme tat ihren angespannten Nerven gut. Als sie den Becher wieder hinstellte, sank Hew in seinem Stuhl zusammen und zupfte sie am Ärmel.

Als sie hochblickte und seinen entsetzten Gesichtsausdruck sah, war Keely klar, daß ihre Sorgen sie eingeholt hatten. »Was ist los, Cousin?«

»Der Edelmann, den wir ausgeraubt haben, sitzt dort drüben«, flüsterte Hew.

»*Wo?*« Odo erhob sich halb, um sich einen besseren Überblick über die volle Gaststube zu verschaffen.

»Schaut nicht hin«, zischte Keely.

Odo und Hew senkten sofort den Blick.

»Wo sitzt er?« fragte Keely.

»Der rothaarige Mann ganz in Schwarz, dort an dem Tisch neben der Theke«, antwortete Hew.

Keely warf einen Blick in diese Richtung. Auf der gegenüberliegenden Seite der Schenke saßen dicht an der Theke zwei englische Edelmänner. Tief in ein Gespräch mit seinem

Freund versunken, schien der rothaarige Graf von Sowieso gar nicht Notiz von ihnen genommen zu haben.

»Was sollen wir tun?« fragte Keely.

»Einfach ruhig sitzen bleiben«, meinte Odo. »Er wird uns in der Menge gar nicht bemerken.«

»Das wird das beste sein«, stimmte Hew ihm zu. »Solange wir uns nicht auffällig benehmen, wird er uns nicht bemerken.«

Keely verspürte ein starkes Bedürfnis, einfach unter den Tisch zu rutschen und sich dort zu verstecken. Vor Angst hinüberzusehen, wandte sie den Blick nicht mehr von ihrem Weinbecher. Sie fühlte sich überhaupt nicht wohl in ihrer Haut, ihr war, als mustere der rothaarige Mann sie eingehend — oder bildete sie sich das nur ein?

Unfähig, diese Ungewißheit noch einen Augenblick länger auszuhalten, nahm Keely ihren ganzen Mut zusammen und zwang sich, zu ihm hinüber zu blicken. Der Edelmann schien in dem Gespräch mit seinem Freund ganz aufzugehen, und doch wurde sie das Gefühl nicht los, er beobachte sie.

Keelys Blick glitt zu dem dunkelhaarigen Tischnachbarn des Grafen. Eine Gefühl drohenden Unheils überwältigte sie beinahe.

Als die beiden Männer sich unvermittelt erhoben, seufzte Keely. Nun würden Odo und Hew festgenommen und gehängt werden. Ach, wenn sie doch nur mit übersinnlichen Kräften gesegnet wäre! Dann hätte sie ihre Vision richtig gedeutet, und ihren Cousins wäre dieses schreckliche Ende erspart geblieben.

Der Graf stand auf und verabschiedete sich herzlich vom Gastwirt, bevor er kehrtmachte, um seinem Freund aus der Schenke hinaus in die Nacht zu folgen. Sein Blick glitt über sie und blieb an Keely hängen. Entsetzt sah sie, daß der Graf nicht weiter zur Tür ging, sondern sich auf ihren Tisch zu bewegte.

»Keine Waffen«, flüsterte Keely ihren Cousins zu. »Da reden wir uns heraus.«

Obwohl sie einen gelassenen, unbeteiligten Eindruck zu

erwecken suchte, konnte Keely die Augen nicht losreißen von dem Grafen, der auf sie zukam. Sein kupferrotes Haar strahlte golden wie Vater Sonne, und seine entwaffnenden Smaragdaugen leuchteten in demselben Grün wie ihr geliebter Wald im Frühling. Sein Gesicht war ungemein attraktiv, die Gesichtszüge wie gemeißelt, wenn auch nicht von ebenmäßiger, glatter Schönheit, sondern eher rauh und kantig. Die vollen Lippen strahlten eine starke Sinnlichkeit aus. Als er auf ihren Tisch zukam, bewegte er sich mit der Eleganz eines Raubtiers. Bei den heiligen Steinen! Dieser Mann war ein vor ihren Augen lebendig gewordener heidnischer Gott!

»Schenke dem König mit der Flammenkrone und der goldenen Hand dein Vertrauen ...«

Keely versuchte mit aller Kraft, den Gedanken an die Prophezeiung ihrer Mutter abzuschütteln. Vor ihr war kein König, kein heidnischer Gott, sondern einfach ein Mann. Und noch dazu ein verabscheuungswürdiger englischer Graf.

Als er schließlich vor ihrem Tisch stand, würdigte Richard Odo und Hew keines Blickes. Er sah nur in Keelys veilchenblaue Augen, die seinen Blick erwiderten. Richard lächelte und ließ seinen ganzen Charme spielen.

»Mylady«, begrüßte er sie mit einer leichten Verbeugung. Er nahm ihre Hand und beugte sich über sie, ohne den Blick von ihr zu wenden. »Wie der Gesang einer Sirene rief mich Eure außergewöhnliche Schönheit an diesen Tisch.«

Keely errötete über und über. Sie wußte nicht, ob sie sich durch dieses unerhörte Kompliment geschmeichelt oder ob sie sich durch dieses arrogante Draufgängertum verletzt fühlen sollte. Noch kein Mann hatte es gewagt, so mit ihr zu sprechen — und kein Mann hatte sie je so strahlend angelächelt.

»Richard Devereux, Graf von Basildon, zu Euren Diensten«, stellte Richard sich vor und blickte ihr tief in die veilchenblauen Augen. Er war sich über seine Wirkung auf sie durchaus im klaren. »Und wer seid Ihr?«

Dieses Lächeln könnte ein ganzes Schloß erhellen, dachte

Keely, während sie in diese unglaublichen Smaragdaugen blickte. Sie schien ihre Stimme verloren zu haben.

»Mylady?« setzte Richard nach.

»Ich bin ...« Sie quietschte in einer Stimmlage so hoch wie ein nervöser Sopran.

Richard grinste.

Keely wurde rot und räusperte sich. »Ich bin Lady Keely Glendower«, erklärte sie schließlich.

»Ein Vergnügen, Eure Bekanntschaft zu machen, Lady Keely«, antwortete Richard. Er warf Odo und Hew einen Blick zu, die keinen Zweifel daran hegten, im nächsten Augenblick festgenommen zu werden, und sich in ihren Stühlen wanden. »Ich hoffe aufrichtig, meine teure Schönheit, daß keiner dieser beiden Gentlemen das Recht hat, Euch seine Gattin zu heißen.«

»Meine Cousins«, antwortete Keely. »Odo und Hew Lloyd.«

Richard schüttelte beiden die Hand. »Ihr kommt mir irgendwie bekannt vor. Haben wir uns schon einmal gesehen?«

»Das ist unmöglich«, ergriff Keely das Wort, um seine Aufmerksamkeit auf sich zu lenken. »Wir sind gerade erst aus Wales hier angekommen.«

»Seid Ihr in London des Geschäfts oder des Vergnügens wegen?«

»Weder noch. Meine Cousins begleiten mich zum Haus meines Vaters. Ihr müßt wissen, meine Mutter trat erst kürzlich die ...« Keely hielt erschrocken darüber inne, was sie beinahe verraten hätte. »Ich werde bei meinem Vater in London leben.«

»Wer ist Euer Vater?« fragte Richard.

»Ein Engländer.«

Richards Mundwinkel zuckten. »Das vermutete ich bereits. Ich frage nur, da ich ihn möglicherweise kenne.«

Keely zwang sich zu ihrem gewinnendsten Lächeln. »Londons Gassen sind voll von Engländern.«

Obwohl er sich für unübertroffen darin hielt, andere auszuhorchen, mußte Richard sich überrascht eingestehen, daß sie seine Frage nicht wirklich beantwortet hatte. Er versuchte es erneut. »Werdet Ihr Euch länger im Gasthof *Zum Hahn* aufhalten?«

Keely schüttelte den Kopf. »Morgen früh werde ich meinen Vater aufsuchen.«

»Lady Keely, Eure ungewöhnliche Schönheit hat mir große Freude bereitet«, verabschiedete sich Richard und verbeugte sich, während er ihre Hand hielt. »Ich bin sicher, wir werden uns wiedersehen.« Ohne ein weiteres Wort verließ der Graf die Schenke.

Keely starrte ihm hinterdrein, konnte den Blick nicht losreißen von seinem Rücken, diesem großartigen, ungemein männlichen Rücken. Um Odo und Hews willen hoffte sie aufrichtig, daß sie sich nie wieder sehen würden. Und doch ...

Keely seufzte. Von etwas zu träumen, das nie sein konnte, war sinnlos.

»Er ist fort«, hörte sie Odo sagen.

»Wir sind in Sicherheit«, fügte Hew hinzu. »Du kannst aufhören zu zittern.«

Es kostete Keely große Mühe zu lächeln. Obwohl sie seit dem gestrigen Abend nichts gegessen hatte, drehte sich ihr beim Anblick des Eintopfs der Magen um. »Ich fühle mich nicht wohl«, erklärte sie. »Ich gehe nach oben. Laßt es euch schmecken.«

Sie griff nach ihrer Tasche, erhob sich und bahnte sich einen Weg durch die überfüllte Gaststube. Mit wackligen Knien stieg sie die Stufen zum ersten Stock hoch und ging den Gang entlang zu ihrem Zimmer.

Keely machte sich nicht die Mühe, eine Kerze anzuzünden, sondern ging quer durch das dunkle Zimmer zu ihrem Bett, wo sie die weiße Robe aus der Tasche zog und sich darin einwickelte, als böte ihr dieses Gewand Sicherheit.

Keely blickte auf das Bett und seufzte. Nach dem aufregenden Auftreten des Grafen und mit der erschreckenden Aussicht vor sich, morgen ihrem Vater gegenübertreten zu müssen, war sich Keely sicher, daß ihr heute Nacht der Schlaf verwehrt blieb.

Sie legte sich dennoch auf das Bett, und ihre Gedanken reisten durch Raum und Zeit nach Wales. Erinnerungen an ihre Kindheit und ihre wunderbare Mutter füllten die kleine Kammer. Keely dachte daran, wie Megan und sie, ungeachtet der Jahreszeit oder des Wetters, durch die Wälder rings um die Liegenschaften der Lloyds gewandert waren, um die göttliche Natur zu erforschen. Jeden Nachmittag saßen sie zusammen unter den mächtigen Eichen, wo ihre Mutter den goldenen Faden des Wissens an sie weitergab.

Die Tränen stiegen Keely in die Augen und rollten ihr über die Wangen. Ihre Sorgen hatten sie übermannt. Sie weinte hemmungslos, bis sie vor Erschöpfung einschlief.

Keely wachte in diesen zauberhaften Minuten vor der Dämmerung auf. Im Zimmer war es kühl, ein typischer frischer Septembermorgen. In ihre weiße Robe gehüllt, ging Keely zu dem kleinen Fenster und blickte hinaus. Im Osten war der Himmel in flammendes Rot getaucht, der Morgen dämmerte.

Sie wandte den Blick ab von dem Flammenmeer am Himmel und den engen Gassen zu. *Zivilisation?* dachte Keely. Wie konnten diese Engländer überhaupt atmen? Ihr war, als würde dieses Gedränge in Londons Straßen ihr die Luft zum Atmen rauben.

Keelys Gedanken wanderten zu dem Mann, den sie heute treffen würde.

Was für ein Mensch ihr leiblicher Vater wohl war? Konnte sie wirklich als Tochter eines englischen Herrn glücklich werden? Es schien ihr eine absurde Vorstellung, doch ihre Mutter hatte es so vorausgesehen.

Rotgelbe Flammenzungen bemächtigten sich des Himmels, krochen höher und höher. Die aufgehende Sonne, die jeden Morgen anders war, schien an diesem schicksalsträchtigen Tag besonders kraftvoll. War das ein gutes Omen?

Keely zog sich die Kapuze über den Kopf. Wenn sie nur draußen sein und die aufgehende Sonne spüren könnte!

»Myrddin, Größter unter den Druiden, segne mein Gebet«, begrüßte Keely die aufgehende Sonne. Um ihr näher zu sein, preßte sie die Hände gegen die Fensterscheibe und sang: »Vater Sonne küßt Mutter Erde.«

Nach diesem Morgenritual setzte Keely sich auf die Bettkante und versuchte, sich auf das bevorstehende Treffen mit ihrem Vater zu konzentrieren. Unglücklicherweise tauchte vor ihrem geistigen Auge ein rothaariger Graf auf, und dieses Bild erinnerte sie an die Gefahr, in der ihre Cousins Odo und Hew schwebten. Der Graf von Basildon hatte gesagt, die beiden kämen ihm bekannt vor, es war also nur eine Frage der Zeit, bis er erkannte, daß ihre Cousins die Missetäter waren, die ihn ausgeraubt hatten.

Keely dachte über die Klemme nach, in der sie steckte. Ihre Mutter hatte sie gelehrt, daß sie einen Zauberkreis bilden und um eine Gnade bitten konnte. Eine einzige Gnade — würde sie um mehr bitten, würde das die Großzügigkeit der Göttin verletzen.

Keely seufzte. Sie hatte eigentlich um die Anerkennung durch ihren Vater bitten wollen, aber nun drohte ihren Cousins Lebensgefahr — die Rache des Grafen. Die Wahl, vor der sie stand, war keine Wahl.

Keely holte aus ihrer Tasche ein schwarzes Säckchen hervor und leerte die heiligen Steine in ihre Hand. Sie wählte neun davon aus: für ihre spirituelle Führung einen weißen Achat, zwei dunkle Karneole sollten sie zuversichtlich machen und sie beschützen, zwei Rosenquarze der Heilung wegen, zur Stärkung der hilfreichen Macht zwei schwarze Obsidiane und zwei violette Berylle, um Unglück zu verhindern. Dann zog sie ihre kleine goldene Sichel aus der Tasche.

In der Mitte des Zimmers legte sie mit den Steinen einen Kreis. Nur den weißen Achat und die goldene Sichel behielt sie in den Händen. Nachdem sie den Kreis von Westen aus betreten hatte, schloß sie ihn mit dem Achat und sagte: »Störende Gedanken bleiben draußen.«

Während sie den Kreis im Uhrzeigersinn innen umrundete, deutete sie mit der goldenen Sichel auf den unsichtbaren Rand und schloß ihn. Sie suchte die Kreismitte auf, blickte nach Osten und flüsterte: »Steine der Macht, der Liebe und der alten Überlieferung, helft meinem Zauber, ich bitte darum . . . Geist meiner Ahnen, Geist meines Stammes, Geist meiner Reise, hilf mir auf deine Weise. Beschütze Odo und Hew. Laß Richard Devereux vom Fluß des Vergessens trinken, ohne Schaden zu nehmen.« Mit geneigtem Kopf fügte sie hinzu: »Dank diesen heiligen Steinen, den verehrten Geistern und dieser Sichel aus Gold.«

Nun ging Keely zum Westende des Kreises, hob den Achat auf und brach so den Bann. Nachdem sie die restlichen Steine eingesammelt und in ihren Beutel gesteckt hatte, setzte sie sich wieder auf die Bettkante, um über ihren Vater nachzudenken und zu warten.

Mittags stiegen Keely und ihre Cousins im Hof von Talbot House, Londons großartigstem Herrenhaus, vom Pferd. Keely blickte auf und sah die Sonne hoch am wolkenlosen, blauen Himmel stehen. Sie wußte, daß die Mittagssonne sie von nun an stets an den Tag erinnern würde, an dem sie zum ersten Mal ihrem Vater gegenübertrat.

»Vielleicht hätten wir unsere Sachen doch im Gasthof zurücklassen sollen«, meinte Odo, der sich nur allzu gut daran erinnerte, wie es ihnen in Schloß Ludlow ergangen war.

Keely schüttelte den Kopf. »Wenn Robert Talbot sich weigert, mich anzuerkennen, reiten wir nach Wales zurück.«

»Bist du dir da sicher?«

»Daran gibt es nichts zu rütteln.«

»Ich hoffe nur, daß der Graf, den wir ausgeraubt haben, nicht hier irgendwo in der Nähe wohnt«, warf Hew ein, während er sich nervös umblickte. Ihr Gastwirt hatte ihnen erzählt, daß alle englischen Edelmänner in Londons feinster Gegend, dem Strand, wohnten.

»Mach dir deshalb keine unnötigen Sorgen«, beruhigte Keely sie. »Ich habe die Göttin angerufen, euch zu schützen.«

»Nur zu schade, daß du sie nicht gebeten hast, uns unsichtbar zu machen«, brummte Hew.

»Nun, ich habe einfach nicht an eine Tarnkappe gedacht«, schmunzelte Keely.

»Schäkert hier nicht herum«, mischte Odo sich ein. »Es ist Zeit, daß du deinen Vater triffst, Kleines.«

Bei diesen Worten wurde Keely leichenblaß, doch sie nickte. Sie war so bereit wie nie zuvor. Zusammen betraten sie und ihre Cousins die herzogliche Residenz. Zu ihrer Überraschung trat ihnen niemand in den Weg, und niemand stellte ihnen unangenehme Fragen. Innerhalb des Hauptfoyers eilten Diener hin und her, und ein paar bewaffnete Wachen standen an der Wand und unterhielten sich.

Als sie versuchten, den großen Saal zu betreten, hielt ein Dienstbote sie auf. »Wer seid Ihr? Und was ist Euer Begehr?«

»Wir möchten den Herzog sprechen«, entgegnete Odo.

»Was gibt es, Meade?« war eine Männerstimme aus dem großen Saal zu hören.

Meade blickte sich um und erklärte: »Nichts, Euer Gnaden.« Wieder den Eindringlingen zugewandt, fuhr er fort. »Der Herzog hat Gäste und darf nicht gestört werden. Und nun verschwindet!«

Keelys Herz krampfte sich zusammen, und ihre Unterlippe zitterte bei dem Versuch, den übermächtigen Schmerz zu unterdrücken. Wieder wurde sie abgewiesen.

»Wir sind viele Meilen gereist, um den hohen Herrn zu sehen«, knurrte Odo.

»Wir bleiben hier, Kanaille«, fügte Hew hinzu.

Keely unterdrückte ein nervöses, entsetztes Kichern. »Du meinst *Grandseigneur*«, flüsterte sie.

»Er meint *Kanaille*«, sagte Odo.

»Verschwindet mit Eurer Dirne«, befahl Meade und deutete auf die Tür, »oder ich rufe die Wachen.«

»Ruft doch alle Wachen der Welt«, machte Odo sich stark und hob den unglücklichen Dienstboten hoch, um ihn in den Saal zu werfen, wo er auf den Boden krachte.

Eine Frauenstimme kreischte.

Eine Männerstimme fluchte.

Eine dritte Stimme dröhnte. »Was soll das bedeuten?«

Odo und Hew, die vor ihr in den Saal marschierten, nahmen Keely die Sicht. Die Wiedersehensszene entsprach nicht ganz ihren Vorstellungen, aber immerhin schaffte sie es in den Saal.

»Seid Ihr der Herzog von Ludlow?« begehrte Odo zu wissen.

»Ja.«

Nun erst traten die walisischen Hünen beiseite, und Keely fand sich vor einem kräftig gebauten Edelmann in mittleren Jahren wieder. Er hatte dieselben veilchenblauen Augen und dasselbe ebenholzschwarze Haar wie sie.

»Seid Ihr Robert Talbot?« fragte Keely ihn mit dünner Stimme.

Der Edelmann wurde kreidebleich, und ein Schleier legte sich über seine Augen, als hole ihn ein alter Schmerz ein. »Megan?« flüsterte er und streckte die Hand nach ihr aus. »Bist du es?«

»Ich heiße Keely«, erklärte sie. Oh, warum nur sah er so gequält aus? Schließlich war er es gewesen, der ihre Mutter verlassen hatte.

Der Herzog schüttelte den Kopf, um wieder klar denken zu können. Seine Phantasie spielte ihm einen üblen Streich. Megan war schließlich seit achtzehn Jahren tot.

»Woher habt Ihr dies?« fragte der Herzog, als sein Blick auf den Drachenanhänger fiel, der auf ihrer blendend weißen Leinenbluse Funken zu sprühen schien.

»Meine Mutter gab ihn mir«, antwortete Keely und legte die Hand schützend um den Anhänger. Sie hatte ihn von ihrer Mutter bekommen, und eher würde sie sterben, als ihn sich nehmen zu lassen, leiblicher Vater hin oder her.

»Und wo hat sie ihn her?«

»Mein leiblicher Vater hat ihn ihr geschenkt«, erklärte Keely und sah ihm in die Augen. »Vor achtzehn Jahren.«

»Wie heißt sie?« fragte der Herzog so bleich, als stünde er einem Geist gegenüber.

»Megan Glendower.«

»Ist Eure Mutter noch am Leben?« fragte er, unfähig, die Ungeduld und Hoffnung in seiner Stimme zu verbergen.

Keely schüttelte den Kopf. »Sie ist vor acht Wochen gestorben.«

Herzog Robert schloß die Augen, um seinen Tränen Einhalt zu gebieten. Er stöhnte qualvoll, bevor er einige Male tief Luft holte, sich räusperte und ihr ein unsicheres Lächeln schenkte. Dann zog er seinen eigenen Anhänger hervor, den er unter seinem Hemd trug. Diamanten, Smaragde, Saphire, Rubine und Gold bildeten den Unterkörper und den Schwanz des Drachens.

»Das ist die Ergänzung Eures Anhängers«, erklärte er. Seine veilchenblauen Augen suchten in ihren veilchenblauen Augen nach einem Zeichen jener Liebe, die in seinem Herzen bereits zu wachsen begann.

Entschlossen, sich die Herzenspein einer weiteren Zurückweisung zu ersparen, warf Keely nur einen flüchtigen Blick auf seinen Anhänger und erklärte mit gespielter Gleichgültigkeit: »Offensichtlich.«

»Kind, ich bin doch dein Vater«, verkündete Herzog Robert.

»Ihr Vater?« ertönte es aus dem Hintergrund.

»Verflucht«, murmelte Odo, der hinter Keely stand.

»Zweimal verflucht«, stimmte Hew seinem Bruder zu.

Keely drehte sich um, um den Besitzer dieser merkwürdig vertrauten Stimme zu sehen, und erstarrte. Da stand der Graf, den ihre Cousins ausgeraubt hatten. »Dreimal verflucht«, murmelte sie, als ihr dämmerte, daß ihre Zauberkräfte versagt hatten.

Ohne den Ausbruch des Grafen weiter zu beachten, ließ der Herzog den Blick über die neugierigen Zuschauer schweifen, die sich im Saal versammelt hatten, und rief: »Schaut, daß Ihr aus meinem Saal hinauskommt!«

Die Gefolgsleute Talbots und die Wachleute fielen beinahe über ihre Füße, als sie so schnell wie möglich versuchten, dem Befehl ihres Herrn nachzukommen. Im Handumdrehen leerte sich der Saal.

»Was hast du nach achtzehn Jahren deinem Vater zu sagen?« wandte Herzog Robert sich an Keely.

»Ich habe keinen Vater«, antwortete sie mit einem Anflug von Verbitterung in der Stimme, ohne jedoch seinem Blick auszuweichen. »Ihr habt mich gezeugt, nichts sonst. Hätte

Megan mich nicht schwören lassen, Euch aufzusuchen, wäre ich weit weg von diesem Ort.«

Ihre Unverschämtheit zeitigte Wirkung. Allerdings reagierte der Herzog anders, als sie es erwartet hatte. Es blitzte kurz in seinen Augen, die feingezeichneten Lippen kräuselten sich, und schließlich lachte der Herzog über das ganze Gesicht.

»Chessy, hast du das gehört?« rief er der üppigen Dame zu, die neben dem Grafen stand. »Sie hat meinen Stolz geerbt, stimmt's?«

»Das hat sie offensichtlich, Tally«, antwortete diese mit einem Lächeln und einem zustimmenden Nicken.

Der Stolz, den sie in der Stimme des Herzogs gehört hatte, berührte Keely. Zum ersten Mal seit dem Tod ihrer Mutter fühlte sie so etwas wie Hoffnung und Zuversicht in ihrem Herzen keimen. »Ich hoffe, Euer Mann wurde nicht verletzt«, erklärte Keely. »Odo und Hew sind etwas übereifrig, was meine Sicherheit angeht.«

Herzog Robert blickte seinem Majordomo hinterdrein, der in eben diesem Moment aus dem Saal hinkte. »Ich denke, Meade wird er überleben.« Dann wandte er seine Aufmerksamkeit den beiden Hünen zu. »Ihr habt meine Tochter zu mir gebracht, dafür stehe ich für immer in Eurer Schuld.«

»O Tally«, schwärmte die Dame von vorhin, »wie rührend.«

»Komm, Kind.« Der Herzog streckte die Hand aus. »Lerne meine Freunde kennen.«

Keely schaute die ihr entgegengestreckte Hand einen qualvoll langen Augenblick an, bis sie schließlich dem Herzog schüchtern zulächelte und ihre Hand in die seine legte.

»Ich möchte dir Lady Dawn DeFey, die Gräfin von Cheshire, vorstellen«, begann er.

Die Gräfin schien Anfang Dreißig zu sein, doch sie war noch immer eine schöne Frau mit ihrem kastanienbraunen Haar, den rehbraunen Augen und der üppigen Figur. Wenn sie, wie jetzt gerade, lächelte, zierten zwei entzückende Grübchen ihre Wangen und ließen sie noch jünger aussehen. Sie trug ein mit gelbem und rotem Brokat geschmücktes Kleid, das besser zu einer Gala bei Hofe als zu einem Nachmittag vor dem Kamin gepaßt hätte. An Hals, Ohren und Fingern funkelten Diamanten und Gold.

»Es freut mich, Euch kennenzulernen, Mylady«, entgegnete Keely und machte einen Knicks.

»Tally, dieses Kind ist so lieb wie ein Engel«, pries Lady Dawn sie. »Weitaus angenehmer als dieses Miststück von Tochter ... Nehmt meinen Rat, Devereux. Macht dieser Tochter den Hof und nicht der anderen.«

»Morgana kann nichts dafür, daß sie so ist«, verteidigte der Herzog seine abwesende Tochter. »Sie kommt nach der Familie meiner verstorbenen Frau. Du wirst sehen, meine Liebe, sie wird sich schon noch ändern.«

Herzog Robert stellte Keely seinen anderen Gästen vor. »Hier ist mein Nachbar, Richard Devereux, der Graf von Basildon.«

»Ein gütiges Schicksal hat uns bereits zusammengebracht«, erklärte der Graf mit einem leisen Lächeln. Er küßte ihr die Hand. »Ich wußte, wir würden uns wiedersehen, meine Schönheit.«

Keelys Hand zitterte in der seinen. Die Welt begann sich zu drehen, und ihr Magen krampfte sich zusammen.

»Ich fürchte, mir wird übel«, rief Keely, als der Saal vor ihren Augen verschwamm und sie Zuflucht in einer Ohnmacht fand.

»Sie schwankt«, rief Richard. Er fing sie auf, bevor sie umsank, und trug sie in seinen Armen.

»Du lieber Gott!« rief die Gräfin.

»Hier lang, Devereux«, befahl der Herzog. »Tragt sie nach oben.«

Richard folgte dem Herzog aus dem Saal hinaus, an den verdutzten Gefolgsleuten vorbei, die im Foyer gelauscht hatten, die Treppe hinauf zu einem Schlafzimmer. Hinter ihnen marschierten Lady Dawn, Odo und Hew. Auf Anweisung der Gräfin warteten die beiden walisischen Riesen im Gang.

Nachdem er Keely auf das Bett gesetzt hatte, starrte Richard in das Antlitz, von dem er die ganze letzte Nacht geträumt hatte. Sie war noch anmutiger, als er sie in Erinnerung hatte — ihre Schönheit und Zerbrechlichkeit erinnerten ihn an einen seltenen exotischen Schmetterling.

Langsam erwachte Keely aus der Ohnmacht. Als sie die Augen aufschlug, blickte sie in die vor Lebendigkeit sprühenden Smaragdaugen des Grafen, in dessen Gesicht seine Sorge um sie geschrieben stand. Als Keely den besorgten Gesichtsausdruck Herzog Roberts sah, versuchte sie aufzustehen.

»Bleibt noch etwas liegen und ruht Euch aus«, warnte Richard sie und drückte sie sanft auf das Bett zurück.

Keely folgte seinem Rat.

»Habt Ihr Schmerzen?« fragte Lady Dawn sie, die sich zu ihr auf die Bettkante gesetzt hatte.

Keely schüttelte den Kopf, was schon wieder ihren Magen in Aufruhr versetzte. Schnell hielt sie sich die Hand vor den Mund.

»Habt Ihr etwas Falsches gegessen?« fragte Richard.

»Nein, Eure Anwesenheit im Gasthof gestern hat mir den Appetit verdorben.«

Seine smaragdenen Augen ließen nicht locker. »Und das Frühstück?«

»Ich hatte keines.«

»Kind, wann hast du das letzte Mal gegessen?« fragte Herzog Robert.

»Meine letzte Mahlzeit war das Abendessen vorgestern.«

»Du dummes Kind«, schüttelte Lady Dawn erleichtert den Kopf darüber, daß diese Krankheit so leicht zu heilen war.

Keely sah zu, wie die Gräfin durchs Zimmer ging, die Tür öffnete und nach Meade rief. Es dauerte nur wenige Minuten, schon war der Diener zur Stelle und nahm ihre mit leiser Stimme vorgetragenen Anweisungen entgegen. Augenblicklich eilte er von dannen, um ihnen nachzukommen.

»In Kürze wird es dir besser gehen, Liebes«, sprach der Herzog ihr Mut zu.

»Lady Dawn hat ein leichtes Mittagessen für Euch bestellt«, erklärte ihr der Graf.

»Anschließend schläfst du«, fügte der Herzog hinzu. »Du wirst dich bis morgen früh in diesem Bett ausruhen.«

Keely war klar, daß sich alle um sie bemühten, aber sie fühlte sich ganz und gar unwohl in ihrer Haut, wie sie so im Bett lag und der Graf sie mit seinen Augen verschlang. Ihr schien es, als sei er hungriger als sie.

»Ich begleite Euch nach draußen«, zog der Herzog die Aufmerksamkeit des Grafen auf sich.

Bevor er das Zimmer verließ, lächelte Richard Keely zu. »Ich bin sicher, bald fühlt Ihr Euch wieder besser.«

»Was wird aus meinen Cousins?« rief Keely den beiden hinterher, als sie an der Tür waren. »Odo und Hew brauchen mich.«

»Deine Cousins sind meine Gäste, so lange sie dies wünschen«, versicherte ihr der Herzog.

Keelys Blick glitt von ihrem Vater zum Grafen, dessen Gesichtsausdruck plötzlich schwer zu deuten war. Sie nickte kurz und ließ sich wieder in die Kissen sinken.

»Keely fehlt nichts. Sie ist nur ohnmächtig geworden, weil sie nichts im Magen hatte«, erklärte der Herzog Odo und Hew, die ihren Platz vor der Tür nicht verlassen hatten. »Kehrt zurück in den Saal. Meade wird euch eine Mahlzeit bringen und einen Stuhl an meinem Tisch zuweisen.«

»Vielen Dank, Euer Gnaden«, verbeugte sich Odo, ohne den Grafen aus den Augen zu lassen.

»Aye, das ist sehr freundlich von Euch«, fügte Hew hinzu, »vor allem wenn man bedenkt, daß Ihr Engländer seid ...«

Odo versetzte seinem Bruder einen Stoß und entschuldigte sich. »Er ist ein Dummkopf und weiß es nicht besser, Euer Gnaden.«

»Ich verstehe«, antwortete der Herzog und unterdrückte ein Lächeln, als die beiden Waliser von dannen eilten. Zu Richard gewandte erklärte er: »Ihr entschuldigt mich, Devereux? Ich würde gerne meiner Tochter Gesellschaft leisten, wenn sie ißt.«

Richard nickte und warf einen Blick zu der verschlossenen Schlafzimmertür. »Darf ich Euch um Erlaubnis bitten, Lady Keely meine Aufwartung zu machen?«

Schmunzelnd klopfte ihm der Herzog auf die Schulter. »Mir ging es genauso, als ich ihre Mutter das erstemal sah. Allerdings ist mir Euer Ruf zu Ohren gekommen, den Ihr bei den Damen genießt. Sind Eure Absichten ehrenwert, mein Junge?«

»Ich spiele nie mit unverheirateten Unschuldslämmern«, antwortete Richard. »Ich brauche einen Erben und muß heiraten. Und verwandtschaftliche Beziehungen zwischen den Talbots und den Devereux erscheinen mir durchaus wünschenswert.«

»Dann werdet Ihr wohl bald um meinen Segen für Eure Eheschließung bitten«, spaßte der Herzog, doch der Spaß war halb ernst gemeint.

»Dafür ist es noch zu früh.« Richard zog eine Augenbraue hoch. »Keely sah mir ins Gesicht und fiel in Ohnmacht, aber vielleicht gelingt es mir, die junge Dame von ihrer schlechten Meinung über mich abzubringen.«

Unvermittelt packte der Herzog den Grafen am Arm. »Ich warne Euch, Devereux. Falls Eure Absichten nicht durch und durch ehrenhaft sind, bin ich gezwungen, Euch zu töten.«

»Ich verstehe, Euer Gnaden.« Mit diesen Worten lief Richard den Korridor entlang und verschwand im Treppenhaus.

Was, zum Teufel soll ich nun machen? fragte sich der Herzog mit vor Reue wehem Herzen. *Welches meiner drei geliebten Kinder soll ich zerstören?*

Sein erstgeborenes Kind, das wunderbare Ergebnis der größten Liebe seines Lebens, hielt sich selbst für einen Bastard. Doch nur Herzog Robert wußte, daß er und Megan Glendower vor dem Gesetz Mann und Frau gewesen waren, auch wenn diese Eheschließung geheim war. Keely war seine legitime Erbin.

Und genau darin lag das Problem. Obwohl sich Herzog Robert danach sehnte, den Kummer der ersten achtzehn Jahre in Keelys Leben wettzumachen, konnte er den Gedanken nicht ertragen, seinen einzigen Sohn einen Bastard zu heißen.

Herzog Robert hielt die Schultern gerade und hob das Kinn. Henry war unschuldig, er konnte nichts für die Bigamie seines Vaters und sollte dafür auch nicht bestraft werden.

Seine wilde Entschlossenheit, alles für Keely zu tun, was in seiner Macht stand, war ihm ins Gesicht geschrieben. Er würde sie öffentlich anerkennen, sie am Hofe vorstellen und die bestmögliche Ehe für sie arrangieren. Keely verdiente einen Ehemann, der sie glücklich machte, und der reiche Graf von Basildon schien sich wegen ihrer angeblichen unehelichen Herkunft keine Gedanken zu machen.

Herzog Roberts Züge entspannten sich. Er würde alles tun, um diese Verbindung zu fördern. Mit der Hilfe der Gräfin von Cheshire würde er es schaffen, Richard und Keely zu verheiraten, bevor die Glocken das neue Jahr einläuteten.

Viertes Kapitel

»Guten Morgen, meine Liebe.«

Bei dem Klang der weit entfernt scheinenden Stimme tauchte Keely aus den Tiefen ihres Unterbewußtseins langsam nach oben und schlug die Augen auf. »Träume ich?« fragte sie sich und blickte sich in dem fremden Zimmer um.

»Es ist Zeit aufzuwachen.«

Keely wandte sich um. Neben dem Bett stand Lady Dawn und lächelte sie an.

»Guten Morgen, Mylady.« Keely strich sich das ebenholzschwarze Haar aus dem Gesicht, rieb sich die Augen und reckte sich. »Wie spät ist es?«

»Zwölf Uhr.«

Keelys Blick wanderte hinüber zu den Fenstern, durch die graues Licht in das Zimmer drang. »Für zwölf Uhr ist es zu hell«, meinte sie.

»Zwölf Uhr mittag an einem düsteren Tag.«

Ungläubig sah Keely die Gräfin an. »Das ist unmöglich. Ich wache immer zur Dämmerung auf.«

»Überzeugt Euch doch selbst«, entgegnete Lady Dawn, »heute gab es keine Dämmerung.«

»Auf jede Nacht folgt eine Dämmerung«, widersprach Keely.

»So wird es wohl sein«, stimmte ihr die Gräfin zu und lachte ihr kehliges Lachen. »Aber ganz sicher kann ich das nicht sagen, weil ich nämlich die Dämmerung meistens verschlafe.«

»Die Dämmerung ist die beflügelndste Zeit des ganzen Tages«, erklärte Keely ihr und setzte sich auf. »Möchtet Ihr, daß ich Euch morgen aufwecke, damit Ihr Euch selbst davon überzeugen könnt? Wo ist Euer Schlafzimmer?«

»Ich nächtige im Schlafzimmer des Herzogs«, antwortete Lady Dawn, neugierig, wie Keely dies aufnehmen würde.

»Und Seine Gnaden, wo …?« Keely wurde puterrot. »*Oh!*«

Lady Dawn unterdrückte ein Schmunzeln. »Stört es Euch, daß ich das Bett Eures Vaters teile?« fragte sie forsch.

Falls dies möglich war, errötete Keely noch mehr. »Liebt Ihr ihn?«

»Sehr.«

»In diesem Fall stört es mich überhaupt nicht, wenn Ihr das Bett mit ihm teilt.«

»Ich denke, wir werden sehr gute Freunde werden«, rief Lady Dawn voller Freude, eine Verbündete im Hause der Talbots zu haben. »Auf dem Tisch steht ein Tablett, und der Nachttopf befindet sich hinter dem Wandschirm dort. Wie Ihr seht, ist das Badewasser im Zuber vor dem Kamin dampfend heiß. Ich bin gleich wieder da und bringe Euch ein Kleid.«

»Bitte macht Euch meinetwegen keine Umstände«, rief Keely.

»Unsinn«, winkte die Gräfin ab und ging zur Tür, »ich bin entzückt, daß Ihr hier seid.«

Wieder allein, beschloß Keely, die Götter anzurufen und um ihren Schutz zu bitten. Schließlich war sie fremd in diesem Haushalt. Wer wußte schon, welche unsichtbaren Mächte hier am Werk waren?

Sie zog ihr Hemd aus und trat ans Fenster. Sie wünschte sich, sie wäre den Naturkräften draußen näher, schloß die Augen und legte die rechte Hand gegen die Glasscheibe.

»Große Muttergöttin, du mächtige Behüterin deiner Kinder, ich flehe dich an, beschütze mich«, betete Keely leise. »Steh mir bei und schenke mir Mut. Gesegnet seien die Geister, die mir Beistand leisten. So sei es.«

Nachdem sie gebadet und ihr Hemd übergestreift hatte, hüllte Keely sich in ihr zeremonielles Kleid und zog einen Sessel zum Fenster. Sie setzte sich und sah zu, wie die Wolken aufrissen. Das Sonnenlicht küßte die Erde. *Ein gutes Omen?*

Keely beschloß, sich über Odo und Hew Gedanken zu machen. Ihre Cousins brauchten jemand, der sie vor den Folgen ihres mangelnden Urteilsvermögens bewahrte, aber jedesmal, wenn sie versuchte, sich die beiden vorzustellen, konnte sie sich nicht konzentrieren. Statt dessen tauchte stets das hübsche Gesicht des Grafen von Basildon vor ihrem geistigen Auge auf.

Trotz der Gefahr, die er für sie darstellte, fühlte Keely sich merkwürdig sicher. Ihr Druideninstinkt sagte ihr, daß er ihr niemals weh tun würde. Sie sah es an seinem entwaffnenden Lächeln und dem Strahlen seiner Augen. Wollte er ihre Cousins am Galgen von Tyburn baumeln sehen, hätte er sie schon längst gefangennehmen lassen. Es sei denn ... Sie wagte es nicht zu hoffen. Hatte ihr Vergessenszauber gewirkt?

Keelys Gedanken schweiften ab. Der Graf sah zu gut aus. Sein kupferrotes feuriges Haar erinnerte sie an einen flammenden Sonnenuntergang und seine smaragdgrünen Augen an die Wälder zur Frühlingszeit. Er hatte die Gestalt und den vollkommenen Körperbau eines heidnischen Gottes, der wunderbarerweise lebendig geworden war. So lange sie lebte, da war Keely sich sicher, würde sie nicht den Augenblick vergessen, als sie ihn zum ersten Mal sah, damals in der Gaststube, als er an ihren Tisch trat.

Ohne es zu bemerken, strich Keely sich über die Lippen. Wie sich wohl sein sinnlicher Mund auf ...

Bei den heiligen Steinen! Entsetzt darüber, wo ihre Gedanken sie hinführten, fuhr Keely hoch. Der Graf war ein gefährlicher, verabscheuungswürdiger Engländer. Ein Fluch für sie. Oder etwa nicht? Keely war klar, daß sie sich dessen nicht mehr so sicher war wie noch vor ein paar Tagen. Diese neue Unsicherheit machte ihr zu schaffen, und sie schaute aus dem Fenster.

Ein paar Minuten später kehrte Lady Dawn zurück. In ihren Händen trug sie ein mit violettem und goldenem Brokat geschmücktes Kleid und passende Schuhe.

Ein so herrliches Kleid hatte Keely in ihrem ganzen Leben noch nicht gesehen. »Das gehört mir nicht«, sagte sie.

Lady Dawn lächelte. »Das Kleid und die Schuhe gehören Morgana, Eurer jüngeren Halbschwester.«

»Ich kann nicht die Kleider einer anderen tragen«, schlug Keely das Ansinnen aus, auch wenn sie das Verlangen in ihren Augen nicht verbergen konnte, als sie gebannt das herrliche Kleid anstarrte.

»Dein Vater bat mich, etwas Hübsches für Euch auszuwählen«, erklärte ihr die Gräfin.

»Wird Lady Morgana nicht verärgert sein, wenn ich mir ihr Kleid ausleihe?« fragte Keely.

»Natürlich. Das ist ja gerade das Schöne an der Sache.«

»Dann kann ich es nicht.«

»Euer Vater gibt sich die größte Mühe, Euch jeden Wunsch zu erfüllen«, erklärte ihr Lady Dawn und warf ihr einen mißbilligenden Blick zu. »Möchtet Ihr ihm seine Güte mit Ruppigkeiten vergelten?«

Keely seufzte. Seine Gnaden hatte sie eingeladen, in seinem Heim zu wohnen. Sie konnte seine Freundlichkeit nicht guten Gewissens ausschlagen.

»Der violette Brokat trifft beinahe den Ton Eurer hübschen Augen«, bot die Gräfin ihre ganze Überredungskunst auf. »Außerdem möchte der Graf von Basildon Euch heute nachmittag besuchen.«

»Warum sollte er das?« Keely schnappte überrascht nach Luft.

»Offensichtlich ist Devereux ganz hingerissen von Eurer Schönheit«, gab ihr Lady Dawn zur Antwort. »Euer Vater erteilte ihm seine Erlaubnis.«

»Wenn Ihr wirklich denkt«, wand Keely sich und blickte sehnsüchtig auf das Kleid und die Schuhe, die Lady Dawn ihr anbot, »ich sollte . . .«

»Das denke ich«, schnitt Lady Dawn ihr das Wort ab. »Ich helfe Euch auch mit der Frisur.«

»Eine Gräfin sollte nicht solch eine niedere Aufgabe übernehmen.«

»Betrachtet mich als Tante«, bot Lady Dawn großzügig an, runzelte dann jedoch die Stirn. »Nein, das paßt nicht. Ich bin viel zu jugendlich, um eine achtzehnjährige Nichte zu haben. Betrachtet mich als Eure ältere und erfahrenere Schwester.«

Keely verkniff sich ein Lächeln, zog das Kleid an und schlüpfte in die dazu passenden Schuhe. Freudestrahlend sah sie zu der Gräfin auf. »Ich kann es nicht glauben, sie passen perfekt.«

»Wie schön Ihr seid«, meinte Lady Dawn anerkennend. »Möchtet Ihr Euch im Spiegel betrachten?«

Keely nickte begierig wie ein kleines Mädchen.

Lady Dawn öffnete die Tür und winkte Keely, ihr zu folgen. Zwei Türen weiter schlüpften sie in ein Zimmer, das, wie die Gräfin ihrem Schützling erklärte, das Zimmer des Herzogs war.

Der riesige Raum war reich geschmückt. Perserteppiche bedeckten den Boden, und an den Wänden hingen farbenprächtige Gobelins. Durch die Fenster fiel das von den Vorhängen gedämpfte Sonnenlicht. Hinter einem Wandschirm befand sich ein Spiegel.

Als Keely davor trat, fiel ihr vor Überraschung die Kinnlade nach unten. War diese wunderschöne junge Frau tatsächlich sie?

Das brokatverzierte Kleid war oben schmal geschnitten und hatte einen geraden, tiefen Ausschnitt. Die langen, enganliegenden Ärmel waren am Handgelenk mit wunderbaren Spitzen verziert.

Keely sah aus wie eine Prinzessin — und sie fühlte sich auch so. Sie strahlte vor Freude, bis ihr Blick auf das gewagteste Dekolleté fiel, das sie je getragen hatte. Der Drachenanhänger funkelte auf dem makellosen Teint und zog die Blicke geradezu auf den Ansatz ihrer Brüste. Unsicher biß sich Keely auf die Unterlippe.

Lady Dawn konnte sich ein Lachen nicht verkneifen, als sie Keelys Gesichtsausdruck sah. »Ich bin sicher, Morgana sah niemals so hübsch aus wie Ihr.«

»Vielleicht paßten meine eigenen Kleider besser zu mir«, warf Keely ein. »Das Mieder ist zu gewagt, findet Ihr nicht?«

»Verglichen mit dem, was man bei Hofe sieht, ist es die verkörperte Unschuld«, widersprach die Gräfin. »Nun kommt, meine Liebe. Euer Vater wünscht Euch zu sehen.«

Keely war froh, daß sie nicht ihr eigenes langweiliges Kleid tragen mußte, und folgte der Gräfin den Gang entlang und die Treppe hinunter.

»Vielen Dank, Mylady«, flüsterte Keely ihrer Begleiterin zu, bevor sie den Saal betraten, wo ihr Vater sie schon erwartete.

Die Gräfin nahm sie liebevoll in die Arme und ließ die beiden alleine.

Herzog Robert war vor dem Kamin gesessen, stand jedoch auf, als Keely den Saal betrat. Er musterte sie vom Scheitel bis zur Sohle. Dann ging er auf sie zu, um sie zu begrüßen.

Sein Blick hatte Keely etwas aus der Fassung gebracht. Mit ihrem gesenkten Blick bot sie ihrem Vater nun das vollkommene Bild weiblicher Demut. Als er schließlich vor ihr stand, hob sie scheu die Augen.

»Du bist so entzückend wie deine Mutter«, begrüßte der Herzog sie mit belegter Stimme — die Erinnerung war zu überwältigend. »Setz dich zu mir ans Feuer.«

»Vielen Dank, daß ich dieses Kleid tragen darf, Euer Gnaden«, faßte Keely sich ein Herz und legte ihre Hand in die des Herzogs.

Herzog Robert entging der förmliche Ton nicht, aber er ging nicht weiter darauf ein. Statt dessen führte er sie zu einem der beiden Sessel, die vor dem Kamin standen. Er selbst setzte sich ebenfalls.

Keely legte die Hände gefaltet in den Schoß und blickte zu Boden. Ihr war merkwürdig zumute. Da hatte sie sich achtzehn lange Jahre nach einem Vater gesehnt, und nun, da sie einen hatte, wußte sie nicht, was sie sagen sollte. Ihr Vater war ein Fremder für sie.

Verstohlen blickte sie zu ihm hoch und begegnete seinem Blick. Er schien sie die ganze Zeit über aufmerksam gemustert zu haben. Sie brach das Schweigen. »Vielen Dank dafür, daß Ihr mich eingeladen habt, die Nacht hier zu verbringen.«

»Das ist dein Zuhause«, entgegnete der Herzog.

»Ein Haus ist noch kein Zuhause«, erwiderte Keely, den Blick in des prasselnde Feuer gerichtet. »Zuhause bedeutet für mich Menschen, die mich lieben und die ich lieben kann.«

»Ich liebe dich«, erklärte er ihr.

»Ihr könnt mich unmöglich lieben«, wandte sie ein und wagte, ihm einen Seitenblick zuzuwerfen. »Ihr kennt mich nicht einmal.«

»Du bist der Samen, der meinen Lenden entsprang«, hielt Herzog Robert dagegen. Bei diesen Worten trieb es Keely die Röte ins Gesicht. Lieber Gott, wie viele Jahre lag es zurück, daß er eine Frau aufrichtig hatte erröten sehen? »Wenn du einmal selbst Mutter bist, wirst du verstehen, warum ich mir meiner Liebe so sicher bin.«

»Wenn Ihr es sagt, Euer Gnaden«, murmelte Keely, den Blick unverwandt auf die Hände in ihrem Schoß gerichtet.

Ein peinliches Schweigen entstand. Es schmerzte sie zwar, aber ihr Stolz verbot es ihr, auf die offen gezeigte Zuneigung des Herzogs einzugehen. Er hatte ihre Mutter und sie verlassen. Es war nicht möglich, mit einem Handstreich die Schmerzen auszulöschen, die sie ihr Leben lang erduldet hatte.

»Ich verstehe deine Zurückhaltung, Kind«, brach der Herzog das Schweigen. »Ich bitte dich als dein Vater, mir die Gelegenheit zu gewähren, mir deine Liebe zu verdienen.«

»Ihr habt mich *gezeugt*«, berichtigte Keely ihn, ohne daß ihr der anklagende Ton bewußt geworden wäre. »Ihr wart mir nie ein Vater.«

Vergiß nie, daß er Megan verletzt hat, rief sie sich ins Gedächtnis. *Vergiß nie, daß man den Engländern, vor allem den englischen Lords, niemals trauen darf.*

Herzog Robert hatte sich erhoben und ging vor dem Kamin auf und ab, während er verzweifelt versuchte, Ordnung in seine Gedanken zu bringen. Ihm war klar, daß seine Tochter tief verletzt war und daß er sich jedes Wort genau überlegen mußte.

Um nicht ihren Vater ansehen zu müssen, versuchte Keely, einen Blick auf den großen Saal zu erhaschen. Gestern war sie viel zu aufgeregt gewesen, als daß sie ihrer Umgebung große Aufmerksamkeit gezollt hätte.

Dieser Saal war weitaus eindrucksvoller als der von Schloß Ludlow. Es gab zwei Kamine, an jedem Ende einen. An der Decke waren schwere Balken, von denen unzählige

Talbot-Fahnen hingen. An den Wänden gab es bronzene Kerzenhalter und farbenprächtige Gobelins zu bestaunen. Auf den meisten davon waren Jagdszenen zu sehen, ein Wandteppich jedoch hob sich von den anderen ab, auf ihm waren eine Jungfrau und ein Einhorn abgebildet, die einander gegenübersaßen.

Keely stand auf und ging hinüber zu diesem merkwürdigen Gobelin. Irgend etwas sprach sie an, zog sie auf beinahe magische Weise hin zu diesem Wandteppich. Sie hatte ein starkes Bedürfnis, ihn zu berühren, schloß die Augen und legte die rechte Hand an den Wandbehang. Sie konnte den Geist ihrer Mutter fühlen, ein leises Lächeln umspielte ihre Lippen.

Dicht hinter ihr stand Herzog Robert. Mit gefühlsbewegter Stimme erklärte er ihr: »Megan hat ihn für mich gemacht. Achtzehn Jahre lang habe ich nur diesen Gobelin und den Drachenanhänger von ihr gehabt. Nun habe ich dich.«

Keely drehte sich langsam um und lehnte sich mit dem Rücken gegen den Gobelin. Sie fühlte sich sicherer, wenn sie den Geist ihrer Mutter spürte. Sie blickte ihm unverwandt in die veilchenblauen Augen, die den ihren so sehr ähnelten, und erklärte ihm: »Ihr habt sie geliebt. Es tut mir leid für Euch, daß Ihr sie verloren habt.«

»Ich habe mehr als Megan verloren. Ich verlor das unermeßliche Vergnügen, dir dabei zuzusehen, wie du von einem kleinen Kind zur Frau heranwuchsest«, entgegnete ihr Herzog Robert. »Was immer du von mir denken magst, ich bin dein Vater, und dein Wohl liegt mir am Herzen.«

Keely fuhr sich mit der Zunge über die Lippen, die von all der Anspannung ganz trocken geworden waren. Falls zwischen dem Herzog und ihr eine vertrauliche Beziehung entstehen sollte, konnte dies nur auf dem Fundament von Wahrheit und Aufrichtigkeit geschehen.

»Ich habe Euch etwas zu gestehen«, hub Keely an, bevor sie für einen langen Moment zögerte, um dann doch fortzufahren. »Ich bin Heidin.«

Sie war überrascht, als Herzog Robert nur lächelte, als er ihr Geständnis hörte. »Am Hofe benehmen sich alle wie

Heiden«, antwortete er. »Elisabeth und Burghley natürlich ausgenommen. Ach, du kannst dir nicht vorstellen, wie es dort zugeht.«

»Ich meine damit, daß ich an das alte Wissen glaube«, versuchte Keely ihm zu erklären. »Wie Megan bin ich eine Druidin.«

»Was immer du bist, ändert nichts daran, daß ich dein Vater bin«, überraschte der Herzog sie erneut. »Ich möchte die Möglichkeit haben, dich kennenzulernen.«

Verdutzt fragte sich Keely, wo die Predigt über die Gefahren ihrer unglaublichen Anschauungen blieb. Wie konnte dieser offensichtlich warmherzige, gütige Mann die Frau, die er liebte, geschwängert und anschließend im Stich gelassen haben? Warum lud er sie, im Grunde genommen eine vollkommene Fremde, in sein Haus ein und schloß sie so ins Herz? War er ein Narr? Oder war sie die Närrin?

»Wirst du mir dein Vertrauen schenken, Kind?« fragte der Herzog sie.

Das Kinn leicht erhoben, meinte Keely: »Was das angeht, ist Euer Ruf nicht der beste.«

Herzog Roberts Mund zuckte. Verflucht, das Mädchen hatte mit seinen veilchenblauen Augen und dem ebenholzschwarzen Haar wohl auch seinen Mut und seinen Stolz geerbt! »Wirst du mir dann eine Möglichkeit geben, mir dein Vertrauen zu verdienen?« fragte er sie.

Keely zögerte. Sie war nach England gereist, weil sie sich unter seinen Schutz stellen wollte. Ihre Mutter hatte es so gewollt. Schließlich nickte sie. »Ja, Euer Gnaden.«

»Das ist zu formell für Vater und Tochter«, erklärte der Herzog erleichtert. »Meine anderen Kinder nennen mich Papa.«

Dieses Wort auszusprechen, danach hatte Keely sich immer gesehnt. Aber sie konnte die langen Leidensjahre nicht so einfach vom Tisch wischen. So sehr es auch all ihren Grundsätzen zuwiderlief, einen anderen zu verletzen, konnte Keely nicht anders. Der Herzog hatte ihre schwangere Mutter verlassen und damit das Kind — sie — zu einer leidvollen Kindheit verurteilt. Der Drang, ihn genauso zu verletzen, wie er sie verletzt hatte, erwies sich als unwiderstehlich.

Sie wappnete sich gegen die Hoffnung, die ihr aus seinen veilchenblauen Augen entgegen schien, und antwortete: »Das bringe ich nicht über die Lippen, Euer Gnaden.«

Ihre Worte verletzten sie genauso wie ihn. Als sie seinen unglücklichen Gesichtsausdruck sah, brach Keely beinahe das Herz. Aber ließ sich sein Schmerz mit dem Leid messen, das sie achtzehn Jahre lang erfahren hatte?

Herzog Robert fing sich schnell wieder. Er legte ihr den Arm um die Schulter und küßte sie auf die Schläfe. »Wann immer du dazu in der Lage bist, mich Papa zu nennen, werde ich sehr stolz sein.«

Ein Kloß bildete sich in Keelys Hals. Ihre Unterlippe bebte. Zwei dicke Tränen kullerten ihr über die Wangen.

»Das lassen wir bleiben.« Sanft wischte ihr Herzog Robert die Tränen aus dem Gesicht. »Eine herrliche Zukunft liegt hier in England vor dir, und das Elend der letzten achtzehn Jahre wird bald verblassen.«

»Ich bin anders«, flüsterte Keely. »Ich bin Waliserin und gehöre nicht hierher.«

»Du bist beinahe so englisch wie ich«, widersprach ihr der Herzog und hob ihr Kinn, um besser in die veilchenblauen Augen sehen zu können, die so sehr den seinen glichen. »Ich habe deine Mutter geliebt und wollte sie heiraten, aber mein Vater spiegelte mir vor, sie sei tot.«

»Wenn Ihr sie wirklich geliebt habt«, warf Keely ein, »warum seid Ihr dann nicht nach Wales zurückgekehrt, um Euch selbst von ihrem Tod zu überzeugen?«

»Ich hatte damals keinen Grund, das Wort meines Vaters anzuzweifeln.« Herzog Robert richtete den Blick in die Ferne. »Würdest du nicht auch meinen Worten glauben?«

»Nein.« Das Wort fiel wie ein Axt. Keely spürte es in ihrem Innersten und sah es in seinen Augen.

Megan hatte seinen Liebesschwüren geglaubt — aber konnte sie es?

»Kind meines Herzens«, fuhr der Herzog fort und zog sie noch näher an sich, »ich liebe dich so sehr wie meine anderen Kinder. Das Schicksal hat mir eine zweite Chance gewährt, denn wenn ich dich ansehe, spüre ich Megan.«

Keely blickte ihm ins Gesicht. Daß diese Worte aus seinem Herzen kamen, war offensichtlich. Wenn er Megan wirklich geliebt und sie für tot gehalten hatte, welches Elend hatte er dann all die Jahre erduldet?

»Megan hat dich mir geschickt«, fuhr der Herzog fort. »Betrachte das hier als dein Zuhause.«

»Odo und Hew ...«, hub Keely an.

»Deine Cousins sind hier willkommen, so lange sie hierzubleiben wünschen«, unterbrach Herzog Robert sie. »Im Augenblick halten sie sich in den Stallgebäuden auf. Möchtest du sie sprechen?«

»O ja, ist das möglich?«

»Das hier ist dein Zuhause, Kind. Du kannst hingehen, wohin du wünschst. Übrigens, Merlin ist ein ausgezeichnetes Pferd, aber«, lachte Herzog Robert, *»eine Stute.«*

Keely schenkte ihm ein bezauberndes Lächeln. »Ich weiß.«

»Wie sehr du mich an Megan erinnerst«, seufzte Herzog Robert wehmütig und küßte sie erneut auf die Schläfe. »Noch eine Frage.«

Keely nickte.

»Unter welchen Umständen hast du den jungen Devereux getroffen?«

»Der Graf stellte sich mir in dem Gasthof vor, in dem wir übernachteten.«

»Und sonst gibt es nichts zu berichten?«

Keely sah ihn verwundert an. »Was sollte es sonst noch geben?«

Bei ihrem unschuldigen Blick atmete Herzog Robert beruhigt auf. Der verrufenste Frauenheld am Hofe der Tudors hatte sie nicht angerührt. *Noch nicht.* Mit etwas Glück waren die beiden verheiratet, bevor dies geschah.

»Nun lauf und such deine Cousins«, erklärte Herzog Robert und ließ sie los.

Keely überraschte ihn vollends, als sie ihm auf Zehenspitzen einen Kuß auf die Wange drückte und »Danke, Euer Gnaden« flüsterte.

Mit diesen Worten lief sie aus dem Saal in das Hauptfoyer, wo sie auf Meade stieß, den Majordomo des Herzogs. Der unglückliche Dienstbote hinkte noch immer.

»Einen guten Tag wünsche ich Euch, Mylady«, begrüßte er sie und hielt ihr die Tür auf.

»Euch ebenfalls«, erwiderte Keely den Gruß. »Könnt Ihr mir erklären, Sir, wie ich zu den Ställen komme?«

»Am Ende dieses Weges nach links.«

Keely nickte, ging jedoch nicht sogleich weiter, sondern nahm sich ein Herz und sagte: »Meade, ich hoffe, ich trete Euch nicht zu nahe, aber es wird Euch bald besser gehen, wenn Ihr Euer Fußgelenk mit Nachtkerzenöl einreibt und Apfelmost mit Mutterkraut trinkt. Das nimmt die Schmerzen und Ihr könnt bald wieder laufen.«

»Vielen Dank, Mylady.« Auf Meades sonst so ernsten Zügen war ein Lächeln zu sehen. »Ich werde es versuchen.«

Odo und Hew saßen vor den Ställen des Herzogs. Als sie Keely sahen, lachten beide erleichtert und erhoben sich, um sie zu begrüßen.

»Geht es dir besser?« fragte Odo.

»Ja, danke. Viel besser«, lächelte Keely. »Und euch?«

»Dein Vater hat einen hervorragenden Koch in seinen Diensten«, antwortete Hew ihre Frage nach seinem Wohlbefinden und tätschelte seinen Bauch. »Wir haben uns den Magen so vollgeschlagen, daß wir uns kaum noch bewegen können.«

»Der Herzog hat mich gezeugt«, verbesserte Keely ihn, »aber er war mir nie ein Vater.«

»Also weißt du, Kleines . . .«, wollte Odo einwenden, schwieg aber sofort wieder, als er sah, wie Keely in Erwartung seines Vortrags die Stirn runzelte.

Hew, der von all dem nichts mitbekommen hatte, kratzte sich am Kopf und meinte verwundert: »Ist denn Erzeuger und Vater nicht dasselbe?«

»Hohlkopf«, brummte Odo und versetzte seinem Bruder einen Klaps auf den Hinterkopf, bevor er sich Keely zuwandte. »Was machen wir mit dem Grafen? Er wohnt nebenan.«

»Da besteht keine Gefahr«, erklärte Keely zuversichtlicher, als sie sich fühlte. »Ich werfe einen Vergessenszauber über ihn, und dann seid ihr so lange sicher, wie ihr hier auf dem Besitz des Herzogs weilt. Wo ist Merlin? Ich würde sie gerne sehen.«

Odo und Hew führten Keely in den Stall. In einer der Boxen stand Merlin, die ihre Herrin zur Begrüßung anstupste.

»Warst du ein braves Mädchen?« flüsterte Keely, als sie die Stute am Nacken kraulte. Beim Anblick des herrlichen Pferdes, das Rhys ihr geschenkt hatte, wurde Keely ganz wehmütig ums Herz. Sie sehnte sich nach Hause. Zu ihren Cousins gewandt, sagte sie: »Ich möchte von hier weg und zurück nach Wales.«

»Dort ist Madoc«, erinnerte Hew sie.

»Rhys wird mich vor ihm schützen«, entgegnete sie.

»Aber, aber, kleines Mädchen«, warf Odo ein, »du kannst doch jetzt noch nicht verschwinden, du hast doch gerade erst deinen Vater gefunden.«

»Der Herzog ist ein Fremder für mich.« Die Tränen stiegen Keely in die Augen. »Ich gehöre nicht hierher.«

Und nirgendwohin sonst, dachte Keely insgeheim.

»Gib ihm und dir selbst eine Chance«, hielt Odo dagegen. »Du wirst dich hier eingewöhnen.«

»Und bleibt ihr bei mir?«

»Solange du uns bei dir haben willst«, willigte Odo ein.

»Immer«, fügte Hew hinzu und wischte sich eine Träne aus den Augen. »Der Herzog hat ein paar großartige Eichen in seinem Park.«

»Die muß ich sehen«, rief Keely. Schon wirkte sie sichtlich fröhlicher. Sie umarmte Merlin und küßte ihre Cousins auf die Wange, bevor sie aus dem Stall lief.

Der Herbst hatte den vollkommen erscheinenden Park des Herzogs in lebhafte Farben getaucht. Neben den orange-, gold- und rotfarbenen Blättern war das Gelände von einer Armee von Gärtnern in einen Regenbogen herbstlicher Farben verwandelt worden. Chrysanthemen in vielfältigen Schattierungen verliehen zusammen mit weißem Schleierkraut, violett blühender Zentifolie, rosa Steinkraut, Ringelblumen, Löwenmaul und Primeln dem gepflegten Park zusätzlichen Glanz.

Angesichts all dieser Pracht seufzte Keely. Den Herbst fand sie besonders aufregend, schon wegen Samhuinn, dem Beginn des Lebenskreises der Druiden, wenn sich die Tore der Vergangenheit und der Zukunft auftaten. Der dünne Schleier zwischen der Erdenwelt und dem Jenseits blieb genau drei Tage lang gelüftet. Und dieses Samhuinn war besonders wichtig, weil Megan versprochen hatte, zu diesem Zeitpunkt zu ihr zurückzukehren.

Nach dem Spaziergang durch den Park, bei dem sie jede Eiche berührt hatte, um sich vertraut zu machen, setzte Keely sich auf eine Steinbank. Der Herzog hatte sie sofort akzeptiert als das, was sie war. Warum brachte sie es nicht über sich, ihm mit derselben Achtung zu begegnen? Es war so gar nicht ihre Art, einen Groll zu hegen.

Seit jenem schrecklichen, lange verstrichenen Tag, als sie erst fünf Jahre alt war, hatte Keely sich nach ihrem richtigen Vater gesehnt. Es schien ihr, als sei es erst gestern gewesen …

Nachdem sie endlich ihren ersten Eichenblätterkranz gewunden hatte, sauste Keely über den Schloßhof zu ihrem Vater. Wie stolz er auf sie sein würde, wenn sie ihm den Kranz zeigte!

»Papa!« rief Keely und drängte sich durch die Clans- und Gefolgsleute. »Ich habe ein Geschenk für dich gemacht!« Sie hielt ihm den Kranz entgegen.

»Nenn mich niemals Papa«, fauchte Madoc und stieß sie zur Seite. »Du bist sein Bastard.«

Verletzt und verwirrt ließ Keely den Kopf hängen. Die Tränen strömten ihr übers Gesicht. Was hatte sie diesmal verkehrt gemacht? Warum hatte ihr Papa sie nicht gern?

Ein langer Schatten fiel über ihren Weg. Keely sah hoch, und da stand der zwölfjährige Rhys vor ihr. »Bist du noch mein Stiefbruder?« fragte sie ihn schluchzend.

»Denk dir nichts wegen dem.« Rhys ging in die Knie, um mit ihr auf gleicher Höhe zu sein. »Ich bin dein Bruder, und ich wer-

de immer dein Bruder sein. Darf ich deinen hübschen Kranz tragen?«

Keely schaffte es, ein wenig zu lächeln, aber ihre Unterlippe zitterte vor Anstrengung. Keely hob den Kranz hoch, als kröne sie einen König, und legte ihn Rhys um den Hals.

»Rhys«, flüsterte sie, »was ist ein Bastard?«

Bevor er antworten konnte, meldete sich eine andere Stimme zu Wort. »Und ich bin ein für allemal dein Cousin.«

Keely blickte sich um, und da hockte der zwölfjährige Odo neben ihr am Boden.

»Ich auch«, fügte der zehnjährige Hew hinzu.

»Du Hohlkopf«, versetzte Odo seinem Bruder einen Klaps auf den Hinterkopf. »Wenn ich ihr Cousin bin, dann bist du auch ihr Cousin.«

»Deswegen brauchst du mich noch lange nicht schlagen.«

»Wie kann ich dir sonst ein bißchen Verstand eintrichtern?«

»Aber du rüttelst mein Hirn ganz durcheinander«, protestierte Hew.

»Du hast keins«, schoß Odo zurück.

Keely kicherte, beinahe war sie wieder so fröhlich wie zuvor. Ihre beiden riesigen Cousins verhielten sich albern, aber sie mochte sie deshalb nur um so lieber.

»Winde mir auch einen Kranz«, bat Odo sie.

»Mir auch«, fügte Hew hinzu.

»Ich habe es zuerst gesagt.« Odo streckte die Hand aus, um seinem Bruder wieder einen Klaps zu versetzen. »Ich bin älter.«

Hew wehrte den Schlag ab und hielt dagegen: »Aber ich bin schöner.«

Keely blickte ihrem Bruder in die Augen, wo sie die Wahrheit zu entdecken hoffte. »Hast du mich lieb?« fragte sie ihn.

»Ja, sehr.« Rhys drückte sie an seine Brust und nahm sie fest in die Arme.

Den Kopf an seine Schulter gelehnt sah Keely, wie Madoc sie vom anderen Ende des Schloßhofes aus stirnrunzelnd beobachtete. Ihr klang noch immer in den Ohren, wie er sie genannt hatte. Bastard ...

»Tränen, Schönste?«

Erschrocken blickte Keely auf und sah in zwei smaragdgrüne Augen.

»Was macht Ihr hier?« fragte sie.

Ob dieser Schroffheit hob Richard die Augenbrauen. »Ich wohne hier. Habt Ihr das vergessen?«

»Nein, Ihr lebt ...« Keely wand sich innerlich vor Scham über ihr unmögliches Betragen.

»Da drüben.« Er zeigte auf ein etwas hinter Bäumen verborgenes Herrenhaus.

»Seine Gnaden befindet sich im Hause«, erklärte sie.

»Seine Gnaden?« Richard zog eine Braue hoch. »So förmlich sprecht Ihr Euren Vater an?«

Um das Gespräch zu beenden, wandte Keely sich ab, als interessiere sie das nicht weiter. Doch ihr Herz raste. Der Graf stellte eine Gefahr dar für ihre Cousins, doch im Augenblick war Keely weitaus mehr um ihren eigenen Seelenfrieden besorgt. Seine männliche Schönheit raubte ihr beinahe den Atem. In dem unergründlichen Grün dieser Augen konnte ein Frau sich ohne weiteres verlieren.

»Als wir uns damals in dem Gasthof kennenlernten«, fragte Richard sie, »warum habt Ihr mir da nicht erzählt, daß Ludlow Euer Vater ist?«

»Ich dachte, es gehe Euch nichts an, wer mein Vater ist«, antwortete Keely, ohne ihn auch nur eines Blickes zu würdigen. Wenn sie Glück hatte, würde er bald gehen.

»Mylord«, erklärte Richard und stellte seinen bestiefelten Fuß neben sie auf die Bank.

»Was?« Keely drehte den Kopf und wurde beinahe ohnmächtig beim überraschenden Anblick dieses unglaublich muskulösen Schenkels, der so beunruhigend nah neben ihr emporragte.

»Es hätte heißen müssen: ›Es gehe Euch nichts an, Mylord.‹«

»Ihr mögt vielleicht ein Lord sein«, erklärte ihm Keely, »aber Ihr seid nicht *mein* Lord.«

Wäre sie nicht ganz so dreist gewesen, hätte Richard ihrer spitzen Zunge Beifall gezollt. Schließlich gab es am Hofe der

Tudors nicht viele, die es wagten, dem Favoriten der Königin derart rüde zu begegnen.

Statt wütend zu werden, was sie, wie er wußte, von ihm erwartete, lächelte Richard freundlich. »Ich habe Euch ein Willkommensgeschenk mitgebracht.« Mit diesen Worten reichte er ihr eine vollkommene Orchidee.

Verwirrt lächelte Keely ihn an und nahm die Orchidee. Als ihre Finger sich berührten, durchflutete Keely ein unbekanntes, aber nicht unangenehmes Gefühl. Im nächsten Augenblick war es schon wieder vorbei.

Seine Freundlichkeit überraschte sie, und Keely sah sich die Orchidee an. So eine vollkommene Blume hatte ihr noch kein Mann geschenkt. Mit Ausnahme ihres Bruders und ihrer beiden Cousins hatte überhaupt noch kein Mann ihr ein Geschenk gemacht. Nicht einmal einen Verehrer hatte sie gehabt. Madocs Haß hatte alle abgeschreckt, die sonst vielleicht Interesse gezeigt hätten. Außerdem heiratete sie kein Mann ohne Mitgift, und jedermann wußte, daß ihr Stiefvater nicht die Absicht hatte, sie damit auszustatten.

»Sie ist wunderschön. Bitte verzeiht meine schlechten Manieren«, entschuldigte Keely sich, die sich plötzlich wie ein ungehobelter Klotz vorkam. »Ihr tauchtet so unvermittelt auf, das erschreckte mich.«

»Dann müßt Ihr mir vergeben«, erwiderte Richard zärtlich. »Ich würde Euch nie absichtlich in irgendeiner Weise erschrecken oder verletzen.«

Mit diesen Worten beruhigte er sie nicht im geringsten. Keely konnte den Blick nicht von ihm wenden. Tausend Schmetterlinge schienen sich in ihrem Bauch zu tummeln, die Hände in ihrem Schoß zitterten.

»Ich dachte immer, nur Engländer und Madoc benähmen sich schlecht«, bemerkte Keely, ohne sich darüber im klaren zu sein, daß sie ihn schon wieder beleidigte. »Nun ist mir klargeworden, daß ich selbst zu diesem Fehler neige.«

»Wer ist Madoc?« fragte Richard mit hochgezogener Augenbraue.

»Mein Stiefvater.« Keely biß sich auf die Unterlippe. »Möchtet Ihr Euch zu mir setzen?« lud sie ihn schließlich ein.

Richard lächelte und nahm neben ihr Platz. Dabei berührten sich ihre Schenkel. Das Mädchen fühlte sich hingezogen zu ihm, schloß Richard, daran bestand kein Zweifel. Aber sie war unruhig wegen ihrer Cousins. Irgendwie mußte er sich darüber hinwegsetzen, daß ihn diese beiden Hohlköpfe in Shropshire ausgeraubt hatten.

Was, zum Teufel, zerbrach er sich da den Kopf? ärgerte Richard sich über sich selbst. Er war schließlich das unschuldige Opfer und nicht der Täter gewesen!

»Stimmt etwas ... nicht?« fragte Keely leise.

Richard schüttelte den Gedanken ab, nahm ihre Hand in seine und küßte sie auf ihre zarte Handinnenfläche. »Ihr seht heute besonders entzückend aus«, erklärte er ihr.

Keely errötete und lächelte vieldeutig.

War sie schüchtern? fragte Richard sich. *Oder raffiniert?*

Sein Blick fiel auf die sanfte Rundung ihrer Brüste über dem tiefausgeschnittenen Mieder. Als er die Augen wieder hob, sah er ihren verärgerten Gesichtsausdruck. Nur einem Blinden konnte das Mißfallen entgehen, das sich auf ihren feinen Gesichtszügen abzeichnete.

Richard hatte den Anstand, über und über rot zu werden, obwohl seine Augen gleichzeitig amüsiert funkelten. Noch nie hatte er eine so sittsame Frau getroffen. Nicht einmal die Kammerjungfern der Königin waren so zurückhaltend wie diese Schönheit.

»Ich bewunderte Euren Drachenanhänger«, log er. »Ein sehr ungewöhnliches Schmuckstück.«

Keelys Gesichtszüge entspannten sich. Sie berührte den Anhänger. »Das ist das Erbstück meiner Mutter.«

Richard blickte ihr tief in die Augen und setzte eine leicht schmollende Miene auf. Er wußte, welche Wirkung dieser Ausdruck bei den Damen zeigte.

Keely spürte ein warmes Gefühl in der Magengrube, das sich schnell zu einem Brennen und schließlich zu einer schier unerträglichen Hitze auswuchs. Ihr Überlebenswille jedoch war stärker. Sie riß ihren Blick von ihm und bemerkte: »Wie schön die Bäume sich im Herbst färben, vor allem die Eichen. Sie haben viel Kraft, müßt Ihr wissen.«

»Wie bitte?« Richard traute seinen Ohren nicht.

»Ich ... ich bewunderte soeben den Park«, erklärte Keely, der zu spät klargeworden war, was sie beinahe über sich verraten hätte.

»Ihr habt den hübschesten Akzent«, meinte Richard.

»Den Akzent habt doch Ihr«, widersprach Keely und warf ihm einen Seitenblick zu, als flirte sie unbewußt mit ihm.

»Wir Engländer haben einen Ausdruck, der euch Waliser sehr gut beschreibt«, erwiderte Richard ihr Lächeln. »Taffy — Trottel.«

Keelys Lächeln erstarb. Eine makellose ebenholzschwarze Augenbraue schoß nach oben — eine vollkommene Imitation seiner eigenen irritierenden Angewohnheit. »Wir Waliser haben ein Ausdruck, der am besten solch englische Hohlköpfe wie Euch beschreibt — *erfinderisch*.«

Richard brüllte vor Lachen — nicht nur darüber, was sie soeben gesagt hatte, sondern auch über ihre Respektlosigkeit seinem hohen Rang gegenüber. Man stelle sich nur vor, den Favoriten der Königin so zu beleidigen!

Was Keely anging, stand ihr die Verblüffung ins Gesicht geschrieben. Seine gute Laune anbetrachts dessen, was sie für eine niederschmetternde Beleidigung hielt, überraschte sie.

»Ich bin getroffen«, erklärte Richard mit vor Vergnügen funkelnden Augen. »Eure scharfe Zunge ist eine höchst gefährliche Waffe.«

»Was für ein glückliches Wesen Ihr seid«, entgegnete Keely, »Ihr findet an den unmöglichsten Stellen Grund, fröhlich zu sein.«

»Dudley sollte das hören.«

»Wer?«

»Robert Dudley, der Graf von Leicester«, antwortete Richard, als erkläre dies alles.

Keely starrte ihn verständnislos an. »Ich habe noch nie von dem Mann gehört.«

Richard verzog den Mund zu einem Lächeln. »Ich fange an, Euch mehr und mehr zu mögen.«

»Ich mag Euch ebenfalls«, antwortete Keely. Ihre Treuherzigkeit schien Richard eine angenehme Abwechslung nach all den Frauen am Hofe. »Könnten wir vielleicht Freunde sein?«

Richard nickte. Er wünschte sich mehr als nur die Freundschaft dieser Schönheit, aber er war klug genug, das im Augenblick für sich zu behalten. Mit dem Instinkt des Raubtiers wußte Richard, daß Keely im Gegensatz zu den übrigen ihm bekannten Damen die Flucht ergreifen würde, bewegte er sich zu schnell. Außerdem brauchte er noch etwas Zeit, um herauszufinden, welche Rolle sie bei dem Überfall ihrer Cousins gespielt hatte.

Mit vorgetäuschter Beiläufigkeit streckte Richard die Beine aus und zog einen braunroten Stein aus der Tasche, um mit ihm zu spielen, wobei er Keely aus den Augenwinkeln beobachtete.

»Einzigartiger Stein, nicht wahr?« bemerkte er. Ihre weit aufgerissenen Augen entgingen ihm nicht.

Sie nickte und blickte zur Seite. »Der Karneol schützt seinen Besitzer vor jeglichem Schaden. Woher habt Ihr diesen Stein?«

»Ich habe ihn in Shropshire gefunden und ihn als Glücksbringer behalten.« Schlau fügte Richard hinzu: »Eure Cousins . . .«

Keely zuckte zusammen. Da war Richard klar, daß sie von dem Überfall wußte. Ob sie vor der Tat oder danach davon erfahren hatte, fragte er sich.

»Eure Cousins kommen mir irgendwie bekannt vor, aber ich kann mich nicht erinnern, woher ich sie kenne.«

»Meine Cousins haben mich aus Wales hierher begleitet. Ich bin sicher, daß Ihr sie im Gasthof zum erstenmal gesehen habt.«

Richard lächelte, nickte und ließ das Thema fallen. Er wollte nicht, daß sie Verdacht schöpfte, er hätte ihre Cousins erkannt. »Nachdem Ihr erst in England angekommen seid und es noch gar nicht kennt, laßt mich Euch doch bitte die größten Sehenswürdigkeiten Londons zeigen.«

»Ohne Anstandsperson wäre das unziemlich«, wandte sie ein.

Richard hob ihre Hand an seine Lippen. Mit einem tiefen Blick in ihre veilchenblauen Augen erklärte er ihr mit belegter Stimme: »Eure Schönheit verleitet mich zu unziemlichen Gedanken.«

Seine Lippen auf ihrer Hand und diese zärtlichen Worte waren zuviel. Keely war überwältigt von seinem entwaffnenden smaragdgrünen Blick.

Ein umwerfend lässiges Lächeln, und Richard rückte näher heran, langsam bewegten sich seine Lippen auf ihren geöffneten Mund zu, um ihn in Besitz zu nehmen. Keely schloß die Augen, und ihre Lippen berührten einander, das wäre ihr erster Kuß gewesen, hätte nicht ... eine fette weiße Gans sie mit ihrem Geschnatter auseinanderfahren lassen. Das Tier mit dem gelben Schnabel watschelte über den Rasen auf sie zu. Um den Hals trug es ein goldenes, mit Smaragden und Diamanten geschmücktes Halsband. Ein paar Schritte hinter der Gans folgte Lady Dawn, die von zwei Jungen begleitet wurde.

»Hallo, Anthony«, rief Richard und flüsterte Keely ins Ohr: »Das ist die Lieblingsgans der Gräfin.«

Keely unterdrückte ein Lachen. »Die Gans wird nicht heute bei Tische serviert?«

»Anthony essen?« empörte sich Lady Dawn. »Schluckt lieber Eure Zunge, Kind!« Zu ihren Pagen umgewandt, erklärte sie: »Bart und Jaspers, bringt Anthony jetzt auf sein Zimmer.«

Die Jungen führten Anthony fort. Richard erhob sich und bot der Gräfin seinen Platz an. Über Keelys Hand gebeugt, verabschiedete er sich. »Ich freue mich auf unsere nächste Begegnung, Mylady.« Seine Augen versprachen ihr, sie würden genau dort fortfahren, wo sie gerade unterbrochen worden waren.

»Eßt mit uns heute zu Abend«, lud Lady Dawn ihn ein.

»Unglücklicherweise habe ich bereits eine Verpflichtung, die Königin erwartet mich«, entzog sich Richard. »Vielleicht morgen?«

»Ihr seid stets willkommen in Talbot House.« Lady Dawn zog Keely hoch und berichtete ihr: »Der Schneider ist hier, um Eure Maße zu nehmen, meine Teuerste. Tally spart weder Mühen noch Kosten, um Euch gefällig zu sein.«

»Einen schönen Tag, meine Damen«, grüßte Richard sie und wandte sich um, um über den Rasen heimzugehen.

»Der Graf hat mir diese Orchidee geschenkt«, erzählte Keely der Gräfin.

Lady Dawn schmunzelte. »In der Sprache der Blumen heißt es, wenn ein Mann einer Frau eine Orchidee gibt, will er sie verführen.«

Hochrot vor Scham starrte Keely dem sich entfernenden Grafen nach. Genau in diesem Augenblick wandte Richard sich um, verbeugte sich tief und blinzelte Keely zu. Dann verschwand er auf dem Weg, der zu seinem Herrenhaus führte.

»Gut gemacht«, versuchte ihr die Gräfin ein Kompliment zu machen. »Devereux wird Euch bald aus der Hand essen. Oder zumindest um Eure Hand anhalten.«

»Um meine Hand anhalten?« wiederholte Keely entsetzt.

»Ich liebe Hochzeiten«, gurrte Lady Dawn und hakte sich bei Keely unter, als sie sich auf den Rückweg machten. »Dreimal war ich bereits die Braut, aber die Vorbereitung dieser Hochzeit wird mir ein besonderes Vergnügen sein. Die Hochzeit des Jahrzehnts, es sei denn, die Königin entschließt sich, vor den Altar zu treten.«

Bei den heiligen Steinen! dachte Keely entsetzt. Sie war erst einen verwirrenden Tag lang in Talbot House, und schon wollte der Graf sie ins Bett zerren und die Gräfin sie mit ihm verheiraten. Wie sollte sie in diesem Land von Verrückten überleben?

Eine Stunde nach der anderen, hörte sie eine innere Stimme. *Oder du verlierst binnen einer Woche den Verstand.*

Fünftes Kapitel

Geplagt von Kummer und Sorgen warf Keely sich im Bett herum, bis sie in der Dämmerung aus dem unruhigen Schlaf erwachte, der sie schließlich doch noch übermannt hatte. Die herbstliche Kühle war in ihrem Zimmer bereits zu spüren, aber Keely kümmerte sich nicht darum. Sie zog es vor, in ihrer weißen Zeremonienrobe barfuß im Zimmer auf und ab zu gehen, statt das Feuer anzuschüren.

Die Regentropfen trommelten gegen das Fenster. Keelys Kopf pochte bald im selben Rhythmus. Die Sorge um Odo und Hew machte sie buchstäblich krank. Sie konnte nicht ständig mit dieser Gefahr leben, in der ihre Cousins schwebten.

Der Graf erinnerte sich, sie gesehen zu haben. Es war nur noch eine Frage der Zeit, bis ihm die Umstände einfielen.

Ehrlichkeit währt am längsten, dachte Keely. Der Graf hatte ihr erklärt, er wolle sie nie absichtlich verletzen. Odo und Hew in Tyburn hängen zu lassen, würde ihr zweifelsohne großen Kummer bereiten. Sollte sie dem Grafen alles gestehen und ihn bitten, Gnade vor Recht ergehen zu lassen? Doch wenn er ihre Cousins einsperren ließ? Wie sollte sie damit leben können? Es war alles ihre Schuld. Wären Odo und Hew nicht so um ihr Wohl besorgt gewesen, wären sie nicht darauf verfallen, einen Straßenraub zu begehen, und sie wären auch nicht nach England gereist.

Keely beschloß, die Große Mutter um Rat zu bitten. Sollte sie voraussehen, daß ein Geständnis zu einem guten Ausgang führte, würde sie augenblicklich mit dem Grafen sprechen.

Mit Hilfe ihre magischen Steine legte Keely einen Kreis im Zimmer, der jedoch nach Westen offen blieb. Anschließend betrat sie den Kreis durch die westliche Öffnung und verschloß sie mit dem letzten Stein, wobei sie die Worte sprach: »Störende Gedanken bleiben draußen.« Keely schloß den unsichtbaren Kreis mit ihrer goldenen Sichel und drehte sich dreimal im Uhrzeigersinn, bis sie wieder nach Westen blickte. Dann sank sie auf die Knie, schloß die Augen und konzentrierte sich, die Hand auf dem Drachenanhänger, auf ihren Atem.

»Die Alten sind hier, sie warten ab und sehen zu«, flüsterte sie. »Die Sterne sprechen durch die Steine, und das Licht scheint durch die dickste Eiche. Himmel und Erde sind ein Reich.«

Nach einer kurzen Pause, in der sie sich sammelte, hob Keely die Arme und flehte: »Geist, der mich auf meiner Reise geleitet, hilf mir, die Sprache der Bäume zu verstehen. Geist meiner Ahnen, hilf mir, die Sprache des Windes zu verstehen. Geist meines Stammes, hilf mir, die Sprache der Wolken zu verstehen. Schenkt meinem Ruf Gehör, ihr Geister. Öffnet mein Herz, damit ich über den Horizont hinaussehe.«

Und dann geschah es. Vor ihrem geistigen Auge tauchten Bilder auf ...

Ein warmes Zimmer, gefüllt mit Büchern. Ein noch wärmeres Lächeln auf dem Gesicht des Grafen. Das allerwärmste Gefühl von Sicherheit ... starke, tröstende Arme. Arme, die sie willkommen hießen. Eine beschützende Umarmung ...

Das Bild verblaßte, und die Wirklichkeit gewann die Oberhand. Sie befand sich wieder in ihrem Schlafzimmer.

Keely öffnete die Augen, berührte ihren Anhänger und betete: »Möge die Liebe meiner Mutter, die in diesem Drachen lebt, mich und die meinen mit aller Macht beschützen. Ich danke der Göttin, daß sie mich an ihrer Weisheit teilhaben ließ.«

Nun schritt Keely zum westlichen Kreisrund, hob den magischen Stein und brach damit den Zauberkreis. Sie zog ihre weiße Robe aus, legte sie ordentlich zusammen und kroch zurück ins Bett, wo sie die Decke bis ans Kinn zog.

Der Weg war nun klar. Sie würde den Grafen noch heute besuchen und um Gnade für ihre Cousins und sich selbst bitten. Irgendwie würde sie ihn schon besänftigen können.

Um elf Uhr, eine Stunde vor Mittag, saß Richard am Schreibtisch in seinem verschwenderisch ausgestatteten Arbeitszimmer in Devereux House und zerbrach sich den Kopf über Willis Smythe. Sein Schädel dröhnte, die durchzechte Nacht und ein Vormittag, den er mit der Durchsicht unerfreulicher Finanzunterlagen verbracht hatte, waren zuviel gewesen. Der Gedanke an die Unterlagen, die er der Königin am nächsten Tag vorlegen sollte, machte ihn vollkommen verrückt.

»Warum verschwendest du dein Geld?« fragte Richard gereizt. »Mit Huren und Spielen verdient man nichts. Ich gebe dir einen Anteil von zwei Prozent an meiner Levantinischen Handelsgesellschaft, aber du bekommst nur den Gewinn von einem Prozent ausbezahlt. Den anderen Teil investiere ich für dich, damit er nutzbringend angelegt ist.«

Wie großzügig, dachte Smythe höhnisch, während er es sich in seinem Sessel bequem machte und die Beine ausstreckte. Er nahm einen kräftigen Schluck von seinem Bier und bemerkte: »Mein Vater und mein Bruder sparten ständig. Beide starben, bevor sie die Früchte ihrer Arbeit genießen konnten.«

Richard fiel Burghleys Warnung in Schloß Kenilworth ein: *»Nicht vertrauenswürdig ... in den Tod seines Vaters und Bruders verwickelt ... das Erbe durchgebracht.«* Richard schüttelte den Kopf. Willis und er waren zusammen aufgewachsen, sie standen sich so nahe wie Brüder. Solange ihm nicht das Gegenteil bewiesen wurde, weigerte er sich, diesen Verleumdungen Glauben zu schenken.

»Soll ich mich von früh bis spät abplagen, ohne mir das geringste Vergnügen zu gönnen?« fragte Willis.

Richard zog eine Augenbraue hoch. »Das Vergnügen ist deine Leidenschaft, Will. Bist du so entschlossen, deinem Sohn nichts zu hinterlassen?«

»Ich habe keinen Sohn.«

»Worauf ich hinauswill: eines Tages wirst du einen Sohn haben.«

»Kümmere dich lieber darum, deinen eigenen Sohn zu bekommen«, schoß Willis zurück. »Ohne einen Erben kommst du nie nach Irland. Übrigens, wie steht es mit deiner Werbung um Morgana Talbot?«

»Nachdem ich eine Woche in ihrer Gesellschaft in Ludlow verbracht habe, ist mir klargeworden, daß es ein zu großes Opfer bedeuten würde, Morgana zu heiraten«, erwiderte Richard. »Außer natürlich, ich fände Freude daran, ständig Kummer zu haben.«

»Eine reiche Erbin, das brächte mich weiter«, warf Willis ein. »Hättest du etwas dagegen, wenn ich mein Glück bei ihr versuchte?«

»Lege dir keine Zurückhaltung auf«, antwortete Richard. »Die andere Tochter des Herzogs interessiert mich mehr.«

»Talbot hat nur eine Tochter.«

»Seit ein paar Tagen nennt Seine Gnaden zwei Töchter sein eigen.«

»Wie kann das sein?«

»Erinnerst du dich an die zwei räuberischen Waliser im Gasthof *Zum Hahn*?« Das Nicken seines Gegenübers nahm Richard als Aufforderung fortzufahren. »Das Mädchen ist in Wirklichkeit eine Dame, nämlich die uneheliche Tochter, die einer Verbindung des Herzogs mit einer walisischen Lady entsprang. Er hat sie anerkannt und ich gedenke, ihr den Hof zu machen.«

»Einem Bastard?« rief Willis und wieherte höhnisch. »Man stelle sich vor, der reichste Graf Englands macht einem Bastard den Hof! Elisabeth wird dieser Heirat niemals zustimmen. Warum machst du sie nicht zu deiner Geliebten? Besser noch, machen wir sie doch *beide* zu unserer Geliebten! Denk nur an die netten Stunden ...«

Jählings sprang Richard auf, worauf Willis unwillkürlich innehielt. »Mit Elisabeth komme ich zurecht«, erklärte Richard. »Wenn du nichts dagegen einzuwenden hast, Willis, ich habe bis morgen früh einen ganzen Berg Unterlagen für die Königin durchzuarbeiten. Ich kann keine Frauen mehr vernaschen, wenn ich meinen Kopf verliere — wenn du verstehst, was ich meine.«

Ohne sich weiter um die Verärgerung seines Freundes zu kümmern, erhob Willis sich aus dem Sessel. In dem Moment, als er Richard die Hand schütteln wollte, klopfte es an die Tür.

Jennings, der Majordomus des Grafen, trat ein. »Mylord, Lady Glendower wünscht Euch zu sprechen. Wollt Ihr sie sehen?«

Ein überraschtes Lächeln huschte über das Gesicht des Grafen. »Bittet Lady Glendower herein.«

»Du hast mehr Glück als der Teufel«, bemerkte Willis.

»Glück und Erfolg haben nichts miteinander zu tun«, entgegnete ihm Richard.

In diesem Augenblick betrat Keely das Arbeitszimmer. Sie trug ein Kleid aus rosa Kaschmir, das den frischen Farbton ihrer Wangen unterstrich. Ein passender Schal bedeckte ihre wesentlich aufregenderen Reize. Verführerisch, und doch einfach.

»Willkommen, Mylady«, begrüßte Richard sie. Die beiden Männer gingen ihr entgegen.

Keely lächelte so freundlich sie konnte und warf einen Seitenblick auf Willis Smythe. »Es tut mir leid, Euch zu stören«, entschuldigte sie sich nervös. »Ich kann an einem anderen Tag wiederkommen.«

»Lady Glendower, darf ich Euch Baron Willis Smythe vorstellen«, fiel Richard ihr ins Wort. »Will wollte gerade gehen.«

Der Baron lächelte ihr zu, doch bei diesem Lächeln lief Keely ein kalter Schauder den Rücken hinunter. Als er sich über ihre Hand beugte, wäre sie beinahe unwillkürlich zurückgezuckt. Ach, warum hatte sie diese düstere Gefahr nicht vorausgesehen?

Smythe wandte sich Richard zu. »Wir sehen uns bei Hofe.« Mit diesen Worten verließ er Richards Arbeitszimmer.

Keely hörte, wie die Tür hinter ihr ins Schloß fiel. Sie blickte sich um und bewunderte das Interieur.

Es hatte eine ungemein männliche Ausstrahlung. An einer Seite stand, nahe beim Fenster, ein wunderbar gearbeiteter Schreibtisch aus schwerem Eichenholz. Zwei ganze Wände waren bis zur Decke von Bücherreihen bedeckt, und an der vierten Wand befand sich ein großer Kamin, in dem ein gemütliches Feuer prasselte. Vor dem offenen Feuer standen zwei bequem aussehende Sessel.

Unschlüssig blickte Keely zu Richard. Der in elegantes Schwarz gekleidete Graf war die verkörperte lässige Eleganz, wie er sie mit seinen entwaffnend smaragdgrünen Augen musterte. Zusammen mit dem schwarzen Seidenhemd verliehen die enganliegenden Reithosen und Stiefel ihm ein recht gefährliches Aussehen. Nur die feuerroten Haare und die smaragdgrünen Augen hoben sich farbig ab.

Bei den heiligen Steinen! dachte Keely und senkte den Blick. Noch nie hatte sie einen so großartigen Mann gesehen. War es ein Fehler gewesen, hierherzukommen? Nur schade, daß sie auf seine Gnade angewiesen war und seine Arroganz nicht ertragen konnte. Davon schien er mehr als genug zu haben.

Guter Gott! dachte Richard, als er sie mit seinen Augen verschlang. Noch nie hatte er ein so anbetungswürdiges Wesen gesehen. Obwohl sie mittellos war, besaß sie das Auftreten einer Gräfin. Ob Seine Gnaden wußte, daß sie hier war? Richard bezweifelte es.

Keiner von ihnen sagte etwas. Seine Ausstrahlung verwirrte Keely so sehr, daß sie es kaum wagte, den Blick zu heben. Sie wünschte sich sehnlichst, er möge endlich das Schweigen durchbrechen.

Schließlich holte Keely tief Luft und lächelte schüchtern die Brust des Grafen an, worauf der Graf sich seinerseits zu einem Lächeln bemüßigt fühlte. Den Kopf leicht zurückgebeugt, sah sie zu ihm auf. Mit seinen sechs Fuß und zwei Zoll war der Graf mehr als zwei Kopf größer als sie.

»Warum seid Ihr hier?« begrüßte Richard sie.

»Ich ... es handelt sich um eine wichtige Angelegenheit, die wir besprechen sollten, Mylord.«

Richard hob eine Augenbraue. »*Mein Lord*?« neckte er sie. »Ich dachte, ich sei nur *irgendein* Lord.«

Peinlich berührt senkte Keely den Blick und fixierte wieder seine Brust. »Ihr habt bereits meine Entschuldigung für dieses ungebührliche Verhalten angenommen.«

»Das tat ich«, pflichtete Richard ihr bei. Sein Blick glitt zum Schreibtisch, wo die Arbeit auf ihn wartete. Er mußte die Berichte für die Königin fertigmachen, und wenn er darauf bestand, daß die junge Dame solange wartete, konnte er ihre Gesellschaft noch länger genießen.

»Unglücklicherweise habt Ihr für Euren Besuch einen ungünstigen Zeitpunkt gewählt«, erklärte ihr Richard. »Es ist mir auferlegt, die Berichte dort auf meinem Schreibtisch zu vollenden. Die Königin erwartet sie morgen früh. Würde es Euch etwas ausmachen zu warten und später mit mir das Abendessen einzunehmen?«

»Ganz in Gegenteil«, nahm Keely das Angebot dankend an. Sie war froh über die Gnadenfrist. Ein englischer Graf mit vollem Bauch sollte entgegenkommender sein.

»Lest Ihr?« fragte Richard sie und deutete auf die Bücher an der Wand.

Mit leicht erhobenem Kinn antwortete Keely: »Wir Waliser besitzen so manches Talent.«

Lächelnd lud Richard sie ein, vor dem Feuer Platz zu nehmen. »Ich bringe Euch sofort einige Bücher«, fügte er hinzu.

Während Keely es sich in einem Sessel bequem machte, wählte Richard mehrere Bücher über verschiedene Themen aus. Er stapelte sie auf dem Boden und reichte ihr das oberste. »Das ist eines meiner Lieblingsbücher, es heißt *Das Leben der Heiligen*.«

»Ihr wollt meine Moral stärken?« meinte Keely schnippisch und griff nach dem Buch.

Keely legte das Buch in ihren Schoß und schlug es auf. Bei den heiligen Steinen! dachte sie bestürzt. *Das Leben der Heiligen* war in einer Fremdsprache, und sie konnte kaum englisch lesen. War das seine Art von Humor?

Nicht gerade belustigt musterte Keely den Grafen aus den Augenwinkeln. Er schien sie ganz vergessen zu haben. Falls er auf ihre Kosten einen Witz machen wollte, würde sie ihn enttäuschen. Keely beschloß, so zu tun, als lese sie.

Sie versuchte, dem Kauderwelsch auf ihrem Schoß ihre volle Aufmerksamkeit zu widmen, blickte jedoch hin und wieder hinüber zum Grafen. Aus ihren gelegentlichen

Blicken wurde bewunderndes Staunen, als mache sie eine unbewußte Bestandsaufnahme seiner Vorzüge — des feuerroten Haars, der Smaragdaugen, der feingemeißelten Gesichtszüge.

Keely seufzte. Der Graf war ein wahrgewordener Mädchentraum und ungleich interessanter als *Das Leben der Heiligen*.

Sie legte den Kopf gegen die Rückenlehne ihres Sessels und schloß die Augen. Die Angst um ihre Cousins forderte ihren Tribut. Die Wärme und das Gefühl der Sicherheit übermannten sie, und sie schlief ein.

»Verflucht noch mal«, brummte Richard und warf verärgert die Feder weg. Soeben war er dieselbe Zahlenkolonne zum zehnten Mal durchgegangen und hatte zum zehnten Mal ein anderes Ergebnis erhalten. Er blickte hinüber zu seinem Gast. Das Mädchen war schuld; seine Gegenwart lenkte ihn zu sehr ab.

Da ohnehin nur eine Pause helfen konnte, schenkte Richard sich ein Glas Whisky ein — ein Geschenk seines schottischen Schwagers. Er nippte daran und verzog das Gesicht. Das Zeug schien scharf zu sein. Es brannte so höllisch, daß er husten mußte. Wie Iain dieses Gebräu schätzen konnte, war ihm ein Rätsel.

Mit dem Becher in der Hand stand Richard auf und ging zu dem Sessel am anderen Ende des Zimmers, in dem sein Gast schlief. Lady Keely war ein bezauberndes Geheimnis. Und hinter dieses Geheimnis zu kommen, war eine Herausforderung, der er nicht widerstehen konnte.

Richard versuchte sich Morgana Talbot vorzustellen, wie sie in diesen Sessel gekuschelt schlief. Doch es gelang ihm nicht. Er sah immer nur Keely mit ihrem glänzenden ebenholzschwarzen Haar, den langen, dichten, dunklen Wimpern und dem makellosen Schneewittchengesicht. O Gott, wie er sie begehrte!

Richards Blick schweifte zurück zum Schreibtisch. Die Pflicht rief — nein, schrie — nach seiner Aufmerksamkeit. Bis morgen früh brauchte er die Endsumme für den Bericht, den die Königin verlangt hatte.

Als er das Buch hochhob, das Keely in den Schoß gesunken war, mußte Richard sich zusammennehmen, um nicht laut herauszuplatzen. Sein Gast hatte *Das Leben der Heiligen* verkehrt herum gelesen. Offensichtlich gehörte Latein nicht zu ihren Talenten.

Widerwillig kehrte Richard an seinen Schreibtisch zu den widerborstigen Zahlenreihen zurück. Sobald sein Blick auf Keely fiel, mußte er wieder grinsen. Man stelle sich nur vor, die Heiligen und ihr Leben auf den Kopf gestellt!

Als es Zeit zum Abendessen wurde, klopfte Jennings und trat ein. Bevor er ein Wort sagen konnte, bedeutete Richard ihm, leise zu sein, um Keely nicht aufzuwecken.

»Soll ich mit dem Abendessen warten, Mylord?« flüsterte Jennings.

»Laß mir noch ein paar Minuten Zeit, um sie aufzuwecken«, antwortete Richard. »Deckt den Tisch hier.«

Jennings nickte und verschwand wieder.

Richard beugte sich über Keely und flüsterte ihr ins Ohr: »Es ist Zeit aufzuwachen, Mylady.« Als sie schließlich die Augen aufschlug, hatte Richard das Gefühl, sich in der herrlichen veilchenblauen Tiefe dieser Augen zu verlieren. Wie ein edler, schwerer Wein betörte ihre Schönheit seine Sinne.

»Das Abendessen wird sogleich serviert«, erklärte er ihr und versuchte, soviel wie möglich von ihrem zarten Duft in sich aufzunehmen. »Ich hoffe, Ihr seid so hungrig, wie Ihr müde wart.«

Keely stieg die Röte ins Gesicht. Es war ihr unangenehm, daß sie dabei ertappt worden war, eingeschlafen zu sein. Wie konnte ihr das im Haus dieses Mannes passieren? Noch dazu in seiner Gegenwart! Verfügte er über magische Kräfte, die sie in ihren Visionen nicht gesehen hatte?

»Ihr habt noch etwas Sand in den Augen«, bemerkte Richard.

»Wir müssen darüber sprechen ...«

»Nach dem Essen.«

Ganz der vollendete Höfling, der er war, begleitete Richard seinen Gast zu dem Tisch, der für zwei gedeckt war, und rückte Keely den Stuhl zurecht. Während er sie über die

Tafel hinweg beobachtete, stellte er fest, daß sie zu den seltenen Frauen gehörte, deren Schönheit keiner Nachhilfe bedurfte. Unabhängig von den jeweiligen Umständen, war sie stets vollkommen.

In der Mitte des Tisches stand ein Blumenstrauß mit Schleierkraut, einer einzelnen roten Rose und blauvioletten Blumen, die Keely nicht kannte.

»Das ist die letzte Rose dieses Sommers«, bemerkte Richard, als er sah, wohin ihr Blick fiel.

»Ich liebe Rosen«, erklärte Keely ihm. »Ich hatte einmal eine Katze, die mochte sie am liebsten zusammen mit Schleierkraut.«

»Der Duft zog sie an.«

Keely lachte schelmisch. »Ich glaube eher, es war der Geschmack. Percy fand sie unwiderstehlich. Er fraß sie auf.«

Richard lachte und sein Blick wurde wärmer.

Keely berührte eine der blauvioletten Blüten. »Wie heißen diese Blumen?«

»*Nigella damascena.*«

Keely sah in fragend an.

»Hier sind sie unter dem Namen *Jungfer im Grünen* bekannt.«

»Was für ein schöner Name«, seufzte sie. »Ich liebe Blumen und Bäume.«

»Verglichen mit Eurer Anmut verblaßt die Schönheit dieser Blume, Mylady.«

Keely wurde tiefrot. Noch kein Mann hatte so mit ihr gesprochen.

Sie linste schüchtern unter gesenkten Wimpern hervor und fühlte sich als der unwissende Waliser Trottel, für den, davon war sie überzeugt, er sie hielt. Wie konnte sie es nur wagen, gegenüber einem Edelmann vom Hofe Königin Elisabeths zu sitzen, einem Mann von Welt? Und dann dachte sie an Odo und Hew. *Der Galgen von Tyburn.* Das hielt sie davon ab, sich sofort aus dem Staub zu machen.

Der Tisch war voll der herrlichsten Köstlichkeiten. Da waren Austern mit grüner Soße, dünne gegrillte Schinkenscheiben, Erbsen mit jungen Zwiebeln und Fruchtrissolen —

Trockenobst und Nüsse in Eierkuchenteig herausgebraten. Neben ihren Tellern standen wunderschöne Weinkelche.

»Ist das alles, Mylord?« erkundigte sich Jennings.

Richard blickte zu seinem Gast und hob fragend die Augenbrauen.

»Ich ... ich hätte lieber ein Glas Milch als Wein«, gestand Keely.

»Bring der Dame ein Glas Milch«, befahl Richard und warf den anderen Dienern einen Blick zu, daß sie umgehend aus dem Zimmer huschten. »Gewöhnlich speise ich im Saal, aber ich dachte, es wäre Euch hier angenehmer, wo wir für uns sind.«

Keely blickte durch ihre dichten Wimpern hindurch hoch zu ihm. Ihre äußere Ruhe trog, ihre Nerven waren zum Zerreißen gespannt. Wie verhielt sich eine verarmte walisische Prinzessin einem der wohlhabendsten englischen Grafen gegenüber? Sie hatten im Grunde genommen nichts gemein.

Keely hob das Glas Milch und trank einen Schluck. Als sie das Glas absetzte, sah sie aus wie ein junges Mädchen mit einem winzigen weißen Schnurrbart. Sie war jedoch kein Kind, wie die sinnlichen veilchenblauen Augen unter den dichten, dunklen Wimpern deutlich machten.

Richard war wie hypnotisiert; er riß sich los von diesen unglaublichen Augen, doch sein Blick blieb an ihren einladenden Lippen hängen. Mit einemmal spürte er das heftige Verlangen, ihr die Milch von der Oberlippe zu lecken. Und anschließend ...

Keely fuhr sich mit der Zunge über die Lippen, und der Milchbart war verschwunden. So unschuldig diese Geste gewesen war, so verführerisch war sie auch.

Richard schloß die Augen, um der Versuchung Herr zu werden, und unterdrückte ein Stöhnen. Es fiel ihm sehr schwer, nicht die Gewalt über sich zu verlieren.

»Kostet den Schinken«, befahl Richard. Der strenge Ton sollte seine Begierde maskieren.

Keely schüttelte den Kopf.

»Ihr müßt essen«, beharrte er. »Eine Sommerbrise genügt, um Euch umzuwehen.«

»Schweinefleisch mag ich nicht«, erklärte Keely ihm. »Ich rühre es nie an.«

Richard, der bisher alles, was man ihm vorsetzte, gegessen — und zwar gerne gegessen — hatte, fehlte für diese merkwürdige Abneigung jegliches Verständnis. Er hob eine Scheibe Schinken hoch und versuchte, sie ihr schmackhaft zu machen. »Nur ein bißchen.«

»Bitte, ich kann nicht.«

»Nennt mir einen guten Grund.«

»Ich kann Schweinefleisch nicht ausstehen.« Keely blickte ihm direkt in die Augen. »Und Euch ginge es genauso, wenn Ihr von einem wilden Eber getötet worden wärt.«

Richard starrte sie verdutzt an. Was, zum Teufel, redete sie da?

»Ich wurde einmal von einem Wildschwein getötet«, versuchte Keely ihm die Sache zu erklären. »In einem anderen Leben natürlich. Und deshalb ...« Sie hielt inne, erschrokken darüber, was sie soeben von sich preisgegeben hatte.

»Ein anderes Leben?« wiederholte Richard.

»Ich habe bereits viele Leben gelebt.« Wieder huschte dieses vieldeutige Lächeln über Keelys Gesicht. Sie streckte die Hand aus, um seine Hand zu berühren. »Und ich glaube, Ihr habt auch schon einmal früher gelebt.«

Zuerst wollte Richard die Hand wegziehen und ihr erklären, sie sei verrückt.

Er konnte diesen Impuls gerade noch unterdrücken. Schwieriger war es, den nächsten Impuls zu unterdrücken: ihr lauthals ins Gesicht zu lachen.

Der dritte Impuls, dem er nachgab, war, ihre Eigenwilligkeit zu seinem Vorteil zu nutzen. Er setzte sein umwerfendes Lächeln auf und legte seine Hand auf die ihre, um ihr mit vor Leidenschaft bebender Stimme zu erklären: »Ich habe das Gefühl, Euch schon sehr, sehr lange zu kennen.«

Keely senkte den Blick. Ihre Wangen glühten heftiger als die letzte Rose des Sommers inmitten der Jungfern im Grünen.

»Kann ich bitte meine Hand zurückhaben?« flüsterte sie außer sich.

»Aber sicher.« Jetzt, da er sich wieder Herr der Lage fühlte, schmunzelte Richard innerlich. Ihre Schüchternheit sah er als Zeichen für ihre Tugend, und das gefiel ihm. Er kannte keine Frau, die so war wie sie. Bald würde er das Geheimnis, das sie umgab, entschlüsselt haben und alles über sie wissen.

Nach dem Essen führte er Keely zu einem der Sessel vor dem Feuer und nahm in dem Sessel gegenüber Platz. Er streckte die langen Beine aus und blickte ihr in die Augen.

»Hat Euch *Das Leben der Heiligen* gefallen?« fragte er sie mit vor Vergnügen funkelnden Augen.

»Um die Wahrheit zu sagen, ich fand ihr Leben zu erschütternd, um es zu lesen«, antwortete Keely, die nicht wollte, daß er ihr Fragen über ein Buch stellte, das sie nicht lesen konnte.

»Tatsächlich?« Richard hob die Augenbrauen.

»Märtyrer faszinieren mich nicht«, führte sie aus. »Sinnloses Foltern und unnötige Leiden verabscheue ich.«

Richard nickte und blickte ins Feuer, als sei er in Gedanken versunken. Aus den Augenwinkeln beobachtete er seinen Gast und sah, wie Keely mit den Füßen zappelte, als fühle sie sich nicht wohl in ihrer Haut.

»Was ist mit Euren Füßen?« fragte er sie.

»Ohne Strümpfe drücken die Stiefel.«

»Um Himmels willen.« Richard stand auf und ging zu ihr. Keely zuckte zusammen, als Richard sich vor sie hinkniete und ihr die Stiefel auszog. Als er ihr den rechten Fuß massierte, verlor sie vollends die Fassung. »Ihr hättet die Strümpfe nicht ausziehen dürfen«, schimpfte er sie, ohne zu ihr aufzublicken.

»Ich ... ich konnte sie nicht finden«, gestand Keely leise. »Ich war in Eile und dachte nicht, daß ich so lange hierbleiben würde.«

Als Richard begann, ihren linken Fuß zu massieren, blickte er ihr in die Augen und neckte sie: »Entspannt Euch. Ich beiße Euch schon nicht die Zehen ab.«

»Das ist meine geringste Sorge«, mußte Keely wider Willen lachen.

Wieder ernst, fragte Richard: »Erzählt mir Eure Sorgen, Teuerste.«

Der Zeitpunkt für ihr Geständnis war gekommen.

»Es waren Odo und Hew, die Euch in Shropshire überfallen haben«, platzte Keely heraus.

»Ich weiß«, lächelte Richard voller Bewunderung für ihre Ehrlichkeit.

Keely war so aufgeregt, daß sie nicht hörte, was er sagte, und sein Lächeln nicht sah. Hastig sprudelte sie die Entschuldigung für ihre Cousins heraus. »Der Überfall war ein dummer Zufall. Ihr wart zur falschen Zeit am falschen Ort und habt Euch so ablehnend verhalten. Wenn Ihr nur etwas entgegenkommender gewesen wärt ... Odo und Hew waren besorgt wegen mir. Schließlich haben sie Euch den Talisman gelassen, den Karneol, damit er Euch beschützt. Es ist nichts Schlimmes geschehen . . . also . . . *Was habt Ihr gesagt*?«

Wäre Straßenräuberei kein so schweres Verbrechen gewesen, hätte Richard über ihren überraschten Gesichtsausdruck gelacht. »Ich sagte, ich weiß, daß Odo und Hew mich überfallen haben.«

»Wie könnt Ihr das wissen?« rief Keely.

»Eure Cousins sind unfähige Hohlköpfe. Zum einen waren sie nicht maskiert, und dann verkauften sie noch mein Pferd an meinen eigenen Stallmeister.«

»Warum habt Ihr sie nicht festnehmen lassen?« fragte Keely mißtrauisch.

»Ist es das, was Ihr wollt?«

»Nein!«

»Ursprünglich wollte ich sie hängen sehen«, gestand Richard. »Aber dann sah ich Euch mit den beiden im Gasthof.«

»Ich verstehe nicht.«

Richard beugte sich zu ihr, sein faszinierendes Gesicht war nur noch eine Handbreit von ihrem entfernt. »Ich würde nie etwas tun, was dich verletzen könnte«, flüsterte er heiser.

Sanft nahm er sie in die Arme. Gebannt von seinem Blick, konnte Keely dem ungewohnten und unwiderstehlichen Leuchten seiner Smaragdaugen nichts entgegensetzen.

Einen kurzen Augenblick war Richards Gesicht ganz nah, dann glitt seine kräftige Hand zu ihrem Hinterkopf und hielt sie fest. Ihre Lippen berührten einander in einem Kuß.

Als Keely sich in seinen Armen entspannte, wurde Richards Kuß immer verlangender, glühender, raubte ihr schier den Atem. Seine Zunge öffnete mit sanfter Überzeugungskraft ihre Lippen und erforschte ihren süßen Mund.

Und dann war es vorüber.

Richard zog sich zurück und blickte ihr in die verwirrten Augen. Er streichelte sanft die seidene Wange, liebkoste mit dem Daumen ihre Lippen und flüsterte: »Es ist schon zu spät, du mußt nach Hause. Deine Schönheit könnte die Moral eines Heiligen in Wanken bringen. Und wegen deiner Cousins mach dir keine Sorgen. Ihr Geheimnis ist gut bei mir aufgehoben.«

Wieder errötete Keely. Jetzt, da er sie geküßt und sie diesen Kuß zugelassen hatte, wie sollte sie ihm da je wieder in die Augen sehen können? Der Graf schien sich deshalb keine Gedanken zu machen, ganz locker schien er darüber hinwegzugehen, was für sie ein entscheidender Meilenstein ihres Lebens war: ihr erster Kuß.

Richard bückte sich nach ihren Stiefeln, um ihr zu helfen. Doch Keely war schneller. Mit den Worten: »Ich werde sie tragen« schnappte sie ihm die Stiefel weg, bevor er sie zu fassen bekam.

Richard stand auf und zog eine Augenbraue in die Höhe. »Du willst barfuß gehen?«

»Ich spüre Mutter Erde so gerne unter meinen Füßen.«

Richard wunderte sich, daß sie sich noch immer zu genieren schien. Es sei denn ... »Ich begleite dich nach Hause«, erklärte er.

»Das ist nicht nötig«, lehnte sie ab. »Ich habe bereits genug von Eurer Zeit vergeudet, Mylord.«

»Die Zeit, die ich mit dir verbringe, ist nicht vergeudet«, widersprach Richard ihr galant. »Im Gegenteil, für mich hast du diesen Tag zum Strahlen gebracht. Und ich *bin* ein Lord. Erinnerst du dich?«

So verlegen sie war, nun mußte Keely lächeln. »Ich danke

Euch für Euer Verständnis.« Barfuß ging sie zur Tür, doch bevor sie auf den Gang hinaus verschwand, hielt er sie zurück.

»Keely?«

Sie drehte sich um. »Ja?«

Richard lief zu ihr und sagte nur: »Danke.«

Verwirrt sah Keely ihn an. »Wofür, mein Mylord?«

Richard hob sanft ihr Kinn und blickte in die erstaunlichsten Augen, die er je gesehen hatte. »Dafür, daß du mir deinen ersten Kuß geschenkt hast.«

Keely hatte das Gefühl, vor Scham im Boden versinken zu müssen. »Wie könnt Ihr das wissen?« stöhnte sie. Dann wurde es ihr klar. Sie konnte nicht küssen. Und was alles noch schlimmer machte, eine tugendhafte Dame konnte Küssen schlecht üben.

»Du bist unglaublich süß«, versicherte Richard ihr.

»Ihr erkanntet es an meinem Geschmack?« rief sie erleichtert.

Richard kämpfte mit sich, um nicht laut herauszuplatzen. Er gab ihr noch schnell einen Kuß und ließ sie gehen.

Statt an seinen Schreibtisch zurückzukehren, schlenderte Richard zum Fenster und sah zu, wie sie über den Rasen hinüber zum Talbot House lief. Er hatte geahnt, daß sie großartig war. Keely Glendower war ein verführerischer Engel, eine der wenigen Frauen, die sich durch Mut und Anstand auszeichneten. Mehr als würdig, eine Gräfin zu werden. Trotz ihrer illegitimen Herkunft besaß sie all die Eigenschaften, die er sich für seine Ehefrau immer gewünscht hatte. Und auch die verwandtschaftliche Verbindung mit Talbot und die Reise nach Irland kamen ihm sehr gelegen.

Ein munteres Lied auf den Lippen, kehrte Richard an seinen Schreibtisch zurück. Je früher er seine Arbeit beendete und der Königin den Bericht vorlegte, desto früher konnte er um Keelys Hand anhalten. Daß die Dame kein Interesse an einer Ehe mit ihm haben könnte, kam ihm nicht in den Sinn.

Sechstes Kapitel

»Du hast was getan?« rief Odo.

»Ich habe gestern den Grafen besucht«, wiederholte Keely, »und ihn um Gnade für euch gebeten.«

»Willst du uns am Galgen hängen sehen?« rief Hew und faßte sich an den Nacken, als spüre er bereits die Schlinge um seinen Hals.

»Du hirnverbrannter Idiot.« Odo versetzte seinem Bruder einen Klaps auf den Hinterkopf. »Keely könnte uns doch nie etwas Schlimmes zufügen, nicht wahr, Kleines?«

Keely schüttelte den Kopf und hakte sich bei Hew unter. »Da braucht ihr gewiß keine Angst zu haben«, versicherte sie ihm. »Ich habe die Sache in Ordnung gebracht. Der Graf war überraschend entgegenkommend. Wir hätten mit dieser ständigen Angst vor dem Galgen nicht hierbleiben können.«

»Sag nie mehr dieses Wort«, stöhnte Hew.

Keely unterdrückte ein Schmunzeln und wandte sich Merlins Box zu. Sie streichelte der Stute über die Stirn und gab ihr einen Apfel aus ihrer Tasche.

»Und was genau hat der Graf gesagt, Kleines?« wollte Odo wissen.

»Richard schwor, euer Geheimnis sei gut bei ihm aufgehoben. Er versprach, er würde nie etwas tun, was mich verletzen könnte.«

»›Richard‹ sagt man jetzt?« bemerkte Odo argwöhnisch.

Keely ging auf diese Bemerkung nicht ein.

»Kann man dem Grafen trauen? Hält er sein Wort?« fragte Hew.

»Er wird sein feierlich gegebenes Ehrenwort halten oder mit seiner Unaufrichtigkeit leben müssen. Aber ich kann keinem Engländer aus ganzem Herzen trauen, also setzt lieber nicht den Fuß auf seinen Besitz.«

»In Ordnung«, antwortete Hew.

»Wer hat dich zu dem Grafen begleitet?« wollte Odo wissen.

»Niemand.«

»Hat er etwas *versucht*?«

Keely zog eine schwarze Augenbraue hoch und tat so, als verstünde sie ihn nicht. »Was versucht?«

»Du weißt, wovon ich spreche«, erklärte Odo.

»Was versucht?« fragte Hew.

Odo versetzte seinem Bruder einen Klaps auf den Hinterkopf und wandte sich wieder Keely zu. »Ich warte auf deine Antwort, Kleines.«

Keely wurde rot, als sie an die Leidenschaft des Grafen dachte. »Es war nur ein Kuß.«

»Ich hätte den Nichtsnutz in Shropshire umbringen sollen!« rief Odo.

»Still! So einen schlimmen Gedanken sollte man nicht laut aussprechen. Das ist nicht richtig«, ermahnte ihn Keely. »Richard verhielt sich wie ein richtiger Gentleman. Sicher, er ist Engländer, aber besser als die meisten anderen. Und ich will nicht hören, daß ihr schlecht über ihn redet. Es war ein unschuldiger Kuß.«

»Warum darf man nicht küssen?« wollte Hew von seinem Bruder wissen. »Du hast weitaus mehr als ...«

»Halt den Mund vor der Kleinen«, fuhr Odo ihn an und wollte ihm einen Klaps versetzen.

Doch Hew wich ihm aus, befolgte aber den Rat seines Bruders.

Keely unterdrückte ein Lächeln. »Vorsicht ist angebracht. Ihr braucht einen Unsichtbarkeitszauber.«

»Hier im Stall ist zuviel los«, warf Odo ein. »Es besteht die Gefahr, daß dich jemand bei deinen Zaubersprüchen ertappt.«

Keely drückte die Wange an die Merlins und meinte: »Seine Gnaden und Lady Dawn haben sich mit einem Geschäftsfreund zurückgezogen. Zu dieser Stunde wird sich niemand im Park aufhalten, und ich weiß einen Platz, wo uns niemand stören wird. Machen wir uns auf den Weg.«

Keely führte sie aus den Stallungen einen Weg entlang,

der sie zu einem abgelegenen Teil am Rande des Talbotschen Parks brachte, der von großen Eichen gesäumt war.

»Die Luft ist so frisch, Samhuinn kündigt sich an.« Keely zog ihren Schal enger um die Schultern. »Diese wunderbare Nacht rückt schnell näher.«

»Ich rieche nichts«, flüsterte Hew.

»Ich auch nicht«, stimmte Odo ihm zu.

Keely blickte gen Himmel. Im Westen glühte die untergehende Sonne golden, während der Himmel im Osten schnell dunkel wurde. Um sie herum war alles in leuchtende Herbstfarben getaucht, ein Rausch von Rot, Gold und Gelb.

»Mit Hilfe der Muttergöttin ist alles möglich«, erklärte Keely ihren Cousins. »Aber laßt euch eins gesagt sein, ich habe im Augenblick nicht die erforderlichen Kerzen und Kräuter. Also fordert das launenhafte Schicksal nicht heraus, indem ihr dem Grafen auf die Zehen steigt. Verstanden?«

Odo und Hew nickten gleichzeitig.

Keely wünschte, sie hätte ihre Tasche mit den magischen Steinen und der Zeremonienrobe dabei, aber sie wollte kein Risiko eingehen und ins Haus laufen, um sie zu holen. Statt dessen hob sie einfach acht Steine auf und legte sie im Kreis auf den Boden, wobei sie darauf achtete, im Westen eine Öffnung zu lassen.

»Wollt ihr mit hereinkommen?« fragte sie ihre Cousins.

Die beiden schüttelten den Kopf.

Nachdem sie den Kreis von Westen aus betreten und mit dem letzten Stein geschlossen hatte, sagte sie: »Störende Gedanken bleiben draußen.«

Nun ging sie in die Mitte des Kreises und zog sich den Schal über den Kopf. Sie drehte sich dreimal im Uhrzeigersinn, bis sie wieder nach Westen blickte. Dann schloß sie die Augen und konzentrierte sich auf ihren Atem.

»Mächtige Mutter Erde und Vater Sonne steht uns bei«, betete Keely. »Verleiht uns den Schutz der Unsichtbarkeit und eines festen Panzers, und wir gewinnen den Kampf gegen die Furcht.«

Anschließend trat Keely an den westlichen Rand des Kreises und brach den Bann, indem sie den westlichsten Stein aufhob und über die linke Schulter warf.

»Alles wird gut«, erklärte sie, als sie wieder zu ihren beiden Cousins ging.

»Es ist schon beinahe Zeit zum Abendessen«, meinte Odo. »Mach, daß du ins Haus kommst, Kleines.«

Keely nickte zwar, legte Hew aber die Hand auf die Wange. »Geht es dir nun besser, Cousin?«

Hew nickte grinsend.

»Dann lauft schon voraus, ich komme in ein paar Minuten nach.«

Als sie alleine war, ging Keely zu der riesigen Eiche. Sie berührte ihren Stamm mit den Händen, umarmte den ganzen Baum und flüsterte: »Du bist sehr stark, mein Freund. Ich wußte, daß es herrlich sein müßte, dich zu berühren.«

Sie trat näher an den Baum, bis ihr ganzer Körper ihn in der Umarmung berührte. »Vom ersten Augenblick an, als ich dich sah, wußte ich, daß wir Freunde sein würden.«

Während Keely die unsichtbaren Mächte des Universums anrief, saß Richard Devereux im Studierzimmer des Herzogs von Ludlow. Dankend griff er nach dem angebotenen Glas Madeira, lehnte sich in seinem Sessel zurück und streckte die langen Beine aus.

»Hier ist der deine, Teuerste.« Herzog Robert reichte Lady Dawn ihr Glas Wein. Er blickte zum Grafen und fragte: »Was beschäftigt Euch, Devereux?«

»Es widerstrebt mir sehr, aber ich fürchte, Euch zu verletzen mit dem, was ich vorbringen möchte, Euer Gnaden.«

Herzog Robert verzog keine Miene und wartete darauf, daß der Jüngere fortfuhr.

»Mein Interesse an Morgana ist im Schwinden begriffen«, erklärte ihm Richard. »Ich bedaure den Kummer, den dies verursacht.«

»Das ist die beste Neuigkeit, die ich diese Woche hörte«, bemerkte Lady Dawn, was ihr einen tadelnden Blick des Herzogs eintrug.

»›Bis daß der Tod uns scheidet‹ kann eine sehr lange Zeit

sein«, ergriff der Herzog das Wort. »Ein Mann sollte niemals eine Frau ehelichen, die er nicht heiraten möchte.«

»Vielen Dank für das Verständnis, das Ihr mir in dieser Angelegenheit entgegenbringt«, antwortete Richard und stellte sein Glas auf den Tisch. Er stand auf und schritt ans Fenster. »Ich möchte um die Hand Lady Keelys anhalten.«

»Ich wußte es!« Lady Dawn klatschte in die Hände. »Was für ein schönes Paar Richard und Keely abgeben werden. Denkst du nicht auch so, Tally?«

»Ich habe gegen diese Verbindung nichts einzuwenden«, stimmte Herzog Robert zu.

Richard warf einen letzten Blick über die Schulter und lächelte über das Schauspiel vor dem Fenster. Der Gegenstand seiner Begierde spielte gerade ein ihm nicht bekanntes Spiel mit seinen Cousins. Daß diese zwei Hünen Keely begleiteten, wie sie wie ein junges Mädchen im Kreis herumhüpfte, rührte sein Herz. Beinahe hatte er Verständnis dafür, daß sie ihn ausgeraubt hatten.

»Hört Ihr mir zu?« riß ihn die Stimme des Herzogs aus den Gedanken.

Richard drehte sich um und lächelte verlegen. »Ich bewunderte gerade die Aussicht, Euer Gnaden.«

»Wahre Liebe zeitigt das merkwürdigste Verhalten«, stellte Lady Dawn fest.

Herzog Robert verdrehte die Augen, enthielt sich aber eines Kommentars zu dieser Beobachtung seiner Herzensdame. »Ich billige diese Verbindung«, erklärte er. »Aber die endgültige Entscheidung liegt bei meiner Tochter. Ich würde niemals eines meiner Kinder vor den Altar zwingen.«

»Da sehe ich kein Hindernis«, entgegnete Richard. »Als sie mich gestern besuchte, schien Keely sich zu mir sehr hingezogen zu fühlen.«

»Keely besuchte Euch?« wiederholte der Herzog verwundert.

»Wir nahmen das Abendessen zusammen ein«, erklärte Richard. »Trotz meines ansonsten nicht gerade hervorragenden Rufs kann ich Euch versichern, daß es sich um eine gänzlich unschuldige Mahlzeit handelte.«

»Chessy, sei ein Schatz«, wandte sich Herzog Robert an Lady Dawn, »sag doch bitte Meade, er möchte Keely holen.«

Richard warf erneut einen Blick über die Schulter und meinte: »Ihr findet Lady Keely im Garten … *sie umarmt gerade einen Baum.*«

Der Herzog schoß hoch und eilte zum Fenster. Er kam gerade rechtzeitig, um zu sehen, wie seine Tochter der Eiche schnell einen Kuß aufdrückte.

Richard sah den Herzog erstaunt an.

»Das ist ein walisischer Brauch«, log Herzog Robert. »Eine Eiche zu küssen bedeutet Glück für das Haus, zu dem die Eiche gehört. Wie aufmerksam von ihr, an unser Wohl zu denken.«

Richard lächelte erleichtert. »Wirklich äußerst liebenswert, Euer Gnaden.«

Keely hielt kurz inne, als sie das Arbeitszimmer des Herzogs betrat. Was hatte der Graf hier zu suchen? fragte sie sich. Sie bekam es mit der Angst zu tun. Hatte er beschlossen, ihrem Vater zu erzählen, daß Odo und Hew einen Straßenraub begangen hatten? Wie hatte sie nur einem Engländer Glauben schenken können! Das ganze verfluchte Volk besaß keinen Funken Ehrgefühl.

Lächelnd trat Richard auf sie zu und küßte ihr die Hand, bevor er ihr tief in die veilchenblauen Augen — *die wütenden veilchenblauen Augen* — schaute. Warum war sie so außer sich? Er hatte doch noch gar nichts gesagt.

Richard begrüßte sie mit einem warmen Händedruck und fragte: »Warum spieltest du im Garten?«

Keely erstarrte. »Ich … spielte im Garten?«

»Du drehtest dich im Kreis, und deine Cousins sahen dir dabei zu.«

»Meine Cousins?«

»Odo und Hew, erinnerst du dich nicht?«

»Doch, ich erinnere mich«, wich Keely seiner Frage aus. Soviel zum Unsichtbarkeitszauber.

»Nimm doch hier Platz, Schatz.« Richard begleitete sie zu einem Sessel. »Dein Vater hat dir etwas Wichtiges mitzuteilen.«

»Ist Madoc gestorben?« fragte Keely voller Hoffnung. Wenn das der Fall war, konnte sie unverzüglich heim nach Wales.

Herzog Roberts Mund zuckte. »Aus Wales habe ich keine Neuigkeiten zu berichten, liebes Kind.«

»Dein Vater stimmt unserer Heirat zu«, erklärte ihr Richard. »Wenn du mich haben willst, Liebling.«

Keely fuhr herum und starrte offenen Mundes den Grafen an. »Heirat?« Ihr versagte die Stimme, so groß war die Überraschung.

»Ach, welch ein Vergnügen es sein wird, diese Hochzeit zu planen«, schwärmte Lady Dawn. »Es wird die Hochzeit des Jahrzehnts.«

»Was hältst du von dem Antrag des Grafen, mein Kind?« fragte Herzog Robert sie.

Keely sah vom Grafen zum Herzog. Wollte ihr Vater sie loswerden? Sie hatte nicht die geringste Absicht zu heiraten, und schon gar keinen Engländer. Sie wußte, daß die Ursache des Ungemachs der Frauen in der skrupellosen Natur der Männer zu suchen war. Megans unglückliches Leben war der Beweis dafür. Die Tochter hatte aus den Fehlern der Mutter ihre eigenen Lehren gezogen. Keely würde sich niemals zu einer Ehe zwingen lassen, aber um Odo und Hews willen mußte sie sich sehr vorsichtig aus dieser Falle winden. Der Graf konnte noch immer seine Meinung ändern, was das Geheimnis ihrer Cousins anging.

»Es ist außerordentlich schmeichelhaft, für eine derartige Position in Betracht gezogen zu werden«, entgegnete Keely höflich. »Aber ich kann den Antrag unmöglich annehmen.«

Richard, der es nicht gewohnt war, daß man ihm einen Strich durch seine Pläne machte, weigerte sich, ihre Worte zur Kenntnis zu nehmen. Eine Zurückweisung war unvorstellbar. »Was sagtest du soeben?«

»Jede Frau wäre stolz, Euch ihren Ehemann zu nennen«, fuhr Keely fort. »Doch ich reiste nach England, um meinen ... Seine Gnaden zu finden. Es wäre mir unmöglich, nun zu heiraten und ihn zu verlassen.«

»Du würdest nebenan wohnen, liebes Kind«, lächelte Herzog Robert. »Devereux ist Englands begehrtester Junggeselle, und eine Frau ohne Mann ist wie ein Reich ohne Herrscher. Außerdem sind bereits jüngere Mädchen als du glückliche Mütter. Ist es nicht so, Chessy?«

Keely rückte nicht ab von ihrer Meinung. »Falls Ihr ... falls Ihr wünscht, daß ich Euer Haus verlasse, kann ich nach Wales zurückkehren . . .«

»Was, zum Teufel, stört dich an mir?« platzte Richard der Kragen — zum erstenmal in seinem wohlgeordneten Erwachsenenleben. Wie konnte dieser dahergelaufene Niemand es wagen, ihm, dem berühmten Grafen von Basildon, einen Korb zu geben!

»Ihr seid Engländer«, sagte eine nun mindestens ebenso wütende Keely, als erkläre dies alles.

»Du bist beinahe ebenso englisch wie ich.«

»Ich bin Waliserin!«

»Eine Frau in deiner Lage sollte dankbar sein für jeden Antrag, und sie sollte sich unterstehen, den Antrag von Englands berühmtestem Grafen zurückzuweisen!«

Bei dieser Beleidigung wich Keely das Blut aus den Wangen. Sie wußte, worauf er anspielte. Sie hatte ähnliches schon oft genug gehört. Der Graf drückte sich nur etwas gewählter aus als die meisten anderen. Aus irgendeinem merkwürdigen Grund hatte sie etwas anderes von ihm erwartet.

»Paßt auf, was Ihr sagt, Basildon«, sprang der Herzog seiner Tochter verärgert zur Seite.

Keely erhob sich aus ihrem Sessel und trat dem Grafen gegenüber. »Von welcher Lage sprecht Ihr?« stellte sie ihn voller Verachtung zur Rede.

Richard funkelte sie an. »Deiner Lage als Bastard eines Edelmannes.«

»Jetzt reicht es!« rief Herzog Robert und schlug mit der Faust auf den Tisch.

»Alle Drachen spucken Feuer«, sagte Keely nach Atem ringend. Ohne ein weiteres Wort schritt sie hoch erhobenen Hauptes zur Tür.

Richard eilte ihr augenblicklich hinterher. »Es tut mir leid«, entschuldigte er sich und hielt sie am Unterarm fest. »Ich ... ich habe nicht gemeint, was ich sagte.«

Und nun bescherte Keely dem Grafen die zweite schockierende Erniedrigung des Tages. Sie blickte ihm mit ihren veilchenblauen Augen direkt in seine smaragdgrünen Augen und sagte kühl: »Nehmt Eure widerliche Pfote von meinem Arm.«

»Du nimmst meine Entschuldigung nicht an?« fragte Richard sie überrascht.

»Nein.«

Innerhalb weniger Minuten zweimal zurückgewiesen zu werden, bekam Richard nicht. »Ist dir klar, daß ich jede Frau in England haben könnte, wenn ich wollte?«

»Alle bis auf eine.« Mit hoch erhobenem Kopf verließ Keely den Raum.

Herzog Robert fluchte laut, stand auf und ging ihr nach. »Ich rede mit ihr«, erklärte er, bevor er verschwand.

Richard starrte den beiden hinterher und rätselte, was er falsch gemacht hatte. Die Kleine hatte seinen Antrag abgelehnt und sich geweigert, die erste Entschuldigung, die er jemals gegeben hatte, anzunehmen!

»Das ist also der sagenhafte Charme der Devereux«, gurrte die Gräfin hinter ihm.

»Sehr lustig.« Richard drehte sich um. »Sagt mir, Cheshire, wenn man sich entschuldigt, ist dann der andere nicht verpflichtet, die Entschuldigung anzunehmen?«

»Um die Wahrheit zu sagen, ich weiß es nicht«, antwortete Lady Dawn. »Ich habe mich noch nie entschuldigt. Wollt Ihr sie denn wirklich?«

»Spielt das eine Rolle?«

»Armer Richard, daß Ihr Myriaden von Englands willigen Mädchen beglücktet, hat Euren Verführungskünsten wohl eher geschadet«, bemitleidete Lady Dawn den Grafen in dieser für ihn gänzlich ungewohnten Misere. »Eine Widerspenstige vor den Traualtar zu locken ist einfacher, als vom Baum zu fallen. Ich könnte Euch helfen.«

Richard zog eine Augenbraue in die Höhe. »Wie?«

»Vertraut mir, mein Lieber«, antwortete sie und hakte sich

bei ihm unter. »Je einfacher der Plan, desto besser funktioniert er ...«

Ein Stockwerk höher klopfte Herzog Robert an die Tür zum Schlafgemach seiner Tochter und trat ein. Sie lag zusammengerollt auf dem Bett und weinte in das Kopfkissen. Der Herzog setzte sich zu ihr auf die Bettkante und nahm sie liebevoll in die Arme.

»Tränen zu vergießen hilft dir nicht weiter in deinem Unglück«, erklärte er ihr. »Du wirst nur krank davon.«

»Ich ... ich will nach Hause«, schluchzte Keely und lehnte den Kopf an seine starke Brust. »Ich gehöre nicht hierher.«

»Basildon hat deine Zurückweisung tief gekränkt«, tröstete der Herzog sie und streichelte ihr über den Rücken. »Du kannst dir nicht vorstellen, wie verzweifelt er nun ist.«

»Nein, das glaube ich nicht«, antwortete Keely und fügte leise hinzu: »Gewöhnlich weine ich nicht, wenn man mich einen Bastard nennt.«

Dem Herzog wurde ganz klamm ums Herz. Seine Tochter war genauso wenig ein Bastard wie er selbst, aber die Welt würde niemals die Wahrheit erfahren. Ihr Herzeleid war sein Herzeleid. Warum hatte er nur so viele Leben zerstört?

»Wer nannte dich so?« fragte er sie.

»Madoc, mein Stiefvater«, schluchzte Keely. »Ich hatte immer das Gefühl, nirgends hinzugehören. Madoc nannte mich ... Prinzessin von Nirgendwo.«

Herzog Robert verspürte das dringende Bedürfnis, den verabscheuungswürdigen Waliser zu ermorden. Wegen dieses Mannes hatte seine Erstgeborene, das Kind seiner großen Liebe, eine Kindheit voller Erniedrigungen und Demütigungen erduldet. Sollte er je diesem finsteren Schurken von Angesicht zu Angesicht begegnen ...

Keely nagte an ihrer Unterlippe, hob den Kopf und blickte ihn mit feuchten Augen an. Sie hatte keine Wahl, sie mußte sich ihm anvertrauen. Nachdem sie ihn abgewiesen hatte, würde der Graf nun gewiß sein Wort brechen, was ihre Cousins anging.

»Ich muß Euch etwas gestehen, Euer Gnaden«, begann sie.

Herzog Robert küßte sie sanft auf den Scheitel und scherzte: »Welches schreckliche Verbrechen hast du begangen, mein Kind?«

»Straßenraub, fürchte ich.«

»*Was*?«

»Odo und Hew machten sich Sorgen um mich und überfielen den Grafen in Shropshire und ...«

»Deine Cousins raubten Basildon aus?«

Keely nickte. »Ich fürchte doch. Richard versprach mir, ihr Geheimnis für sich zu behalten, aber nun ... Könnt Ihr mir versprechen, daß ihnen der Galgen erspart bleibt?«

»Ja.« Als er ihren zweifelnden Blick sah, erklärte ihr Herzog Robert: »Dein Vater, mein liebes Kind, ist hier ein mächtiger und einflußreicher Peer.«

»Mächtiger als der Graf?«

»Wesentlich mächtiger als dieses sauertöpfisch dreinblickende Bürschchen.«

»Sauertöpfisch dreinblickend?« wiederholte sie fragend.

»Devereux geht durch das Leben, als habe man ihm einen Stock in sein ...« Der Herzog räusperte sich. »Manchmal schaut er so leidend. Eine unangenehme Angewohnheit, die er von Burghley übernommen hat.«

»Richard hat stets ein Lächeln im Gesicht und gewinnt den merkwürdigsten Dingen eine heitere Seite ab«, widersprach Keely. »Zumindest war das bis heute der Fall.«

Herzog Robert lächelte. »Vielleicht bringst du seine besten Seiten zum Vorschein. Und die schlimmsten.« Er nahm sie in die Arme. »Ruhe dich ein wenig aus. Ich werde dir das Abendessen heraufschicken lassen.«

Keely lächelte matt. »Danke, Euer Gnaden.«

»Vergiß nicht, mein Kind. Wenn du soweit bist, bin ich dein Papa.«

Aus dem Morgen war beinahe schon Nachmittag geworden, als Keely aufwachte. Sie schlug die Augen auf und blickte zum Fenster hinaus in einen grauen, wolkenverhangenen Himmel. Obwohl sein strahlendes Gesicht dem menschlichen Auge verborgen blieb, wußte sie, daß Vater

Sonne sich da draußen hinter diesen bedrohlichen Wolken versteckte.

Das Herz war ihr schwer, und Keely konnte nicht anders, ihre Gedanken kreisten um den Grafen. Richard erschien ihr so herrlich wie Vater Sonne, ein heidnischer Gott, der zum Leben erwacht war, aber wie es in der Seele eines Menschen aussah, wog viel schwerer. Zwar hatte er ihr versprochen, das Verbrechen ihrer Cousins für sich zu behalten, aber als er sie einen Bastard nannte, hatte er seine englische Kaltschnäuzigkeit offenbart. Unglücklicherweise hatte selbst ein Bastard Hoffnungen, Träume und Gefühle.

Keely seufzte niedergeschlagen. Sie wünschte, sie hätten einander unter anderen Umständen kennengelernt — zu einem anderen Zeitpunkt und an einem anderen Ort. Die Welt des Grafen würde nie die ihre sein. Wenn sie einwilligte, ihn zu heiraten, würde er es bald bereuen, sie zu seiner Frau gemacht zu haben. Sie konnte nicht ohne Liebe leben. Außerdem würde ein englischer Graf nie gutheißen, daß sie eine Druidin war.

Als Keely sich schließlich umdrehte, um aus dem Bett zu klettern, fiel ihr Blick auf ein Frühstückstablett mit einem Strauß Jungfer im Grünen, das auf dem Nachttisch abgestellt war. Sie setzte sich auf und entdeckte einen zweiten Strauß auf dem Boden neben dem Tisch. Ein dritter befand sich auf dem Hocker und ein vierter am Boden vor dem Kamin.

Als Keely sich im Zimmer umblickte, mußte sie unwillkürlich lächeln. Ihr ganzes Schlafzimmer war ein Garten von Jungfer-im-Grünen-Sträußen.

»Zeit aufzuwachen«, rief Lady Dawn, die soeben in das Zimmer getreten war. Sie legte einen Rock aus violetter Wolle, einen dazu passenden Kaschmirschal und eine weiße, rund ausgeschnittene Leinenbluse auf das Bett. »Wie immer habe ich etwas Hübsches zum Anziehen für Euch ausgewählt.«

»Woher kommen diese Blumen?« fragte Keely und deutete auf das Blumenmeer.

»Der Graf ließ sie heute morgen bringen«, antwortete Lady

Dawn, »und ich selbst habe sie hereingetragen und arrangiert, damit die Dienstboten Euch nicht aufwecken. Bis gleich, Teuerste.« Die Gräfin rauschte aus dem Schlafzimmer.

Keely starrte die Jungfer-im-Grünen-Sträuße an. Offensichtlich war die Entschuldigung des Grafen aufrichtig gemeint gewesen. Ob er sie noch immer heiraten wollte? Er schien ihr nicht der Mann zu sein, der ein Nein als Antwort hinnimmt.

Sie wollte ihre Morgentoilette beginnen, stand auf, reckte sich und ging hinüber zum Wandschirm. Als sie hinter diesen blickte, prustete sie los vor Lachen. Ein weiterer Jungfer-im-Grünen-Strauß guckte aus dem Nachttopf hervor.

Nachdem sie sich gewaschen und angezogen hatte, setzte Keely sich auf die Bettkante, aß das Brot und den Käse und trank die Milch, die man ihr gebracht hatte. Überrascht blickte sie von ihrem Frühstück auf, als es an die Tür klopfte.

»Herein«, rief sie.

Die Gräfin stürzte ins Zimmer. Hinter ihr schritt der Majordomus des Grafen.

Ein Silbertablett in der Hand, trat Jennings zu Keely ans Bett und verkündete: »Für Euch, Mylady.«

Ein gefaltetes Blatt Pergamentpapier lag auf dem Tablett. Daneben lag ein Strauß aus Astern und Veilchen.

Keely nahm den Strauß und sog seinen Duft ein, dann griff sie nach der Nachricht.

»In der Sprache der Blumen bedeuten Veilchen Liebe«, erklärte ihr Lady Dawn. »Und die Astern bedeuten Lebewohl.«

Der Graf gibt auf, folgerte Keely. War sie nun erleichtert oder enttäuscht?

Die Nachricht enthielt weder eine Anrede noch eine Unterschrift. In einer schwungvollen Handschrift standen folgende Worte: *Dich zu verletzen war nie meine Absicht. Bitte verzeih mir.*

Es tat dem Grafen leid, schloß Keely. Was mußte es ihn an Überwindung gekostet haben, sich einem Bastard gegenüber zu entschuldigen, auch wenn sie ein Bastard adliger

Herkunft war? Ihm noch länger böse zu sein war undenkbar.

Keely sah zu Jennings und erklärte: »Sagt dem Grafen, meine Antwort ist ja.«

»Vielen Dank, Mylady.« Jennings zögerte und fügte noch hinzu: »Der Graf bat mich, Euch wissen zu lassen, er hätte sich gerne persönlich entschuldigt, aber er sei wegen seiner Verletzung ans Bett gefesselt.«

»Verletzung?« wiederholten Keely und Lady Dawn wie aus einem Munde.

»Es ist sein Knöchel«, erklärte ihnen Jennings. »Verstaucht, vermute ich.«

»Ihr müßt den Grafen besuchen«, meinte Lady Dawn zu Keely gewandt, »und seine Entschuldigung persönlich annehmen, meine Teuerste.«

Besorgt runzelte Keely die Stirn. »Wie behandelt der Graf die Verstauchung?« erkundigte sie sich. Als der Majordomus nur mit den Achseln zuckte, erklärte ihm Keely: »Sagt dem Grafen, ich werde ihn um vier Uhr besuchen und etwas zur Unterstützung seiner Genesung mitbringen.«

»Vielen Dank, Mylady.« Jennings verließ Keelys Schlafgemach.

»Darf ich den Koch bitten, eine Salbe für den Knöchel des Grafen zuzubereiten?« fragte Keely die Gräfin.

»Was braucht Ihr?«

»Eine Mischung aus Schwalbenwurz und Peteröl.«

»Darum kümmere ich mich selbst«, meinte Lady Dawn und verließ das Zimmer.

Keely änderte ihre Meinung über den Grafen. Der Anblick und der Duft der unzähligen Sträuße hob ihre Laune. Richard waren ihre Gefühle doch wichtig. Seine Herzlichkeit und sein Bedauern bewies, daß er kein herzloser Engländer war. Offensichtlich fand hier ein Kampf zwischen Gut und Böse statt. Sie hoffte nur, daß diese Schlacht noch nicht zu seinen Ungunsten entschieden war.

Am frühen Nachmittag brach die Sonne durch. Um vier Uhr, als Vater Sonne im Westen dem Horizont entgegenzusinken begann, verließ Keely Talbot House und machte sich auf den Weg zum Herrensitz des Grafen. In den Händen trug sie die Flasche mit Schwalbenwurz und Peteröl.

Sie schlüpfte durch die Lücke in der Hecke und befand sich auf dem Besitz des Grafen. Keely blickte über den gepflegten Rasen hinüber zu den Gartenanlagen. Verblüfft schloß sie die Augen, sie mußte sich geirrt haben, aber als sie erneut hinsah, hatte sich an dem erstaunlichen Anblick nichts geändert.

Drei Bäume standen zusammen wie alte Freunde. Keely erkannte das helle Weiß der heiligen Birke, das dunkle Immergrün der heiligen Eibe und den heiligsten Baum von allen, die mächtige Eiche. Selten sah man diese drei Bäume zusammenstehen. Das gab ihr zu denken.

Keely legte den Zeigefinger auf den Mund und schloß die Augen, um besser nachdenken zu können. Dann fiel ihr Megans Prophezeiung wieder ein:

»Wandle unter den Mächtigen, doch das Glück wirst du finden, wo die Birke, die Eibe und die Eiche zusammenstehen ...«

Keely schüttelte den Kopf, sie wollte ihren Augen nicht trauen. Ihre Mutter konnte unmöglich gemeint haben, daß sie hier ihr Glück finden würde. Das war einfach zu absurd. Birken, Eiben und Eichen gab es unzählige in England und Wales. Es gab also bestimmt Hunderte solcher heiliger Orte, wo diese drei zusammenstanden! Keely beschloß, bei der erstbesten Gelegenheit zu einer Andacht an diesen heiligen Ort zurückzukehren. Vielleicht an Samhuinn.

»Folgt mir, Mylady«, empfing Jennings sie im Foyer. Er schritt zur Treppe.

»Wohin bringt Ihr mich?« fragte Keely.

»Der Graf liegt im Bett«, antwortete Jennings. »Seine Verletzung hindert ihn daran, herunterzukommen und Euch zu begrüßen.«

Nervös fuhr sich Keely mit der Zunge über die Lippen. Es war einleuchtend, dachte sie. Er hatte sich den Knöchel verstaucht, sonst wäre er zur Residenz der Talbots gekommen. Keely nickte und folgte dem Majordomus die Treppe hinauf.

Richard trug eine enganliegende schwarze Reithose und ein schwarzes Seidenhemd, das er nicht zugeknöpft hatte, so daß seine kupferroten Brusthaare herausleuchteten. Als sie das Zimmer betrat, lag er im Bett. Seine üppige Mähne, glutrot leuchtend wie die untergehende Sonne, und die kühlen Smaragdaugen, so erfrischend wie ein Wald im Frühling, nahmen ihren Blick gefangen.

Keely wurde beinahe ohnmächtig bei diesem sinnlichen Anblick, der sie an einen zum Leben erwachten heidnischen Gott erinnerte. Am liebsten hätte sie sofort kehrtgemacht, aber dazu war es nun zu spät. Sie hob den Blick, und seine smaragdgrünen Augen ließen sie nicht mehr los.

»Danke, daß Ihr kommt, Mylady«, begrüßte Richard sie, während sein Diener einen Stuhl für sie ans Bett rückte und anschließend den Raum verließ.

»Nennt mich Keely.«

»Dann mußt du Richard zu mir sagen.« Sein warmes Lächeln könnte den Schnee in den Bergen zum Schmelzen bringen.

Keely lächelte zurück und setzte sich zu ihm auf das Bett, um seinen Knöchel untersuchen zu können. Bei den heiligen Steinen! Sogar die Füße dieses Mannes waren bewundernswert.

»Ich kann keine Schwellung entdecken«, sagte sie. »Welcher Fuß ist es?«

»Beide.«

Keely sah ihn verwirrt an.

»Den rechten Knöchel habe ich mir verstaucht«, erklärte Richard. »Und anschließend verdrehte ich mir den linken, als ich die Treppe hinaufhumpelte.«

»Dieses Öl wird helfen.« Keely schüttete sich ein paar Tropfen der Flüssigkeit auf die Handfläche und reichte ihm die Flasche. Dann hob sie seinen rechten Fuß in ihren Schoß und begann, ihm das Öl in die Haut — seine wunderschöne Haut — einzureiben. Sie suchte sich abzulenken.

»Hast du deine Meinung über meine Cousins geändert?« fragte sie ihn.

»Vielleicht.«

Keely fuhr hoch, doch als sie sah, daß er lächelte, wußte sie, er hatte sie nur geneckt. »Du hast auch etwas gestohlen«, neckte sie ihn ebenfalls. »Du hast mich geküßt, ohne mich um Erlaubnis zu bitten.«

»Das kann man kaum einen Kuß nennen«, entgegnete Richard. »Und wenn man jeden Mann, der einem hübschen Mädchen einen Kuß stiehlt, als Dieb verurteilte, wäre kaum mehr ein Engländer am Leben.« Er blickte ihr tief in die Augen und fügte hinzu: »Das würde dir doch sicher gefallen?«

Keely schwieg, doch um ihre Lippen spielte ein Lächeln.

»Wenn du mich jetzt leidenschaftlich küßt«, versuchte Richard sie zu ködern, »sind deine Cousins und ich quitt.«

»Erpressung ist gegen das Gesetz«, erinnerte ihn Keely.

»Stürzen wir uns in ein Leben voller Verbrechen«, meinte Richard und beugte sich vor. »Straßenraub und Erpressung könnten unsere Spezialität werden.«

Keely warf ihm einen vernichtenden Blick zu.

»Na gut, dann erzähl mir von dir«, wechselte er das Thema.

»Da gibt es nichts zu erzählen.«

»Ich habe drei ältere Schwestern«, fing Richard an, ihr von sich zu erzählen, da er dachte, sie so dazu bewegen zu können, mehr von sich preiszugeben. »Kathryn ist mit dreißig die älteste, ihr folgt Brigette mit achtundzwanzig und Heather mit sechsundzwanzig.«

»Ich habe mir immer eine große Familie gewünscht, vor allem nach einer Schwester habe ich mich stets gesehnt«, gestand Keely. »Erzähl mir von deinen Schwestern.«

»Meine Schwestern piesackten mich gnadenlos und zeigten nicht den geringsten Respekt vor einem heranwachsenden jungen Grafen.«

Keely lachte. »Sind sie auch bei Hofe?«

»Leider lebt keine von ihnen in England.«

»Erzähl mir, wie sie dich quälten.«

Richard hob eine kupferfarbene Augenbraue und sah sie fragend an. »Bist du etwa auf der Suche nach Anregungen?«

Lächelnd legte Keely seinen linken Fuß aufs Bett und begann, den rechten Knöchel mit Öl zu massieren.

»Du hast einen sehr ungewöhnlichen Namen«, bemerkte Richard.

»*Keely* bedeutet ›Schönheit‹.«

»Wie passend. *Richard* bedeutet ›mächtiger Herrscher‹.«

Keely schmunzelte. Was seine Arroganz anging, stand er einem König in nichts nach. »Wie alt bist du?« fragte sie.

»Am sechsten Tag im Mai werde ich fünfundzwanzig.«

»Wir sind exakte Gegensätze«, erklärte ihm Keely. »Du wurdest als sturer Stier geboren, während ich ein tödlicher Skorpion bin.«

»Du bist zu zierlich und zu sanft, um gefährlich zu sein«, widersprach Richard.

»Männliche Arroganz spricht aus dir.« Keely setzte seinen Fuß ab und flüchtete vor der Versuchung ans Fenster.

Die gedämpften Farben der Dämmerung hatten den Himmel bis hin zum Horizont in sanftes Violett, tiefes Blau und samtenes Schwarz getaucht. Die Zeit nach Sonnenuntergang war Keely die zweitliebste Stunde des Tages.

Von der Themse herauf zog der Nebel immer dichter ans Haus. Die schweren Dunstschleier drängten sich an die Erde wie ein Liebhaber.

»Was siehst du?« fragte Richard, an seine Kissen gelehnt.

»Ich sehe über den Horizont hinaus«, antwortete Keely, ohne nachzudenken.

»Welch hervorragende Augen du haben mußt.« Richard unterdrückte merklich ein Lachen.

»Über den Horizont sieht man mit dem Herzen hinaus, nicht mit den Augen.«

»Die Themse sieht man wohl kaum noch bei diesem Abendnebel.«

»Ich sehe nur den Atem des Drachen, keinen Nebel«, entgegnete sie.

»Wo ist der Drache?«

»Näher, als du denkst.«

Keely wandte sich wieder um und sah zu ihrer Überraschung, daß der Graf das Hemd ausgezogen hatte. Hypnotisiert von seinem kupferroten Brusthaar, wünschte Keely sich, sie hätte den Mut, an sein Bett zu treten und mit ihren Fingern darin zu wühlen. Ob diese Feuersträhnen sich heiß anfaßten?

»Gefällt dir, was du siehst?« fragte Richard sie mit belegter Stimme.

Seine Frage verwirrte Keely. Ihre Augen suchten überrascht die seinen, und ihre Wangen wurden flammend rot. Sie suchte verzweifelt nach einer schlagfertigen Entgegnung, aber ihr Verstand war demütigenderweise wie leer gefegt.

»Ich sollte nun wirklich gehen«, erklärte sie.

Richard nickte, setzte jedoch ein mitleiderregendes Gesicht auf. »Könntest du mir, bevor du gehst, noch etwas Öl in den anderen Knöchel massieren?«

Den Bruchteil einer Sekunde lang zögerte Keely, dann schenkte sie ihm ein betörendes Lächeln und kehrte zu ihrem Platz auf seiner Bettkante zurück. Sie schüttete sich noch etwas Öl in ihre Handflächen und fing an, seinen rechten Knöchel zu massieren.

»Sonnenuntergang ist mir die liebste Zeit des Tages«, begann Richard ein Gespräch.

Keely sah ihn überrascht an. »Meine liebste Zeit ist Sonnenaufgang. Die Dämmerung füllt mein Herz mit Hoffnung.«

»Bist du schon so früh wach?«

Keely nickte. »Ich liebe es, den neuen Tag zu begrüßen.«

»Weißt du, daß jeder Sonnenuntergang anders ist?«

»Wie jeder Sonnenaufgang.«

Wie sie da so eng nebeneinander saßen, suchte Richard ihren Blick. »Deine Augen sind von einem so umwerfenden Veilchenblau, daß ein Mann sich in ihren geheimnisvollen Tiefen verlieren könnte.«

Keely wurde rot und blickte zu Boden. »Vielen Dank für die Blumen.«

Richard hob sanft ihr Kinn und wartete, bis sich ihre Blicke wieder trafen. »Du erinnerst mich an eine Prinzessin«, sagte er.

Keely hielt seinem Blick stand, während sein Gesicht dem ihren näher kam. Sein sinnlicher Mund, den sie gleich auf dem ihren spüren würde, ließen ihr Herz vor Erregung beben.

Sie schloß die Augen. Ihre Lippen berührten sich. Sein Mund war warm und sanft und drängend.

»So süß«, murmelte er, sein Atem eins mit ihrem.

Sein Mund war so begehrenswert, seine Stimme so erregend. Keely schmolz dahin. Seine starken Arme legten sich um sie, zogen sie an seinen kräftigen Körper, während ihre Arme sich um seinen Hals legten.

Keely gab sich diesen neuen, aufregenden Gefühlen hin und erwiderte seinen Kuß.

Ermutigt küßte Richard sie mit mehr Leidenschaft. Liebkoste mit seiner Zunge ihre Lippen, die sich für ihn öffneten wie eine Blüte in der Glut der Sonne. Im gleichen Augenblick erkundete er schon mit seiner Zunge die Süße ihres Mundes — liebkoste und schmeckte sie.

Keely bebte in seinen Armen, während sie sich seinen Zärtlichkeiten hingab. Sie verlor sich in seinem berauschenden Kuß, seine Zunge mit der ihren liebkosend.

Sanft zog Richard sie zu sich aufs Bett. Er ließ ab von ihrem Mund und küßte sie leicht, so federleicht, auf die Schläfen, die Augenlider und den Hals. Als sein Mund wieder den ihren fand, war sein Kuß verzehrender als alles, was sie bisher erlebt hatte.

Hinfort getragen auf den Schwingen bislang ungeahnten Verlangens, spürte Keely nicht, wie er ihre Bluse, ihr Hemd wegzog, um ihre Brüste mit glühenden Blicken zu verschlingen. Richard küßte ihre Brustwarze leicht, saugte sanft daran und entfesselte damit einen wahren Wirbelsturm in ihrem Körper.

Lodernde Feuerzungen schienen sie zu verzehren. Keely brannte vor Verlangen. Wie aus weiter Ferne hörte sie das lustvolle Stöhnen einer Frau. *Ihr eigenes.* Bar jeder Vernunft drängte sie sich an seinen Körper ...

Als Keely den Verführungskünsten des Grafen erlag, zog die Gräfin von Cheshire ihren Mantel über und verließ Talbot House. Sie spazierte den Weg zu den Ställen hinunter, doch bevor sie den Stallhof erreichte, fing sie an zu laufen.

»Tally, wo bist du?« rief Lady Dawn.

»Hier!« Die Stimme drang aus einem der Ställe zu ihr.

Lady Dawn eilte hinein. Herzog Robert, Odo und Hew untersuchten gerade die Hufe eines der herzoglichen Pferde. Das war noch besser als ursprünglich geplant.

»Ich habe das hier in Keelys Zimmer gefunden«, stieß die Gräfin hervor und schwenkte ein Blatt Pergamentpapier in der Luft. »Das wird Euch gewiß interessieren.«

»Später, Chessy«, winkte der Herzog ab, ohne auch nur hochzusehen. »Siehst du nicht, daß ich beschäftigt bin?«

Die Gräfin schürzte die Lippen. »Es ist wichtig.«

»Ich hör zu. Lies schon.«

»Na gut«, erklärte Lady Dawn versöhnt. »Meine herzliebste Schönheit.«

Die drei Männer hielten inne und starrten sie an.

Zufrieden mit der Aufmerksamkeit ihres Publikums, begann die Gräfin voller Gefühl weiter zu lesen: »Es war unverzeihlich von mir, die Fassung so zu verlieren. Aber könnt Ihr mir mein Verlangen vorwerfen, Euch für alle Ewigkeit bei mir im Bett zu spüren? Wir haben schließlich damals gemeinsam das Paradies erlebt. Eile zu mir, mein Liebling. Ich sehne mich danach, deine seidene ...«

»Wo ist sie?« verlangte der Herzog zu wissen.

Lady Dawn setzte ein erschrecktes Gesicht auf. »Sie ... sie stattet dem Grafen einen Besuch ab.«

Wie ein Blitz sauste Herzog Robert aus dem Stall, Odo und Hew ihm dicht auf den Fersen. Über Lady Dawns Gesicht huschte ein zufriedenes Lächeln, dann eilte sie ihnen hinterher. Dieses Schauspiel, das sich ihr gleich bieten würde, hätte sie nicht für alle Juwelen Englands missen mögen.

»Hier könnt Ihr nicht hinauf«, beharrte Jennings und versperrte den drei Hünen den Weg, die an ihm vorbei die Treppe hinauf eilen wollten.

Als wäre er nichts weiter als eine lästige Mücke, hob Herzog Robert den Mann zur Seite und schleuderte ihn durch das Foyer. Der Herzog voran, rannten die drei die Treppe hinauf.

»Devereux!« brüllte Herzog Robert, als er in das Schlafgemach des Grafen stürzte.

»Nein!« schrie Keely, als sie ihren Vater und ihre Cousins durch die Tür kommen sah.

Richard federte aus dem Bett und stellte sich schützend vor sie, so daß Keely gerade noch ihre entblößten Brüste notdürftig bedecken konnte. Zwar war Richard von Natur aus mutig, aber er besaß auch einen gesunden Überlebenswillen, der ihn einen Schritt zurücktreten ließ. Er hatte erwartet, nur vom Herzog in dieser unmöglichen Situation überrascht zu werden. War das Cheshires Sinn für Humor, drei gegen einen?

Die wutschnaubenden Eindringlinge rückten gegen Richard vor. Drei erhobene Fäuste waren auf sein hübsches Gesicht gerichtet. Herzog Robert traf ihn zuerst, er plazierte seinen Schlag so auf dem rechten Wangenknochen, daß Richard nach links flog. Odos Faust traf ihn gleich darauf auf die linke Wange, so daß er wieder nach rechts flog. Und Hew schließlich schlug ihn mitten ins Gesicht, worauf Richard auf dem Boden landete.

»*Richard!*« Keely eilte ihm zur Seite und kniete sich neben ihn. Sanft drückte sie seinen Kopf an ihre Brust und warf ihren Rettern wütende Blicke zu.

»Ich werde Euch nie verzeihen, daß ihr ihm weh getan habt.«

Zu benommen, um sich bewegen zu können, grinste Richard zu ihr hoch und murmelte: »Hallo, Schönheit.«

»Macht Euch auf eine Hochzeit gefaßt, Devereux«, stieß Herzog Robert zwischen zusammengebissenen Zähnen hervor. »Morgen früh spreche ich mit der Königin.«

»Ich kann ihn nicht heiraten!« rief Keely.

»Du heiratest Devereux«, drohte ihr Vater, »oder ich bin gezwungen, ihn zu töten.«

In diesem Augenblick trat die Gräfin von Cheshire durch die Tür. Sie warf Keely ihren Mantel um die Schultern und half ihr auf.

Herzog Robert stellte seinen zukünftigen Schwiegersohn wieder auf die Füße und warnte ihn: »Ihr sprecht morgen bei der Königin vor, oder ich biete dem Tower die Stirn und schleppe Euch vor den Altar.« Der Herzog gab der Gräfin und den beiden Walisern ein Zeichen, und sie brachten Keely zur Tür hinaus.

»Bitte, ich will nicht heiraten«, flehte Keely, als die Gräfin sie den Gang entlang zur Treppe führte. Sie warf einen Blick über die Schulter und sah, wie Richard ihnen folgte. Sogar in dem düsteren Korridor sah sein Gesicht lädiert aus, aber sein Gang war federnd.

Er hinkt nicht, wurde Keely klar. *Seinem verdammten Knöchel fehlt gar nichts.*

Niedergeschmettert schluchzte sie. Der Graf hatte ihr absichtlich die Unschuld geraubt, um sie vor den Altar zu zwingen. Wenn nur ihr Vater und ihre Cousins sie nicht in dieser unmöglichen Situation vorgefunden hätten, so hätte sie alles abstreiten können. Oh, warum nur hatte die Muttergöttin sie verlassen? Würde sie je ihr Glück finden oder einen Platz, wo sie hingehörte? Oder würde sie immer ein Außenseiter bleiben?

»Wenn Devereux dich nicht glücklich macht«, versuchte Herzog Robert sie zu trösten, »werde ich ihm das Herz mit einer stumpfen Klinge herausschneiden.«

Bei diesen Worten traten Keely Tränen in die Augen. Sie wollte keinen Ehemann, der sie unglücklich machte. Aber aus einem ihr unverständlichen Grund wollte sie auch nicht, daß Richard litt, weil er ihr Leben zerstört hatte.

»Devereux ist reicher als der Papst«, erzählte ihr die Gräfin, die sie auf ihre Art zu trösten versuchte, als sie die Treppe hinunter gingen.

»Ich will keine Juwelen und keine Kleider«, schluchzte Keely.

»Seid still«, fuhr die Gräfin ihr über den Mund. »Was wollt Ihr dann?«

»Ich will nur Liebe.«

Ihr herzerweichendes Schluchzen drang bis nach oben, wo Richard stand. Er mußte lächeln, obwohl es ihm große Schmerzen bereitete, so sehr schwoll sein Gesicht an. Er wollte diese exotische Schönheit in seinem Bett und die Reise nach Irland. Der Herzog von Ludlow würde ihm nun geben, wonach er sich sehnte.

»Jennings, ich brauche dich!« rief Richard und hielt sich das schmerzende Gesicht.

»Ich komme, Mylord«, war der Majordomus zu hören. »Sobald ich es schaffe, mich wieder hochzurappeln.«

Siebtes Kapitel

Am nächsten Morgen zeigte der Herbst sich von seiner heitersten Seite. Ein strahlend blauer Himmel berührte sanft den Horizont, und eine leichte Brise streichelte das Land — es versprach einer jener unglaublichen, vollkommenen Tage zu werden.

Keely schien von dem Paradies ringsum nichts zu bemerken. Sie nagte sorgenvoll an ihrer Unterlippe, als sie zwischen Herzog Robert und Lady Dawn saß. Ihr überdachtes Flußboot nahm gemächlich seinen Weg die Themse hinunter Richtung Hampton Court, das zwölf Meilen südwestlich von London gelegen war.

Wahrscheinlich hätte sie ihren ersten Ausflug auf dem Fluß genossen, hätten ihre düsteren Vorahnungen sie nicht blind gemacht für die idyllische Landschaft. Sie konnte es kaum fassen, daß sie auf der Themse unterwegs war, um die englische Königin zu treffen und um Erlaubnis zu bitten, diesen Ränke schmiedenden Grafen zu heiraten.

Richard Devereux war der letzte Mann auf der Welt, den Keely aus freien Stücken zu ihrem Ehemann genommen hätte. Sein markantes Gesicht und seine höfischen Umgangsformen gefielen ihr, aber für ihren Geschmack war er zu arrogant, zu glatt und viel zu englisch.

Sie würde sich weigern, in die Falle einer lieblosen Ehe zu tappen. Sie hatte schon eine ziemlich lieblose Kindheit hinter sich. Es mußte eine Möglichkeit geben, dieses Fiasko zu vermeiden. Wie konnte sie in Feindesland überleben, wenn sie mit einem Mann verheiratet war, der sie nicht liebte?

»Daß ich Euch an den Hof begleite, ist ebensowenig nötig wie die Hochzeit mit dem Grafen«, versuchte Keely es leise und warf ihrem Vater einen langen Seitenblick zu.

»Ich habe dir bereits mehrmals erklärt, daß die Königin dich möglicherweise zu sehen wünscht, bevor sie einer Verbindung zwischen dir und Devereux zustimmt«, entgegnete

Herzog Robert gereizt. »Die Sache steht fest, ich möchte kein Wort mehr davon hören.«

Ach, warum verschließt er sich so jeglicher Vernunft? dachte Keely verbittert. Sie hatte sich stets nach einem Vater gesehnt, ohne einen Gedanken daran zu verschwenden, wie anstrengend und anmaßend Väter sein konnten.

»Ihr habt achtzehn Jahre nichts mit meinem Leben zu tun gehabt«, erinnerte ihn Keely mit einem anklagenden Ton in der Stimme. »Wie könnt Ihr es wagen, einfach in mein Leben zu platzen und mich herumzukommandieren?«

»*Ihr* seid doch in sein Leben geplatzt«, verteidigte Lady Dawn den Herzog. »Englische Kinder gehorchen ihren Eltern.«

»Ich bin Waliserin«, bemerkte Keely schnippisch.

»Es reicht jetzt«, machte der Herzog dem Disput verärgert ein Ende. An Keely gewandt, fügte er hinzu: »Deine Cousins sind mit meiner Entscheidung einverstanden.«

»Ich möchte mich bei Euch entschuldigen«, erklärte Keely mit gesenktem Kopf. »Meine Angst verleitete mich zu solch respektlosem und unfreundlichem Verhalten.«

»Du brauchst keine Angst zu haben, es gibt nicht den geringsten Grund dafür«, versicherte ihr die Gräfin und tätschelte ihr die Hand.

Herzog Robert legte schützend den Arm um seine Tochter und zog sie an sich. »Chessy wird dir alles erklären, was eine Braut wissen muß, somit besteht kein Anlaß mehr, nervös zu sein.«

»Ich gehöre nicht hierher«, rief Keely und blickte, die Augen voller Tränen, hoch zu ihm. »Alle werden sie über mich lachen. Der Graf wird anfangen, mich zu hassen. Ich bin ein Niemand.«

»Die Heirat mit dem Grafen von Basildon wird dir Achtung verschaffen«, erklärte ihr Lady Dawn. »Die meisten Höflinge werden sogar um deine Gesellschaft buhlen.«

»Da wären wir«, mischte Herzog Robert sich ein, als ihr Boot am Kai anlegte.

Keely sah hoch. Vor ihr ragte Hampton Court auf, samt seinen Türmchen, Zinnen und Kaminen. Rundherum erstreckte sich schier endlos gepflegter Rasen mit Bäumen, Sträuchern und Hecken, so weit das Auge reichte.

»Das sieht mehr aus wie der Himmel als eine Residenz auf Erden«, murmelte Keely ehrfürchtig ob dieses Anblicks.

Herzog Robert schmunzelte. »Der alte König Heinrich liebte es, Eindruck zu schinden. Mit Hampton Court hat er sich ein Denkmal errichtet.«

In dem Palast ging es zu wie in einem Ameisenhaufen. Ständig klapperten Pferde durch den Hof. Handelsleute mit Karren voller Feldfrüchte und anderer Lebensmittel, Krämer mit Tuch- und Schmuckwaren und Edelleute mit ihren Familien kamen und gingen mit Hoffnung in den Augen oder enttäuschten Gesichtern.

Mit großen Augen betrachtete Keely diesen Trubel ringsum. Hampton Court war eine Welt für sich, ständig in Bewegung. Dieses Getümmel machte sie ganz schwindlig.

»Die Edelleute suchen hier die Macht«, erklärte Lady Dawn.

»Oder die Illusion davon«, fügte der Herzog hinzu.

Wie sie so zwischen den beiden ging und von ihrem Vater zur Gräfin blickte, dachte sich Keely: Das ist ihre Welt. Megan hätte nie hierher gepaßt. Und genausowenig paßte ihre Tochter hierher.

»Die Menschen kommen an den Hof, weil sie Reichtum suchen«, erklärte ihr die Gräfin.

»Oder die Aussicht darauf«, präzisierte der Herzog.

»Sie suchen Aufstiegsmöglichkeiten und Ruhm.«

»Und häufig werden sie in Schimpf und Schande vom Hof gejagt.«

Als sie den Palast betraten, geleitete Herzog Robert seine Damen durch ein Labyrinth von Korridoren und endlos langen Galerien. In blaue Livreen gekleidete Lakaien trugen Tabletts voll der erlesensten Köstlichkeiten. Eine ganze Heerschar von Dienstboten trug Unmengen von Feuerholz zu den Feuerstellen, wo bereits andere Dienstboten darauf warteten, um das Feuer in den Kaminen zu entfachen.

Als der Herzog Keely und Lady Dawn durch Hampton Court führte, riefen ihnen gesetzte Herren und ihre Damen freundlich Grußworte zu und hielten inne, um der jungen Schönheit nachzublicken, die den Herzog und die Gräfin begleitete. Die Neugier stand den Höflingen ins Gesicht geschrieben.

Fasziniert von den Höflingen und ihren Damen erwiderte Keely die neugierigen Blicke. Die Damen trugen Reifröcke unter ihren gewagt dekolletierten Kleidern und so viele Edelsteine, wie sie nur tragen konnten. Die Männer kamen in eng anliegenden Kniebundhosen und reich mit Spitzen verzierten Brokatwamsen daher. Die Knöpfe daran waren aus Juwelen. Sie trugen bunte Seidenstrümpfe, Hosenbänder mit goldenem Zierat und Lederschuhe mit eleganten Rosetten. Einige unter ihnen trugen sogar Ohrringe und hatten Rouge auf den Wangen.

»Ich fühle mich vollkommen fehl am Platze«, flüsterte Keely, die sich vorkam wie ein Sperling in einem Pfauenkäfig.

»Laßt Euch nicht verrückt machen, Teuerste. Neben einer natürlichen Schönheit wie der Euren verblaßt ihre künstliche Eleganz«, erklärte die Gräfin und nickte lächelnd ein paar Höflingen zu, an denen sie gerade vorbeigingen.

Als sie schließlich das Audienzzimmer erreicht hatten, wrang Keely nervös die Hände. »Und was geschieht nun?«

»Beruhigt Euch erst einmal«, schlug die Gräfin vor.

Die Zeit schien stehenzubleiben. Keely blickte den Gang hinunter und sah zwei ganz in schwarz gekleidete Männer, die auf sie zukamen. In ihrer düsteren Aufmachung wirkten sie hier so fehl am Platze, wie sie sich fühlte. Sie nahmen sich wie zwei Falken in einer Volière voller Kanarienvögel aus.

Zu ihrer Verblüffung stellte Keely fest, daß der größere der beiden Männer Richard Devereux war. Seine beiden Veilchen paßten hervorragend zu seiner schwarzen Aufmachung. Obwohl sie sich weigerte, ihm seine Winkelzüge zu vergeben, zog sich ihr beim Anblick seines lädierten Gesichts das Herz zusammen. Sie war es nicht wert, was er ihretwegen ausgestanden hatte. Es kribbelte ihr in den Fingern, seine Wunden zu berühren und seinen Schmerz mit ihrem Zauber zu lindern.

Als die beiden Männer sie erreicht hatten, senkte Keely betreten den Blick. Daß sie sich im klaren war, wer vor ihr stand, war an dem verräterischen Rot ihrer Wangen offensichtlich.

»Guten Morgen, Euer Gnaden«, begrüßte Richard sie.

»Basildon«, nickte Herzog Robert, »Burghley.«

»Meine liebe Gräfin«, wandte Richard sich Lady Dawn zu und beugte sich über ihre Hand. Anschließend küßte er Keely die Hand und meinte lächelnd: »Das frühe Aufstehen bekommt Eurer Schönheit, Teuerste.«

Seinem Begleiter, einem Edelmann in mittleren Jahren, erklärte er ohne einen Anflug von Scham: »Lord Burghley, darf ich Euch Lady Keely Glendower vorstellen, die natürliche Tochter Ludlows und — wie ich hoffe — meine zukünftige Gemahlin.«

Der Graf schämte sich nicht im geringsten wegen ihrer Herkunft, aber Keely wäre am liebsten im Erdboden versunken. Sie wagte es nicht, den Blick zu heben, und machte einen Hofknicks.

»Guten Morgen, junge Dame«, begrüßte sie Burghley und musterte sie bewundernd. Ihm schien zu gefallen, was er vor sich sah. Er nickte den Wachen vor dem Audienzzimmer zu und verschwand hinter der schweren Eichentür. Die vier blieben zurück auf dem Gang und warteten auf ein Zeichen der Königin.

Keely fühlte sich unwohl in ihrer Haut. Sie spürte den Blick des Grafen auf sich ruhen, schloß die Augen und flehte, an die Wand gelehnt, zur Muttergöttin, der Graf möge bald wieder gesund werden. Dabei bewegte sie stumm die Lippen.

»Betest du, die Königin möge mein Gesuch ablehnen?« erkundigte sich Richard.

Keely öffnete die Augen. »Mylord, ich bete für Eure Gesundheit.«

Über dieses Geständnis mußte Richard schmunzeln. »Du siehst heute besonders bezaubernd aus. Dein rosa Kleid unterstreicht deine mädchenhaft geröteten Wangen.«

Bevor Keely antworten konnte, öffnete sich die Tür zum

Audienzzimmer. Graf Burghley bat Herzog Robert und Richard in das Zimmer, Lady Dawn und Keely mußten weiter auf dem Gang warten.

»Beruhigt Euch, Teuerste«, sagte die Gräfin. »Ihr seid die perfekte Frau für Devereux.«

»Warum sagt Ihr das?«

»Die Heirat mit Euch verschafft ihm die drei Dinge, die er sich am sehnlichsten wünscht: Euch, eine verwandtschaftliche Beziehung mit Eurem Vater und eine Reise nach Irland.«

»Was habe ich mit Irland zu schaffen?« fragte Keely verwundert.

»Devereux darf erst seinen Pflichten in Irland nachkommen, wenn er einen Erben gezeugt hat.«

Mit dieser Erklärung traf die Gräfin einen empfindlichen Nerv bei Keely. Benutzt zu werden, um einen Stammfolger zu zeugen, das roch sehr nach Madoc Lloyd, der ihre Mutter ins Grab gebracht hatte mit unzähligen Schwangerschaften, die sie nicht austragen konnte.

»Der Graf ist ein gutaussehender Mann«, entgegnete Keely. »Dutzende von Frauen wären froh, ihn zu heiraten und ihm einen Sohn zu schenken.«

»Diese Dutzende von Frauen sind aber nicht Keely Glendower.«

Darauf schwieg Keely. Die Gräfin war eine warmherzige Frau, aber sie dachte nicht gerade logisch. Ein Bastard hatte Englands erstem Grafen nichts zu bieten außer seinem Körper.

»Jetzt wird's schwierig«, verkündete Lady Dawn.

Keely folgte dem Blick der Gräfin und sah zwei junge Frauen auf sie zueilen.

»Lady Jane ist zwar verheiratet, aber sie sehnt sich nach dem Bettgeflüster des Grafen«, raunte die Gräfin Keely ins Ohr. »Lady Sarah, das ist die Blondine, will Devereux vor den Altar zerren.«

Die zwei elegant gekleideten Damen begrüßten die Gräfin ehrerbietig und musterten Keely neugierig aus den Augenwinkeln.

»Wir dachten, wir hätten Burghley und Basildon gesehen«, meinte Lady Jane.

»Wißt Ihr, wo die beiden sich aufhalten?« fragte Lady Sarah. »Wir müssen mit dem Grafen etwas Wichtiges besprechen.«

»Da bin ich mir ganz sicher«, flötete Lady Dawn, »aber die beiden sind gerade bei der Königin. In diesem Augenblick holt der Graf die Erlaubnis ein, die Tochter des Herzogs von Ludlow zu heiraten.«

Lady Jane störte das nicht im geringsten, doch Lady Sarah konnte ihre Enttäuschung nicht verbergen. »Was für ein Glück Morgana doch hat«, meinte sie niedergeschlagen.

»Nicht Morgana, meine Teuersten. Der Graf strebt eine Verbindung mit der anderen Tochter des Herzogs an«, erklärte ihnen die Gräfin, die die Situation sichtlich genoß. »Darf ich Euch Lady Keely Glendower vorstellen, die älteste und hübscheste Tochter des Herzogs.«

Verlegen, aber stolz lächelte Keely. An ihrem entsetzten Ausdruck konnte Keely ihre Gedanken ablesen: *ein Bastard.*

»Glückwunsch«, erklärte Lady Sarah.

»Auch ich möchte Euch beglückwünschen«, fügte Lady Jane mit einem abschätzenden Blick auf die neue Rivalin hinzu.

Ohne ein weiteres Wort entschwebten die beiden Damen. Sie wollten so schnell wie möglich die Neuigkeit verbreiten, daß Englands begehrtester Junggeselle einen herzoglichen Bastard heiraten wollte.

»Einen Rat noch, meine Teuerste«, meinte Lady Dawn, als sei den beiden hinterherblickte. »Freunde kommen und gehen am Hofe, aber Feinde neigen dazu, immer mehr zu werden. Vertraut niemandem außer Eurem Ehemann und Eurer Familie.«

Während die Gräfin draußen ihre Erkenntnisse über das Leben am Hofe weitergab, erhitzten sich im Audienzzimmer der Königin zusehends die Gemüter. Irritiert über die Aufgebrachtheit ihres herzoglichen Favoriten, warf Königin Elisabeth diesem wütende Blicke zu, während Graf Burghley, der vertrauenswürdigste unter ihren Ministern, entsetzt über die ganze schmutzige Affäre nur den Kopf schüttelte. Allein Richard wirkte gelassen, wenn auch entsetzlich zugerichtet.

»Entweder Devereux heiratet sie«, tobte Herzog Robert, »oder ich sehe mich gezwungen, ihn zu töten.«

»Erspart mir Euer Theater, Ludlow«, schnitt ihm die Königin das Wort ab. »Drängendere Sorgen als der beschädigte Ruf Eures Bastards erfordern hier meine Aufmerksamkeit.«

Bei dieser königlichen Zurechtweisung kniff der Herzog von Ludlow die Lippen zusammen.

»Basildon stimmt der Verbindung zu«, fuhr Elisabeth fort, »aber ich wünsche, die Kleine zuvor zu sehen.«

»Keely wartet mit Lady Dawn auf dem Gang«, erklärte der Herzog.

»Und was hat Cheshire mit dieser mißlichen Sache zu schaffen?« wollte die Königin wissen.

Herzog Robert errötete. »Als Keely ankam, weilte die Gräfin zufällig zu Besuch und bot sich an, Keely mit Rat und Tat am Hofe zu unterstützen.«

»Wie außerordentlich gütig von ihr«, bemerkte Elisabeth trocken. »Sagt Cheshire, sie möge dieser Unterredung hier beiwohnen.«

Herzog Robert verbeugte sich und ging gesetzten Schrittes den ungemein langen Saal hindurch bis zur Tür. Dort angekommen, bat er die beiden herein. Lächelnd legte die Gräfin von Cheshire, ihr zitterndes Mündel an der Hand, den langen Weg zur Königin zurück. Die vor Angst kreidebleiche Keely und die Gräfin machten einen Hofknicks, sobald sie die Königin erreicht hatten.

»Erhebt Euch«, forderte Elisabeth sie auf.

Keely hob die Augen und wurde schier geblendet von der strahlenden Königin vor ihr. Elisabeths rotgoldenes Haar leuchtete wie die untergehende Sonne, und ihre scharfen grauen Augen erinnerten an den Morgendunst. Sie trug ein leuchtend gelbes Kleid und ein Vermögen an Diamanten und Perlen.

»Ohne Zweifel sieht sie Euch ähnlich«, bemerkte Elisabeth

an den Herzog gewandt. Zu Keely sagte sie: »Was habt Ihr zu Eurer Verteidigung vorzubringen, Kind?«

Keely brachte keinen Ton heraus. Wie sprach ein bloßer Sterblicher mit einer Göttin?

»Nun sprich«, fuhr Elisabeth sie an.

Der scharfe Ton erschreckte Keely. Am ganzen Körper zitternd, stand sie da, die wunderbaren veilchenblauen Augen weit aufgerissen.

»Ich ... ich fühle mich geehrt, vor Eure Majestät treten zu dürfen und bedaure nur den unerfreulichen Anlaß und den Ärger, den dies für Euch bedeutet«, erklärte Keely mit bebender Stimme. »Ich weiß, Ihr habt wichtige Staatsangelegenheiten zu besprechen, und ich entschuldige mich dafür, Euch Eure wertvolle Zeit zu rauben.«

»Die Kleine mag ein walisischer Bastard sein«, bemerkte Elisabeth zum Herzog gewandt, »aber sie hat Euren Instinkt für den Umgang am Hofe geerbt.« Dann richtete sie ihre blaugrauen Augen wieder auf Keely und ermahnte sie: »Kind, faßt Euch kurz und sagt die Wahrheit. Hat mein lieber Midas Euch in eine kompromittierende Lage gebracht?«

»Eure Majestät, ich räume freimütig ein, daß Seine Gnaden seine Tochter und mich im Bett entdeckte«, ergriff Richard das Wort. »Ich bin bereit, sie zu heiraten.«

In der Anwesenheit der Königin war Keely sogar zu aufgeregt, den Kopf zu drehen. Sie musterte den Grafen aus den Augenwinkeln. Seine unverblümten Worte trieben ihr die Schamesröte ins Gesicht. Es war schlimm genug, daß er ihr die Unschuld geraubt hatte, aber wie konnte er es wagen, ihre gemeinsame Schande auch noch vor der Königin von England hinauszuposaunen?«

»Ihr großtuerischer Schürzenjäger!« rief Elisabeth. »Ich sollte Euch einen Kopf kürzer machen dafür, daß Ihr dieses Unschuldslamm zu verderben trachtetet.«

Zutiefst erschrocken, wollte Keely gerade den Mund auftun, um der Königin laut Einhalt zu gebieten, aber Herzog Robert war schneller. Blitzschnell legte er ihr die Hand auf den Mund und bedeutete ihr, still zu sein.

»Ich werde den Rest des Oktobers hier verbringen«, erklärte die Königin. »Ihr werdet Euch beide am zehnten November hier in Hampton Court wieder einfinden, wo Ihr Euch in der Königlichen Kapelle vermählen werdet. Damit diese absurde Angelegenheit ein für allemal ein Ende findet.« An den Herzog gewandt, fragte sie: »Und Eure andere Tochter?«

»Morgana hat eine ganze Liste möglicher . . .«

»Verheiratet die Kleine mit wem Ihr wollt — außer einem der Darnley-Cousins«, unterbrach ihn die Königin und erhob sich von ihrem Thron.

Herzog Robert fiel auf ein Knie. »Ich habe noch eine letzte Bitte.«

Elisabeths graue Augen musterten ihn streng. »Ihr strapaziert Euer Glück, Ludlow.«

Der Herzog wirkte nur noch entschlossener. Seine veilchenblauen Augen wichen ihrem Blick nicht aus.

»Na, dann heraus damit«, fuhr Elisabeth ihn an. »Worum handelt es sich?«

»Ich bitte Euch um Erlaubnis, die Gräfin von Cheshire heiraten zu dürfen«, erklärte Herzog Robert mit fester Stimme. »Das heißt, sobald Keely sie nicht mehr braucht.«

»Cheshire hat bereits drei Ehemänner ins Grab gebracht«, antwortete Elisabeth, »aber es kümmert mich nicht, und wenn Ihr die letzte Küchenmagd vor den Altar führt. Von diesem ganzen Heiratswahn hier bekomme ich noch Kopfschmerzen.« Mit diesen Abschiedsworten stürmte sie aus dem Zimmer.

»Allesamt Narren, nur das Bett im Kopf«, murmelte Burghley und ließ seinen Blick voller Ekel über sie streichen, bevor er der Königin hinterhereilte.

»Ich besuche Sie heute nachmittag in Talbot House, um den Vertrag auszuhandeln«, erklärte Richard dem Herzog. Er lächelte Keely zu, küßte ihr die Hand und eilte zur Tür hinaus.

Keely war noch zu benommen von dem, was sich soeben abgespielt hatte, um wütend zu werden. Daher konzentrierte sie sich zunächst auf Nebensächlichkeiten. Beim Verlassen des Audienzzimmers fragte sie die Gräfin: »Warum nannte die Königin den Grafen Midas?«

»Das ist der Spitzname, den sie ihm gegeben hat«, antwortete Lady Dawn.

»Aber was bedeutet es?«

»Midas war ein legendärer König, bei dessen Berührung alles zu Gold wurde«, erklärte Herzog Robert. »Und auch der Graf besitzt eine goldene Hand bei seinen geschäftlichen Unternehmungen.«

»Schenke dem König mit der Flammenkrone und der goldenen Hand dein Vertrauen ...«

Megans Prophezeiung fiel ihr wieder ein, und diese Deutung traf sie wie ein Schlag. Hatte ihre Mutter in ihren Visionen den Grafen gesehen? War tatsächlich er der Mann, dem sie ihr Vertrauen schenken sollte? Wie konnte sie jemals sicher sein?

»Mylady?« flüsterte eine Frauenstimme.

»Richard sagte, ihr Name sei Keely«, erklärte eine andere Frauenstimme.

»Lady Keely, es ist Zeit aufzuwachen«, drängte die erste Stimme etwas lauter. »Unter einer Eiche zu schlafen, ist überhaupt nicht angebracht.«

Als sie langsam aus den Tiefen ihres Unterbewußten an die Oberfläche tauchte, war Keely, als riefen die Stimmen sie von weit weg.

Träumte sie?

»Sie wacht nicht auf«, meinte die erste Stimme.

»Was sollen wir bloß tun?« fragte die zweite.

»Gib ihr einen Schubs.«

»Aber wenn sie nun tot ist?« flüsterte die zweite Stimme entsetzt. »Autsch, deshalb mußt du mich nicht kneifen!«

»Sie ist nicht tot, du Hohlkopf«, erklärte die erste Stimme, ihrer Sache sicher. »Vielleicht sollten wir gleichzeitig ihren Namen rufen.«

»Lady Keely«, riefen beide wie aus einem Mund. *»Wacht auf!«*

Keely schoß in die Höhe. Die zwei jungen Frauen sprangen erschrocken zurück und schrien entsetzt. Verwirrt blickte Keely in ihre lächelnden Gesichter, dann sah sie sich um.

Sie saß noch immer im Gras unter ihrer Lieblingseiche im Garten ihres Vaters.

Keely rieb sich die Augen und blickte noch einmal zu den beiden Frauen. Bei den heiligen Steinen! Das war zweimal dieselbe Frau. Irgend etwas stimmte hier nicht. Sie sah noch einmal genauer hin. *Zwillinge.*

Zwei brünette Mädchen mit braunen Augen, die wohl ein oder zwei Jahre jünger waren als sie. Die Zwillinge glichen sich wie ein Ei dem anderen, der einzige Unterschied war ein winziges Muttermal, das eines der beiden Mädchen oberhalb ihrer Oberlippe hatte.

»Wer seid Ihr?« fragte Keely.

»Ich bin May«, antwortete das Mädchen mit dem Muttermal.

»Und ich bin June«, sagte die andere lächelnd.

Das half Keely nicht viel weiter. »Was macht Ihr hier?« versuchte sie es noch einmal.

May und June sahen einander an und kicherten.

»Wir sind Verwandte von Richard«, erklärte ihr May.

»Des Grafen von Basildon«, verbesserte ihre Schwester sie.

May warf June einen vorwurfsvollen Blick zu, bevor sie sich wieder Keely zuwandte. »Richard, das heißt, der Graf, lud uns ein, Eure Kammerzofe zu sein.«

»Kammerzofen«, verbesserte June ihre Schwester erneut.

May versetzte ihrer Schwester einen Klaps auf den Arm.

Keely prustete los. Ihr ständiges Gezänk erinnerte sie an Odo und Hew, die ebenfalls dauernd miteinander im Streit zu liegen schienen.

»Ich brauche keine Kammerzofen«, erklärte sie ihnen.

»Wenn Ihr uns nicht braucht, kommen wir im Leben nie weiter«, jammerte June enttäuscht.

»Wir waren so glücklich, als wir für diese Aufgabe ausgewählt wurden«, fügte May hinzu.

»Unsere Schwester Spring ...«

»... nach dem Frühling benannt, weil sie am 12. März geboren wurde«, warf June ein.

»... ist Lady Brigettes Kammerzofe«, führte May den Satz zu Ende.

»Wer ist Lady Brigette?« fragte Keely.

»Richards Schwester«, antworteten die Schwestern im Chor.

»Unsere Schwester April war Lady Heathers Kammerzofe«, fuhr June fort.

»Ist Lady Heather auch Richards Schwester?« erkundigte sich Keely.

»Ja«, riefen beide wie aus einem Munde.

»Wir hofften so sehr, Eure Kammerzofen sein zu dürfen«, erklärte May mit dem traurigsten Gesicht der Welt.

Keely unterdrückte ihr Lachen. Sogar nach walisischen Maßstäben waren diese Frauen erfrischend frei heraus. Gegen die Eiche gelehnt, musterte Keely sie. »Vier Schwestern, die Spring, April, May und June heißen?«

»Unsere Mutter nannte April nach dem Monat, in dem sie geboren wurde«, antwortete May.

»Und Euch?« fragte Keely.

»Uns ebenfalls«, entgegnete June.

»Aber Ihr seid Zwillinge!« rief Keely.

Die beiden kicherten und antworteten:

»Ich wurde am letzten Tag im Mai geboren.«

»Und ich am ersten Tag im Juni.«

Keely lächelte den beiden ungewöhnlichen Schwestern zu. »Von woher kommt Ihr?«

»Von nebenan«, antworteten sie im Chor.

Keely schmunzelte. Ihre gute Laune war wirklich ansteckend.

»Na gut«, gab Keely sich geschlagen. »Ihr könnt meine Kammerzofen sein.«

Die zwei Schwestern jubelten erleichtert, fielen sich in die Arme und sprangen vor Freude in die Luft. Nachdem sie sich etwas beruhigt hatten, blickten sie verstohlen zu ihrer neuen Herrin und lächelten verlegen.

»Vergebt unseren Gefühlsausbruch«, entschuldigte June sich.

»Wir werden Euch die denkbar beste Kammerzofe sein«, versprach May.

»*Kammerzofen*«, verbesserte June sie.

May kniff ihre Schwester.

»Da ist sie«, war eine Männerstimme zu vernehmen.

Keely blickte über den Rasen und winkte Odo und Hew zu. »Meine Cousins«, stellte sie die beiden den Zwillingen vor, die offenen Mundes die attraktiven Hünen bewunderten, die geradewegs auf sie zumarschierten.

»Wir haben die frohe Botschaft von deiner Verlobung vernommen«, begrüßte Odo sie, ohne die beiden Schwestern eines Blickes zu würdigen.

»Warum hast du es uns nicht selbst erzählt?« wollte Hew wissen, der offensichtlich gekränkt war.

Keely erhob sich vom Boden und streifte kurz über ihr Kleid, um den Schmutz zu entfernen. Anschließend lehnte sie sich gegen die Eiche. »Ich brauchte etwas Zeit für mich, um über alles nachzudenken.«

»Warum war das nötig?« fragte Hew, dem das tatsächlich ein Rätsel zu sein schien.

Odo versetzte seinem Bruder einen Klaps auf den Hinterkopf. »Du hirnverbrannter Idiot«, schimpfte er ihn aus. »Das Mädchen mußte über die Heirat mit dem Grafen nachdenken.«

May schaute Odo finster an und ging zu Hew. Sie legte ihm die Hand auf den Hinterkopf und fragte ihn eifrig um sein Wohl bemüht: »Hat er Euch verletzt?«

Hew lächelte, und das Strahlen seiner Augen war unmißverständlich, als er ihr antwortete: »Es geht mir sofort besser, wenn Ihr mich streichelt.«

Odo behagte es nicht, daß seinem Bruder soviel Aufmerksamkeit zuteil wurde. Eifersüchtig blickte er zu June, die ihn bewundernd anlächelte, worauf sich seine Laune schlagartig verbesserte und er zurücklächelte.

»Ihr seid sehr stark«, staunte sie.

Odo grinste breit, rollte seine Ärmel hoch und ballte die rechte Hand zur Faust. Er legte sie an die Stirn und ließ die riesigen Muskeln in seinem Oberarm tanzen.

Keely und June klatschten begeistert Beifall.

Da wollte Hew nicht hintanstehen und rollte ebenfalls die Ärmel hoch. Aber er ballte beide Fäuste und ließ beide

Muskeln tanzen. Alle drei Frauen applaudierten anerkennend.

»Ich kann meine Nase mit der Zungenspitze berühren«, prahlte Odo.

»Ich kann mit den Ohren wackeln und meine Nase mit der Zungenspitze berühren«, tönte es hinter ihnen großspurig. *»Und zwar gleichzeitig.«*

Beim Klang dieser Stimme drehte Keely sich um. Da stand, die Hände in die Hüften gestemmt, Richard.

»Zeigt Odo und Hew Devereux House«, bat er die beiden Mädchen, May und June. »Stellt sie meinen Leuten vor.«

Auf Keelys Nicken hin folgten Odo und Hew den Zwillingen den Weg hinunter, der zur Residenz des Grafen führte. Ihnen nachblickend, bemerkte Keely: »Meine Cousins sind Soldaten, keine Dienstboten.«

»Nach der Vorstellung zu urteilen, die ich soeben erleben durfte«, parierte Richard, »benehmen sie sich im Vergleich mit den mir bekannten Soldaten sehr ungewöhnlich.«

Keely warf ihm einen langen Seitenblick zu, und zu ihrer Bestürzung lehnte sich der Graf neben sie an den Baum. »Sie bezwangen Euch in Shropshire«, erinnerte sie ihn.

»Ich hätte Hew geschlagen«, entgegnete der Graf, »aber es waren zwei gegen einen.«

»Ein Beweis Eurer Männlichkeit«, antwortete Keely und bedauerte sogleich die Wahl ihrer Worte.

Richard rückte gefährlich nahe, so nahe, daß sie seinen warmen Atem auf ihrer Wange spürte, als er ihr mit belegter Stimme zuraunte: »In weniger als einem Monat, Mylady, werdet Ihr das volle Gewicht meiner Männlichkeit spüren.«

Keely wurde vom Scheitel bis zur Sohle glühend rot, aber ansonsten vermied sie es, ihn merken zu lassen, wie gefährlich er ihr mit seiner Sinnlichkeit wurde. »Laßt Euch nicht von der geringen Intelligenz meiner Cousins in die Irre führen«, warnte sie ihn. »Odo und Hew kommen immer durch. Meine Cousins sind so gut wie unbesiegbar, solange sie die Anweisungen eines anderen befolgen.«

»Vielleicht schließen sie sich mir an, wenn wir einmal verheiratet sind«, antwortete Richard. »Ich habe immer Verwendung für gute Männer.«

Keely zog eine ebenholzschwarze Augenbraue in die Höhe, eine perfekte Imitation seiner irritierenden Angewohnheit, und sagte: »Odo und Hew sind meine Getreuen.«

»In England halten Frauen keine Soldaten«, teilte er ihr mit.

»Dann führe ich eben eine neue Mode ein«, neckte sie ihn. Der Augenaufschlag, der diesen Scherz begleitete, war zwar unbewußt, aber nichtsdestotrotz umwerfend. »Das ist nicht ungewöhnlicher als der bemerkenswerte Anblick dieser Höflinge, die sich Rouge auflegen.«

Richard schmunzelte. »Möchtest du meine Muskeln tanzen sehen?«

Keely kämpfte gegen ein Lächeln an, aber sie verlor den Kampf. Sie lehnte sich an die Eiche und sah ihn an. Sie konnte sich nur wundern, wie unglaublich attraktiv er war — und wie trickreich.

Der Drang, sich in seine Arme zu werfen und seinen Mund mit Küssen zu bedecken, war überwältigend. Doch Keely hielt ihm stand. Mit einem leicht kritischen Ton in der Stimme fragte Keely ihn: »Und wie geht es heute Eurem verletzten Knöchel? Dürfen wir auf eine Wunderheilung über Nacht hoffen?«

Richard grinste verschmitzt. Sein Lächeln brachte sie zum Schmelzen. Er rückte näher, so nahe, daß seine Lippen nur noch eine Handbreit von den ihren entfernt waren, und raunte ihr ins Ohr: »Es tut mir leid, Schatz. Ich wollte einfach wieder bei dir sein, aber sobald du dich zu mir aufs Bett setztest, verlor ich die Kontrolle. Ich dachte nicht im geringsten daran, daß dein Vater in mein Schlafzimmer platzen könnte. Verzeihst du mir?«

Keely seufzte und blickte zur Seite. Was blieb ihr anderes übrig, als ihm zu verzeihen? Die Würfel waren gefallen, und wie auch immer es ausgehen würde, am zehnten November würde sie seine Frau werden. Ohne ihn anzusehen, nickte sie und nahm seine Entschuldigung an.

»Besiegeln wir doch diese Versöhnung mit einem Kuß«, schlug er vor.

Keely schoß herum. »Daß Ihr mir die Unschuld geraubt habt, gibt Euch noch lange nicht das Recht, Euch Freiheiten herauszunehmen.«

Ihr die Unschuld geraubt? fragte sich Richard erstaunt, als er ihr in das entschlossene Gesicht blickte - das ein wunderschönes entschlossenes Gesicht war. Glaubte sie wirklich, das, was sich zwischen ihnen abgespielt hatte, reiche aus, ihr die Unschuld zu rauben? Ach, was für ein ahnungsloses kleines Ding sie doch war!

»Wie ich bereits meinen Cousins erklärte«, sagte Keely, »setzte ich mich unter diese Eiche, um Frieden zu finden. Und schon stürzte die ganze Welt auf mich ein.«

»Sitzen?« neckte Richard sie. »Neulich hast du diesen Baum geküßt. Übrigens hast du mir noch gar nicht erzählt, was das für ein Spiel war, das du mit deinen Cousins hier spieltest.«

Keely wurde puterrot. Wieviel er wohl gesehen hatte? Offensichtlich genug, daß er sich darüber Gedanken machte. Was der Graf täte, wenn er erführe, daß er eine Druidin geheiratet hatte?

»Küßt du meine Eiche, damit sie uns Glück bringt?« fragte Richard sie mit belustigt funkelnden Augen.

»Das klingt schlüpfrig. Außerdem können heute nur Grafen die Eiche küssen.«

»Ich küsse lieber dich.«

»Mir wäre es lieber, Ihr unterließet das«, entgegnete Keely und hielt sich ihn mit einer Hand vom Leib. Dann fragte sie ihn: »Ich brauche keine Kammerzofe. Warum, um Himmels willen, habt Ihr mir zwei geschickt?«

»Die Gräfin von Basildon braucht eine Kammerzofe«, erklärte Richard ihr. »Außerdem mag ich May und June sehr gerne. Ich hätte nicht eine fragen können, ohne die andere zu verletzen. Daher wirst du, um des familiären Friedens willen, mit zwei auskommen müssen.«

Keely nickte. Sie bewunderte seine Loyalität seiner Familie gegenüber. Doch dann verdüsterte sich ihr Blick. »Ihr seid im Begriff, einen tragischen Fehler zu begehen«, warnte sie ihn verzagt. »Eine Heirat zwischen uns wird in einer Katastrophe enden.«

»Warum sagst du das?«

»Weil ich es glaube«, antwortete Keely und blickte ihn mit ihren veilchenblauen Augen verständnisheischend an. »Falls Ihr es nicht bemerkt haben solltet, ich bin anders als Lady Jane und Lady Sarah und wie sie alle heißen.«

»Das habe ich bemerkt.« Richard stützte sich links und rechts von ihrem Kopf am Baumstamm ab, während sie sich noch fester gegen die Eiche lehnte. Das Gesicht dicht über ihrem fügte Richard hinzu: »Es sind nicht diese Frauen, die ich begehre, sonst hätte ich eine von ihnen geheiratet.«

Seine Nähe und sein frischer männlicher Geruch betörten sie. Keely konnte ihn mit jeder zum Zerreißen gespannten Faser ihres Körpers spüren. Sie war sich vollkommen sicher, daß ihm unmöglich entgehen konnte, wie ihr Herz raste.

Bei den heiligen Steinen! dachte sie. Wie konnte sie den Rest ihres Lebens mit diesen Gefühlswallungen verbringen! In einer Woche war sie zweifelsohne tot.

»Ich . . . ich habe Geheimnisse«, versuchte Keely ihn zu entmutigen. »Die ich mit niemandem teilen kann.«

»Dunkle Geheimnisse?« neckte er sie und strich mit einem Finger über ihre seidenweiche Wange. »Schönste, dein Herz ist so rein und so leicht zu lesen wie ein offenes Buch. Außerdem habe ich eine Schwäche für ebenholzschwarzes Haar und veilchenblaue Augen.«

»Dann heiratet doch Seine Gnaden«, entgegnete sie schnippisch. Er war einfach zu leichtsinnig. Ach, warum schob er ihre Warnung so zur Seite? Als Mann von Welt sollte der Graf wissen, daß die äußere Erscheinung oft täuschte.

Plötzlich verspürte sie einen ungewohnten Stich. Sie war eifersüchtig, ohne sich darüber im klaren zu sein. Ohne seinem Blick auszuweichen, fragte sie ihn: »Und wofür hattet Ihr eine Schwäche, bevor Ihr ebenholzschwarzes Haar und veilchenblaue Augen entdecktet?«

Richard lächelte lässig. »Blond-, braun- und rothaarige Mädchen.«

»Es ist genauso, wie ich es vermutet hatte«, erklärte Keely. »Mein hochwohlgeborener Herr, Ihr habt vor allem eine Schwäche dafür, Euren Kopf durchzusetzen.«

Richard runzelte die Stirn ob dieses harschen Tons.

»Habt Ihr Schmerzen?« fragte sie ihn erschreckt. »Ich kenne Mittel und Wege, Schmerzen zu lindern.«

Obwohl er bisher diesen Weg noch nicht eingeschlagen hatte, wußte er, daß auch Mitleid zum Herzen einer Frau führen konnte. »Hier ist ein leicht pochender Schmerz«, log er.

»Schließt die Augen.« Keely kam gefährlich nah an ihn heran und berührte mit den Handflächen seine Schläfen. Um die nötige Konzentration zu finden, schloß sie selbst die Augen; ihre Lippen bewegten sich stumm zu einem Gebet.

Ohne Vorwarnung war Richards Mund auf ihrem. Seine Arme umschlangen sie und drückten sie an seinen muskulösen Körper.

Keelys Herz tat einen Sprung. Mechanisch legte sie die Arme um seinen Hals und ergab sich den warmen, fordernden Liebkosungen seiner Lippen.

Und dann war es so schnell und unerwartet vorbei, wie es angefangen hatte. Als Keely die Augen aufschlug, blickte sie in sein zufrieden grinsendes Gesicht.

»Ich habe Euch ausdrücklich gebeten, mich nicht zu küssen.« Es war ihr peinlich, wie schnell sie seinem Angriff erlegen war.

Richard schmunzelte wissend. »Das ist deine eigene Schuld, Schatz, du bist zu unwiderstehlich.«

»Nun, diesmal will ich Euch vergeben.« Keely war klar, daß sie sich nicht allzusehr gewehrt hatte.

»Würdest du mich zu deinem Vater begleiten?« fragte Richard sie.

Keely blickte von seinen smaragdgrünen Augen zu der ausgestreckten Hand. Sie hatte das Gefühl, diese Frage sei symbolisch und von größerer Bedeutung, als seine unbefangen klingende Stimme erahnen ließ. Der Graf bat sie um etwas, das sie ihm unmöglich verweigern konnte.

Keely legte ihre Hand in die seine. Seine Finger legten sich um die ihren, hielten sie auf eine angenehme Weise gefangen. Hand in Hand spazierten sie über den Rasen zur Residenz der Talbots.

»Ich denke, Seine Gnaden erwartet Euch im Studierzimmer«, erklärte Keely, als sie das Foyer betraten.

Richard lächelte und küßte ihr die Hand. »Bis heute Abend, meine Schönste.« Er wollte gerade den Gang entlanggehen, als ihre Stimme ihn innehalten ließ.

»Mylord?«

Richard drehte sich um.

Keely lächelte schelmisch. »Könnt Ihr wirklich gleichzeitig mit den Ohren wackeln und Eure Nase mit der Zunge berühren?«

»Unter anderem«, zwinkerte Richard ihr zu. »In unserer Hochzeitsnacht gebe ich dir eine Vorstellung.«

Stunden später stand Keely vor dem Pfeilerspiegel im Zimmer ihres Vaters und betrachtete ihr Spiegelbild. Die Verlobung war ein Meilenstein im Leben jeder Frau. Und obwohl Keely überzeugt davon war, geradewegs in eine Katastrophe zu laufen, wollte sie bei dieser außergewöhnlichen Gelegenheit für den Grafen so gut wie möglich aussehen.

Ihr Kleid aus violettem Samt, der die Farbe ihrer Augen unterstrich, hatte einen gerade geschnittenen, tiefen Ausschnitt und ein enges Mieder. Auf ihrem Hals funkelte das Erbstück ihrer Mutter, der juwelenbesetzte Drachenanhänger. Keely wollte ohne große Worte stolz zu ihrer walisischen Herkunft stehen, daher hatte sie ihr ebenholzschwarzes Haar gebürstet, bis es Funken sprühte, und trug es nun in der Tracht der Heiden offen bis zur Taille.

Keely wandte den Blick vom Pfeilerspiegel, verweilte aber noch im Zimmer. Nervös wie sie war, fürchtete sie den Augenblick, in dem sie ihr Leben und ihr Wohlergehen in die Hände des Grafen legte. Sie schloß die Augen und holte mehrmals tief Luft, doch vor ihrem geistigen Auge tauchte immer wieder das umwerfende Lächeln des Grafen auf.

Im Innersten ihres Herzens wußte Keely, daß sie sofort seinem Charme erliegen würde. Ihre einzige Hoffnung war, daß es sie nicht zu sehr verletzte, wenn seine Faszination mit der Außenseiterin nachzulassen begann, die er in einem vorübergehenden Anfall von Narretei geheiratet hatte.

Wen will ich täuschen? schalt Keely sich selbst. Sie war ihm bereits mit Haut und Haaren verfallen; wenn seine Zuneigung sich von ihr ab- und einer dieser eleganten Hofdamen zuwandte, war sie zweifellos am Boden zerstört.

»Schenke dem König mit der Flammenkrone und der goldenen Hand dein Vertrauen ...«

Hatte Megan in ihrer Vision Richard gesehen? fragte Keely sich bestimmt zum hundertsten Mal, seit sie sich im Foyer von ihm trennte. Hatte ihre Mutter sagen wollen, daß sie bei ihm Anerkennung und Glück finden würde? War er willensstark genug, sich über das Getuschel über ihre uneheliche Abstammung hinwegzusetzen, das zu erwarten war, sobald die Höflinge von ihrem zweifelhaften Hintergrund erfuhren?

Keely betrat den großen Saal und erstarrte. Bei den heiligen Steinen! An die hundert Gefolgsleute des Herzogs und bewaffnete Wachen erwarteten sie. Verlobungen waren wie Hochzeiten und Taufen frohe Feste. An diesem Abend versuchte jeder, einen Blick auf dieses Freudenfest zu erhaschen.

Auf der gegenüberliegenden Seite des Saales saßen Richard und der Herzog vor dem Kamin. Sie saßen mit dem Rücken zum Eingang und bemerkten Keelys Ankunft nicht. Die Gräfin saß auf der Armlehne von Herzog Roberts Sessel.

Als die Menge im Saal verstummte, wandte Lady Dawn sich um und sah Keely. »Da kommt sie«, rief sie.

Richard stand auf und drehte sich um. Sein smaragdener Blick glitt anerkennend über ihre zarte, kurvenreiche Gestalt.

Keely hatte das Gefühl, den Boden unter den Füßen zu verlieren. Ihre Wangen brannten. Der Graf zog sie mit den Augen aus! Ohne den Blick von ihr zu wenden, schlenderte Richard durch den ganzen Saal auf sie zu. Er nahm ihre Hand, hob sie an seine Lippen und flüsterte: »Du siehst großartig aus, zum Anbeißen.«

Keely starrte ihn verständnislos an.

»Ich erkläre dir nach der Hochzeit, was es damit auf sich hat«, schmunzelte Richard und geleitete sie durch den Saal zu ihrem Vater und der Gräfin.

Herzog Robert erhob sich und küßte sie auf die Wange. »Du siehst atemberaubend schön aus«, begrüßte er sie.

»Zum Anbeißen?« fragte Keely unschuldig. »Das meinte der Graf.«

Herzog Robert hüstelte und warf Richard einen Blick zu, der den Anstand besaß, rot zu werden. Lady Dawn lachte hinter vorgehaltener Hand.

»Der Vertrag muß nur noch unterschrieben werden«, erklärte ihnen Herzog Robert, als er sie an den Tisch führte. Er unterzeichnete als erster und reichte Richard die Feder, der mit großem Schwung seine Unterschrift darunter setzte. Keely nahm die Feder aus seiner Hand entgegen, zögerte aber zu unterschreiben.

»Kann ich erst einen Blick darauf werfen?« fragte sie.

Richard neigte den Kopf. »Selbstverständlich, meine Liebe.«

Keely überflog das Dokument. Sie verstand zwar die einzelnen Worte, aber mit all diesen Fachausdrücken konnte sie überhaupt nichts anfangen. »Ich ... ich würde gerne noch etwas hinzufügen«, sagte sie. »Ist das möglich?«

Herzog Robert, der nur gehorsame Frauen gewohnt war, schien leicht gereizt. »Das Dokument ist bereits aufgesetzt, Kind. Wir können nicht ...«

»Es ist nur eine Kleinigkeit«, bestand Keely. »Wir könnten es hier unten noch anfügen.«

»Worum geht es denn, Schatz?« fragte Richard.

»Ich möchte in diesem Vertrag festhalten, daß der Henker niemals Hand an Odo und Hew legen darf.«

Richard zog eine Augenbraue hoch. »Deine Cousins können doch nicht von Verbrechen freigesprochen werden, die sie noch gar nicht begangen haben. Ich stimme zu, was vergangene Taten angeht.«

Keely nickte. »Das ist gerecht.«

Richard fügte dem Vertrag den nötigen Zusatz hinzu und

setzte sein Monogramm darunter, um mögliche Mißverständnisse zu vermeiden. Anschließend reichte er ihr wieder die Feder.

Keely nahm sich kurz Zeit, um den Zusatz zu überfliegen. Doch statt ihre Unterschrift darunter zu setzen, drehte sie die Feder in der Hand und biß sich auf die Unterlippe.

»Bitte unterschreibe nun, Schatz«, drängte Richard.

Keely lächelte wie zur Entschuldigung und wandte sich an den Herzog. »Euer Gnaden, könnte ich Euch kurz unter vier Augen sprechen?« Mit einem Seitenblick auf den Grafen bemerkte sie: »Ich verspreche Euch, danach zu unterschreiben.«

Herzog Robert und Keely gingen fünf Schritte zur Seite. Keely stellte sich auf die Zehenspitzen und flüsterte dem Herzog ins Ohr, ohne jedoch den Grafen aus den Augen zu lassen.

Richard beobachtete sie und war sich sicher, daß sie nur Zeit gewinnen wollte. Und wenn er ihre Hand packen und sie zwingen mußte, das kleine Biest würde nicht den Saal verlassen, bevor sie den Ehevertrag unterzeichnet hatte.

Mit einem Mal grinste der Herzog breit. Er nickte und geleitete seine Tochter zurück zum Grafen.

»Devereux, meine Tochter hat mich soeben auf etwas aufmerksam gemacht, was wir Männer gemeinhin als nebensächlich erachten«, erklärte Herzog Robert. »Doch ich bin überzeugt, daß es für jede zukünftige Braut von großer Bedeutung ist.«

»Worum könnte es sich dabei handeln?« fragte Richard argwöhnisch.

Herzog Robert räusperte sich und unterdrückte ein Lachen. »Keely denkt, Ihr hättet ihr noch keinen richtigen Heiratsantrag gemacht. Sie wünscht sich, daß Ihr das nun nachholt — und dabei *aufrichtige* Gefühle zeigt.«

»Ein Versäumnis, das sich leicht nachholen läßt.« Richard blickte Keely in die Augen. »Kommt, Mylady. Nehmen wir vor dem Kamin Platz.«

Als er sich umwandte, um sie durch den Saal zu führen, stellte er verblüfft fest, daß Hunderte neugieriger Augenpaare auf sie gerichtet waren. In seinen wildesten Träumen hätte er sich niemals vorgestellt, daß er eine schöne, jedoch eigensinnige Halb-Waliserin zur Erbauung eines Publikums aus herzoglichen Dienstboten um ihre Hand bitten würde. Aber was, zum Teufel, konnte er dagegen tun? Nichts!

Richard beobachtete Keely aus den Augenwinkeln. Sie schien diesen Augenblick ihres Triumphs zu genießen. Er beschloß, ihr hierin ihren Willen zu lassen. Nachdem sie sich ewige Treue geschworen hatten, würde er seine Augenblicke des Triumphs genießen.

Keely nahm in einem der beiden Sessel vor dem Kamin Platz und drapierte kunstvoll ihren Rock, bevor sie sich erwartungsvoll Richard zuwandte. Richard beugte ein Knie und lächelte, ein Anblick, der die Frauen im Publikum aufseufzen ließ.

Mit einem breiten Grinsen nahm er ihre Hände in die seinen. »Ich sollte dich an den Ohren ziehen«, stieß er zwischen zusammengepreßten Lippen hervor.

Keelys veilchenblaue Augen wurden bei dieser Drohung ganz groß. Vor Schreck mußte sie lachen.

»Wenn du zu lachen wagst«, drohte Richard, »lege ich dich übers Knie und verpasse dir die Prügel, die du dafür verdienst, mir das hier anzutun.«

Keely gewann ihre Fassung sofort wieder.

»Lady Keely, nur wenige Menschen strahlen wie Ihr vor innerer menschlicher Größe«, erklärte Richard mit kräftiger Stimme, die bis in den letzten Winkel des Saales deutlich zu vernehmen war. »Liebste Lady, wollt Ihr mir die Ehre erweisen und meine Frau und Gräfin werden?«

Der ganze Saal brach in lauten Beifall aus.

Nun war es an Keely, verlegen zu sein. Da sie kein Wort herausbrachte, nickte sie nur als Zeichen der Zustimmung.

»Sprecht die Worte, Teuerste«, gebot Richard ihr. »Diese Menschen im Saal warten auf Eure Antwort.«

»Ja, ich will«, flüsterte Keely kaum vernehmbar.

»Lauter.«

»Ich will.«

Erneut brandete Beifall auf.

Ohne sich weiter um die Zuschauer zu kümmern, erhob sich Richard und bot ihr die Hand an. Doch als sie stand, riß er sie in seine Arme. Schon waren seine Lippen über den ihren, und sie trafen sich in einem langsamen, innigen Kuß. Talbots Wachsoldaten und Gefolgsleute drehten halb durch, applaudierten wie wild und pfiffen mit den Fingern.

Und als Richard in ihr verwirrtes Gesicht sah, spürte er, wie ihm das Herz vor Liebe aufging. »Es ist Zeit, den Vertrag zu unterzeichnen.«

Keely setzte ihren Namen unter das Dokument und sah zum Grafen auf. In guten wie in schlechten Tagen, nun würde sie die Frau des Grafen werden.

Richard zog etwas aus seiner Tasche und hielt es hoch. »Dein Verlobungsring, Schönste.«

Keely stockte der Atem beim Anblick des Schmuckstücks. Der erlesene Ring war ein Goldband mit sechs Edelsteinen von unschätzbarem Wert.

»Was für ein wundervolles Stück«, schwärmte Lady Dawn.

»Gut gemacht, Devereux«, klopfte der Herzog Richard auf die Schulter.

Richard hatte nur für Keely Augen. »Das ist symbolisch gemeint«, erklärte er. »Schatz — Smaragd, Chrysoberyll, Heliotrop, Amethyst, Topas, Zitrin.«

Er griff nach ihrer linken Hand und steckte ihr den Ring an den dritten Finger mit den Worten: »Pour tous jours.«

»Was bedeutet das?« fragte sie.

Richard streichelte ihr Kinn. »Für immer.«

Ohne weiter darüber nachzudenken, legte Keely ihm die Hand auf die Wange. Noch mehr überraschte sie ihn mit dem unschuldigen Kuß, den sie ihm auf die Lippen hauchte.

»Begleitest du mich zur Tür?« fragte er sie.

»Du gehst bereits?«

»Es tut mir leid, aber die Königin erwartet mich«, erklärte er ihr.

»Ich muß noch in dieser Stunde abreisen und bleibe zwei Wochen lang fort.«

»Zwei ganze Wochen?« rief Keely.

Richard lächelte. »Danke, Schatz.«

»Wofür?«

»Für diesen unglaublich enttäuschten Gesichtsausdruck. Die Gewißheit, daß du mich vermissen wirst, läßt mein Herz jubeln.«

»Ich werde dich nicht vermissen«, log Keely.

»Doch, das wirst du. Und du wirst dich danach sehnen, daß meine Lippen die deinen mit Küssen bedecken. So wie ...« Richard küßte sie leidenschaftlich und ließ sie mit dem Verlangen nach mehr zurück.

Achtes Kapitel

Sie vermißte ihn und sehnte sich danach, daß seine Lippen die ihren mit Küssen bedeckten.

Die zwei Wochen zogen sich für Keely qualvoll in die Länge. Am vierzehnten Tag nach Richards Abreise saß sie auf der Steinbank im Garten des Herzogs.

Um sie herum war spürbar Herbst geworden. Obwohl an diesem Nachmittag die Sonne alles in gleißendes Licht tauchte, verriet der frische Wind, wie weit die Jahreszeit schon fortgeschritten war.

Keely zog sich ihren Umhang enger um die Schultern und schaute hinüber zur Residenz der Devereuxs. Ob der Graf heute wie versprochen heimkommen würde? Oder hielt sie vergebens nach ihm Ausschau? Was er wohl jetzt gerade tat? Wen er wohl am Hofe gesehen und mit wem er gesprochen hatte?

Diese Fragen und noch hundert andere quälten Keely und raubten ihr den Seelenfrieden. Ihr war angst und bange, in ihrer Magengrube schienen sich ganze Schmetterlingsschwärme breitzumachen. Und der Gedanke an Richard, wie er über den Rasen auf sie zuschlenderte, ließ Begierde auflodern, die seit seiner Abreise nur so dahindämmerte.

Hob gar das hinterhältige Ungeheuer sein Haupt, quälte sich Keely mit der Frage, ob der Graf nicht womöglich seine Verlobung mit ihr nicht schon bereute. Dann blickte sie auf den Verlobungsring mit den wertvollen Edelsteinen, und dieser Anblick gab ihrer Stimmung wieder Auftrieb.

»*Pour tous jours*«, hatte er gesagt. »Für immer.«

Keely schloß die Augen und versuchte sich an seinen leidenschaftlichen Kuß zu erinnern. Doch die Vergangenheit erneut zu durchleben war unmöglich, und wenn sie noch so kurz zurücklag. Eine ganze Welt lag zwischen der Erinnerung an einen Kuß und der tatsächlichen Empfindung seiner warmen Lippen auf den ihren.

Dennoch hielt Keely die Augen geschlossen und gab sich ihren Erinnerungen an den Grafen hin, träumte davon, wie schön er war. Inzwischen würden seine Blutergüsse verschwunden sein und ...

»Hallo, Teuerste!« rief die Gräfin von Cheshire über den Rasen.

Keely öffnete die Augen und starrte bestürzt den vier Menschen entgegen, die über den Rasen auf sie zukamen. Neben Herzog Robert und Lady Dawn ging der blonde Engel von Schloß Ludlow, ihre Halbschwester, und ein halbwüchsiger Junge, wahrscheinlich ihr Halbbruder. Keely stählte sich innerlich gegen den Haß, den sie auf dem Gesicht der Blonden sah, erhob sich von der Bank und wartete auf die vier.

»Henry und Morgana, das ist eure Schwester Keely«, verkündete Herzog Robert. »Keely, dies sind deine Schwester und dein Bruder.«

Weil er ihr mit seinem Brief einen Gefallen erwiesen hatte, wandte sich Keely zuerst dem fünfzehnjährigen Henry zu, der das ebenholzschwarze Haar seines Vaters und die blauen Augen seiner Schwester hatte. Sein breites Grinsen erwiderte sie mit einem Lächeln.

»Es freut mich, dich kennenzulernen«, begrüßte Henry sie.

»Meine Gefühle entsprechen den deinen«, antwortete sie.

Da sich das Unvermeidliche nicht länger hinausschieben ließ, wandte Keely sich dem finster dreinblickenden, blauäugigen Engel zu, der sie aus Schloß Ludlow hinausgeworfen hatte. »Ich habe mir stets eine Schwester gewünscht«, versuchte sie es und lächelte schüchtern. »Ich hoffe, wir werden Freundinnen.«

»Falsches Miststück«, fauchte der Engel dermaßen wütend, daß Keely unvermittelt einen Schritt zurückwich.

»Achte auf deine Worte, Morgana«, warnte der Herzog sie, »oder ich schicke dich auf dein Zimmer.«

»Ich weigere mich, mein Zuhause mit einem Bastard zu teilen«, erklärte ihm Morgana. »Sieh zu, daß du ihn los wirst.«

Und so nimmt es seinen Anfang, dachte Keely, während ihr die Erniedrigung das Blut in die Wangen trieb. *Bastard,* das Wort ging ihr nicht mehr aus dem Kopf. Es schien, als müßte er Graf seiner Narretei früher ins Auge sehen als gedacht.

»Ich werde nicht zögern, dich zurück nach Shropshire zu schicken«, drohte der Herzog seiner Tochter. »Es macht mir nicht das geringste aus, dich dort einzusperren, bis du zu alt bist, um zu heiraten.«

»Sie hat mein Kleid gestohlen!« schrie Morgana und stampfte mit dem Fuß auf.

»Ich möchte mich dafür entschuldigen, mir Eure Kleider ausgeliehen zu haben«, erklärte Keely. »Seine Gnaden und die Gräfin bestanden darauf, daß ich sie trage. Ich werde mich unverzüglich umziehen und sie Euch zurückgeben.«

»Glaubst du wirklich, ich ziehe sie jetzt noch an, nachdem du sie angehabt hast?« fragte Morgana sie mit vor Verachtung triefender Stimme.

»Deine Schwester wird hier bei uns bleiben«, mischte Herzog Robert sich ein. »Hüte deine spitze Zunge und verhalte dich wie eine Dame, das sollte Ashemole dir schließlich für teures Geld beibringen.«

»Gib nach, Morgana«, flötete die Gräfin in der Absicht, das Mädchen mit ihrer eigenen Wut zu schlagen. »Keely wird uns in weniger als vier Wochen verlassen.«

»Auf diesen Tag freue ich mich schon heute«, schoß Morgana zurück. »Und auf Eure Abreise ebenfalls.«

Herzog Robert wollte seine Tochter gerade schütteln, schließlich hatte sie es nicht besser verdient, doch die Gräfin von Cheshire hielt ihn zurück. Sie lächelte freundlich und versetzte ihr den Todesstoß. »Unsere liebste Keely hat es geschafft, die Aufmerksamkeit des Grafen von Basildon zu erregen. Devereux und sie werden nächsten Monat in Hampton Court vor den Altar treten. Das wird die Hochzeit des Jahrzehnts sein.«

»Du hast mir meinen Zukünftigen weggeschnappt?« kreischte Morgana.

»*Euren Zukünftigen*?« wiederholte Keely entsetzt. Sie warf

dem Herzog einen fragenden Blick zu, doch der sah stirnrunzelnd die Gräfin an.

»Ränke schmiedender Bastard!« Morgana hob die juwelengeschmückte Hand und versetzte Keely eine Ohrfeige.

Morgana hatte so fest zugeschlagen, daß Keely zu Boden fiel. Sie landete im Gras neben der Steinbank.

Als die anderen drei ihr zu Hilfe eilten, wich Keely ihren Blicken aus und flüsterte: »Danke, mir fehlt nichts.«

»Du blutest an der Lippe«, erklärte Henry und reichte ihr sein Taschentuch.

Keely sah zuerst das Tuch an und dann ihn.

»Es ist sauber«, versicherte er ihr. »Ich habe es noch nicht benutzt.«

Auf diese Bemerkung hin mußte Keely lächeln, so schwach ihr auch zumute war. Sie nahm sein Taschentuch an und drückte es gegen ihre blutende Lippe.

»Soll ich dir aufhelfen?« fragte Henry sie.

Keely schüttelte den Kopf und erklärte, ohne sich umzudrehen: »Es tut mir sehr leid, Lady Morgana, ich hatte nie die Absicht, Euch weh zu tun.« Daß Richard ihrer Schwester den Hof gemacht hatte, schmerzte sie mehr als die blutende Lippe.

»Keely trifft keine Schuld«, warf Lady Dawn ein. »Es war der Graf, der auf der Verbindung bestand. Devereux betet sie an, wahrscheinlich *weil sie so sanft ist*.«

»Ich kann einfach nicht glauben, daß das alles wahr ist«, jammerte Morgana mit Tränen in den Augen.

»Geh auf dein Zimmer«, befahl ihr Herzog Robert. »Und wage nicht, dich vor dem Abendessen blicken zu lassen. Oder du bekommst meinen Gürtel zu spüren.«

»Du stellst dich auf ihre Seite?« schrie Morgana auf. »Sie hat meinen eigenen *Vater* gegen mich aufgehetzt?«

»Tu, was ich dir sage.« Der strenge Ton hätte das gereizte Mädchen warnen sollen, daß sie die Geduld ihres Vaters bereits überstrapaziert hatte, doch die Warnung kam nicht an.

»Ich hätte mir denken können, daß der Bastard dir sofort erzählen mußte, wie ich ihn aus Ludlow hinauswarf«, fauchte Morgana.

»Du hast was getan?« brüllte Herzog Robert mit vor Wut gerötetem Gesicht.

Morgana erkannte, daß sie einen Fehler begangen hatte. Stotternd versuchte sie, verlorenen Boden gutzumachen. »Ich … ich da … dachte, du wolltest nicht von einem deiner Bankerten behelligt werden.«

Ohne Vorwarnung versetzte Herzog Robert seiner Tochter eine Ohrfeige, packte sie am Arm und zerrte sie ins Haus. Morganas lautes Flehen um Gnade war noch lange zu hören, als sie bereits im Haus verschwunden waren.

Henry grinste schadenfroh. Ihm gefiel, daß seine Schwester in die Grube gefallen war, die sie selbst gegraben hatte. Die Gräfin von Cheshire lächelte hintergründig und eilte ins Haus zurück.

Nur Keely lachte nicht. Sie saß einsam an die Bank gelehnt, die Tränen kullerten ihr über die Wangen.

»Bist du sicher, daß dir nichts fehlt?« fragte Henry sie, während er ihr auf die Füße half und neben ihr auf der Bank Platz nahm.

Keely gab sich ihrem Elend hin und starrte ins Leere. Verzweifelt versuchte sie, ihre Fassung wiederzugewinnen, doch es gelang ihr nicht. Ein weiterer herzzerreißender Schluchzer entrang sich ihrer Brust, und schließlich ergab sie sich in ihr Los, verbarg das Gesicht in den Händen und ließ den Tränen ihren Lauf.

»Würde es dir helfen, dich an meine Schulter zu lehnen?« fragte Henry, der nicht wußte, wie er ihr sonst helfen konnte.

Das galante Angebot überraschte Keely derart, daß sie unvermittelt zu weinen aufhörte. Sie musterte ihn aus den Augenwinkeln und versuchte zu lächeln. »Ich bin sehr froh darüber, dich zum Bruder zu haben.« Nach einem Anfall von Schluckauf fuhr sie fort: »Danke für die Nachricht, die du mir hast zukommen lassen.«

Henry grinste. »Das ist doch nicht der Rede wert. Außerdem macht es mir riesigen Spaß, Morganas Pläne zu durchkreuzen.«

»Blute ich noch an der Lippe?«

Henry rückte näher, untersuchte die Lippe, nickte und riet ihr: »Drücke das Taschentuch fest dagegen.«

Keely befolgte seinen Rat.

»Nun erzähl mir«, bat Henry sie mit boshaft funkelnden Augen, »wie du den so schwer faßbaren Grafen von Basildon eingefangen hast?«

»Lieber Bruder, du hast ein völlig falsches Bild gewonnen von der ganzen Angelegenheit«, entgegnete Keely wehmütig. »Dieser hochmütige Schurke hat mich eingefangen.«

»Und wie schaffte Devereux das?«

Keely zuckte die Achseln und berichtete ihm von den Ereignissen, die schließlich zu ihrem Verderben führten, als ihr Vater unerwartet im Schlafzimmer des Grafen auftauchte. »Wie Seine Gnaden erfuhr, was sich dort zutrug, werde ich nie begreifen«, schloß sie ihre Erzählung. »Nur Lady Dawn wußte, wo ich hingegangen war, und selbst sie hatte keine Ahnung, daß der Graf im Bett lag, als er mich empfing.«

Wie wundersam unschuldig seine neue Schwester war, dachte Henry, und er tat sein möglichstes, ihr nicht offen ins Gesicht zu lachen. »Du solltest die Klugheit der Gräfin von Cheshire nie unterschätzen, bloß weil sie große ...« Er hielt mitten im Satz inne und hüstelte, um von den anstößigen Worten abzulenken, die er gerade hatte sagen wollen. »Du bist doch soeben Zeuge geworden, wie geschickt die Gräfin Morgana in diesen Zornesausbruch getrieben hat, in dem sie alles enthüllte.«

»Niemand kann uns zu etwas Schlechtem aufstacheln, es sei denn, wir lassen es zu«, widersprach Keely. »Jede Seele ist für ihr eigenes Schicksal verantwortlich. Hätte sie auf mein Freundschaftsangebot nicht so abweisend reagiert, könnte Morgana diesen wunderbaren Herbstnachmittag genießen, statt allein in ihrem Zimmer zu weinen.«

»Ich bin sicher, Ashemole tröstet sie.« Henry zog ihr sanft die Hand vom Gesicht und sah noch einmal nach ihrer Lippe. »Es hat aufgehört zu bluten«, erklärte er ihr, um neugierig hinzuzufügen: »Devereux muß dich sehr begehren.«

»Das glaube ich nicht. Ich bin ein Niemand aus Wales.«

Henry zog die Mundwinkel nach unten. »Jeder Spiegel zeigt dir den Grund für Devereuxs Begehren.«

Keely lächelte. »Danke für dieses nette Kompliment, Bruder.«

»Wo halten sich denn deine Riesen verborgen?«

»Odo und Hew fühlen sich bei den Pferden wohler«, antwortete sie und stand auf. »Komm mit, ich stelle dich ihnen vor.«

»Später«, hielt Henry sie zurück. »Erzähl mir bitte erst noch mehr über dich.«

»Ich lebte auf dem Besitz meines Stiefvaters in Wales«, begann Keely. »Nach dem Tod meiner Mutter reiste ich nach England, um meinen leiblichen Vater zu suchen.«

»Und du hast nicht nur Papa gefunden, du fandest auch Devereux. Der Rest ist Geschichte«, bemerkte Henry. »Wie sehen eure Heiratspläne aus?«

Keely zuckte die Achseln. »Die Gräfin von Cheshire und Richard, glaub ich, haben alles geplant. Ich brauche nur anwesend zu sein. Wußtest du, daß es Männer am Hofe der Königin gibt, die sich Rouge auflegen?«

»Eitles Geckenpack«, brummte der Junge.

Schnatter! Schnatter! Schnatter!

Keely und Henry blickten in die Richtung, aus der das Geräusch kam. Seinen Aufpassern entkommen, watschelte Anthony so schnell auf sie zu, wie er nur konnte.

»Was hältst du von diesem Schoßtier der Gräfin?« fragte Henry.

»Anthony hat ein besseres Leben, als sich die meisten wünschen können«, meinte Keely. »Am besten gefällt mir sein Halsband mit den Smaragden und Diamanten.«

Der quakende Gänserich blieb vor Keely stehen, die es sich zur Angewohnheit gemacht hatte, ihn nachmittags zu füttern. Sie langte in ihre Tasche und holte eine Scheibe Brot heraus, die sie beim Mittagessen für ihn aufgehoben hatte und nun für den fetten Gänserich in kleine Stücke brach. Anschließend winkte sie seinen beiden Aufpassern, Bart und Jaspers, die ihn wieder an die Leine legten und wegführten.

»Freundschaft ist dort, wo wir sie finden«, sagte Keely schließlich mit einem Seitenblick auf ihren Bruder. »Sogar eine Gans oder ein Schwein oder ein Baum kann der Freundschaft wert sein.«

Henry lächelte. Seine Schwester war liebenswürdig, aber zweifelsohne etwas merkwürdig. Müßte er zwischen den beiden wählen, würde er Keely stets Morgana vorziehen. Liebenswürdig und etwas merkwürdig war angenehmer als selbstsüchtig, oberflächlich und biestig.

»Wirst du bei meiner Hochzeit dabeisein?« fragte Keely ihn. »Odo und Hew bräuchten jemand, der auf sie aufpaßt, während der Graf und ich uns um die Gäste kümmern.«

»Wann findet die Trauung statt?«

»Wir heiraten in der Woche nach Samhuinn.«

»Wann ist das?«

»Samhuinn ist das Fest, das die Kirche Allerheiligen und Allerseelen nennt«, erklärte ihm Keely. »Diese beiden Tage und der Abend davor sind drei Tage voller Magie, wenn der Schleier zwischen unserer Welt und der unserer Ahnen sich lüftet. Wer bereit ist, kann in die andere Welt reisen.«

»Glaubst du wirklich, man kann diese Welt verlassen und einfach so in ...«, meinte Henry ungläubig.

»Die Vergangenheit und die Zukunft reisen«, beharrte Keely. »Das ist eine herrliche Zeit, wenn das Chaos regiert. Feiern die Engländer das nicht?«

Henry blickte ihr tief in die Augen. »Wie feiern die Waliser dieses Fest?«

»Mit Gelagen und Maskenfesten und Streichen.«

»Maskenfesten und Streichen?« wiederholte er interessiert.

»Drinnen und draußen werden große Feuer angezündet, und üppige Mahlzeiten werden aufgetischt.«

»Und was ist mit den Masken und den Streichen?«

»Man trägt seine Kleidung verkehrt herum und schmiert sich Ruß ins Gesicht, so daß man von den bösen Geistern nicht erkannt wird«, fuhr Keely fort. »Drei Tage lang darf man jedermann Streiche spielen — und zwar ohne dafür zur Rechenschaft gezogen zu werden.«

»Ich kann es kaum erwarten«, meinte Henry und rieb sich die Hände. Seine blauen Augen funkelten verschmitzt, als er hinzufügte: »Jemandem die Zwetschge zu zeigen, ist der einzige englische Allerheiligenbrauch.«

»Wie geht das?«

Henry ballte die rechte Hand zur Faust und steckte den Daumen zwischen dem Zeigefinger und dem Mittelfinger durch. »Siehst du«, sagte er und hielt die Hand hoch, »das ist die Zwetschge. Man zeigt sie an Allerheiligen seiner Familie, seinem Freund oder Geliebten. Es bedeutet soviel wie ›Ich mag dich‹.«

»Was ist daran so besonders?« wollte Keely wissen. »Das kann man doch jeden Tag machen.«

»Es ist nun mal ein englischer Brauch«, beharrte Henry. »Du würdest doch auch nicht einem Freund in der Mittsommernacht ein Neujahrsgeschenk überreichen, oder?«

»Nein.«

»Wir geben unseren Freunden das Neujahrsgeschenk an Neujahr und an Allerheiligen zeigen wir ihnen die Zwetschge, verstehst du?«

Keely schenkte ihrem Bruder ein bezauberndes Lächeln und nickte.

»Der Gräfin von Cheshire einen Streich zu spielen, das wär's«, wechselte Henry das Thema und stellte sich vor, wie die riesigen Brüste der Gräfin vor Angst bebten. »Was meinst du?« Als sie nickte, fuhr er fort: »Rück näher, wir wollen doch nicht, daß uns jemand belauscht.«

Keely und Henry steckten die Köpfe zusammen und schmiedeten Pläne, wie sie den Bewohnern von Talbot House einen Streich spielen könnten. Sie waren so versunken in ihre unerhörten Vorhaben, daß sie den Eindringling nicht hörten.

»Hallo, Schönste.«

Beim Klang der Stimme fuhr Keely herum, und bevor sie noch daran dachte, ihre Gefühle zu verbergen, hatte sie dem Grafen ein betörendes Lächeln geschenkt, aus dem er entnehmen konnte, wie froh sie war, ihn wiederzusehen. Die

Schmetterlingsgefühle in der Magengrube waren wieder da, doch Keely scherte sich nicht darum. Es war zu wundervoll, wieder das hübsche Gesicht des Grafen zu sehen.

»Hast du mich vermißt, Schatz?«

»Vielleicht hätte ich dich vermißt, wenn die Gräfin mich nicht so beschäftigt hätte.«

»Du triffst mich tief, Schatz«, entgegnete Richard. »Jeder einzelne Augenblick am Hof kam mir vor wie ein Tag. Ich fürchtete schon um mein Leben, so sehr verzehrte ich mich nach dir.«

Keely hob eine Augenbraue. »Wie ergeht es den Ladies Sarah und Jane?«

»Wem?«

Keely lachte aus vollem Halse. Dabei fand sie eher seinen Gesichtsausdruck vorgetäuschter Unschuld komisch als das, was er gesagt hatte. Wie ein Mann nur so umwerfend charmant sein konnte, ging ihr nicht in den Kopf. »Henry und ich haben gerade Pläne für Samh ... ich wollte sagen für Allerheiligen geschmiedet.«

Henry stand auf und bot dem Grafen seinen Platz auf der Bank neben Keely an. Dabei zwinkerte er ihm zu. »Meinen Glückwunsch zu der bevorstehenden Hochzeit, Mylord«, sagte er. »Wie war die Jagd am Hofe?«

»Diesen Zeitvertreib habe ich aufgegeben«, antwortete Richard und zwinkerte zurück. Dann wandte er seine Aufmerksamkeit Keely zu, und seine gute Laune war verschwunden. »Was ist mit deinem Mund passiert?« wollte er wissen. »Und deine Augenlider sind geschwollen. Hast du geweint?«

»Ich bin hingefallen«, log Keely. »Deshalb weinte ich.«

Richard überraschte sie, als er ihr den Arm um die Schultern legte und sie an sich drückte. »Siehst du, wie nötig du mich brauchst, um dich zu beschützen, Schatz?« sagte er sanft.

»Niemand hätte sie vor dem Wutausbruch dieses Miststücks schützen können«, unterbrach Henry die beiden, was ihm ein kritisches Stirnrunzeln eintrug. »Morgana versetzte ihr eine Ohrfeige.«

»Henry!« In Keelys Stimme lag eine deutliche Warnung.

»Laß uns bitte kurz allein«, wandte sich Richard an den Jungen. Es war ein Befehl, keine Bitte.

»Aber sicher.« Henry blickte Keely in die Augen. »Ich wünschte, du wärst nicht meine Schwester, dann könnten wir gemeinsam meiner augenblicklichen Lieblingsbeschäftigung nachgehen.«

»Ich kann dir doch helfen«, bot Keely ihm an.

»Nicht bei diesem Zeitvertreib.«

»Warum denn nicht?«

Henry zwinkerte dem Grafen zu und verabschiedete sich, wobei er ihr noch über die Schulter zurief: »Weil es Liebemachen ist.«

Keely wurde puterrot. Sie wich dem Blick des Grafen aus.

»Lüg mich nie wieder an«, flüsterte Richard ihr ins Ohr. »Ich verabscheue Lügner.«

»Die Wahrheit zu sagen hätte nur weiteres Ungemach geschaffen«, versuchte Keely zu erklären, wobei ihre veilchenblauen Augen um Verständnis heischten. »Außerdem hast du es nicht für nötig erachtet, mir von deinen und Morganas Heiratsabsichten zu erzählen. Das war eine Lüge durch Unterlassen.«

»Morgana hatte die Absicht, mich zu heiraten. Aber nachdem ich die längste Woche meines Lebens auf Schloß Ludlow verbracht hatte, hegte ich keine derartigen Absichten mehr«, entgegnete Richard. »Nur ein Mann im größten Liebesleid würde diese Frau um ihre Hand bitten.«

Keely war erleichtert. »Streitsüchtige Menschen sind meist unglücklich. Du solltest sie stärker bemitleiden.«

»Kannst du eifersüchtig sein?«

»Nein. Natürlich nicht«, antwortete sie eine Spur zu schnell.

Richard hob die Augenbrauen. Diese Angewohnheit von ihm wurde ihr von Tag zu Tag lieber. »Welche Pläne hast du mit Henry geschmiedet?«

»Ein Fest an Allerheiligen.«

»Und wie sollte dieses Fest sein?«

»Das ist eine Überraschung.«

Richard küßte sie zart auf die heile Seite ihres Mundes und scherzte: »Erzähle es mir trotzdem, Schatz.«

Keely schüttelte den Kopf. »Das ist ein Geheimnis zwischen meinem Bruder und mir.«

Richard sehnte sich danach, ihr einen Kuß auf die Lippen zu drücken, aber er hielt sich zurück. Sie war schließlich verletzt. Statt dessen liebkoste er sie am Nacken.

Herrliche Schauder liefen Keely den Rücken hinunter, doch gleichzeitig fragte sie sich, wie sie sich nun verhalten sollte. Durfte sie ihm gestatten, sich diese Freiheit herauszunehmen, da sie ja verlobt waren? Oder sollte sie ihm Einhalt gebieten — was sie eigentlich nicht wollte?

»Auf mich warten einige Berichte«, flüsterte er ihr ins Ohr, »aber ich esse heute mit dir zu Abend.«

»Das ist keine gute Idee«, versuchte sie abzulehnen. »Morgana ...«

»Baron Smythe wird sie ablenken«, beruhigte Richard sie und küßte sie zärtlich auf die Schläfe. »Willis interessiert sich für Morgana.«

Keely war, als spüre sie einen kalten Hauch, als der Name des schwarzhaarigen Barons fiel. Die Sorge stand ihr ins Gesicht geschrieben.

»Stimmt etwas nicht?« fragte Richard.

»Ich mag den Baron nicht«, antwortete Keely aufrichtig.

»Aber du kennst ihn doch kaum.«

»Es ist nur ein Gefühl.«

»Weibliche Intuition?«

Keely lächelte nicht. »Die Aura vorzeitigen Todes umgibt ihn wie ein Leichentuch. Der Baron ist gefährlich, man kann ihm nicht trauen.«

Richard schmunzelte. »Bist du eine Zigeunerin, welche die Zukunft voraussagt?« neckte er sie. »Oder gar eine Hexe?«

»Ich bin eine ...« Da sie ihre Heirat nicht aufs Spiel setzen wollte, sprach Keely nicht weiter. Sie wollte diesen lebendig gewordenen heidnischen Gott, und wenn es nur für kurze Zeit war.

»Was bist du?« hakte Richard amüsiert nach.

»Nur eine dumme Frau.«

»O nein«, entgegnete Richard und küßte ihr die Hand. Mit einem berechnenden heißen Blick flüsterte er ihr ins Ohr: »Du bist so lieblich wie die sagenumwobene Göttin Venus und so süß wie Marzipan ... Aber was Willis angeht, irrst du dich.«

Keely zwang sich zu einem Lächeln. »Du hast sicher recht.«

»Bis zum Abendessen, Schatz.« Richard machte sich auf den Heimweg. Als er bereits fast zu Hause war, fiel ihm Burghleys Warnung ein. Richard machte kehrt und lief zurück zur Steinbank, doch Keely war bereits im Haus verschwunden. War es der bloße Zufall, daß sie Smythe mit denselben Worten wie Burghley beschrieben hatte?

Als es Zeit zum Abendessen war, hielt Keely sich in ihrem Schlafzimmer auf, wo sie den ganzen späten Nachmittag wie eingesperrt verbracht hatte, um nicht ihrer haßerfüllten Schwester begegnen zu müssen. Doch nun ließ sich das Unvermeidliche nicht länger aufschieben. Nur die Lieferung ihrer neuen Kleider hob ihre Laune.

Keely trug ein taubengraues Samtkleid mit einem Unterhemd und einem Unterrock aus elfenbeinfarbener Seide. Diese gedämpften Farben erinnerten sie an die in Nebel gehüllten Berge in Wales — ein Bild, das ihrer Stimmung entsprach. Die einzigen Farbtupfer waren das Veilchenblau ihrer Augen und der funkelnde Drachenanhänger, den sie stets trug.

Wie erniedrigend es für sie sein würde, wenn Morgana sie in Gegenwart des Grafen mit ihren Beleidigungen überhäufte, dachte Keely. Vielleicht war es aber besser so. Der Graf mußte erfahren, was die Ehe mit einem Bastard bedeutete. Entweder löste er dann die Verlobung oder wappnete sich gegen den Klatsch, der sie ihr ganzes Leben lang verfolgen würde.

Der Gedanke an Richard erinnerte Keely daran, daß auch Baron Smythe an diesem Abend mit ihnen bei Tisch sitzen würde. Obwohl sie den Baron nicht ausstehen konnte, hatte sie ihren Abscheu um des Grafen willen hintangestellt.

Trotzdem war ihr angst und bange. Sie wollte gerade an ihrer Unterlippe nagen, als sie vor Schmerz aufschrie; die geschwollene Lippe und die lädierte Wange taten ihr noch immer weh.

Keely versuchte ihre Sorgen abzuschütteln und strich eine nicht vorhandene Falte auf ihrem Kleid glatt. Sich für immer vor dem Haß ihrer Schwester zu verstecken war nicht möglich. Mit erhobenem Kinn und geraden Schultern trat sie auf den Korridor hinaus.

»Hallo, Schönste.«

Die Arme vor der Brust verschränkt, lehnte Richard an der Wand im Foyer. Seine smaragdgrünen Augen glitten über ihre zarte Erscheinung und strahlten, doch Keely war sich nicht sicher, warum.

»Was tust du hier?« fragte sie überrascht, ihn hier vorzufinden.

»Ich warte auf dich, was sonst?«

Dankbar lächelte Keely ihn an. »Das wäre nicht nötig gewesen, ich kenne den Weg.«

Richard hob die Augenbrauen. »Tapfere Ritter beschützen ihre Dame stets vor gefährlichen Drachen. Ich dachte, du hättest mich gerne an deiner Seite, wenn wir *ihr* unter die Augen treten.«

»Wie aufmerksam von dir«, antwortete Keely, von dieser Fürsorglichkeit berührt. »Woher wußtest du, was in mir vorgeht?«

»Unsere Herzen schlagen im Gleichklang, Schatz.«

»Mylord, Ihr besitzt die spitzeste Zunge.«

Richard lächelte sein Raubtierlächeln. »Sind wir erst einmal verheiratet, werde ich dir zeigen, was meine Zunge sonst noch alles kann.«

Keely wurde über und über rot. Sie hatte keine Ahnung, was er damit sagen wollte, aber sie kannte ihn lange genug, um seine Vorliebe für Anspielungen zu kennen.

»Du siehst hübsch aus, wenn du rot wirst«, schmunzelte Richard und küßte sie auf eine heiße Wange.

Er führte sie nicht in den Saal, sondern in das kleine Speisezimmer, das nur der Familie vorbehalten war und wo die anderen bereits auf sie warteten. Herzog Robert und Lady Dawn saßen jeweils am schmalen Ende des Tisches. Morgana und Willis Smythe hatten bereits an einem Tischende Platz genommen, Henry saß am anderen. Neben ihm waren zwei Plätze für sie frei. Keely nahm zwischen Richard und ihrem Bruder Platz.

»Wer zu spät kommt, kriegt kein Abendessen und muß auf die nächste Mahlzeit warten«, verkündete Morgana.

»Ich sage, wer ißt und wer nicht«, wies Herzog Robert sie scharf zurecht.

Keely nahm allen Mut zusammen, unterdrückte ihre Vorbehalte und begrüßte den Baron herzlich: »Es ist ein Vergnügen, Euch wiederzusehen, Baron.«

»Willis«, verbesserte er sie und erwiderte ihr Lächeln. »Ihr habt Euch an der Lippe verletzt?«

Keely nickte. »Ich bin hingefallen.«

Richard und Henry neben ihr räusperten sich mißfällig, was ihnen von seiten Morganas vor Zorn sprühende Blicke eintrug. Keely versuchte, sich ganz auf das Essen zu konzentrieren.

Vor ihnen waren die herrlichsten Gerichte aufgetischt. Als ersten Gang gab es Kohlsuppe, darauf folgte Brathähnchen mit Reis und Mandeln gefüllt. Dazu gab es geschmortes Blattgemüse und Porree.

»Du siehst hübsch aus in dem neuen Kleid«, bemerkte Hew.

»Wie eine kleine graue Taube«, fügte Morgana spitz hinzu.

»Oder eine hübsche Trauertaube«, versuchte Richard die Wogen zu glätten.

Henry räusperte sich. Als er Keelys Blick auffing, blinzelte er ihr zu und fragte mit lauter Stimme: »Lady Dawn, könnt Ihr mir sagen, wie weit die Hochzeitsvorbereitungen inzwischen gediehen sind?«

»Es wird die Hochzeit des Jahrzehnts«, antwortete die Gräfin und übersah geflissentlich das warnende Stirnrunzeln des Herzogs. »Stell dir nur vor, Henry, unsere liebste Keely heiratet den begehrtesten Junggesellen Englands, einen Favoriten der Königin, und das inmitten des Glanzes von Hampton Court.«

»Elisabeth möchte ein großes Fest daraus machen«, übernahm Richard beim Stichwort der Gräfin.

»Und ich habe die Ehre, dir als Trauzeuge zu dienen«, hob Willis das Glas, um seinem Freund zuzuprosten.

»Zahlt die Königin dafür?«

»Der Brautvater übernimmt die Ausgaben«, antwortete Herzog Robert. »Das weißt du doch.«

»Soviel Getue wegen eines Bastards?« Die blonde Schönheit rümpfte die Nase ob dieser ungeheuren Verschwendung.

»Morgana!« Die Stimme des Herzogs enthielt einen warnenden Unterton.

Keely saß mit hochrotem, aber erhobenem Kopf auf ihrem Stuhl. Zwar machten diese Gemeinheiten ihrer Schwester sie wütend, aber Keely wollte keinesfalls darauf eingehen und den anderen das Abendessen verderben. Und schließlich sagte sie ja die Wahrheit. Sie war tatsächlich ein Bastard. Da sie niemandes Blick begegnen wollte, hielt sie die Augen gesenkt und schaute auf ihre im Schoß gefalteten Hände.

Sowohl Richard als auch Henry wollten sie trösten und ihr die Hand drücken, aber statt dessen drückten sie sich gegenseitig die Hand. Bei diesem Anblick mußte Keely kichern und legte ihre *zwei* Hände auf den Tisch. Als die beiden ihren Irrtum erkannten, rissen der Mann und der Junge wie von der Tarantel gestochen ihre Hand weg.

»Ich hoffe, ich darf bei der Hochzeit dabeisein«, sagte Henry an seinen Vater gewandt. »Keely braucht jemand, der ein Auge auf ihre zwei Cousins hat.«

Verdutzt blickte Richard zu Keely. Daß sie diese beiden räuberischen Riesen bei ihrer Hochzeit dabeihaben wollte, überraschte ihn. Schon bei der Vorstellung, diese Hohlköpfe mischten sich in die Gesellschaft bei Hofe, wurde ihm ganz anders zumute.

Morgana, der die Reaktion des Grafen nicht entgangen war, fragte: »Ihr wollt diese beiden Rüpel tatsächlich bei Hofe vorstellen?«

»Odo und Hew gehören zur Familie«, erklärte ihr Keely. »Selbstverständlich sind sie bei meiner Hochzeit anwesend.« Sie blickte um Bestätigung heischend zum Grafen. »So ist es doch?«

»Ich hatte es nie anders geplant, Schatz«, versicherte Richard ihr, nachdem er sich wieder gefangen hatte. »May, June und Henry werden ein Auge auf sie ... ich wollte sagen, werden ihnen Gesellschaft leisten.«

»May und June?« fragte Willis.

»Richard bat zwei Cousinen, Keely als Kammerzofen zur Hand zu gehen«, erklärte ihm Lady Dawn.

»Warum braucht sie zwei?« heulte Morgana eifersüchtig auf. »Eine reicht doch vollkommen.«

»Der liebe Richard ist reicher als jeder andere in England, da braucht Keely doppelt so viele Kammerzofen«, antwortete Lady Dawn, ohne im geringsten an ihrer recht eigenartigen Logik zu zweifeln. »Hast du ihren Verlobungsring gesehen?«

Augenblicklich verbarg Keely die linke Hand in ihrem Schoß. Nichts sprach dafür, ihre Schwester zu ärgern.

»Zeig ihn doch her«, rief Henry und riß ihre Hand hoch, damit alle den Ring sehen konnten. Übertrieben rief er: »Smaragd, Chrysoberyll ...«

»Papa«, unterbrach ihn Morgana, vollends aufgebracht durch die Prahlerei ihres Bruders, »wußtest du, daß Henry hinter jedem Rock in Ludlow her ist?«

Richard und Willis brachen in schallendes Gelächter aus. Die Gräfin von Cheshire kicherte hinter vorgehaltener Hand. Keely biß sich auf die Unterlippe, um nicht laut herauszuplatzen, bedauerte es aber sofort, als der Schmerz sie durchzuckte. Nur Herzog Robert schien sich nicht zu amüsieren.

»Dieses Thema eignet sich nicht bei Tisch«, ließ der Herzog seine Tochter wissen. An seinen Sohn gewandt, fügte er hinzu: »Wie beide werden später darüber reden.«

»Aber Tally«, gurrte die Gräfin und kam dem Jungen zu Hilfe. »Es ist doch nur natürlich für einen Jungen ...«

»Chessy, das letzte, was ich mir wünsche, ist ein Schloß

voller Bast …« Herzog Robert hielt mitten im Wort inne. Wie alle Welt zu wissen glaubte, saß sein eigener Bastard mit am Tisch.

Morgana brach das peinliche Schweigen, das darauf folgte. »Wie kamt Ihr darauf, unsere liebe, bedauernswerterweise illegitime Schwester heiraten zu wollen?« fragte sie den Grafen.

»Devereux begehrte sie so sehr«, platzte Henry heraus, »daß er sie in eine kompromittierende Lage brachte.«

»Wie schwierig kann das schon gewesen sein«, rümpfte Morgana verächtlich die Nase. »Wahrscheinlich hat sie die Freizügigkeit ihrer Mutter geerbt.«

Als der Herzog ausholte, um seiner Tochter eine Ohrfeige zu versetzen, sprang Keely so schnell von ihrem Stuhl hoch, daß dieser umkippte. Mit vor Wut funkelnden Augen bot sie einen furchterregenden Anblick. Sie legte die Hände auf den Tisch und fixierte ihre Schwester.

»Merkt Euch meine Worte«, warnte Keely ihr Gegenüber. »Die Beleidigungen, mit denen Ihr mich überhäuft, kann und werde ich ertragen, aber schlecht über meine Mutter zu reden, das ist etwas anderes. Megan war die liebste Seele, die je auf Erden weilte. Sie würde Euch alles vergeben, was Ihr sagt. In meinen Adern jedoch fließt auch englisches Blut, und ich bin bei weitem nicht so versöhnlich wie sie. Solltet Ihr ihren Namen noch einmal auch nur flüstern, werde ich Euch dafür töten. Verstanden?«

Entsetzt starrte Morgana sie an.

»Beantwortet meine Frage«, schrie Keely. »Habt Ihr verstanden?«

»J… ja«, stammelte die blonde Herzogstochter und nickte mehrmals mit dem Kopf.

»Eure Gesundheit hängt davon ab, wie gut Ihr Euch das merkt«, drohte Keely. Dann verließ sie hocherhobenen Hauptes das Zimmer.

Richard sah die Tränen, die in Keelys Augen glitzerten, als sie sich der Tür zuwandte. »Verflucht«, murmelte er und folgte ihr nach.

Langsam erhob sich Herzog Robert von seinem Stuhl. Er

ließ Morgana keinen Moment aus den Augen, als er um den Tisch herum zu ihr ging. Er packte sie am Arm und zog sie von ihrem Stuhl hoch und zur Tür hinaus.

»Vielleicht noch etwas Porree, Baron?« fragte Lady Dawn lächelnd.

Willis' Mundwinkel zuckten. »Nein danke, Mylady.«

»Sag mir doch, Herzchen«, fuhr die Gräfin fort und rückte näher zum jungen Talbot, »wie kommt es nur, daß du jedem Rock in Ludlow hinterherläufst?«

Henry verschluckte sich beinahe an seinem Wein ...

Richard holte Keely im Foyer ein, als sie gerade die Treppe hinaufstürmen wollte. Er bekam sie gerade noch am Arm zu fassen und hielt sie zurück.

»Laß mich ...« Keely sprach den Satz nicht zu Ende, als sie sah, wer sie festhielt.

Richard warf den neugierig stehengebliebenen Dienstboten einen bedeutungsschweren Blick zu, den sie auch richtig deuteten und sie sofort in alle Richtungen verschwinden ließ. »Du darfst dir Morgana nicht so zu Herzen nehmen. Die reine Gehässigkeit spricht aus ihr«, tröstete er sie, sobald sie allein waren.

»Die anderen Menschen am Hofe werden sich ähnlich verhalten«, erklärte ihm Keely mit Tränen in den veilchenblauen Augen. Sie begann, sich den Verlobungsring vom Finger zu ziehen.

»Untersteh dich!« rief Richard und nahm ihre Hand.

»Mich zu heiraten ist ein schrecklicher Fehler«, sagte sie.

»Das laß mich beurteilen.« Richard zog sie in seine schützenden Arme und fuhr mit einem Finger zärtlich die Silhouette ihrer Wange nach. »Du bist jetzt nur außer dir wegen Morgana, was vollkommen verständlich ist.«

Keely seufzte und lehnte sich an seine Brust. »Meine Ungeduld bereitet mir ebenso Sorge wie das, was sie sagte. Wie kann ich diese Sünde je gutmachen?«

»Du solltest dir nicht den Kopf darüber zerbrechen, wie du deine Sünden sühnen kannst, Schatz. Du bist eine Heilige.«

Keely verzog die Mundwinkel zu einem Lächeln. »Vielleicht fügst du in deinem *Leben der Heiligen* noch ein Kapitel über mich hinzu?«

Richard küßte sie auf die Wange. »Geh zu Bett, Schatz. Und vergiß nicht, wenn du Morgana hinrichten lassen möchtest, ich bin mit Königin Elisabeth eng befreundet ...«

Inzwischen zog Herzog Robert Morgana in der entgegengesetzten Richtung den Gang entlang und stieß mit dem Fuß die Bibliothekstür auf. Während er seine Tochter in den Sessel vor dem Kamin schubste, fuhr er sie an: »Beweg dich, und ich schlage dich so, daß du mit einem Fuß im Grab stehst.«

Darauf riß er eine alte Bibel aus dem Regal und warf sie ihr in den Schoß. »Lies das und denk darüber nach, wie sehr du dich danebenbenommen hast.« Ohne ein weiteres Wort stürmte er aus dem Zimmer.

Wie demütigend, vor dem Baron so behandelt zu werden. Morgana kochte. Daran war nur dieser Bastard schuld. Sie hat mir meine Kleider gestohlen, meinen Zukünftigen und sogar die Liebe meines Vaters.

Über alle Maßen wütend, schmetterte Morgana die Bibel fort. Ein altes vergilbtes Pergamentpapier fiel heraus und flatterte auf den Boden. Ohne sich allzusehr dafür zu interessieren, hob sie es auf und warf einen Blick darauf.

»O mein Gott«, schnappte Morgana nach Luft. Sie verbarg den Kopf in den Händen und schluchzte hemmungslos drauflos.

Die Bibliothekstür ging auf. Willis Smythe trat in den Raum. Sein Blick glitt achtlos über die Bibel am Boden, er ging auf Morgana zu und kniete sich neben den Sessel, in dem sie saß. »Ach weint doch nicht, Teuerste«, begann er sie zu trösten, »wenn Ihr nur versuchen würdet, höflich zu ...«

»Ihr versteht nicht«, schluchzte Morgana. »Es ist ein Skandal. Oh, was soll ich nur tun?«

»Sobald Lady Keely mit Devereux verheiratet ist, wird niemand wagen ...«

»Sie ist mir vollkommen egal!«

»Warum seid Ihr dann so aufgelöst?« fragte Willis sie mit

sanfter Stimme, und seine blauen Augen strahlten aufrichtig. »Vertraut mir, meine Dame.«

Morgana reichte ihm das vergilbte Pergament und studierte aufmerksam seinen Gesichtsausdruck, während er das Dokument überflog. Zunächst wirkte er verwirrt, und dann begriff er.

»Es ist ein Trauschein«, sagte Willis, während er las. »Ihr seid so außer Euch, weil Herzog Robert mit Lady Keelys Mutter verheiratet war?«

»Ihre Mutter ist noch nicht lange tot«, flüsterte Morgana. Sie ertrug es kaum, dem Baron in die Augen zu blicken, so sicher war sie, auf Zurückweisung zu stoßen. »Keely ist die legitime Erbin meines Vaters, während Henry und ich ...« Sie konnte den Satz, die schreckliche Wahrheit nicht zu Ende sprechen.

»Seine Gnaden wird niemals Henrys Erbe gefährden wollen«, versicherte Willis ihr. »Euer tragisches Geheimnis ist bei mir sicher.«

»Verbrennt es«, verlangte Morgana.

»Wir können nicht wagen, es hier zu zerstören«, antwortete Willis, faltete das Pergament und steckte es in seine Tasche. Dann zog er sie in seine Arme. »Vertraut mir, ich werde mich darum kümmern.«

Willis Mund war über ihr, und im nächsten Augenblick küßte er sie leidenschaftlich. Anschließend drückte er ihren Kopf an seine Schulter und streichelte ihr zärtlich über den Rücken.

Nie wieder würde er wegen ein paar Münzen katzbuckeln müssen, dachte Willis. Hier in seiner Tasche steckte das Zaubermittel zu seinem Glück.

»Vertraut mir, meine Liebe«, flüsterte Willis ihr in das blonde Haar. »Mir geht es nur um Euer Wohl.«

»Ich vertraue Euch, Sir«, antwortete Morgana und ließ sich beruhigt gegen seine männliche Brust sinken. »Von ganzem Herzen vertraue ich Euch.«

Neuntes Kapitel

Ich liebe ihn aus ganzem Herzen.

Diese überwältigende Einsicht traf Keely wie ein Blitz aus heiterem Himmel.

»*Pour tous jours*«, flüsterte sie. »Für immer.«

Keely schaute aus dem Fenster ihres Schlafzimmers und wartete auf den Sonnenaufgang. Der Morgen war kühl und sie zitterte, aber die Pflicht rief, und das war wichtiger als ihr körperliches Wohlempfinden. Im Osten dämmerte es bereits, der Sonnenaufgang kündigte sich an.

Seit wann war der englische Graf so wichtig für sie? fragte sich Keely. Er hatte dem gestrigen Sturm getrotzt, aber sie wußte besser als die meisten, daß die Zuneigung eines Mannes so beständig ist wie der wankelmütige Mond. Ob seine zarte Neigung für sie die Unwetter am Hofe überstehen würde?

Keely traute ihm nicht. Sicher, der Graf hatte sein Versprechen gehalten, was ihre Cousins anging. Und er schien sich auch nicht wegen ihrer nicht gerade ehrenhaft zu nennenden Herkunft zu schämen. Aber Megan hatte Robert Talbot vertraut und dafür gelitten.

»Schenke dem König mit der Flammenkrone und der goldenen Hand dein Vertrauen ...«

Richard Devereux trug eine Flammenkrone und die Königin nannte ihn Midas in Anspielung auf den sagenumwobenen König, der alles in Gold verwandelte, was er berührte. Hatte ihre Mutter den Grafen gesehen? Was, wenn sie ihm ihr Vertrauen schenkte und er sich dessen nicht würdig erwies? Würde sie ihr Leben aufs Spiel setzen oder nur ihr Herz?

Keely war so aufgewühlt, daß sie nicht mehr klar denken konnte. Sie sehnte sich nur noch danach, hinauszuschleichen, um die aufgehende Sonne nicht nur zu sehen, sondern auch zu spüren. Sie bedurfte der Unterstützung der

Naturkräfte. Sie würde die Mutter Göttin bitten, dem Grafen innere Stärke zu verleihen. Um den Myriaden von Höflingen keine Aufmerksamkeit zu schenken, die sich über sie das Maul zerreißen würden, mußte er geduldig und stark sein.

Die besondere Kraft dieses heiligen Ortes im Garten des Grafen versprach eine erfolgreiche Fürbitte. Wo die Birke, die Eibe und die Eiche sich trafen, da war die magische Kraft zu Hause.

Ohne sich lange darum zu kümmern, daß sie noch im Nachthemd steckte, packte Keely ihre Zeremonienrobe, wickelte sich darin ein und lief auf bloßen Füßen zur Tür. Ihr Herz schlug aufgeregt. Seit dem Abend, bevor sie ihren Vater traf, hatte sie keine richtige Andacht mehr gehalten. Kein Wunder, daß ihr Verstand so verwirrt und ihr das Herz so schwer war.

Sie drückte das Ohr gegen die Tür, um zu lauschen, ob der Gang leer war. Es waren keine Schritte zu hören. Sie öffnete die Tür einen Spalt und lugte hinaus. Niemand war zu sehen, es war noch zu früh für die Dienstboten. Sie holte tief Luft und trat auf den Korridor, die Tür zog sie lautlos ins Schloß.

Immer an der Wand entlang schlich Keely durch den düsteren Korridor, in den kein Licht fiel, bis sie zur Treppe kam. Unten angelangt sah sie, daß der Weg durch das Foyer verlassen war. Wenn kein Frühaufsteher sich im Hof herumtrieb, gelangte sie unentdeckt nach draußen.

Auf Zehenspitzen huschte Keely durch das Foyer. Geschwind öffnete sie die Tür und war draußen. Der Hof war menschenleer.

Wie ein Engel der Nacht schritt Keely durch den dichten Nebel, der sich wie ein Liebhaber an Mutter Erde schmiegte. Einmal blieb sie stehen, um sich zu vergewissern, daß ihr niemand folgte. Dann schlüpfte sie auf den Pfad, der zum Besitz des Grafen führte.

Bei den heiligen Steinen! dachte Keely und hielt inne. Sie hatte ihre goldene Sichel und ihre magischen Steine vergessen. Sie sah zurück, beschloß aber, daß es nur den Weg nach vorne gab. Bis sie das Haus erreichte und sich holen konnte, was sie brauchte, standen die Dienstboten des Herzogs auf. Sie würde nie unentdeckt hierher zurückkehren können.

Aus dem Nebel ragten die drei heiligsten Bäume heraus. Sie standen zusammen wie alte Freunde. Keely lächelte, als sie das helle Weiß der heiligen Birke erblickte, das dunkle Immergrün der heiligen Eibe und den heiligsten Baum unter ihnen, die majestätische Eiche.

Keely zog sich die Kapuze ihrer Zeremonienrobe über den Kopf und trat an den heiligen Ort. Wenn sie in der freien Natur eine Andacht halten konnte, fühlte sie sich wie der glücklichste Mensch der Welt. Auf dem Weg zu den Bäumen hob Keely acht gewöhnliche Steine auf.

Damit legte sie den magischen Kreis. Dabei achtete sie darauf, die Steine jeweils an den richtigen Platz zu legen: auf den nordwestlichsten Punkt der Kreislinie, auf den nördlichsten, den nordöstlichsten, den südöstlichsten, den südlichsten und den südwestlichsten. Sie betrat den Kreis von Westen und schloß ihn hinter sich mit dem letzten Stein. Dabei sprach sie die Worte: »Störende Gedanken bleiben draußen.«

In der Mitte des Kreises angelangt, drehte sich Keely dreimal im Uhrzeigersinn und blieb, die Augen auf die aufgehende Sonne gerichtet, stehen. Sie schloß die Augen und konzentrierte sich auf ihren Atem.

»Die Alten sind hier, sie warten ab und sehen zu«, klang Keelys sanfte Stimme durch die stille Nacht. »Die Sterne sprechen durch die Steine, und das Licht scheint durch die dickste Eiche.« Ihre Stimme wurde lauter: »Himmel und Erde sind ein Reich.«

Keely hielt inne, um sich zu sammeln. Dann hob sie die Arme und flehte: »Geist, der mich auf meiner Reise geleitet, hilf mir, die Sprache der Bäume zu verstehen. Geist meiner Ahnen, hilf mir, die Sprache des Windes zu verstehen. Geist meines Stammes, hilf mir, die Sprache der Wolken zu verstehen ... Myrddin, größter der Druiden, öffne mein Herz, damit ich über den Horizont hinaussehe.«

Lange Zeit passierte gar nichts. Und dann geschah es ...

Starke Hände packten sie an den Oberarmen und wirbelten sie herum. Die Kapuze glitt Keely vom Kopf und gab den Blick auf ihr ebenholzschwarzes Haar frei, das ihr bis zur Hüfte reichte. Im selben Augenblick riß sie die Augen auf und blickte in das wütende Gesicht des Grafen.

»Was, zum Teufel, machst du hier?« fauchte Richard und schüttelte sie.

»Es ist verboten, den heiligen Kreis zu durchbrechen!« rief Keely. »So zerstörst du meine ...«

Richards Gesicht spiegelte seine Fassungslosigkeit. Ohne Vorwarnung hob er sie hoch und trug sie in seinen Armen über den Rasen.

»Ich kann selbst gehen«, protestierte sie leise.

»Sei ruhig«, fuhr er sie an.

Mit Keely in den Armen marschierte Richard an seinen schlaftrunkenen Dienstboten vorbei und die Treppe hinauf in sein Arbeitszimmer, wo er die Tür mit dem Fuß zustieß. Er setzte sie vor einem Sessel ab und schubste sie hinein.

»Warum hast du mir nachspioniert?« fragte ihn Keely so streng sie konnte.

»Ich stelle hier die Fragen«, schoß Richard zurück. »Vergiß nicht, Mylady, ich habe dich auf meinem Besitz aufgegriffen.«

»Warum, um ...« Keely, nur darauf bedacht, möglichst schnell von hier fortzukommen, stand auf.

»Setz dich«, befahl ihr Richard und drückte sie zurück in den Sessel.

Klugerweise blieb Keely, wo sie war.

Richard schaute sie finster an. Keely fühlte sich ganz unwohl unter diesem Blick. Endlich fragte er sie: »Bist du eine Art Hexe?«

»Du glaubst doch gewiß nicht an solch abergläubisches Zeug«, entgegnete Keely.

»Was ich glaube, tut hier nichts zur Sache«, entgegnete Richard barsch. »Ich will wissen, was du glaubst. Bist du auf meinem Besitz der Hexerei nachgegangen?«

Keely sah ihm in die Augen und antwortete: »Nein, so etwas würde ich nie tun.«

Seine smaragdgrünen Augen schienen sich in ihre veilchenblauen Augen zu bohren. »Was genau glaubst du?«

»Hat die Inquisition England erreicht?« konterte sie.

»Beantworte meine Frage.« *Oder sonst* hing unausgesprochen im Raum.

»Ich . . . wurde christlich getauft«, wich Keely aus. Sie schlich um die Wahrheit herum wie die Katze um den heißen Brei.

Die Dame ist raffiniert, folgerte Richard, aber nicht ganz so raffiniert wie er selbst. »Du hast meine Frage nicht beantwortet, meine Liebe. Was bist du?«

Sie sah ein, daß sie nicht umhinkam, ihm die Wahrheit zu gestehen. Mit erhobenem Kinn blickte sie ihm in die Smaragdaugen und sagte ein einziges Wort, das ihn zutiefst erschütterte.

»*Druidin*.«

»Gott im Himmel, ich bin mit einer Heidin verlobt!« explodierte Richard.

»Ich verfüge über gewisse Kenntnisse«, brüstete sich Keely hochmütig.

Richard schloß die Augen. Entsetzt schüttelte er den Kopf. Diese unglaubliche Dummheit war mehr, als er ertragen konnte. Als er sie wieder ansah, stand ihm seine Verachtung deutlich ins Gesicht geschrieben.

»Kenntnisse ohne gesunden Menschenverstand sind etwas sehr Gefährliches«, erklärte er ihr.

Keely wollte gerade den Mund aufmachen, um gegen diese Beleidigung zu protestieren, doch Richard packte sie am Kinn und fuhr sie an: »Du hältst jetzt den Mund und hörst mir zu.«

Wie ein General vor seinen Truppen ging Richard vor ihr auf und ab und hielt eine wahre Brandrede. »Du bist das närrischste Weib, das mir je untergekommen ist — noch dümmer als meine Schwestern — und dein gesunder Menschenverstand reicht nicht aus, um dein eigenes Überleben zu gewährleisten. Weißt du überhaupt, wie viele Menschen an Hexen glauben? *Weißt du das*? Tausende! Ja, sogar die Königin glaubt an das Übernatürliche. Ist dir klar, daß du auf dem Scheiterhaufen verbrannt werden könntest? *Ist dir das klar*? Wenn die Menschen Angst haben, handeln sie, die Fragen stellen sie später.«

Keely lächelte sanft. »Mylord, keiner von uns stirbt wirklich. Unsere Seelen begeben sich auf das Große Abenteuer.«

Noch mehr von diesen Dummheiten, dachte Richard. Seine Worte stießen auf taube Ohren. Er mußte die Sache anders angehen.

Er trat an seinen Schreibtisch und schenkte sich einen Becher schottischen Whisky ein, den er in einem Schluck leerte. Nun verstand er, warum sein Schwager dieses Getränk so schätzte. Es stärkte wie nichts anderes auf der Welt einen Mann, wenn er sich mit diesem unlogischen Wesen herumschlug, das gemeinhin Frau genannt wurde.

Richard drehte sich um und wandte sich wieder Keely zu, die noch immer unruhig in ihrem Sessel saß. Er kniete sich vor sie hin und wärmte ihre Hände mit den seinen. »Schatz, ich fürchte um deine Sicherheit. Glaube, was du willst, aber sich vor einer unbarmherzigen Gesellschaft zur Schau zu stellen, kann sich als verhängnisvoller Irrtum erweisen.«

Keely traute ihren Ohren nicht. »Willst du damit sagen, du hast nichts gegen meine Überzeugungen?«

Richard überwand sich und nickte. »Die meisten Menschen in diesem Land sind gefährlich intolerant. Deine Anschauungen müssen geheim bleiben.«

»Aber sicher«, stimmte Keely bereitwillig zu. Sowohl sie als auch Megan hatten stets sorgfältig darauf geachtet, niemanden damit zu behelligen.

Richard atmete tief durch.

»Was hast du so früh da draußen getan?« fragte sie ihn.

»Ich wollte den Sonnenaufgang beobachten, weil ich wußte, du würdest das auch tun«, gestand er.

Diese zärtliche Anwandlung zauberte ein Lächeln auf Keelys Lippen.

»Ich hatte nicht die geringste Ahnung, daß du in meinem Garten herumhüpfen und Beschwörungen rufen würdest«, brachte Richard sie zum Lachen. Er stand auf und bot ihr seinen Arm an. »Ich bringe dich nach Hause.«

Erleichtert, daß sie ihr Geheimnis nicht länger vor ihm zu verbergen brauchte, hakte Keely sich bei Richard unter. Zusammen gingen sie in den Garten und hinüber zur Residenz der Talbots.

»Heute vormittag zeige ich dir London«, teilte ihr Richard mit, als sie den Hof erreichten. »Um zehn Uhr hole ich dich ab.«

»Ich denke nicht ...«

»Möchtest du den Vormittag lieber in Morganas Gesellschaft verbringen?« fragte er sie mit hochgezogener Augenbraue.

»Ich werde um neun Uhr fertig sein«, antwortete Keely und verschwand im Haus.

Richard wollte gerade gehen, als er den Herzog sah, der aus den Stallgebäuden auf ihn zukam. Er war von oben bis unten voller Blut und Schmutz, strahlte aber über das ganze Gesicht.

»Meine Lieblingsstute hat soeben gefohlt«, erklärte ihm Herzog Robert. Seine Augen wanderten zur Tür, hinter der gerade seine Tochter verschwunden war. »Es ist schrecklich früh, um Keely einen Besuch abzustatten«, bemerkte er.

»Ich fand meine Verlobte, wie sie Beschwörungen singend in meinem Garten um Bäume herumhüpfte«, entgegnete Richard, um zu sehen, wie der Herzog darauf reagierte.

Einen kurzen Augenblick lang schien Herzog Robert sprachlos, doch er gewann schnell die Fassung wieder. »Schlafwandelte wohl«, log er und wich dem Blick des Grafen aus.

»Von wegen Schlafwandeln«, grinste Richard und schüttelte mißbilligend den Kopf. »Ihr wißt Bescheid, nicht wahr?«

Herzog Robert nickte.

»Wie könnt Ihr Keely erlauben, sich in Gefahr zu begeben? Verbietet Ihr ...«

»Ich habe in ihrem traurigen Leben achtzehn Jahre lang keine Rolle gespielt«, unterbrach ihn der Herzog. »Megan gab ihre merkwürdigen — *aber harmlosen* — Überzeugungen an ihre Tochter weiter. Wir können die Vergangenheit nicht ändern, Devereux. Wir können nur die Zukunft beeinflussen.«

»Ihr seid jetzt für sie verantwortlich«, erinnerte Richard ihn.

»Würde der Papst der katholischen Kirche widersagen?« konterte Herzog Robert. »Ich glaube nicht. Genausowenig wird Keely verleugnen, was zu ihrem innersten Wesen gehört. Meine Tochter würde lieber sterben, als einen Schritt vom einmal gewählten Weg abzuweichen. Wie Ihr wißt, hatten die Waliser noch nie einen Sinn fürs Praktische. Es gehört zu ihrer Tradition, für ihre innerste Überzeugung in den Tod zu gehen.«

»Wer am Hof aus dem Rahmen fällt, zieht die allgemeine Aufmerksamkeit auf sich«, warf Richard ein. »Das ist nun einmal so, und das kann Schande oder sogar den Tod bringen.«

»Keely braucht einen Ehemann, der stark genug ist, um für ihre Sicherheit zu sorgen - selbst gegenüber der Königin«, antwortete der Herzog. »Wenn Ihr dazu nicht fähig seid, tretet zur Seite. Ich finde einen anderen, der dazu fähig ist.«

Bei dieser Beleidigung zuckte Richard zusammen, sagte aber nichts darauf.

»Ist die Hochzeit noch ein Thema?« fragte Herzog Robert.

»Ja.« Ohne ein weiteres Wort drehte Richard sich um und ging den Weg zurück, den er gekommen war.

Schmunzelnd blickte Herzog Robert ihm nach. »Jungspunde wie du glauben, sie wüßten bereits alles«, murmelte er zufrieden. »Devereux, du bist gerade dabei, eine schwere Lektion zu lernen. Wenn eine Frau das Herz eines Mannes stiehlt, gehören seine Unabhängigkeit und sein Seelenfrieden der Vergangenheit an.«

Der Herbst zeigte sich von seiner schönsten Seite, als Keely zum verabredeten Zeitpunkt um zehn Uhr in den Hof trat. Von der strahlenden Sonne besiegt, hatte sich der Morgennebel aufgelöst, und eine sanfte Brise streichelte ihr Gesicht und spielte mit dem Saum ihres Mantels.

Keely trug einen violetten Wollrock und eine weiße Leinenbluse unter ihrem schwarzen Wollumhang. Ihr ebenholzschwarzes Haar hatte sie in der Mitte gescheitelt und zu einem dicken Zopf geflochten, den sie in einem Knoten trug.

»Noch mal einen schönen guten Morgen«, grüßte Richard sie mit einem freundlichen Lächeln auf dem Gesicht. »Deine Schönheit versüßt mir den Tag.«

Keely errötete und erwiderte sein Lächeln. Unter ihren dichten, dunklen Wimpern hervor bewunderte sie seine männliche Erscheinung. Der Graf war ganz in Schwarz gekleidet. Er erinnerte sie an einen wunderschönen Raubvogel und erschien ihr viel edler und bewundernswerter als diese Hofschranzen mit oben rot geschminkten Wangen.

»Du solltest nicht im Männersattel reiten«, wandte Richard ein, als er sie auf Merlin hob. »Englische Damen pflegen im Damensattel zu reiten.«

»Wir Waliserinnen sind nicht so zimperlich«, antwortete Keely. »Ich liebe es, Merlin zwischen den Beinen zu spüren. Anders könnte ich gar nicht reiten.«

Richard trieb es die Röte ins Gesicht. So unschuldig sie dies gesagt hatte, es hatte ihn erregt. Er starrte sie an, aber Keely lächelte nur ihr schwer deutbares Lächeln. War ihr klar, wie anzüglich diese Bemerkung war? Keine Frau von achtzehn Jahren konnte so unbedarft sein, oder?

Keely und Richard wandten ihre Pferde nach Nordosten und ritten gemächlich den Strand hinunter. Die Stadt London lag östlich von Talbot House.

»Deine Lippe sieht heute viel besser aus«, bemerkte Richard. Und etwas später: »Weißt du eigentlich, daß Merlin eine Stute ist?«

»Ja. Wie heißt dein Pferd?«

»Es hat keinen Namen.«

»Jedes Wesen braucht einen Namen.« Keelys vorwurfsvoller Ton war unmißverständlich.

Richard musterte sie aus den Augenwinkeln. »Gib du ihm einen Namen, Schatz.«

Keely betrachtete seinen bildschönen Rappen, überlegte kurz und meinte: »Pfeffer.«

Richard kicherte. »Pfeffer ist kein passender Name für das Pferd eines Grafen.«

»Du brauchst einen Namen, der auch für einen Menschen geeignet wäre?«

Richard nickte.

»Warte, wie wär's mit Blödel?«

Richard fuhr herum und blickte in ihr schelmisch lächelndes Gesicht. Nun mußte auch er lachen. »Schwarzer Pfeffer soll er heißen.«

Während sie den Strand entlangritten, zeigte ihr Richard, was es an Sehenswürdigkeiten gab. Links kamen sie an Leicester House vorbei, das durch die Milford-Treppen von Arundel House getrennt war. Rechts befand sich Durham House, wo Edward VI. und Jane Grey gelebt hatten, nicht zur selben Zeit, versteht sich. Weiter oben ragte Westminster Hall und die Westminster Abbey empor. Dort lag der alte König Heinrich neben seiner geliebten Königin, Jane Seymour, begraben.

Bei Charing Cross schwenkten Richard und Keely nach rechts und ritten nach London hinein. Hier nun wurde das Gedränge in den Straßen zusehends dichter, so daß sie gezwungen waren, sich vorsichtig ihren Weg durch die verwinkelten Gassen zu suchen.

Nicht wenige blieben stehen und drehten den Kopf nach ihnen um, als sie vorbeiritten. Keely fühlte sich immer unwohler in ihrer Haut. Sie musterte den Grafen aus den Augenwinkeln, doch Richard schienen die neugierigen Blicke der Londoner Bürger nicht zu stören. Ganz im Gegenteil, er schien sie gar nicht zu bemerken.

»Gesundheit wünsch ich Euch, Midas«, rief einer der mutigeren Schaulustigen ihnen zu.

Richard lachte und warf dem Mann eine Münze zu. »Gott schütze die Königin«, rief er.

Als sie an der St. Pauls Cathedral angekommen waren, schwenkten Richard und Keely nach rechts. Am Ende der Straße ritten sie rechts in die Thames Street. Keely hatte keine Ahnung, wohin sie ritten, sie folgte einfach dem Grafen.

»Unser erstes Ziel liegt etwas außerhalb von London, im Osten«, erklärte er ihr. »Der White Tower ist Englands berühmtestes Wahrzeichen. Er ist eine Mischung aus Palast,

Garnison und Gefängnis. Elisabeth hält dort nie Hof, weil der White Tower sie zu sehr an unerfreuliche Zeiten erinnert. Doch die Nacht vor der Krönung verbrachte sie dort, wie es der Brauch ist. Damals war ich noch zu jung, aber meine Eltern waren bei der Krönung anwesend.«

Am Ende der Thames Street ragte düster der Tower empor. Richard hielt sein Pferd an und erzählte: »Mein Vater mußte im Beauchamp-Turm einsitzen, als der alte König Heinrich nicht gut auf ihn zu sprechen war.«

»Er überlebte und konnte diese Geschichte erzählen?« fragte Keely überrascht. Sogar zu den hinterwäldlerischen Walisern waren die Schauergeschichten von Englands Königen und ihrem schreckenerregenden Tower gedrungen.

Richard schmunzelte über ihre Unwissenheit. »Schatz, der Tower ist weder ein Verlies noch eine Folterkammer. Es ist sogar außerordentlich einfach, dort zu entkommen, sofern man das Geld besitzt, die Wachen zu bestechen, oder den Mut, in die Themse zu springen.«

»Dein Vater entkam?«

Richard schüttelte den Kopf. »Mein Vater spazierte zum Tor hinaus, als Heinrichs Wut verraucht war.«

»Weshalb saß er denn dort ein?«

»Er hatte meine Mutter ohne die Erlaubnis des Königs geheiratet.«

Als sie durch die großen Tore in den Schloßhof ritten, lief Keely ein eiskalter Schauer über den Rücken. »Auf diesem Schloß lastet ein Fluch«, erklärte sie. »Wilhelm der Eroberer mischte Drachenblut in den Mörtel.«

Richard warf ihr einen belustigten Blick zu. »Es gibt keine Drachen, höchstens in der lebhaften Phantasie von deinesgleichen, Schatz.«

Darauf stieg er ab und half Keely aus dem Sattel, die nicht von seiner Seite wich. Sie fühlte sich hier bedrückt und unwohl.

Was der Graf auch gesagt haben mochte, in ihrem tiefsten Innern wußte Keely, daß in dem verfluchten Schloß arme Seelen umherirrten, verdammt in alle Ewigkeit. Wer von diesen englischen Christen besaß das Wissen und den Mut, diesen armen, verlorenen Seelen zu helfen, den Weg auf die andere Seite zu finden?

Zwei scharlachrot gekleidete Gardesoldaten stürzten auf sie zu und kümmerten sich um ihre Pferde. Richard warf jedem von ihnen eine Münze zu. »Wir wohnen der Messe in der Kapelle bei«, erklärte er ihnen. »Wir brauchen keine Eskorte.«

Ein unheimliches Knurren zerriß die Luft. Voller Angst warf Keely sich dem Grafen in die Arme. »Hier spukt es!«

Richard schmunzelte, nahm sie jedoch fürsorglich in die Arme. Die Wachsoldaten grinsten einander zu.

»Das sind die Löwen in der Menagerie der Königin«, erklärte Richard. »Wir kommen dort vorbei, wenn wir wieder gehen.«

Er griff nach Keelys Hand und führte sie den Weg zum Offiziersquartier hinunter. »Wir gehen da durch.« Er deutete auf eine Tür.

Keely hörte ihn nicht. Ihre ganze Aufmerksamkeit galt einem Tor etwas weiter unten. »Was ist das für ein Eingang?« flüsterte sie.

»Es heißt ›Verrätertor‹.«

Keely erschauerte. Ein düstere Wolke der Verzweiflung überwältigte sie, lähmte ihre Sinne, und sie setzte sich gegen den sanften Druck des Grafen zur Wehr. »Ich kann die Hoffnungslosigkeit dieses Ortes nicht ertragen. Bring mich fort von hier.«

»Schatz, nur Verräter müssen den Tower fürchten«, versicherte ihr Richard lächelnd. Offensichtlich war der Ruf des Towers bis nach Wales gedrungen. »Das ist eine Burg, nicht mehr und nicht weniger.«

»Jeder Ort besitzt einen bestimmten Geist«, beharrte Keely. »Ich bin empfindlicher als du und höre die schrecklichen Schreie dieser Seelen, die für alle Ewigkeit in diesen Steinmauern gefangen sind. Die beschränkten Engländer sehen nicht über den eigenen Horizont hinaus.«

»Tot ist tot«, entgegnete Richard gereizt. »Wer im Grab liegt, kann nicht mehr zu uns reden.«

»Wie sehr Ihr Euch da täuscht, Mylord.«

»Werden die Waliser von der Vernunft unzugänglicher Furcht regiert?«

»Mir ist nicht *wohl*«, verbesserte ihn Keely. »Zeigt mir den Weg, vielleicht kann ich ein paar dieser armen verirrten Seelen den Weg in das Große Abenteuer weisen.«

»Fang jetzt bloß nicht mit deinen heidnischen Beschwörungen an«, schärfte Richard ihr ein, als sie am Offiziersquartier vorbei auf den grasbewachsenen Innenhof traten. »Das hier ist die Towerwiese«, erklärte er ihr daraufhin. »Das Gebäude da vorne ist die Kapelle St. Peter ad Vincula. Der königliche Kaplan feiert dort täglich um elf Uhr eine heilige Messe.«

Auf der Towerwiese herrschte eine unheimliche Ruhe. Es schien, als hielten die grauen Steinmauern, die sie umgaben, die Stille gefangen. Ein kühler Hauch lag in der Luft.

Keely hatte das Gefühl, eine andere Welt zu betreten. Die lauten Massen, die sich im engen Londoner Gassengewirr drängten, schienen Millionen Meilen entfernt zu sein. Ihr schauderte, die feinen ebenholzschwarzen Härchen in ihrem Nacken stellten sich auf. Als sie sich umblickte, sah Keely eine dunkelhaarige Frau, die vor den Fenstern des Offiziersquartiers auf und ab ging.

»Wer ist das?« flüsterte sie und sah zu ihrem Verlobten hoch.

Richard blickte über die Schulter, sah aber niemanden. »Von wem sprichst du?«

»Dort drüben ...« Keely warf einen Blick über ihre Schulter. Die Frau war im Gebäude verschwunden. »Ach, vergiß es.«

Als sie über den gepflasterten Hof gingen, überlegte Richard, ob er Keely seine düstere Geschichte erzählen sollte, entschied sich dann aber dagegen. Seine Verlobte schien ihren Ausflug nicht sonderlich zu genießen, und er begann bereits zu bereuen, sie hierher gebracht zu haben.

König Heinrich VII. hatte die Kapelle im frühen Tudorstil errichten lassen. Der Boden war mit Steinplatten belegt, und die Kirchenstühle waren aus poliertem Holz. Durch die hohen Fenster fiel das Sonnenlicht in den Altarraum und brachte den Messingschmuck zum Glänzen. Die Decke über ihren Köpfen bestand aus wertvollem Edelkastanienholz.

Vom Turm schlug es elf Uhr. Keely fuhr zusammen und blickte sich erschrocken um.

»Ganz ruhig, Schatz. Du brauchst keine Angst zu haben«, flüsterte Richard. Was in Gottes Namen brachte sie so aus der Fassung? fragte er sich. Seit sie durch das Mitteltor geritten waren, war Keely so aufgeregt wie ein junger Soldat bei seiner ersten Schlacht. Ob ihr Unwohlsein etwas mit ihren merkwürdigen religiösen Überzeugungen zu tun hatte? Richard hoffte inständig, dies möge nicht so sein. Königin Elisabeth verlangte, daß ihre Edelleute sie zur heiligen Messe begleiteten. Er konnte für seine Frau ein- oder zweimal Entschuldigungen erfinden, aber Tag für Tag war das schlicht undenkbar.

Als die Glockenschläge verhallt waren, schwebte der Kaplan herein. Prächtig gewandet in die Soutane eines königlichen Kaplans, nickte er Richard und Keely zu, den einzigen Kirchgängern an diesem Morgen.

Die Frühmesse begann. Je länger sie dauerte, um so aufgeregter wurde Keely. Jede Sehne, jeder Nerv war zum Zerreißen gespannt. Eine tiefe Traurigkeit ergriff sie. Tausend Seelen schienen sie anzuflehen, ihnen zu helfen. Spürte der Graf denn gar nichts von all dem Unglück, das in der Luft lag? Und der Kaplan? War sie die einzige, die für die Schrecken der Vergangenheit empfänglich war?

Keely saß regungslos neben Richard, doch das Blut pochte ihr in den Adern. Ihre Nerven waren bis zum letzten angespannt, Schweißperlen standen ihr auf der Oberlippe. Sie schnappte nur noch nach Luft. Schlagartig sprang sie hoch. Sie versuchte, an Richard vorbei ins Freie zu gelangen, doch er packte sie am Arm und hielt sie zurück.

»Laß mich gehen!« schrie Keely.

Der Kaplan drehte sich um. Verdutzt sah er, wie eine rasende Edeldame versuchte, dem Grafen von Basildon zu entkommen.

Mit der Kraft der Verzweiflung schob sie Richard zur Seite und rannte an ihm vorbei aus dem Kirchenstuhl, flog den

Mittelgang hinunter und zur Tür hinaus, um draußen im kühlen, feuchten Gras auf die Knie zu sinken. Den Kopf gebeugt, saugte Keely die belebende Luft förmlich in sich ein.

»Liebling, bist du krank?« fragte Richard, der sich neben sie kniete.

Keely blickte auf und sah, wie besorgt er um sie war. Sie schüttelte den Kopf.

Er half ihr auf die Beine und zog sie in seine Arme. »Du hättest mir sagen sollen, daß du dich nicht wohl fühlst.«

Keely lehnte sich an seine kräftige, warme Brust. Der ruhige, regelmäßige Schlag seines Herzens half, ihre Aufregung legte sich. Ihr Blick schweifte zur Kapelle und anschließend zum gepflasterten Richtplatz. Schließlich waren ihre veilchenblauen Augen auf ihn gerichtet, und sie sagte in einem Ton, der ihr ganzes Elend enthielt: »Das ist der traurigste Platz der Welt.«

»Was meinst du damit?« fragte Richard und streichelte ihr sanft über den Rücken. »Ich wohne der Messe in der Kapelle jedesmal bei, wenn ich hier bin. Es lag nie in meiner Absicht, dich zu beunruhigen.«

». . . ermordete Königinnen liegen unter dem Pflaster der Kapelle begraben«, antwortete Keely mit bebender Stimme. Sie drehte sich in seinen Armen und deutete auf einen etwas weiter entfernten Turm der Festung. »Und dort drüben . . .«

»Das ist der Wakefield-Turm.«

»Unter dem liegen zwei ermordete Prinzen«, erklärte ihm Keely.

»Woher willst du das wissen? Niemand weiß, wo die Söhne Edward Plantagenets begraben wurden. Ihr Onkel ordnete ihre Hinrichtung an.«

Keely starrte den Turm an. »Du irrst dich. Der Tudorsche Thronräuber war es, der ihre . . .«

Blitzschnell legte ihr Richard die Hand auf den Mund, um sie am Sprechen zu hindern. Keely sah in seine Augen und entdeckte die Angst, die er mit Zorn zu überdecken suchte.

»Richard Plantagenet befahl die Hinrichtung der Prinzen«, erklärte der Graf in einem Ton, der keinen Widerspruch duldete. »Sag nie etwas anderes. Das Verschwinden der Prinzen liegt beinahe hundert Jahre zurück. Alte Streitfragen auszugraben hat keinen Sinn. Verstehst du?«

Keely nickte. Die Ermordung der beiden kleinen Prinzen war Königsmord der schrecklichsten Art. Die Enkeltochter des Tudorschen Thronräubers saß nun auf Englands Thron. Den Begründer dieser Dynastie des Mordes an unschuldigen Kindern zu bezichtigen, würde nicht gut ankommen.

Richard und Keely gingen zurück über die Towerwiese. Je weiter sie sich von der Kapelle entfernten, um so ruhiger wurde Keely. Sie hatten wieder das Offiziersquartier erreicht.

»Basildon!« rief eine Stimme.

Richard drehte sich um und begrüßte lächelnd einen Mann mittleren Alters, der über die Wiese auf sie zukam. »William Kingston, der Wachmann des Towers«, stellte er ihn Keely vor. »Ich bin gleich wieder da«, rief Richard und ging seinem Bekannten entgegen.

Keely wollte so schnell wie möglich diesen Ort verlassen und wollte gerade weitergehen, hielt aber abrupt inne. Da stand die Frau von vorhin, nur ein paar Schritte von ihr entfernt.

Sie war aufsehenerregend angezogen. Über einem leuchtend roten Kleid trug sie einen schwarzen Samtumhang. Das ebenholzschwarze Haar trug sie geflochten in einem perlenbesetzten Haarnetz. Obwohl sie wirklich königliche Gewänder trug, wirkten diese etwas altmodisch.

Keely wußte nicht warum, aber sie hatte das Bedürfnis, die Dame mit einem Hofknicks zu begrüßen. »Guten Tag, Mylady«, erklärte sie.

»Was macht Ihr hier?« fragte die Frau Keely. Sie hatte schwarze Augen und einen lebhaften Gesichtsausdruck.

»Ich besuchte mit meinem Verlobten die Kapelle.«

Die Frau blickte zur Wiese und meinte: »Er hat rotes Haar wie mein Gatte. Ich muß dringend mit meinem Gatten sprechen. Es ist von größter Wichtigkeit. Habt Ihr ihn gesehen?«

»Ich kenne Euren Gatten nicht«, antwortete Keely, »doch

mein Verlobter kennt viele Menschen hier. Wie heißt Euer Gatte?«

»Heinrich«, antwortete die Frau belustigt und fügte hinzu: »Kind, hüte dich vor dem verräterischen dunklen Schmied.«

Keely erstarrte. Mit offenem Mund stand sie da, vollkommen sprachlos ob dieser Warnung — es waren beinahe dieselben Worte, mit denen Megan sie auf ihrem Totenbett gewarnt hatte.

»*Keely*!«

Keely wirbelte herum. Amüsiert kamen Richard und der Wachmann auf sie zu.

»Hast du gebetet oder nur Selbstgespräche geführt?« neckte Richard sie.

»Weder noch. Ich habe mich mit der Dame hier unterhalten«, antwortete Keely. Sie wandte sich an den Wachmann. »Bitte, Sir, könnt Ihr ihren Ehemann Heinrich holen?«

Sowohl Richard als auch der Wachmann blickten mit einemmal ernst drein. »Schatz, du stehst ganz allein hier«, machte der Graf sie aufmerksam.

Keely wandte sich um. »Noch vor einem Augenblick war sie da. Ihr müßt doch Heinrichs Gattin kennen. Habt ihr nicht gesehen, wie sie mit mir sprach?«

»Trug die Dame Schwarz und Rot?« fragte der Wachmann Keely und bekreuzigte sich.

Keely nickte. Sie war erleichtert, daß der Mann die Dame kannte.

Der Wachmann warf dem Grafen einen unsicheren Blick zu. »Das war der Geist von Königin Anna.«

Richard prustete laut los und klopfte dem Mann auf die Schulter. »Gebt auf, Kingston. Es gibt keine Geister.«

»Mein Vater war in jenen tragischen Zeiten Wachmann im Tower«, erklärte Kingston. »Die Königin verbrachte ihre letzten Tage im Offiziersquartier. Viele haben sie hier vor dieser Fensterfront auf und ab wandeln sehen, aber sie hat noch nie gesprochen.«

»Ihre Seele ist zwischen zwei Welten gefangen«, zog Keely ihre Aufmerksamkeit auf sich. »Falls ich vielleicht ...« Sie sprach den Satz nicht zu Ende, als sie das Stirnrunzeln des Grafen sah.

»Ich denke, wir sparen uns die Menagerie für ein andermal auf«, meinte Richard, packte Keely am Arm und führte sie zum Tor.

Als sie auf der Rückseite des Offiziersquartiers herauskamen, führte er sie den Weg zum Mitteltower hinunter. »Erwähne niemals, was hier heute geschehen ist«, befahl er ihr. »Elisabeth wird dir für deine unaufgefordert vorgetragene Ansichten nicht danken.«

»Wie starb die Königin?« fragte Keely.

Richard hielt inne und sah sie an. Seine Smaragdaugen spiegelten seine Überraschung wider. »Das weißt du nicht?«

Keely schüttelte den Kopf.

»Königin Elisabeths Vater, König Heinrich, ließ ihre Mutter auf der Towerwiese enthaupten.«

»Warum?«

»Weil sie ihm keinen Sohn geboren hat.«

Keely warf einen Blick zurück auf das Offiziersquartier. Sie nagte an ihrer Unterlippe und sah den Grafen mit ihren veilchenblauen Augen bittend an. »Kann ich sie nicht zum Großen Abenteuer führen?«

»Bist du verrückt?« schrie Richard und schüttelte sie.

»Aber sie wird niemals Frieden finden, außer ...«

»*Nein*!«

»Na gut«, gab Keely nach. »Dann bitte ich Megan darum.«

Richard schloß die Augen vor ihrer unerträglichen Dummheit und fragte sich, warum er eigentlich noch immer so versessen darauf war, sie zu heiraten. Sicher, Keely brauchte seinen Schutz und seine Führung, aber es schien, dieser bekloppte Waliser Trottel war emsig darum bemüht, die Familien Devereux und Talbot aufs Schafott zu bringen.

»Schatz, deine Mutter ist tot«, erinnerte er sie mit täuschend ruhiger Stimme.

»Megan versprach, an Samhuinn zurückzukehren«, erklärte ihm Keely. »Dann werde ich sie darum bitten.«

»Lieber Gott!« explodierte Richard und zog die neugierigen Blicke der Wachsoldaten auf sich. Mit gesenkter Stimme erklärte er ihr: »Die Toten können nicht zurückkommen in diese Welt, um uns zu besuchen.«

Keely wollte ihm gerade widersprechen, aber Richard fügte hinzu: »Sag jetzt bitte nichts darauf. Ganz im Gegenteil, halt den Mund, bis wir wieder Talbot House erreicht haben.«

Während des langen Rittes zurück durch London und den Strand entlang kochte Keely stumm vor Wut. Sie wollte am liebsten ihre Verlobung lösen. Wie sollte sie den Rest ihres Lebens im Schatten eines mißbilligenden Gatten verbringen? Als Druidin hatte sie gelernt, solche Dinge auf sich beruhen zu lassen. Doch das englische Blut, das in ihren Adern floß, drängte sie, dem Grafen den unerträglichen Hochmut aus seinem hübschen Gesicht zu prügeln.

Als sie am Hof der Talbotschen Residenz angelangt waren, stieg Richard von seinem Pferd und wollte Keely aus dem Sattel helfen. Aber sie war zu schnell für ihn. Sie sprang von Merlin und rief wütend: »Ich habe mich blendend amüsiert! Danke für den herrlichen Ausflug!«

Richard schmunzelte und zog sie ihn seine Arme. »Gern geschehen, Schatz.« Seine Stimme war eine einzige Liebkosung.

Keely sank gegen seine Brust. Er war so zärtlich, ihre Wut war wie weggefegt. Schließlich war es nicht seine Schuld, daß er so gar keine Ahnung vom Leben nach dem Tod hatte. Er war dazu erzogen worden, im Hier und Jetzt zu leben, ohne einen ernsthaften Gedanken an das Jenseits zu verschwenden.

»Warum bestehst du darauf, mich zu heiraten?« fragte ihn Keely. »Ich bin so anders als die Damen am Hofe, die du kennst. Und nicht im geringsten bereit, mich zu ändern.«

»Du bist die einzige Frau, die jemals meine Eifersucht weckte«, antwortete Richard. »Und es ist sehr unbefriedigend, einen Baum herausfordern zu wollen.«

Keely kicherte. »Tu doch so, als seist du eine edle Eiche.«

»Wie geht das?«

Keely nahm seine Arme und hob sie hoch in die Luft. »Achte auf deine Äste.«

Richard zog eine Augenbraue in die Höhe. »Was soll ich jetzt tun?« fragte er.

»Nichts.« Keely trat dicht an ihn heran und drückte sich an ihn. Sie legte die Arme um seinen Körper, stellte sich auf die Zehenspitzen und küßte ihn zart auf den Mund. Bevor er sie fest an seinen männlichen Körper pressen konnte, drehte Keely sich um und verschwand im Haus.

Deine Mädchenzeit ist in weniger als einem Monat vorbei, dachte Richard, als er ihr hinterher blickte. Genieße deine neckischen Spiele, so lange du kannst . . .

Zehntes Kapitel

»Hebt mich hoch, Cousins.«

»Weißt du, Kleines, auf den Baum des Grafen zu klettern, ist keine so gute Idee«, sagte Odo.

»Er könnte uns vom Fenster aus beobachten«, warnte Hew sie und blickte über seine Schulter.

»Wir brauchen diese Zweige für die Feier heute«, beharrte Keely. Sie wandte sich an ihren Bruder. »Nachdem sich meine feigen Cousins weigern, mir zu helfen, machst du es? Dir jagt doch die Vorstellung, der Graf könne uns hierbei ertappen, keinen solchen Schrecken ein?«

»Ein Marquis steht rangmäßig höher als ein einfacher Graf«, warf Henry sich in die Brust.

Er machte mit seinen Händen eine Leiter für Keely.

»Du hast gewonnen, Kleines«, gab Odo nach und trat vor den Jungen. »Ich heb dich hoch.«

»Ich tu es«, bestand Hew und versuchte, ihn beiseite zu drängen.

»Ich bin stärker«, beharrte Odo und versetzte seinem Bruder einen Klaps auf den Hinterkopf.

»Bist du nicht«, widersprach Hew.

»Bin ...«

»*Nicht!*«

Während die Lloyd-Brüder darüber stritten, wer von ihnen Keely auf den Baum heben darf, machte Henry mit seinen Händen eine Leiter und bückte sich. Keely setzte einen zierlichen Fuß in die Hände ihres Bruders und bekam den niedrigsten Ast der Eibe zu fassen. Mit einem spitzbübischen Lächeln faßte ihr Henry mit beiden Händen an die Hinterbacken und gab ihr einen Schubs.

»Netter Hintern«, bemerkte er. »Ich kann unter deinen Rock sehen.«

»Englisches Schwein«, rief Keely und kletterte auf den dicksten Ast, um sich hinzusetzen.

Odo und Hew versetzten dem jungen Marquis von Ludlow einen Klaps auf den Hinterkopf.

Keely machte es sich auf dem Ast so bequem wie möglich und zog aus der Ledertasche, die sie um den Hals trug, die goldene Sichel. Leise betend, wie ihre Mutter es sie gelehrt hatte, schnitt sie mit der Sichel liebevoll Zweiglein von der Eibe. Jeden davon küßte sie, bevor sie ihn zu den drei unten wartenden Händepaaren hinunterwarf.

Sie blickte hoch in den Himmel und seufzte zufrieden. Die große Muttergöttin lächelte auf sie und ihre Feiertagsunternehmung herab und verhieß ihnen einen vollkommenen Abend für die Samhuinnfeier. Die Morgennebel waren unter der strahlenden Morgensonne bereits verflogen, und die Herbstluft war frisch. Dieser Tag zeichnete sich durch einen selten klaren Himmel aus, eine blaue Decke für Mutter Erde, die nur eine gelegentliche Wolke störte.

»Henry, jeder, der heute beim Freudenfeuer dabei ist, erhält ein Eibenzweiglein«, wies Keely Henry an, vollkommen vertieft in ihre Aufgabe. »Samhuinn ist das Fest unserer Ahnen, und die Eibe symbolisiert Tod und Wiedergeburt. Diese Eibenzweige hier stehen für unsere Fähigkeit, mit unseren Verstorbenen in Verbindung zu treten. Versteht ihr?«

Allgemeines Schweigen.

»Henry, verstehst du?«

»Ich verstehe, daß du dazu neigst, dich auf meinem Besitz herumzutreiben.« Das war die Stimme des Grafen.

Keely blickte nach unten, und ihre Lippen bildeten ein perfektes O. Bei den heiligen Steinen! Der Graf wirkte ganz und gar nicht glücklich. Wie sie so auf ihren Verlobten hinuntersah, erkannte sie, daß der Herzog vollkommen recht gehabt hatte. Mit diesem verkniffenen Gesichtsausdruck sah der Graf tatsächlich aus wie ein Mann, dem man einen Spieß in den Allerwertesten ... Keely beschloß, so zu tun, als sei alles ganz alltäglich.

»Guten Morgen, Mylord«, rief sie und überspielte das flaue Gefühl in ihrer Magengrube mit aufgesetzter Fröhlichkeit. »Ich *besuche* Euren Garten und treibe mich nicht hier herum. Dazwischen liegt eine ganze Welt, *Schatz*.«

Richard schnaubte ob dieser Lüge. Seine Smaragdaugen glitten von seiner ungehorsamen Verlobten zu ihren Cousins. »Ich glaube, ich habe May und June eben in der Küche streiten gehört. Ihr habt meine Erlaubnis, sie dort aufzusuchen.«

Die zwei Waliser blickten unsicher zu ihrer Herrin hoch. »Brauchst du uns auch nicht?« rief Odo zu ihr hinauf.

»Erwartet ihr, daß ich sie verprügle, weil sie auf meine Bäume klettert?« fuhr Richard ihn barsch an.

Einerseits wollten sie dem Zorn des Engländers entkommen, aber sie überließen ungern ihre Cousine seiner Gnade. Odos und Hews Augen wanderten zwischen Keely und dem Grafen hin und her. Als sie nickte und ihre Erlaubnis gab, eilten die beiden walisischen Hünen so schnell sie konnten von dannen.

Darauf wandte sich Richard mit dem finstersten Blick, dessen er fähig war, dem Marquis zu, der rangmäßig über ihm stand. Henry hatte keine Skrupel, seine Schwester der Gnade des Grafen zu überlassen. Ohne ein Wort zu sagen, sammelte der Junge die Eibenzweige auf und machte sich auf den Weg zur Talbotschen Residenz.

Als der Graf seine Smaragdaugen auf seine Verlobte richtete, besaß Keely die Kühnheit, ihn verärgert zu fragen: »Warum verschreckst du andere? Angst ist so eine zerstörerische Kraft.«

»Komm jetzt bitte da runter«, befahl Richard ihr.

Keely steckte die goldene Sichel wieder in ihre Tasche und sprang ihm vor die Füße. Ohne groß nachzudenken, fing Richard sie auf. Obwohl sie sicher gelandet war, warf Keely ihm die Arme um den Hals. Unter ihren dichten Wimpern hervor versuchte sie ihm einen möglichst verführerischen Blick zuzuwerfen.

»Du hast versprochen, deine heidnischen Ansichten nicht mehr in aller Öffentlichkeit zu zeigen«, erinnerte Richard sie und versuchte gleichzeitig, sich gegen die körperlichen Gefühle zu wappnen, die sie in ihm weckte.

»Ich habe nur Vorbereitungen für das heutige Fest getroffen«, antwortete Keely. Sie atmete seinen sauberen, maskulinen Geruch ein und flüsterte: »Mmmm. Du riechst zum Anbeißen.«

Richard konnte nicht verhindern, daß sich seine Lippen widerwillig zu einem Lächeln kräuselten. Er hielt sie in den Armen, in seinen Händen fühlte er durch den dünnen Stoff ihres Rockes ihre Hinterbacken. Er drückte sie gegen seine harte Männlichkeit, die sie mit ihren Worten provoziert hatte.

Während Richard ihren Nacken liebkoste, flüsterte er ihr ins Ohr: »Ich sah, wie sich deine Lippen bewegten, Schatz. Du hast gebetet, nicht irgend etwas vorbereitet.«

»Du betest Gold an«, warf Keely ihm vor.

»Ich bete *Gott* an«, verbesserte er sie. »Gold *häufe* ich an.«

Keely schmiegte sich an seine Brust und fühlte, wie sein Herz regelmäßig schlug. Ohne zu ihm aufzusehen, warnte sie ihn: »So wie meine Mutter den goldenen Faden des Wissens an mich weitergab, so werde ich diesen goldenen Faden an meine Kinder weitergeben. Willst du mich nun immer noch heiraten?«

Mit einer Fingerspitze hob Richard sanft ihr Kinn und blickte in die unglaublichsten veilchenblauen Augen, die er je gesehen hatte. »Versuchst du, mich davon abzubringen?«

Keely schüttelte den Kopf. »Ich versuche nur, dir klarzumachen, daß ich stets der Wahrheit treu sein werde. In meiner Welt gibt es Harmonie und Schönheit. Der Ruf des Eichelhähers, das Gurren der Trauertaube und der Schrei der Eule klingen wie Musik in meinen Ohren. Dieses irdische Leben ist zu kurz, um es damit zu vergeuden, mit einem Mann zu streiten, der sich weigert zu sehen, was vor seiner Nase sitzt.« Sie deutete auf die drei heiligen Bäume und fuhr fort: »Das hier ist der heiligste Platz. Die Birke steht für die Geburt, die Eibe symbolisiert den Tod und die Ewigkeit und die mächtige Eiche öffnet das Tor zu anderen Reichen.«

»Versuchst du, mich von deinem Glauben zu überzeugen?« fragte Richard und hob eine Augenbraue.

»Das würde ich nie tun«, versicherte ihm Keely. »Du bist viel zu abergläubisch, um an etwas anderes als Gold zu glauben.«

»Danke«, entgegnete er trocken.
»Allerdings geht mir dein Mißtrauen auf die Nerven«, fügte sie hinzu.
Richard traute seine Ohren nicht. Wie hatte sie es bloß geschafft, ihn in die Defensive zu drängen? Gegen die Unvernunft zu argumentieren, war tatsächlich eine vergebliche Übung. Er bot ihr einen Waffenstillstand an: »Wenn ich lerne, mit deinen Beschwörungen zu leben, wirst du dich dann an meine Skepsis gewöhnen?«
Keely lächelte vieldeutig. »Vielleicht.«
»Erweist du mir einen Gefallen?«
»Wenn es in meiner Macht steht.«
»Meine Mutter und mein Onkel Hal — mein Stiefvater — kamen letzte Nacht aus Essex an«, begann Richard, zögerte dann jedoch aus Angst, sie zu verletzen.
»Und?«
»Könntest du dich zivilisiert benehmen?«
Keely hob eine ebenholzschwarze Augenbraue, genauso, wie er die seine in die Höhe zu ziehen pflegte. »Ich *bin* zivilisiert.«
Richard grinste entschuldigend. »Du weißt, was ich meine.«
»Ich werde über deine Bitte nachdenken, wenn du heute bei meiner Samhuinnfeier mitmachst.«
»Ich würde die Samhuinnfeier um alles Gold in London nicht versäumen wollen«, antwortete er und berührte zum Scherz ihre Nasenspitze.
Zufrieden lächelte Keely zu ihm hoch, um dann unvermittelt zu fragen: »Darf ich sie berühren?«
Was, zum Teufel, wollte sie? fragte Richard sich, während er feuerrot anlief und seine Männlichkeit sich zur Stelle meldete. Mit belegter Stimme fragte er: »Worauf beziehst du dich, Schatz?«
»Die Flammenkrone auf deinem Kopf.«
»Fühle dich eingeladen.«
Keely langte nach oben, und strich, zuerst zaghaft, mit ihren Fingern durch sein Haar. »Es fühlt sich kühl und seidig an«, staunte sie. »Ich dachte, es wäre heiß.«

»Wie wäre es mit einem Samhuinnkuß, Schatz?« fragte Richard sie.

»Heute, wenn wir um das Freudenfeuer tanzen«, versprach Keely und trat einen Schritt zurück. »Samhuinn beginnt bei Sonnenuntergang. Da werde ich dich küssen.« Sie wollte weglaufen, doch seine Stimme hielt sie zurück.

»Du wirst meine Eltern beim Mittagessen treffen«, sagte Richard. »Denke *zivilisiert*.«

Keely lächelte bezaubernd und machte einen Hofknicks. »Schaut her, Mylord. Ihr seht vor Euch eine gezierte englische Maid.« Keely strafte ihre Worte Lügen, als sie mit gerafftem Rock über den Rasen zum Talbot House rannte.

Drei Stunden später stand Keely vor dem Pfeilerspiegel im herzoglichen Schlafgemach und musterte sich kritisch. Sie trug ein dunkelgrünes Samtkleid mit einem enganliegenden Mieder, einem geraden Dekolleté und langen, fließenden Ärmeln. Vorne hatte das Kleid einen Schlitz, um den Blick auf den elfenbeinfarbenen Unterrock freizugeben. An den Füßen trug Keely passende Satinpantöffelchen. Ihr ebenholzschwarzes Haar, das ihr bis an die Hüfte reichte, trug sie nach Art der Heiden offen, und auf ihrem Dekolleté glitzerte der juwelenbesetzte Drachenanhänger.

Das bevorstehende Treffen mit den Eltern des Grafen ging Keely nicht aus dem Sinn. Ihre Nerven waren zum Zerreißen gespannt. Was hielt die Gräfin davon, daß ihr einziger Sohn einen herzoglichen Bastard vor den Altar führen wollte? Und noch dazu eine Waliserin?

Der Graf war ihr gegenüber freundlich gewesen, sie wollte sich mit allen Kräften bemühen, um ihn stolz zu machen. Doch insgeheim zweifelte sie, ob sie sich überhaupt wie eine richtige englische Lady benehmen konnte. Es würde schwierig werden, vorzugeben, etwas zu sein, das sie nicht war. Außerdem, wie lange würde sie diese Rolle spielen müssen? Ein ganzes Leben lang? Oder nur bis zu ihrer Heirat?

An ihrer Unterlippe kauend, betrachtete Keely ihren Verlobungsring. Der Anblick der wertvollen Juwelen, die in ihrer Goldfassung blitzten und funkelten, gab ihr Kraft. Der Graf glaubte an sie, sie durfte ihn nicht enttäuschen.

Keely trat ans Fenster und blickte in den tiefblauen Himmel. Sie freute sich auf den heutigen Abend. Das magische Samhuinnfest war ihr liebstes Fest im Jahreskreis, und dieses Jahr war es besonders wichtig für sie.

Die Sonne stand hoch am klaren blauen Himmel. Keely wußte, daß sich unten im großen Saal bereits die Talbots und Devereuxs zum Mittagessen versammelten, doch sie ließ sich noch etwas Zeit.

Sie legte die Hand an das kühle Glas der Fensterscheibe und flüsterte: »Bald, Mutter. Heute abend werden wir wieder zusammensein.«

Als sie sich wieder umwandte, trug sie die Schultern gerade. Entschlossen verließ sie das Zimmer. Und wenn es sie umbrachte, Keely wollte ihre vornehmen Schwiegereltern für sich einnehmen. Sie hoffte inständig, die Gräfin möge so wenig Aufhebens um ihre schändliche Geburt machen wie ihr Sohn.

Als Keely in den großen Saal trat, zögerte sie. Die zwei Familien hatte sich bereits vor dem Kamin versammelt, das hieß, sie kam schon wieder zu spät. Ihre hinterhältige Schwester solle die Blattern kriegen, wünschte sich Keely, falls sie sie in Anwesenheit der Devereuxs wieder mit Gemeinheiten zu überschütten gedachte.

Herzog Robert und ein Mann mittleren Alters mit ergrauten Schläfen hatten es sich in den Sesseln vor dem Kamin bequem gemacht. Die Gräfin von Cheshire und eine zierliche rothaarige Frau standen mit dem Rücken zu ihr und lauschten der Unterhaltung ihrer Männer. Der junge Henry schien sich unter den Erwachsenen zu langweilen. Morgana und Baron Smythe standen etwas abseits und unterhielten sich angeregt. Mit dem Baron hatte sie nicht gerechnet. Als sie ihn so unerwartet sah, lief es ihr wieder kalt den Rücken hinunter. Dann fiel Keelys Blick auf den Grafen, der den Eingang nicht aus den Augen gelassen zu haben schien, als habe er sie herbeizaubern wollen.

Richards Lächeln war entwaffnend, sein schmelzender Blick wärmte den ganzen Saal, als er ihr lässigen Schrittes entgegenkam. Wie eine wunderschöne Blume von den Sonnenstrahlen angezogen wird, so fühlte sich Keely zu ihm hingezogen. Sie trafen sich in der Mitte des riesigen Saales.

»Guten Tag, Mylord«, begrüßte ihn Keely.

Richard küßte ihr die Hand. »Du siehst himmlisch aus, Keely.«

»Sehe ich auch zivilisiert aus?« fragte sie und lächelte spitzbübisch.

Der Graf lachte und zog die Blicke der Anwesenden auf sie. Bewußt darüber, daß sie im Zentrum der Aufmerksamkeit standen, begleitete Richard sie das letzte Stück bis zum Kamin.

»Mutter, Onkel Hal, darf ich Euch Lady Keely vorstellen«, kam Richard seiner Pflicht nach. »Schatz, ich darf dir die Gräfin von Basildon und Sir Henry Bagenal vorstellen.«

Keely überwand ihre Nervosität, machte einen Hofknicks und schenkte ihnen ihr freundlichstes Lächeln. »Ich fühle mich geehrt, Eure Bekanntschaft zu machen«, sagte sie. Ihr veilchenblauer Blick blieb an dem Haar der Gräfin hängen. »Mylady, Eure Flammenkrone gleicht der Eures Sohnes«, fügte sie hinzu.

Richard fuhr herum und runzelte die Stirn. Falls die heidnische Hexe nun mit ihrem Unsinn anfing, würde er ihr mit größtem Vergnügen die Ohren langziehen.

Richards Mutter lächelte. »Doch anders als bei meinem Sohn durchziehen Silbersträhnen aus Schnee die Flammen meiner Krone.«

In diesem Augenblick wußte Keely, daß sie die Mutter des Grafen mochte. Die Gräfin schien freundlich zu sein und, wichtiger noch, kein Aufhebens um gesellschaftliche Fauxpas zu machen.

»Nennt mich Louise«, sagte die Gräfin.

»Und mich Onkel Hal«, fügte Sir Bagenal hinzu.

»Ich kann gar nicht sagen, wie zufrieden ich mit der Wahl Richards bin«, erklärte Louise Devereux.

»Und ich kann nicht sagen, wie zufrieden ich bin, was die Eltern des Grafen angeht«, gab Keely das Kompliment zurück. *Was jetzt?* fragte sie sich und betrachtete ausgiebig ihre Satinschuhe. Worüber sollte eine Braut mit ihrer zukünftigen Schwiegermutter plaudern? Welches Thema war sicher? Redete sie zuviel, hieß es womöglich, sie sei »unzivilisiert«.

Herzog Robert eilte zu ihrer Rettung. Er erhob sich aus seinem Sessel und sagte mit einem eindeutig erleichterten Grienen: »Und ich bin zufrieden, daß alle anderen so zufrieden sind. Gehen wir zum Essen ins Zimmer nebenan.«

Der Tisch im Familieneßzimmer, das abseits des großen Saals lag, war für neun Personen gedeckt. Herzog Robert und die Gräfin von Cheshire saßen einander an den Kopfenden des langen Tisches gegenüber. Sir Bagenal, die Gräfin Basildon, Baron Smythe und Morgana saßen auf der einen Seite, während Keely zwischen Henry und Richard auf der anderen Seite saß.

Mehrere Diener servierten unter Meades Aufsicht den ersten Gang, Gerstensuppe und Colchester-Miesmuscheln mit Dijonsoße. Ein Diener schenkte Rotwein in ihre Kristallgläser, während ein anderer frischgebackenes Brot und Butter neben ihren Tellern bereitlegte.

»Erzähl uns von der Hochzeit«, forderte die Gräfin Basildon ihren Sohn auf.

»Sie findet in Hampton Court statt«, begann Richard, »und Elisabeth läßt die ganze Feier planen und ausrichten. Darüber hinaus gibt es nichts zu berichten.«

»Keely, zeig der Gräfin deinen Verlobungsring«, meldete sich Henry zu Wort und grinste boshaft seiner Schwester auf der anderen Tischseite zu.

Keely sah zu Richard, und als der ihr zunickte, hob sie die linke Hand, damit die Gräfin den Ring sehen konnte. »Die Juwelen stehen für das Wort *Schatz*«, erklärte sie, unfähig, die zarte Gefühlsregung zu verbergen.

Verlegen blickte Keely zu ihrer Schwester, die unglücklich dreinblickte, worauf sie schnell die Hand in ihrem Schoß verbarg.

»Mein Sohn hat einen vortrefflichen Geschmack, sowohl was Juwelen als auch Frauen angeht«, stellte die Gräfin fest. »Habt Ihr auch diesen ungewöhnlichen Anhänger von Richard geschenkt bekommen?«

Keely schüttelte den Kopf und senkte den Blick. »Seine

Gnaden schenkte ihn meiner Mutter vor meiner Geburt. Sie hat ihn mir vererbt.«

Eine peinliche Stille breitete sich unter den Anwesenden aus, als sie die Förmlichkeit bemerkten, mit der die Tochter von ihrem Vater sprach. Trotz des hohen Ranges des Herzogs erwartete man von seiner Tochter die Anrede ›Papa‹ und nicht ›Euer Gnaden‹.

Beschämt, weil sie die Gefühle ihres Vaters verletzt hatte und wegen ihrer unehelichen Geburt, kaute Keely an ihrer Unterlippe. Ein Bastard und ein undankbarer Fratz — das war sie. Aber wie sollte sie auf einmal das Gefühlstohuwabohu, mit dem sie seit achtzehn Jahren lebte, in den Griff bekommen?

»Es wird die Hochzeit des Jahrzehnts«, bemerkte die Gräfin von Cheshire und steuerte das Gespräch weg von den gefährlichen Klippen.

»Daß die Talbots und die Devereux' endlich verwandt sein werden, freut mich sehr«, sagte Herzog Robert, um seine Worte sofort zu bedauern.

Die Gäste schwiegen betreten, da alle daran dachten, daß der Graf Morgana in Betracht gezogen hatte, bevor er Keely traf. Herzog Robert wetzte die Scharte sofort wieder aus, als er verkündete: »Chessy und ich wollen am Tag nach Richards und Keelys Hochzeit heiraten. Natürlich wird das Fest wesentlich bescheidener ausfallen, da wir schon etwas älter sind und wir beide schon zuvor verheiratet waren.«

»Die Gräfin sogar schon mehrere Male«, flötete Morgana.

Die Gräfin von Cheshire warf der blonden Schönheit einen katzenhaften Blick zu und schärfte ihre Krallen. »Manche Frauen haben an jedem Finger einen Verehrer, während andere bedauernswerte Geschöpfe scheinbar nicht einen finden.«

Ohne diesem gehässigen Wortwechsel weiter Beachtung zu schenken, begannen alle auf einmal zu reden. Die Nachricht von zwei so freudigen Ereignissen schien die Laune aller zu heben, nur Morgana wirkte bedrückt. Die blonde Schönheit kochte innerlich, als sie den Glückwünschen zuhörte, die über den Tisch hinweg ausgetauscht wurden.

Keely bemerkte das betretene Schweigen ihrer Schwester und lenkte das Gespräch auf ein weniger heikles Thema. »Erzählt mir von Essex«, bat sie die Mutter des Grafen. »Der Graf hat mir erst wenig von seiner Heimat berichtet.«

»Dort liegt Schloß Basildon, der Sitz unserer Vorfahren«, erklärte ihr Louise Devereux. »Nach Eurer Hochzeit werdet Ihr dort die Herrin sein. Aber das Haus wird exzellent geführt von unseren Dienstboten.«

»Boudicca, die Soldatenkönigin, stammt aus Essex«, warf Henry ein. »Sie zerstörte mit ihrem Stamm, den Iceni, die römische Siedlung Camulodunum, bevor sie nach London marschierte, das sie ebenfalls dem Erdboden gleichmachte.«

»Ich freue mich zu hören, daß du deine Geschichtsstunden gut genutzt hast«, nickte Herzog Robert seinem Sohn zu.

»Essex besitzt reiche, fruchtbare Böden, auf denen sich Gerste und Weizen im Wind wiegen«, erklärte Richard.

»Es wird im Norden von den üppigen Wiesen und grünen Bäumen entlang des Flusses Stour begrenzt und im Süden von der Ebene von Tilbury«, fügte Onkel Hal hinzu. »Die Mündung der Themse und die Marsch liegen im Osten, ebenso die Inseln Convey, Wallasea, Foulness und Mersea.«

»Dir wird der Wald von Waltham am besten gefallen«, warf Richard lächelnd ein. »Ganze Herden Rot- und Damwild leben dort, und in dem Wald wachsen alle Bäume, die du dir nur vorstellen kannst.«

»Sogar Eichen?« fragte Keely schelmisch.

»Millionen davon«, antwortete er. »Und ich habe vor, dich jeder einzelnen vorzustellen.«

Lady Devereux seufzte über die knospende Liebe, die hier zwischen ihrem einzigen Sohn und dem liebenswürdigen Mädchen neben ihm erblühte. Ihre zukünftige Schwiegertochter entsprach nicht im geringsten ihren Erwartungen — was sie über die Maßen freute. Die oberflächlichen Damen am Tudorhofe waren überhaupt nicht nach ihrem Geschmack. »Richard hat ein Vermögen gemacht mit dem Handel von Essex-Wolle und Colchester-Miesmuscheln«, bemerkte die Gräfin von Basildon und beobachtete, wie das

Mädchen auf die Erwähnung des ungeheuren Reichtums ihres Sohnes reagieren würde.

Keely warf dem Grafen einen strengen Blick zu und meinte: »Ich hoffe, du hast niemanden betrogen.«

»Das würde ich nie tun«, versicherte ihr Richard.

»Was kümmert es dich, wenn der Graf den Bauernpöbel betrügt?« mischte Morgana sich ein. »Das würde doch nur mehr Geld in deiner Tasche bedeuten.«

»Eure Gedanken spiegeln meine«, wandte sich Baron Smythe an die blonde Schönheit. »Ein Mann muß auf die eigene Tasche schauen.«

»Landwirte, Fischer und Kaufleute sind kein Bauernpöbel«, ließ Richard sie wissen. »Eben weil ich sie fair behandle, prügeln sie sich darum, Geschäfte mit mir zu machen. Dadurch kommt noch mehr Geld in meine Tasche als sonst.«

»Das ist gewinnträchtig und ehrenhaft«, lobte Keely den Grafen und sah ihn bewundernd an.

»Warum tust du dir das alles an?« wollte der Baron wissen. »Arbeit ist so plebejisch, und du hast ohnehin mehr als genug Geld.«

»Mylord empfindet einen Tag ehrliche Arbeit als eine Freude an sich«, schoß Keely verärgert über die Kritik des Barons zurück.

Richard schmunzelte und beugte sich zu ihr. »Liebling, ich kann meinen Lebensstil ganz gut selbst verteidigen.«

»Ich würde dich nie verteidigen«, tat Keely unschuldig. »Ich wollte nur erklären, warum du so hart arbeitest, falls der Baron das auch einmal ausprobieren will.«

Mehrere Dienstboten betraten das Speisezimmer durch die Tür hinter der Gräfin von Cheshire. Einer servierte mehrere Schüsseln Artischocken in Essig und Öl, während ein anderer Rüben und Kraut brachte. Ein dritter trug eine Platte mit den besten Käsesorten herein. Als letzter kam Meade, und was er servierte, verschlug den Gästen die Sprache.

Statt die Platte vor dem Herzog abzusetzen, wie es der Brauch war, stellte Meade sie vor die Gräfin von Cheshire. Es dauerte keine zwei Sekunden, und Lady Dawn hatte verstanden, *was* ihr da serviert wurde.

Auf dem Silbertablett vor ihr lag eine gebratene Gans. Ein mit Diamanten und Smaragden verziertes Goldhalsband schmückte, was einst ein langer Hals gewesen war.

»Anthony!« kreischte die Gräfin von Cheshire und wurde ohnmächtig.

Herzog Robert sprang aus seinem Sessel hoch und rannte um den Tisch, während der Graf und der Baron, die näher bei der Bewußtlosen saßen, aufsprangen und sie auffingen. Der Herzog tätschelte seiner Geliebten sanft das Gesicht. Als sie stöhnend die Augen aufschlug, durchbohrte Herzog Robert seinen Majordomus mit mörderischen Blicken.

Richard hörte, wie Henry hinter ihm lachte. Er fuhr herum und ertappte Keely dabei, wie sie hinter vorgehaltener Hand kicherte, während ihre Schultern vor unterdrücktem Gelächter zuckten.

Schnatter! Schnatter! Schnatter!

Der echte Anthony watschelte ins Zimmer. Hinter dem Gänserich kamen Jasper und Bart.

»Mein hübsches kleines Vögelchen«, gurrte die Gräfin. Sie stand auf, brach ein Stück Brot ab und bot es Anthony an. Der Gänserich schluckte es schnell hinunter und quakte, um mehr zu bekommen.

»Bringt Anthony auf sein Zimmer in Sicherheit«, befahl die Gräfin den beiden Jungen.

Herzog Robert kehrte — ebenso wie der Graf und der Baron - an seinen Platz zurück. Fuchsteufelswild sah er hinüber zu seinem grinsenden Sohn und seiner kichernden Erstgeborenen.

Als sie sah, wie zornig der Herzog war, gelang es Keely schließlich, ihr Lachen zu unterdrücken. »Ich möchte mich entschuldigen«, wandte sie sich an die Gräfin. »Euch einen Streich zu spielen, war nicht Henrys Idee.«

Der junge Marquis schenkte dem Zorn seines Vaters keine Beachtung und übernahm die volle Verantwortung für den Streich. »Wir haben Euch ganz schön reingelegt«, erklärte er der Gräfin. »Es war schon fast zu einfach.«

»So viel Aufregung habe ich nicht mehr erlebt, seit meine eigenen Kinder klein waren«, meinte die Mutter des Grafen.

»Ich kann es kaum erwarten, bis das Haus Devereux von dem Lärm und dem Gelächter meiner Enkelkinder erfüllt ist.« Ihre Bemerkung glättete die Wogen, sogar der Herzog beruhigte sich und kräuselte die Lippen.

»Ich kann mir den Grafen nicht als kleinen Jungen vorstellen. Könnt Ihr mir erzählen, wie er damals war?« fragte Keely mit einem Seitenblick auf Richard.

»Richard war als Junge eher noch hochmütiger als jetzt«, erzählte ihr seine Mutter. »Drei ältere Schwestern konnten ihn etwas im Zaum halten.«

»Diese drei Hexen sind die unverbesserlichsten Wildfänge, die ich je getroffen habe«, bemerkte Richard. Er zwinkerte seiner Mutter zu und neckte sie: »Du solltest dich schämen, Mutter, so verrufene Töchter großgezogen zu haben.«

»Ich habe meine Mädchen nicht anders erzogen als meinen Sohn«, schoß sie zurück. »Und du hast dich prächtig entwickelt.«

Richard grinste. »Meine Schwager sagen doch gerne, ihren Ehefrauen mangle es an Gehorsam.«

»Zum Teufel mit dem Gehorsam«, entgegnete Gräfin Basildon. »Man lebt, um zu leben, nicht um zu gehorchen.« Sie blickte ihrer zukünftigen Schwiegertochter in die Augen und riet ihr: »Fallt nicht auf seine Lügen herein. Ein Funken Herausforderung wirkt auf Männer ungemein belebend.«

Keely lächelte und sagte: »Bitte erzählt mir von Euren Töchtern.«

»Kathryn lebt mit ihrem Ehemann in Irland und hat mich bereits zur sechsfachen Großmutter gemacht«, antwortete die Gräfin.

»Drei Jungen und drei Mädchen«, sagte Richard.

»Und Brigette, die in Schottland lebt«, fuhr die Gräfin fort. »Iain und sie haben mir vier Enkel geschenkt.«

»Drei Jungen und ein außerordentlich verzogenes Mädchen«, fügte Onkel Hal hinzu.

»Wie heißt es doch: ›Der Apfel fällt nicht weit vom Stamm‹«, warf Richard ein. »Ich habe mir stets gewünscht, Brigette möge mit einer Tochter gesegnet werden, die ihr Temperament geerbt hat.«

»Heather heiratete Prinz Khalid und lebt in Istanbul«, schloß die Gräfin. »Ihnen verdanke ich einen Enkelsohn und drei Enkeltöchter, und ein Kleines ist unterwegs.«

»Als Heather vor neun Jahren nach Frankreich segelte, wurde ihr Schiff von Piraten angegriffen«, erklärte Richard. »Prinz Khalid rettete sie. Sie verliebten sich prompt und heirateten.« Er blickte zu seinem Stiefvater auf der anderen Tischseite. »Apropos Prinz Khalid, seid Ihr daran interessiert, ein paar Anteile an meiner Levantinischen Handelsgesellschaft zu erwerben?«

Onkel Hal nickte und wollte gerade etwas sagen, aber Louise Devereux fiel ihm ins Wort. »Bei Tisch über Geschäfte zu reden schickt sich nicht, Richard. Dieses langweilige Thema gehört ins Arbeitszimmer.«

»Wie kannst du das sagen?« fragte er, überrascht über diese merkwürdige Ansicht.

»Ich finde das langweilig«, bestand die Gräfin. »Und ich denke, deine zukünftige Braut würde viel lieber über etwas anderes reden. Ist es nicht so, meine Liebe?«

»Warum erzählst du uns nicht von deiner Kindheit?« sagte Morgana zu Keely. Und an die Gräfin von Basildon gewandt, fuhr sie fort: »Eure zukünftige Schwiegertochter wurde auf der falschen Seite des Linnens geboren. Dem Grafen zuliebe kann man nur wünschen, daß sie keine *schlechten* Angewohnheiten geerbt hat.«

Keely schoß das Blut ins Gesicht. Aber was konnte sie dagegen sagen? Morgana hatte mit brutaler Offenheit gesprochen.

»Benimm dich!« warnte Herzog Robert sie.

»Es ist die Wahrheit«, verteidigte sich die blonde Schönheit.

»Morgana, Liebling«, flötete die Gräfin von Cheshire, »verschluck deine Zunge.«

»Ganz meine Meinung«, stimmte Richard zu und warf der Frau, die er kurz als Braut in Betracht gezogen hatte, einen bitterbösen Blick zu.

»Wie es im Herzen einer Frau aussieht, ist viel wichtiger als die Familie, in die sie geboren wurde«, erklärte Louise

Devereux der blonden Schönheit. »Unsere Freunde und unsere Gatten können wir uns aussuchen, bei unserer Familie ist uns das nicht möglich. Wir müssen nehmen, was das Schicksal für uns bereithält.«

»Schön gesprochen, Teuerste«, bemerkte Herzog Robert.

Keely spürte, wie ihr Bruder sie ans Schienbein stieß. Sie blickte nach unten und sah, wie er ihr mit dem Daumen zwischen Zeige- und Mittelfinger »die Zwetschge« zeigte. Wie konnte sie diesen merkwürdigen englischen Samhuinnbrauch vergessen!

»Mylady, Ihr verteidigt mich so wunderbar«, erklärte Keely, an die Mutter des Grafen gewandt, »da möchte ich Euch sagen ...« Sie hob die rechte Hand in die Luft und steckte den Daumen durch den Zeige- und den Mittelfinger.

Die Tischrunde erstarrte vor Entsetzen. Nur Richard sprang hoch, packte sie am Handgelenk und zerrte sie aus dem Zimmer.

»Was, zum Teufel, hast du dir dabei gedacht?« fuhr er sie an, als die Tür hinter ihnen ins Schloß gefallen war. »Stellst du dir so zivilisiertes Benehmen vor?«

»Ist es denn verboten, deiner Mutter zu sagen, daß ich sie gern habe?« fragte Keely, verwirrt durch sein zorniges Gehabe.

»Meiner Mutter zu sagen ...?« Richards Smaragdaugen wurden ganz groß und er brach in lautes Gelächter aus. »Schatz, das ...«, er zeigte ihr die Zwetschge »... bedeutet ›Verpiß dich‹.«

»Bei den heiligen Steinen! Henry hat mir einen Streich gespielt.« Keely faßte sich ans Herz, als sie begriff, was sie da angestellt hatte. »O Richard«, stöhnte sie. »Ich habe deiner Mutter gesagt, sie solle sich ... Was soll ich jetzt nur tun?«

Richard zog sie in seine Arme und raunte ihr ins Ohr: »Ich liebe es, wie du meinen Namen aussprichst.«

»Laß das«, begehrte Keely auf. »Ich kann deiner Mutter nie wieder in die Augen sehen.«

»Du mußt auch das Vorteilhafte sehen, Schatz. Stell dir vor, an Mutters Stelle wäre Königin Elisabeth gesessen.«

Entsetzt prustete Keely los, obwohl sie sich die Hand vor den Mund gehalten hatte.

»Ich werde ihnen alles erklären«, sagte Richard und nahm sie bei der Hand.

Im Eßzimmer wurde das Paar mit gespanntem Schweigen empfangen. Man hatte durch die Tür zunächst den Wutausbruch des Grafen und anschließend sein Gelächter gehört.

Richard räusperte sich und bemühte sich, ernst dreinzusehen. »Es scheint, als sei Keely das Opfer eines Halloweenstreichs geworden. Henry redete ihr ein, diese Geste bedeute so viel wie ›Ich mag dich.‹«

»Es tut mir aufrichtig leid«, entschuldigte sich Keely bei der Mutter des Grafen. Als sie sich dann auf ihren Stuhl setzte, flüsterte sie ihrem Bruder ins Ohr: »Ich erwürge dich.«

»Gib auf«, meinte Henry mit einem keineswegs reuigen Grinsen. »Es war ein Geniestreich und der beste Jux bisher, obwohl der gebratene Anthony auch Spaß gemacht hat.« Mit einem Seitenblick auf den Grafen fuhr er fort: »Wartet nur, bis Ihr entdeckt, was wir für Euch geplant haben.«

Richard musterte den Jungen nicht im geringsten belustigt. »Henry, es wird mir das größte Vergnügen bereiten, dich festzuhalten, während Keely dir den letzten Atem aus deinem niederträchtigen Leib preßt.«

»Ich helfe dabei«, meldete sich Morgana zu Wort.

»Und ich ebenso«, erklärte die Gräfin von Cheshire.

Keely wandte sich an Richards Mutter. »Möchtet Ihr Euch heute abend unserer Halloweenfeier anschließen?«

Louise Devereux lächelte. Sie war entzückt von dieser schwarzhaarigen Schönheit. »Meine Teuerste, nichts täte ich lieber.«

Onkel Hal neben ihr räusperte sich.

»Nur etwas fällt mir ein, das unvergleichlich mehr Freude bereitet«, nahm seine Gattin ihre Worte zurück und zwinkerte ihrer zukünftigen Schwiegertochter zu.

»Was könnte das wohl sein?« fragte Keely voller Unschuld.

»Wir könnten es doch in unsere Feier heute abend einbauen.«

Jeder lachte auf ihre Kosten. Keely wurde rot, obwohl sie nicht verstand, was so lustig war.

»Sie spielte darauf an, was Eheleute tun«, flüsterte Richard ihr ins Ohr. »Was wir in zehn Nächten tun werden ...«

Elftes Kapitel

»Was Eheleute tun . . .«

Die Erinnerung an diese Worte, die ihr der Graf ins Ohr geflüstert hatte, ließ Keelys Wangen erröten und verursachte ihr ein flaues Gefühl in der Magengrube.

Ist das Begierde? fragte sich Keely, als sie mit verschleiertem Blick aus ihrem Schlafzimmerfenster hinaussah. Wieder spürte sie, wie sein warmer Atem sie im Ohr kitzelte, spürte seinen sinnlichen Mund auf ihrem, seine kräftigen Hände und seine heißen Blicke, wie sie ihre nackten Brüste liebkosten.

Keely riß sich aus diesen Tagträumen. Der Graf wurde zu wichtig für sie. Niemals würde sie ihr Herz oder ihr Vertrauen einem Mann schenken, und schon gar keinem englischen Edelmann.

Als sie sich besann, wo sie sich befand, nämlich in ihrem Schlafzimmer am Tage des Samhuinnfestes, lächelte sie innerlich. Draußen dämmerte es bereits, Samhuinn verdunkelte die Erde.

Ihr Blick fiel auf den Teil des herzoglichen Gartens, der an die Themse grenzte. Odo und Hew hatten den ganzen Nachmittag schwer gearbeitet, um einen Steinkreis für das Samhuinnfeuer zu bauen und ihn mit Feuerholz zu füllen. Dazu hatte sie Zweige und Äste der Eibe genommen, des heiligen Baums der Ewigkeit. Nun standen sie alle bereit und warteten auf die magische Nacht.

Ganz in Schwarz gekleidet, glich Keely eher einem Stallburschen als einer jungen Frau kurz vor ihrer Hochzeit. Sie trug enge Reithosen, ein weites Hemd, eine Lederweste und abgestoßene Stiefel. Eine schwarze Wollmütze verbarg ihr ebenholzschwarzes Haar.

»Ich habe einen Korken gefunden«, rief Henry, als er in ihr Zimmer platzte. »Ich hoffe, Papa schätzt es, wenn sein Wein atmet.«

Lächelnd wandte sich Keely vom Fenster ab. »Ich habe deine Kleidung für heute abend bereitgelegt.«

»Wie kann ich mir ein hübsches Mädchen angeln, wenn ich selbst wie eins angezogen bin«, brummte er.

»Es ist ein alter Samhuinnbrauch, sich wie das andere Geschlecht zu verkleiden«, erklärte sie. »Außerdem hörst du dann, wie man über dich spricht und wie sie rätseln, wer du sein könntest.«

Er blickte ihr tief in die Augen. »Führst du mich an der Nase herum?«

»Würde ich das tun?«

»Ja.«

Keely lachte über sein Mißtrauen. »Ich schwöre, es ist die Wahrheit. Zieh das an.«

Henry streifte über seine eigene Kleidung einen abgetragenen violetten Wollrock und eine Leinenbluse. Darüber zog er noch einen schwarzen Umhang mit Kapuze.

»Zieh dir die Kapuze über den Kopf«, machte Keely ihn aufmerksam, »sonst hält dich kein Mensch für mich.«

»Ich brauche noch zwei Warzenmelonen.«

»Warum?« fragte sie verwundert.

Henry grinste verschmitzt. »Ich bin doch kein Mädchen, wenn ich keinen Busen habe. Und wenn schon, dann möchte ich einen großen.«

Keely errötete.

»Andererseits reichen wohl zwei Stachelbeeren, wenn ich du sein soll«, neckte er sie.

»Sehr lustig«, entgegnete Keely und versetzte ihm einen spielerischen Klaps. Sie trat ein paar Schritte zurück und betrachtete ihn. »Du siehst aus wie ein Mädchen.«

»Dreh dich um«, befahl Henry. »Es ist unglaublich, du siehst aus wie ein Stallbursche, Schwester.«

Den Weinkorken in der einen Hand und den Dolch ihres Bruders in der anderen, lief Keely zum Kamin. Sie steckte den Korken auf den Dolch und hielt ihn ins Feuer, bis er verkohlt war. Anschließend blies sie kräftig darauf, damit er abkühlte.

»Halt dich ruhig«, sagte sie und schwärzte mit dem verkohlten Korken das Gesicht ihres Bruders. »Wenn unsere Gesichter schwarz sind«, erklärte sie ihm dabei, »können uns die bösen Geister nicht erkennen und uns nicht nach Hause folgen.«

»Ich wünschte, heute wäre Vollmond«, bemerkte Henry.

»Wir feiern Samhuinn immer in einer Neumondnacht«, klärte Keely ihn auf. »Niemals während des Jägervollmonds im Oktober.«

»Aber wieso?«

»Damit wir in die jenseitige Welt sehen können, muß unser Blick in der sterblichen Welt getrübt sein.«

Henry grinste. »Manchmal sagst du die merkwürdigsten Dinge, Schwester.« Er nahm ihr den verkohlten Korken aus der Hand und schmierte ihr das Gesicht voll Ruß. Sogar auf die Nase setzte er ihr einen schwarzen Punkt.

Ein rascher Griff nach den Eibenzweigen, und schon eilten Bruder und Schwester zur Tür. Henry öffnete sie einen Spalt und lugte hinaus. Niemand war zu sehen. Er winkte seiner Schwester und führte sie den dunklen Korridor entlang zur Treppe.

Von unten drangen gedämpft die Stimmen einiger Gefolgsleute herauf, die sich im Foyer aufhielten. Henry und Keely wollten, daß niemand vor Beginn des Festes ihre Verkleidung sah.

»Sollen wir warten, bis sie gegangen sind?« flüsterte Henry.

»Versuchen wir lieber, so schnell wie möglich zur Tür zu laufen«, antwortete Keely. »Wenn wir uns beeilen, erkennt uns niemand.«

Henry nickte. »Eins, zwei, drei ... *los!*«

Keely und Henry rannten die Treppe hinunter und an den verdutzten Gefolgsleuten im Foyer vorbei. Ohne innezuhalten, riß Henry die Tür auf, und sie flitzten in den Hof hinaus.

Henry lief den Weg zum Park hinunter, aber Keely legte eine kleine Pause ein. Mit einem weichen Lächeln auf den Lippen holte sie tief Atem, freute sich an der kühlen Abendluft des ausklingenden Oktobers und gab sich der freudigen Vorahnung hin.

Diese Nacht war für die Magie geschaffen. Die Atmosphäre lud sich auf mit verheißungsvoller Energie, während das Abendrot verging und das Flammenmeer des Himmels von Ost nach West allmählich der Abenddämmerung wich. Heute nacht würde kein Mond vom Firmament herunter scheinen, und doch war die Welt erfüllt von einem sonderbaren Leuchten.

»Bald, Megan«, flüsterte Keely, »sind wir wieder zusammen.«

Keely konnte es kaum erwarten, daß die Halloweenfeier zu Ende war. Sobald die englischen Zweifler ihr Bett aufgesucht hatten, wollte sie mit ihrer Mutter Verbindung aufnehmen.

Sie folgte ihrem Bruder auf dem Weg zum Garten an der Themse. Odo und Hew erwarteten sie bereits. Neben ihren Cousins standen May und June, die verwundert die zukünftige Gräfin von Basildon angafften, die als Stallbursche verkleidet vor ihnen auftauchte.

»Bitte zündet das Samhuinnfeuer an«, bat Keely ihre Cousins.

»Ich mach's«, rief Odo.

»Das ist ungerecht«, protestierte Hew. »Du hast es letztes Jahr angezündet.«

»Und dieses Jahr mach ich es wieder«, bestand Odo und versetzte seinem Bruder einen Klaps auf den Hinterkopf.

»Laß in ihn Ruhe«, verteidigte May seinen Bruder.

»Du wagst es, Odo herumzukommandieren?« rief June entrüstet.

»Halte du dich da raus«, fuhr May sie schroff an und wollte ihre Schwester kneifen.

Die Lloyd-Brüder warfen sich zwischen die beiden zankenden Zwillinge. Odo rollte die Augen himmelwärts, und Hew antwortete mit einem Schulterzucken.

»Also zusammen?« fragte Odo.

Hew nickte grinsend.

Zu spät.

Während die zwei Geschwisterpaare darüber stritten, wer das Samhuinnfeuer anzünden durfte, hatten Keely und

Henry es bereits erledigt. Sie traten ein paar Schritte zurück, um das flackernde Feuer zu betrachten. Es dauerte nicht lange, und die hell lodernden Flammen lockten die Gefolgsleute der Talbots und Devereux' herbei.

Keely und Henry wanderten mit einem Bündel Eibenzweige durch die Menge, die sich um das Feuer zu versammeln begann. Beide boten jedermann einen Zweig an.

Auf der Suche nach dem Grafen ließ Keely den Blick durch die Menge schweifen. Doch der Graf schien noch nicht dazusein. Sie entdeckte den Herzog und die Gräfin und lief in ihre Richtung.

»Einen Eibenzweig?« fragte sie den Herzog.

Herzog Robert nahm den Zweig an und meinte: »Wasch dir heute abend das Gesicht, Henry.«

»Ich bin Keely«, korrigierte sie ihn kichernd.

Herzog Robert und Lady Dawn starrten sie verwundert an.

»Henry und ich haben uns für diese Feier als den jeweils anderen verkleidet«, erklärte ihnen Keely mit gedämpfter Stimme. »Das Chaos hat die Herrschaft angetreten, und die Person, mit der Ihr die nächsten drei Tage zur Unzeit sprecht, gehört vielleicht schon zu den Toten.«

»Ach Tally, mir läuft es eiskalt den Rücken hinunter«, rief Lady Dawn. »Ist man hier heraußen überhaupt sicher?«

»Keine Angst, Liebes. Ich beschütze dich«, versprach Herzog Robert.

»Ist drinnen alles bereit?« fragte Keely.

»Alles ist so, wie du es gewünscht hast«, antwortete Herzog Robert. »Das Feuer flackert im Kamin, die Äpfel schwimmen in Zubern voll Wasser, und die Kastanien warten darauf, geröstet zu werden.«

»Sogar Morgana hilft mit«, fügte die Gräfin hinzu. »Sie hat sich den ganzen Abend auf ihr Zimmer zurückgezogen.«

»Und was ist mit dem Festmahl?«

»Das Beste, was Keller und Küche zu bieten haben, steht bereit«, antwortete der Herzog.

»Es ist eine schreckliche Verschwendung«, warf Lady Dawn ein.

»Nach altem Brauch bieten wir denen, die vor uns gegangen sind, ein Ehrenmahl«, erklärte ihr Keely. Sie betrachtete das Profil ihres Vaters und fügte leise hinzu: »Wenn die Zweifler schlafen, kehren unsere Lieben zurück, die bereits heimgegangen sind, und teilen ihre unendliche Weisheit mit uns.«

Der merkwürdig sehnsüchtige Ton in ihrer Stimme weckte Herzog Roberts Aufmerksamkeit. »Was meinst du damit, mein Kind?«

Keely lächelte vieldeutig, sprach aber kein Wort mehr ...

Angezogen von dem nächtlichen Feuer und dem Gelächter, das aus dem herzoglichen Garten herüberschallte, lief Richard den Weg hinunter, der zum Besitz der Talbots führte. Als er zwischen den Büschen auftauchte, lächelte er beim Anblick der vergnügten Menge und schlenderte über den Rasen hinüber, um sich ihr anzuschließen.

Sein scharfer Blick glitt über die Versammelten. Richard suchte nach seiner Verlobten.

Und dann entdeckte er sie. Wie sie ihre Bahn durch die Menge zog, erschien sie ihm wie eine Fee, eine Gestalt dieser geheimnisvollen Nacht. Ihr schwarzer Mantel wehte um ihre Beine, und ihre Kapuze verbarg ihr Haar.

Zu seiner Überraschung lächelte sie nicht, als sie auf ihn zukam und an ihm vorüberging. Richard packte sie schnell am Oberarm, riß sie herum und drückte sie fest an sich.

»Schatz, ich fordere mein Halloweengeschenk«, flüsterte er, und sein Mund suchte nach ihrem.

»Bäh!« Die Stimme gehörte Henry Talbot. »Basildon, Ihr seid widerwärtig!«

Entsetzt, als hätte er sich die Finger verbrannt, sprang Richard zurück. Vor Wut und Scham schoß ihm die Röte ins Gesicht. Was war das nun schon wieder für ein Trick? Sein zukünftiger Schwager als seine Verlobte verkleidet?

Der Graf brummte: »Wo zum Teufel steckt ...?«

»Einen Eibenzweig, Mylord?« prustete es hinter ihm.

Richard wirbelte herum und blickte einem Stallburschen in das vor Schmutz starrende Gesicht. Als er sich die Hand näher ansah, in der der Junge den Eibenzweig hielt, erkannte er seinen Verlobungsring im Schein des Feuers an der Hand dieses Lümmels funkeln.

Richard tat, als habe er Keely nicht erkannt, und lächelte lässig. »Ich nehme den Zweig, Junge.« Er faßte nach der Eibe, doch seine Finger legten sich wie ein Schraubstock um Keelys Handgelenk. Er riß sie an sich, zog ihr mit der freien Hand die Kapuze vom Kopf und sah zu, wie sich ihr ebenholzschwarzes Haar bis zu ihrer Taille ergoß.

»Wo bleibt mein Kuß, Schatz?« flüsterte er ihr ins Ohr.

Keely errötete unter ihrer Maskerade. »Unter den Augen all dieser Leute?«

»Komm mit.« Richard nahm sie bei der Hand und führte sie zu einem verborgeneren Teil des Gartens, wo mehrere Eichen sie vor zudringlichen Blicken schützten. Hier kroch der Nebel von der Themse hoch und verhüllte ihre Beine.

Keely lehnte sich gegen den Sicherheit verheißenden Stamm einer majestätischen Eiche, um es sofort zu bedauern. Der Graf stützte sich einfach links und recht von ihrem Kopf mit den Händen ab, und damit saß sie in der Falle.

»Gefällt dir unsere Samhuinnfeier?« fragte ihn Keely, um ihre Nervosität zu überspielen.

»Samhuinn?« wiederholte Richard und zog eine Augenbraue hoch. »Ich dachte, das wäre Halloween.«

Keely war wie gebannt von dem edel geschnittenen Gesicht des Grafen, das näher und näher kam. Sie war außerstande zu antworten. Im letzten Augenblick schloß sie die Augen und spürte ihn, spürte seine Lippen, die sie erzittern ließen.

Richard spielte mit ihren Lippen, die sich ohne Widerstreben für ihn öffneten. Er liebkoste ihren Mund, der so unglaublich süß war.

Keely stöhnte und gab sich den fremdartigen Gefühlen hin, die er in ihr weckte. Ohne überhaupt zu merken, was sie tat, legte sie ihm die Arme um den Hals und schmiegte sich an ihn.

Richard löste sich und betrachtete sie, sah ihren träumerischen, verschleierten Blick. Himmel, sie war ebenso sinnlich wie süß. Welche Freuden ihn im Ehebett erwarteten, wenn er sie in die Liebe einführte!

Schließlich klärte sich Keelys veilchenblauer Blick, und sie entdeckte sein Lächeln. »Nun ist dein Gesicht auch schmutzig.«

»Schatz, tausend Rußflecken ertrage ich gern für nur einen süßen Kuß von dir. Ich hoffe, dieser Kuß brachte deine Augen so zum Strahlen.«

»Das liegt an Samhuinn«, verletzte Keely ihn unabsichtlich. »Ich liebe es, wenn der Reif sich über das Gras legt und die vier Winde mit dem Eichenlaub am Boden spielen.«

Richards Smaragdaugen blitzten amüsiert auf. »Du liebst diese Boten des Winters?«

»Es ist nur natürlich«, erklärte ihm Keely. »Wie könnten wir uns je an der Neugeburt des Frühlings erfreuen, hätten wir nicht die Erinnerung an den Winter?«

»Bin ich mit einer Dichterin verlobt?« neckte er sie.

»Nein, ich bin eine Heidin«, entgegnete sie ernst. »Solange das Samhuinnfeuer brennt, kann ich mit all jenen in Verbindung treten, die bereits gegangen sind und die erst kommen werden.«

Richard mußte mit sich kämpfen, um nicht lauthals loszulachen. Seine Verlobte war auf anbetungswürdige Weise verrückt. »Wie willst du das Feuer drei Tage in Gang halten, Liebling?«

»Odo und Hew haben mir versprochen, es die Nacht über zu bewachen«, antwortete Keely. »Sobald das Feuer erglüht, erlischt auch die Magie des Samhuinnfests, und der Schleier zwischen den zwei Welten fällt für ein weiteres Jahr.«

»Und wenn es regnet?« fragte Richard.

»Die große Muttergöttin läßt es während Samhuinn niemals regnen.«

Er konnte nicht umhin zu lächeln, als er die Ernsthaftigkeit sah, mit der sie dies behauptete. »Du glaubst das wirklich?«

»Glaubst du denn nicht an ein Leben nach dem Tod?« entgegnete sie.

»Gibt es noch mehr wie dich?« fragte Richard, ohne weiter auf ihre Gegenfrage einzugehen. »Druiden meine ich.«

Keely zuckte die Schultern. »Ehrlich gesagt, ich weiß es nicht.«

»Würdest du es mir sagen, wenn du es wüßtest?«

»Nein.«

Ihre Antwort behagte ihm nicht. »Warum nicht?«

»Ich werde keinem Mann jemals mein Vertrauen schenken können«, gestand sie ihm. »Willst du mich immer noch heiraten?«

»Eines Tages wirst du mir vertrauen«, versprach ihr Richard und nahm sie in die Arme. Er hätte sie erneut geküßt, hätte nicht ein Geräusch hinter seinem Rücken ihn abgehalten.

»Keely, bist du das?« rief Henry. »Wir gehen jetzt rein, um die Kastanien zu rösten.«

»Ich komme gleich«, rief Keely. Sie blickte den Grafen an und lud ihn ein: »Kommst du mit?«

Richard schüttelte den Kopf. »Vielleicht komme ich später nach. Auf meinem Schreibtisch liegt noch ein Bericht, der nicht fertig ist.«

»Warum arbeitest du stets so viel?«

»Ich arbeite gerne.«

»Du arbeitest lieber, als daß du geröstete Kastanien ißt?« scherzte Keely.

Richard grinste. »Heb mir ein paar auf, Schatz, und gib mir eine Stunde, um den Bericht für die Königin fertigzumachen.«

Zwei Stunden nach Mitternacht, als die mondlose Nacht am dunkelsten war, saß Keely auf ihrer Bettkante und lauschte in die Stille der Nacht. Es war ruhig im Talbot House. Nach außen hin schien Keely gelassen, doch innerlich hielt sie die Spannung kaum aus. Ihr Herz raste vor Aufregung. Der dünne Schleier zwischen dem Diesseits und dem Jenseits würde sich bald lüften für ihre Mutter und für sie.

Keely war erzogen worden, an die Kontinuität des Lebens zu glauben. Daher hatte sie keine Angst vor den Toten. Für sie gehörte das Sterben genauso zum Leben wie die Geburt. Daß nun die zwei Welten miteinander in Verbindung traten, war wunderbar, war aufregend und brachte ihn Herz zum Jubilieren.

Die Zeit schien ihr reif, aus dem Haus zu schleichen. Sie stand auf und zog sich ihren schwarzen Umhang über die Hose und das Hemd, die sie immer noch trug. Sie griff nach dem kleinen Beutel mit den magischen Steinen und der goldenen Sichel und lief auf bloßen Füßen zur Tür. Das Ohr gegen die Tür gedrückt, lauschte sie, bevor sie diese öffnete und auf den dunklen Gang hinaustrat.

Lautlos glitt Keely an der Wand entlang zur Treppe. Im Foyer angelangt, hielt sie kurz inne, doch sie entdeckte nichts Außergewöhnliches.

Vorsichtig öffnete Keely die Tür und trat in den Hof hinaus, wo sie tief Luft holte.

Plötzlich umfing sie von hinten ein Paar kräftiger Arme. Sie versuchte zu schreien, aber eine Hand legte sich über ihren Mund.

»Wehr dich nicht, Kleines.«

Es war Odos Stimme. Er ließ sie los, als sie sich entspannte.

»Wir wollten nicht, daß du das ganze Haus aufweckst«, versuchte Hew ihr die Sache zu erklären.

Keely fuhr herum und flüsterte: »Bei den heiligen Steinen! Was sucht ihr hier um diese Stunde?«

»Wir warten auf dich«, antwortete Odo.

»Wir wollen Wache stehen, wenn du betest«, fügte Hew hinzu.

Keely war sich nicht sicher, ob der Geist ihrer Mutter erscheinen würde, wenn andere anwesend waren. Keinesfalls wollte sie die Gelegenheit aufs Spiel setzen, mit ihr in Verbindung zu treten. »Es besteht keine Notwendigkeit, mich zu bewachen«, blieb sie fest.

»Das beurteilen wir«, entgegnete Odo.

»Diesmal hat er recht«, fügte Hew hinzu.

Odo versetzte seinem Bruder einen Klaps auf den Hinterkopf. »Es ist deine Entscheidung, Kleines«, sagte er ebenso entschlossen wie sie. »Entweder wir stehen Wache, oder du gehst auf dein Zimmer zurück.«

Keely gab sich geschlagen. »Also gut. Aber mischt euch nicht ein, was immer auch geschieht.«

Keely voran gingen die drei den Weg hinunter, der durch den Talbotschen Park in Devereux' Garten führte. Als sie den Besitz des Grafen erreichten, blieb Keely stehen.

»Wartet drüben beim Haus«, befahl sie ihnen. »Ihr mischt euch nicht ein. Habt ihr mich verstanden?«

Odo und Hew nickten eifrig wie zwei übergroße Kinder.

Keely beobachtete, wie sie in der Nähe des Devereuxschen Hauses Stellung bezogen, bevor sie sich die Kapuze ihres Umhangs über den Kopf zog und die kurze Wegstrecke zu dem Ort ging, an dem die Birke, die Eibe und die Eiche zusammenstanden.

»Hallo, meine Freunde«, flüsterte sie den drei heiligsten unter den Bäumen zu. »Freut ihr euch über Samhuinn?«

Keely öffnete ihren Beutel und nahm zehn Steine heraus. Sie hatte sich für neun schwarze Obsidiane entschieden, um die positive Macht zu stärken, und für einen weißen Achat, um ihr den spirituellen Weg zu weisen.

Mit acht schwarzen Obsidianen beschrieb sie einen großen Kreis, wobei sie nur im Westen eine Öffnung ließ. Durch diese Öffnung betrat sie den Kreis und schloß ihn hinter sich mit dem neunten Obsidian. Dabei sprach sie die Worte: »Störende Gedanken bleiben draußen.«

Dann zog sie die goldene Sichel aus dem Beutel und schloß mit ihr den unsichtbaren Rand des Kreises. Darauf trat sie in die Mitte, die Seele des Kreises. Sie drehte sich dreimal im Uhrzeigersinn und blieb, den Blick nach Nordosten gerichtet, stehen. Das war die heilige Richtung der Vorfahren. Sie legte den weißen Achat neben sich auf den Boden.

Mit geschlossenen Augen konzentrierte sie sich auf ihren Atem und berührte den mit Saphiren, Smaragden, Diamanten und Juwelen besetzten Drachenanhänger auf ihrer Brust. Ein ahnungsvoller Schauder tanzte ihren Rücken hinunter und ließ sie erbeben.

»Die Alten sind hier, sie warten ab und sehen zu«, klang Keelys sanfte Stimme durch die stille Nacht. »Die Sterne sprechen durch die Steine, und das Licht scheint durch die dickste Eiche.« Ihre Stimme wurde lauter: »Himmel und Erde sind ein Reich.«

Keely machte eine lange Pause, während der sie sich sammelte, so wie die Natur ruht, um ihre Kräfte zu sammeln. Sie fiel auf die Knie und erhob die Arme zum Gebet. Ohne laut zu werden, hob sie die Stimme. »Geist, der mich auf meiner Reise geleitet, hilf mir, die Sprache der Bäume zu verstehen. Geist meiner Ahnen, hilf mir, die Sprache des Windes zu verstehen. Geist meines Stammes, hilf mir, die Sprache der Wolken zu verstehen.« Ihre Arme sanken hernieder, sie schloß die Augen und flüsterte: »Die Seelen, die mir wohlgesinnt sind, mögen in diesen Kreis treten. Öffnet mein Herz, damit ich über den Horizont hinaussehe.«

Die Zeit schien stehenzubleiben. Und dann geschah es, vor ihrem geistigen Auge tauchte ein Bild auf ...

Das Gesicht einer Frau ... Warme, graue Augen, die vor Liebe schier überflossen ... ein gelassenes Lächeln ... Megan.

»Mutter, ich vermisse dich schrecklich«, stöhnte Keely.

»Schenke dem König mit der Flammenkrone dein Vertrauen«, verkündete Megan ihr.

»Ist das der Graf?«

Megan lächelte. »Sieh, wer hier bei mir ist.« Das Gesicht eines hübschen Babys erschien, die Augen forschend auf Keely gerichtet.

»Das ist meine Enkeltochter, Blythe.«

»Blythe ist meine Tochter?«

Megan nickte. »Hier sind noch andere, die von dir geboren werden. Aber Blythe ist die erste.«

Keely lächelte. »Viele andere?«

»Hüte dich vor dem dunklen Schmied«, warnte Megan sie. »Er trachtet dem König nach dem Leben.«

»Wie lautet sein Name, Mutter?«

Megan hob den Kopf und blickte in die Ferne, als fühle sie eine Gefahr, die sich ihnen nähert. »Uns bleibt nicht viel Zeit. Nächstes Jahr an Samhuinn ...«

Während Keely mit dem Geist ihrer Mutter sprach, war Richard heimlich in den Garten geschlüpft und hatte sich an ihre Cousins herangestohlen. Als die beiden ihn verblüfft entdeckten, nickte er zunächst Odo und anschließend Hew zu, wobei er sich angesichts ihres dämlichen Gesichtsausdruckes zusammenreißen mußte, um nicht laut loszulachen.

»Ich kam, um sie zu beschützen«, flüsterte Richard. »Was macht sie da?«

»Sie spricht mit ihrer Mutter«, antwortete Odo, als handle es sich um das Selbstverständlichste auf der Welt.

Richard sah nur Keely. Er musterte Hew aus den Augenwinkeln. »Siehst du jemanden?«

Hew nickte und flüsterte zurück: »Ich sehe Keely, Ihr etwa nicht?«

Richards Mundwinkel zuckten. »Ich meinte, außer Keely?«

Hew schüttelte den Kopf.

Richard wandte sich an Odo. »Kannst du irgendwo ihre Mutter entdecken?«

»Natürlich nicht«, antwortete Odo. »Ich bin ein Ungläubiger. Nur Gläubige können über den Horizont hinausblicken.«

»Du glaubst also, daß Keely ihre Mutter sieht?« fragte Richard.

»Ja.«

»Aber warum?«

»Habt Ihr denn keinen Glauben, Mylord?« fragte Hew ihn.

»Es ist das gleiche wie bei der Wandlung in der Kirche, wenn der Priester die Oblate und den Wein in den Leib und das Blut Christi verwandelt«, erklärte ihm Odo.

Richard nickte und wandte sich wieder seiner Verlobten zu, die vor drei Bäumen kniete und mit jemandem redete, der nicht da war. Plötzlich nahm Richard aus den Augenwinkeln eine dunkle Gestalt wahr, die über die Wiese auf Keely zurannte. Er wollte eben nach vorne hechten, um den unbekannten Störenfried aufzuhalten, hielt aber verdutzt inne, als er sah, um wen es sich handelte.

»Verzeih mir bitte, Megan«, rief Herzog Robert, als er in

den Bannkreis stürmte. »Ich liebte dich mehr als mein Leben.«

Keely wirbelte herum und schrie: »Es ist verboten, den Bannkreis zu durchbrechen!«

Zu spät.

In diesem verzweifelten Versuch, zu seiner vor langem verlorenen großen Liebe zu gelangen, durchbrach Herzog Robert den unsichtbaren Bannkreis. Keely wollte sich wieder ihrer Mutter zuwenden, aber Megans Geist war verschwunden, als wäre er nie dagewesen.

»Mutter, komm zurück!« rief Keely und sank in sich zusammen. Ihr verzweifeltes Schluchzen durchbrach die Stille der Nacht.

Richard rannte über die Wiese zu ihr. Er kniete sich neben sie ins Gras und zog sie in seine Arme, um sie zu trösten. »Alles wird wieder gut, Liebling. Ich verspreche dir, ich werde es wieder in Ordnung bringen. Nun hör auf zu weinen.«

»Ich habe Megan gesehen«, murmelte Herzog Robert wie in Trance. »Sie hat mir zugelächelt. Keely, sie verzeiht mir meinen tragischen Irrtum.«

Keely wandte sich in den Armen des Grafen zum Herzog um. Ihre Stimme triefte vor Verachtung. »Meine Mutter mag Euch verzeihen, Euer Gnaden, aber ich werde Euch nie vergeben. Es ist Eure Schuld, daß ich sie erneut verloren habe!«

Schluchzend verbarg sie das Gesicht an der Brust des Grafen. »Möge mir Gott verzeihen, ich hasse ihn.«

Herzog Robert streckte die Hand nach ihr aus, ließ sie jedoch wieder sinken. Tränen stiegen ihm in die veilchenblauen Augen, die so sehr denen seiner Tochter glichen. Zum ersten Mal in seinem Leben blickte der Herzog über seine eigenen Bedürfnisse hinaus und wurde sich der Lage seiner Tochter bewußt. Als er sie an der Brust des Grafen schluchzen sah, erkannte er, was er angerichtet hatte. Er hatte das Leben der Frau zerstört, die er liebte, und das Leben ihres einzigen Kindes. *Vor allem das Leben ihres Kindes.* Seine älteste Tochter, die Frucht seiner größten Liebe, hatte achtzehn Jahre lang mit der Schande leben müssen, ein Bastard zu sein. Ihr ganzes Leben lang. Während er am Hofe der Tudors getanzt und gefeiert und geflirtet hatte, mußte seine Tochter von jedermann die wüstesten Beschimpfungen ertragen. Und nun hatte er ihr auch noch, selbstsüchtig wie er war, die wenige gemeinsame Zeit mit ihrer Mutter gestohlen, die sie vom Augenblick ihrer Empfängnis an vollkommen und bedingungslos geliebt hatte. Wie konnte er es da wagen, Keely um ihr Vertrauen und ihre Liebe zu bitten?

Eine Geste von Richard genügte, und die Lloyd-Brüder halfen dem Grafen wieder auf die Beine. Die drei machten sich langsam auf den Weg zum Talbotschen Haus, doch ihre Stimmen waren noch lange zu vernehmen.

»Nun kommt schon, Euer Gnaden«, war Odo zu hören. »Morgen früh denken alle anders darüber.«

»Ist doch verständlich, daß sich die Kleine aufregt«, fügte Hew hinzu. »Sie weiß nicht, was sie sagt.«

»Da hat Hew ausnahmsweise recht«, meinte Odo. »Keely hat noch nie jemand gehaßt. Nicht einmal diesen Schweinekerl Madoc. Sie wird auch Euch nicht hassen, wenn sie morgen früh die Sonne aufgehen sieht.«

»Und wenn es regnet?« warf Hew ein.

»Du hirnverbrannter Idiot«, erwiderte Odo und versetzte seinem Bruder einen Klaps auf den Hinterkopf.

»Na ja, es könnte auch wolkenverhangen sein ...«

Richard nahm Keely in die Arme und trug sie über die Wiese zu seinem Haus. Von dem Lärm draußen wach geworden, standen mehrere seiner Gefolgsleute in ihrem Nachtgewand auf den Gängen und sahen ihren Herrn durchs Foyer kommen. Jennings folgte dem Grafen im Nachthemd die Treppe hinauf.

Als Richard den ersten Stock erreichte, stürzte Jennings herbei, um die Tür zum gräflichen Schlafzimmer aufzureißen. »Kann ich etwas für Eure Lordschaft oder die Dame tun?« fragte er.

»Sorgt dafür, daß wir nicht gestört werden.«

»Ja, Mylord.«

Die Tür fiel ins Schloß. Richard setzte Keely sachte auf dem Bett ab und legte sich neben sie, um sie zärtlich in die Arme zu nehmen und ihr sanft den Rücken zu streicheln.

Ihr hemmungsloses Schluchzen rührte ihn zutiefst. Aber er wußte nicht, wie er sie trösten konnte. Bisher hatte er nur Frauen weinen sehen, die mit ihren Tränen ihre Schönheit unterstreichen und sein Herz gewinnen wollten.

»Mir fehlt meine Mutter«, schluchzte Keely.

»Du sagtest doch, Samhuinn dauere drei Tage«, erinnerte Richard sie. »Kannst du es nicht morgen nacht erneut versuchen? Ich schwöre dir, ich halte jeden Eindringling von deinem Kreis fern.«

Sie war so verblüfft über dieses Angebot, daß sie darüber ganz vergaß zu weinen. Mit tränenverschleierten veilchenblauen Augen blickte sie ihn an. »Das würdest du für mich tun?«

»Liebling, ich würde alles für dich tun«, versprach er ihr.

Keely berührte seine Wange. Ihre Lippen bebten, der ferne Abglanz eines Lächelns spielte über ihre Züge.

»Versprich mir, deinem Vater zu verzeihen.«

Das Lächeln verschwand aus Keelys Gesicht. »Ich habe keinen Vater.«

»O doch, du hast einen«, widersprach Richard. »Seine Gnaden liebt dich sehr. Ich konnte es in seinen Augen lesen.«

»Du verlangst zuviel«, antwortete Keely und wich seinem durchdringenden Blick aus. »Ich werde ihm nie vergeben können. Diese Nacht nicht und auch all die anderen endlosen Nächte der letzten achtzehn Jahre nicht.«

»Hör mir zu.« Richard berührte sie am Kinn und drehte ihren Kopf zu sich. Als sie den Blick hob und ihm in die Augen sah, fuhr er fort. »Du hast ein weiches Herz, Schatz. Wenn du die Liebe deines Vaters zurückweist, verletzt du dich damit ebensosehr, wie du ihn verletzt.«

Richard beugte sich über ihr Gesicht, und seine Lippen waren auf den ihren. Es war ein langer, inniger und *heilender* Kuß. Ihr Kummer, ihre Trauer und ihre Sehnsucht, geliebt zu werden, machten Keely empfänglich für seine Avancen. Seine Hände liebkosten ihren Körper, während seine Zunge ihren Mund erkundete.

Keely sog seinen Atem in sich ein, und Tausende luftiger

Schmetterlinge flatterten in ihrem Bauch. Sie war sich nicht im geringsten klar darüber, daß sie ihn begehrte. Er hatte sie mit seiner Männlichkeit, seiner körperlichen Nähe und seinen sanften Berührungen verzaubert. Keely gab sich vollkommen diesem Augenblick hin, während er ihre Brüste entblößte und mit bewundernden Blicken und zärtlichen Händen liebkoste.

Schließlich beugte Richard sich über sie und küßte zärtlich ihre Brust. Als er sanft an ihrer Brustwarze sog, durchzuckte es sie heiß. Ihre Lust entflammte.

Sie gab sich ihm vollends hin, schmiegte sich an seine Brust und stöhnte tief. »Küß mich«, hauchte sie.

Richard hielt mit aller Kraft an sich, knöpfte ihr Hemd zu und küßte sie sanft auf die Lippen.

Keely schlug die Augen auf und sah ihn ganz benommen an.

»Ich habe so lange gewartet und werde dich nicht entehren, bevor wir einander gehören«, erklärte ihr Richard und lächelte, als er ihren enttäuschten Gesichtsausdruck sah. »Du solltest das als das höchste Kompliment verstehen, denn ich habe mir noch nie einen Gedanken über die Ehre einer Frau gemacht. Außerdem werden Elisabeths Höflinge bestimmt unser Ehebett genau inspizieren, um zu sehen, ob du jungfräulich in die Ehe gingst. Du willst doch nicht, daß dir diese Klatschmäuler deine Jungfräulichkeit absprechen?«

Keely wurde schamrot. Dann hob sie ihren Kopf, als habe sie etwas gehört. Richard wollte gerade etwas sagen, aber sie hob den Zeigefinger an die Lippen.

Sie entzog sich ihm, hüpfte aus dem Bett und lief ans Fenster, wo sie auf die Knie sank. »Es regnet! Das Samhuinnfeuer ist ausgegangen.«

Richard eilte zu ihr. Er hob sie hoch und trug sie zurück zum Bett. »Nächstes Jahr kannst du wieder mit deiner Mutter reden«, tröstete er sie. »Ich verspreche dir, ich baue ein verfluchtes Dach, nur um das Feuer am Ausgehen zu hindern.«

Beide waren wieder vollständig angezogen, als Richard sie

in den Armen hielt und ihr liebevolle und tröstende Worte ins Ohr raunte. Ihr Atem wurde ruhiger und er wußte, sie war eingeschlafen. Erst dann schloß Richard die Augen und gestattete sich, ihr in das Reich des Schlafes, wenn auch nicht der Träume, zu folgen.

Zwölftes Kapitel

Keely stand in einem kleinen, von Kerzen erhellten Vorraum der Königlichen Kapelle von Hampton Court. Herzog Robert und Lady Dawn waren bei ihr, doch sie schenkte ihnen keine Beachtung. Beklommen blickte sie geradeaus auf die schmucklose Wand und grübelte, was wohl die nächsten vierzig Jahre für sie bereithalten mochten.

In nur wenigen Minuten würde Herzog Robert sie zum Altar führen, wo Richard Devereux auf sie wartete. Keely verstand nicht, warum der Graf auf dieser Verbindung bestand. Schließlich war sie ein Niemand aus den nebelverhangenen Waliser Bergen und würde nie und nimmer in diese verwirrende englische Gesellschaft passen. Ihr zukünftiger Ehemann sonnte sich in dem Ruf, ein eleganter Höfling, ein Kenner der politischen Verhältnisse und ein ganz besonderer Liebling der Königin zu sein. Schadete seine Frau seinem Ruf, würde der Graf sie dafür verachten. Und wie sollte sie damit leben können, von ihrem Ehemann verachtet zu werden? War sie dazu verdammt, für immer eine Außenseiterin, eine Ausgestoßene zu sein? Oh, warum gab es in dem unendlichen Universum Gottes keinen Platz für sie?

Trotz dieser Sorgen wirkte Keely gelassen. Sie war schön wie eine Königin, wie sie dastand und ausdruckslos die Wand musterte. In ihrem mit Hunderten von Staubperlen geschmückten Hochzeitskleid aus cremefarbenem Satin sah sie aus wie eine Märchenprinzessin. Das enganliegende Mieder hatte einen geraden und sehr tiefen Ausschnitt, der den Blick auf ihr reizendes Dekolleté freigab.

Doch hier endeten alle Gemeinsamkeiten mit einer englischen Lady, und die wildere Seite ihrer Natur gewann die Oberhand. Trotz aller Proteste seitens der Gräfin hatte Keely sich geweigert, ihr Haar anders als offen zu tragen, und so umhüllte sie ihre ebenholzschwarze Mähne, die ihr bis zur

Taille reichte, nach heidnischer Art. Entgegen dem englischen Brauch war auch ihr Haupt unbedeckt und ihr Gesicht unverhüllt. Dafür funkelte der juwelenbesetzte Drachenanhänger, das Erbe ihrer Mutter, herausfordernd auf ihrem Dekolleté. Der einzige andere Farbtupfer war ihr Verlobungsring, den sie nun an der rechten Hand trug.

Keely war zu der Erkenntnis gelangt, daß sie nun einmal die war, die sie war. Sie wollte ihre Herkunft weder verbergen noch sich dafür entschuldigen.

Als jungfräulicher Braut stand es ihr zu, einen Strauß Orangenblüten zu tragen. Die zarten weißen Blüten waren ein Symbol ihrer Jungfräulichkeit und sollten zugleich als Fruchtbarkeitszauber dienen, da der Orangenbaum sich dadurch auszeichnete, gleichzeitig Früchte und Blüten zu tragen.

»Ich sehe mal nach, ob sie schon soweit sind«, brach Lady Dawn das angespannte Schweigen im Raum. Die Tür fiel ins Schloß.

Keely spürte den Herzog geradezu körperlich, doch sie weigerte sich, seine Anwesenheit zur Kenntnis zu nehmen. Seit jener ereignisreichen Nacht im Garten des Grafen hatte sie kein Wort mehr mit ihm gewechselt.

»Ich bedaure es, dir an Samhuinn und all den anderen Tagen und Nächten deines Lebens soviel Schmerz bereitet zu haben«, erklärte Herzog Robert, heiser vor Ergriffenheit. »Ich kann dir keinen Vorwurf daraus machen, daß du mich haßt, Kind, aber du sollst wissen, daß ich dich aus ganzem Herzen liebe.«

Zwar widersprach es ihrem Wesen, einen Groll zu hegen, doch Keely nickte nur ausdruckslos. Während sie weiterhin die Wand musterte, erkannte sie, wie recht der Graf gehabt hatte. Sie fühlte sich innerlich so zerstört, wie ihr Vater geklungen hatte. Wie konnte sie ihm vergeben? Andererseits — wie konnte sie ihm nicht vergeben?

Die Tür ging auf und Lady Dawn kam herein. »Der Bräutigam wartet auf seine Braut.«

Ohne ein weiteres Wort zu wechseln, verließen Herzog Robert und Keely den Vorraum und stellten sich im hinteren

Teil der Kapelle auf. Herzog Robert streckte die Hand aus, um sie den Mittelgang hinunter zum Altar zu führen. Aber Keely zögerte.

»Was geschehen ist, gehört der Vergangenheit an. Es geschah nicht absichtlich«, flüsterte Keely und blickte, die Augen voller Tränen, zu ihm auf. »Vergib mir die schrecklichen Dinge, die ich gesagt habe. *Papa,* ich liebe dich.«

»Du Kind meines Herzens«, murmelte Herzog Robert und nahm sie in die Arme. Vater und Tochter umarmten einander, als wollten sie sich nie mehr loslassen, nachdem sie endlich zueinander gefunden hatten.

Die Gräfin von Cheshire lächelte über diesen herzerwärmenden Anblick, den die beiden boten, und wischte sich eine Träne aus den Augen. Hinter ihr wurde bereits unruhig getuschelt. Die Hochzeitsgäste verstanden anscheinend nicht, was diese aus dem Nichts aufgetauchte Braut daran hinderte, zum Altar zu stürzen und Englands ersten Grafen zu heiraten.

Lady Dawn wandte sich wieder um und sah Richard nach hinten gehen, um herauszufinden, was mit seiner Braut geschehen war. Die Gräfin mußte insgeheim darüber schmunzeln, daß der Frauenheld, der so viele Herzen gebrochen hatte, nun Angst hatte, vor dem Altar sitzengelassen zu werden.

Trotz der ehrfurchtgebietenden Umgebung bildete Lady Dawn mit den Händen einen Trichter und rief so laut sie konnte: »Geduld, Devereux! Ludlow und seine Tochter verabschieden sich nur voneinander!«

Richard schenkte den Höflingen, ob Freund oder Feind, keine Beachtung, die sich auf seine Kosten amüsierten. Als er seine Verlobte und ihren Vater sah, wie sie einander umarmten, nickte er der Gräfin nur zu und kehrte an seinen Platz am Altar zurück.

Schließlich ließ Herzog Robert seine Tochter los, lächelte ihr ermutigend zu und führte sie den Gang hinunter zum Altar.

Keely sah zum erstenmal die reich geschmückte Königliche Kapelle. Tausend Kerzen erhellten die Kapelle, und an den Wänden vollführten die Schatten einen fantastischen Tanz. Die himmelblaue Kuppel war übersät mit goldenen Sternen, die Gottes himmlisches Reich symbolisierten.

Keely wandte sich der in der Kapelle versammelten Menge zu. Ein Augenmeer war neugierig auf sie gerichtet.

»Ich kann nicht, Papa«, flüsterte sie, als sie angesichts dieser zukünftigen Feinde die Panik übermannte.

Herzog Robert drückte sanft ihre Hand. »Du bist mehr wert und würdiger als tausend von denen«, erwiderte er und schritt zum Altar. Sie hatte keine Wahl, entweder sie folgte ihm oder kämpfte um ihre Freiheit.

Am Ende des Ganges stand der Altar mit dem Mahagonitor, durch das Richard und sie schreiten würden, bevor sie vor dem Erzbischof von Canterbury niederknieten. Der Altarraum war mit Blumen geschmückt — Sträußen aus den herrlichen Jungfern im Grünen, die sie in den Räumen des Grafen so bewundert hatte.

Ohne weiter auf die neugierigen Blicke der Höflinge zu achten, blieb Keelys Blick an dem unglaublich schönen Mann haften, der am Altar auf sie wartete. Elegant gekleidet wie er war — er trug ein tannengrünes Wams mit dazu passender Hose — sah Richard wieder aus wie der zum Leben erwachte heidnische Gott ihrer Träume. Und er lächelte ihr zu. Seine smaragdenen Augen versprachen ihr, sie zu lieben, so daß sie den Mut fand, einen Fuß vor den anderen zu setzen, bis sie an seiner Seite stand.

Keely küßte ihren Vater auf beide Wangen. Dann wandte sie sich dem Grafen zu, lächelte ihn an, und legte ihre Hand in seine.

Sie hörte das Gekicher der Höflinge in den vorderen Kirchenstühlen. Selbst der Erzbischof von Canterbury konnte ein Schmunzeln nicht unterdrücken.

Richard grinste breit. »Ich fürchte, es ist der Brauch, daß der Vater die Braut übergibt.«

»Oh!« Keely wurde feuerrot. Ohne groß nachzudenken, versuchte sie, ihre Hand wegzuziehen, um von vorne anzufangen.

»Laß das sofort bleiben«, weigerte sich Richard ihre Hand

loszulassen. »Jetzt habe ich dich endlich, und ich werde dich nie wieder gehen lassen.«

Zu Keelys großer Erleichterung dauerte die christliche Trauungszeremonie nicht länger als dreißig Minuten. Für immer in Erinnerung blieb ihr der Augenblick, als Richard ihr den goldenen Ehering an den Finger steckte und ihr mit bebender Stimme versprach: »*Pour tous jours.* Für immer, Schatz.«

»Bist du bereit, dein neues Leben zu beginnen?« fragte er sie leise, bevor er sich mit ihr umwandte, um dem Tudorhofe als Mann und Frau vorgestellt zu werden.

Keely nickte ernst. »Und behaupte nie, ich hätte dich nicht gewarnt.«

Seine Liebe zu ihr leuchtete in Richards Augen, als er schmunzelnd erwiderte: »Ich verspreche es dir.«

»Willkommen an meinem Hofe, Lady Devereux.« Königin Elisabeth trat vor, um ihnen zu gratulieren. »Schwört Ihr, meinem teuren Midas eine liebende, treue und gehorsame Gattin zu sein?«

Keely machte einen Hofknicks und entgegnete: »Der Himmel kennt meine Liebes- und Treueschwüre.« Mit einem Seitenblick auf ihren Ehemann fuhr sie fort. »Was den Gehorsam angeht, werde ich mir Mühe geben.«

Keely blickte auf den Strauß Orangenblüten in ihrer Hand. Genaugenommen verlor sie in dem Augenblick, in dem sie eine Ehefrau wurde, ihre jungfräulichen Vorrechte. Ohne weiter darüber nachzudenken, schenkte Keely ihren Strauß der Königin.

»Vielen Dank, Kind«, bedankte sich Elisabeth aufrichtig gerührt. Nur Keely und Richard hörten, wie sie wehmütig hinzufügte: »Vielleicht ist das der einzige Brautstrauß, den ich je in Händen halten werde.« Ohne ein weiteres Wort machte die Königin kehrt und führte den Hochzeitszug aus der Königlichen Kapelle.

Im großen Saal von Hampton Court saß Keely zwischen ihrem Ehemann und ihrem Vater. Lady Dawn saß auf der linken Seite des Herzogs, und zur Rechten Richards saß die Königin. Auf der anderen Seite saß der Erzbischof von Canterbury neben der Königin, Louise Devereux und Onkel Hal. Sehr zu ihrem Mißvergnügen saßen Morgana und Willis Smythe an einem anderen Tisch, zusammen mit Henry, dem es wiederum vollkommen gleichgültig war, an welchem Tisch er plaziert war.

Wie es die Tradition verlangte, gab Richard seiner Braut eine Quitte zu essen, die für weibliche Fruchtbarkeit stand. Sie aß die gelbe Frucht, sehr zur Freude der Höflinge, die zu trinken angefangen hatten, kaum daß sie die Halle betreten hatten, und nun laut und fröhlich Beifall klatschten. Keely kam nicht umhin, sich zu fragen, wie das Leuchten in den Augen ihres Ehemanns zu deuten war. Hieß es, daß er nach einem Erben verlangte, um möglichst schnell zu seiner Reise nach Irland aufbrechen zu können?

Die Diener tischten einen Gang des Hochzeitsmahls nach dem anderen auf. Keely staunte, sie hatte noch nie dergleichen gesehen. Als erstes wurden die verschiedensten Fische gebracht, darunter Lachs in Weinsoße und die Colchester-Miesmuscheln ihres Mannes. Danach kam gebratener Fasan, dem die verschiedensten Fleischgerichte folgten. Es gab Rinderschmorbraten, gegrilltes Wild in Pfeffersoße und Schweinebraten, zu dem Glühwein gereicht wurde. Zum Abschluß wurden Käse aus Cheshire, Obsttörtchen, Rosenpudding und geröstete Nüsse serviert. Doch den Höhepunkt bildete der Hochzeitskuchen. Er war zwei Schwänen nachgebildet, deren Hälse sich zu einem Herzen verschlungen waren.

»Ich kann Odo und Hew nirgends entdecken«, flüsterte Keely ihrem Gatten ins Ohr.

»Deine Cousins sitzen am Saalende«, antwortete Richard.

»Wer hat meine Familie nach hinten geschickt?« Keely warf ihm einen wütenden Blick zu.

»Sie wollten bei May und June sitzen.« Richard küßte sie auf den Mund und flüsterte ihr warnend ins Ohr: »Sei bitte vorsichtig, Schatz. Dein hübsches Gesicht könnte in einer häßlichen Grimasse erstarren. Und was würdest du dann tun?«

»Ganz einfach, ich würde in keinen Spiegel mehr blikken«, gab ihm Keely zur Antwort und fuhr schmunzelnd fort: »Die entscheidende Frage ist: Was würdest *du* tun?«

»Ganz einfach«, parierte Richard mit seiner alten höfischen Boshaftigkeit, »ich würde die Kerzen ausblasen, bevor ich dich vernasche.«

Keely schnappte nach Luft. Sie wurde flammend rot. So hatte noch kein Mann mit ihr gesprochen.

Sie tat Richard leid in ihrer verletzten Unschuld. Er zog sie an sich und drückte ihr einen Kuß auf die Wange. »Es war nur ein Scherz. Habe ich mir nun beim Küssen die Lippen verbrannt?«

Keely mußte schon wieder schmunzeln.

Während die Höflinge alles in ihrer Sichtweite verschlangen, wanderten Musikanten durch den Saal und unterhielten die Gäste mit ihren Dudelsackpfeifen und Flöten und Lauten. Nach dem Mahl begann der Tanz.

Stolz führte Richard seine Braut durch den Saal und stellte sie den anderen Höflingen vor.

All die fremden Gesichter und Namen verwirrten Keely, und die Aufmerksamkeit, die man ihr allseits entgegenbrachte, machte sie mißtrauisch. Die Männer umschwärmten sie und luden sie mit ihren abschätzenden Blicken zu einem späteren Rendezvous ein. Die Frauen, vor allem die jüngeren, lächelten höflich, doch ihre finsteren Blicke sprachen Bände und verkündeten ihren unausgesprochenen Neid.

»Schatz, möchtest du tanzen?« fragte Richard, kaum daß es ihm gelang, kurz mit seiner Braut allein zu sein.

Keely erstarrte vor Angst. Sie konnte nicht tanzen, aber lieber hätte sie sich die Zunge abgebissen, als diese Schmach einzugestehen.

»Mir ist bereits schwindlig von dem Wein«, log sie. »Hättest du etwas dagegen, wenn ich es bleiben ließe?«

»Natürlich nicht, Liebling. Doch ich schulde der Königin einen Tanz. Ich bringe dich zu Lady Dawn.«

Als Richard und Keely den Saal durchquerten, kamen sie an einer Gruppe junger Damen, darunter die Ladies Morgana, Sarah und Jane, vorbei, die plaudernd zusammenstanden. Keely zuckte zusammen, als sie ein paar Gesprächsfetzen aufschnappte.

»Sie ist der bettelarme Bastard meines Vaters«, verkündete Morgana mit lauter Stimme.

»Warum sollte Basildon sich dazu herablassen, einen Bastard zu heiraten?« fragte Lady Sarah. »Er hätte jede Frau in England haben können.«

»Weil sie außergewöhnlich schön ist«, entgegnete Lady Jane, während sie ihre Rivalin um die Gunst des Grafen einer kritischen Musterung unterzog.

»Jede von uns hätte besser zu ihm gepaßt«, bemerkte Morgana. »Dieser Bastard spielte die Hure für den Grafen und fädelte es so geschickt ein, daß mein Vater die beiden überraschte. Er zwang den Grafen gegen seinen Willen in diese Ehe.«

Richard blieb unvermittelt stehen und wollte sich gerade umdrehen, doch Keely berührte ihn am Arm und sah ihn bittend an.

»Das war heute ein wunderschöner Tag«, flehte sie verzweifelt. »Bitte verdirb ihn mir nicht, indem du diesen Lügen eine ungebührliche Aufmerksamkeit zukommen läßt. Es ist die reine Boshaftigkeit, die aus ihr spricht. Morgana glaubt, ich habe ihr alles weggenommen, was ihr zustand. Vielleicht ginge es mir genauso, stünde ich an ihrer Stelle.«

Richard nickte verständnisvoll. »Du bist eine Heilige, die von niemandem schlecht redet.«

»Über meinen Vater habe ich an Samhuinn etwas Schlechtes gesagt.«

»Du warst so außer dir«, erinnerte er sie.

»Und Morgana ist es ebenfalls«, entgegnete sie.

Während Richard mit der Königin tanzte, blieb Keely in Gesellschaft seiner Mutter und Lady Dawns. Doch ihre Gedanken kreisten um ihren Mann und nicht um die Gespräche ringsherum. Wie sie ihm so zusah, wünschte sie sich sehnlichst, ihm auf dem Tanzboden eine Partnerin sein zu können. Diesmal war es ihr gelungen, ihre Unkenntnis zu verbergen — aber welche Entschuldigungen sollten sie in all den kommenden Nächten retten?

Richard kehrte an Keelys Seite zurück und geleitete sie unter dem Vorwand, sie jemandem vorstellen zu wollen, an das andere Ende des Saals. Beiläufig führte er sie am Saalrand entlang, doch als sie den Eingang erreichten, riß er sie durch die Tür und befahl ihr: »Und nun, Mylady, lauf.«

Während sie so schnell sie konnten durch das Labyrinth der Korridore rannten, fragte Keely ihn: »Warum laufen wir denn?«

»Diese übermütigen Trunkenbolde wollen uns die Kleider vom Leib reißen«, antwortete ihr Richard, ohne langsamer zu werden. »Und ich möchte mit keinem Mann den Genuß teilen, dich nackt zu sehen.«

Bei diesen Worten wurde Keely noch schneller. Richard schmunzelte. Er hätte nie geglaubt, daß eine Heidin so schamhaft sein könnte.

Als sie ihr Schlafgemach erreichten, donnerte Richard die Tür ins Schloß und verriegelte sie. Sie waren in Sicherheit. Sekunden später wurde bereits gegen ihre Tür gehämmert. Offensichtlich angeheiterte Männer grölten, und nicht weniger beschwipste Frauen kicherten hemmungslos.

»Devereux, du hast uns betrogen!« brüllte Willis Smythe.

»Verschwindet!« rief Richard. »Oder ich bringe jeden einzelnen von euch an den Bettelstab.«

Als die Stimmen und das Gelächter langsam leiser wurden und schließlich in der Ferne verstummten, wandte Richard sich um zu seiner Braut. Schüchtern senkte Keely den Blick.

Meine schöne Braut hat Angst vor dem, was nun kommt, erkannte Richard. Bisher hatte er nur Erfahrung gesammelt mit in der Liebe bewanderten und zu allen Schandtaten bereiten Frauen. Wie konnte er dafür sorgen, daß sie sich entspannte und das Kommende genoß? Und dann wußte er wie.

Richard öffnete seinen Gürtel und ließ ihn auf den Boden gleiten. Sein Wams folgte.

Keely hielt den Blick gesenkt. Doch war ihr klar, was er da tat, wie die Röte auf ihren Wangen verriet.

Richard lächelte. Er zog sein Hemd aus und warf es ihr vor die Füße.

Keely konnte den Blick nicht davon losreißen. Am liebsten wäre sie im Erdboden versunken. Bei den heiligen Steinen! Was sollte sie nun tun? Sie schloß die Augen, um nicht sehen zu müssen, was als nächstes kam — seine Hose.

»Sieh mich an, Schatz.« Seine Stimme war sanft wie eine Liebkosung.

Langsam glitt Keelys Blick nach oben, von den Stiefeln über die muskulösen Schenkel, die durch die Hose gut zu erkennen waren, zu seiner großartigen nackten Brust. Und dann brach sie in lautes Gelächter aus.

Da stand der berühmte Graf von Basildon und ließ seinen Bizeps zu einer nur ihm bekannten Melodie tanzen. Er grinste breit und streckte ihr die Arme entgegen.

Keely ging zu ihm. Sie lief geradewegs in seine Arme und schmiegte sich an seinen harten, muskulösen Körper. Das letzte, was sie sah, bevor seine Lippen sie liebkosten, war sein umwerfendes Lächeln.

Richard küßte sie langsam und genießerisch. Er wußte, er mußte sich Zeit lassen mit seiner Braut und sie dazu bringen, ihm bereitwillig auf den Pfaden der Liebe zu folgen. Nur dann konnte er wirkliche Befriedigung finden.

»Meine schöne Braut«, flüsterte er, als er sie wieder losließ und beinahe scheu ihre seidene Wange streichelte.

»Kannst du auch mit der Zunge deine Nasenspitze berühren, wie du behauptet hast?« fragte ihn Keely.

»Das war eine Lüge«, gestand Richard, ohne auch nur eine Spur von Reue zu zeigen.

»Warum hast du das gesagt?«

Richard zog eine Augenbraue nach oben. »Natürlich um dich zu beeindrucken.«

Keely lächelte spöttisch, ihre veilchenblauen Augen funkelten wie Amethyste. »Ich war *sehr* beeindruckt, aber deine Ehrlichkeit beeindruckt mich noch mehr.«

»Es ist schön, daß dir meine besseren Charaktereigenschaften nicht entgehen, Schatz«, antwortete Richard mit scheinbar feierlichem Ernst, den allerdings das Leuchten in seinen Augen Lügen strafte. Er wollte ihr Gespräch leicht halten, um seine nervöse Braut nicht unnötig zu verschrekken. »Wenn du dich umdrehst, spiele ich die Kammerzofe für dich.«

Mit dem Geschick eines Mannes, der bereits Hunderte von Frauenkleidern geöffnet hatte, erledigte Richard seine Aufgabe im Handumdrehen. Doch seine ganze Erfahrung nutzte ihm nichts bei seiner unschuldigen Braut. Zärtlich fuhr er mit dem Finger ihre Wirbelsäule entlang und liebkoste dabei ihren Nacken.

Keely erbebte. Bei den heiligen Steinen! Ihr war zugleich heiß und kalt. Wie konnte das zugehen?

»Frierst du, Schatz?« fragte Richard sie und drehte sie zärtlich, um ihr ins Gesicht zu blicken. »Soll ich das Feuer anfachen?«

Schamhaft raffte Keely das Mieder ihres Brautkleids vor der Brust und starrte ihn an. »Mir fehlt nichts«, flüsterte sie kleinlaut.

In diesem Moment spürte Richard, welch zärtliche Gefühle er für sie hegte.

»Du kannst dich hinter dem Wandschirm dort umziehen«, bedeutete er ihr.

Keely rannte zu dem schützenden Wandschirm. Sie stieg aus ihrem Brautkleid und legte es ordentlich über einen Stuhl. Dann zog sie ihre Unterwäsche aus und streifte das Nachthemd über, das eigens für diese Nacht der Nächte angefertigt worden war.

Bei den heiligen Steinen! dachte Keely, als sie an sich herunterblickte. Das verfluchte Kleid war durchsichtig! Sie hätte genausogut splitternackt sein können. Unentschlossen blieb sie hinter dem Wandschirm stehen.

»Vielleicht sollten wir May und June rufen lassen«, sagte Keely schließlich, um Zeit zu gewinnen.

»Soll ich dir helfen?«

»*Nein*«, antwortete sie etwas zu schnell.

Richard schmunzelte.

»Ich fürchte nur, das Brautkleid könnte verknittern«, verbesserte Keely sich.

»Willst du es morgen wieder anziehen?« fragte Richard und konnte kaum das Lachen zurückhalten.

»Nein, aber eine Tochter von uns könnte …« Als Keely erkannte, wie verrückt sich das anhörte, schwieg sie.

Nun neckte Richard sie. »Hast du etwa einen kleinen Schönheitsfehler, von dem ich nichts erfahren soll?«

»Nein.« Doch noch immer weigerte Keely sich, hinter dem Wandschirm hervorzutreten.

»Bist du feige?« forderte Richard sie heraus. Vielleicht reagierte sie darauf.

Keely trat hinter dem Paravent hervor. Sie schämte sich zu sehr, um den Blick vom Boden zu heben, doch eine zarte Röte auf den Wangen verriet sie.

Richard starrte seine Braut unverwandt an, seine Smaragdaugen glommen vor unverhohlenem Begehren. Beim Anblick ihrer Schönheit stockte ihm beinahe der Atem, und in seinen Lenden begann sich seine Männlichkeit zu regen. Zierlich und schlank wie sie war, erschien sie ihm sogar noch schöner, als er sie sich vorgestellt hatte.

Richard bewunderte ihre schlanken Beine, die geschwungenen Hüften und ihre bezaubernden Brüste, die ihm durch die hauchdünne Seide entgegenschimmerten. Guter Gott! Alles, was er nun sah, gehörte ihm. In wenigen Augenblicken würde er seine wunderschöne Braut in die Arme schließen, ihren herrlichen Körper besitzen und — *wie er hoffte* — ihre Seele. Ihre flammendroten Wangen erinnerten ihn daran, daß er vorsichtig dabei vorgehen mußte, sie in die Wonnen des Ehelebens einzuführen.

»Suchst du etwas auf dem Boden?« fragte Richard sie, ohne mit der Wimper zu zucken.

Keelys Kopf fuhr hoch. Bei dem Anblick, der sich ihr bot, wurde ihr beinahe schwindlig. Richard trug einen smaragdfarbenen Morgenmantel. Während sie sich hinter dem Wandschirm ausgezogen hatte, hatte er sich ebenso ausgezogen. Das hatte sie nicht erwartet. Keely wußte, daß er unter dem Morgenmantel nichts trug — auch ohne ihren Druideninstinkt war ihr das klar.

Richard tat, als sähe er nicht, wie Keely ihn fasziniert anstarrte. Er unterdrückte ein Lächeln und zündete eine Räuchervase auf dem Nachttisch an. Der betörende Duft von

Jasmin breitete sich im Schlafgemach aus. Nun schenkte er einen Kelch Wein ein und nahm auf dem Bett Platz.

Er schaute hinüber zu Keely, klopfte auf das Bett und forderte sie auf, sich neben ihn zu setzen. »Wir teilen den Wein.«

Seine Einladung riß sie aus ihrer Erstarrung, doch die Wirkung war eine andere, als er geplant hatte.

»Ich brauche noch etwas«, erklärte sie ihm und schoß in die andere Ecke des Zimmers.

Keely durchwühlte ihre Habseligkeiten, bis sie das Gewünschte fand — zwei getrocknete Wurzeln mit Stengeln. Sie machte kehrt, schluckte nervös und machte sich auf den Weg zum Bett, als ginge es zur Richtstätte.

»Das ist Drachenwurz«, erklärte sie und hielt eine der Wurzeln kurz hoch, bevor sie diese unter dem Kissen versteckte. Sie errötete und fügte verschämt hinzu: »Drachenwurz fördert die Empfängnis.«

Richard war sofort milde gestimmt. Er nickte ernst. »Und die andere Wurzel?«

»Schafgarbe«, antwortete sie und steckte die Wurzel in die Räuchervase, um sie mit dem Jasmin zu verbrennen. »Es soll Ehen glücklich machen.«

Da lächelte Richard, was Keely jedoch entging. Denn sie hatte sich schon wieder umgewandt, um verzweifelt das ganze Zimmer abzusuchen, nach *irgend etwas,* das es ihr ermöglichte, nicht neben Richard auf dem Bett sitzen zu müssen.

Richard war sich im klaren darüber, daß es ihr nur darum ging, Zeit zu gewinnen. Seine smaragdgrünen Augen funkelten amüsiert. »Sieh mich an, Schatz«, forderte er sie mit tiefer Stimme auf.

Keely wandte sich langsam um. Seine Smaragdaugen blickten sie unverwandt an, doch sie konnte seine Gefühle nicht lesen.

»Setzt du dich nun her zu mir?«

Nervös lächelnd, setzte Keely sich zu ihm auf die Bettkante. Sie starrte an die Wand, so steif, als sei sie in Stein gemeißelt.

Richard berührte sie sanft am Kinn und drehte ihr Gesicht zu sich. Er wartete geduldig, bis sie den Mut fand, ihren Blick von seinem Hals zu lösen und ihm in die Augen zu schauen. »Keely, ich bin der Mann, der dir im Garten versprach, dich nie zu verletzen«, erklärte er ihr. »Ich bin der Mann, der sich in aller Öffentlichkeit dazu hergab, vor dir niederzuknien und dir in einem Saal voller schaulustiger Dienstboten einen Heiratsantrag zu machen. Warum hast du nun plötzlich Angst vor mir?«

»Ich ... ich habe keine Angst«, versuchte Keely ihm zu erklären. »Nicht direkt.«

Richard legte ihr den Arm um die Schulter und zog sie an seine Brust. »Warst du je mit einem Mann zusammen?«

»Ja.«

Richard runzelte die Augenbrauen. Mit dieser ehrlichen Antwort hatte er nicht gerechnet. »Mit wem?« wollte er wissen.

»Mit Odo und Hew. Und natürlich mit Rhys.«

Richard war beruhigt.

»Und ...«

»Mit wem noch?«

»Bist du wütend auf mich?« fragte Keely ihn mit ängstlich aufgerissenen Augen.

»Du sollst meine Fragen mit keinen Gegenfragen beantworten«, wies er sie streng zurecht. »Mit wem warst du noch zusammen?«

»Mit dir«, erinnerte sie ihn, »in deinem Haus.«

Richard lächelte erleichtert. »Ist dir klar, was wir heute abend tun?«

Keely nickte. Sie wünschte sich von ganzem Herzen, sie wüßte nicht, was ihr Schicksal ihr nun bringen würde.

»Dann sag es mir, Schatz.«

Überrascht blickte sie ihn an und fragte schließlich: »Weißt *du* es denn nicht?«

Beinahe hätte Richard laut losgeprustet. »Natürlich weiß ich es«, erwiderte er lächelnd. »Ich wollte nur wissen, ob das, was du denkst, auch stimmt.«

»Du wirst mich vernaschen«, platzte Keely in unverhohlener Panik heraus. »So wie du es heute abend beim Essen gesagt hast.«

Diesmal verspürte Richard nicht das geringste Bedürfnis zu lachen. Seine Braut hatte Angst vor ihm, und er wollte sie beruhigen. Sie sollte die Hochzeitsnacht genießen. Denn was in dieser Nacht geschah, würde ihr ganzes gemeinsames Leben lang nachwirken.

»Ich hätte das nicht sagen sollen«, entschuldigte er sich. »Das kam wieder einmal mein rüpelhafter Hofschranzenhumor zum Vorschein, Liebling. Männer und Frauen lieben sich. Sie vereinigen ihre Körper, ihre Herzen und ihre Seelen.« Er suchte nach einem Bild, das sie verstehen würde. »Welche körperlichen Empfindungen liebst du am meisten?« fragte er sie.

Keely dachte kurz nach, bevor sie ihm einen schüchternen Blick zuwarf und mit einem bezaubernden Lächeln antwortete. »Ich liebe das Gefühl von Tau benetztem Gras zwischen meinen Zehen, den wärmenden Sonnenschein auf meinen Schultern und den leichten Sommerwind, wenn er mein Gesicht streichelt.«

Richard lächelte. Er kannte keine andere Frau, die eine solche Antwort hätte geben können. Sein Herz floß schier über von Zärtlichkeit für diese ungekünstelte Unschuld, die er zu seiner Frau gemacht hatte.

»Wenn man Liebe macht, fühlt sich das genauso herrlich an und *noch wunderbarer*«, versprach er ihr.

Damit hatte er ihr Interesse geweckt. Sie legte den Kopf zur Seite. »Wirklich?«

Richard nickte, ihre Neugier war offenkundig. Er stand auf, sah sie an und streckte ihr die Hand entgegen, als wolle er sie zum Tanz auffordern.

Keelys Blick glitt von seinen strahlenden Smaragdaugen zu der ausgestreckten Hand. Als sie die Augen wieder hob, erkannte Richard, daß ihre Vorbehalte wieder die Oberhand gewonnen hatten. Sie nagte mit ihren kleinen weißen Zähnen an ihrer Unterlippe, ein nervöser Tick von ihr, der ihm schon früher aufgefallen war und den er ausgesprochen reizend fand.

»Ich höre sofort auf, wenn du es wünschst«, versprach Richard ihr. »Vertraust du mir?«

Ohne sich über die Sinnlichkeit ihrer Geste bewußt zu sein, fuhr sich Keely mit der Zunge über ihre vor Nervosität trockenen Lippen. Wieder senkte sie die veilchenblauen Augen und fixierte die ihr entgegengestreckte Hand — und legte schließlich die ihre in die seine.

Wie sie so dastand und ihn ansah, streifte Richard ihr die Träger ihres Nachthemds über die Schultern. Es glitt zu Boden. Nun trug sie nichts als den Funken sprühenden Drachenanhänger. Sie sah aus wie eine heidnische Prinzessin.

Keely wurde feuerrot und senkte schamhaft den Kopf.

Statt sie an sich zu ziehen, wie er es sich sehnlichst wünschte, hob Richard ihr Kinn. »Ich will deine *stolze* Schönheit bewundern.«

Keely wußte, was er meinte. Sie hob den Kopf wie eine strahlende Heidenkönigin und straffte die Schultern, was ihre vollkommenen Brüste noch besser zur Geltung brachte.

Richard verschlang sie mit den Augen. Sein Blick glitt über ihr wunderschönes Gesicht zu ihren herrlichen Brüsten, ihrer schmalen Taille und ihren schmalen und dennoch weiblich geschwungenen Hüften, ihre schlanken Beine entlang bis zu den zierlichen Füßen.

Als sich ihre Augen wieder trafen, fragte er sie: »Spürst du bereits die wärmende Sonne?«

Keely lächelte bei diesen Worten.

Ohne den Blick von ihr zu wenden, begann Richard den Gürtel seines Morgenmantels zu lösen.

»Halt«, rief Keely voller Angst.

Kaum hatte sie dies gesagt, hielt Richard inne. »Ich wollte genauso nackt vor dir stehen, wie du nackt vor mir stehst, Schatz«, schmeichelte er ihr. »Ich wünsche mir, von dir bewundert zu werden.«

Lange Zeit schwieg Keely, schließlich nickte sie.

Richard ließ den Morgenmantel zu Boden gleiten und stand in seiner ganzen männlichen Herrlichkeit stolz vor ihr. Unglücklicherweise weigerte sich Keely, mehr als sein Gesicht und seinen Hals zu bewundern.

Richards Mundwinkel zuckten, doch er beherrschte sich. Er legte einen flehenden Ton in seine Stimme. »Sieh dir meinen Körper an, Keely, *bitte*!«

Langsam ließ Keely ihren Blick über seine breiten Schultern zu seiner großartigen, von einem dichten Teppich kupferroten Haares bedeckten Brust gleiten. Vorsichtig tastete sich ihr Blick hinunter zu seinen schmalen Hüften, doch als sie den ganzen Stolz seiner Männlichkeit entdeckte, der sich unter ihrem neugierigen Blick zu regen begann, wurden ihre Augen groß.

»Darf ich dich anfassen, Liebling?« fragte er sie zärtlich.

Keely hob die Augen. Einen schrecklichen Augenblick lang dachte Richard, ihre jungfräulichen Ängste gewännen die Oberhand über ihre offenkundige Neugier. Doch dann nickte sie.

Richard trat näher. Er berührte mit einer Hand ihre seidenweiche Wange, glitt mit den Fingerspitzen über ihren schlanken Nacken zur Schulter.

Wo er sie berührte, brannte es wie Feuer. Keely schloß die Augen und flüsterte: »Ich kann die Wärme der Sonne fühlen.«

Richard lächelte. Er wollte sie nicht erschrecken, indem er sie zu früh an den Brüsten berührte, deshalb ließ er seine Fingerspitzen seitlich entlang zu den anmutig geschwungenen Hüften gleiten.

Keely seufzte. »Ich fühle den Sommerwind«, flüsterte sie.

»Wenn du den Tau spüren möchtest«, wisperte er ihr heiser ins Ohr, »muß ich dich küssen.«

Keely öffnete die Augen. Sie nickte lächelnd.

Sanft zog Richard sie in seine Arme. Ohne ihr Zeit zum Nachdenken zu lassen, suchte er ihren Mund, und ihre Lippen trafen sich in einem atemberaubenden Kuß.

Keely schmiegte sich an ihn. Zum erstenmal in ihrem Leben empfand sie das überwältigende Gefühl, einen männlich harten Körper an ihrem weiblich weichen zu spüren. *Und es gefiel ihr.*

Ohne Vorwarnung nahm Richard sie in die Arme und legte sie aufs Bett. Er legte sich neben sie und zog sie an sich.

Sein Gesicht dicht über ihrem, fragte er sie: »Soll ich aufhören?«

»Noch nicht«, antwortete sie, ohne die Augen aufzuschlagen.

Lächelnd küßte Richard sie, der Kuß schien ewig zu währen. Von seiner Leidenschaft mitgerissen, erwiderte Keely den Kuß und erwiderte ihn immer und immer wieder.

Richard liebkoste ihre Lippen, bis Keely sie für ihn öffnete. Er erforschte die Süße ihres Mundes, und Keely tat es ihm zu seiner Überraschung nach. Ihre Zungen berührten einander, zunächst vorsichtig, doch bald wurden sie kühner, um schließlich einen wilden Tanz zu tanzen, der so alt war wie die Welt.

»Fühlst du jetzt die wärmende Sonne?« flüsterte Richard atemlos.

»Ja.«

»Ich auch.«

Keely stöhnte. Mit seinen Worten traf er sie ins Herz und entflammte ihre Begierde.

Richard hauchte ihr Dutzende federleichter Küsse auf die Schläfen, Lider, die Nase und den Hals. Er hielt sie so fest, als wolle er sie nie mehr loslassen. Schließlich suchte sein Mund wieder den ihren, und ihr Kuß währte eine Ewigkeit. Richard liebkoste ihren seidenweichen Körper von ihrem zarten Nacken über die sanft gewölbte Brust bis zu ihren schwellenden Schenkeln.

Als er spürte, wie sie unter seinen Händen bebte, flüsterte er: »Das ist der Sommerwind, Liebling.«

Und wieder fanden ihre Lippen einander in einem Kuß, der die Welt aus den Angeln zu heben schien. Und die ganze Zeit liebkosten sie seine Hände so sanft und leicht wie ein lauer Sommerwind, während seine Lippen ihren Nacken erkundeten, wo sie nicht haltmachten.

Er sog an ihrer Brustwarze. Sie war so erregt, daß sie nicht mehr klar denken konnte. Keely brannte danach, von ihrem Ehemann genommen zu werden.

»Ich brauche — *etwas*«, keuchte sie. Sie war zu unschuldig, um zu wissen, was sie brauchte. Doch ihr Ehemann wußte es.

»Mach deine Beine breit für mich«, forderte Richard sie voller Begierde auf.

Keely kam ohne zu zögern seiner Aufforderung nach. Richard küßte sie und führte langsam einen Finger in sie ein, ohne den Blick von ihrem Gesicht zu wenden.

Keelys Augen weiteten sich vor Schreck und sie öffnete den Mund, um ihm Einhalt zu gebieten, doch Richard war zu schnell für sie. Er schloß ihr die Lippen mit seinem Mund und betörte sie mit der Leidenschaftlichkeit seines Kusses.

Als er glaubte, sie habe sich von dem ersten Schreck erholt, fuhr er fort. »Entspann dich, Geliebte«, beruhigte er sie. »Mach dich mit dem Gefühl vertraut. Du bist so herrlich eng. Ich will, daß du bereit bist, mich aufzunehmen ... Spürst du nicht die gleißende Hitze der Sonne zwischen deinen Schenkeln?«

Ohne auf ihre Antwort zu warten, steckte Richard den Kopf zwischen ihre Brüste, küßte sie und sog an ihren Brustwarzen und massierte sie mit seinen Fingern.

Keely entspannte sich, stellte sich auf seinen Rhythmus ein und begann, ihre Hüften kreisen zu lassen. Sie ließ ihn tiefer eindringen, wand sich und stöhnte vor Lust. Ihre Hüften bewegten sich schneller und schneller. Und dann spürte sie ihn nicht mehr.

»Nein«, flehte sie. Voller Protest schlug sie die Augen auf.

Richard kniete zwischen ihren Schenkeln. Er streichelte sie mit seinem erregten Glied an ihrer empfindsamsten Stelle. Keely stöhnte ob dieser ungeahnten Lust. Sie schloß die Augen und sank zurück auf die Kissen.

»Sieh mich an, Geliebte«, befahl ihr Richard, bereit, in sie einzudringen.

Keely öffnete die Augen und schaute ihn mit einem vor Lust verschleierten Blick an.

»Es tut nur kurz weh«, versprach Richard. »Wie eine Wolke, die einen Augenblick lang die Sonne mit ihren wärmenden Strahlen verdeckt.«

Dann drang er mit einem mächtigen Stoß in sie ein und vergrub sich tief in ihrem bebenden Körper. Keely hielt ihn umklammert; als er ihr Jungfernhäutchen durchstieß, schrie sie vor Schmerz und Überraschung.

Doch sie bat ihn nie, aufzuhören.

Die nächsten Augenblicke verharrte Richard unbeweglich. Sie sollte sich daran gewöhnen, ihn in sich zu spüren. Dann begann er, sich langsam und verführerisch zu bewegen, forderte sie auf, sich mit ihm zu bewegen.

Keely schlug die Beine um ihn — ihre Unschuld verschwand, und uralte Instinkte gewannen die Oberhand. Sie bewegte sich mit ihm, beantwortete jeden seiner heftigen Stöße mit einem schnelleren Kreisen ihrer Hüften.

Plötzlich, vollkommen unerwartet, explodierten tausend Sonnen in ihr. Eine Welle ozeanischen Gefühls nach der anderen trug sie ins Paradies und darüber hinaus.

Erst jetzt ließ Richard seinem Bedürfnis freien Lauf. Er hielt sie fest umklammert, stöhnte, schauderte und ergoß sich tief in sie.

Lange Zeit lagen sie regungslos nebeneinander, nur ihr Keuchen war zu hören. Schließlich rollte Richard sich auf die Seite, zog sie in seine Arme und küßte sie sanft auf die Stirn. Liebevoll sah er in ihr staunendes Gesicht. Er konnte in ihren Augen bis in den Grund ihrer Seele sehen.

Ihre Liebe zu ihm war unverkennbar. Keely sah ihren Ehemann an und erklärte: *»Halt!«*

»Halt?« Richard hob eine Augenbraue und sah sie verwundert an.

Er konnte nicht länger an sich halten. Er platzte los und lachte, lachte so laut und herzlich, daß es ihn schüttelte.

»Du bringst das Bett zum Wackeln«, sagte Keely und brach selbst in lautes Gelächter aus.

Richard zog sie auf seinen Bauch und streichelte ihren grazilen Nacken, während er erneut versuchte, sie leidenschaftlich zu küssen. Doch zum ersten Mal im Leben mußte sich der lebenserfahrene Graf geschlagen geben. Er lachte in den Mund der Frau, die er küßte. Er ergab sich in das Unvermeidliche, streichelte ihren Rücken und lachte, bis er sich wieder beruhigte.

Keely legte den Kopf auf die kupferroten Locken auf seiner

Brust. Sie lauschte dem rhythmischen Schlag seines Herzens und seufzte zufrieden.

Richard betrachtete den funkelnden Anhänger auf ihrer Brust genauer. »Trägst du den Drachen immer?«

»Ich werde das Erbe meiner Mutter nie freiwillig ablegen«, antwortete Keely.

»Du hast sie wohl sehr geliebt.«

»Ich liebe sie noch immer. Die Liebe währt ewig. Sie stirbt nicht, wenn der geliebte Mensch von uns geht.«

Irgendwie fühlte sich Richard durch diesen Gedanken getröstet. »Es ist Zeit zu schlafen«, meinte er.

»Ich bin nicht müde.« In jeder Faser von Keelys Körper klang noch die vorherige Erregung nach. Wie wäre es nach diesem Liebeserlebnis mit ihrem Ehemann auch anders möglich gewesen!

»Ich habe ein Geschenk für dich«, erklärte Richard.

»Und ich habe eines für dich«, antwortete sie mit sanfter Stimme.

Ohne Rücksicht auf jedwedes Schamgefühl erhob Richard sich und ging an das andere Ende des Zimmers. Keely blieb noch einen Augenblick liegen und bewunderte ihren Mann, seine breiten Schultern, den kräftigen Rücken, die schmalen Hüften und die festen Hinterbacken.

Als spüre er ihren Blick, wandte Richard sich um und zwinkerte ihr zu.

Keely errötete und federte aus dem Bett, dann fiel ihr ein, daß sie splitternackt war. Hastig griff sie nach dem Morgenmantel, den Richard abgestreift hatte, und bedeckte sich damit. Keely hörte ihn hinter vorgehaltener Hand lachen und gebot ihm zu schweigen, bevor sie zu ihren eigenen Habseligkeiten lief.

Im Bett trafen sie sich wieder. Noch immer in den Morgenmantel ihres Mannes gehüllt, hockte sich Keely mit untergeschlagenen Beinen auf die Bettdecke. Richard hatte sich an das Kopfteil gelehnt und die Bettdecke über seine Hüften gelegt. »Alles Gute zum Hochzeitstag, Schatz«, wünschte er ihr und reichte ihr das kleinere der beiden Päckchen, die vor ihm auf dem Bett lagen.

Keely öffnete den Deckel des Lackschächtelchens und riß die Augen auf. Auf einem blauen Samtkissen lag die schönste Brosche, die sie je gesehen hatte. Ein goldener Blumenkorb, gefüllt mit Jungfern im Grünen. Die Blüten waren aus Saphiren, Amethysten und Diamanten gearbeitet.

Als Keely in seine erwartungsvolle Augen sah, meinte sie nur: »Das ist einer Königin würdig.«

Richard beugte sich nach vorne und küßte sie zärtlich auf den Mund. »Du bist *meine* Königin.«

Den Blick auf die Brosche gerichtet, verbarg Keely tapfer die Tränen, die ihr plötzlich in die Augen gestiegen waren. Ihre Unterlippe bebte vor Anstrengung. Wieder fragte sie sich, was der Graf wohl tun werde, wenn er feststellte, daß er die falsche Frau geheiratet hatte. Sie würde nie in seine Welt passen, genauso wenig wie seine Welt sie als den Menschen annehmen würde, der sie war. Bei den heiligen Steinen, sie konnte ja nicht einmal tanzen!

»Öffne das andere Paket«, forderte Richard sie auf.

Keely schüttelte den Kopf und schaffte es zu lächeln. »Nun bist du dran, Mylord.« Sie reichte ihm eines ihrer beiden Päckchen und entschuldigte sich: »Ich fürchte, es ist nicht so wunderbar wie dein Geschenk.«

»Laß mich das beurteilen«, meinte Richard und öffnete das Schächtelchen. Es enthielt einen schweren Goldring mit einem riesigen roten Karneol.

»Wie du ja weißt, beschützt der Karneol seinen Besitzer«, erklärte ihm Keely.

Richard reichte ihr den Ring und forderte sie auf, ihm den Ring an den linken Mittelfinger zu stecken. »Danke, Keely. Ich werde ihn stets hochhalten ... *pour tous jours*.«

»Für immer«, hauchte Keely, während sie ihm den Ring an den Finger steckte. Der Schalk blitzte ihr aus den Augen, als sie hinzufügte: »Ich konnte Seine Gnaden nicht um Geld bitten, weil ich damals nicht mit ihm sprach. Deshalb haben Odo und Hew draußen vor der Stadt einen reichen Lord überfallen. Ich hoffe, es stört dich nicht, daß der Ring Diebesgut ist ...?«

»Deine Cousins überfielen ...«

Keely prustete los. »Das war doch nur ein Scherz.«

»Es ist ein wunderbares Geschenk, aber nicht ganz so wunderbar wie deine Amethystaugen«, erklärte Richard ihr. »Wußtest du, daß der Amethyst für Tugend steht?«

Keely schüttelte den Kopf. »Und wofür stehen Smaragde?« *Denen deine Augen gleichen,* dachte sie.

»Smaragde verheißen Beständigkeit.«

Das hoffe ich, dachte sie, sagte aber kein Wort.

Richard reichte ihr sein zweites Geschenk. »Anbetracht deiner ungewöhnlichen religiösen Überzeugungen hielt ich etwas Wiedergutmachung für angebracht«, neckte er sie.

Keely sah ihn fragend an und packte das Geschenk aus. »Ein Buch?«

»Es ist *Das Leben der Heiligen.*«

Doch sie lachte nicht, wie er erwartet hatte, sondern hielt das Buch stirnrunzelnd in Händen, ohne es anzusehen. Sie erinnerte sich an das Kauderwelsch, das sie damals in seinem Arbeitszimmer gesehen hatte, und kaute an ihrer Unterlippe. Ihr Ehemann wußte bereits, daß sie ein bettelarmer Bastard war. Aber was würde er von ihr halten, wenn er auch noch entdeckte, wie ungebildet sie war?

»Gibt es ein Problem, Schatz?«

Keely hörte den besorgten Ton in seiner Stimme. Sie schämte sich zu sehr, um ihm in die Augen zu blicken, und starrte statt dessen auf seine Brust. »Mylord, ich kann keine andere Sprache als Englisch lesen.«

»Ich weiß«, lächelte Richard voller Zartgefühl. »Und wenn du dir das Buch genauer ansiehst, Liebling, wirst du entdecken, daß ich *Das Leben der Heiligen* ins Englische übersetzt habe.«

Keely lächelte erleichtert und hielt das Buch beinahe ehrfurchtsvoll in den Armen. »Was für ein wunderbares Geschenk. Ich habe noch nie ein Buch besessen.«

»Wirst du es lesen?«

»Eines Tages.«

»Ich hoffe, bald.«

»Anbetracht *deiner* mangelhaften religiösen Überzeugung dachte ich, du könntest einen Fingerzeig gebrauchen, um den richtigen Weg zu finden«, erklärte Keely und reichte ihm ihr zweites Geschenk.

Richard packte es aus. Verwirrt starrte er es an, um in lautes Gelächter auszubrechen, als er endlich merkte, worum es sich handelte. Er breitete das mit einer Kapuze versehene Zeremoniengewand aus und strich über das Monogramm, *R* und *D*, das seine Braut mit Goldfaden gestickt hatte.

»Wirst du es tragen?« fragte sie ihn.

Seine Mundwinkel zuckten. »Eines Nachts«, versprach er.

»Ich hoffe, bald.«

Richard zog sie wieder auf das Bett und streichelte ihren Nacken. »Du mußt erschöpft sein, Liebling.«

Keely schüttelte den Kopf, lehnte sich jedoch an seine Brust. »Du hattest recht, als du sagtest, ich solle meinem Vater vergeben«, erzählte sie ihm. »Ich habe das Gefühl, als sei mir eine große Last von der Seele genommen.«

»Ihm geht es genauso, Geliebte.«

Er hatte sie ›Geliebte‹ genannt, dachte Keely. Ob ihr Mann Liebe für sie empfand? Oder war das nur eine dieser englischen Floskeln, deren Bedeutung sie nicht kannte?

»Worüber hast du gerade nachgedacht?« fragte Richard sie, als er ihren sorgenvollen Blick sah.

Keely fuhr hoch und schaute dem Mann, über den sie sich gerade den Kopf zerbrochen hatte, in die Augen. »Hättest du aufgehört, wenn ich dich darum gebeten hätte?« fragte sie ihn.

Er hielt inne, sie zu streicheln, blickte ihr ernst in die Augen und log: »Ja, Schatz. Dein Wunsch ist mir Befehl.«

Keely zog eine Augenbraue hoch und schenkte ihm ihr verführerischstes Lächeln. »Und wenn ich ›fang an‹ sage?«

Ein umwerfend lässiges Lächeln war seine Antwort. Richard drehte sie auf den Rücken, und sein sinnlicher Mund zauberte ihr Lächeln fort. Eine Stunde später sanken sie erschöpft in den Schlaf.

Richard wachte während dieser magischen Augenblicke kurz vor der Morgendämmerung auf, wenn die Welt noch im Schlaf liegt. Er machte sich gar nicht die Mühe, die Augen aufzuschlagen, sondern drehte sich in die Bettmitte, wo er den warmen, zierlichen Körper seiner Frau vermutete. Doch der war nicht da. Er schlug zunächst ein Auge auf und dann das andere. Wohin, zum Teufel, war sie verschwunden? Richard richtete sich auf, und da sah er sie.

Splitternackt, von ihrem dichten, ebenholzschwarzen Haar bis zu den Hüften eingehüllt, stand Keely vor dem Fenster und blickte hinaus. Eine Hand auf der Glasscheibe, schien sie in Gedanken verloren, ihre Lippen bewegten sich stumm.

Richard lächelte. Seine Frau begrüßte den Sonnenaufgang, so wie sie es jeden Morgen tat. Sie hatte ihm davon erzählt.

Richard stieg aus dem Bett und lief barfuß zum Fenster. Er streifte den schwarzen Schleier ihrer Haarmähne zur Seite und liebkoste ihren Nacken. Sie schien ihm mit jeder Faser ihres Körpers einen guten Morgen zu wünschen.

Ohne falsche Zurückhaltung lehnte sich Keely an seinen harten, muskulösen Körper. Er umfaßte sie mit seinen kräftigen Armen und liebkoste ihre wunderbar geformten Brüste.

Sie schnappte nach Luft. Lächelnd fragte Richard sie: »Was siehst du?«

»Ich sehe über den Horizont hinaus.« Ihre Stimme klang weich und verträumt.

»Was liegt jenseits des Horizonts, meine Geliebte?«

Keely drehte sich um, ohne sich aus seiner Umarmung zu lösen, legte ihm die Arme um den Hals und küßte ihn auf den Mund. »Unsere Tochter Blythe hat ihre lange Reise zu uns begonnen.«

Richard sah sie fragend an. Er verstand überhaupt nicht, wovon sie redete, aber inzwischen kannte er sie gut genug, um zu wissen, daß jede weitere Erklärung ihn nur noch mehr verwirren würde. Daher nickte er bloß und akzeptierte ihre Worte.

»Was möchtest du an diesem ersten langweiligen Tag unseres Ehelebens gerne machen?« fragte er sie.

»Unsere Ehe sollte mit einem günstigen Vorzeichen beginnen«, erwiderte sie ernst. »Der Brauch verlangt, daß wir zum Hause Devereux zurückkehren. Ach ja, wir werden eine Barke brauchen, die groß genug ist, um Merlin aufzunehmen. Sie muß mit uns kommen.«

»Warum?« wollte Richard wissen und bedauerte es bereits, sie um eine Erklärung gebeten zu haben.

»Das ist ein alter walisischer Brauch«, legte Keely ihm dar. »Wenn eine Braut ihr Pferd durch das Haus ihres Bräutigams führt, bringt das Glück.«

Am liebsten hätte er laut losgelacht, doch er blieb ernst. »Du hast vor, mit Merlin durch Devereux House zu spazieren?«

Keely nickte.

»Sie wird ihr Geschäft darin verrichten«, warf Richard ein.

»Merlin ist eine wohlerzogene Dame und würde nicht im entferntesten daran denken, sich so schlecht zu benehmen«, versicherte Keely ihm. »Außerdem ist dies von größter Wichtigkeit für den glücklichen Verlauf unserer Ehe.«

Richard war strikt dagegen, ein verdammtes Pferd durch sein Haus spazieren zu lassen. Und genausowenig hatte er vor, mit seiner Frau darüber zu streiten.

»Heute nachmittag findet die Hochzeit von Lady Cheshire und deinem Vater statt«, erinnerte er sie. »Wir haben keine Zeit, um uns nach Devereux House zu begeben. Können wir mit diesem ehrwürdigen Brauch etwas warten, bis wir dorthin kommen?«

»Ich denke, das geht«, meinte sie unsicher.

Richard trat einen Schritt zurück und streckte ihr die Hand entgegen. »Komm zurück ins Bett«, lud er sie ein.

Keely ließ ihren Blick von seinen grünen Augen über seine Hand hinunter zu seinem Glied gleiten, das nach unten baumelte. Sie streckte die Hand aus und sagte: »Mylord, du hast einen Leberfleck auf der Spitze deines ... oh!« Unter der leichten Berührung ihrer Fingerspitze wurde sein Glied zu ihrer Überraschung plötzlich steif. »Ach, es bewegt sich ja.«

»Dieses wüste Kerlchen bewegt sich nur, wenn ich es will«, erklärte ihr Richard. »Was du da siehst, Schatz, ist eine Sommersprosse. Damen haben einen Leberfleck, Herren haben hübsche Sommersprossen.«

Richard nahm sie in die Arme und warf sie aufs Bett. Er stürzte sich mit einem übertriebenen Lustschrei auf sie.

Keely und Richard verbrachten den ganzen Morgen und einen Großteil des Nachmittags damit, sich in den wärmenden Strahlen der Sonne zu aalen und seufzend den sanften Sommerwind zu genießen. *Im Königreich ihres Bettes.*

Dreizehntes Kapitel

»Bist du soweit?« fragte Richard, als er ihr Schlafzimmer betrat. »Wir sind spät dran.«

Als sie seine Stimme hörte, wandte Keely, die zum Fenster hinausgesehen hatte, sich um. Sie stand bewegungslos, während er sie anstarrte. Sein erstaunter Gesichtsausdruck freute sie ungemein.

Da stand ihr wunderschöner Ehemann und strahlte sie an, während er sie mit seinen Smaragdaugen anerkennend von Kopf bis Fuß musterte. Bei diesen heißen Blicken fühlte Keely sich wie eine Prinzessin in ihrem violetten Samtkleid, das vollkommen zu ihren Augen paßte. Der einzige Schmuck, den sie trug, waren der Drachenanhänger an ihrem Hals, die Jungfer-im-Grünen-Brosche und die Ringe, die ihr Richard geschenkt hatte.

»Wie findest du mich?« fragte Keely und drehte sich im Kreis, wobei ihre Augen so strahlten wie die Amethysten in ihrer Brosche.

Richard trat zu ihr und verbeugte sich galant: »Ich finde, du bist die schönste Frau der Christenheit.«

Als sie das Schlafzimmer verließen, musterte Keely seinen düsteren Aufzug. »Warum trägst du immer Schwarz, Mylord?« fragte sie ihn. »Das ist die Farbe der Trauer.«

»Das darfst du niemandem verraten«, bat Richard sie, als vertraue er ihr ein dunkles Geheimnis an. »Schwarz ist die einzige Farbe, bei der ich mir sicher bin, daß sie sowohl zu meinen roten Haaren als auch meinen grünen Augen paßt.«

Bei diesem Geständnis mußte Keely lachen. Sie hätte nie vermutet, daß ihr arroganter Mann sich über irgend etwas unsicher sein könnte, und schon gar nicht darüber, ob Farben zusammenpassen.

»Werden Louise und Onkel Hal bei der Hochzeit meines Vaters anwesend sein?«

»Nein, sie sind heute morgen an den Strand zurückgekehrt«, antwortete Richard. »Meine Mutter fühlt sich am Hof nicht wohl.«

Ich auch nicht, dachte Keely. »Und Henry?«

Richard schüttelte den Kopf. »Dein Vater schickte ihn heute morgen mit Onkel Hal und meiner Mutter nach Talbot House zurück.«

»Ich nehme nicht an, daß Morgana diese Verbindung soweit billigt, um bei der Hochzeit dabeizusein?«

»Wahrscheinlich nicht.«

Richard führte Keely durch ein verwirrendes Labyrinth nur spärlich erhellter Korridore in die Lange Galerie. Dahinter lag die Königliche Kapelle, wo die Hochzeit ihres Vaters und der Gräfin stattfinden sollte.

Als sie die menschenleere Galerie betraten, spürte Keely einen kalten Lufthauch. »Es zieht hier«, bemerkte sie.

Richard sah hoch zu den in langen Reihen an beiden Seiten der Galerie angebrachten Kerzen. Sie flackerten kein bißchen.

Keely folgte seinem Blick. Erstaunt riß sie die Augen auf. Der Luftzug, den sie soeben gespürt hatte, müßte die Flammen wild flackern lassen.

Je weiter sie die Galerie entlang liefen, desto bedrückter fühlte Keely sich. Sie blickte unruhig zu ihrem Ehemann, dem nichts anzumerken war.

Keely wurde immer beklommener zumute, sie konnte mit Richard kaum noch Schritt halten, ihr Herz begann zu rasen. War es möglich, daß hier etwas nicht stimmte? Aber sie war am Tag zuvor, bei ihrer eigenen Hochzeit, durch diese Galerie gekommen und hatte nichts Ungewöhnliches bemerkt. Sicher, sie war wegen des Streits mit ihrem Vater todunglücklich gewesen, aber konnte der eigene Seelenschmerz sie unempfindlich für diese bleierne Schwere gemacht haben? Eine ähnliche Hoffnungslosigkeit hatte sie erst einmal in ihrem Leben gespürt, an jenem schrecklichen Tag im Tower von London.

Keely blieb stehen, die Galerie erschien ihr endlos. Vollkommen unerwartet riß sie sich los von Richard und rannte zurück. Keely hörte, wie ihr Mann nach ihr rief, aber sie ignorierte ihn. Sie schloß die Augen und lehnte sich außerhalb der Galerie erschöpft an die kühle Wand.

»Was ist los?« fragte Richard. »Bist du krank?«

Keely hörte den besorgten Unterton und öffnete die Augen. »Ich habe etwas gespürt«, sagte sie kopfschüttelnd.

»Was hast du gespürt?«

»Gibt es einen anderen Weg zur Kapelle?« ließ sie seine Frage unbeantwortet. »Ich kann nicht durch diese Galerie gehen.«

Richard sah ihr tief in die Augen. »Aber warum nicht?«

»Dort gibt es Seelen, die keine Ruhe finden«, antwortete Keely.

»Geister gibt es nur für Träumer wie dich«, fuhr Richard sie an. »Du hast mir versprochen, diesen dummen Aberglauben sein zu lassen.«

Keely blitzte ihn an. »Nur weil du meinen Glauben dumm nennst, ist er noch lange nicht dumm. Ich weiß, was ich gespürt habe. Du ... *Zweifler*!« Sie wollte davonlaufen, aber er hielt sie fest.

»Was glaubst du, was du hier machst?« schnauzte er sie an. »Während wir hier sprechen, geben sich Gräfin Cheshire und dein Vater in der Kapelle das Jawort. Wie soll ich deine Abwesenheit erklären?«

»Erzähl ihnen, was du willst«, erwiderte ihm Keely nicht weniger barsch und befreite sich aus seinem Griff. »Mein Vater akzeptiert mich so, wie ich bin. *Auch wenn du das nicht tust.*« Mit diesen Worten rannte sie verärgert davon und ließ ihn allein zurück.

»Verdammt«, fluchte Richard, als er ihr nachsah. Lange war er unentschlossen, was er tun sollte. Sollte er ihr nacheilen? Es gehörte sich, daß zumindest einer von ihnen der Hochzeit beiwohnte. Richard machte auf dem Absatz kehrt und marschierte durch die Lange Galerie zur Königlichen Kapelle.

Inzwischen eilte Keely durch das Labyrinth an Gängen, doch sie wußte nicht mehr, welcher davon in ihr Gemach führte. Hier kam ihr nichts vertraut vor, und es gab niemand, den sie fragen konnte. Ihr wurde zusehends angst und bange, und sie rannte immer schneller. Als sie um die Ecke bog, stieß sie mit einem Mann zusammen.

Kräftige Hände hielten sie fest, so daß sie nicht hinfiel. Keely blickte verwirrt auf und sah ein vertrautes Gesicht vor sich.

»Guten Tag, Gräfin«, begrüßte sie Baron Willis Smythe.

»Gräfin?« fragte Keely verwirrt.

Smythe grinste. »Durch Eure Heirat seid Ihr nun eine Gräfin.«

Der verwirrte Ausdruck verschwand aus Keelys Gesicht, dafür röteten sich ihre Wangen sanft, was durchaus vorteilhaft war. »Ich vergaß«, murmelte sie.

Der Baron lachte dröhnend. Dann fiel sein interessierter Blick auf ihr reizendes Dekolleté. Aus seinen Augen blitzte die Lust, doch Keely war zu unschuldig, um dies zu bemerken.

»Habt Ihr bereits Euren Treueeid vergessen, Mylady?« fragte Smythe sie leise.

»Ich habe mich schrecklich verlaufen«, gestand Keely und überhörte diese unverschämte Frage einfach. »Könntet Ihr mir den Weg zum Zimmer meines Gatten zeigen?«

»Wo ist Richard?«

»Ich schickte ihn zur Hochzeit meines Vaters«, erklärte sie. »Ich selbst jedoch fühle mich nicht wohl und möchte mich zurückziehen.«

»In Not geratene junge Damen sind meine Spezialität«, bemerkte Smythe und hakte sie unter. »Erlaubt mir, Euch dorthin zu geleiten.«

Als sie das Schlafzimmer erreichten, wandte sich Keely zu ihm, um sich zu bedanken. Der Baron trat gefährlich nahe an sie heran und küßte ihr die Hand.

»Soll ich Euch Gesellschaft leisten, bis der Graf wiederkommt?« schlug Willis vor und bemühte sich, so verführerisch wie möglich zu klingen.

»Nein!« Keely rannte in das Zimmer und schlug die Tür zu, um sie sofort zu verriegeln. Draußen hörte sie den Baron kichern, als er sich entfernte.

Erleichtert darüber, Smythe losgeworden zu sein, lehnte

sich Keely an die Tür und atmete tief durch. Sie mochte Willis Smythe nicht. Ihn umgab eine Aura unzeitgemäßen Todes, und in seinen Augen sah sie eine Düsternis, die sich nicht mit seinem bösartigen Humor erklären ließ.

Vor Wut auf ihren Ehemann begann Keely im Zimmer auf- und abzugehen. Der Graf hatte, bevor er sie heiratete, gewußt, wer sie war. Wollte er sie jetzt ändern? Dabei würde er sich nur die Finger verbrennen. Ihr Glaube entzog sich seines Einflusses. Er hätte wohl mehr Erfolg, würde er den Vögeln befehlen, das Zwitschern sein zu lassen. Warum hatte er nicht auf sie gehört, als sie ihn warnte, daß sie sich nie an das Leben am Hofe gewöhnen würde? Der Graf und sie waren noch keinen Tag verheiratet, und schon war ihre Ehe in ihren Grundfesten erschüttert. War es ihr Schicksal, stets zu den Ausgestoßenen zu gehören, eine unglückliche Außenseiterin zu sein? Gab es in Gottes Universum keinen sicheren Hafen für sie?

Keely zwang sich, nicht mehr über ihre zum Scheitern verurteilte Ehe nachzugrübeln. Doch ihre Gedanken schweiften nun zu dem Korridorlabyrinth von Hampton Court und zu der unsichtbaren Erscheinung in der Langen Galerie. Irgendeine schreckliche Tragödie mußte dort geschehen sein, genauso wie im Londoner Tower, und eine arme, gequälte Seele irrte nun umher auf der Suche nach ihrem Frieden. Was waren diese Engländer nur für Menschen, daß sie solche Seelenpein verursachen konnten?

Keely erstarrte, als es an die Tür klopfte. Sie fragte sich, ob vielleicht Baron Smythe zurückgekehrt war. »Wer ist da?« rief sie.

»Ein Page, Mylady.«

Keely öffnete die Tür und sah einen Jungen, der die königliche Livree trug. »Ja?«

»Graf Basildon bat mich, Euch in den Saal zu geleiten«, erklärte ihr der Junge. »Seid Ihr bereit?«

Keely nickte und folgte ihm den Gang entlang. Doch sie machte sich Sorgen. Ihr Ehemann war wütend auf sie und hatte einen Pagen geschickt, um sie zu holen. Wenn der Graf auch nur ein klein wenig war wie Madoc, würde es tagelang dauern, bis seine Wut nachließ. Wie konnte sie je wieder seine Zuneigung gewinnen?

Der Page verschwand am Saaleingang. Keely betrat zögernd den Saal. Der Anblick, der sich ihr bot, war atemberaubend. Hunderte farbenprächtig gekleideter Höflinge drängten sich im Empfangssaal der Königin. Keely hatte Angst, sich in dieses Gewühl zu mischen, und blieb am Eingang stehen.

Der Saal war riesengroß. Die besten Musiker Englands standen auf der linken Seite und spielten auf ihren Instrumenten. An der langen Wand gegenüber vom Eingang saß Königin Elisabeth auf einem Podium, das mit exotischen Teppichen belegt war. Die Mitte des Saals war für den Tanz freigehalten worden.

Die äußere Erscheinung war hier, am Tudorhofe, das wichtigste. Und in dieser Hinsicht übertrafen die Männer die Frauen. Wams, Kniehose und Accessoires aus goldenem Brokat, silberner Seide oder brombeerrotem Samt bildeten bei jedem einzelnen Höfling eine harmonische Farbsymphonie. Mit wertvollen Edelsteinen besetzte goldene Ohrringe baumelten an ihren Ohren, und mancher Mann hatte mit Rouge nachgeholfen.

Die Kleider der Edeldamen waren so tief ausgeschnitten, daß Keelys tiefes Dekolleté geradezu mädchenhaft wirkte. Die Damen waren über und über mit Diamanten bedeckt, als trügen sie ihren ganzen Besitz an Edelsteinen bei sich. Wie diese Damen noch aufrecht gehen konnten, statt unter dem Gewicht all der goldenen Ketten zusammenzubrechen, überstieg Keelys Vorstellungsvermögen.

Wie sie so dastand und diesen stolz paradierenden Pfauen zusah, schwand Keelys Mut dahin. In dieser Welt würde man sie niemals akzeptieren. Und auch ihr würde dieser dekadente Lebensstil für immer fremd bleiben.

Keely beschloß, auf ihr Zimmer zurückzukehren. Als sie sich gerade umdrehen wollte, hielt sie eine vertraute Stimme zurück.

»Geht es dir besser, Schatz?«

Keely drehte sich um und sah sich dem einzigen schwarzgekleideten Vogel inmitten dieses Kanarienschwarms gegenüber: ihrem Ehemann. Sie nickte und fragte ihn: »Wo ist mein Vater?«

»Ich bringe dich zu ihm«, versprach er ihr lächelnd.

Richard nahm sie bei der Hand und zog sie ins Menschengewühl. Als sie sich ihren Weg durch dieses Gedränge bahnten, verbeugten sich die Höflinge, und ihre Damen nickten oder lächelten. Keely war stolz, daß ihr Ehemann ein solches Ansehen genoß. Sie näherten sich dem Podest, und Keely entdeckte Lady Dawn und ihren Vater, die sie begrüßten.

»Richard erzählte uns, du seist unpäßlich«, bemerkte Herzog Robert und küßte sie auf die Wange.

»Es geht mir bereits wieder viel besser«, versicherte Keely ihm, »aber es tut mir schrecklich leid, Eure Hochzeit versäumt zu haben. Bitte verzeiht mir.«

»Da gibt es nichts zu verzeihen, mein Kind.« Herzog Robert zwinkerte dem Grafen zu und scherzte: »Vielleicht ist schon mein Enkelkind im Ofen.«

Keely wurde puterrot. Richard grinste, allerdings mehr über die Schamhaftigkeit seiner Frau als über den Witz seines Schwiegervaters.

»Ich freue mich sehr für Euch, *Euer Gnaden*«, beglückwünschte Keely ihre neue Stiefmutter und umarmte sie herzlich.

»Was für ein nettes Kind du bist«, gluckste Lady Dawn. »Ach, beinahe hätte ich vergessen, daß ich nun eine Herzogin bin. Tally zu heiraten, ist schon wunderbar genug.«

»Das kann ich kaum glauben«, war eine Frau neben ihnen zu vernehmen, die mit ihren Freunden sprach.

Genauso laut erklärte Lady Dawn: »Margaret Lennox' Charakter entspricht ihrem gräßlichen Gesicht. Hüte dich vor ihr, Keely.«

»Liebling«, flüsterte Richard seiner Frau ins Ohr, »hättest du etwas dagegen, wenn ich zuerst mit der Königin tanzte?«

Keely schüttelte lächelnd den Kopf. Sie sah zu, wie ihr Mann, eine stattliche Erscheinung, zum Podest ging und sich tief vor der Königin verbeugte. Keely konnte die Wärme des umwerfenden Lächelns, mit dem er die Königin begrüßte, geradezu körperlich spüren.

»Hättest du etwas dagegen, mit deinem Vater zu tanzen?« zog Herzog Robert ihre Aufmerksamkeit auf sich.

Keely erstarrte. Unmöglich konnte sie eingestehen, daß sie nicht tanzen konnte. Verlegen suchte sie nach einer glaubwürdigen Entschuldigung.

»Ich fürchte, die Anstrengung könnte zuviel sein für mich«, erklärte Keely. »Bitte, Papa, tanze doch mit deiner Braut.«

»Du hast nichts dagegen?« fragte Lady Dawn.

Keely lächelte so freundlich sie konnte und schüttelte den Kopf. Sie sah zu, wie der Herzog und die Herzogin von Ludlow die Tanzfläche betraten.

Nun war sie allein inmitten Fremder und fühlte sich wieder ausgegrenzt und furchtbar auffällig. Einige der Edelleute, die an ihr vorbei flanierten, musterten sie neugierig. Doch niemand schien sie es wert zu dünken, das Wort an sie zu richten. Das wenige Selbstvertrauen, das Keely besaß, schwand im Nu dahin.

Zu ihrer großen Erleichterung hörte die Musik bald auf, und Keely sah, wie ihr Ehemann die Königin zurück zum Podest geleitete. Sie wollte ihm gerade entgegeneilen, als sie bemerkte, wie ihn eine junge Edeldame abfing. Keely war am Boden zerstört, als sie sah, daß ihr Ehemann mit Lady Jane die Tanzfläche betrat, der sinnlichen Brünetten, die nach Aussage der Gräfin Richard gerne verführt hätte.

Sie entdeckte Morgana in Begleitung eines gutaussehenden, jungen Höflings und schnappte das Wort *Bastard* auf, das sie innerlich zusammenzucken ließ. Plötzlich erschienen ihr die interessierten Blicke der Männer wie lüsternes Grinsen, und das Lächeln der Frauen deutete sie nicht länger als höflich und kühl, sondern als hämisch.

Keely ertrug es nicht mehr lange, hier alleine zu stehen. Aber wo sollte sie hingehen? Sie kannte niemanden, mit dem sie hätte reden können. Und selbst wenn sie jemanden gekannt hätte, hätte sie Angst gehabt, »unzivilisiert« zu erscheinen, wie ihr ihr Richard einmal vorgehalten hatte.

Herzog Robert und Lady Dawn tauchten gerade rechtzeitig auf, um ihr die Erniedrigung zu ersparen, alleine den Empfangssaal der Königin zu verlassen, während ihr Ehemann mit einer anderen Frau tanzte. Trotz ihrer angespannten Nerven und ihres verletzten Stolzes trug Keely den Kopf hoch. Doch innerlich atmete sie erleichtert auf, als ihr Vater wieder bei ihr war.

Die Musiker beendeten das Stück und begannen mit dem nächsten. Herzog Robert führte Lady Dawn erneut auf die Tanzfläche. Doch Richard tauchte immer noch nicht auf.

Keely, die sich zusehends elender fühlte, suchte den Saal nach ihm ab und entdeckte ihn auf der Tanzfläche mit Lady Sarah, der Blondine, die ihn sich als Ehemann hatte angeln wollen. Mißmutig musterte Keely den Boden unter ihren Füßen, doch allmählich trat Wut an die Stelle ihres Selbstmitleids. Der Graf wußte, daß sie hier niemanden kannte, und dennoch hatte er sie sich selbst überlassen. Wie sollte sie gegen so vornehme, gebildete Damen wie Jane und Sarah um seine Aufmerksamkeit kämpfen? Sogar Morgana paßte besser zu ihm als sie. Warum hatte er sie holen lassen, wenn er sie nun überhaupt nicht zur Kenntnis nahm?

»Wo ist denn dein Lächeln geblieben?« hörte sie jemand fragen.

Keely fuhr herum und sah ihren Mann kühl an. »Das habe ich am Altar gelassen, mein Herr Herumtreiber.«

»Nun sei doch nicht so, Liebling«, versuchte Richard sie zu besänftigen. Er lächelte, als gelte es ihr Herz und den Eisberg in ihren Augen zu schmelzen. »Das ist ein Fest. Tanzen und sich unter die Leute mischen gehört dazu.«

»Unter die Leute mischen?« wiederholte Keely verächtlich. »Ist das euer vornehmer Ausdruck hier am Hof für Ehebruch? Ihr Engländer habt stets so hübsche Bezeichnungen für eure Schandtaten.«

»*Ehebruch*?« Er blickte ihr tief in die Augen, doch seine Belustigung war unverkennbar. »Bist du etwa eifersüchtig, weil ich mit anderen Frauen getanzt habe?«

»Nein.« Hocherhobenen Hauptes drehte Keely sich um. Richard war gefährlich nahe, so nahe, daß sie seinen warmen Atem an ihrer Wange spüren konnte. »Ich entschuldige mich dafür, dich allein gelassen zu haben«, flüsterte er ihr ins Ohr. »Verzeih mir, meine Geliebte.«

Keely sah ihn aus den Augenwinkeln an. Bei dem Wort »Geliebte« wurde ihr warm ums Herz, und sie lächelte. Mit einem Nicken nahm sie seine Entschuldigung an.

»Wollen wir den Teppich kitzeln, Schatz?« fragte er sie.

Dieser Vorschlag überraschte Keely. »Ist das so üblich wie das Unter-die-Leute-Mischen?«

Richard nickte.

Bevor er sie bei der Hand nehmen und auf die Tanzfläche führen konnte, sank Keely graziös auf die Knie und begann, mit den Fingerspitzen den Teppich zu reiben.

Richard sah sie verdutzt an. Was, zum Teufel, machte sie da?

Um sie herum fingen die Gäste an zu lachen, doch niemand lachte lauter als die Ladies Morgana, Jane und Sarah. Selbst die Höflinge, die sich dem Grafen zuliebe zurückhielten, starrten entsetzt seine Frau an. Ihr bizarres Verhalten war zu faszinierend. Sogar Königin Elisabeth konnte den Blick nicht von ihr wenden, während Robert Dudley sich vor Lachen schier ausschüttete.

Richard ging in die Hocke, um auf gleicher Ebene mit seiner Frau zu sein, und fragte sie geduldig: »Schatz, was machst du hier?«

»Ich kitzle den ...« Keely hielt mitten im Satz inne, als sie merkte, daß er sie nicht wirklich aufgefordert hatte, den Teppich zu kitzeln. Sie hörte das Gelächter, das ihnen galt, und blickte ihren Ehemann verzweifelt an.

»Liebling, ich habe dich zum Tanzen aufgefordert«, erklärte ihr Richard mit sanfter Stimme, doch seine Mundwinkel zuckten gefährlich.

Und das war zuviel für Keely.

Sie ertrug es nicht länger, sprang auf und rannte durch die verblüffte Menge zum Saal hinaus. Sie hörte noch, wie ihr Mann ihren Namen rief, aber sie warf keinen Blick zurück und blieb nicht stehen. Das Gelächter der Höflinge verfolgte sie durch die Korridore bis zu ihrem Zimmer.

Keely warf die Tür ins schloß und lehnte sich dagegen. Die Tränen der Erniedrigung strömten ihr über die Wangen. Sie konnte diesen Menschen nie mehr in die Augen sehen. Die Welt ihres Ehemanns würde niemals die ihre werden, sie gehörte nicht hierher. Sie war aus einem anderen Holz geschnitzt. Sicher, sie stammte von walisischen Prinzen und einer Druidenpriesterin ab, für diese Engländer jedoch war sie nur ein dummer walisischer Bastard, der sich seinem ahnungslosen Erzeuger aufgedrängt und Englands beliebtesten Peer gegen seinen Willen in die Ehe gezwungen hatte. Sie war wirklich eine Prinzessin von Nirgendwo.

Schweren Schrittes ging Keely im Zimmer auf und ab und setzte sich schließlich aufs Bett. Sie mußte um jeden Preis dem Unglück hier entkommen.

Nach Hause. Wie der Gesang der Sirenen, so verführerisch erschienen ihr die dunstverschleierten Berge von Wales.

Ach, in welch ausweglose Lage sie sich gebracht hatte! Verließe sie den Grafen, würde ihr das Herz zerbrechen, bliebe sie jedoch bei ihm, in seiner Welt, würde sie zugrunde gehen.

Die Hoffnungslosigkeit ihrer Lage übermannte sie, Keely bedeckte ihr Gesicht und weinte hemmungslos. Sie beweinte, was geschehen war. *Und was nie sein würde.*

Leise wurde die Tür geöffnet und wieder geschlossen. Richard trat ans Bett zu seiner Frau und setzte sich neben sie. Er nahm sie in seine Arme und tröstete sie. Das Herz tat ihm weh, als er ihre Tränen sah und ihr Schluchzen hörte.

Er wischte ihr mit seinem Taschentuch die Tränen aus den Augen und erklärte ihr: »Elisabeth verlangt, daß ihre Höflinge so lange im Empfangssaal bleiben, bis sie aufbricht. Das ist ein Zeichen des Respekts für die Krone.«

»Ich bin kein Höfling«, flüsterte Keely.

»Und ob die Gräfin von Basildon zu den Höflingen gehört«, lächelte Richard ermutigend.

Keely sah ihn durch einen Tränenschleier an. »Ich muß zurück nach Wales, Mylord. Unsere Ehe kann annulliert werden.«

»Das ist unmöglich, sobald eine Ehe vollzogen wurde,

Liebling.« Dabei wirkte er sich seiner sicherer, als er tatsächlich war. Was immer geschah, er würde sie nie gehen lassen.

»Dann lassen wir uns scheiden.«

Richard hob ihr Kinn, blickte ihr in die Augen und sah ihren Schmerz. In einem Ton, der keinen Widerspruch zuließ, erklärte er ihr: »Ob in guten oder schlechten Zeiten, wir sind Mann und Frau, bis daß der Tod uns scheidet.«

»Wie jeder Edelmann Englands deutlich sehen konnte, sind es wahrscheinlich eher schlechte Zeiten.«

»Nun komm.« Richard nahm sie in die Arme und streichelte ihr beruhigend über den Nacken. »Es war meine Schuld. Vergibst du mir?«

»Es war *meine* Dummheit, worüber alle so gelacht haben«, antwortete sie und sprach ihn von jeglicher Schuld frei.

»Nein, es war meine Dummheit, worüber alle so lachten, Liebling. Ich habe eine Redewendung benutzt, die am Hofe gebräuchlich ist, doch gegenüber einer Dame, die noch nie zuvor am Hofe war.« Richard blickte ihr in die entwaffnend veilchenblauen Augen und fuhr fort: »Geh mit mir zurück in die Höhle des Löwen, und wir tanzen zusammen. In einer Stunde werden diese Hofschranzen einen anderen Klatsch finden, über den sie sich das Maul zerreißen können. Vertrau mir, Schönste.«

Keely blickte zu Boden und flüsterte: »Ich . . . ich kann nicht.«

»Je länger du dich versteckst, desto länger werden diese Holzköpfe hinter vorgehaltener Hand über uns lachen.«

»Du verstehst mich falsch«, entgegnete Keely kleinlaut, um gleich darauf, als wolle sie ein schreckliches Verbrechen beichten, herauszuplatzen: »Ich habe nie tanzen gelernt.«

»Das Problem ist schnell gelöst«, antwortete Richard. Er stand auf und zog sie sanft hoch. Als sie ihm gegenüberstand, lächelte er und verbeugte sich höflich vor ihr.

Keely erkannte ihren Einsatz, lächelte zaghaft und knickste. »Und was jetzt?« fragte sie.

Richard zeigte ihr die notwendigen Schritte, doch als sie erleichtert strahlte, wie einfach es sei, konnte er nicht länger widerstehen und zog sie in seine Arme. Sie war zu schön.

Er küßte sie leidenschaftlich, um den Schmerz zu heilen, den sie heute erlitten hatte. Als sie die Arme um seinen Hals legte und sich an ihn schmiegte, murmelte Richard: »Zum Teufel mit der Königin.«

Er hob sie hoch und trug sie zum Bett. Nachdem er sich neben sie gelegt und ihr Mieder aufgerissen hatte, begann er, ihre Brüste zu liebkosen.

»Ahem.« Da war noch jemand in ihrem Schlafgemach.

Benommen vor Lust, wandte Richard sich langsam um. In der Tür stand Willis Smythe. Er konnte den Blick nicht losreißen von Keelys dunklen, erregten Brustwarzen. Die Begierde stand ihm ins Gesicht geschrieben.

Keely schnappte nach Luft, während sie ihre Blöße zu bedecken versuchte. Doch Richard, der auf ihr lag, behinderte sie dabei.

»Die Königin wünscht dich zu sprechen«, ließ Willis ihn wissen, ohne den Blick von Keelys bloßen Brüsten zu wenden.

»Raus mit dir«, befahl Richard. Er sprach leise, doch es war klar, daß er keinen Widerspruch duldete.

»Aber Elisabeth ...«

»Ich sagte: raus!«

Willis Smythe brauchte keine dritte Aufforderung. Er grinste ohne die geringste Reue, nickte kurz und verschwand.

Richard blickte zu Keely, die schamrot neben ihm lag, und bedauerte sofort seine Entscheidung, bis nach den Weihnachtsfeiertagen am Hofe zu bleiben. Aber nun war es zu spät, etwas daran zu ändern. Er hatte Elisabeth bereits versprochen, sie würden bis nach der Zwölften Nacht hierbleiben, wenn der gesamte Hof zum Richmond Palace zog, der Winterresidenz der Königin. Reiste er früher ab, wäre das bestenfalls beleidigend und schlimmstenfalls verdächtig.

Richard erhob sich und richtete seinen Hosenbeutel, während seine Frau ihre bloßen Brüste bedeckte. »Das wird nie mehr vorkommen«, versprach er ihr.

Keely nickte. Er konnte nichts dafür, daß sie so wenig Zeit für sich hatten.

»Ich werde uns bei der Königin entschuldigen.« Richard

küßte sie auf die Wange. »Verriegele die Tür hinter mir und öffne sie nur für mich.« Er verließ das Schlafzimmer, wartete jedoch draußen vor der Tür, bis er den Riegel zuschnappen hörte. Finster dreinblickend, lief er den Gang hinunter.

Als er den Empfangssaal der Königin erreichte, bahnte sich Richard seinen Weg durch die Menge. Er wartete vor dem Podest, bis Elisabeth ihn gnädig bemerkte, dann verbeugte er sich tief vor ihr.

»Mir fiel Eure Rüpelhaftigkeit auf, als Ihr mich ohne meine Erlaubnis verließet«, erklärte Elisabeth tadelnd.

Richard warf einen Seitenblick auf den schadenfroh feixenden Grafen von Leicester, der neben dem Thron der Königin stand. »Majestät, ich möchte Euch bitten, mich Eurer Großmut teilhaftig werden zu lassen und mir zu verzeihen«, entschuldigte sich Richard. »Meine Frau wurde plötzlich krank.«

»Ist es ernst?« Elisabeth spielte das Spiel der Höflinge, ein Zeitvertreib für zwei Spieler — einen Monarchen und einen Höfling — und jede Menge Zuschauer. Jedermann im Saal wußte, daß sie Zeugin des peinlichen Vorfalls gewesen war, als seine Frau den Teppich kitzelte.

»Ich denke, es ist nur die Aufregung, in der Nähe Eurer Majestät gewesen zu sein«, log Richard mit einem treuherzigen Lächeln. »Ich bin sicher, meine Frau wird sich am Morgen bereits viel besser fühlen.«

Elisabeth nickte. Seine geschliffene Entschuldigung gefiel ihr. Sie liebte es, das Höflingsspiel mit ihrem teuren Midas zu spielen, der ein ausgesprochen würdiger Gegner war.

»Darf ich Euch um die Erlaubnis bitten, in mein Gemach zurückzukehren, um meiner Frau Trost zu spenden, soweit mir dies möglich ist?«

»Bringt Eurer reizenden Braut meine besten Genesungswünsche, Mylord.«

»Vielen Dank, Majestät.«

Richard verbeugte sich tief und verabschiedete sich. Bevor er jedoch den Saal verließ, suchte er die Menge nach Willis Smythe ab; er entdeckte ihn beim Tanz mit Lady Jane. Finsteren Blickes bahnte er sich seinen Weg durch die tanzenden Paare, die stehenblieben und ihm neugierig nachblickten. So hatte ihn noch niemand gesehen.

Lady Jane entdeckte ihn zuerst, doch das mörderische Glitzern in seinen Augen entging ihr. »Seid Ihr endlich wieder bei Sinnen und habt diesem Waliser Trottel den Laufpaß gegeben?« flötete sie.

Richard schenkte ihr keine Beachtung. Er fixierte seinen Freund, der den Kopf neigte und der Dinge harrte, die da kommen würden.

»Wir haben viele Dinge geteilt, aber begehe nie den Fehler, dazu auch meine Frau zu zählen«, warnte ihn Richard todernst. »Wenn du sie noch einmal ansiehst, hat deine letzte Stunde geschlagen.« Ohne eine Antwort abzuwarten, machte er auf dem Absatz kehrt und schob die Schaulustigen zur Seite, um nach draußen zu gelangen.

»Basildon!«

Richard blieb am Eingang stehen und drehte sich um. Er sah den einzigen Mann außer ihm, der ausschließlich Schwarz trug, Graf Burghley.

»Gibt es ein Problem?« fragte Burghley.

Richard warf einen Blick über die Schulter zu seinem früheren Freund. »Nicht mehr.« Ohne ein weiteres Wort verließ Richard den Saal. Das zufriedene Lächeln auf dem Gesicht seines Mentors sah er nicht mehr.

Vierzehntes Kapitel

Das Leben am Tudorhof war die Hölle.

Keely durchlitt die längsten sechs Wochen ihres Lebens. Sie lernte, Menschen zuzulächeln, die sie nicht ausstehen konnte; sie lernte, sich in den Korridoren von Hampton Court zurechtzufinden; und sie lernte die Pavane, den langsamsten und würdevollsten Paartanz.

Wenigstens blieben ihr die schwierigeren und lebhafteren Tänze bis zum nächsten Jahr erspart, da sie das Kind des Grafen unter dem Herzen trug.

Jeden Morgen war ihr übel, eine hervorragende Entschuldigung, um der lächerlich langen Sonntagsmesse in der Königlichen Kapelle fernzubleiben. Auch an diesem Morgen war sie auf ihrem Zimmer geblieben.

»Wie sehe ich aus?« fragte Keely und drehte sich, um sich von ihren Kammerzofen begutachten zu lassen.

Ihr hochgeschlossenes Kleid war aus saphirblauem Kaschmir. Dazu trug sie einen blauen Schal und passende Schuhe. Und natürlich ihren Drachenanhänger.

»Wie wunderbar Ihr ausseht!« sprudelte May hervor und schlug die Hände zusammen.

»Die schönste Frau am ganzen Hof«, stimmte June ein.

»Das alles verdanke ich den Bemühungen meiner begnadeten Kammerzofe«, gab Keely die Komplimente zurück.

»Kammerzofen«, verbesserte June sie.

May kniff ihre Schwester in den Arm und wies sie zurecht. »Kammerzofen verbessern ihre Herrschaft nicht.«

»Es tut mir leid, Lady Keely«, entschuldigte sich June und rieb sich den Arm. »Eure Schönheit wird alle anderen Damen in den Schatten stellen.«

»Das bezweifle ich«, antwortete Keely und ging zur Tür. »Wünscht mir Glück.«

»Viel Glück«, flöteten May und June im Chor.

Keely machte sich auf den Weg und bog in einen anderen

Gang ab, der sie in den Flügel mit den Privatgemächern der Königin brachte. In einer großen Stofftasche trug sie die Leinentaschentücher ihres Mannes, die sie besticken wollte.

Es war ihre erste Einladung in die Privatgemächer der Königin, um dort einen Nachmittag bei Näharbeiten zu verbringen. Keely zerbrach sich den Kopf, über welche Themen dabei wohl gesprochen wurde. Sie hatte außer mit ihrer Mutter nie engeren Kontakt zu Frauen gehabt. Worüber diese Engländerinnen wohl nachdachten und sich unterhielten?

Keely rief sich die Worte in Erinnerung, mit denen ihr Mann sie an diesem Morgen verabschiedet hatte. *»Halte die Lippen fest verschlossen und die Ohren weit offen. Und vor allem, sei verschwiegen.«* Offensichtlich war auch der Graf etwas beunruhigt darüber, was in den Privatgemächern der Königin alles geplaudert wurde.

Am Ende des letzten Ganges angekommen, stand Keely vor dem Eingang zur Langen Galerie. Sie zauderte. Sollte sie es wagen? Die Lange Galerie war der einzige ihr bekannte Weg zu den königlichen Gemächern. Keely war nicht feige, sie hatte auch keine Angst vor den Toten. Aber die Hoffnungslosigkeit der in der Galerie gefangenen Seele hatte sie das letzte Mal, als sie die Galerie betreten hatte, krank gemacht.

Keely sammelte ihre Kräfte, öffnete die Tür und betrat die Galerie. Hinter ihr fiel die Tür ins Schloß.

Keely blieb stehen und sie blickte sich um. Nichts erschien ungewöhnlich. Sie ging ein paar Schritte vorwärts und spürte einen eiskalten Hauch im Nacken.

Sie sah hoch zu den an den Wänden befestigten Kerzen. Sie brannten vollkommen ruhig.

Doch Keely wollte sich nicht geschlagen geben und umkehren. Sie nahm ihre ganze Kraft zusammen und ging weiter. Ihr war, als drücke sie eine ungeheure Last nieder, ihre Seele hielt diesen Druck kaum noch aus. Plötzlich tauchte ein unbekannter Name vor ihrem geistigen Auge auf: Cat Howard.

Keely blieb stehen. Hier mußte etwas unbeschreiblich

Grauenhaftes geschehen sein, und das Opfer war eine Frau namens Cat Howard gewesen.

Es war zuviel, Keely verlor die Nerven und rannte so schnell sie konnte aus der Langen Galerie hinaus. Wieder im Gang angelangt, versuchte sie sich zu beruhigen. Als sie ihre Fassung zurückgewonnen hatte, biß sie sich auf die Unterlippe. Was sollte sie nun tun? Sie konnte nicht durch die Lange Galerie gehen, aber nur ein völliger Hohlkopf würde eine Einladung der Königin ausschlagen. Wer Königin Elisabeth vor den Kopf stieß, konnte mit dieser Geschichte nicht lange hausieren gehen.

Und da war auch noch ihr Mann. Richard wäre bestimmt fuchsteufelswild, wenn sie die Königin nicht besuchte.

Irgendwie mußte Keely in die königlichen Gemächer gelangen. Es mußte einfach einen anderen Weg geben.

Sie straffte die Schultern und ging den Gang zurück. Als sie um die Ecke bog, entdeckte sie einen Pagen in der Livree der Königin. »Warte bitte, Junge«, rief sie ihm zu. »Kannst du mir sagen, wie ich zu den königlichen Gemächern gelange?«

Der sommersprossige Junge grinste. »Ihr braucht nur durch die Lange Galerie zu gehen, Mylady.«

»Ich meine, gibt es noch einen anderen Weg?« verbesserte sie sich.

»Durch den geheimen Garten.«

Keely schenkte dem etwa Zwölfjährigen ihr bezauberndes Lächeln und fragte ihn: »Wie heißt du?«

»Roger Debrett.«

»Zeig mir den Weg zum geheimen Garten, Roger.«

»Gerne, Lady Devereux.«

Roger führte sie aus dem Palast hinaus auf die riesigen Rasenflächen, auf denen es von Höflingen nur so wimmelte. Dutzende von Höflingen kamen ihnen auf dem Weg in den Hof oder zu den Ställen entgegen.

Keely entdeckte sogar ihren Vater, der mit dem Grafen von Leicester sprach, und winkte ihm zu. Schließlich blieb Roger in einem verlassenen Teil des Parks stehen.

»Hier wären wir«, meinte er.

»Das ist eine Steinmauer«, entgegnete Keely.

»Der geheime Garten liegt auf der anderen Seite der Mauer.«

Keely sah von Roger zur Mauer. Dann fiel ihr Blick auf die majestätische Eiche, die wie ein Wächter neben der Mauer stand.

Keely lächelte und trat zu der Eiche. »Hilf mir hoch!« rief sie dem Jungen über die Schulter zu.

»Es ist nicht klug, im Garten der Königin einzusteigen«, warnte Roger sie, der bereits bedauerte, Basildons schöne Gräfin hierhergeführt zu haben. Er wollte etwas länger leben, um noch ein paar hübsche Mädchen vernaschen zu können.

»Die Königin hat mich eingeladen, den heutigen Nachmittag bei ihr zu verbringen«, erklärte ihm Keely.

»Warum geht Ihr dann nicht durch die Lange Galerie wie alle anderen?«

»Dort spukt es.«

Der Junge starrte sie mit offenem Mund an. »In der Langen Galerie spukt ein Gespenst?«

Keely nickte ernst. »Hilfst du mir jetzt hoch?«

Roger kämpfte mit sich. Einerseits befürchtete er, sich Ärger einzuhandeln. Gleichzeitig juckte es ihn, von hier wegzukommen und herumzuerzählen, daß Lady Devereux glaube, in der Langen Galerie spuke es.

Schelmisch grinsend kniete Roger sich auf den Boden und machte mit seinen Händen eine Leiter, in die Keely stieg. Im Nu war sie oben.

Keely tastete sich vorsichtig auf dem dicksten Ast des Baumes vorwärts und sprang auf die Mauer. Roger warf ihr den Stoffbeutel hinauf. »Danke für deine Hilfe«, rief sie.

»Stets zu Euren Diensten, Lady Devereux«, grinste Roger und verbeugte sich tief. Doch er wartete noch, um sicherzugehen, daß sie sich nicht verletzte, wenn sie in den Garten sprang.

Keely warf ihre Tasche hinunter, bevor sie sich langsam nach unten gleiten ließ.

»Ist alles in Ordnung, Lady Devereux?« rief Roger.

»Ja, Roger. Vielen Dank.«

Keely wischte sich rasch den Schmutz von ihrem Kleid, bevor sie sich auf den Weg in den Palast machte. Doch als sie von ihrem Kleid aufblickte, erstarrte sie.

Nur ein paar Schritte von ihr entfernt standen drei Menschen und schauten sie entgeistert an. Königin Elisabeth und der Graf von Burghley schienen schockiert zu sein, doch Richard war fuchsteufelswild.

Insgeheim verfluchte Keely ihre Dummheit, sich mit keinem Unsichtbarkeitszauber geschützt zu haben. Doch daran ließ sich nun nichts mehr ändern. Sie machte einen Hofknicks, als die drei auf sie zukamen.

»Was glaubst du eigentlich, daß du da tust?« wollte Richard wissen.

Keely blickte von ihrem zornigen Mann zur Königin und zu Burghley. Sie brachte kein Wort heraus.

»Antwortet Eurem Ehemann«, befahl ihr Burghley. »Was macht Ihr im Garten der Königin?«

»Ihre Majestät lud mich ein, den Nachmittag mit ihr zu verbringen«, erklärte Keely.

»Ja, aber warum steigt Ihr über die Mauer, um hierherzugelangen?« fragte Elisabeth belustigt. Nichts konnte ihr die gute Laune verderben, nachdem ihr lieber Midas so exzellente Nachrichten überbracht hatte.

Keely fuhr sich mit der Zunge über die Lippen, die vor Angst ganz ausgetrocknet waren. Richards Blick warnte sie, aber sie war sich sicher, daß nur noch die Wahrheit helfen konnte. Alles andere ergab keinen Sinn.

»Jedesmal, wenn ich die Lange Galerie betrete, überfällt mich große Angst«, erklärte Keely der Königin leise.

»Was meint Ihr mit damit?« fragte Graf Burghley. »Erklärt das näher.«

Keely blickte zu Richard. Ihr Mann hatte mit einemmal ein nervöses Zucken in der rechten Wange. »Ich glaube, in der langen Galerie spukt es«, antwortete sie mit gesenktem Blick.

Keely blickte kurz hoch zu ihrem Mann. Es zuckte nun auch in seiner linken Wange.

»Ihr habt in meiner Galerie einen Geist gesehen?« fragte Elisabeth erstaunt.

»Ich habe ihn nie gesehen«, führte Keely aus, »ich habe ihn nur gespürt.«

Unter Mißachtung des Zeremoniells wandte Keely sich an ihren Ehemann. »Ich versuchte durch die Galerie zu gehen, aber diese Aura der Hoffnungslosigkeit machte mir soviel Angst. Ich schwöre, Mylord, ich versuchte, um was Ihr mich batet.«

Ihr verzweifelter Gesichtsausdruck rührte Graf Burghley. Er warf seinem wütenden Schützling einen Blick zu. »Wenn Lady Devereux unentdeckt in den geheimen Garten gelangt, können andere das auch. Wir müssen die Sicherheitsvorkehrungen verschärfen.« Er sah zu Keely und fügte hinzu: »Ihr habt unsere Aufmerksamkeit auf eine sehr wichtige Angelegenheit gelenkt, Lady Devereux. Dafür schulden wir Euch Dank.«

Richard fuhr herum und starrte seinen Mentor entgeistert an. Er konnte nicht fassen, was er soeben gehört hatte.

»Die Sicherheit Ihrer Majestät ist von größter Wichtigkeit«, fuhr Burghley fort. »Stimmst du nicht zu, Richard?«

»Ja, natürlich.«

Keely schenkte dem düsteren Burghley einen dankbaren Blick.

»Warum wart Ihr heute nicht bei der Morgenmesse?« fragte die Königin, die es dem Mädchen nicht so leicht machen wollte. Insgeheim fragte sie sich, wann Devereux wohl seiner Frau zu Hilfe kommen würde.

»Ich litt unter Morgenübelkeit«, antwortete Keely.

»Geht es dir besser, Schatz?« fragte Richard sanfter gestimmt.

Keely nickte und lächelte zaghaft.

»Meinen Glückwunsch«, sagte Elisabeth und warf Burghley einen bedeutungsvollen Blick zu, dann wandte sie sich an Keely. »Sie schenken also Midas seinen Erben und schicken ihn fort nach Irland?«

Keely schüttelte den Kopf. »Es wird ein Mädchen.«

Die lächerliche Vorstellung, daß Keely wirklich zu wissen glaubte, was ihr Ehemann in sie gepflanzt hatte, ließ Elisabeth schmunzeln. Burghley lächelte. Richard verzog keine

Miene. Nur das nervöse Zucken war wieder da. Er fragte sich insgeheim, ob seine Frau über übernatürliche Fähigkeiten verfügte. Die Kleine hatte es geschafft, in den geheimen Garten der Königin zu klettern, ohne daß ihr ein Haar gekrümmt wurde.

»Folgt diesem Pfad«, wies Elisabeth Keely an. »Er wird Euch zu meinen Gemächern bringen, wo bereits mehrere Damen warten.«

Keely knickste, hob ihren Stoffbeutel hoch und machte sich auf den Weg. Trotz der drei Augenpaare, die sie in ihrem Rücken fühlte, drehte sie sich kein einziges Mal um.

Das weibliche Gefolge der Königin bestand aus sechzehn Frauen: vier Stubenmädchen, die am Fuße ihres Bettes schliefen und die Dienste von Kammerzofen verrichteten, sechs verheirateten Damen, die ihre offiziellen Gesellschaftsdamen waren, und sechs unverheirateten Hofdamen. Da es für die offiziellen Gesellschaftsdamen und die Hofdamen nicht viel zu tun gab, verbrachten sie einen Großteil ihrer Zeit damit, zu klatschen, zu flirten und Gerüchte zu verbreiten.

Das Zimmer, in dem sich die Damen aufhielten, war düster und stickig. Es hatte nur ein kleines Fenster und war so vollgestopft mit Ornamenten und Zierat, daß es noch kleiner wirkte.

Keely wurde ganz klamm ums Herz, als sie das Zimmer betrat. Es waren nur die Ladies Morgana, Sarah und Jane anwesend.

Diese wiederum reagierten unterschiedlich auf ihr Erscheinen. Morgana hob die Nase hoch und wandte sich demonstrativ ab, woraufhin Sarah kicherte. Jane musterte ihre Rivalin von Kopf bis Fuß.

»Setzt Euch«, lud Lady Jane sie ein.

»Danke«, lächelte Keely höflich. Bei den heiligen Steinen, sie fühlte sich wie auf dem Präsentierteller. Keely öffnete ihren Stoffbeutel und holte ein Taschentuch ihres Mannes sowie Nadel und Faden heraus und begann, sein Monogramm in eine Ecke zu sticken.

»Ich kann es nicht fassen, daß man mich dazu zwingt, mit

diesem walisischen Bastard in einem Zimmer zu sitzen«, brummte Morgana laut genug, daß alle es hören konnten.

Keely tat so, als sei sie taub. Wie sollte sie sich gegen die Wahrheit verteidigen? Wenigstens waren weder ihr Mann noch die Königin Zeuge dieser Erniedrigung geworden.

»Ich frage mich, wie Englands erster Graf dazu gebracht werden konnte, einen Waliser Trottel zu heiraten«, griff Lady Sarah Morganas Bemerkung auf.

Keely schwieg dazu, sah sich aber die andere genau an. Sie erkannte sofort, daß die Eifersucht aus ihr sprach. Alle Verunglimpfungen der Welt konnten nichts an der Tatsache ändern, daß der Graf sie diesen drei Frauen hier vorgezogen hatte. Dieser Gedanke gab ihr die Geduld und den Mut, alles zu ertragen, was man ihr hier noch an den Kopf werfen würde.

Keely fühlte sich etwas ermutigt, als Jane geruhte, ihr zuzulächeln. »Was für ein schönes Halsband«, versuchte sie im Gegenzug der brünetten Schönheit ein Kompliment zu machen.

»Danke«, flötete Jane und spielte mit der doppelreihigen Perlenkette.

»Devereux schenkte sie ihr letztes Jahr zu Weihnachten«, warf Sarah ein.

Keely hatte das Gefühl, man habe ihr einen Schlag in die Magengrube versetzt. Offensichtlich waren der Graf und die Brünette auf sehr freundschaftlichen Fuß miteinander gestanden.

»Mein Gatte ist sehr großzügig«, brachte Keely gerade noch heraus.

Nun setzte die Brünette zum Todesstoß an. »Basildon ist großzügiger, als Ihr ahnt«, eröffnete ihr Jane. »Was haltet Ihr von seiner Sommersprosse? Ist das nicht das reizendste kleine Ding, das man sich vorstellen kann?«

Um Keelys Haltung war es geschehen. Das englische Blut, das durch ihre Adern floß, drängte sie, die Schlampe zu erwürgen. Aber bevor sie diesem Impuls nachgeben konnte, ertönte vom Eingang die Stimme der Vernunft.

»Alle am Hofe wissen, wo Devereux eine Sommersprosse

hat«, verkündete Lady Dawn, die soeben mit zwei Gesellschaftsdamen das Zimmer betrat. »Selbst diejenigen, die nie mit ihm im Bett waren, reden über dieses herausragende Mal.«

Keely beruhigte sich. Die drei Vampire gegenüber würden es nicht wagen, ihr das Blut auszusaugen, solange Cheshire hier war.

»Keely, Liebling, ich möchte dir Lady Blair und Lady Tessie vorstellen«, gurrte Cheshire.

Keely begrüßte die beiden mit einen Lächeln. Lady Blair war klein, dunkelhaarig und, wie man erkennen konnte, schwanger. Lady Tessie war klein, blond und unübersehbar schwanger.

»Ihr könnt euch nicht vorstellen, wie schwer ich es mit Pines habe«, beklagte sich Tessie.

Lady Dawn beugte sich zu Keely und flüsterte: »Graf Pines ist ihr Mann.«

»Ich bat Pines, mir bei der Anprobe meiner beiden neuen Kleider einen Rat zu geben, da ich mir nicht sicher war, welches ich heute tragen sollte«, fuhr Tessie fort. »Beide sehen absolut furchtbar aus, doch ich mußte unbedingt herausfinden, welches *weniger* furchtbar ist. Pines sagte: ›Ich will meine Ehe nicht ruinieren‹ und rannte aus dem Zimmer.«

»Ehemänner sind oft so wenig hilfreich«, bemitleidete Lady Dawn ihre Freundin und fügte mit einem Seitenblick auf die beiden Unverheirateten hinzu: »Die arme Morgana und Sarah können sich das natürlich nicht vorstellen.«

Sarah wurde vor Verlegenheit puterrot, und Morgana schürzte die Lippen und murmelte etwas Unverständliches.

Zu Lady Blair gewandt, fragte Lady Dawn: »Wie geht es dem lieben Horatio?«

»Sehr viel besser«, lautete die Antwort. »Er hat sogar etwas zugenommen.«

Freundlich lächelnd erkundigte sich Keely: »Ist Horatio Euer Ehemann, Mylady?«

Morgana, Sarah und Jane prusteten los. Keely errötete, obwohl sie überhaupt keine Ahnung hatte, warum man über sie lachte.

»Horatio ist ein Schwein«, erklärte ihr Lady Blair. »Doch ich liebe es wie einen Sohn.«

»Ich verstehe.« Keely war überzeugt, daß diese Engländer alle verrückt waren. Der ganze üble Haufen war gemein oder exzentrisch oder auf Bettabenteuer aus.

»Wann soll Euer Baby kommen?« fragte Keely Lady Blair.

»Im April.«

»Ich erwarte meines im Februar«, warf Tessie ein.

Mit einem Seitenblick auf Lady Dawn verkündete Keely: »Bei mir ist es im August soweit.«

Die sechs Damen starrten sie überrascht an. Lady Dawn hatte sich als erste wieder erholt. Sie sprang hoch und umarmte ihre Stieftochter. »Ich bin viel zu jung, um Großmutter zu werden«, seufzte sie plötzlich. »Was wird Ludlow tun, wenn er merkt, daß er eine Großmutter geheiratet hat?«

Alle lachten, sogar Morgana mußte schmunzeln.

»Ich bin sicher, daß es ein Junge ist«, scherzte Lady Blair. »Ich war oben, als es geschah.«

»Ich bekomme ein Mädchen«, stimmte Keely in das Gelächter ein, »ich war unten.«

»O Gott! Ich fürchte, ich bekomme ein *Hündchen*«, rief Tessie.

Dawn, Blair und Jane lachten lauthals. Keely, Morgana und Sarah blickten verständnislos drein.

»Das habe ich nicht verstanden«, gestand Keely.

Lady Dawn beugte sich zu ihr und flüsterte in ihr Ohr. Bis über beide Ohren rot, kicherte Keely hinter vorgehaltener Hand.

»Erzähl Sarah und mir, was daran so lustig ist«, forderte Morgana sie auf. »Wir möchten es auch wissen.«

Ohne an ihre Feindschaft zu denken, witzelte Keely: »Solche Gespräche ziemen sich nicht für Jungfrauen.«

»Wie kann ein gemeiner Bastard es wagen, in diesem Ton mit mir zu sprechen«, fuhr Morgana sie barsch an. »Du bist nicht mal eine *richtige* Lady. Bist du dir überhaupt sicher, ob Devereux der Vater deines Fratzen ist?«

Keely erbleichte. Lady Dawn wollte gerade etwas zu ihrer Verteidigung sagen, aber jemand anders war schneller.

»Morgana Talbot, behaltet Eure Gemeinheiten für Euch«, befahl Königin Elisabeth, die soeben durch die Tür getreten war.

Die sieben Damen sprangen auf und knicksten tief vor der Königin. Offensichtlich fühlten sie sich nicht wohl in ihrer Haut und warteten auf das Zeichen, sich wieder setzen zu dürfen.

»Hört auf, Devereux' Erben zu verunglimpfen«, erklärte Königin Elisabeth, ohne Morgana aus den Augen zu lassen. »Entschuldigt Euch sofort.«

»Das ist nicht notwendig«, warf Keely kleinlaut ein.

Nun fixierten die grauen Augen Keely. »Es ist sehr wohl notwendig, wenn ich dies verlange.«

Widerwillig wandte sich Morgana an Keely. »Ich bitte dich um Verzeihung.«

Keely war unsicher, wie sie antworten sollte, um ihre Schwester nicht noch wütender zu machen, erwiderte die kühle Entschuldigung mit einem einfachen Nicken. Allen Anwesenden, auch der Königin, war klar, daß die Entschuldigung der blonden Schönheit nicht aufrichtig gewesen war.

»Mir steht der Sinn nicht nach dem Gekeife streitender Frauen«, erklärte Elisabeth. »Verschwindet von hier.«

Die sieben wollten gerade aufbrechen, da änderte die Königin ihre Meinung. »Lady Devereux, Ihr bleibt hier.«

Sechs erstaunte Augenpaare richteten sich auf Keely. Doch niemand war überraschter als sie.

»Setzt Euch hierher«, befahl ihr Elisabeth, nachdem die anderen gegangen waren.

Keely setzte sich hin, legte die Hände in den Schoß und biß sich auf die Unterlippe. In ihren wildesten Träumen hatte sie sich nicht vorgestellt, gegenüber der Königin von England zu sitzen. Bei den heiligen Steinen, was sagte man zu einer Königin?

»Lady Devereux, erzählt mir von dem Geist in meiner Galerie«, forderte Königin Elisabeth sie auf.

»Ihr könnt mich Keely nennen, Eure Majestät.«

»Danke, *Keely*«, entgegnete die Königin trocken. »Nun, was hat es mit diesem Geist auf sich?«

»Ihr glaubt mir, Eure Majestät?« fragte Keely.

»Lügt Ihr etwa?« fragte Elisabeth zurück.

Erschrocken schüttelte Keely heftig den Kopf. »Nein, aber mein Mann . . .«

»Vergeßt Devereux«, unterbrach Elisabeth sie. »Die Männer sind allesamt Narren und denken nur mit ihrem Schwanz.«

Keely wurde rot bis unter die Haarwurzeln. Daß eine Königin so sprach, hätte sie niemals gedacht. Allerdings hatte sie noch nie mit einer Königin gesprochen.

»Was ist mit dem Geist in meiner Galerie?« hakte Elisabeth nach.

»Lebte hier einmal eine Frau namens Cat Howard?« fragte Keely.

»*Cat Howard?*«

Keely nickte. »Ihr kanntet sie?«

»Sie war die fünfte Frau meines Vaters«, antwortete Elisabeth geistesabwesend. Geschichten aus ihrer Kindheit fielen ihr wieder ein. Cat Howard war in der Langen Galerie eingesperrt worden und hatte verzweifelt versucht, den König in der Königlichen Kapelle zu erreichen. Sie soll wie eine Verrückte geschrien haben. Arme, schöne Cat Howard, vernichtet in der Blüte ihrer Jugend. *Wie meine eigene Mutter.*

»Ist es eine schmerzliche Erinnerung?« flüsterte Keely.

Elisabeth sah sie an und wechselte das Thema. »Nun, Keely, Ihr schenkt Devereux einen Erben und schickt ihn nach Irland?«

»Nein, es wird eine Tochter«, antwortete Keely.

»Wie wollt Ihr das wissen?«

»Meine Mutter sagte es mir.«

»*Cheshire*?« fragte Elisabeth ungläubig. »Cheshire weiß so gut wie nichts über Babys.«

Keely lächelte. »Ich meinte meine *leibliche* Mutter.«

Die Königin fixierte Keely mit ihren grauen Augen. »Ich dachte, Eure Mutter sei verstorben.«

Keely kaute nervös an ihrer Unterlippe und log: »Megan sprach im Traum zu mir.«

»Ihr glaubt wohl an solche Vorahnungen?« fragte Elisabeth sie.

Keely versuchte sich herauszuwinden. »Ich glaube daran, wenn Ihr daran glaubt.«

Königin Elisabeth brach in lautes Gelächter aus. »Ihr habt wirklich die Gewitztheit Eures Vaters geerbt, was höfische Dinge angeht.«

Keely seufzte erleichtert auf. Sie fragte sich, wie lange sie wohl noch bei der Königin sitzen mußte. Jede Minute kam ihr wie eine ganze Stunde vor, und sie sehnte sich danach, wieder in ihrem Zimmer und in Sicherheit zu sein.

»Erzählt mir, warum Ihr hier unglücklich seid«, forderte Elisabeth sie auf.

»Woher wißt Ihr das?« fragte Keely überrascht.

»Ich weiß einfach alles über jeden einzelnen meiner Höflinge.«

»Mir fehlt mein Bruder«, erklärte Keely ihr. »Ich habe Rhys einen Brief geschrieben, aber bisher noch keine Antwort erhalten.«

»Und?«

Keely blickte zu Boden. »Ich fühle mich in der Gesellschaft Eurer Höflinge vollkommen fehl am Platze. Ich werde niemals so sein wie die anderen Ladies.«

»Die Höflinge kommen und gehen«, erklärte ihr die Königin. »Die erfolgreichsten unter ihnen unterscheiden sich von den anderen, sie heben sich durch ihre Haltung vom Mittelmaß ab.«

»Ich … ich glaube nicht, daß mein Mann wünscht, daß ich anders bin«, antwortete Keely. »Aber ich kann nicht anders sein, als ich bin. Am Hofe weiß jeder um meine niedere Herkunft. Und ich bin zu schüchtern, um mich unter die anderen zu mischen.«

»Ihr wart würdig genug, um Devereux für Euch zu gewinnen«, hielt Elisabeth dagegen.

»Ich denke nicht, daß es meine Würde war, die den Grafen angezogen hat«, antwortete Keely. »Doch ist es freundlich von Euch, dies zu sagen.«

»Ich bin niemals freundlich«, entgegnete Elisabeth ernst. »Wenn Devereux sich ständig um Euch Gedanken macht, wird er sich nicht mehr ausreichend um meine Finanzen kümmern können. Und diese Unaufmerksamkeit kann mich einen Batzen Gold kosten.«

»Ich möchte nicht, daß dies geschieht«, versicherte Keely ihr.

»Dann sind wir einer Meinung«, entgegnete Elisabeth. »Ihr sollt meinen lieben Midas glücklich machen und er wiederum soll mich glücklich machen, indem er dafür sorgt, daß meine Truhen stets mit Gold gefüllt sind. Nehmt diesen weisen Rat von mir: Stellt Euch einfach immer, wenn Ihr Euch besonders verwundbar fühlt, diese hohen Würdenträger ohne Kleidung vor.«

»Ihr meint, ich solle mir ausmalen, wie sie nackt aussehen?«

»Exakt.«

Ohne es zu merken, glitt Keelys Blick nach unten.

»Doch nicht bei mir«, verdeutlichte Elisabeth.

Peinlich berührt, blickte Keely der Königin sofort wieder ins Gesicht.

»Wenn Ihr sie Euch nackt vorstellt, fällt es Euch leichter, Euch unter sie zu mischen«, fuhr Elisabeth fort. »Vor vielen Jahren gab ich Eurem Ehemann denselben Rat.«

Das hatte Keely nicht erwartet.

»Mein Gemahl hatte Schwierigkeiten, sich unter die Menschen zu mischen?«

»Devereux war damals noch ein Junge«, räumte Elisabeth ein. »Er war eine Saison an den Hof gekommen, um als Page zu dienen.«

»Half ihm Euer Rat?«

Königin Elisabeth lächelte bei der Erinnerung daran. »Nicht wenige Frauen versetzten ihm eine Ohrfeige. Ihr müßt wissen, Richard bestand darauf, sich nur die Damen nackt vorzustellen. Und was dem Faß die Krone aufsetzte: er erzählte ihnen, was er gerade machte und beharrte darauf, ich hätte es ihm befohlen. Als er erwachsen wurde, fielen ihm die Damen natürlich wie reife Äpfel in die Arme.« Unvermittelt erklärte die Königin: »Ich habe noch zu arbeiten. Es ist Zeit, daß Ihr geht.«

Keely stand auf, machte einen Hofknicks und verabschiedete sich. »Ich fühle mich geehrt, zu Euch eingeladen worden zu sein, Eure Majestät.«

»Nun lauft schon, Kind.«

Keely verließ das Zimmer der Königin und schloß die Tür hinter sich. Als sie sich umdrehte, erinnerte sie sich daran, daß sie sich vor dem Eingang zur Langen Galerie befand. Bei den heiligen Steinen, sie hatte ganz vergessen, daß sie auf dem Rückweg durch die Galerie mußte. Sie konnte schließlich schlecht an die Tür der Königin klopfen und sie um Erlaubnis bitten, wieder über die Mauer zu klettern.

Keely nahm ihren ganzen Mut zusammen und betrat die Galerie. Verblüfft blieb sie stehen. Da stand ihr Mann.

»Was machst du hier?« fragte sie ihn.

»Ich warte auf dich«, antwortete er und schlenderte ihr entgegen.

»Aber warum?«

»Cheshire erzählte mir, du wärst alleine bei Elisabeth«, erwiderte er. »Ich wußte, daß es schrecklich für dich wäre, allein durch die Lange Galerie gehen zu müssen.«

Richard streckte ihr die Hand entgegen, und Keely nahm dankend an. Ohne Vorwarnung hob er sie hoch. »Ich kann schneller laufen als du.«

Lächelnd legte Keely ihm die Arme um den Hals. Sie schloß die Augen und verbarg das Gesicht an seiner Brust, als er durch die Galerie spurtete.

Zwei Minuten später forderte Richard sie auf: »Du kannst die Augen wieder aufmachen, Schatz. Wir haben die Galerie bereits verlassen.«

Keely schlug die Augen auf und sah ihn an. »In unser Zimmer kann ich selbst zurückgehen.«

»Es gefällt mir, dich zu tragen.« Mit seiner Frau in den Armen ging Richard an Dutzenden belustigter Höflinge und Diener vorbei. Er nickte ihnen allen zu und wies seine kichernde Gattin an, ihnen ebenfalls zuzuwinken.

Als sie ihr Zimmer erreichten, setzte er Keely ab. Doch bevor sie sich umdrehen konnte, riß er sie in seine Arme und küßte sie leidenschaftlich.

Dann trat er einen Schritt zurück und blickte ihr lächelnd

in die Augen. »Jetzt, da wir das mit dem Kuß erledigt haben« — sein Lächeln verschwand —, »was, zum Teufel, hat dich geritten, über diese Mauer in den geheimen Garten zu klettern?«

»Es war so, wie ich es sagte . . .«

»Dein Grund ist mir vollkommen egal«, fuhr Richard sie schroff an. »Ist dir nicht klar, daß du unser Baby hättest verletzen können? *Ja?* Ich hatte Elisabeth gerade gute Nachrichten überbracht, aber was wäre geschehen, wenn die Königin schlecht gelaunt gewesen wäre?«

»Sie lud mich . . .«

»Elisabeth lud dich ein, durch die Tür zu gehen!« brüllte Richard. Je zorniger er wurde, desto lauter wurde er. Und die Dummheit seiner Frau machte ihn sehr zornig.

»Es gibt keinen Grund, so zu *brüllen*!« schrie Keely.

»Sprich normal und mit Respekt, wenn du mit mir redest«, wies Richard sie zurecht. »Du hast mir versprochen, deine dummen, abergläubischen Ansichten nicht überall herumzuerzählen.«

»Die Königin glaubt mir.«

Mißtrauisch hob Richard eine Augenbraue hoch. »Worüber hast du mit Elisabeth gesprochen?«

»Die Königin glaubt, daß der Geist von Cat Howard in der Galerie spukt.«

»Elisabeth glaubt wirklich, der Geist von Cat Howard treibe sein Unwesen in der Galerie?« wiederholte Richard fassungslos.

Keely nickte. Sie hob das Kinn und wandte ihm den Rücken zu.

»Gott im Himmel! Ihr dummen Weiber seid doch alle gleich«, explodierte Richard. »Ich warne dich, Keely«, drohte er, »behalte deine Ansichten für dich. Oder du wirst es bereuen, das verspreche ich dir.« Richard stürmte aus dem Zimmer und warf die Tür hinter sich ins Schloß.

Keely hob ihren Stoffbeutel auf und knallte ihn an die Tür. »Bestick dir doch deine Taschentücher selbst!« rief sie.

Sie ging zum offenen Kamin und ließ sich in den Sessel davor fallen. Zornestränen stiegen ihr in die Augen, aber sie wischte sie weg. Sie weigerte sich, wegen dieses gefühllosen Rüpels zu weinen, den sie geheiratet hatte.

Vor Wut drehte sich ihr der Magen um. Sie atmete ein paarmal tief durch, um zur Ruhe zu kommen.

Es konnte das Baby schädigen, wenn sie sich zu sehr aufregte. Daher war es von äußerster Wichtigkeit, ruhig zu bleiben. Sie wollte auf keinen Fall ihrer Tochter schaden.

Keely lehnte sich zurück und dachte über ihren wütenden Mann nach. Richard war ein Ungläubiger, der an das Hier und Jetzt glaubte und Gold verehrte. Doch seine Arroganz und sein Scheuklappendenken war ihm anerzogen worden — es war nicht allein sein Fehler.

Und er hatte Angst um seine Tochter. Dieser Gedanke wärmte ihr das Herz und bestärkte sie darin, Geduld mit ihm haben.

Langsam erhob sich Keely aus ihrem Sessel und holte den Stoffbeutel. Sie setzte sich wieder hin und fuhr fort, seine Taschentücher zu besticken.

Der Umgang mit einfältigen oder geliebten Menschen erforderte nun einmal viel Geduld, schloß Keely. Auf den Grafen traf beides zu. Der einfältige Ungläubige, der er war, konnte nicht über den Horizont hinaussehen, aber sie liebte ihn trotz dieses großen Fehlers.

Sie liebte ihn. Sie fühlte es tief in ihrer Brust, bei den heiligen Steinen, sie hatte sich in ihren unmöglichen englischen Ehemann verliebt.

Keely seufzte und versuchte, den schrecklichen Gedanken zu verdrängen, der ihr das Herz zu brechen drohte: *Schade, daß ihr Mann sie nicht liebte.*

Fünfzehntes Kapitel

Keely schlüpfte aus den Armen ihres Mannes und kletterte aus dem Bett. Sie betrachtete ihn, wie er so dalag. Durch den Schlaf waren seine Gesichtszüge entspannt, was ihm ein jungenhaftes Aussehen verlieh. Daß sein Ärger so schnell verflogen war, hatte Keely überrascht und ihr Hoffnung gegeben. Sie war stets davon ausgegangen, alle Männer würden ihren Groll pflegen, wie es ihr Stiefvater getan hatte. Doch als Richard letzte Nacht in ihr Schlafzimmer zurückgekehrt war, hatte er sich benommen, als wäre kein böses Wort zwischen ihnen gefallen.

Keely deckte ihn bis über beide Schultern zu und ging barfuß zum Fenster. Der Tag hatte grau und trüb begonnen, der Himmel war bedeckt, als stünde Schnee ins Haus — nicht ungewöhnlich für den einundzwanzigsten Dezember.

Keelys Herz hallte wider von dem Lied ihrer Druidenahnen. Heute war die Wintersonnwende, Alban Arthuan, das Fest des Lichts, wenn die Sonne die Dunkelheit der Welt überwand und die Tage wieder länger wurden.

Keely wünschte sich, sie könnte diesen Feiertag draußen begehen und nach den heiligen Mistelzweigen suchen, aber der Graf hatte recht. Wenn diese Engländer, die von nichts eine Ahnung hatten, sie dabei erwischten, würden sie sie als Hexe auf dem Scheiterhaufen verbrennen.

Als ihr Blick noch einmal auf ihren schlafenden Ehemann fiel, überlegte sie kurz, ob sie ihn aufwecken sollte, entschied sich dann jedoch dagegen. An einer heidnischen Zeremonie teilzunehmen, würde für ihn wohl nie an erster Stelle stehen.

Keely zog sich ihre Zeremonienrobe über das Nachtgewand und wählte einen schwarzen Obsidian, um die schwarze Magie fernzuhalten. Mit den Achaten legte sie einen Kreis in der Mitte des Zimmers. Dabei ließ sie nur im Westen einen Eingang offen.

Durch diesen Eingang betrat sie den Kreis und schloß ihn mit dem letzten weißen Achat, wobei sie flüsterte: »Störende Gedanken bleiben draußen.«

Sie stellte die Kerze in die Mitte des Kreises und legte den schwarzen Obsidian daneben. Dann schloß sie den Kreis, indem sie ihn mit ihrer goldenen Sichel nachzog. Wieder in der Mitte des Kreises, drehte sie sich dreimal im Uhrzeigersinn und kam, den Blick nach Osten gerichtet, zum Stehen.

Sie kniete sich nieder, schloß die Augen und sang: »Die Alten sind hier, sie warten ab und sehen zu. Die Sterne sprechen durch die Steine, und das Licht scheint durch die dickste Eiche. Himmel und Erde sind ein Reich.«

Daraufhin nahm sie die Kerze und hob sie gen Osten. »Heil dir, Große Muttergöttin, die du das Licht aus der Dunkelheit bringst und die Wiedergeburt aus dem Tod. Ich bitte dich um eine Gnade: Beschütze mein ungeborenes Kind, sorge für seine Sicherheit. Und obwohl er kein Gläubiger ist, befreie meinen Ehemann von dem Bösen, das in seiner Nähe lauert.«

Nachdem sie die Kerze ausgeblasen hatte, erhob sich Keely, trat an den westlichen Rand des Kreises und hob einen Achat auf, womit der Bann gebrochen war. Sie warf kurz einen Blick auf das Bett und erstarrte.

Richard lag auf der Seite und beobachtete sie. »Wie geht es dir?« fragte er sie schlaftrunken.

»Gut.« Keely machte sich auf eine Standpauke gefaßt.

»Es ist doch äußerst merkwürdig, daß die Morgenübelkeit dir nur am Sonntag zu schaffen macht, wenn wir uns für den Kirchgang zurechtmachen«, bemerkte Richard schmunzelnd.

Keely überging diese scharfsinnige Beobachtung. Sie sammelte ihre magischen Steine ein und räumte sie auf, bevor sie die Zeremonienrobe auszog und zurück ins Bett kletterte.

Richard hob einladend die Decke hoch, und Keely kuschelte sich an ihn. Er zog sie in seine Arme, und sie legte den Kopf auf seine Brust.

»Du hast gebetet, Schatz«, flüsterte Richard, während er

mit dem Daumen ihre seidene Wange liebkoste. »Danke, daß du mich in deine Gebete eingeschlossen hast.«

»Gern geschehen.« Dann jammerte sie: »Den Kreis hier im Zimmer zu legen, behindert meine Andacht.«

Richard grinste und gähnte. »Es ist noch so früh, schlafen wir noch ein wenig.«

Keely schloß die Augen und kuschelte sich wieder an Richard. In seinen Armen fühlte sie sich sicher. Eine Zeitlang lagen sie zufrieden da und schwiegen.

»Richard?«

»Ja, Schatz?«

»Wann ziehst du die Zeremonienrobe an, die ich für dich gemacht habe?«

»Vielleicht wenn du *Das Leben der Heiligen* fertig gelesen hast.«

»Aber ich habe noch gar nicht damit angefangen.«

»Ich weiß ...«

Bei schlechtem Wetter vertrieben sich die Höflinge mit Kartenspielen, Glücksspiel, Wahrsagen und Tennis die Zeit. Vor dem Abendessen verließ Richard das gemeinsame Schlafzimmer, um Herzog Robert aufzusuchen, der ihn zu einem riskanten Glücksspiel eingeladen hatte.

Keely war an diesem Tag nach keiner der üblichen Vergnügungen zumute. Sie hatte es sich statt dessen vor dem Kaminfeuer bequem gemacht und nähte Babykleider. Zwischendurch lehnte sie sich in ihrem Sessel zurück, schaute dem Spiel der Flammen zu und versuchte dabei, sich ihre Tochter vorzustellen. Ob sie wohl rote Haare und grüne Augen haben würde wie ihr Vater? Oder die ebenholzschwarzen Flechten und veilchenblauen Augen ihrer Mutter? Vielleicht bekam sie auch schwarze Haare und grüne Augen?

»Bist du da, kleines Mädchen?« Ein Klopfen an der Tür und Odos Stimme riß Keely aus ihren Tagträumen.

»Komm herein, Cousin«, rief Keely.

Die Tür ging auf, und Odo, Hew, May und June traten durch die Tür. Alle vier grinsten über das ganze Gesicht.

»Es ist Julfest«, sagte Odo.

»Wir haben dir ein Geschenk mitgebracht«, fügte Hew hinzu.

Keely blickte auf ihre leeren Hände und sah sie fragend an.

»Schließ die Augen«, forderte Odo sie auf.

»Ich hol es«, sagte Hew.

Odo versetzte seinem Bruder einen Klaps auf den Hinterkopf. »Ich bin älter, also hole ich es.«

May fuhr Odo an: »Wag es ja nicht, ihn zu schlagen.«

»Rede nicht so mit Odo«, mischte June sich ein.

»Kümmere dich um deinen eigenen Kram«, keifte May und kniff ihre Schwester in den Arm.

»Laß sie in Ruhe«, fuhr Odo sie an.

»Brüll nicht so, wenn du mit May sprichst«, mischte Hew sich in den Schlagabtausch ein.

Ohne länger auf seine Ankündigung zu warten, marschierte Keelys Geschenk in den Raum. Es lächelte und breitete einladend die Arme aus.

»Rhys!« Keely sprang aus dem Sessel hoch und lief zu ihrem Bruder, um sich in seine Arme zu werfen.

Rhys legte die Arme schützend um sie und erlaubte ihr, sich an seiner Brust auszuweinen. »Warum bist du nicht draußen, um nach den ach so schwer zugänglichen Mistelzweigen zu suchen?« neckte er sie.

»Diese verfluchten englischen Ungläubigen würden sich an die Stirn fassen und tot umfallen«, antwortete sie mit einem tränenfeuchten Lächeln.

»Das wäre keine schlechter Weg, um das Ungeziefer loszuwerden.« Rhys sah sie an und wischte ihr mit den Fingerspitzen die Tränen von den Wangen. »Ach, Schwester, neben deiner Schönheit verblaßt die hübscheste Wildblume auf der Wiese.«

»Und du bist einer der schönsten Männer, die ich kenne«, erwiderte Keely das Kompliment. »Du hast mir schrecklich gefehlt.«

Rhys war schlank und hochgewachsen und hatte nachtschwarzes Haar und warme, graue Augen. Mit diesen grauen Augen musterte er sie nun aufmerksam.

»Einer der schönsten Männer?« wiederholte er. »Früher sagtest du, ich sei der schönste Mann. Hat mich dein Ehemann vom ersten Platz verdrängt?«

Ohne auf diese Bemerkung einzugehen, führte Keely ihn zum offenen Kamin. »Komm, Bruder, wärme dich vor dem Feuer.«

»Alle raus«, befahl May und trieb die anderen Gäste zur Tür. »Laßt die beiden allein.« Niemand widersprach ihr.

»Liebe Cousins, das ist das schönste Geschenk, das ich je bekommen habe«, rief Keely. »Ich habe euch alle beide sehr, sehr gern.«

Odo und Hew wurden rot bis unter die Haarwurzeln und folgten den Zwillingen auf den Gang hinaus.

»Erzähl mir, Bruder, wie hast du mich gefunden?« fragte sie.

»Ludlows Diener brachten mich her«, antwortete Rhys. »Madoc ist tot und liegt unter der Erde.«

»Tot?« wiederholte Keely fassungslos. »Wie kam das?«

Nun war es an Rhys, rot zu werden. »Madoc starb unter angenehmen Umständen, wenn du verstehst, was ich meine.«

Keely schüttelte den Kopf.

»Die Begierde der Magd war zuviel für ihn«, erklärte Rhys.

»Oh.« Keely fiel die Prophezeiung ihrer Mutter ein. »*Was Madoc am meisten begehrt, wird ihm zuletzt das Leben kosten ...*«

»Du kannst nun nach Wales zurückkehren, wenn du es wünschst«, schloß Rhys.

»Dazu ist es sechs Wochen zu spät!« Tränen stiegen Keely in die Augen. Sie hob das Hemdchen hoch, an dem sie nähte. »Ich trage das Kind meines Mannes unter dem Herzen.«

»Ich werde Onkel?« Rhys lächelte und drückte sie an sich. »Ich hätte dich früher geholt, aber Madoc sagte mir nicht, wohin du dich aufgemacht hast. Deinen Brief erhielt ich erst nach seinem Tod.«

Keely nickte verständnisvoll.

»Wenn du nicht glücklich bist mit deinem Mann, verlaß ihn«, fuhr Rhys fort. »Das Kleine und du, ihr werdet bei mir in Wales immer ein Zuhause finden.«

Keely legte den Kopf an seine Schulter. »Ich danke dir. Richard macht mich glücklich, aber ich wünsche mir so sehr, daß er mich liebt.«

»Die Liebe kommt in vielerlei Gestalt daher, Liebling«, erklärte ihr Rhys. »Vielleicht . . .«

»Und um welche Gestalt handelt es sich hier?« ertönte eine Stimme von der Tür.

Keely fuhr herum und sah Richard mit ihrem Vater in der Tür stehen. Ihr Ehemann wirkte nicht gerade glücklich. Ganz im Gegenteil, er machte einen unangebracht feindseligen Eindruck. Was hatte sie nun schon wieder falsch gemacht?

Rhys erhob sich und blickte den beiden Männern ins Gesicht. Seine Schwester war zu unerfahren, um es zu erkennen, doch er sah sofort die Eifersucht in Richards Augen und hörte sie aus seinem Ton heraus. Himmel, in den Gefühlen dieses Engländers konnte man so leicht lesen wie in einem offenen Buch. Augenscheinlich liebte dieser englische Graf seine Schwester, und das reichte Rhys, um ihn ins Herz zu schließen.

»Ich warte auf eine Antwort«, hakte Richard schroff nach.

»*Brüderliche Liebe*«, meinte Rhys trocken.

»Das ist Rhys«, erklärte Keely und erhob sich, bereit, den Bruder gegen ihren wütenden Ehemann zu verteidigen. »Er ist von Wales bis hierher geritten.«

Richard entspannte sich offensichtlich. Er blickte nicht mehr so finster drein, sondern lächelte breit und ging auf seinen Schwager zu, um ihm die Hand zur Begrüßung zu reichen.

Herzog Robert grinste. »Ich stehe in Eurer Schuld, weil Ihr über all diese Jahre hinweg meine Tochter beschützt habt.«

»Sowohl Seine Gnaden wie ich stehen in Eurer Schuld«, fügte Richard hinzu.

»Keely war meine kleine Schwester, lange bevor sie nach England aufbrach«, entgegnete Rhys. »Sie zu beschützen war ebenso ein Vergnügen wie eine selbstverständliche Pflicht.«

»Das Julfest steht bevor«, warf Keely ein, die noch immer

die Hand ihres Bruders festhielt. Es fiel ihr schwer, ihn loszulassen, nachdem sie ihn so lange vermißt hatte. »Versprich mir, daß du bis über Neujahr bei uns bleibst.«

»Corgy vertritt mich zu Hause, und wie du weißt, ist er nicht viel schlauer als Odo und Hew«, erklärte ihr Rhys. »Bist du einverstanden, wenn ich bis Weihnachten bleibe?«

»Ja.« Strahlend wandte sich Keely an ihren Vater. »Rhys hat Neuigkeiten zu berichten, Papa. Madoc ist tot.«

Herzog Robert hätte Rhys sein Beileid ausgesprochen, doch es tat ihm nicht im geringsten leid um Madoc. Statt dessen nickte er seiner Tochter zu und sagte zu Rhys: »Kommt, Baron Lloyd. Wir verschaffen euch ein Zimmer und alles, war Ihr sonst noch braucht.«

Bevor er sich mit dem Herzog auf Zimmersuche begab, umarmte Rhys seine Schwester und küßte sie auf die Wange. »Bis später, und vergiß nicht, was ich dir gesagt habe.«

Richard setzte sich in den Sessel vor dem Kamin und zog seine Frau auf seinen Schoß. »Was hat Rhys gesagt, was du nicht vergessen sollst?«

»Daß ich bei ihm in Wales immer ein Zuhause finden werde«, antwortete Keely und starrte auf seine Brust.

»Dein Zuhause ist bei mir.«

Keely blickte langsam hoch und sah im direkt in die Augen. »In England kann ich mich nie zu Hause fühlen, Mylord.«

»Du gewöhnst dich daran.«

»Aber ich werde nie *dazugehören.*«

»Mach dich nicht lächerlich«, spottete Richard. »Die Gräfin von Basildon gehört nach England.«

»Der ganze Hof verachtet mich«, beharrte Keely. »Ich bin der trottelhafte walisische Bastard, der es mit ein paar Tricks geschafft hat, sich Englands beliebtesten Junggesellen zu angeln.«

»Das ist doch alles nur Schauspielerei auf höchstem Niveau«, versuchte Richard ihr klarzumachen. »Das liegt alles an ihrer eigenen Unsicherheit. Sobald sich die Gräfin von Basildon herabläßt, sich unter das Volk am Hofe zu mischen, werden sich diese hochnäsigen Hohlköpfe geehrt fühlen und dich in ihre Mitte aufnehmen.«

»Vielleicht finde ich sie meiner Gesellschaft nicht würdig.«

»Verflucht noch mal, Keely. Du stehst unten im Saal mit hängendem Kopf und gesenktem Blick. Wofür schämst du dich eigentlich?«

»Ich schäme mich nicht«, rief Keely und hüpfte von seinem Schoß. »Ich bin eine echte walisische Prinzessin, ich stamme von Llewelyn dem Großen und von Owen Glendower ab. Mein Stammbaum ist älter und würdiger als der der Königin!«

»Beweis es«, forderte Richard sie heraus und stand ebenfalls auf. »Führe Rhys heute abend herum und stelle ihn den anderen Höflingen vor.«

Sofort kaute Keely wieder unsicher an ihrer Unterlippe. Sie hätte es zwar nie zugegeben, aber insgeheim fürchtete sie, ihr fehle der Mut dazu. »Ich überlege es mir«, zog sie sich schließlich aus der Affäre.

Richard sah die Bangigkeit in ihren Augen und setzte etwas milder hinzu: »Ich werde dabei nicht von deiner Seite weichen, Schatz.«

»Ich werde dabei nicht von deiner Seite weichen, Schatz . . .«

Ein weiteres gebrochenes Versprechen eines englischen Lords, dachte Keely verletzt und verwirrt. Sie hätte es sich denken können. Ihr charmanter Mann hatte sie weit genug eingelullt, daß sie beinahe vergessen hätte, was man ihrer Mutter angetan hatte. Sie durfte nie mehr so nachlässig in ihrem gesunden Mißtrauen werden, andernfalls könnte sie ihren Seelenfrieden gefährden.

Sobald Graf Burghley ihn rief, ließ Richard Keely mit Herzog Robert und Lady Dawn zurück und eilte zu ihm. Seither war eine Stunde verstrichen.

Keely ließ den Saaleingang nicht aus den Augen. Die Gespräche der Höflinge waren nur ein Geräuschteppich, während sie begierig auf Rhys wartete. Ob Richard mit seiner Sichtweise vielleicht recht hatte? Würden diese englischen Edelleute sie als eine der ihren anerkennen, wenn sie sich unter sie mischte? Oder würden sie sie links liegenlassen und sie spüren lassen, daß sie ein Bastard war?

Außer Frage jedoch stand, daß Rhys von ihrem Außenseiterdasein erfuhr. Rhys ging so in seiner Beschützerrolle auf, daß er wahrscheinlich jeden Höfling herausfordern würde, der sie geringschätzig behandelte. Ihr Bruder war als kampflustig bekannt, doch es würde sicherlich seine Kräfte übersteigen, sich mit jedem englischen Edelmann zu duellieren.

Als Keely den Blick über den Saal schweifen ließ, hatte sie das Gefühl, es herrsche eine andere Stimmung vor. Die Hofgesellschaft erschien ihr an diesem Abend ausgelassener und wilder, weil die Königin sich von dem Fest zurückgezogen hatte.

Keelys veilchenblauer Blick streifte gerade in dem Moment den Saaleingang, als Rhys auftauchte. Sie bewegte sich durch die Menge auf ihn zu.

Nie hatte ihr Bruder schöner und männlicher ausgesehen als in diesem Augenblick — jeder Zoll so umwerfend wie ihr Ehemann. Rhys hatte sich die Kleidung für diese Gelegenheit von Richard ausgeliehen und sah aus wie ein schwarzer Raubvogel im Anflug auf einen Haufen ahnungsloser Kanarienvögel.

»Wie geht's, Bruder?« begrüßte ihn Keely lächelnd.

»Schwester, neben deiner strahlenden Schönheit verblassen diese fahlen Engländerinnen«, sagte Rhys bewundernd. »Dreh dich um und laß dich bestaunen.«

Kichernd drehte Keely sich im Kreis. Das junge Mädchen, das durch die walisischen Wälder gezogen war, war verschwunden, obwohl ihr Wesenskern nach wie vor derselbe war. Doch statt dieses Mädchens stand nun eine begehrenswerte Frau vor ihm, die ein gewagt dekolletiertes Kleid trug, das ihre verführerische Schönheit noch betonte.

Für Rhys' Gefühl war dieses Kleid viel zu offenherzig, aber er behielt seine Meinung für sich. Doch Keely gehörte nun zu dem englischen Grafen, und er wollte sich nicht in die Angelegenheiten seines Schwagers mischen.

»Du mußt die Frau meines Vaters kennenlernen«, erklärte Keely und nahm ihn bei der Hand. »Sie war ausgesprochen freundlich zu mir.«

Zusammen tauchten Keely und Rhys in die Menge. An der

Hand ihres Bruders fühlte Keely sich ungewöhnlich selbstsicher. Die erstaunten Blicke und das Geraune, wer denn der gutaussehende Mann sei, erfüllten sie mit Stolz.

»Lady Dawn, darf ich Euch meinen Bruder Baron Rhys Lloyd vorstellen?« machte Keely die beiden miteinander bekannt.

Rhys verbeugte sich über der Hand der Herzogin und begrüßte sie mit den Worten: »Vielen Dank für die Güte, die Ihr meiner Schwester erwiesen habt.«

»Wäre ich nicht so verrückt nach meinem Tally«, gurrte Lady Dawn und schenkte ihm ihr Katzenlächeln, »würde ich mich Euretwegen vollkommen zum Narren machen, Baron, so wie es diese jungen Damen dort drüben tun werden, die sich die Augen nach Euch herausgucken.«

»Komm, Rhys«, sagte Keely, die nun entschlossen war, sich der Herausforderung ihres Mannes zu stellen, »ich möchte dich ein paar Höflingen vorstellen.«

Sie hakte sich bei ihrem Bruder unter und führte ihn durch den Saal. Als sie die schwangeren Freundinnen ihrer Stiefmutter entdeckte, die sie am Tag vorher kennengelernt hatte, steuerte sie auf diese zu.

»Lady Tessie und Lady Blair«, erklärte Keely freundlich lächelnd. »Ich möchte Euch meinen Bruder, Baron Lloyd, vorstellen.«

Rhys verbeugte sich über Tessies Hand und sagte schmeichelnd: »Ihr seht bezaubernd aus in diesem himmelblauen Kleid.«

Tessie seufzte. »Ich wünschte, Pines machte mir so freundliche Komplimente wie Ihr.«

Anschließend wandte sich Rhys Lady Blair zu, verbeugte sich höflich und wollte auch ihr ein Kompliment machen, aber seine Schwester kam ihm zuvor.

»Wie geht es dem lieben Horatio heute?« erkundigte sie sich und mußte sehr an sich halten, um nicht lauthals zu lachen.

»Gott sei gedankt, Horatio frißt wie das sprichwörtliche Schwein.«

Kichernd führte Keely ihren Bruder weiter und flüsterte

ihm zu: »Horatio *ist* ein Schwein, das sie sich als Haustier hält.«

Rhys warf ihr einen Seitenblick zu. »Du machst Witze?«

Keely schüttelte den Kopf. »Lady Dawn hält sich eine Gans namens Anthony.«

»Stell mich ein paar unverheirateten Frauen vor«, forderte Rhys sie auf, »zum Beispiel diesen drei Schönheiten dort drüben, die uns nicht aus den Augen lassen.«

Keely folgte seinem Blick. Die Ladies Morgana, Sarah und Jane standen an der Seite und starrten sie an. Zweifelsohne fragten sie sich, wer wohl der gutaussehende Edelmann war.

Keely hatte nicht die geringste Absicht, auch nur in ihre Nähe zu gehen. Sollten sie ihn doch aus der Ferne anhimmeln. Wenn sie sie ihn Gegenwart ihres Bruders beleidigten, begaben sie sich in Lebensgefahr.

»Du solltest wirklich Lady Mary kennenlernen«, versuchte Keely ihn in die andere Richtung zu lotsen, weit weg von den drei bekannten Hexen. »Sie ist die üppige Blondine, die neben dem Italiener, Signor Fagioli, steht. Siehst du den langhaarigen Riesen, welcher der hübschen Blonden in den Ausschnitt linst?«

Keely wollte ihn zu den beiden führen, doch Rhys folgte ihr nur widerstrebend. »Ich würde viel lieber diese drei Grazien kennenlernen«, beharrte er.

»Glaub mir, Bruder, du willst sie nicht kennenlernen.«

Rhys grinste. »Dann sag mir doch, warum nicht.«

»Weil sie uns Waliser aus ganzem Herzen verachten«, erklärte sie ihm. »Besonders mich.«

»Warum?«

Keely blickte zu Boden und zuckte die Achseln.

»Sie sind eifersüchtig«, erwiderte Rhys und hob ihr Kinn. »Komm schon Schwester, ich möchte diesen italienischen Signor kennenlernen.«

»Keely!« rief eine vertraute weibliche Stimme.

Nur widerwillig drehte Keely sich um. Die Stimme gehörte ihrer Schwester.

»Bringe doch deinen gutaussehenden Freund herüber zu

uns«, lud Morgana sie mit einem langen Seitenblick auf Rhys ein. »Weichst du mir aus, liebe Schwester?«

Keely blieb der Mund offenstehen, als sie als »liebe Schwester« bezeichnet wurde. Ein Eichenblatt hätte genügt, um sie umzuwerfen.

»Ich bin Keelys Halbschwester, Lady Morgana Talbot«, stellte sich die kecke Blonde selbst vor.

Rhys verschlang Morgana mit den Augen. Er musterte sie von Kopf bis Fuß, nichts entging ihm, doch am längsten blieb sein Blick an ihrem aufreizenden Dekolleté hängen.

»Wir haben ein gemeinsames Interesse«, bemerkte Rhys. »Ich bin Keelys Stiefbruder.«

Der feurige walisische Baron und die verwöhnte englische Schönheit hatten keine Augen für ihre gemeinsame Schwester. Seine warmen grauen Augen tauchten in ihre leidenschaftlichen blauen Augen, und für ein paar lange Sekunden versank die Welt um sie herum und es gab nur sie beide.

»Wir sollten uns um unserer Schwester willen besser kennenlernen«, sagte Morgana schließlich und senkte in gespielter Schüchternheit die Augen. »Möchtet Ihr gerne tanzen?«

»Leider blieb meine Erziehung in dieser Hinsicht mangelhaft, in der Tanzkunst wurde ich nicht unterrichtet«, gestand Rhys ohne die geringste Befangenheit. Lächelnd fügte er hinzu: »Vielleicht wäre ein einsamer Alkoven ohnehin besser geeignet, uns näher kennenzulernen?«

Morgana lächelte engelsgleich und verführerisch zugleich. »Ich denke, ich kenne einen geeigneten Ort.«

»Da bin ich mir sicher«, antwortete Rhys mit einem tiefen Augenaufschlag. An seine fassungslose Schwester gerichtet, meinte er: »Du entschuldigst uns bitte?«

Bevor Keely etwas darauf antworten konnte, war das ungleiche Paar bereits verschwunden. Verdutzt blickte Keely ihnen hinterher.

Woher nahm Rhys den Mut, einfach zuzugeben, daß er nicht tanzen konnte? fragte Keely sich. Sie wäre tausend Tode gestorben. Dann wurde es ihr klar: Rhys war kein Bastard wie sie, und er war ein Baron. Sie dagegen ...

»Guten Abend, Gräfin.«

Keely wandte sich um. Willis Smythe stand neben ihr. Er starrte ihr so ungehemmt in den Ausschnitt, daß sie sich splitterfasernackt fühlte.

»Guten Abend, Mylord«, erwiderte sie seinen Gruß und zwang sich zu einem Lächeln. Bei den heiligen Steinen, sie kam sich so unaufrichtig wie die anderen Höflinge vor. Doch wenn sie sich dazu zwingen konnte, mit einem Mann Umgang zu pflegen, den sie aus tiefstem Herzen verabscheute, dann konnte es nicht mehr schwer sein, mit den anderen zu verkehren.«

»Hat Euch Euer Gatte schon wieder im Stich gelassen?« fragte Smythe sie.

Mit gekonntem Augenaufschlag erklärte Keely: »Ich fürchte, ja.«

»Ich glaube, die Pavane ist Euer Lieblingstanz«, bemerkte Willis. »Wollen wir es wagen?«

»Die Pavane ist mein *einziger* Tanz«, entgegnete Keely keck und reichte ihm die Hand.

Keely mußte dagegen ankämpfen, nicht vor ihm zurückzuschrecken, als sie die Tanzfläche betraten. Willis verbeugte sich höflich vor ihr und sie knickste.

»Ihr seht heute abend besonders liebreizend aus«, schmeichelte Smythe ihr, als die Pavane begann, ohne dabei den Blick von ihren schwellenden Brüsten zu nehmen.

»Es freut mich, daß Ihr den Schnitt meines Kleides so bewundert«, bemerkte Keely trocken.

Smythe schenkte ihr ein schmelzendes Lächeln, das sie wohl für ihn einnehmen sollte. »Ich habe gehört, man darf gratulieren. Wie fühlt man sich als werdende Mutter?«

»Wunderbar im Augenblick. Nur die Morgenübelkeit verleidet mir das Frühstück.«

»Schadet es dem Baby nicht, wenn man das Frühstück ausfallen läßt?« versuchte Smythe Konversation zu machen. »Ich dachte, eine werdende Mutter würde sich mit Eiern, Käse, Milch und Schinken nur so vollstopfen.«

»Mit Schinken?« wiederholte Keely und rümpfte die Nase, um ihre Abscheu kundzutun. »Mir ist Schweinefleisch in jeder Form zuwider. Auch wenn es eines von Richards Lieblingsgerichten ist.«

Keely schwebte nach links, um ihre linke Hand in die seine zu legen, und hielt inne. Neben dem Baron stand ihr Mann. *Ihr wütender Mann.*

»Ich habe dich gewarnt, Smythe«, zischte Richard, dessen Smaragdaugen Funken sprühten.

»Laß doch, Devereux«, entgegnete Willis. »Es ist doch nur ein Tanz.«

»Du hast mich allein zurückgelassen«, erinnerte Keely ihren Mann, während die Tänzer ringsum die Ohren spitzten, um nichts zu verpassen.

»Ich verbiete dir, mit diesem Mann zu tanzen«, erklärte Richard. »Wähle dir einen anderen Partner.«

Was für eine bodenlose Unverschämtheit, dachte Keely. Ihr Mann konnte tanzen und flirten, mit wem es ihm beliebte, aber sie konnte allein herumstehen und auf ihn warten.

»Du blamierst uns vor aller Öffentlichkeit«, sagte Keely mit einer Ruhe, die sie nicht im geringsten empfand.

»Provoziere mich nicht«, knurrte Richard und versuchte sie am Armgelenk zu packen. Die Eifersucht hatte ihn übermannt.

Keely trat einen Schritt zurück, hob die Hand und zeigte ihm die Zwetschge. Dann machte sie auf dem Absatz kehrt und marschierte hocherhobenen Hauptes aus dem Saal. Draußen auf dem Gang raffte sie ihre Röcke und lief so schnell sie konnte zu ihrem Zimmer.

Wie konnte ihr Mann es wagen, ihr aufzutragen, sie solle sich unter die Leute mischen, um sie dann in aller Öffentlichkeit zurechtzuweisen! Keely kochte vor Wut, während sie vor dem Kamin auf und ab lief. Wie konnte er es wagen ... Da flog die Tür auf.

»Geh Smythe aus dem Weg«, rief Richard und trat auf sie zu. »Höre auf, andere Männer zu ermutigen.«

Keely wollte antworten, aber Richard war schneller.

»Leugne es nicht«, warnte er sie. »Ich habe selbst Augen im Kopf und sehe, wie dich diese Männer ansehen.«

»*Ich* bin nicht der Devereux, dessen intimes Muttermal allgemein bekannt ist und von jeder Frau am Hofe bewundert wird«, schoß Keely zurück.

Daraufhin behielt der Graf seine Tirade lieber für sich.

»Mir reicht es. Den Rest des Abends verbringst du in diesem Zimmer, da kannst du in aller Ruhe über deine Fehler nachdenken.« Mit diesen Worten stürmte er aus dem Schlafzimmer und knallte die Tür hinter sich zu.

Keely starrte die Tür an. »Den großen Zeh sollst du dir brechen«, verwünschte sie ihn.

Gleich darauf hörte sie einen lauten Schrei und einen gewaltigen Krach. Sie riß die Tür auf und ein erstaunlicher Anblick bot sich ihr: auf dem Steinboden draußen im Gang lag Richard.

Langsam blickte Richard hoch und meinte etwas belämmert: »Ich war wohl zu schnell und bin hingefallen.«

Keely warf die Tür ins Schloß. Sie hielt sich die Hand vor den Mund und prustete los. Doch dann mußte sie wieder daran denken, daß ihre Ehe zum Scheitern verurteilt war, und ihre gute Laune war beim Teufel.

Seufzend sank Keely in den Sessel vor dem Kamin. Ihr ganzes Leben hatte sie sich nach zwei Dingen gesehnt: nach einem Vater und einem Zuhause. Die Anerkennung und Liebe ihres Vaters hatte sie wider Erwarten so schnell gewonnen, daß sie ihr Glück kaum fassen konnte. Doch der zweite Traum würde bestimmt nicht Wirklichkeit werden. Für Keely war es keine Frage, ein richtiges Zuhause würde sie nie haben.

Sie war in Wales geboren und aufgewachsen, sie würde nie in diese merkwürdige englische Gesellschaft passen. Aber sie wollte ihrem Kind zuliebe in England bleiben. Keely konnte ohne die Liebe ihres Mannes leben, wenn er ihren Kindern ein liebevoller Vater war. Die Welt war nicht vollkommen, manchmal waren Herz und Seele zu einem Kompromiß gezwungen, mußten vorliebnehmen mit dem, was zu haben war.

Das Leben am Tudorhof dagegen war etwas anderes. Noch einen Tag länger diese Oberflächlichkeit ertragen zu müssen, schien ihr unmöglich.

Keely brauchte die wärmenden Sonnenstrahlen auf ihren Schultern; sie brauchte den Wind, der ihr Gesicht streichelte. Am nötigsten aber brauchte sie jenen heiligen Ort im Park des Grafen, an dem Eibe, Birke und Eiche zusammenstanden.

Die Kraft, zuversichtlich zu Denken, half Keely über ihre Niedergeschlagenheit hinweg. Sie packte ein paar ihrer Habseligkeiten in ihren Lederbeutel und legte sich ins Bett, um zu schlafen. Es ging ihr bereits viel besser als heute morgen, nachdem sie aufgewacht war.

Da er einen weiteren Streit mit seiner Frau vermeiden wollte, war Richard später als gewöhnlich in ihr Schlafgemach zurückgekehrt. Er zog sich in dem dunklen Zimmer aus, ließ seine Kleidung wie üblich auf dem Boden liegen und kletterte ins Bett. An seine Frau gekuschelt, schlief er schnell ein.

Es kam ihm vor, als seien nur ein paar Augenblicke verstrichen, als er aus den Tiefen des Schlafs wieder auftauchte. Ein Hammer, nein, ein Rammbock! wütete in seinem Kopf, seine Augenlider waren so schwer, er konnte sie kaum aufschlagen. Gott im Himmel, warum hatte er nur soviel Wein getrunken?

In seiner Not wollte Richard Trost bei seiner Frau suchen und rutschte in die Bettmitte. Doch Keely war nicht da. Dann hörte er sie leise summen, sie ging im Zimmer umher.

»Wie spät ist es?« stöhnte er, ohne die Augen aufzumachen.

»Es ist noch früh.«

Er spürte sie ganz nah und schlug die Augen auf. Sie wollte gerade ein Blatt Pergament auf das Kissen legen. Durch das Fenster hinter ihr fiel so helles Licht, daß es ihn blendete. Er mußte gegen diese schmerzhafte Helligkeit anblinzeln.

»Was ist das?« fragte Richard, als sein Blick auf das Blatt Pergament fiel.

»Eine Nachricht für dich«, antwortete Keely.

»Von wem ist die Nachricht?«

»Von mir.«

Richard zog eine Augenbraue hoch. »Was steht drin?«

Keely hob ihren Lederbeutel vom Fußboden auf und wandte sich um: »Ich gehe nach Hause.«

Richard stöhnte. Das fehlte ihm noch an diesem Morgen, daß ihm seine Frau durchbrannte. Warum konnte die Hexe damit nicht warten, bis er wieder einen klaren Kopf hatte?

»Ich verbiete dir, dieses Zimmer zu verlassen«, befahl er ihr in seinem herrischsten Tonfall.

»Schatz, gieß dir etwas Mutterkraut mit warmem Apfelmost auf, das ist gut gegen deine Kopfschmerzen«, meinte Keely nur und schenkte ihm noch ein strahlendes Lächeln, bevor sie das Zimmer verließ.

Richard sprang aus dem Bett und rannte zur Tür. Er riß sie auf, erstarrte jedoch.

Ein Dienstmädchen, das gerade vorbeikam, zwinkerte ihm zu und kicherte. »Es stimmt!« rief sie. »Ihr habt tatsächlich eine Sommersprosse auf der Spitze Eures ...«

Richard knallte die Tür zu und lief zurück zum Bett, um seine verstreuten Kleidungsstücke einzusammeln. Doch seine emsige Frau hatte bereits alles fein säuberlich zusammengelegt und weggeräumt, weshalb Richard fünf Minuten damit vergeudete, nach seiner Hose, dem Hemd und den Stiefeln zu suchen.

Als er die Tür wieder aufmachte, wäre er beinahe über das Frühstückstablett gefallen, das vor der Tür abgestellt worden war, während er sich angezogen hatte. Er überlegte kurz und hob es dann auf.

Das Tablett war vollgeladen mit hartgekochten Eiern, Käse, Brot und einem kleinen Berg aufgeschnittenem Schinken. Der Schinken sah verführerisch aus, aber bei der Vorstellung, jetzt etwas zu essen, wurde ihm übel. Der viele Wein gestern abend hatte ihm seinen ansonsten gesunden Appetit verdorben.

Seine pflichtvergessene Frau dachte überhaupt nicht an das Baby, das sie trug. Entschlossen, nach Wales zurückzukehren, gefährdete sie das Kind, indem sie nicht ausreichend aß. Richard hatte vor, ihr das Frühstück in den Rachen zu stopfen, mit dem Schinken, den sie verabscheute, wollte er beginnen. Dann, so plante er, würde er sie in das Schlafzimmer einsperren.

Draußen im Park erspähte Richard seine Frau. Ohne Eile ging Keely zu den Ställen. Ungewöhnlich gelassen für eine durchbrennende Ehefrau. Die Andeutung eines Lächelns umspielte kurz Richards Lippen, als er den sanften Hüftschwung seiner Frau bewunderte. Sein Kopfweh war nur noch ein leichtes Brummen, der Anblick seiner reizenden Gemahlin war Balsam für seine Seele, seine Gesundheit und sein Wohlgefühl.

Vorträge und Befehle hatten bei dieser Hexe kein einziges Mal gefruchtet, dachte Richard. Ob er wohl mit seinem berühmten Charme weiterkam?

Er marschierte in den düsteren Stall und sah seine Frau vor Merlins offener Box stehen. Zumindest war sie vernünftig genug, nicht selbst den schweren Sattel hochhieven zu wollen.

Hew machte Merlin gerade für die Reise fertig, während Odo Keely zu überzeugen versuchte, sie solle doch hierbleiben. Alle drei blickten zum Grafen, als er in den Stall trat.

»Das Frühstück ist bereit«, verkündete Richard und bedachte sie mit seinem umwerfenden Lächeln.

»Ich frühstücke nie«, antwortete Keely, die seinen Verführerungskünsten gegenüber offensichtlich unempfänglich war.

»Vergiß das Baby nicht, es braucht Nahrung.«

»Ich esse später.« Ohne sich weiter um ihn zu kümmern, wandte Keely sich Merlin zu und kraulte sie an der Stirn.

Richard setzte das Tablett ab. Er zählte, um Ruhe zu bewahren, leise bis zehn und dann noch einmal bis zwanzig, um sicherzugehen. Er war zwar nicht jähzornig, aber ständig von seiner Frau vor den Kopf gestoßen zu werden, brachte seine schlechtesten Eigenschaften zum Vorschein. *Und seine besten.*

»Willst du allein nach Wales reiten?« fragte Richard, um einen leicht neugierigen Ton bemüht.

Überrascht fuhr Keely herum. »Wales ist nicht mein Ziel.«

»Was ist dann dein Ziel?« fragte Richard, der froh war, daß

er seinen Impuls, sie anzubrüllen, gerade noch hatte unterdrücken können.

»Devereux House.«

Erleichtert trat Richard auf sie zu. »Könnten wir noch einmal miteinander sprechen, bevor du losreitest?« fragte er sie und führte sie aus dem Stallgebäude.

Keely nickte. »Worüber möchtest du denn reden?«

Richard wollte gerade den Mund aufmachen, als er Odo rufen hörte: »Nein, Merlin! Du ungezogenes Pferd!«

Keely warf einen Blick über die Schulter und sah, wie Merlin soeben ihr Frühstück verzehrte. »Laßt nur«, rief sie. »Sie kann es ruhig fressen.«

»Keely, warum reitest du weg?« wollte Richard wissen.

»Ich habe es dir bereits gesagt. Das Leben am Hof ist nichts für mich.«

»Warum?«

Keely wich seinem Blick aus, als fiele es ihr schwer, ihre innersten Gedanken auszusprechen. »Es zerstört unsere Ehe. Entweder beachtest du mich nicht, oder ich kann dir nichts recht machen. Vielleicht mißfalle ich dir weniger, wenn wir in Devereux House leben.«

»Du *mißfällst* mir nicht«, widersprach Richard und hob ihr Kinn hoch, um ihr in die Augen zu sehen. »Mich zieht das Leben am Hof genausowenig an. Aber ich habe Elisabeth versprochen, die zwölf Rauhnächte hier zu verbringen. Wir werden nach Devereux House zurückkehren, wenn der Hof nach Richmond weiterzieht.«

»Noch zwei Wochen an diesem Ort bringen mich um«, antwortete Keely.

»Jetzt übertreibe nicht«, neckte Richard sie und fuhr mit dem Finger ihre seidene Wange entlang. Dann scherzte er: »Wenn du bleibst, ziehe ich mein Zeremoniengewand an, sobald wir wieder zu Hause sind.«

Keely blickte ihm nachdenklich in die Smaragdaugen und grübelte nach, wie ernsthaft sein Angebot wohl gemeint war. Daß ihr Mann sie bestechen wollte, war offensichtlich. Aber wenn sie ihm so wichtig war, das auf sich zu nehmen, war ihre Ehe vielleicht doch nicht zum Scheitern verurteilt.

»Nun komm, Geliebte«, forderte Richard sie lächelnd auf und blickte ihr tief in die Augen. »Du darfst mir nun beim Frühstück zusehen.«

Hinter ihnen zerriß ein gellender Schrei die Luft. Richard und Keely fuhren herum und sahen Merlin, wie sie taumelnd gegen die Wand und dann auf die Knie fiel. Schließlich sank sie in sich zusammen und fiel zur Seite. Erschütternde Schmerzensschreie ausstoßend, lag die Stute am Boden.

Richard war besorgt um die Sicherheit seiner Frau, deshalb legte er die Arme um sie und hielt sie fest. Doch die Verzweiflung verlieh ihr Kraft, sie riß sich los und kniete sich neben die Stute.

»Richard, hilf ihr!« schrie sie.

Richard warf einen Blick auf das leere Frühstückstablett und dann auf Odo und Hew, die ihm schweigend zunickten. »Ich kann ihr nur den Todeskampf erleichtern«, erklärte Richard seiner Frau und nahm den Dolch, den Odo ihm entgegenstreckte. »Bitte warte draußen vor dem Stall.«

»Ich bleibe hier«, widersprach Keely. »Mach schnell.«

Richard kniete sich neben sie und durchtrennte der Stute die Halsschlagadern. Ohne das herausschießende Blut zu beachten, nahm Keely den Kopf der sterbenden Stute in den Schoß und tröstete sie leise, um ihr den Übergang in eine andere Welt zu erleichtern. In wenigen Minuten hörte das Pferd auf zu zittern, und eine herzzerreißende Stille machte sich breit.

Erst als das Pferd seinen Frieden gefunden hatte, ließ Keely ihren Tränen freien Lauf. »Ich ... ich verstehe es nicht«, schluchzte sie. »Was war los mit ihr?«

Richard zog sie in seine Arme und antwortete ihr aufrichtig. »Jemand hat das Essen vergiftet.«

»Wer kann ein Interesse daran haben, mein Pferd zu vergiften?« schluchzte Keely ungläubig.

»Schatz, wer immer dies getan hat, hatte nicht die geringste Absicht, Merlin zu vergiften ... Ich werde dich jetzt auf unser Zimmer bringen.«

»Rhys hat mir Merlin zum zwölften Geburtstag geschenkt«, erklärte Keely mit einem traurigen Blick auf die Stute. Sie streichelte ihr geliebtes Pferd, nickte ihrem Mann zu und ließ sich von ihm aufhelfen.

Richard hob sie hoch und trug sie aus dem Stall hinaus. Keely legte ihm die Arme um den Hals, verbarg das Gesicht an seiner Schulter und weinte leise.

Auf dem Weg zum Palast hielt Richard inne, als er sah, daß ihm Rhys Lloyd und Morgana Talbot entgegenkamen, beide angezogen für einen Ausritt. Das hatte ihm noch zum schlimmsten Morgen seines Lebens gefehlt.

»Was habt Ihr meiner Schwester angetan?« verlangte Rhys zu wissen, als er die beiden blutverschmierten Gestalten erblickte.

»Jemand hat Merlin vergiftet. Ich mußte ...« Richard sprach den Satz nicht zu Ende, als sein Schwager ihm ernst zunickte.

Morgana öffnete den Mund und kreischte.

»Ein Giftmörder ist ...?«

Rhys hielt ihr den Mund zu und riß sie an sich. Die Blondine versuchte gegen ihn anzukämpfen, aber sie hatte keine Chance.

»Glückwunsch, Baron«, bemerkte Richard trocken. »Das wünschte ich mir schon eine lange, lange Zeit.« Ohne ein weiteres Wort hielt er auf den Palast zu.

»Du verfluchter walisischer Schweinehund!«

Richard blieb stehen und blickte sich gerade noch rechtzeitig um, um zu sehen, wie Morgana dem Waliser eine Ohrfeige versetzte. Rhys drückte Morgana an sich und küßte sie, bis ihr Zorn verraucht war und sie sich zärtlich an ihn schmiegte.

Richard wandte sich wieder dem Palast zu. Sein Blick fiel auf Willis Smythe, der das im Kuß versunkene Paar anstarrte.

»Was ist denn geschehen?« fragte Willis, als er die blutverschmierten Kleider Devereux' sah.

»Jemand hat das Pferd meiner Frau vergiftet«, antwortete Richard.

Willis wurde aschfahl und flüsterte: »Ein Giftmörder am Hofe?«

Richard nickte.

Betroffenheit machte sich im Gesicht des Barons breit. »Ist alles in Ordnung? Kann ich irgendwie helfen?« erkundigte er sich besorgt.

Richard bereute, seinem Freund je mißtraut zu haben. »Sende bitte einen Pagen, er soll die Kammerzofen meiner Frau suchen.«

»Ich suche sie selbst«, antwortete Willis und machte sich auf den Weg.

Als er ihr Schlafzimmer erreicht hatte, setzte Richard Keely auf dem Bett ab und nahm neben ihr Platz. Er wischte ihr die Tränen von den blassen Wangen und versuchte ihr zuzulächeln.

Keely drehte den Kopf zu Seite und küßte ihn auf die Innenfläche seiner Hand. »Richard, jemand vergiftete unser Frühstück.«

»Ich weiß.«

»Was hast du jetzt vor?«

»Du brauchst keine Angst zu haben, Schatz«, beruhigte Richard sie. »Ich beabsichtige, mit Burghley und Elisabeth zu sprechen, sobald May und June hier sind, um dir Gesellschaft zu leisten.« Er beugte sich über sie und küßte sie auf die Stirn.

»Du solltest dich umziehen, bevor du die Königin aufsuchst«, bemerkte Keely. »Sonst wird sie noch ohnmächtig, wenn sie dich so blutbeschmiert sieht.«

Richard küßte sie und holte ein frisches Hemd, eine saubere Hose und ein sauberes Wams. Als er den Gürtel zumachte, fragte er sie: »Wo ist mein Dolch, der mit meinen Insignien?«

»Ich habe ihn nicht gesehen«, antwortete Keely. »An diesem Wams fehlt ein Knopf.«

»Stimmt.« Richard zog schnell ein anderes Wams an und kehrte zum Bett zurück.

»Was wird die Königin unternehmen?« fragte Keely.

»Nun, Burghley wird ihr raten, kein Aufhebens um diesen Vorfall zu machen, solange seine Leute Nachforschungen anstellen«, antwortete Richard. »Wenn der ganze Hof in Panik ausbricht, ist niemandem gedient. Allerdings bin ich mir ziemlich sicher, daß Elisabeth die Italiener des Landes verweist.«

»Die Italiener?« wiederholte Keely. »Aber warum?«

»Weil die Italiener dafür bekannt sind, sich sehr gut mit Giften auszukennen«, erklärte ihr Richard. »Das ist eine ihrer liebsten Methoden, unliebsame Gegner loszuwerden.«

»Aber warum sollte uns ein Italiener loswerden wollen?«

»Das weiß ich nicht, und ich werde es wahrscheinlich nie erfahren«, gestand Richard mit einem Achselzucken. Dann lächelte er und fügte in einem beruhigenden Ton hinzu: »Hab Vertrauen, Liebling. Die Gefahr ist vorüber. Wer immer unser Frühstück vergiftet hat, wird keinen zweiten Versuch wagen, weil wir jetzt gewarnt sind. Und die wenigen Höflinge, die erfahren, was geschehen ist, werden nur essen, was ihnen ihre eigenen Diener aus den Küchen geholt haben.«

Die Tür flog auf, und May und June eilten herein.

»Ich bleibe nicht lange weg«, sagte Richard und erhob sich.

Keely griff nach seiner Hand. »Du bist vorsichtig?«

Richard nickte. Er wandte sich zu seinen Cousinen und wies sie an: »Laßt Eure Herrin nicht allein. Nehmt nur Essen an, das ihr selbst aus den Küchen geholt habt.«

Mit diesen Worten verließ Richard das Zimmer. Kaum befand er sich draußen auf dem Gang, mußte er sich kurz an die Wand lehnen. Die schreckliche Bedeutung dieses Vorfalls traf ihn wie ein Schlag ins Gesicht.

Was wäre geschehen, wenn er das Frühstück seiner Frau in den Rachen gestopft hätte, so wie er es vorgehabt hatte? Dann läge nun Keely statt Merlin tot im Stall. Auf wen hatte es der Giftmörder abgesehen? Auf Keely oder auf ihn? Oder auf *sie beide?*

Sechzehntes Kapitel

»Fröhliche Weihnachten«, flüsterte Keely ihrem verschlafenen Mann ins Ohr.

»Guten Morgen, Schatz.« Mit geschlossenen Augen genoß Richard, daß seine Frau auf ihm lag. »Wo bleibt mein Weihnachtskuß?«

Dieser Mann war unersättlich, aber Keely hatte nichts dagegen. Sie küßte ihn auf den Mund, und in diesen Kuß legte sie ihren ganze Liebe.

Richard schlang die Arme um sie und hielt sie an seinen muskulösen Körper gepreßt gefangen. Er erwiderte ihren Kuß. »Ich liebe Weihnachten«, murmelte er. »Besonders die Küsse.«

Er war noch schlaftrunken und es dauerte, bis er merkte, daß sie einen Mantel trug. So dunkel, wie es im Zimmer war, mußte es vor der Dämmerung sein.

»Wie spät ist es?« fragte er.

»Es ist sechs Uhr«, antwortete sie.

»Niemand steht um sechs Uhr auf.«

»Doch, ich.«

»Wenn du vorhast durchzubrennen«, erklärte Richard mit gespieltem Mißtrauen, »laß dir bitte noch etwas Zeit. Ich bin es müde, dir mitten in der Nacht in die Ställe nachzuhetzen.«

Keely lächelte und drückte ihm einen Kuß auf die Lippen. »Sobald es dämmert, reitet Rhys heim nach Wales. Ich wollte ihm eine gute Reise wünschen.«

Richard gähnte und reckte sich. »Na gut, ich begleite dich. Ich hoffe, du erkennst, welches Opfer es für mich bedeutet, zu dieser unchristlichen Stunde aufzustehen.«

»Wenn du damit aufhörtest, die halbe Nacht durch mit meinem Vater zu trinken und zu spielen«, entgegnete Keely und zog eine Augenbraue hoch, »könntest du die Schönheit des Morgens genießen.«

»Nur wer keine Aussicht auf Erfolg hat, genießt die Morgenstunden«, hielt Richard dagegen und machte sich daran aufzustehen. »Die wirklich Schlauen machen es wie ich, sie nutzen die nächtlichen Vergnügungen am Hofe, um Geschäfte abzuschließen.«

»Die Bescheidenheit steht dir gut zu Gesicht«, neckte ihn Keely und drückte ihn auf das Bett zurück.

»Laß mich aufstehen, Schatz. Es ist nicht ungefährlich, allein zu den Stallungen zu gehen.«

»Bleib nur liegen. Roger hat sich bereit erklärt, mich zu begleiten.«

»Wer ist Roger?«

»Roger ist mein Lieblingspage.«

»Ist das der Schlingel, der dich über die Mauer gehievt hat?«

Keely nickte.

»Beeil dich«, flüsterte Richard mit einem Augenaufschlag, »ich habe ein großartiges Weihnachtsgeschenk für dich.«

»Was ist es denn?«

»Das gleiche, was du zu Neujahr bekommst.«

»Und was ist das?«

Er führte ihre Hand an seine Lenden und erklärte lächelnd: »Morgenständer.«

»*Wüstling.*« Keely küßte ihn noch einmal auf die Lippen und verließ das Schlafzimmer.

Roger, der draußen auf dem Gang auf sie gewartet hatte, begrüßte Keely mit einem Lächeln. Zusammen machten sich die Gräfin und der Page auf den Weg durch das verwirrende, düstere Korridorlabyrinth von Hampton Court. Je mehr sich Keely der Welt außerhalb der Palastmauern näherte, desto schneller wurde sie. Die Vorfreude hatte sie erfaßt. Seit Monaten hatte sie die aufgehende Sonne nicht mehr auf dem Gesicht gespürt — es sei denn, durch ein Fenster.

Als sie durch die Tür nach draußen trat, hatte Keely das Gefühl, eine gänzlich andere Welt zu betreten. Trotz der frühen Stunde hasteten unzählige Menschen umher. Soeben angekommene oder abreisende Edelleute samt ihren Familien eilten auf den winterbraunen Wiesen hin und her. Diener waren unterwegs, alles für ihre Herrschaften vorzubereiten, und Händler aller Art richteten sich auf einen weiteren Tag voller einträglicher Geschäfte ein.

Am östlichen Horizont wurde es lichter, orange Flammen griffen nach der Welt der Menschen. Dieser Weihnachtstag versprach ein unvergleichlich schöner Tag zu werden — strahlender Sonnenschein, ein wolkenlos blauer Himmel und klare, frische Luft.

Keely atmete tief ein und füllte ihre Lungen mit der klaren Winterluft. Ein Morgen wie dieser weckte eine tiefe Sehnsucht in ihr, so zu beten, wie sie es gewohnt war. Doch das Leben am Tudorhof bot viel Luxus und wenig Privatleben.

»Was gibt es Neues an Klatsch?« erkundigte sich Keely, als sie über den Rasen zu den Stallungen liefen.

»Ich hörte, Lady Jane habe letzte Nacht ihren Mann betrogen«, antwortete Roger.

Keely warf dem Jungen einen langen Seitenblick zu, um ihn zum Schweigen zu bringen. Sie wollte nichts über die jüngste Eroberung Lady Janes hören.

Roger, der es nicht gewöhnt war, feinere Nuancen des Ausdrucks zu erkennen, war ihr Blick entgangen, und er fuhr fort: »Dieses heiße Huhn wird von Tag zu Tag kühner. Oder sollte ich sagen ›von Nacht zu Nacht‹?«

»Es ist nicht nett von dir, an solchen Geschichten weiterzustricken«, erklärte ihm Keely und unterdrückte ein Lächeln. Obwohl sie die frühere Geliebte ihres Mannes nicht besonders schätzte, fühlte Keely sich verpflichtet, einen Jungen wie Roger auf den rechten Pfad der Tugend zu geleiten. Daß ein Zwölfjähriger so lässig über Ehebruch daherplauderte, war unangebracht.

»Janes Neigung, das Ehegelöbnis zu verbiegen, ist allgemein bekannt«, antwortete Roger. Mit einem Seitenblick auf sie fügte er hinzu: »Es wird auch berichtet, daß sich Eure Cousins und die Cousinen des Grafen recht nahe gekommen sind.«

Keely nickte. »Ja, es hat sich eine erstaunliche Freundschaft zwischen ihnen entwickelt.«

»Ich denke, *innig* beschreibt ihre Beziehung am besten.«

Überrascht fuhr Keely herum und sah ihn an. »Willst du damit sagen . . .?«

»Genau.«

Im Stall standen Odo und Hew neben Rhys' Hengst und überprüften, ob für die Reise alles in Ordnung war. Rhys lächelte erleichtert, als er seine Schwester sah.

»Ich war mir sicher, daß du kommst.« Rhys nahm sie in die Arme.

»Du fehlst mir schon jetzt!« Keely blickte ihn mit tränenerfüllten, veilchenblauen Augen an. »Versprich mir, vorsichtig zu sein.«

Rhys nickte. »Vergiß nicht, Schwester, bei mir in Wales wartet immer ein Zuhause auf dich.«

»Danke, Bruder.« Mit einem Seitenblick auf Odo und Hew fügte Keely hinzu: »Schade, daß du nicht bis zur Hochzeit von Odo und Hew bleiben kannst.«

»Was?« rief Odo.

»Hochzeit?« schrie Hew entsetzt.

Keely ging auf ihren Ausbruch nicht ein. »Die Hochzeitsnacht haben sie bereits genossen«, erklärte sie ihrem Bruder. »Nun erwartet sie das Eheleben.«

»Ich gehe davon aus, daß sie glücklich verheiratet sind, bevor ich Wales erreiche«, antwortete Rhys lächelnd. »Du benachrichtigst mich, sobald das Baby da ist?«

»Natürlich.« Keely ließ ihn nur widerwillig ziehen und lehnte den Kopf an seine Brust.

»Bestelle Morgana meine Abschiedsgrüße«, bat Rhys sie. »Und richte dem Herzog aus, daß ich an seiner Tochter interessiert bin und ihm schreiben werde, sobald ich Gelegenheit dazu habe.«

»Eine Ehe mit Morgana wäre die Hölle auf Erden«, erklärte Keely ihm. »Außerdem liebt meine Schwester das Leben am Hofe zu sehr, um dich zu heiraten und nach Wales zu ziehen.«

»Morgana ist sehr temperamentvoll«, entgegnete Rhys. »Das ist alles. Sie braucht einen starken Mann, der sie bändigt.«

»Vermutlich weißt du, was am besten für dich ist. Du hast schon immer die Herausforderung geliebt.«

Ein letztes Mal umarmten sich Bruder und Schwester. Rhys küßte Keely auf die Stirn, riß sich los von ihr und stieg auf sein Pferd.

»Glückliche Reise!« rief Keely, als er aus dem Hof hinausritt. Sie blieb zurück und blickte ihm noch lange nach, bis sie ihn nicht mehr sehen konnte. Dicke Tränen rollten ihr über die Wangen, doch sie wischte sie mit dem Handrücken weg.

Daß man immer wieder Abschied nehmen muß, darauf kann man sich im Leben verlassen, dachte Keely. Megan, Rhys und Merlin waren aus ihrem Leben verschwunden. Doch dafür hatte sie Richard, Herzog Robert, Henry und Lady Dawn gewonnen.

Keely riß sich aus diesen Grübeleien und wandte sich Odo und Hew zu. »Ich lasse es nicht zu, daß die Cousinen meines Mannes entehrt werden. Bereitet euch auf die Hochzeit vor. ... Komm, Roger.«

Statt sich sogleich zum Palast zurückzubegeben, spazierten Keely und Roger noch über die Rasenflächen. Der Junge wirkte niedergeschlagen, als bedrücke ihn etwas. Die beiden setzten sich auf eine Steinbank in einem abgelegeneren Teil des Parks.

»Mylady, ich brauche Eure Hilfe«, platzte Roger schließlich heraus.

»Wie kann ich dir helfen?« fragte Keely.

»Die anderen Pagen sind hinter mir her.«

»Ich verstehe nicht.«

»Ich habe jedem von ihnen eine Goldmünze abgeknöpft, damit sie mich durch die Lange Galerie begleiten durften, wo Euer Gespenst sein Unwesen treibt«, erklärte ihr Roger. »Doch das ließ sich nicht blicken, und nun verlangen die Jungs ihr Geld zurück.«

Keely biß sich auf die Unterlippe, um nicht laut lachen zu müssen.

»Was soll ich nun machen? Das Gold ist weg«, stöhnte Roger. »Ich dachte, vielleicht könntet Ihr mit uns in die Lange Galerie gehen und das Gespenst herbeirufen? Mein Vater wird Euch ewig dankbar sein, wenn Ihr seinem Erben das Leben rettet.«

»Wofür hast du das Gold denn ausgegeben?« fragte Keely und hoffte, streng genug zu klingen.

»Ich habe es nicht ausgegeben«, antwortete Roger. »Ich habe alles bis auf ein Goldstück in die Levantinische Handelsgesellschaft Eures Ehemanns investiert. Wenn ich älter bin, möchte ich genauso werden wie der Graf.«

Nun mußte Keely lächeln. Durch Roger und seinen Plan, schnell an Geld zu gelangen, bekam sie eine Vorstellung, wie ihr Mann wohl als Junge gewesen war. Ihr blieb wohl nichts anderes übrig, als ihm aus dieser Klemme zu helfen.

»Was hast du denn mit dem letzten Goldstück gemacht?« fragte sie.

»Davon habe ich ein Aphrodisiakum gekauft.«

»Was ist denn das?«

Roger wurde rot. »Das ist ein Liebestrank, um in einer Frau die Begierde nach *mir* zu wecken.«

Nun war es an Keely, rot zu werden. Bei den heiligen Steinen, dachten die Männer an nichts anderes? Offensichtlich hatte die Königin recht gehabt, als sie sagte, Männer dächten nur mit ihrem Schwanz.

»Kein Grund, rot zu werden«, meinte Roger, ganz der erfahrene Mann von Welt. »Schließlich ist der Geschlechtsakt etwas ganz Natürliches und gehört zum Leben.«

Keely verdrehte die Augen. »Aus was wird denn dieser Liebestrank gemacht?«

»Der Apotheker erklärte mir, es gebe drei verschiedene Sorten. Ich habe gemahlenes Rebhuhnhirn gekauft, das mit Rotwein getrunken werden muß.«

Keely wurde übel. »Hat es gewirkt?«

Richard grinste verschmitzt, womit ihre Frage beantwortet war.

»Wer war denn die Glückliche?«

»Ein Gentleman genießt und schweigt.«

Keely blickte weg, um nicht lachen zu müssen. Schließlich wollte sie den Jungen auf einen tugendsameren Weg führen. Nicht weiter als eine Pferdelänge entfernt befand sich eine doppelreihige Hecke. Unter einem der Büsche schien etwas zu glitzern und zu funkeln. Sie sah genauer hin, und es war ihr, als reflektiere eine Klinge die Strahlen der aufgehenden Sonne.

»Was ist das da drüben?« fragte sie und erhob sich.

Keely ging zu den Hecken hinüber. Roger folgte ihr.

Mit einem Entsetzensschrei auf den Lippen sank sie auf die Knie. Zwischen den beiden Heckenreihen verborgen lag ein lebloser Frauenkörper.

Während Keely würgte und sich die Hand vor den Mund hielt, schrie Roger: »Hilfe! Wachen! Mord!«

Binnen weniger Sekunden brach die Hölle los. Die Palastwachen kamen angerannt, ihnen folgten dicht auf den Fersen neugierige Edelleute und Dienstboten.

Auf Befehl ihres Hauptmanns hielten die Wachen die Schaulustigen zurück. Zwei Wachleute zogen die Leiche unter den Büschen hervor.

Beim Anblick des übel zugerichteten Gesichts von Lady Jane schwankte Keely. Roger, der neben ihr stand, legte ihr den Arm um die Schultern und hielt sie fest.

Der Hauptmann trat vor, um die Leiche zu untersuchen. Betroffenes Schweigen ergriff die Menge, man hörte nur, wie jedermann den Namen der Toten flüsterte.

»Lady Devereux?«

Keely schaute den Hauptmann an.

»Erkennt Ihr sie?« fragte er.

Überrascht sah sie, was er in Händen hielt. Sowohl der juwelenbesetzte Dolch wie der Goldknopf trug die Insignien ihres Mannes. Keely wollte sprechen, aber sie brachte kein Wort hervor.

»Lady Jane war Basildons Geliebte, nicht wahr?« fragte der Hauptmann sie forsch.

»Mein Mann hat keine Geliebte!« rief Keely. »Der Graf könnte nie eine Frau verletzen. Außerdem verbrachte er die Nacht in unserem Bett.«

»Königin Elisabeth wird feststellen, wo und wie sich Basildon letzte Nacht vergnügte«, bemerkte der Hauptmann kühl. Er wandte ihr den Rücken zu und verließ den Schauplatz.

Vollkommen außer sich blickte Keely in das zerschundene

Gesicht der Toten. Für sie stand ohne Zweifel fest, daß Richard niemals zu einer solchen Tat fähig wäre. Wer auch immer Merlin vergiftet und Lady Jane ermordet hatte, er hatte absichtlich Richards Dolch und den Knopf neben der Leiche zurückgelassen.

»Hüte dich vor dem dunklen Schmied …« Megans dunkle Prophezeiung fiel ihr wieder ein. Aber wer war der dunkle Schmied?

Basildon. Basildon. Basildon.

Das wütende Gemurmel der Menge ging ihr nicht aus dem Kopf, bis sie ohnmächtig an Rogers Brust sank.

Keely saß auf dem Schoß ihres Mannes und blickte in das Kaminfeuer. Den Kopf an seine Schulter gelehnt, grübelte sie über die Sackgasse nach, in der sie steckte. Sie wußte, daß diese englische Gesellschaft sie nie als eine der ihren akzeptieren würde. Doch nun war ihr auch die Rückkehr nach Wales verwehrt. Sie konnte ihren Mann nicht allein lassen. Nicht in dieser Stunde der Not. *Niemals.*

»Es war ein fürchterlicher Anblick«, erzählte sie Richard. »Ihr Gesicht war schrecklich zugerichtet, und um den Hals hatte sie einen riesigen roten Striemen.«

»Hatte er ihr nicht die Kehle aufgeschlitzt?« fragte Richard.

»Nein, sie ist mit der Halskette erwürgt worden, die du ihr geschenkt hast«, antwortete Keely, wobei ihr bei dem Wort *erwürgt* die Stimme stockte.

»Schatz, beruhige dich«, versuchte Richard sie zu trösten. »Wenn du den Mord ständig vor Augen siehst, schadest du nur dem Baby.«

»Derjenige, der Merlin vergiftet hat, hatte es auf dich abgesehen«, erklärte Keely. »Ich fürchte, er hat nun einen anderen Weg gefunden, um dich loszuwerden.«

»Du hast das also herausgefunden?« Die Andeutung eines Lächelns spielte über Richards Lippen. »Du bist viel zu klug, Schatz.«

»Gut, daß du das merkst«, entgegnete Keely. »Hast du eine Ahnung, wer dich aus dem Weg schaffen möchte?«

Richard seufzte. »Nicht wenige hier am Hof sähen es nur zu gerne, wenn ich für immer verschwände.«

»Ach, hätten wir doch Merlin am Tag nach unserer Hochzeit durch Devereux House geführt, dann wäre das alles nie geschehen«, meinte Keely.

»Wahrscheinlich nicht, dafür wateten wir knietief in Pferdemist.«

Keely fand das nicht im geringsten komisch. »Vielleicht hilft es uns weiter, wenn wir den heiligen Kreis legen und die Göttin um ihren Beistand bitten.«

»Warum küßt du mich nicht statt dessen?« neckte er sie.

»Nun sei einmal ernst«, fuhr Keely ihn an. Es irritierte sie, daß er seine Lage so auf die leichte Schulter nahm.

»Gemach, gemach, Schatz. Ein Dolch und ein Knopf beweisen noch lange nichts. Außerdem weiß Elisabeth, daß es ihren Finanzen nicht bekommt, wenn sie mich hinrichten läßt.«

»Der dunkle Schmied brachte Jane um«, erklärte Keely unvermittelt. »Weißt du, wer der dunkle Schmied ist?«

Richard sah sie verwirrt an.

»Alles, was Megan gesehen hat, ist eingetroffen«, erläuterte ihm Keely. »Auf ihrem Totenbett sagte sie zu mir: ›Wandle unter den Mächtigen, doch das Glück wirst du finden, wo die Birke, die Eibe und die Eiche zusammenstehen. Schenke dem König mit der Flammenkrone und der goldenen Hand dein Vertrauen. Und hüte dich vor dem dunklen Schmied.‹ Königin Elisabeth ist die Mächtige«, erklärte Keely. »Die Birke, die Eibe und die Eiche stehen in deinem Garten zusammen. Und du bist der König mit der Flammenkrone.«

Richard grinste. »Ich bin ein Graf, Liebste, kein König.«

»Ganz England nennt dich Midas.«

Richards Lächeln erstarb. Ihre Worte enthielten ein Körnchen Wahrheit. Vielleicht hatte ihre Mutter hellseherische Fähigkeiten gehabt. Es gab Menschen, die diese seltene Gabe besaßen. Aber wenn es nun stimmte, wer war dann der dunkle Schmied?

»Auch bei unserem Besuch im Tower warnte mich der Geist von Königin Anne, ›Hüte dich vor dem dunklen

Schmied‹«, fuhr Keely fort. »Und an Samhuinn warnte meine Mutter mich erneut. Wenn ich nur ...«

Es klopfte an die Tür, und sie hielt mitten im Satz inne.

»Sie kommen, um dich zu holen!« schrie Keely und griff nach seiner Hand.

Richard nahm sie in die Arme und rief: »Wer ist da?«

Die Tür ging langsam auf, und Willis Smythe lugte herein. »Darf ich eintreten?«

Richard starrte seinen früheren Freund lange an und nickte schließlich.

Sie fühlte sich in den Armen ihres Mannes geborgen, dennoch musterte Keely den Baron beunruhigt. Sein Anblick verstörte sie jedesmal.

Zwar sah Smythe mit seinen schwarzen Haaren und den blauen Augen gut aus, aber diese Aura eines frühzeitigen Todes schwebte über ihm wie eine schwarze Wolke. Keely spürte in ihrem Innersten, daß der Tod des Barons immer näher rückte.

»Kann ich irgendwie helfen?« Die Sorge um sie stand Willis ins Gesicht geschrieben. »Soll ich jemand befragen?«

»Ich habe keine Ahnung, mit wem Jane zusammen war«, antwortete Richard.

Willis nickte. »Kann ich sonst irgend etwas tun, um es für euch leichter zu machen?«

Richard schüttelte den Kopf. Smythe war sein engster Freund gewesen, seit sie beide bei Burghley aufgewachsen waren. Es tat ihm leid, Willis mißtraut zu haben.

»Ich habe gehört, daß Jane mit ihrer eigenen Halskette erwürgt worden ist«, vertraute ihnen Willis leise an.

»Das weiß ich bereits von Keely«, antwortete Richard. »Ich glaube, derjenige, der das Pferd meiner Frau vergiftete, hat auch ...«

Es klopfte an der Tür, und Richard hielt mitten im Satz inne. Mit schreckgeweiteten Augen blickte Keely zur Tür. Richard und Willis fuhren herum, um zu sehen, wer nun eintrat.

Herzog Robert und Lady Dawn stürzten ins Zimmer. Richard und Willis atmeten erleichtert auf und auch Keely, die, ohne es zu merken, den Atem angehalten hatte, holte tief Luft.

Keely erhob sich von Richards Schoß und flog ihrem Vater in die Arme. Richard stand auf und schüttelte seinem Schwiegervater die Hand.

»O ihr Armen«, gurrte Lady Dawn. »Was für ein schreckliches Mißverständnis!«

»Elisabeth bespricht sich gerade mit ihren Ratgebern«, berichtete ihnen Herzog Robert. »Dudley möchte sie um jeden Preis davon überzeugen, dich in den Tower zu werfen.«

»Nein! Das können sie nicht tun!« rief Keely.

»Aber Liebes, es bringt nichts, wenn du dich aufregst«, versuchte Lady Dawn Keely zu trösten und nahm sie in die Arme.

»Ich vertraue Elisabeths Urteil«, meinte Richard.

»Dudley stellt dich als verrückt gewordenes Ungeheuer dar. Er besteht darauf, daß du versucht hast, Keely zu vergiften und anschließend Jane stranguliert hast«, berichtete ihm Herzog Robert. »Burghley ist der Ansicht, jeder könne Jane ermordet haben. Besonders ein eifersüchtiger Ehemann käme in Frage, dem die Affären seiner jungen Frau den Verstand raubten.«

»Einer ihrer Liebhaber könnte es gewesen sein«, fügte Willis hinzu.

»Wer immer Jane getötet hat, stahl zuvor meinen Dolch und meinen Knopf«, warf Richard ein. »Diese Tat war kaltblütig geplant und kein Mord aus Leidenschaft.«

Bumm! Bumm! Bumm!

Alle drehten sich erschrocken um und starrten die Tür an. Keely warf sich ihrem Mann in die Arme, als wolle sie ihn vor allem beschützen, was sich auf der anderen Seite der Tür befand.

»Basildon!« rief der Graf von Leicester. »Im Namen Ihrer Majestät fordere ich Euch auf, mit mir zu kommen.«

Richard nickte seinem Schwiegervater zu. Herzog Robert trat einen Schritt vor und öffnete die Tür.

Robert Dudley, der Graf von Leicester, stolzierte in das

Zimmer. Ihm folgte ein äußerst unglücklich wirkender Graf Burghley.

»Bleibt draußen auf dem Gang«, wies Herzog Robert die Soldaten der Königin an. Auf einen Blick Dudleys hin taten sie wie geheißen. Herzog Robert schloß die Tür.

»Eine richtige kleine Versammlung«, bemerkte Dudley mit einem befriedigten Unterton.

»Ich nehme an, ich soll Euch in den Tower begleiten«, erklärte Richard ohne Umschweife. »Gebt mir fünf Minuten, um das Nötigste zu packen.«

Dudley gab sein Einverständnis.

»Papa, unternimm etwas!« rief Keely. Im Tower kamen die Menschen um, und sie wollte verhindern, daß diese grauen Steinmauern ihren Mann schluckten und er für alle Zeiten mit diesen gequälten Seelen eingesperrt war.

»Schatz, hilf mir packen«, forderte Richard sie auf. Er legte ihr den Arm um die Schulter und zog sie mit sich ans andere Ende des Zimmers.

»Es ist eine Schande«, beharrte Herzog Robert. »Richard hat niemanden getötet.«

»Elisabeth will einfach sichergehen«, entgegnete Dudley. »Deshalb will sie Basildon in den Tower werfen. Denn wenn sich herausstellt, daß er unschuldig ist, wird er entlassen.«

»Keine Angst, Ludlow. Richard wird fair behandelt«, warf Burghley ein. »Walsingham und ich werden uns persönlich um den Fall kümmern. Daß Richards Dolch am Tatort aufgefunden wurde, ist zu unglaubwürdig. Sogar Leicester könnte den Mord begangen und das falsche Beweisstück dort hinterlassen haben.«

»Diese Vermutung ist überhaupt nicht komisch«, bemerkte Dudley trocken.

Nachdem er seinen Beutel geschnürt hatte, wandte Richard sich seiner Frau zu. Er zog sie in seine Arme und küßte sie lange und verzweifelt.

»Paß auf das Baby auf«, flüsterte er ihr ins Ohr. »*Pour tous jours.*«

»Für immer«, versprach Keely. Sie griff nach ihrem Anhänger und fügte hinzu: »Nimm das hier; die Liebe meiner Mutter wird dich beschützen.«

Richard wehrte ab. »Den behältst du, Schatz. Es ist mir lieber, dich in Sicherheit zu wissen.«

»Beeilt Euch«, drängte Dudley.

»Ich begleite Euch bis zum Tower, um sicher zu sein, daß mein Schwiegersohn dort wohlbehalten anlangt«, erklärte Herzog Robert.

»Ich komme ebenfalls mit«, warf Willis ein.

Richard küßte Keely ein letztes Mal und verließ, von Dudley und Herzog Robert flankiert, das Zimmer.

»Was für ein schrecklicher Fehler!« rief Keely und wollte zur Tür laufen. »Ich muß die Königin sprechen.« In diesem Augenblick hätte sie tausend Langen Galerien die Stirn geboten, wenn sie nur ihren Mann hätte befreien können.

Graf Burghley hielt sie sanft, aber fest zurück. Keely versuchte vergebens, sich loszureißen.

»Unüberlegtes Handeln ist immer unklug«, schalt Burghley sie, auch wenn sein Blick voller Verständnis war. Als sie sich beruhigt hatte, erklärte er ihr: »Elisabeth wird Euch keine Audienz gewähren. Ganz im Gegenteil, sie hat mich angewiesen, Euch dringend nahezulegen, sofort nach Devereux House zurückzukehren.«

»Wie soll ich dann herausfinden, welcher Schurke hinter all dem steckt?« fragte Keely.

»Darüber braucht Ihr Euch nicht den Kopf zu zerbrechen. Ich kümmere mich darum«, antwortete Burghley. »Die Wahrheit drängt ans Licht.«

Keely blickte ihn zweifelnd an. »Ich weiß, wer Jane getötet hat.«

Burghley sah sie überrascht an. »Wie bitte?«

»Der dunkle Schmied war es, aber ich komme nicht dahinter, wer der dunkle Schmied ist.«

»Bitte drückt Euch klarer aus.«

»Meine Mutter prophezeite mir auf dem Totenbett, ich solle mit vor einem dunklen Schmied hüten«, erklärte ihm Keely.

»Meine Schwiegertochter ist metaphysisch veranlagt«,

warf Lady Dawn ein. »Ihre Mutter besaß das Zweite Gesicht.«

»*Das Zweite Gesicht*?« wiederholte Burghley und schüttelte mißbilligend den Kopf. Ihre unglaubliche Dummheit brachte ihn ganz durcheinander.

»Ich glaube, *dunkler Schmied* ist der Spitzname oder die Beschreibung des Täters«, fügte Keely hinzu.

»Vielen Dank für Eure Hilfe, Lady Devereux«, sagte Burghley und tätschelte sie am Arm. »Ich werde mir das alles durch den Kopf gehen lassen.«

Er wollte sich gerade umdrehen und gehen, als Keely ihm zurief: »Mylord, wann darf ich meinen Ehemann besuchen?«

»Auf Anweisung der Königin darf er keinen Besuch empfangen«, erhielt sie zur Antwort.

Keely brach in Tränen aus. Lady Dawn führte sie zu dem Stuhl vor dem Kamin und zwang sie, sich zu setzen, gerade als May und June ins Zimmer stürzten.

»Ich besorge dir etwas zu essen, während deine Kammerzofen packen«, sagte Lady Dawn.

Keely schüttelte den Kopf. »Ich verspüre keinen Hunger. Ich esse etwas, wenn wir Devereux House erreicht haben.«

Es klopfte an die Tür, doch Keely kümmerte es nicht weiter. Richard war zum Tower abgeführt worden, und nichts anderes zählte nun.

Lady Dawn öffnete die Tür und sah einen Pagen dort stehen. »Ja?« fragte sie.

»Kann ich mit Lady Devereux sprechen?«

Lady Dawn blickte zu ihrer Schwiegertochter. »Sie ist gerade beschäftigt ...«

»Wer ist es?« fragte Keely.

»Ich bin's, Roger.«

»Komm herein, Roger.«

Lady Dawn trat zur Seite und ließ den Jungen herein.

»Ich bin gekommen, um mich zu verabschieden«, erklärte Roger, als er vor ihr stand.

»Ich werde dich vermissen«, antwortete Keely, worauf Roger errötete. Sie erhob sich aus ihrem Stuhl und durchsuchte ihre Taschen nach dem Beutel Münzen, den sie von ihrem Mann erhalten hatte. An Roger gewandt, fragte sie: »Wie viele Jungen hast du angeschwindelt?«

»Ich habe nie ...«

»Wie viele?«

»Zehn, aber ...«

Keely zählte zehn Goldmünzen ab und bot sie ihm an.

»Ich kann nicht Euer Geld annehmen, Mylady.«

»Betrachte es als geliehen.« Keely lächelte. »Ich bin nun dein stummer Partner bei deinem Anteil an der Handelsgesellschaft meines Mannes.«

Roger grinste und nahm die Münzen. »Ich werde die Ohren offenhalten und Burghley erzählen, was ich erfahre.«

»Danke, Roger.« Keely küßte ihn auf die Wange.

»Gute Reise, Mylady.« Roger verbeugte sich förmlich und verließ das Zimmer.

Der Weihnachtstag ging langsam zu Ende, und die Nacht brach herein. Der Himmel hüllte sich vom Osten bis zum Westen zunehmend in violette und dunkelblaue Schatten, bis schließlich der volle Eichenmond des Julfestes von einem vollkommenen schwarzen Samthimmel schien. Die kristallklare Winterluft roch nach dem Holzrauch, der von den Herrenhäusern am Strand aufstieg. Über dem Fluß breitete sich leichter Nebel aus, kräuselte sich und kroch die Ufer hinauf.

Lautlos glitten zwei Barken die Themse hinunter zum Strand. Keely saß, in ihren pelzgefütterten Mantel gehüllt, auf dem mit einem Baldachin überdachten Schiff. May und June waren bei ihr. Auf der zweiten Barke befanden sich Odo, Hew und der Hengst des Grafen. Sogar Schwarzer Pfeffer stand still und regungslos wie eine Statue, als fühle er die Tragödie, die seinen Herrn umgab.

Lady Dawn hatte bereits einen der Talbotschen Boten vorausgeschickt, um Richards Eltern von dem Unglück in Kenntnis zu setzen, das ihren Sohn ereilt hatte, und das Personal anzuweisen, alles für die Heimkehr ihrer Herrin vorzubereiten. Als sie sich Devereux House näherten, erkannte

Keely auf dem Kai ihren Bruder Henry und Jennings, den Majordomus des Grafen, die auf sie warteten. Hinter ihnen auf den Rasenflächen standen einige Dienstboten.

Nachdem die zwei Barken angelegt hatten, trat Jennings vor und begrüßte sie. »Willkommen zu Hause, Mylady.« An die Kammerzofen gewandt, ordnete der Majordomus an: »Beeilt euch, Mädchen, bereitet das Zimmer eurer Herrin vor.«

May und June hoben ihre Röcke und rannten zum Herrenhaus.

Jennings blickte über seine Schulter und nickte den gräflichen Lakaien zu, die herbeisprangen, um das Gepäck der Gräfin aus der Barke zu holen. »Der Koch hat ein leichtes Abendessen vorbereitet«, erklärte Jennings. »Soll ich Euch ein Tablett auf Euer Zimmer bringen?«

»Nein, ich würde gerne im Arbeitszimmer des Grafen essen«, antwortete sie, dann wandte sie sich an ihren Bruder.

Henry küßte sie auf die Wange und brachte sie vom Kai weg, damit Odo und Hew sich daranmachen konnten, den Hengst des Grafen vom Boot zu führen. »Hal und Louise sind flußabwärts zum Tower gefahren, um Richard das Nötigste zu bringen«, teilte ihr Bruder ihr mit. »Von dort fahren sie nach Hampton Court, um sich um seine Angelegenheiten zu kümmern und bei den Nachforschungen zu helfen.«

Keely nickte erleichtert.

»Kleine!« Odo versuchte, ihre Aufmerksamkeit zu gewinnen, während er das Pferd wegführte. »Wir bringen den Hengst in den Stall, damit er schlafen kann.«

»Und dann legen wir uns selbst aufs Ohr«, fügte Hew hinzu. »Wenn du etwas brauchst, laß uns holen.«

»Danke, Cousins. Bis morgen früh.«

Henry führte sie zum Herrenhaus und erklärte ihr: »Ich werde mit dir in Devereux House bleiben, solange die anderen weg sind.«

»Das ist nicht notwendig«, meinte Keely, »auch wenn ich mich über dein Angebot freue.«

»Es ist sehr wohl nötig«, beharrte Henry und rümpfte die Nase. »Seit Morgana nicht mehr da ist, konzentriert Ashemole ihre ganze Aufmerksamkeit auf mich. Die alte Hexe geht mir schrecklich auf die Nerven.«

Keely unterdrückte ein Lachen und hakte nach: »Aber wieso denn, Bruder?«

»Das Weibsstück liegt mir wegen meines unmoralischen Lebenswandels in den Ohren. Außerdem glaube ich, daß sie mir nachspioniert.«

»Nun, Bruder, ich freue mich über deine Gesellschaft«, erklärte Keely. »Willst du mit mir zu Abend essen?«

»Ich habe bereits gegessen«, entschuldigte sich Henry und lächelte verlegen. »Überdies habe ich noch ein wichtiges ...«

»Erzähl mir nichts darüber«, unterbrach Keely ihn und fragte sich, wer wohl das glückliche Mädchen sein mochte. »Wir sehen uns morgen.«

Das Arbeitszimmer des Grafen war genauso, wie Keely es in Erinnerung hatte. Auf der Fensterseite stand der Schreibtisch aus massiver englischer Eiche. Zwei Wände waren vom Boden bis zur Decke mit Bücherreihen gefüllt, und an der vierten Wand befand sich der offene Kamin, in dem im Augenblick ein einladendes Feuer prasselte. Die zwei Stühle, in denen der Graf und sie einst zusammengesessen hatten, standen noch immer vor dem Kamin.

Keely seufzte tief. Ihr war traurig zumute. Wie leer das Arbeitszimmer ihr ohne die raumfüllende Gegenwart ihres Mannes vorkam. Wie würde sie ohne ihn zurechtkommen? Wichtiger noch, wie konnte sie erreichen, daß er wieder freikam? Sie hatte man hierher verbannt, während der Mörder Unterschlupf in der Hofgesellschaft in Hampton Court gefunden hatte.

Wieder mußte sie an Richard denken. Sie erinnerte sich an den Tag, als er ihr die Füße massiert hatte und ihr anschließend einen Kuß stahl — ihren ersten Kuß. Und sie sah ihn, wie er im Saal ihres Vaters vor ihr niederkniete und vor den versammelten Gefolgsleuten des Herzogs, um ihre Hand angehalten hatte.

Zwei dicke Tränen rollten ihr über die Wangen, doch Keely wischte sie mit den Fingerspitzen weg. Es half ihrem Mann nicht, wenn sie weinte, sagte sie sich. Richard brauchte jetzt den Schutz der Göttin, und bei Tagesanbruch würde sie darum bitten.

Keely erhob sich wieder vom Schreibtisch und machte es sich in einem der Stühle vor dem Kamin bequem. Das Baby kostete sie viel Kraft. Sie schloß die Augen und hörte zu, wie die Diener den Tisch für ihr Abendessen vorbereiteten.

»Mylady?« flüsterte Jennings. »Das Abendessen ist serviert.«

Keely öffnete die Augen, nickte und ließ sich von ihm zum Tisch führen. »Danke, Jennings«, entließ sie ihn, doch der Majordomus blieb im Zimmer für den Fall, daß sie noch etwas brauchte.

Der Tisch war mit einem edlen Tischtuch aus feinstem Leinen bedeckt. Darauf stand eine Schüssel Erbsensuppe mit Bohnen und Zwiebeln, gebratenes Huhn mit Pistazien und eine kleine Schale Quittenkompott.

»Es ist nur für eine Person gedeckt«, stellte Keely mit einem Seitenblick auf den Majordomus fest.

»Ja, Mylady, Ihr wolltet doch alleine zu Abend essen.«

»Der Graf kann jeden Augenblick zurückkehren«, erwiderte Keely und zwang sich zu lächeln, obwohl sie kaum die Tränen zurückhalten konnte. »Wir sollten stets für ihn einen Teller bereithalten.«

»Natürlich, Mylady. Bitte verzeiht.« Jennings eilte davon, um ein Gedeck zu holen, das, wie er wußte, viele Monate lang nicht benutzt werden würde.

Keelys Blick fiel auf einen Strauß Jungfern im Grünen, den der Majordomus auf den Tisch gestellt hatte, um sie etwas aufzuheitern. Vor Rührung steckte ihr ein Kloß im Hals, als sie die blauen Blüten betrachtete. Schließlich konnte sie sich nicht länger beherrschen, und die Tränen, die sie den ganzen Tag zurückgehalten hatte, brachen sich Bahn.

»Weint nicht, Mylady«, versuchte Jennings sie zu trösten, als er mit dem Gedeck des Grafen zurückkehrte. »Die Königin braucht Seine Lordschaft. Ich bin mir sicher, er wird bald zu uns zurückkehren.«

»Es ist Winter.« Keely nahm dankend das ihr angebotene Taschentuch. »Woher kommen diese Jungfern im Grünen?«

»Der Graf beauftragte eine der besten Putzmacherinnen Londons, sie aus Seide zu nähen.« Jennings lächelte. »Es ist unglaublich, wie täuschend echt sie wirken.«

»Ja«, stimmte Keely zu. Diese Aufmerksamkeit ihres Mannes rührte sie zutiefst.

Nachdem Keely gegessen hatte, entließ sie Jennings und trat ans Fenster. Sie blickte hoch zum vollen Eichenmond und dachte an ihren Mann.

Oh, was mußte Richard erdulden, eingesperrt am traurigsten Ort der Welt! Ob seine Zelle warm genug war, so daß er nicht erkrankte? Ob seine Wärter ihm genug zu essen brachten? Und Kerzen, hatte er Kerzen? Oder waren sie so grausam und sperrten ihn in der Dunkelheit ein?

Der volle Eichenmond, der in das sorgenvolle Antlitz Keelys herunterblickte, schien auch ein paar Meilen flußabwärts, östlich von London, wo die Türme und Türmchen des Towers und seine trutzigen Mauern emporragten.

Besorgt stand Richard im ersten Stock des Beauchamp-Turms am Fenster und blickte hoch zum Vollmond. Seine Frau sollte sich mittlerweile im Schutze von Devereux House befinden, sagte er sich. Dort war sie in Sicherheit, wie lange ihn die Königin hier auch festhalten mochte.

Er hörte Schritte. Richard drehte sich um und sah drei Männer, welche die Wendeltreppe herunterkamen, die zum zweiten Stock führte.

»Euer Bett ist bereit, Mylord«, erklärte der erste Wärter. »Mit Felldecke und allem Nötigen.«

»Das Feuer im Kamin brennt«, fügte der zweite hinzu. »Ich habe genug Brennholz zum Nachheizen bereitgelegt, aber ich werde morgen noch mehr bringen.«

»Vielen Dank.« Richard gab beiden Männern eine Münze, als sie gingen. Er blickte zum Wachmann des Towers. »Und Ihr, Kingston, müßt Euch Eure Münzen verdienen«, lächelte Richard.

»Ich bin schon ganz begierig darauf«, antwortete Kingston und rieb sich die Hände in Vorfreude.

Die Tür ging auf, und der königliche Kaplan trat ein. Der

Geistliche trug ein silbernes Tablett mit einem gebratenen Huhn, Brot, Käse und schottischem Whisky herein und stellte es auf den Tisch. »Eure Mutter ist eine Heilige, Basildon. Sie lieh uns ihren Lieblingskoch, um Euch in Eurer Gefangenschaft bestmöglich versorgen zu können.«

Richard setzte sich mit dem Wachmann und dem Kaplan an den Tisch. Er nahm sich ein Stück vom Huhn und fragte: »Sind wir soweit?«

Die zwei Männer nickten begierig.

Richard füllte drei Krüge mit Whisky, legte einen Stapel Karten und zwei Würfel auf den Tisch und meinte: »Gentlemen, das Spiel kann beginnen.«

Siebzehntes Kapitel

Eines Tages, wenn der blaue Mond am Himmel steht. Für immer, wenn Liebende über das Feuer springen.

Diese Weissagung flüsterte die Große Muttergöttin Keely zu. Sie würde ihren Mann sehen, wenn der blaue Mond hoch am Himmel stand, und für immer, wenn die jungen Liebespaare über das Beltanefeuer sprangen. Nach Keelys Berechnung würde der blaue Vollmond am letzten Tag im März dieses Jahres zu sehen sein, und das Beltanefeuer loderte natürlich wie jedes Jahr am ersten Maitag.

Am letzten Märztag, dachte Keely, und Hoffnung keimte in ihrem gramerfüllten Herzen. *Für immer* am ersten Tag im Mai.

Diese drei Monate vergingen beklagenswert langsam.

Der Januar brachte eisige Kälte. Die Bäume waren mit funkelnden Eiszapfen überzogen. In den Ulmen hatten sich die schimpfenden Stare versammelt, denen es an Futter gebrach. Jeden Nachmittag verbrachte Keely im Park ihres Mannes. Sie fühlte nach Zeichen des Lebens, das in dieser Eiseskälte den Winterschlaf hielt, verfolgte, wie die Knospen ihrer geliebten Eichen schwellten wie ihr Leib. An den Abenden flocht Keely aus den Eichenrinden Beltanekörbe, während der Wolfsmond sich füllte und wieder schwand.

Die Tage wurden allmählich wieder länger, der Schnee schmolz dahin, der Februar war ins Land gezogen. Lichtmeß kam und ging vorbei, so wie der volle Sturmmond. In den Samen unter der Erde begann sich das Leben zu regen.

Der März war gekommen, der Monat der Wiedergeburt, der Hoffnung und des blauen Mondes. Er brachte strahlende Sonnentage. In der ersten Woche stand der volle Saatmond am Himmel. In der dritten Woche kamen die Rotkehlchen aus dem Süden zurück und suchten in den noch braunen Wiesen Nahrung, während ein liebeskranker Star seiner Herzensdame mit einem Ständchen den Hof machte. Die ersten wagemutigen Krokusse brachen sich Bahn und öffneten ihre Kelche der stärker werdenden Sonne.

Der letzte Märztag brach vielversprechend an. Da die Tage ihrer Morgenübelkeit vorüber waren, stand Keely auf, als die ersten orangen Flammen nach dem Himmel griffen. In jeder Pore, jeder Faser ihres Körpers spürte sie die Erregung, die Vorfreude auf ihren Geliebten.

Ihr Druideninstinkt sagte Keely, daß die Göttin weise gesprochen hatte. Heute war der Tag, an dem sie ihren Mann wiedersah: *eines Tages, wenn der blaue Mond am Himmel steht*.

Keely zog die Stiefel an und hüllte sich in ihren pelzgefütterten Mantel. Sie nahm ihren Beutel mit den heiligen Steinen und der goldenen Sichel und verließ ihr Zimmer.

Der Haushalt des Grafen wachte gerade auf. Keely erreichte unbemerkt den Garten, wo sie die willkommenen Frühlingsboten empfingen. Doch sie fühlte die aufmerksamen Augen wohlwollender Spione auf sich ruhen — Odo und Hew.

Sie lächelte insgeheim. Odo, Hew und Henry beobachteten sie stets, sobald sie den Schutz ihres Hauses verließ. Zu dieser frühen Stunde schlief Henry wahrscheinlich noch neben seiner augenblicklichen Flamme. Somit blieben nur ihre Cousins, die ein Auge auf sie haben konnten.

Keely lief über die Wiese zu dem heiligen Platz, wo die Birke, die Eibe und die Eiche wie alte Freunde zusammenstanden. Sie wählte neun Steine aus ihrem Beutel: drei schwarze Obsidiane, um sie vor schwarzer Magie zu schützen, drei purpurfarbene Amethyste als Glücksbringer und drei rote Karneole zum allgemeinen Schutz. Mit diesen heiligen Steinen legte sie den heiligen Kreis, wobei sie im Westen eine Öffnung ließ. Sie betrat den Kreis von Westen, schloß ihn hinter sich mit dem letzten Stein und den Worten: »Störende Gedanken bleiben draußen.«

Anschließend zog sie die goldene Sichel aus dem Beutel, schloß damit den Kreis und ging in die Mitte, die Seele des Kreises. Sie drehte sich im Uhrzeigersinn dreimal um sich selbst, bis sie wieder nach Osten, zur aufgehenden Sonne, blickte.

»Die Alten sind hier, sie warten ab und sehen zu«, klang Keelys sanfte Stimme durch die Stille des anbrechenden Tages. »Die Sterne sprechen durch die Steine, und das Licht scheint durch die dickste Eiche. Himmel und Erde sind ein Reich.«

Keely hielt inne und berührte den Drachenanhänger, der unter der Eiche versteckt lag. »Vater Sonnes große Macht, das Böse aus Richards Leben bracht.« Wieder drehte sie sich dreimal im Uhrzeigersinn um sich selbst und sang dabei: »›Während ich mich im Kreise dreh, im Kreise dreh, im Kreise dreh, der Zauber wirkt in Tal und Höh.‹« Und dann fügte sie laut hinzu, so daß es im weiten Umkreis deutlich zu verstehen war: »Möge die Göttin Odo und Hew dafür segnen, daß sie jeden Morgen so früh aufstehen, um mich beim Gebet zu beschützen.«

Danach ging sie an den westlichen Kreisrand und brach den Bann. Als sie die Steine wieder eingesammelt hatte, lief sie zurück zum Herrenhaus, nicht ohne noch über die Schulter zu rufen: »Danke, Cousins.«

Odo und Hew traten aus ihrem Versteck hervor und kratzten sich hinter dem Ohr. »Woher, denkst du, weiß sie, daß wir hier waren?«

»Ehrlich gesagt, ich habe keine Ahnung«, antwortete Odo achselzuckend und folgte mit seinem Bruder Keely ins Haus.

Wie jeden Morgen ging Keely sogleich in Richards Arbeitszimmer, um zu frühstücken. Sie nahm alle Mahlzeiten hier zu sich, weil sie sich hier ihrem Mann am nächsten fühlte.

Der Tisch war bereits gedeckt: die zwei Teller für sie und Richard und dazwischen der Strauß Jungfern im Grünen. Das Frühstück selbst bestand aus Eiern, Brot, Butter und einem Krug Mandelmilch.

Gerade als sie sich setzen wollte, trat Jennings ins Zimmer und kündigte an: »Seine Gnaden, der Herzog von Ludlow, wünscht vorgelassen zu werden.«

Als ihr Vater den Majordomus beiseite schob, juchzte Keely vor Freude und flog in seine offenen Arme. »Oh, Papa! Ich habe dich in den letzten Monaten so sehr vermißt.«

Herzog Robert küßte sie auf die Stirn und führte sie zurück zum Tisch, wo er ihr gegenüber Platz nahm. Lächelnd zog er eine Orange aus der Tasche und sagte: »Für mein Enkelkind.«

Keely nahm sein Geschenk freudig an.

»Woher wußtest du, daß ich dich heute morgen besuche?« fragte Herzog Robert sie, als er den unbenutzten Teller vor sich bemerkte. »Oder ist das Gedeck für Henry?«

»Henry steht nie so früh auf«, erklärte Keely mit einem zweideutigen Lächeln. »Wir decken bei jeder Mahlzeit für Richard mit, falls ... geht es ihm gut? Hast du Neuigkeiten?«

»Du hast die Erlaubnis der Königin, heute nachmittag deinen Ehemann zu besuchen«, teilte ihr der Herzog mit.

Keely legte ihre Hand auf die seine. Tränen glitzerten in ihren veilchenblauen Augen. »Danke, Papa. Wieso hat die Königin mit einemmal ihre Meinung geändert?«

Herzog Robert schmunzelte. »Richard unterliefen ein paar grobe Schnitzer mit ihrem Privatvermögen. In seinen Entschuldigungsbriefen führte er an, die lange Trennung von dir habe ihn so mitgenommen, daß sich diese Fehler eingeschlichen hätten.«

Keely strahlte. Ihr Vater fand, es gäbe auf der ganzen Welt keinen schöneren Anblick als eine glückliche schwangere Frau.

»Burghley und ich meinten, Hausarrest wäre in seinem Fall vorzuziehen«, fuhr der Herzog fort. »Ich bin sicher, daß deinem Ehemann weiter solche grobe Schnitzer unterlaufen werden, bis er sich in der Sicherheit von Devereux House geborgen fühlt. Um elf Uhr werde ich dich flußabwärts geleiten.«

Keely wollte gerade antworten, doch in diesem Augenblick platzte Henry ins Zimmer. Er sah so derangiert aus wie ein Kater, der gerade seine Rivalen aus dem Feld geschlagen und einem ganzen Heer liebeshungriger Katzendamen Genüge getan hatte.

»Das war der beste Hintern, den ich je ...« Henry brach mitten im Satz ab beim Anblick seines Vaters — seines wütenden Vaters.

»Liebe Tochter, entschuldige meine grobe Ausdrucksweise.« An seinen Sohn gewandt, brüllte Herzog Robert: »Willst du, daß dir dieser Lümmel abfällt?«

»Willst du, daß er mangels Benützung verkümmert?« brüllte Henry zurück. Die drei Monate Freiheit schienen seinen Widerspruchsgeist angestachelt zu haben.

Keely prustete los.

»Ermutige ihn nicht«, warnte Herzog Robert sie. Doch seine Mundwinkel zuckten, als er sich langsam vom Tisch erhob und auf seinen Sohn zuging.

»Papa!« rief Keely vor Angst, ihr Vater könne ihn schlagen.

»Ich erwarte dich in einem ordentlichen Aufzug in einer Stunde in meinem Arbeitszimmer«, befahl er seinem Sohn. »Es ist höchste Zeit, daß wir ein paar wichtige Dinge besprechen.«

Henry nickte und verließ das Zimmer.

»Es ist mein Fehler, ich habe mich zu wenig um ihn gekümmert«, versuchte Keely ihren Vater abzulenken. »Ich war so beschäftigt mit meinen Sorgen . . .«

»Nimm *nicht* die Schuld für das unerhörte Betragen deines Bruders auf dich«, unterbrach der Herzog sie. »Es war seine Aufgabe, dich zu beschützen, nicht anders herum. Ich bin um elf Uhr wieder bei dir.«

»Papa?«

Herzog Robert blieb an der Tür stehen und drehte sich noch einmal kurz um.

»Mach es ihm nicht allzu schwer«, bat Keely. »Bitte.«

»Ich hege nicht die Absicht, meinen einzigen Sohn umzubringen«, versicherte Herzog Robert ihr. Die Andeutung eine Lächelns spielte um seinen Mund, als er hinzufügte: »Es fällt dir vielleicht schwer, dies zu glauben, aber auch ich war einmal jung.«

Zur vereinbarten Stunde lief Keely über den Rasen hinunter zum Kai, wo ihr Vater sie bereits erwartete. Ihre Wangen glühten vor Vorfreude, ihre Gedanken galten einzig ihrem geliebten Mann. Sie hatte ihr Herz geöffnet und der Göttin gelauscht, die sie nun für ihren festen Glauben belohnte.

Nun, da Keely im fünften Monat war, wurden ihre Kleider allmählich zu eng. Heute trug sie ihr bestes und weitestes Kleid, das aus violettem Samt gearbeitet war und einen züchtigen Ausschnitt hatte. Darüber hatte sie einen federleichten schwarzen Wollmantel angezogen. Sie hatte auch eine riesige Stofftasche dabei, die sie mit allerlei heiligen Gegenständen gefüllt hatte, um ihren Mann ausreichend schützen zu können.

Es war einer dieser ersten Frühlingstage, welche die Welt mit einem blauen Himmel, strahlender Sonne und einem leichten Wind verzaubern. Die Sonnenstrahlen schienen auf Keelys Schultern und der Frühlingswind streichelte ihr Gesicht — was die schönste Erinnerung in Keely weckte, die Erinnerung an die Liebesnächte mit ihrem Mann. Am liebsten hätte Keely die Stiefel abgestreift und das Gras zwischen ihren Zehen gespürt.

Unten am Kai sprang Herzog Robert in das Boot und half ihr an Bord. Vater und Tochter saßen nebeneinander, als die herzogliche Barke stromabwärts glitt.

»Was hast du in dieser Tasche?« fragte Herzog Robert.

»Ein paar Dinge, die Richard dringend braucht«, antwortete sie zweideutig. »Wie geht es Henry?«

»Er bereut gerade seine Sünden.« Mit einem langen Seitenblick fuhr der Herzog fort: »Soll ich dir beweisen, daß er noch lebt?«

Keely berührte ihn am Unterarm und blickte ihm, als er sie ansah, direkt in die Augen: »Ich vertraue dir, Papa.«

Mit einemmal stiegen dem Herzog Tränen in die veilchenblauen Augen, die so sehr denen seiner Tochter glichen.

»Danke, mein Kind«, flüsterte er heiser. »Auf diese Worte habe ich lange gewartet.«

»An meinem Hochzeitstag habe ich dir gesagt, daß ich dich liebe«, erinnerte Keely ihn.

»Das stimmt, aber zwischen Liebe und Vertrauen liegt ein himmelweiter Unterschied«, entgegnete Herzog Robert. »Manchmal erweist sich ein geliebter Mensch als nicht vertrauenswürdig. Und bevor du nun eine Bemerkung über meine große Weisheit fallenläßt, vergiß bitte nicht, daß das Alter manch bittersüße Erkenntnis mit sich bringt.«

»Du bist noch immer jung«, widersprach Keely, aber dann bat sie ihn: »Papa, erzähl mir von dir und Megan.«

Die Augen des Herzogs verdüsterten sich, der Schmerz war zu groß. »Sobald die Gefahr, in der dein Ehemann schwebt, gebannt ist, werde ich alle deine Fragen beantworten«, versprach er ihr. »Kannst du bis dahin warten?«

Keely lächelte und nickte. Herzog Robert war genauso, wie sie sich ihren Vater immer erträumt hatte. Ein Vater wie er, so hatte sie gedacht, war alles, was zu ihrem Glück fehlte. Und nun war ihre ganze Welt auf den Kopf gestellt, ihr Glück hing von ihrem Ehemann ab. Wenn nur Richard frei käme ... Wenn sie nur zu seiner Welt gehörte ... *Wenn er sie nur liebte.*

Die Fahrt flußabwärts dauerte länger als gewöhnlich, da mit dem Frühling auch der Handel wieder erwacht war und die große Wasserstraße namens Themse schrecklich überfüllt war. Doch dieser dichte Verkehr schien die Bootsleute nicht weiter zu stören, sie riefen einander Grußworte zu, ob sie sich nun kannten oder einander fremd waren. Die herzogliche Barke fuhr unter der Brücke von London hindurch und an den Docks vorbei, von denen herüber es nach Gewürzen, Korn und Holz roch.

Bald erblickte Keely die Türme und die grauen Mauern des Towers von London. Sorgenvoll nagte sie an ihrer Unterlippe und fragte sich, wie sie wohl ihren Mann vorfinden würde. Wie Richard sie wohl nach all diesen Monaten begrüßte? Ob er sie vermißt hatte? Ob er an sie gedacht hatte?

Ihre Barke legte am St.-Thomas-Turm an, der auch als Verräterturm bekannt war. Er war 1290 von Eduard I. errichtet worden, und sein Portal war inzwischen das gefürchtetste Englands geworden. Solch berühmt-berüchtigte Verbrecher wie Anne Boleyn und ihre Tochter, Königin Elisabeth, hatten es durchschritten. Einige waren in die Welt zurückgekehrt, andere waren nicht mehr gesehen worden.

Keely blickte hoch zum St.-Thomas-Turm, doch sie sah nur ein schreckliches Ungetüm, das ihren Mann verschluckt hatte. »Gequälte Seelen sind durch dieses Tor gegangen«, sagte sie, als ihr Vater ihr aus dem Boot half.

»Aye«, stimmte Herzog Robert ihr zu und führte sie zum Offiziersquartier. »Denk nicht daran, es könnte dem Baby schaden.«

»Haben sie Richard ...?«

»Es bringt nichts, sich über die Sorgen vergangener Zeiten den Kopf zu zerbrechen«, unterbrach der Herzog sie. »Dein Mann erfreut sich bester Gesundheit. Er langweilt sich etwas in der Gefangenschaft, und es beginnt ihn zu stören, daß er soviel Gold verliert.«

»Du meinst, die Schnitzer beim Privatvermögen der Königin?«

»Nein, mein Kind«, schmunzelte Herzog Robert. »Von einem so hochstehenden Gefangenen wie deinem Mann wird erwartet, daß er in Glücksspielen an seine Wärter verliert. Eine Art Bestechung. Er verliert beim Karten- und Würfelspiel, und der Wachmann trägt Sorge, daß es ihm an nichts fehlt. Nun, das ist eine der ältesten Traditionen Englands.«

Keely blieb stehen und sah ihn verdutzt an. »Du willst sagen, ich habe mich wegen eines Mannes schlaflos im Bett gewälzt, der drei Monate lang Karten spielte?«

»Man kann schließlich nicht ständig Bücher lesen«, entgegnete ihr Vater.

Herzog Robert führte Keely durch das Offiziersquartier zu dem grasbewachsenen Innenhof auf der anderen Seite der Anlage. Keely erkannte die Kapelle St. Peter ad Vincula wieder, wo sie einst mit Richard der Messe beigewohnt hatte.

Die Stimmung auf dieser Towerwiese war merkwürdig gedrückt. Eine unheimliche Stille lag in der Luft.

Als sie auf den Beauchamp-Turm zugingen, der auf der anderen Seite der Wiese und des Richtplatzes emporragte, warf Keely einen Blick zurück über die Schulter auf das Offiziersquartier. Doch sie konnte nirgends den Geist von Königin Anne entdecken.

Am Eingang zum Beauchamp-Turm erwartete sie der Kaplan. »Seid Ihr bereit, Euer Gnaden?« fragte der Priester, ein unmißverständliches Funkeln in den Augen.

»Aye, aber ich fürchte, mir fehlt heute das Quentchen Glück«, antwortete Herzog Robert und schüttelte ihm die Hand.

Der Kaplan nickte Keely zu und führte sie die Treppe hinauf in den ersten Stock. Keely ging hinter ihm, ihr Vater folgte ihr.

Keely fuhr sich mit der Zunge über die Lippen, die ganz trocken waren von all der Aufregung. Drei Monate lang hatte sie auf diesen Augenblick gewartet, doch nun war ihr ganz bang ums Herz, und ihr Schritt wurde langsamer. Was war, wenn ihr Mann sich nicht freute, sie zu sehen? Wie sollte sie diesen Schmerz ertragen?

Und dann hatte Keely das Ende der Treppe erreicht. Beinahe widerstrebend betrat sie das Zimmer.

Da stand Richard. Als er sie sah, lächelte er und breitete die Arme aus. Erleichtert jauchzte Keely auf und warf sich ihm in die Arme. Die Tränen strömten ihr übers Gesicht.

Richard drückte sie fest an sich und küßte sie auf den Scheitel. »Weine nicht, Schatz«, versuchte er sie zu trösten und streichelte ihr den Rücken. »Ich dachte, es würde dich glücklich machen, mich zu sehen.«

Keely lachte unter Tränen. Sie blickte ihn mit ihren abgrundtiefen, veilchenblauen Augen an und nahm seinen Kopf in die Hände. »Es ist das Baby. Die Kleine macht mich so gefühlvoll.«

»Tut *er* das?« entgegnete Richard in sanft scherzhaftem Ton.

Keely sah in den smaragdgrünen Augen ihres Mannes das Begehren aufblitzen. Sie stellte sich auf die Zehenspitzen, umarmte ihn und zog ihn zu sich herunter.

Richard schien wie hypnotisiert von ihr. Sein Lächeln verschwand, und den Bruchteil einer Sekunde lang schwebte sein Mund über ihrem. Dann trafen sich ihre Lippen in einem erschütternden Kuß.

Der verzweifelte Wunsch, sich zu vereinigen, eins zu werden, überwältigte sie. Dieser umwerfende Kuß ging in den nächsten über und in den übernächsten.

Herzog Robert räusperte sich laut, während die beiden anderen Männer im Zimmer leise lachten. Mit aller Kraft, die ihm zu Gebote stand, riß Richard sich los von ihr und suchte grinsend den Blick seines Schwiegervaters.

»Komm, Schatz«, sagte Richard schließlich, nahm ihr den Mantel ab und reichte ihn dem Herzog.

Keely wollte ihren Mann noch nicht loslassen und hakte sich bei ihm unter. So gewann sie den ersten Eindruck von seinem Gefängnis. Das Zimmer konnte zwar keinesfalls als luxuriös bezeichnet werden, doch es war weder düster noch modrig oder schmutzig. An der einen Seite der Wand befand sich ein Kamin und in der Mitte ein Tisch mit drei Stühlen.

»Guten Tag, Sir«, begrüßte Keely den Wachmann.

»Ihr seht gut aus, Mylady«, antwortete Kingston.

»Ich bin erfreut, daß Ihr Euch um meinen Mann so gut kümmert«, bemerkte Keely.

»Die Freude ist ganz meinerseits, Mylady.«

»Ich zeige dir mein Zimmer oben«, sagte Richard und nahm sie bei der Hand.

Keely griff nach ihrem Stoffbeutel, errötete und folgte ihrem Mann die Wendeltreppe hoch. Oben angelangt, öffnete Richard eine Tür und führte sie in sein Schlafzimmer im zweiten Stock.

Keely blieb erstaunt stehen. Sein Gefängnis im Tower erschien ihr bei weitem komfortabler als ihr altes Schlafzimmer in Wales.

An der Wand befand sich ein Himmelbett mit Vorhängen und Felldecke. Neben dem Bett stand auf einem kleinen Tisch ein Silbertablett mit einem Krug Wasser, zwei Kristallgläsern, einem Laib Brot und einer Auswahl an Käse. Im Kamin flackerte ein fröhliches Feuer, davor stand ein bequemer Sessel. Durch zwei Fenster drang das Nachmittagslicht.

Leicht verwirrt, doch belustigt wandte sich Keely an ihren Mann. »Du leidest ja gar nicht.«

»Ohne dich zu leben ist die schrecklichste Folter, die man sich vorstellen kann«, entgegnete Richard und zog sie in seine Arme. »Komm in mein Bett, Schatz.«

»Geduld, Mylord«, antwortete Keely. »Besser, uns unterlaufen hierbei keine Fehler, wenn wir den Schutz der Göttin für dich erbitten.«

Richard zog eine Augenbraue hoch. Er hatte drei Monate lang auf sie gewartet, wollte sie jetzt die schüchterne Jungfrau spielen?

»Bitte leg die Decke in der Mitte des Zimmers auf den Boden«, sagte sie.

Während er sich beeilte, ihrer Bitte nachzukommen, öffnete Keely ihre Stofftasche. Sie zog zwei Zeremoniengewänder heraus sowie den Beutel mit den magischen Steinen.

»Zieh dich aus und schlüpfe hier rein«, wies sie ihn an und reichte ihm eines der Zeremoniengewänder.

Richard sah sie zweifelnd an.

»Ich trage dein Kind unter dem Herzen«, meinte Keely schelmisch, »mach mir eine Freude.«

Richard und Keely zogen sich aus und bedeckten ihre Blöße mit der Zeremonienrobe. Keely wollte die Steine aus dem Beutel herausholen, hielt aber kurz inne, um ihrem Mann die Kapuze richtig aufzusetzen.

»Gib dir keine Mühe«, wehrte er ab, »ich trage das Ding nicht lange.«

Keely wählte acht dunkle Karneole zum Schutz und zur Stärkung des Muts. Damit legte sie, so gut es ging, einen Kreis um die Pelzdecke, wobei nur im Westen eine Öffnung blieb. Ohne ein Wort zu sprechen, nahm Keely ihren Mann bei der Hand. Richards Blick war voller Liebe, als er ihr die Hand reichte.

Sie führte ihn in die Sicherheit des Kreises und schloß ihn mit den Worten: »Störende Gedanken bleiben draußen.«

Dann zog sie die goldene Sichel aus dem Beutel und umrandete damit den Kreis, um ihn zu schließen. Anschließend wandte sie sich mit geschlossenen Augen an ihren Ehemann und betete: »Große Muttergöttin, Beschützerin all deiner Kinder, nimm dieses bescheidene Geschenk unserer Körper an. Schütze meinen wunderbaren Mann vor seinen üblen Feinden.«

»Vielen dank, Schatz«, flüsterte Richard. »Und was kommt jetzt?«

Mit einem verführerischen Lächeln streifte Keely ihm das weiße Zeremoniengewand über die Schultern und bewunderte ihn mit den Augen. Die Flammenkrone seines kupferfarbenen Haares leuchtete wie die untergehende Sonne, und seine grünen Augen erinnerten sie an ihren geliebten Wald im Frühlingskleid. Sein Körper war so fest und vollkommen wie eine majestätische Eiche. Richard war wirklich ein lebendig gewordener heidnischer Gott.

Als ihr Blick tiefer glitt, bestaunte sie seine breiten Schultern und seine muskulöse Brust mit dem dichten, kupferfarbenen Haar. Schließlich fanden ihre Augen seine schmalen Hüften und sein erregtes Glied.

Keely zwang sich, ihm wieder in die Augen zu blicken. Sie streifte ihr Zeremoniengewand ab und stand stolz vor ihm. Mit dem Drachenanhänger und dem hüftlangen, schwarzen Haar, das ihr bis zu den Hüften reichte, war sie seine heidnische Prinzessin.

Es drängte Richard, sie an sich zu reißen und mit ihr zu verschmelzen, doch ihr zuliebe widerstand er diesem mächtigen Trieb und ließ sie gewähren.

Er betrachtete ihr unsäglich liebes Gesicht, sein Blick glitt zu ihren Brüsten, den dunklen, größer gewordenen Brustwarzen, die davon zeugten, daß sein Kind in ihrem Bauch wuchs, und weiter hinab zu ihren geschwungenen Hüften und ihrem sanft gerundeten Bauch.

Er stöhnte auf vor Liebe und Begierde und sank auf die Knie vor ihr. Die Arme um ihre Hüften, küßte er sie auf den Bauch.

»Mein Same ist gewachsen«, flüsterte er ehrfürchtig.

»Aye«, antwortete sie leise und fuhr ihm zärtlich über den Kopf.

In diesem Augenblick begann Richards Zunge sie an ihrer empfindlichsten Stelle zu liebkosen. Keely atmete tief durch und gab sich ihrer Lust hin. Er hielt sie fest, während er sie mit der Zunge erforschte und vor Lust schaudern ließ.

Keely ging auf in ihrem Begehren, schmolz hin unter seinen Liebkosungen. Sie schrie vor Lust, als Wellen der Ekstase sie forttrugen.

Richard zog sie zu sich auf die Decke, suchte ihren Mund und küßte sie leidenschaftlich und innig zugleich, als wolle er seine ganze Liebe zu ihr in diesen einen Kuß legen. Sanft drängte er sich zwischen ihre Beine.

»Das Baby?« fragte er sie.

»Es schadet ihm nicht.«

Richard drang tief in sie ein. Er bewegte sich langsam, bis ihre Lust neu entflammt war und sie vor Begierde bebte. Richard hielt ihre Hüften fest und wurde schneller und schneller. Immer wieder drang er tief in sie ein, genoß ihre samtene Weichheit.

Richards und Keelys Lustschreie vermischten sich, als sie zusammen explodierten und dann erschöpft zusammensanken. Richard zog sie in seine Arme. Sie schienen endlos so dazuliegen, ohne ein Wort zu sagen.

»Waren wir sehr laut?« flüsterte Keely schließlich. »Glaubst du, mein Vater ahnt, was wir hier tun?«

»Es wäre eine Beleidigung, wenn er davon ausginge, daß wir die ganze Zeit miteinander reden«, antwortete Richard.

Der Gedanke, daß ihr Vater wußte, was sie taten — *in dem Augenblick, in dem sie es taten* — trieb Keely die Röte ins Gesicht. Und dann fiel ihr ein, daß ihr Vater nicht allein unten saß.

»Bei den heiligen Steinen!« stöhnte sie und verbarg das Gesicht an seiner Brust. »Ich habe meinen Mann geliebt, und der Kaplan saß einen Stock tiefer.«

Richard prustete laut los. »Schatz, du bist so unglaublich entzückend.« Er drehte sie auf den Rücken und küßte sie, während seine Hände die Innenseite ihrer Schenkel so zärtlich streichelten wie ein leichter Sommerwind. Sie seufzte tief, als er an ihren empfindlichen Brüsten saugte.

Diesmal war ihr Liebesspiel langsam. Richard genoß jedes Erbeben, das er in Keelys Körper fühlte, freute sich an jedem Seufzer, jedem Stöhnen. So erschöpft sie beide waren, zu schlafen wäre ihnen beiden wie die Verschwendung ihrer kostbaren Zeit erschienen.

»Ich hole uns einen Kelch Wein«, erklärte Richard und wollte aufstehen.

Keely hielt ihn zurück. »Es ist verboten, den Kreis zu brechen, ohne seinen Dank ausgesprochen zu haben.«

Richard nickte und half ihr auf die Beine.

Keely legte ihm die Arme um den Hals und schmiegte sich an seine Brust. »Wir danken der Göttin dafür, daß sie das bescheidene Geschenk unserer vereinigten Körper angenommen hat.«

Anschließend ging sie an das westliche Ende des Kreises und hob den Karneol auf. »Hier raus«, erklärte sie ihm.

Richard folgte ihr aus dem Kreis und führte sie zum Bett. Er schenkte den Wein ein, während Keely sich setzte. Richard blieb stehen, und sie teilten den Wein und den Käse.

Gedämpftes Gelächter drang vom ersten Stock herauf. »Was machen sie da unten?« flüsterte Keely.

»Sie trinken und spielen«, erklärte Richard und küßte sie auf den Nacken. »Erzähl mir, was es Neues in Devereux House gibt, Schatz.«

»Odo und Hew haben deinen Cousinen die Unschuld geraubt«, berichtete ihm Keely. »Natürlich werden wir sie verheiraten, sobald du zu Hause bist. Und mein kleiner Bruder scheint entschlossen zu sein, alle anderen zu entjungfern. Wenn die Königin dich hier noch länger gefangenhält, wird es in deinem Haushalt bald kein unschuldiges Mädchen mehr geben.«

»Henry ist ein Mann nach meinem Herzen«, neckte Richard sie. »Ach, wie herrlich waren meine wilden Zeiten — die nun für immer vorbei sind und nie wiederkehren werden.«

Keely wirkte keineswegs belustigt, und Richard küßte sie, um seinen Spaß wiedergutzumachen. Dann streichelte er ihren Bauch. »Ich hoffe, daß ich zu Hause bin, wenn das Baby kommt.«

»Elisabeth wird dich in weniger als einem Monat freilassen«, antwortete Keely.

»Wie bitte?«

»Die Göttin ließ mich teilhaben an ihrem Wissen«, erklärte sie. »Sie enthüllte mir, daß wir wieder zusammensein werden, wenn das Beltanefeuer brennt. Und das ist der erste Tag im Mai.«

Richard blieb skeptisch, doch um ihr eine Freude zu machen, küßte er ihr höflich die Hand. »Jetzt, da ich das weiß, geht es mir gleich besser. Komm, Schatz, ich möchte dir etwas zeigen.«

Er stand auf, reichte ihr die Hand und führte sie zum Kamin an der Wand gegenüber. »Sieh mal, was ich gemacht habe.« Er deutete auf die Worte, die in die Steinmauer gemeißelt waren. »Ich habe uns verewigt.«

Keely trat näher heran und erblickte die Worte: *Richard und Keely.* Sie sah hoch zu ihm und lächelte. Für alle Ewigkeit waren ihre Namen nun miteinander verbunden, selbst wenn sie nicht mehr am Leben waren.

»Und wir befinden uns in bester Gesellschaft«, fügte er hinzu. »Schau hierher.«

Keely las die Worte *Jane und Guilford.* »Wer ist das?« fragte sie.

»Jane Grey, Englands Königin für zehn Tage«, antwortete Richard. »Guilford Dudley, der Bruder des jetzigen Grafen von Leicester. Er hatte sie geheiratet. Zusammen regierten sie zehn Tage lang England, dann machten Mary Tudor und ihr Heer ihrer Herrschaft ein Ende. Diese Zelle war Guilfords Zuhause, während er auf das Beil des Henkers wartete.«

»Was geschah mit Jane?«

»Sie wurde nach ihm aufs Schafott geführt.«

Keely stiegen die Tränen in die Augen. Richard zog sie in seine Arme und streichelte ihr den Nacken.

»Es war dumm von mir, dich mit einer so traurigen Geschichte zu quälen«, entschuldigte er sich. »Ich schwöre dir, ich bin nicht in Gefahr.«

Es pochte an die Tür. »Es tut mir leid, mein Kind«, rief der Herzog von Ludlow. »Du mußt dich zur Abreise bereitmachen.«

»Nur noch fünf Minuten«, antwortete Richard.

Keely verbarg das Gesicht an der Brust ihres Mannes und weinte leise.

Er küßte sie auf die Stirn. »Soll ich dir beim Anziehen helfen?«

Keely schüttelte den Kopf und wischte sich die Tränen aus den Augen. Sie wollte nicht, daß er sie traurig in Erinnerung behielt, daher nahm sie alle Kraft zusammen und lächelte. »Wenn du mich anziehst, brauchen wir fünf Jahre.«

Richard schmunzelte erleichtert, daß es ihr besser ging. Es war allgemein bekannt, daß zu große Traurigkeit dem Kind im Mutterleib schadete.

Als sie den ersten Stock erreichten, warf Richard dem Wachmann einen Blick zu und bat ihn: »Kann ich meine Frau nach unten begleiten?«

Kingston sah die Tränen in den Augen der Lady und hatte Mitleid mit den Liebenden. »Ich komme mit Euch.«

Unten im Hof umarmte Richard Keely ein letztes Mal und küßte sie voller Leidenschaft. Anschließend wischte er ihr zärtlich die Tränen aus dem Gesicht und versuchte ihr Mut zuzusprechen. »Denk daran, Schatz. Bei deinem Beltanefeuer sehen wir uns wieder. Es sind nur ein paar Wochen bis dahin.«

Es dämmerte bereits, doch Richard blieb stehen und blickte seiner Frau und ihrem Vater nach, wie sie über die Towerwiese gingen und im Offiziersquartier verschwanden.

Er wollte sich gerade umdrehen, als er eine Bewegung vor den Fenstern des Offiziersquartiers wahrnahm. Es war eine Frau, die dort auf und ab ging. Plötzlich drehte sie sich zu ihm um und starrte ihn an.

Ein kalter Schauder lief ihm den Rücken hinab, doch er konnte die Augen nicht von ihr wenden. Er erkannte die Frau, an deren Porträt er Hunderte von Malen in der Langen Galerie im Richmond-Palast vorbeigegangen war — Anne Boleyn, die seit langem verschiedene Mutter der Königin.

Und dann vernahm Richard ihre warnenden Worte. Er hörte sie so deutlich, als stünde sie neben ihm: *»Hüte dich vor dem dunklen Schmied.«*

Achtzehntes Kapitel

»Geldgieriges Tudormiststück!«

Morgana Talbot hörte den Baron in seinem Zimmer fluchen und blieb verwirrt vor der Tür stehen. Es war seine Stimme, daran bestand kein Zweifel. Doch es war so gar nicht seine Art, lauthals seinem Ärger Luft zu machen. Zumindest hatte sie nie gehört, daß Willis sich dieser Ausdrucksweise bediente.

War es ein Fehler gewesen, hierher zu kommen? fragte Morgana sich. Sie hatte vorgehabt, dem gutaussehenden Baron die Hölle heiß zu machen, da er zum vereinbarten Zeitpunkt nicht aufgetaucht war. Schließlich war es Willis gewesen, der sie zu einem romantischen Stelldichein flußaufwärts eingeladen hatte, um die Aprilsonne zu genießen. Aber nun ...

Willis schien schlecht gelaunt zu sein. Andererseits war sie die Tochter des Herzogs von Ludlow, während er nur ein verarmter Baron war. Der Anstand hätte es verlangt, sich bei ihr zu entschuldigen und sie nicht wie eine Närrin am Kai warten zu lassen. Ihr Ärger war neu aufgeflammt, und Morgana pochte mit aller Kraft an die Tür.

»Wer ist da?« Willis' Stimme klang wie animalisches Knurren.

»Ich bin es, Morgana.«

»Verschwinde.«

Morgana kniff die blauen Augen zusammen und starrte die Tür an, als habe diese sie weggeschickt. Einen langen Augenblick blieb sie unentschlossen stehen, dann öffnete sie die Tür und trat ein.

Den Rücken ihr zugewandt, packte Willis gerade die letzten seiner Habseligkeiten in einen Sack und machte ihn zu. Er warf einen Blick über die Schulter, und als er sie sah, fauchte er sie an: »Ich habe dir gesagt, du sollst verschwinden.«

»Was ist los?« fragte Morgana, die nahe der Tür stehengeblieben war. Sie hatte den charmanten Baron noch nie so übelgelaunt erlebt. Eine Vorahnung hielt sie davon ab, weiter in den Raum zu gehen.

Willis drehte sich um und blickte sie an. »Das Glück hat mir übel mitgespielt, aber ich werde es wieder auf meine Seite ziehen.«

»Ich verstehe nicht«, erwiderte Morgana, die zusehends unruhig wurde. »Was ist geschehen?«

»In diesem Augenblick befindet sich dein Vater auf dem Weg zu Devereux, um ihn nach Hause zu bringen«, erklärte ihr Willis. »Elisabeth hat den Gefängnisaufenthalt ihres unglücklichen Midas in Hausarrest umgewandelt.«

»Das sind gute Nachrichten.«

»Der Hundesohn hat stets Glück«, fuhr Willis sie an. Im selben Augenblick erkannte er, daß er seine Fassade hatte fallen lassen. Er trat auf sie und sagte: »Du hättest nicht hierher kommen sollen, Teuerste.«

Die Kälte, mit er dies sagte, und das gefährliche Glimmern in seinen Augen erschreckten Morgana. Sie trat zwei Schritte zurück und griff nach dem Türknauf. »Ich . . . ich gehe jetzt«, sagte sie.

»Es tut mir leid, mein Engel.« Willis packte sie am Oberarm und drehte sie herum. »Ich kann es nicht zulassen, daß du meine Zukunft zerstörst.«

Morgana fuhr sich mit der Zunge über die Lippen, die vor Angst ganz trocken waren. Offensichtlich war der Baron verrückt geworden und sie mußte entkommen.

Willis zog aus seinem Wams ein vergilbtes Stück Pergament und wedelte ihr damit vor dem Gesicht herum. »Erinnerst du dich daran?« fragte er sie und hob eine Augenbraue.

Morgana erkannte die Heiratsurkunde, die belegte, daß sie und Henry herzogliche Bastarde waren, dieses verfluchte Dokument, das sie in der Talbotschen Familienbibel gefunden hatte.

Smythe lächelte kalt und grausam. »Ein äußerst wertvolles Dokument.«

»Zerstört es auf der Stelle!« verlangte Morgana und versuchte, es ihm aus der Hand zu reißen. »Es ist wertlos für Euch.«

»Ganz im Gegenteil, mein Engel.« Smythe verstaute das Pergament wieder in seinem Wams. »Es verhilft mir zu zwei Vermögen — dem der Devereux' und dem der Talbots.«

»Was meint Ihr damit?«

»Du kannst doch nicht so unglaublich einfältig sein«, fluchte Willis. »Ich habe vor, deine *ehelich geborene* Schwester zu entführen. Wenn Richard versucht, aus Devereux House zu entfliehen, um sie zu retten, werden Dudleys Männer ihn töten. Und ich, als Richards bester Freund, werde die trauernde Witwe heiraten. Wenn dein Vater wenig später bei einem Unfall ums Leben kommt, besitze ich den Beweis, daß das Talbotsche Vermögen rechtmäßig Keely zusteht.«

»Damit kommt Ihr nicht durch!« rief Morgana und versuchte, sich loszureißen. »Ich werde Euren Plan verraten.«

Willis riß sie herum und drückte sie gegen die Tür. »So schön«, grinste er, »und doch so unglaublich dumm. Hattest du tatsächlich geglaubt, du würdest dieses Zimmer lebend verlassen?«

»*Hilfe!*« schrie Morgana.

Mit beiden Händen umklammerte Willis ihren Hals und drückte zu, doch zu seiner Enttäuschung schien sie sich kaum zur Wehr zu setzen. »Sogar Jane kämpfte heftiger«, murmelte er.

Morgana rang verzweifelt nach Luft. Sie wußte sich keinen anderen Ausweg und trat ihm mit aller Kraft, die sie aufbringen konnte, in den Unterleib. Vor Schmerz ließ er sie einen entscheidenden Augenblick lang los.

»Hilfe!« schrie sie. »*Mord!*«

Willis riß sich zusammen und würgte sie sofort wieder, bis sie das Bewußtsein verlor. In diesem Augenblick pochte jemand draußen an die Tür.

»Macht die Tür auf!« war eine Jungenstimme zu hören. »Öffnet die Tür, oder ich rufe die Wachen!«

»Helft mir, die Tür ist nicht versperrt«, rief Smythe und versuchte, Morgana so schnell wie möglich aufs Bett zu legen.

Der zwölfjährige Roger Debrett stürzte ins Zimmer. »Ich hörte eine Frau schreien.«

»Lady Morgana ging es plötzlich schlecht und sie wurde ohnmächtig«, log Willis und deutete aufs Bett. »Setz dich zu ihr und paß auf sie auf. Ich hole inzwischen den Arzt.«

Roger eilte zum Bett. Er setzte sich und blickte in das aschfahle Gesicht der Lady. »Um Gottes willen!« rief er. »Sie ist tot. Ihr Hals ...«

Wumm! Smythe versetzte Roger einen Schlag auf den Hinterkopf, und der Junge fiel bewußtlos auf Morgana.

Willis packte seinen Beutel und wollte gehen, zögerte jedoch einen Augenblick. Sollte er sich die Zeit nehmen, um die Sache hier zu einem sauberen Ende zu bringen und den Lümmel zu töten? Nein. In diesem Moment verließ Richard vielleicht bereits den Tower. Er mußte mit der Sache in Devereux House fertig sein, bevor Richard nach Hause kam. Und mit diesem Gedanken verließ er das Zimmer.

Ganz langsam tauchte Roger aus den Tiefen der Bewußtlosigkeit auf. Er öffnete die Augen und versuchte, sich aufzusetzen, aber um ihn herum schien sich alles zu drehen. In seinem Schädel dröhnte es, doch soviel war ihm klar, er mußte Hilfe holen. Baron Smythe hatte Morgana Talbot getötet.

Und dann hörte Roger es — ein leises Stöhnen aus dem Mund der Toten. Er sah sie an. Nein, sie war überhaupt nicht tot — sie mußte nur wieder zu sich kommen.

Roger bemühte sich, auf die Beine zu kommen und torkelte zum Tisch. Darauf stand eine Schüssel Wasser, in die er sein Gesicht tauchte. Das eiskalte Wasser verhalf ihm wieder zu einem klaren Kopf. Roger trug die Schüssel zum Bett und goß der Dame das Wasser übers Gesicht.

Morgana prustete und spuckte und schlug die Augen auf. »Smythe versuchte mich umzubringen«, stieß sie heiser und nach Luft ringend hervor. »Sucht meine Stiefmutter!«

»Lady Dawn?« fragte Roger überrascht. Er hatte noch nie gehört, daß Morgana die Herzogin als ihre Stiefmutter bezeichnet hatte. »Ihr meint Ludlows Frau?«

Morgana nickte.

»Ruht Euch aus, ich rufe inzwischen nach den Wachen und einem Arzt«, wies Roger sie an und wollte sich gerade auf den Weg machen. »Danach suche ich Lady Dawn.«

Mit überraschender Kraft packte Morgana den Jungen am Arm und riß ihn aufs Bett. Sie blickte ihm in die Augen und keuchte: »Hör zu, du kleiner Idiot. Smythe ist inzwischen auf dem Fluß. Er will *meine Schwester entführen . . .*«

»Bald, meine Kleine«, flüsterte Keely, während sie zärtlich ihren Bauch streichelte. »Noch zehn Tage bis Beltane, und dann kommt dein Vater heim zu uns. *Pour tous jours* — für immer.«

Wie an jedem Nachmittag spazierte Keely durch den Park ihres Mannes. May und June meinten, sie solle sich lieber hinlegen, aber Keely genoß ihre Spaziergänge. Sie liebte es, zu sehen, wie die Jahreszeiten verstrichen. Heute durchwanderte sie die entlegeneren Ecken des Parks und bewunderte die Veränderungen, die der Monat April gebracht hatte.

Wo immer sie hinsah, war neues Leben zu entdecken. Die Rotkehlchen brachten Halm für Halm zu ihren Lieblingsplätzen in den Ahornbäumen und bauten sich ein Nest, während die Bienen in den Blüten der Bäume nach Nektar suchten. Ein Tepppich aus violetten Veilchen schmückte die Wiese unter dem Fenster von Richards Arbeitszimmer. Gelbe Narzissen winkten fröhlich ihren Freunden, den strahlend gelben Forsythien, am Ende des Parks zu.

Heimat. Wie der Gesang der Sirenen riefen die walisischen Berge und Täler nach ihr.

Keely schloß die Augen und stellte sich die Wälder und Wiesen ihrer Heimat vor, die Wohnstatt ihrer Ahnen. Sie seufzte. Eines Tages würde sie ihren Kindern das Land ihrer Geburt zeigen, diesen besonderen Ort, den man Heimat nennt.

Bei ihrem Spaziergang durch den Park blieb Keely an dem Ort stehen, wo die Eibe, die Birke und die Eiche zusammenstanden. Was dem Graf noch fehlte, war ein heiliger Garten. Und hier schien der rechte Platz dafür zu sein. Im nächsten

Frühling wollte sie hier einen Garten anlegen, um der Göttin dafür zu danken, daß sie ihr diese Tochter geschenkt hatte, die sie unter dem Herzen trug. Frauenschuh, Frauenhaarfarn und Tausendschön würden hier wachsen, allesamt der Göttin geweihte Pflanzen.

Keely lächelte, als sie sich vorstellte, wie sie jeden Tag mit ihrer Tochter zusammensitzen würde, ob Sommer oder Winter, Regen oder Sonnenschein, wie sie ihr das Alte Wissen vermitteln, den goldenen Faden an sie weitergeben würde. *Genauso, wie es Megan getan hatte.* So würde die Spirale des Lebens bis in alle Ewigkeit weitergehen.

Sicher würden noch andere Töchter und Söhne folgen. Jedes Kind würde auf seine Art besonders sein. Sie würde ihr Wissen frohen Herzens mit ihnen teilen. Nur eines bereitete ihr Sorge, ihr so pragmatisch veranlagter Ehemann. Keely betete, daß die Unfähigkeit des Grafen, über den Horizont hinauszublicken, ihre Kinder nicht allzusehr beeinflussen möge.

»Gräfin?«

Erschrocken fuhr Keely herum. Willis Smythe stand vor ihr. Seine düstere Erscheinung verdeckte die Sonne wie eine bedrohliche, schwarze Sturmwolke. Aye, Baron Smythe war dunkel und gefährlich — und möglicherweise noch übler.

»Ich möchte mich entschuldigen«, lächelte Willis. »Ich wollte Euch keinen Schrecken einjagen.«

»Niemand jagt mir einen Schrecken ein«, entgegnete Keely etwas ungelenk. Sie konnte ihre Abneigung nicht verbergen. »Ich habe es nur nicht gern, wenn ich aus meinen Betrachtungen gerissen werde.«

»Betrachtungen?«

»Ich habe über die herrliche Natur nachgedacht«, erklärte Keely und deutete auf den Garten ringsum. »Seht Ihr nicht die Schönheit, die uns umgibt?«

Willis blickte sich schnell um. »Doch, es ist sehr schön hier.«

»Woher kommt Ihr?« fragte ihn Keely und legte den Kopf zur Seite. Sie hatte ihn nicht kommen hören, und Jenings hatte ihn nicht angekündigt.

»Hampton Court«, antwortete Willis, der ihre Frage falsch verstanden hatte.

»Ist mit Richard alles in Ordnung?« rief Keely voller Angst, die Hände beschützend auf dem Bauch.

»Richard geht es gut«, versicherte Willis ihr. »Doch bringe ich eine wichtige Nachricht, die ihn betrifft.«

»Kommt ins Haus.«

»Nein, es ist besser, wenn uns niemand hört.«

Keely sah ihn fragend an. Sie fühlte sich nicht wohl in der Gegenwart des Barons. Die inzwischen vertraute Aura eines frühzeitigen Todes hüllte ihn ein wie stets, doch die schwarze Wolke, die über seinem Kopf schwebte, erschien ihr so groß und bedrohlich wie noch nie. Blitzartig erkannte Keely, daß der Baron ein wandelnder Toter war. Bald würde der Tod sich Willis Smythe holen.

Willis senkte die Stimme. »Richard will heute abend aus dem Tower fliehen ...«

»Fliehen?« rief Keely. »Warum?«

»Bitte, Madam. Stellt keine Fragen, wir verlieren dadurch nur wertvolle Zeit«, entgegnete Willis in angemessen strengem Ton. »Hört mir zu, ohne mich zu unterbrechen.«

Keely nickte. Sie wollte ihren Mann nicht gefährden.

»Vor ein paar Tagen zog Richard vom Beauchamp-Turm in den Cradle-Turm«, erklärte Willis. »Dieser Turm ist niedriger als die anderen Türme, da er zum Entladen der Boote dient. Im Schutze der Dunkelheit wollen die Männer des Barons von Schloß Basildon auf einem Boot kommen, unter dem Turm anlegen und ihm ein Seil zuwerfen. Das Boot wird Richard flußaufwärts bringen, an London und Devereux House vorbei. Am Anlegeplatz wird ihn ein schnelles Pferd erwarten, das seine Eltern bereitgestellt haben.«

Keely fiel es schwer, ihm zu glauben. Warum sollte Englands beliebtester Graf seine Zukunft zerstören, indem er aus dem Tower floh und der Justiz Ihrer Majestät eine lange Nase drehte? Elisabeth würde ihm nie vergeben.

Sie wollte den Baron danach fragen, doch der ließ sie nicht zu Wort kommen. »Inzwischen begleitet Ihr mich zur Priorei Smythe«, fuhr er fort. »Im Park von Richards Mutter warten meine Pferde. Richard wird uns in Shropshire treffen. Von dort aus könnt Ihr und Euer Gemahl nach Monmouth weiterreisen, von wo aus eines seiner Schiffe Euch nach Frankreich bringen wird. Wie Ihr wißt, ist Eure Schwiegermutter Französin. Einer Ihrer Brüder wird Richard bei sich aufnehmen, bis Elisabeth wieder zu Verstand kommt und die Gefahr vorüber ist.«

Keely bezweifelte, daß dieser Plan gelingen konnte. Würde ihr Mann das Leben seines erstgeborenen Kindes gefährden, indem er verlangte, sie solle nach Frankreich reisen? Aber welche andere Wahl hatten sie? Falls die Königin ihn im Tower sitzen ließ, würde ihre Tochter niemals ihren Vater kennenlernen.

Und dann fiel Keely die Prophezeiung der Göttin ein. Richard und sie würden an Beltane zusammensein, für immer zusammensein. Und was die Göttin verkündete, das traf ein.

»Holt die Pferde«, erklärte Keely und wollte gehen. »Ich sage Odo und Hew, daß sie sich bereitmachen.«

Willis packte sie am Arm. »Eure Cousins können uns nicht begleiten. Sollen wir unsere Absicht jedermann kundtun, indem wir London mit einem Geleitzug verlassen?«

»Ich verstehe, was Ihr meint«, stimmte Keely ihm widerwillig zu. Es widerstrebte ihr, mit ihm allein reisen zu müssen. »Holt die Pferde, während ich meine Sachen packe.«

»Dafür haben wir jetzt keine Zeit.«

»Ohne meinen Beutel mit den magischen ... ich wollte sagen, meinen persönlichen Dingen kann ich nicht reisen.«

»Dann beeilt Euch«, wies Willis sie an. Nachzugeben kostete weniger Zeit, als sie zu überzeugen. »Und verratet niemandem unsere Absicht.«

Keely eilte ins Haus. Auf dem Weg in ihr Zimmer begegnete sie niemandem. Sie packte schnell ein paar Kleider und ihren Beutel mit den magischen Steinen in ihre Tasche.

Auf dem Weg zur Tür hielt sie kurz inne und berührte den Drachenanhänger, den sie stets trug. »Mutter, beschütze meinen Mann und mein ungeborenes Kind«, flüsterte sie und rannte auf den Gang hinaus.

Als sie den Park erreichte, stand Baron Smythe bereits zwischen den beiden Pferden. »Ich helfe Euch aufsteigen«, erklärte er und trat zu ihr.

»Ich kann auf diesem Pferd nicht reiten«, widersprach Keely. »Es hat einen Damensattel.«

Willis wollte sie gerade zur Eile antreiben, als Henry Talbot im Garten auftauchte. Über das ganze Gesicht zufrieden grinsend, schlenderte er auf sie zu.

»Henry, lauf bitte zu den Ställen«, rief Keely, bevor Willis sie zur Vorsicht mahnen konnte. »Bitte Odo und Hew, mir meinen Sattel zu bringen.« Sie fügte rasch hinzu: »Baron Smythe macht mir die Freude, heute nachmittag mit mir auszureiten.«

Henry sah zu Willis und dann zu den Satteltaschen. Er verstand es, sein Erschrecken hinter einem freundlichen Lächeln zu verbergen. »Ich bin bestimmt in einer Minute wieder da.«

»Jede Sekunde, die wir uns verspäten, gefährdet das Leben Richards«, fuhr Willis sie an. Ihm war klar, daß die beiden walisischen Hünen sie niemals unbewacht ziehen lassen würden. »Los, auf das Pferd und schnell fort von hier.«

Keely nagte an ihrer Unterlippe und nickte. Sie befanden sich alle in größter Gefahr, sonst wäre der Baron nicht so aufgebracht.

Smythe half ihr auf das Pferd und sprang auf sein eigenes. Zusammen verließen sie Devereux House und ritten nach Westen, nach Shropshire.

»*Keely!*« Odo rannte Hew und Henry voraus in den Park. »Wo bist du, Kleine?« rief er.

»Der Sohn einer flachbrüstigen Hure«, fluchte Henry. »Er hat sie sich geschnappt!«

»Vielleicht hat der Baron sie nur zu einem Nachmittagsritt eingeladen«, warf Hew ein.

Odo versetzte seinem Bruder einen Klaps auf den Hinterkopf. »Und dazu haben sie Reisegepäck mitgenommen, du hirnverbrannter Idiot?«

»Warum sollte mich Keely losschicken, um ihren Sattel zu holen, und dann mit Smythe verschwinden?« fragte Henry.

»Sie kann den Baron nicht ausstehen, und ich traue ihm nicht.«

»Wie sollen wir unser kleines Mädchen jemals wiederfinden?« jammerte Hew an seinen Bruder gewandt. »Wir wissen nicht einmal, in welche Richtung sie geritten sind. Und gegen vier sind wir drei in der Minderzahl.«

»Vier was?« fragte Odo verwirrt.

»*Richtungen*! Norden, Süden, Osten und ...« Odos Klaps brachte Hew zum Schweigen.

»Wenn er böse Absichten hegt, wird das Untier sie in seinen Bau verschleppen«, folgerte Henry.

»Und wo ist der?« fragte Odo.

»Die Smythe Priorei in Shropshire.«

»Sattel die Pferde«, befahl Odo seinem Bruder Hew. »Ich hole den Proviant.«

»Sattle drei Pferde«, erklärte Henry. »Ich komme mit.« Als die zwei Waliser ihn fragend ansahen, beharrte er: »Ich bin ihr Bruder.«

»Seine Gnaden ...«

»Seine Gnaden ist nicht da, also kann er nichts dazu sagen«, fiel Henry Odo ins Wort.

Der Hüne grinste und meinte: »Beeilt Euch, mein herzoglicher Weiberheld. Unser kleines Mädchen braucht uns.«

Zwanzig Minuten später stiegen die zwei walisischen Hünen und der junge Marquis auf ihre Pferde und ritten in westlicher Richtung nach Shropshire.

»Willkommen zu Hause, Mylord«, begrüßte Jennings seinen Herrn mit einem warmen Lächeln auf dem ansonsten unbewegten Gesicht.

»Danke, Jennings.«

Richard lächelte zurück, während er das Foyer durchschritt. Hinter ihm gingen Herzog Robert und Hal Bagenal, sein Stiefvater.

»Meine Frau soll in mein Arbeitszimmer kommen«, wies Richard seinen Majordomus an. »Aber sag ihr nicht, wer hier ist. Ich möchte sie überraschen.«

Jennings nickte und machte sich auf den Weg zur Treppe.

Um diese Zeit hielt seine Herrin entweder ein Nickerchen oder sie saß in ihrem Schlafzimmer am Fenster und beobachtete, wie der Himmel sich veränderte.

Richard führte seinen Schwiegervater und seinen Stiefvater in sein Arbeitszimmer. Die zwei älteren Männer setzten sich in die Sessel vor dem Feuer, doch Richard blieb stehen, ohne die Tür aus den Augen zu lassen. Er wollte den Ausdruck freudiger Überraschung auf dem Gesicht seiner Frau sehen, wenn sie den Raum betrat. Den ganzen Morgen hatte er sich schon auf die vor ihm liegende Nacht gefreut, die er in den Armen seiner geliebten Frau zu verbringen trachtete. Und nun war es bald soweit.

Richard hatte vor, Herzog Robert und Onkel Hal so schnell wie möglich loszuwerden und sofort mit seiner Frau in das Bett zu hüpfen. Es reichte, wenn er morgen mit der mühsamen Aufgabe begann, seine peinlichen Fehler bei der Verwaltung des Privatvermögens der Königin wiedergutzumachen.

Fünf Minuten verstrichen. Dann zehn. Wo, zum Teufel, blieb Keely?

Langsam öffnete sich die Tür, und Richard setzte das umwerfendste Lächeln auf, zu dem er fähig war. Eine Sekunde später fiel ihm die Kinnlade nach unten.

»Wo ist meine Frau, Jennings?«

»Sie ist *weg,* Mylord.«

Richard fuhr herum, und sein Stiefvater und sein Schwiegervater sprangen auf die Beine. »Was willst du damit sagen?«

»Die gnädige Frau befindet sich nicht auf ihrem Zimmer«, erklärte Jennings, der augenscheinlich sehr besorgt war. »Ich war im Park, konnte sie aber auch dort nirgends entdecken.«

»Frag May und June, ob Keely ihre Cousins in den Stallungen besucht«, befahl Richard.

»Sie haben sie nicht mehr gesehen, nachdem sie zu ihrem Nachmittagsspaziergang in den Park aufbrach«, antwortete der Majordomus. »June ist sich sicher, Odo und Hew zusammen mit dem jungen Marquis gesehen zu haben, wie sie gemeinsam ausritten. Das war vor mehreren Stunden. Doch Lady Keely war nicht dabei.«

Richard rannte zur Tür. »Ich suche sie.«

Herzog Robert und Onkel Hal waren ihm sofort auf den Fersen. Die beiden Männer packten ihn am Arm und hielten ihn zurück.

»Es ist unklug zu fliehen«, mahnte ihn Herzog Robert zur Vorsicht.

»Wenn dich die Wachen töten«, fügte halb scherzend Onkel Hal hinzu, »wird deine Mutter meine Innereien mit einem stumpfen Messer bearbeiten.«

»Meine schwangere Frau ist nirgends zu finden«, fuhr Richard sie an und versuchte, sie abzuschütteln.

Draußen im Gang wurde es laut, Stimmen und Schritte kamen näher. Als Jennings die Tür öffnete, um nachzusehen, platzten drei Menschen an ihm vorbei in das Studierzimmer.

»Gott sei Dank, daß du hier bist, Tally!« rief Lady Dawn.

»Chessy, was ist los?« fragte Herzog Robert sie erschrocken.

»Papa, es ist alles meine Schuld«, schluchzte Morgana und warf sich ihm in die Arme.

»Erzähl mir, worum es geht«, forderte der Herzog sie auf.

Morgana hob das Kinn und zeigte ihnen ihren Hals. Die drei Männer starrten bestürzt die Würgemale auf ihrer Haut an.

»Willis Smythe versuchte, meinen armen Liebling zu ermorden«, erzählte ihnen Lady Dawn.

Richard blickte zur Herzogin. Daß Cheshire Morgana als *meinen armen Liebling* bezeichnete, bewies, daß etwas überhaupt nicht stimmte. Seine Welt stand plötzlich auf dem Kopf.

»Ich habe Lady Morganas Leben gerettet«, meldete sich Roger, der neben der Tür stehengeblieben war. Der Stolz auf seine Tat war unverkennbar.

»Jetzt bist du in Sicherheit«, beruhigte Herzog Robert seine Tochter und drückte sie an sich. »Wenn ich Smythe finde, werde ich ihn umbringen.«

»Vielleicht hat Smythe Lady Jane umgebracht«, gab Onkel Hal zu bedenken.

Richard fuhr herum und starrte seinen Stiefvater an. Sein bester Freund würde niemals wie ein wildes Tier wehrlose Frauen meucheln. Das war undenkbar. Morgana mußte Willis irgendwie provoziert haben, daß er ausrastete. Ihr Zeugnis bedeutete nicht mehr als sein Dolch, der am Tatort gefunden worden war.

Aus Loyalität seinem Freund gegenüber sah Richard sich gezwungen, ihn zu verteidigen. »Willis hat keinen Grund, um ...«

»Hört mir zu«, unterbrach ihn Morgana und wandte sich ihm zu. »Willis versuchte mich umzubringen, weil ich seinen Plan entdeckte, Keely zu entführen.«

Niemand sagte ein Wort. Alle Augen waren auf den Grafen gerichtet.

Richard starrte Morgana an, sah jedoch durch sie hindurch. Er war bis zum äußersten angespannt, jede Faser seines Körpers befand sich in Aufruhr, ein blinder Zorn bemächtigte sich seiner. Seine Smaragdaugen funkelten, als sich plötzlich die Teile des Rätsels zu einem Ganzen zusammenfügten. *Keely war nicht aufzufinden. Sein bester Freund hatte seine schwangere Frau entführt.*

Wortlos wandte Richard sich um und marschierte wild entschlossen zur Tür. Er würde seine Frau zurückholen, und wenn er dazu die Wachen der Königin zu Hackfleisch verarbeiten mußte, um aus Devereux House hinauszukommen.

»Haltet ihn zurück!« schrie Morgana. »Das gehört zum Plan des Barons. Willis *will,* daß die Wachen ihn töten!«

Richard war zu wütend, um sie zu hören, und riß die Tür auf.

Roger packte ihn am Armgelenk. »Wenn die Männer der Königin Euch niederstrecken, Mylord, wer wird dann Eure Frau retten?«

Richard hielt inne und blickte dem Jungen ins Gesicht. Es schien ewig zu währen, bis sein Blick sich klärte und er den Lieblingspagen seiner Frau wahrnahm. Kalte Logik begann, die blinde Wut zu verdrängen, und mit der Wut wich die Kraft aus ihm. Er sackte zusammen und nickte Roger zu, der ihn wieder losließ.

Langsam wandte Richard sich zu seinem Schwiegervater und seinem Stiefvater um. »Hat jemand eine Idee?«

Jedermann atmete erleichtert auf. Roger schloß leise die Tür und stellte sich davor, für den Fall, daß der Graf erneut außer sich geriet.

»Ich habe einen Plan«, ergriff Lady Dawn das Wort.

Ihr Mann warf ihr einen fragenden Blick zu. »Chessy, Strategie ist Männersache », warnte er sie.

Lady Dawn zog eine vollkommen geschwungene, kastanienbraunen Augenbraue hoch und fragte ihn: »Schatz, wer versteht mehr von Strategie als eine Frau, die vier Männer in den Hafen der Ehe gelotst hat?«

»Laßt sie reden«, warf Richard ein. »Ich denke, sie besitzt strategisches Geschick.«

»Vielen Dank für Euer Vertrauen«, antwortete Lady Dawn. »Wir brauchen hier weibliches Feingefühl. Die Schwierigkeit besteht darin, ohne Blutvergießen und ohne entdeckt zu werden aus dem Devereux House zu entkommen. Um dies zu erreichen, wird der Koch ein hervorragendes Abendessen für unsere Wachen zubereiten, einen herzhaften Eintopf, der großzügig mit einem einschläfernden Kraut gewürzt ist. Dann braucht Ihr Euch den Weg zu den Stallungen nicht mit dem Schwert freikämpfen, sondern könnt einfach über ein paar schnarchende Schläfer drübersteigen. Niemand wird verletzt, und später wird niemand hingerichtet, weil er einen kaltblütigen Mord begangen hat.«

»Es könnte funktionieren«, meinte Richard.

»Was sind das für Kräuter?« fragte Herzog Robert mit leicht mißtrauischem Unterton.

Lächelnd beruhigte ihn Lady Dawn. »Tally, Schatz«, gurrte sie, »bei dir würde ich dies niemals tun. Aber meinem zweiten Ehemann — er war ein solch schrecklicher Trunkenbold — reichte ich diese Kräuter ab und zu, wann immer er zu betrunken war.«

Ein anerkennendes Lächeln umspielte Richards Mundwinkel. »Nun denn, Herzogin, wir werden Euren Plan befolgen.« An Roger gewandt, fuhr er fort: »Begleite Jennings in die Küche und iß dort. Wenn du fertig bist, gehst du zu den Stallungen und sattelst zwei Pferde. Ich will, daß sie bereit sind, wenn ich fertig bin.«

Roger grinste von einem Ohr zum anderen und salutierte seinem großen Vorbild. Dann folgte er dem Majordomus aus dem Arbeitszimmer hinaus.

Als nächstes wandte Richard sich an Lady Dawn und seinen Stiefvater. »Herzogin, Ihr überwacht bitte die Zubereitung dieses Eintopfs. Onkel Hal, Ihr kehrt an den Hof zurück. Wenn Dudley entdeckt, daß ich aus meinem Käfig geflohen bin, wird er meinen Kopf verlangen. Ich brauche Euch dort, damit Ihr Burghley helft, Elisabeth zu beruhigen.«

Lady Dawn und Onkel Hal brachen zusammen auf.

Richard ging hinüber zu Herzog Robert und Morgana. Sanft hob er Morganas Kinn und betrachtete ihren schrecklich malträtierten Hals.

»Ihr sollt nie wieder Angst vor Willis Smythe haben müssen«, versprach er ihr.

»Es ist meine Schuld, daß meine Schwester und Ihr in Gefahr seid«, antwortete Morgana schluchzend.

Daß sie den Ausdruck *meine Schwester* gebrauchte, überraschte beide Männer. Sie hatten noch nie gehört, daß sie Keely als ihre Schwester bezeichnete, sie nannte sie stets nur *Bastard*.

»Nimm die Schuld für Smythes Missetaten nicht auf dich«, warf Herzog Robert ein.

»Willis hat auch dich bedroht«, ließ Morgana ihren Vater wissen. Mit tränenüberströmtem Gesicht fügte sie hinzu: »Ich weiß Bescheid über Keelys Mutter und dich.«

»Was weißt du?« fragte er sie verwirrt.

»Ich lasse euch allein«, verabschiedete sich Richard. Dies schien nur Vater und Tochter etwas anzugehen.

»Bleibt hier«, rief Morgana ihn zurück. »Das hier betrifft auch Euch und Eure Frau.«

Richard sah den Kummer im Gesicht seiner Schwägerin, und trotz der Steine, die sie ihm und seiner Frau in den Weg geworfen hatte, tat sie ihm leid. Verwöhnt und verzogen wie Morgana war, war sie bei weitem nicht so hart im Nehmen wie seine Frau und kam offensichtlich nicht mit den Belastungen zurecht, die das Leben mit sich bringt.

»Ich weiß, daß Keely ehelich geboren ist«, erklärte Morgana. »Henry und ich sind die wahren Talbot-Bastarde.«

Ihre einfache Erklärung traf die beiden Männer wie ein Blitz aus heiterem Himmel. Herzog Robert wurde aschfahl und trat einen Schritt zurück. Richard starrte sie mit offenem Mund an, als wäre ihr plötzlich ein zweiter Kopf gewachsen.

»Ich fand Eure Heiratsurkunde in der Talbotschen Familienbibel«, fuhr sie fort. »In meinem Unglück zeigte ich sie Willis, der mir schwor, sie zu vernichten. Er hat mich belogen. Bei unserer Auseinandersetzung heute sagte er mir, er wolle zwei Vermögen. Sobald die Wachen Richard getötet hätten, wolle er Keely heiraten und dafür sorgen, daß du, Papa, einen Unfall erleidest. Willis wollte die Vermögen der Devereux' und der Talbots an sich reißen.«

»Es tut mir leid, daß du verletzt worden bist«, antwortete Herzog Robert und umarmte sie. Er küßte sie auf die Stirn und erklärte: »Du warst sehr tapfer, mein goldener Engel. Nun geh nach oben und ruhe dich aus. Sage niemandem davon ein Wort, nicht einmal Henry.«

Als die Tür hinter Morgana ins Schloß fiel, musterte Richard seinen Schwiegervater kalt. »Was ist mit dem Kummer, den meine Frau erdulden mußte? Keely litt ihr ganzes Leben unter der Schande, als Bastard geboren zu sein.«

»Aye, ich verdiene Euren Zorn«, antwortete Herzog Robert und hob die Hand zum Zeichen der Versöhnung. »Bis zu dem Tag, als Keely vor mich trat, ahnte ich nichts von ihrer Existenz. Mein Vater erzählte mit vor achtzehn Jahren, Megan wäre bei der Fehlgeburt eines Babys gestorben, und ich glaubte ihm. Gott im Himmel, hätte ich am Wort meines Vaters zweifeln sollen? Als ich hörte, Megan sei tot, war ich am Boden zerstört. Nichts war mir mehr wichtig. Ganz gehorsamer Sohn, heiratete ich die Frau, die mein Vater ursprünglich für mich ausgewählt hatte — Letitia Morgan — und zeugte den notwendigen Erben. Den Rest meiner Geschichte kennt Ihr.«

»Keely trat vor sieben Monaten in Euer Leben«, erinnerte ihn Richard, den der offensichtliche Schmerz des Herzogs nicht rührte. Seine Stimme war dabei kälter als der bitterkalte Nordwind im Winter. »Meine Frau hat es verdient, von ihrer ehelichen Geburt zu erfahren. Nein, es war lebensnotwendig für sie. Gott im Himmel! Das Leben in diesem walisischen Drachennest hat sie tiefer verwundet, als es den Anschein hat. Ihr habt sie am Hofe gesehen. Die ganze Zeit dort ließ sie den Kopf so tief hängen, als sei sie die niedrigste, unwürdigste Frau Englands. Wie könnt Ihr es wagen, Ihr diesen Trost vorzuenthalten?« Verachtung trat an die Stelle seines Zorns, als er hinzufügte: *»Was für ein Mensch seid Ihr eigentlich?«*

»Ich bin ein einfacher Mensch, der *alle* seine Kinder liebt«, antwortete Herzog Robert mit belegter Stimme. »Als Keely in mein Leben trat, schwor ich, alles zu tun, was in meiner Macht steht — sie anerkennen und ihr einen Mann zu suchen, der sie liebt. *Was ich getan habe.* Doch ich brachte es nicht übers Herz, meinen einzigen Sohn einen Bastard zu nennen.« Er blickte Richard mit feuchten Augen an und fragte ihn mit stockender Stimme: »Sagt mir, Basildon, wie kann ein Mann entscheiden, welches seiner Kinder er zerstören soll?«

In den Augen seines Schwiegervaters, die so sehr den veilchenblauen Augen seiner Frau glichen, konnte Richard den unsäglichen Schmerz lesen, den jener erduldete. Er legte dem älteren Mann tröstend eine Hand auf die Schulter. »Auch wenn Henry und Morgana nichts für Euren Fehler können, müßt Ihr Keely die Wahrheit sagen.«

»Aye, die Stunde der Wahrheit ist gekommen«, stimmte Herzog Robert zu. »Mein Land und mein Vermögen stehen rechtmäßig Keely zu und mittelbar dem Kind, das sie unter dem Herzen trägt.«

»Es geht nicht um Euren Besitz«, erklärte Richard und schüttelte den Kopf. Es war erstaunlich, wie wenig der Herzog verstand. »Meine Frau wünscht sich einen Ort, an dem man sie liebt, ein Zuhause, wo sie hingehört.«

»Und was wollt *Ihr?*« hakte Herzog Robert nach. »Was,

wenn Keely entscheidet, ihre legitime Geburt solle ein Familiengeheimnis bleiben? Was werdet Ihr dann tun?«

»Nichts.«

Herzog Robert warf ihm einen skeptischen Blick zu. »Als Ehemann meiner Tochter habt Ihr das Recht, bei der Königin ihr Erbe einzufordern. Ich würde nichts dagegen unternehmen.«

»Euer Gnaden, ich bin der reichste Mann Englands«, erinnerte Richard ihn. »Hätte ich es auf Euren Besitz abgesehen, hätte ich Henry einen Antrag gemacht.«

Bei dieser Bemerkung mußte der Herzog schmunzeln.

»Ich heiratete einen bettelarmen, walisischen Bastard« — Richard lächelte, als ihm die Tiefe seiner Gefühle bewußt wurde —, *»weil ich ihn liebe.«*

Die Sonne versank in einem Flammenmeer, und die Dämmerung ging in den Abend über. Eine Stunde nach dem Abendessen lugten zwei schwarz gekleidete Gestalten hinter der Tür hervor, die hinaus in den Hof führte. Der Graf von Basildon und der Herzog von Ludlow stiegen über die schnarchenden Wachsoldaten der Königin hinweg und machten sich auf den Weg zu den Stallungen.

»Ich möchte nicht in ihren Stiefeln stecken, wenn Dudley merkt, daß ich entwischt bin«, flüsterte Richard.

»Jeder Mann hat eben sein Kreuz zu tragen«, antwortete der Herzog von Ludlow. »Ihr Pech also, daß dies das ihre ist.«

Mit einem breiten Grinsen empfing Roger den Grafen und den Herzog. »Ich reite mit Euch«, kündigte der Junge an und deutete auf die drei gesattelten Pferde.

»Auf keinen Fall«, erklärte ihm Richard.

»Ich kann Euch helfen«, entgegnete der Junge. »Ich habe Lady Morgana vom sicheren Tod gerettet.«

»Nein.«

Roger weigerte sich aufzugeben. »Ich stehe in der Schuld von Lady Devereux und kann es nicht riskieren, meine Geschäftspartnerin zu verlieren.«

Richard sah ihn an und hob eine Augenbraue. Glaubte

dieser Junge etwa, er könne nicht um seine Frau kämpfen? Er sollte dem Lümmel die Ohren langziehen!

»Eure Frau streckte mir das Geld vor, das ich brauchte, um in die Levantinische Handelsgesellschaft zu investieren«, erklärte Roger. »Das ist eine lange Geschichte. Ich werde sie erzählen, sobald wir unterwegs sind.«

Richard legte dem Jungen die Hand auf die Schulter. »Ich schätze es sehr, wie loyal du bist. Aber wenn dir auch nur das Geringste zustieße, würde dein Vater meinen Kopf verlangen. Außerdem, wer sollte Lady Dawn und Lady Morgana in unserer Abwesenheit beschützen?«

Angewidert schüttelte Roger die Hand des Grafen ab. »Bei allem Respekt, was Ihr soeben gesagt habt, war herablassender Kuhmist.«

Herzog Robert schmunzelte über die Unverfrorenheit des Jungen.

Richard runzelte die Stirn. Der Junge sagte die Wahrheit.

»Laß den Kleinen mit uns reiten«, mischte Herzog Robert sich ein.

Richard fuhr herum. »Habt ihr denn jetzt beide den Verstand verloren?«

»Er folgt uns ohnehin, wenn wir ihn zurücklassen«, entgegnete der Herzog. »Stimmt's, Junge?«

Roger nickte grinsend.

»In diesem Fall ist der Junge sicherer, wenn er mit uns reitet«, führte der Herzog aus.

»Wenn es zu einem Kampf kommt, reitest du nach Schloß Ludlow«, wies Richard den Jungen an. »Verstehst du?«

Roger nickte. »Wie gedenkt Ihr den Baron zu töten?« fragte er aufgeregt.

»Sehr langsam«, antwortete Richard. »Und mit großem Vergnügen.«

Der Graf von Basildon, der Herzog von Ludlow und der Page der Königin stiegen auf ihre Pferde und ritten nach Westen, nach Shropshire.

Neunzehntes Kapitel

Wo, im Namen der Muttergöttin, ist Richard? fragte sich Keely, während sie aus dem Fenster im ersten Stock der Smythe Priorei blickte. Die untergehende Sonne hatte den westlichen Horizont in ein Flammenmeer getaucht, doch Keely schenkte diesem herrlichen Schauspiel keine Beachtung.

Ihr Ehemann war verschwunden.

So schnell, wie man auf dem Fluß vorankam, hätte Richard schon längst hier sein und auf sie warten müssen. War er vom Cradle-Turm in den Tod gestürzt? Nein — sie hätte es gespürt, wenn er zum Großen Abenteuer angetreten wäre. Oder war er gefangen und wieder in den Tower gesperrt worden? Nur die große Muttergöttin kannte die Antwort.

Keely holte aus ihrer Tasche den Stoffbeutel und leerte die Steine aus. Sie wählte einen weißen Achat, um ihr spirituell den Weg zu weisen, und acht violette Berylle, um Unglück zu verhindern. Dann zog sie ihre goldene Sichel aus der Tasche.

Damit ging sie in die Mitte des Raums und legte einen Kreis. Nur einen Achat, einen Beryll und die goldene Sichel behielt sie in der Hand. Sie betrat den Kreis von Westen, schloß ihn mit dem letzten Beryll und sprach die Worte: »Störende Gedanken bleiben draußen.«

Daraufhin umrundete sie den Kreis im Uhrzeigersinn und schloß ihn mit der goldenen Sichel. Dann ging sie in die Mitte des Kreises und sank auf die Knie, die Augen nach Westen gerichtet.

»Die Alten sind hier, sie warten ab und sehen zu«, flüsterte Keely, die Hand am Drachenanhänger, der die Liebe ihrer Mutter barg. »Geist, der mich auf meiner Reise geleitet, hilf mir, die Sprache der Bäume zu verstehen. Geist meiner Ahnen, hilf mir, die Sprache des Windes zu verstehen. Geist meines Stammes, hilf mir, die Sprache der Wolken zu verstehen. Öffnet mein Herz, damit ich über den Horizont hinaussehe.«

Lange Zeit geschah nichts, doch plötzlich tauchten Bilder vor ihrem geistigen Auge auf ...

Brodelnde Nebelschwaden, die den Blick auf einen Zauberkreis freigaben ... Ein rothaariger Kesselflicker, das Symbol eines Weißmagiers, der in einen tödlichen Kampf mit einen schwarzen Drachen, das Symbol des Bösen, verstrickt war ... Und plötzlich hob der Kesselflicker sein Schwert und tötete — gegen alle Wahrscheinlichkeit — den Drachen und damit das Böse ... Langsam drehte sich der Kesselflicker um und rief: »Keely, wo bist du?«

Das Bild löste sich auf und machte der Wirklichkeit Platz. Tatsächlich war eine Stimme zu hören, die rief: »Keely? Seid Ihr krank?«

Keely blickte über die Schulter und war einen kurzen Augenblick lang verwirrt, den Baron dort zu sehen. »Bleibt, wo Ihr seid«, befahl sie und hob warnend die Hand. »Es ist verboten, den Bannkreis zu brechen.«

Willis Smythe sah sie fragend an und stellte ein Tablett mit dem Abendessen auf einen Tisch nahe am Kamin. Mit vor der Brust verschränkten Armen beobachtete er sie.

Keely flüsterte der Göttin ihren Dank und hob den Bannkreis auf. Sie versuchte es möglichst lange hinauszuschieben, den Baron anzusehen, deshalb ließ sie sich Zeit mit dem Einsammeln der Steine.

Schließlich ließ es sich nicht länger vermeiden. Nervös lächelnd wandte sich Keely dem Baron zu. Die schwarze Wolke über seinem Haupt schien unheilvoller als je zuvor. In der Priorei lauerte der Tod und wartete auf den Augenblick, da er hervortreten und einfordern konnte, was ihm zustand.

»Was tatet Ihr da?« fragte Willis.

»Ich betete für die sichere Ankunft meines Gatten«, antwortete Keely.

»In einem Steinkreis? Seid Ihr eine Hexe?«

»So etwas Ähnliches«, entgegnete Keely mit einem zweideutigen Lächeln. Noch so ein Einfaltspinsel, dachte sie, der oberflächlich vor sich hin lebt, ohne die geringste Ahnung von der Welt der Spiritualität. Bei den heiligen Steinen, England war voll von diesen Hohlköpfen!

Willis erwiderte ihr Lächeln. Sie ist genauso dumm wie ihre Schwester, dachte er. Es würde ein leichtes sein, ihr seinen Willen aufzuzwingen.

Der Baron trat ans Fenster und schaute hinauf zum Nachthimmel. Sein Blick blieb an den altmodischen Fensterläden hängen. Er wandte sich um und meinte: »Ich sollte die Priorei modernisieren lassen. Eine meiner Töchter kann sie als Mitgift haben.«

»Gedenkt Ihr zu heiraten?« fragte Keely überrascht.

»In allernächster Zukunft«, grinste Willis. »Ich gedenke, ein Dutzend kleiner, dunkelhaariger Smythes zu zeugen.«

Dunkelhaarige Smythes.

Keely runzelte die Stirn. Irgendwie kamen ihr diese Worte vertraut vor. Dunkelhaarige Smythes ... dunkle Smythes ... dunkler Schmied!

»*Hüte dich vor dem dunklen Schmied.*« Megans warnende Prophezeiung fiel ihr schlagartig wieder ein.

»Was habt Ihr Richard angetan?« fragte ihn Keely, ohne an die Folgen dieser Frage zu denken.

»Vielleicht seid Ihr doch nicht so dumm, wie ich dachte«, entgegnete Willis. »Ich erwarte jeden Augenblick die Nachricht von Richards Tod durch die Hand der königlichen Wachen. Gleich darauf wird uns der Dorfgeistliche vermählen.«

Keely hatte das Gefühl, die Erde bewege sich unter ihren Füßen. Sie faßte sich an ihren Bauch und versuchte gleichzeitig, sich am Tisch festzuhalten.

»Seid Ihr krank?« fragte Willis erschrocken und eilte an ihre Seite. Wenn ihr oder dem Baby etwas zustieß, starb sein Plan mit ihnen.

Er versuchte, sie aufzufangen. Angewidert zuckte Keely von dem Bösen zurück, das sie zu berühren trachtete. Sein besorgter Gesichtsausdruck verdüsterte sich.

»Ich gedenke, meine Erben von Euch zu bekommen«, erklärte ihr Willis. »Ihr gewöhnt Euch besser an meine Berührung.«

»Warum tut Ihr das?« fragte Keely ihn, während ihr die Angst den Hals abzuschnüren begann. »Ihr seid doch Richards Freund.«

»Es schmerzt mich, meinen besten Freund betrügen zu müssen, doch ich werde diese Schuldgefühle überleben. Das Gewicht zweier Vermögen lastet auf Euren zarten Schultern. Wer immer Euch besitzt, ist Herr über einen unglaublichen Schatz, größer als der unserer Königin.«

»Ich verstehe Euch nicht.«

»Als Stiefvater von Richards Erben werde ich Herr über das Vermögen der Devereux'«, erklärte ihr Willis. »Und sobald Euer Vater tot ist, gehört Euch der gesamte Besitz der Talbots.«

»Ihr könnt unmöglich durch mich an das Vermögen der Talbots kommen«, entgegnete Keely. »Henry ist der Erbe des Herzogs.«

»Pech für Henry, aber Bastarde können nicht erben.«

»Was meint Ihr damit?« fragte ihn Keely verwirrt.

Willis lächelte. »Morgana und Henry sind die wahren Bastarde.«

Diese Enthüllung verblüffte Keely. »Wollt Ihr damit sagen, ich sei ehelich geboren?«

»Genau.«

Keely schüttelte ungläubig den Kopf. »Meine Mutter hätte mir das gesagt«, entgegnete sie.

»Hat sie etwas anderes gesagt?«

Keely sah zur Seite. Megan hatte nie gesagt, daß sie unehelich geboren worden war. Im Gegenteil, ihre Mutter riet ihr stets, Madocs bitteren Worten kein Gehör zu schenken. Baron Lloyd, meinte sie, würde die Wahrheit nicht sehen, und wenn er drüber stolperte.

»Nun, was sagte sie?« beharrte Willis.

Obwohl es ihr schwerfiel, blickte Keely ihm direkt in die Augen. »Seine Gnaden hätte es erwähnt.«

Willis lachte, daß Keely ein eiskalter Schauder den Rücken hinunter lief. »Glaubt Ihr tatsächlich, der Herzog von Ludlow würde seinen einzigen Sohn einen Bastard heißen? Das denke ich nicht, Schatz.«

»Worte beweisen nichts«, sagte Keely. »Eure Lügen weise ich von mir.«

»Weist von Euch, was Ihr wollt«, antwortete Willis und faßte in sein Wams. Er zog ein vergilbtes Pergament hervor und hob es hoch. »Hier halte ich den Beweis für Eure eheliche Geburt in der Hand.«

Keely starrte das Pergament an und nagte an ihrer Unterlippe. Konnte es stimmen? Hatten ihre Eltern sie im falschen Glauben gelassen?

»Kann ich es sehen?« fragte sie.

Willis reichte es ihr.

Mit zitternden Händen faltete Keely das Pergament auseinander und trat näher an das Kaminfeuer, um es besser lesen zu können. Die Augen wurden ihr feucht, als sie entzifferte, was sie in Händen hielt.

Sie war ehelich geboren. Sie hatte ein *Zuhause.*

Und dann sah sie Henrys hübsches Gesicht vor sich. Ihr geliebter Bruder würde nun diese Last schultern müssen. Sie hatte ihr ganzes Leben mit dem Stigma ihrer unehelichen Geburt gelebt, aber niemals würde sie ihre Bürde erleichtern können, indem sie diese auf die Schultern ihres Bruders lud.

Keely wußte, was sie zu tun hatte. Blitzschnell hielt sie den Beweis ihrer legitimen Abstammung in die Flammen des Kaminfeuers, wobei nicht nur das Pergament verbrannte, sondern auch ihre Fingerspitzen.

»Nein!« schrie Willis und sprang auf sie zu, um ihre Hand zurückzuhalten.

Zu spät. Sein Traum vom Reichtum ging in Rauch auf.

Keely hielt ihre verbrannte Hand an die Brust und rannte zum offenen Fenster. Mit aller Kraft rief sie: »Hilfe, helft mir!«

Willis war nur einen Schritt hinter ihr und schlug sie hart. Er packte sie an den Armen und schüttelte sie heftig.

»Mein Baby«, rief Keely.

Einen wütenden Fluch auf den Lippen, stieß Willis sie von sich. Keely sank auf die Knie. Während sie mit der verbrannten Hand ihren Bauch umklammerte, hielt sie sich mit der anderen Hand am Fenstersims fest.

»Das ändert nichts«, knurrte Willis und starrte sie finster an. »Richard ist tot oder wird es bald sein. Ihr werdet Eure legitime Abstammung einklagen, sobald wir verheiratet sind, und Euer Vater wird Euch keinen Stein in den Weg legen.«

Willis kniete sich neben sie. Er packte sie am Hals und zog ihr Gesicht an seines. »Ihr tut, was ich sage, oder dieser Fratz, den Ihr unter dem Herzen tragt, dient den Würmern als Nahrung. Habe ich mich klar genug ausgedrückt? *Habe ich das?*«

Keely brachte kein Wort über die Lippen, sie konnte nur nicken.

Willis ließ sie los und stand auf. Er musterte sie eindringlich. Schließlich verließ er das Zimmer und verschloß die Tür hinter sich.

»Mutter, hilf mir!« stöhnte Keely und berührte ihren Drachenanhänger.

Sie blickte auf ihre verletzte Hand, und beim Anblick ihres verbrannten Fleisches mußte sie würgen. Langsam fand sie ihre Fassung wieder und setzte sich in den Sessel vor dem offenen Kamin.

Ihre vor Schmerz pochenden Fingerspitzen taten ihr weniger weh als das Herz, das ihr vor Kummer zu zerspringen drohte. Würde ihr Mann den Tod finden? Würde das Leben ihres Bruders zerstört werden? Ohne ihre Mithilfe würde der Plan des Barons sich ebenso in Rauch auflösen, wie es der Beweis ihrer ehelichen Geburt getan hatte. Wenn sie sich umbrachte, hatte ihr Bruder eine Zukunft, und ihr Mann — falls er noch lebte — würde ein Frau finden, die besser zu ihm paßte.

Doch Keely konnte es nicht tun. Vom Fenster in den Tod zu springen würde auch bedeuten, ihr unschuldiges Baby zu töten.

Und dann fiel Keely wieder das Versprechen der Göttin ein: *Eines Tages, wenn der blaue Mond am Himmel steht. Für immer, wenn Liebende über das Feuer springen.*

Der rothaarige Kesselflicker aus ihrer Vision würde den schwarzen Drachen töten ...

Westlich der Smythe Priorei wuchs eine dichte Hecke zwischen dem Haus und den Wäldern ringsum. Hinter diesen Sträuchern hielten sich drei Gestalten verborgen und starrten hinauf zum Fenster im ersten Stock, wo der Baron Keely gefangenhielt.

»Er hat sie geschlagen!« flüsterte Henry und sprang hoch. Zwei Paar kräftige Hände zogen ihn links und rechts wieder auf den Boden.

»Willst du sterben?« zischelte ihn Odo wütend an.

»Niemand schlägt meine Schwester und überlebt es«, verkündete Henry mit der Entschiedenheit, wie sie nur einem heranwachsenden Marquis zu Gebote steht.

»Der Baron hat sie geschlagen, und dafür soll er sterben«, stimmte Hew dem Jungen zu. »Ich hab es auch gesehen.«

»Bin ich denn blind?« fuhr Odo ihn an und langte um den jungen Marquis herum, um seinem Bruder einen Klaps zu versetzen. »Smythe wird dafür büßen, daß er Hand an unser kleines Mädchen gelegt hat, aber wir dürfen nichts übereilen. Sie muß zuerst in Sicherheit sein.«

»Wie bekommen wir sie da raus?« fragte Henry.

»Mylord, Ihr werdet bald ein Held sein«, erklärte ihm Odo. »Hew steigt auf meine Schultern, und Ihr klettert dann auf ihn und zieht Euch hoch aufs Dach und . . .«

»Das ist unmöglich«, warf Henry ein. »Ich kann nicht so hoch langen.«

»Dann wird Hew dir einen Schubs geben. Wir fangen dich auf, wenn du das Gleichgewicht verlierst, nicht wahr, Bruder?«

Hew nickte.

»Binde das Seil um den Kamin, der dem Zimmer am nächsten ist. Mache den Knoten so fest es geht, bevor du dich zu ihrem Fenster abseilst«, wies Odo den Jungen an. »Wir holen sie aus dem Fenster. Und ohne daß der Baron auch nur das Geringste merkt, sind wir auf und davon.«

Henry blickte hinüber zu der Priorei und lächelte. »Ich bin dabei.«

»Wenn du drinnen bist, darfst du sie auf keinen Fall erschrecken«, fügte Odo hinzu.

»Sonst schreit sie«, warnte Hew ihn.

Inzwischen saß Keely in dem Sessel vor dem offenen Kamin. Die verbrannten Finger und ihr Kummer waren zuviel; Tränen flossen ihr über die Wangen, und ihr Magen revoltierte. Um sich wieder zu beruhigen, schloß Keely die Augen und versuchte, an etwas Schönes zu denken. An ihre geliebten Wälder im Frühlingskleid, die Geburt ihrer Tochter, das umwerfende Lächeln ihres Mannes.

Plötzlich packte sie jemand von hinten und hielt ihr den Mund zu. »Ich bin's, Henry«, flüsterte eine bekannte Stimme. Als sie sich entspannte, ließ Henry sie los.

Keely sprang hoch und wandte sich ihm zu. »Der Göttin sei Dank«, rief sie. »Aber wie bist du hierhergekommen?«

»Auf den Schwingen brüderlicher Liebe«, lachte er verschmitzt.

Keely hob eine Augenbraue.

»Odo und Hew warten unten«, erklärte ihr Henry und deutete auf das offene Fenster.

Keely folgte seinem Blick und sah das Seil, das vor dem Fenster baumelte. »Ist es sicher?«

»Sicherheit ist so eine Sache«, antwortete Henry. »Wäre es dir lieber, in Gesellschaft des Barons zu bleiben?«

»Nein.« Keely hob ihren Beutel auf und eilte ans Fenster. Henry faßte nach dem Seil.

»Warte.« Keely legte den Kopf zu Seite wie ein Reh, das eine Gefahr wittert.

Draußen auf dem Gang näherten sich laute Schritte.

»Unters Bett«, flüsterte Keely und schloß die Läden, um das Seil zu verbergen.

Während ihr Bruder unter das Bett kroch, schlich Keely auf Zehenspitzen zu dem Sessel vor dem Feuer. Ihr Herz schlug wie wild, aber sie zwang sich, gelassen dreinzublikken. Als die Schlüssel klirrten und die Tür aufgesperrt wurde, mußte Keely an sich halten, daß sie sich nicht umdrehte und sich vergewisserte, ob Henry gut versteckt war. Sie gewann diese Schlacht, allerdings um den Preis ihrer mühsam aufgesetzten Gelassenheit. Sie zitterte, und ihr Magen revoltierte erneut.

Langsam ging die Tür auf. Der Baron kam zu ihr, eine Schüssel Wasser in Händen.

Willis setzte die Schüssel auf dem Tisch ab und befahl ihr: »Halte die Finger hinein.«

Keely tauchte ihre Hand in das Wasser. Allmählich ließ der pochende Schmerz nach. Unter langen Wimpern hervor warf sie einen Blick auf ihren Gefängniswärter.

Willis legte eine dicke Scheibe Käse auf ein Stück Brot und reichte es ihr. »Eßt dies, oder ich zwinge Euch dazu.«

Keely tat wie geheißen.

Der Baron nahm ihre Hand und untersuchte die Finger. »Haltet die Hand hoch«, befahl er ihr und begann, ihre Brandwunden mit den Leinenstreifen zu verbinden, die über seinem Unterarm hingen.

»Warum tut Ihr das?« fragte ihn Keely, als hoffe sie, seine Reue könne ihn retten. Schließlich stand der Mann an der Schwelle des Todes, und wenn er nicht bereute, würde er für seine Missetaten ewig in der Hölle schmoren.

»Ihr seid nichts wert, wenn Ihr krank werdet und sterbt«, erklärte ihr Willis kalt, bevor er das Zimmer verließ und die Tür hinter sich zusperrte.

Keely saß mucksmäuschenstill und lauschte den Schritten des Barons, der den Gang entlang ging. Als es sicher schien, sprang sie aus ihrem Sessel und lief zum Fenster.

Henry kroch unter dem Bett hervor. »Was ist mit deiner Hand los?« fragte er, den Blick auf ihren Verband geheftet.

»Ich habe mir die Finger verbrannt.«

»Wie ist das passiert?«

»Ich habe sie ins Feuer gehalten.«

»Aber warum?« Henry starrte sie entsetzt an.

Keely schwor sich, ihrem ritterlichen jungen Bruder niemals die Wahrheit zu verraten. Da ihr kein einleuchtender Grund einfiel, den sie hätte anführen können, nahm sie zu einer Gegenfrage Zuflucht.

»Ist das hier eine Plauderstunde?« schoß sie zurück. »Oder hattest du die Absicht, mich zu retten? Falls dies der Fall ist, sollten wir uns besser beeilen, denn der Baron kann jeden Augenblick zurückkommen.«

Henry warf ihr einen abschätzenden Blick zu, bevor er die Fensterläden öffnete. »Gib mir die Tasche«, bot er ihr an. »Ich trage sie.«

Keely reichte ihm die Tasche. Dann zögerte sie. Offensichtlich hatte sie entsetzliche Angst.

»Es ist genauso wie damals, als du von der Eibe des Grafen gesprungen bist«, versuchte Henry ihr Mut zu machen und gab ihr das Seil. »Halte das Seil fest und bleib mit den Füßen an der Mauer, damit du die Balance nicht verlierst. Schrei nicht, wenn du ausrutschst. Odo und Hew fangen dich auf.«

»Das ist leichter gesagt als getan«, entgegnete Keely.

Henry half ihr auf das Sims und hielt sie fest, bis sie in der richtigen Position war, um sich abzuseilen. Beinahe hätte er über das entsetzte Gesicht laut losgelacht, das sie machte, während sie sich langsam nach unten zu ihren mit offenen Armen wartenden Cousins tastete. Dann folgte er ihr.

»Ist alles in Ordnung, kleines Mädchen?« flüsterte Odo und nahm sie in die Arme.

Keely nickte und umarmte dann Hew und Henry.

So lautlos wie möglich verschwanden die vier in den Wald, der hinter der Priorei begann und ihnen Schutz vor neugierigen Blicken bot. Unter den Bäumen warteten drei Pferde auf sie.

»Keely kann bei mir mitreiten«, erklärte Hew.

»Nein, ich nehme das Mädchen mit«, ließ Odo seinen Bruder wissen.

»Keely ist meine Schwester«, erinnerte Henry sie.

»Sie ist nur deine *Halbschwester*«, wandte Hew ein, »doch unsere *Vollcousine*.«

Henry fiel die Kinnlade nach unten. Dieser walisische Riese war wirklich unglaublich dumm. Odo versetzte seinem Bruder einen Klaps auf den Hinterkopf.

Zu diesem Zeitpunkt konnte Keely nirgendwo mehr hinreiten. Ihre Schwangerschaft und die schmerzenden Finger machten eine schnelle Flucht unmöglich. Ihr Kopf drehte sich. Sie fiel auf die Knie, es würgte sie, während ihre Retter sich neben sie knieten, sie hielten und sie trösteten.

»Der Ritt nach London wird mein Baby umbringen«, erklärte Keely mit tränenfeuchten Augen. »Versteckt mich irgendwo, während ihr zurückreitet und den Namen meines Mannes von aller Schuld reinwascht.«

»Wir bringen dich nach Hause zu Rhys«, verkündete Odo.

»Mein Mann . . .«

»... wird uns die Schuld geben, wenn dir auch nur das Geringste geschieht«, unterbrach sie Hew.

»Der Hohlkopf und ich reiten nach London, sobald du sicher in Wales bist«, versprach Odo.

»Wenn ich mit dir in Wales bleibe«, bot Henry an, »kann mich dein Bruder als Geisel nehmen, bis Königin Elisabeth Richard entläßt.« Das war das aufregendste Abenteuer in seinem jungen Leben. Zu seinen langweiligen Lehrern in Schloß Ludlow zurückzukehren, schreckte ihn mehr als Willis Smythe.

Keely nickte und wollte aufstehen, aber ihre Knie gaben unter ihr nach. Mit einem leisen Aufschrei wurde sie ohnmächtig.

Odo fing Keely auf, bevor sie zu Boden fiel, und hielt sie wie ein Baby in den Armen. »Sie reitet mit mir«, erklärte er.

»Werden sie und das Baby die Reise überleben?« fragte Henry.

Odo nickte. »Auf meinem Schoß sitzt sie weich gepolstert.«

»Die viele Aufregung kostete sie Kraft«, meinte Hew. »Wenn sie sich ausruht, geht es ihr schnell wieder besser.«

Die drei stiegen auf ihre Pferde und ritten nach Westen, nach Wales. Hew und Henry ritten links und rechts von Odo. Falls Straßenräuber sie überfielen, mußten sie es zuerst mit ihnen aufnehmen, bevor sie Keely etwas antun konnten.

»Sobald wir das Mädchen in Sicherheit wissen, machen wir hier halt auf unserem Weg nach London und töten den Baron dafür, daß er Hand an sie gelegt hat«, erklärte Odo seinem Bruder.

»Klingt vernünftig«, antwortete Hew.

»Bruder, du würdest nicht erkennen, was vernünftig ist, und wenn es dich in deinen Hintern bisse.«

»Natürlich nicht«, gab Hew zurück. »Da habe ich ja keine Augen.«

Henry biß sich auf die Unterlippe, um nicht laut loszuprusten. »Ich war noch nie in Wales.«

»Das ist, als kommst du in den Himmel«, erklärte ihm Hew.

Odo musterte den nicht sonderlich beeindruckten Marquis aus den Augenwinkeln. »Die hübschesten Mädchen diesseits des Paradieses leben in Wales«, führte er aus.

»Aye«, meinte Hew und zwinkerte seinem Bruder über den Kopf des Jungen hinweg zu. »Und diese Damen lieben nichts mehr als einen Helden.«

Im Geiste rieb Henry sich bereits die Hände und setzte sich in seinem Sattel zurecht. Die Vorfreude machte sich bereits bemerkbar.

»Wisch dir besser dein edles Kinn«, neckte Odo ihn.

»Aye, du sabberst bereits«, fügte Hew hinzu.

»Nicht nur am Kinn«, gestand Henry grinsend.

Worauf die zwei Lloyd-Hünen vor Lachen schier brüllten.

»Hier ist es.« Richard brachte sein Pferd zum Stehen und deutete auf den zweistöckigen Steinbau in der Ferne.

Der Graf, der Herzog und der Page der Königin hielten im Schutz der Wälder inne und sahen hinüber zur Smythe Priorei. Das Gebäude wirkte idyllisch, ein Sinnbild verarmten Adels. Die bereits tiefer stehende Sonne warf ihre Strahlen über die Fassade der Priorei, als zupften himmlische Engel an einer Harfe aus Licht. Eine heitere Frühlingsstimmung umgab sie, doch die drei auf dem Pferderücken spürten die unsichtbare Bedrohung, die in der Luft lag.

»Welch ein unschuldiges Bild«, bemerkte Herzog Robert.

»Aye, niemand käme auf den Gedanken, daß da drinnen der Teufel selbst haust«, fügte Roger hinzu.

Statt auf die Priorei zuzugaloppieren, wie es ihn drängte, bewegte Richard sein Pferd langsam vorwärts. Der Herzog von Ludlow und der Page der Königin folgten dicht hinter ihm. Sie hielten ihre Pferde an der Ostseite der Priorei neben der Hecke an, und stiegen ab.

Richard zog sein Rapier und führte sie um die Priorei herum zur Vorderseite.

»Warte draußen«, befahl er dem Jungen.

Roger wollte protestieren, aber angesichts des grimmig entschlossenen Ausdrucks in Richards Gesicht überlegte er es sich anders.

»Ich rufe, wenn ich deine Hilfe brauche«, fügte Richard hinzu, und um den Stolz des Jungen nicht zu sehr zu knicken: »Zieh deinen Degen und halte dich bereit.«

Roger nickte ernst. Das Vertrauen des Grafen war Balsam für seine Jungenseele.

Mit dem Rapier in der Hand trat Richard auf die Tür zu. Er hätte sie einfach öffnen können, doch da er wußte, daß der Junge ihn beobachtete, entschied er sich für eine aufsehenerregendere Vorgehensweise. Er hob den Fuß und trat die Tür ein.

»Wer ist da?« rief jemand.

Richard ging in die Richtung, aus der die Stimme des Barons gekommen war, Herzog Robert folgte ihm auf den Fersen. Beide Männer blieben vor dem Eingang zum Saal der Priorei stehen, der nicht allzu groß war.

Willis saß in einem Sessel vor dem Kamin. Er erhob sich überrascht, als die beiden eintraten.

»Richard, bist du es wirklich?« begrüßte Willis ihn und versuchte zu lächeln. »Wie gelang es dir, aus dem Tower zu fliehen?«

Seine Verachtung stand ihm ins Gesicht geschrieben, als Richard ihm tief in die Augen blickte und dann, so laut er konnte, schrie: »Keely!«

Kein Ton war zu hören.

»Ich bin alleine hier«, erklärte ihm Willis und blickte ihn halb verwirrt, halb belustigt an.

»Er könnte sie eingesperrt haben«, gab Herzog Robert zu bedenken. »Ich sehe in den Schlafzimmern nach.« Mit diesen Worten rannte der Herzog die Treppe hoch, wobei er jeweils zwei Stufen auf einmal nahm.

»Was soll das?« fragte Willis und ging auf den Grafen zu.

Richard hob warnend sein Rapier. »Bleib, wo du bist.«

Willis' Lächeln erstarb. Er blieb stehen und hob beschwichtigend die Hände.

»Sie ist nicht da«, rief Herzog Robert, als er wieder die Treppe herunterkam.

Richard musterte seinen ehemaligen Freund mit zusammengekniffenen Augen, aus denen kalte Mordlust sprach.

»Hat dich deine Frau verlassen?« fragte Willis ihn, als habe er von nichts eine Ahnung. »Du glaubst doch nicht etwa, sie und ich ...«

»Das Spiel ist aus«, unterbrach Richard ihn, und seine Stimme verriet, wie wütend er war. »*Roger*!«

Mit gezogenem Degen rannte der Page der Königin in die Priorei. Der Junge schien bereit, es mit dem Teufel selbst aufzunehmen.

»Erkennst du ihn?« fragte Richard, ohne den Baron auch nur eine Sekunde aus den Augen zu lassen.

Willis starrte Roger mit unbewegter Miene an.

»Du hast Jane getötet und meinen Dolch neben ihrer Leiche liegen lassen«, erklärte Richard.

»Dann versuchtet Ihr, Morgana zu erwürgen«, fügte Herzog Robert hinzu.

»Doch sowohl die Lady als auch ich haben überlebt«, ließ Roger den Baron wissen. »Es ist Zeit, daß Ihr für Eure Verbrechen bezahlt.«

Wenn Blicke töten könnten, wäre Roger wohl auf der Stelle tot umgefallen. »Ich hätte mir die Zeit nehmen sollen, dich für immer zum Schweigen zu bringen«, fauchte Willis ihn an. »Du Bengel glaubst wohl, dich überall einmischen zu müssen.«

»Wo ist meine Frau?« beharrte Richard.

»Der verfluchte Waliser Trottel ist geflohen«, antwortete Willis verbittert. »Wenn ich verhaftet bin, dann gib mir noch fünf Minuten, um zu packen.«

Richard hob eine Augenbraue. »Ich bin nicht gekommen, um dich zu verhaften, Willis.«

Willis sah ihn verdutzt an und begann zu lächeln.

»Ich habe vor, dich zu töten«, erklärte ihm Richard.

Das Lächeln erstarb.

Richard warf dem Jungen ein Blick zu. »Roger, geh hinaus!«

»Damit ich den aufregenden Teil versäume?«

»Ich sagte, geh!«

Widerstrebend wandte Roger sich um und verließ den Saal. Damit die zwei mehr Platz für ihren Kampf hatten, wartete Herzog Robert vor dem Eingang zum Saal.

»Warum hast du das getan?« fragte Richard.

»Des Geldes wegen, natürlich.«

»Du gemeiner Hundesohn.«

»Für jemanden wie dich, dem es nie an etwas fehlte, ist es einfach«, entgegnete Willis in anklagendem Ton.

»Dir hat es auch nie an etwas gefehlt«, schoß Richard zurück. »Wo befindet sich Ludlows Heiratsurkunde?«

»Zerstört.«

»Lügner.«

»Dieses hinterhältige Biest, das du geheiratet hast, hielt die Urkunde mit der Hand ins Feuer, nur damit ich sie nicht retten konnte«, erklärte ihm Willis.

»Du meinst tatsächlich, ich nehme dir das ab? Daß meine Frau den Beweis für ihre eheliche Geburt vernichtet hat?«

»Es ist die Wahrheit. Und da dieses Dokument vernichtet ist, brauchen wir beide nicht gegenseitig unser Blut zu vergießen.«

»Da wären noch ein paar Kleinigkeiten, Entführung und Mord, die der Klärung bedürfen«, wandte Richard sarkastisch ein. »Habe ich dich nicht gewarnt, die Finger von meiner Frau zu lassen? Deine letzte Stunde hat geschlagen, Baron. Bete für deinen Seelenfrieden.«

»Willst du einen unbewaffneten Mann niederstechen?«

»Zieh dein Schwert, Baron.«

Richard und Willis standen einander ebenbürtig gegenüber. Sie griffen einander an und parierten die Angriffe, aber keinem gelang es, einen Vorteil zu erringen. Der Baron war kräftiger und schwerer, doch Richard besaß die Behendigkeit eines Raubtiers. Innerhalb weniger Minuten war der Saal in ein Trümmerfeld aus umgeworfenen Tischen und zerlegten Stühlen verwandelt.

Willis paßte einen Moment nicht auf und fiel unerwartet über einen am Boden liegenden Stuhl. Dabei entglitt ihm sein Schwert. Richard stieß seine Klinge nach vorne, der Baron rollte nach rechts, sprang auf die Füße und zog seinen Dolch.

Richard zog ebenfalls seinen Dolch und warf das Rapier zu seinem Schwiegervater.

»Interessantes Stück«, bemerkte Willis, als sie einander umkreisten.

»Es ist ein schottischer Dolch, ein Geschenk meines Schwagers«, erwiderte Richard kalt lächelnd.

»Durch einen Dolchstoß zu sterben, ist so intim«, bemerkte Willis. »Ein passendes Ende für eine Freundschaft.«

Im nächsten Augenblick sprang Willis auf Richard zu und zog ihm die Klinge über die Wange. Das erste Blut floß. Willis wich schnell zurück, um keinen Gegenstoß einzufangen.

Wieder und wieder gerieten Richard und Willis aneinander und trennten sich. Nur ihr gelegentliches Aufstöhnen und der metallische Klang der Dolche unterbrach die Stille im Saal.

Willis wollte mehr Blut sehen und begab sich in die Reichweite seines Freundes. Richard versuchte ihn zu treffen, doch er verfehlte ihn, worauf Willis sich rasch zurückzog.

Richard setzte ihm nach. Darauf hatte Willis nur gewartet. Er stellte ihm ein Bein, und Richard ging zu Boden. Einen Augenblick später war der Baron über ihm. Seine todbringende Klinge war nah an seiner Kehle, aber er schaffte es, den Baron am Handgelenk zu fassen und den Dolch in sicherem Abstand zu halten.

Richard kämpfte mit aller Kraft. Er schlug dem Baron mit dem Knie zwischen die Beine.

Willis stöhnte auf und fiel zurück. Richards Dolch blitzte auf, als er ihn in die Brust des Barons trieb. Behende rollte Richard nach links und sprang auf die Beine, um einen Gegenangriff abwehren zu können.

Willis Smythe war zu keinem Gegenangriff mehr fähig.

Richard kniete sich neben seinen toten Freund nieder und schloß ihm sanft die Augen.

»Gott sei deiner Seele gnädig«, flüsterte er mit erstickter Stimme.

Eine kräftige Hand legte sich auf seine Schulter.

Richard blickte mit tränenfeuchten Augen seinen Schwiegervater an und erklärte: »Ich liebte ihn einst wie einen Bruder.«

»Von einem Freund verraten zu werden, bricht einem stets das Herz«, antwortete Herzog Robert. »Nur die Zeit heilt diesen Schmerz.«

»Habt Ihr gehört, was er über diese Heiratsurkunde sagte?« fragte Richard und fuhr sich mit dem Ärmel über die Augen und die blutige Wange.

Herzog Robert nickte.

Langsam und erschöpft stand Richard auf und ließ den Blick durch den Saal schweifen. »Keely!« rief er. »Wo bist du?« Seine Stimme offenbarte seine tiefe Verzweiflung.

»Wir werden sie finden«, versprach der Herzog und legte ihm tröstend die Hand auf die Schulter.

»Mylords, Lady Keely floh nicht allein!« rief Roger, als er in den Saal stürzte. »Jemand half ihr bei der Flucht! Ein Seil baumelt an der Westseite der Priorei.«

»Ihre Cousins?« Richard warf seinem Schwiegervater einen fragenden Blick zu.

Der Herzog nickte. »Henry war wahrscheinlich auch dabei.«

»Dudley wird mich aufs Schafott schicken, wenn ich jetzt nach London zurückkehre«, erklärte Richard.

»Dann bleiben wir hier«, antwortete Herzog Robert. »Chessy wird uns benachrichtigen, sobald Keely nach Devereux House zurückkehrt.«

»Was machen wir nun?« fragte Roger, begierig, noch weitere Abenteuer zu erleben.

»Kannst du nähen?« fragte ihn Herzog Robert.

»Nähen?« rief Roger verwundert. »Nähen ist Frauenarbeit.«

»Ja, aber auf Schlachtfeldern gibt es keine Frauen, um die Männer zusammenzuflicken«, ließ ihn der Herzog wissen.

»Daran habe ich noch nie gedacht.«

Herzog Robert nickte weise. »Als erstes suchst du mir Nadel und Faden, damit ich Devereux' Wange zusammennähen kann. Danach beerdigen wir Baron Smythe.«

»Und dann?« fragte Roger in der Erwartung, nun etwas Aufregenderes zu hören.

»Dann kochen wir uns etwas zum Abendessen, Junge, und tun, was alle Krieger zwischen den Schlachten tun«, antwortete Richard.

»Was ist das?«

Richard zwinkerte ihm zu. »Wir warten.«

Zwanzigstes Kapitel

»Verdammter Pferdemist!« rief Roger.

Der Junge stand vor der Priorei und beschattete die Augen, um besser sehen zu können, den Blick in die Ferne gerichtet. Reiter näherten sich der Priorei, und Roger erkannte die beiden Männer, die voran ritten.

»Graf Richard!« rief er und rannte in das Haus hinein. »Soldaten aus London kommen. Es sind Dudley und mein Vater.«

Sowohl Richard als auch Herzog Robert packten ihr Schwert und rannten nach draußen. Hinter Dudley und dem Grafen von Eden, Rogers Vater, ritten sechs Männer.

Richard warf seinem Schwiegervater einen besorgten Blick zu. Kam Dudley, um sie verhaften zu lassen, oder überbrachte er die Nachricht von Keelys sicherer Ankunft in London?

Eine Woche war seit jenem schicksalhaften Tag verstrichen, an dem er Willis herausgefordert hatte. Inzwischen sollte seine Frau London erreicht und den Mord an Lady Jane aufgeklärt haben.

»Steckt das Schwert in die Scheide«, erklärte Richard, als er sah, wer hinter Dudley ritt. »Onkel Hal ist dabei. Keely muß in London angekommen sein.«

»Ich traue Dudley nicht«, antwortete Herzog Robert und steckte sein Schwert widerstrebend in die Scheide. »Und von Debrett halte ich auch nicht viel. Das ist nicht gegen dich gerichtet, Roger.«

»Das habe ich auch nicht so verstanden«, entgegnete der Junge. »Auch ich halte nicht viel von meinem Vater.«

Robert Dudley, Simon Debrett und Hal Bagenal brachten ihre Pferde zum Stehen und stiegen ab. Auf eine Kopfbewegung Dudleys hin zogen die Soldaten das Schwert.

»Ich habe es dir gesagt«, flüsterte Herzog Robert.

Richard warf seinem Stiefvater einen fragenden Blick zu.

Onkel Hal zuckte, offensichtlich unglücklich, die Schultern, als wolle er sich entschuldigen. In diesem Augenblick war Richard klar, daß Dudley seinen Stiefvater gezwungen haben mußte, ihm sein Versteck zu verraten.

»Richard Devereux und Robert Talbot, ich verhafte Euch hiermit auf Befehl Ihrer Majestät«, verkündete Dudley. »Ihr habt willentlich dem Gericht Ihrer Majestät zuwider gehandelt und den jungen Roger Debrett entführt, den Erben des Grafen von Eden.«

»Das ist eine Lüge!« rief Roger. »Ich zwang sie, mich mitzunehmen.«

»Unverbesserlicher Lümmel«, stieß Simon Debrett zwischen zusammengebissenen Zähnen hervor und versetzte seinem Sohn einen Schlag, daß dieser zu Boden ging.

Sowohl Richard als auch Herzog Robert traten einen Schritt nach vorne, um den Jungen zu schützen. Fünf auf ihre Brust gerichtete Schwerter überzeugten sie, zu bleiben, wo sie waren.

»Wo ist Baron Smythe?« wollte Dudley wissen. »Er ist verhaftet, da er Flüchtigen Zuflucht bot.«

»Smythe liegt in der Familiengruft«, klärte Herzog Robert ihn auf.

Dudley wich zurück. »War er krank?«

»Wir haben uns duelliert«, antwortete Richard. »Ich gewann.«

»Ihr habt also auch Smythe ermordet?«

»Es war eine *Hinrichtung*«, verteidigte Roger den Grafen. »Kein Mord.«

»Halt den Mund«, fuhr Simon Debrett ihn an und schüttelte ihn. »Du wirst das bereuen, sobald wir zu Hause sind.«

»Dudley, ich erklärte bereits, daß Smythe Richards Frau entführte«, mischte Hal sich ein. »Das war der Grund, warum der Graf geflohen ist.«

»Und wo befindet sich die fragliche Dame?« wollte Dudley wissen.

Richard warf seinem Stiefvater einen besorgten Blick zu. »Keely ist nicht nach Devereux House zurückgekehrt?«

Hal schüttelte den Kopf.

Wo ist sie? fragte Richard sich. Wohin hatten Odo und Hew sie gebracht? Konnten sie das Opfer von Straßenräubern geworden sein? Gott im Himmel, seine schwangere Frau war wie vom Erdboden verschluckt! Und nach dem haßerfüllten Blick Dudleys zu urteilen, würde er wenig Gelegenheit haben, nach ihr zu suchen.

»Nun, Devereux? Was habt Ihr Eurer Frau angetan?« Dudley klang beinahe zufrieden. »Vielleicht sollten wir doch einen Blick in die Gruft der Smythes werfen.«

»Überlegt, was Ihr sagt«, entgegnete Richard. Bei diesem Vorwurf aus dem Mund seines Rivalen wurde ihm beinahe übel. »Würde ich die Frau töten, die meinen Erben unter dem Herzen trägt?«

»Ein verrückt gewordenes Ungeheuer wie Ihr ist zu allem fähig«, antwortete Dudley. »Laßt die Waffen sinken!«

Richard und Herzog Robert fügten sich in das Unvermeidbare und ließen zuerst ihr Schwert und dann ihren Dolch zu Boden sinken. Richard warf seinem Stiefvater einen vorwurfsvollen Blick zu, der den Anstand besaß, daraufhin zu erröten.

»Es tut mir leid, Richard«, entschuldigte sich Hal. »Dudley brachte Elisabeth dazu, Louise, Cheshire und Morgana im Tower als Geiseln zu halten, bis du dich ergibst und dein Verhalten erklärst. Ich ritt mit Dudley, um zu gewährleisten, daß du wohlbehalten in London ankommst.«

»Ihr ließt *meine* Mutter in den Tower werfen?« explodierte Richard. Ohnmächtige Wut packte ihn. Er erwartete keine Gnade von seinem schlimmsten Rivalen, aber die Mißhandlung seiner sanftmütigen Mutter erzürnte ihn über alle Maßen.

Ungeachtet der Folgen schob Richard einen der Soldaten beiseite und sprang Dudley an den Hals. Er drückte zu, und zwei Soldaten mußten Richard mit aller Kraft von ihrem Herrn wegzerren. Doch Richard ergab sich nicht, und daher mußten sie den wild um sich schlagenden Grafen festhalten.

Herzog Robert tat es seinem Schwiegersohn nach und hechtete auf Dudley zu. Seine Faust traf den Grafen von Leicester am Kinn.

Zwei weitere Soldaten eilten herbei, um ihren Herren zu verteidigen. Sie versuchten mit aller Kraft, den wütenden Herzog von Ludlow ruhigzustellen.

»Feiger Hundesohn!« schrie Roger Leicester an und riß sich von seinem Vater los.

Der Junge traf Dudley am Schienbein. Der letzte Soldat des Grafen packte schließlich den Jungen.

»Kümmert Euch um Euren Flegel, Eden!« fauchte Dudley.

Debrett trat auf den Jungen zu, aber Hal Bagenal hielt ihn zurück. »Ihr wollt Euren eigenen Sohn schlagen, weil er sich einem Freund gegenüber loyal erweist?«

»Basildon, ich habe lange auf Euren Sturz gewartet«, erklärte Dudley und holte aus, um zuzuschlagen.

»Es reicht, Leicester«, rief Onkel Hal und zog das Schwert. Die Spitze auf Leicester gerichtet, fuhr er fort: »Wenn Ihr meinen Stiefsohn schlagt, werde ich Euch dafür zur Verantwortung ziehen.«

»Debrett, entwaffnet den Verräter«, befahl Dudley.

Der Graf von Eden blickte von Robert Dudley zu Hal Bagenal. Er teilte Leicesters Groll nicht, doch wollte er auch nicht Schwierigkeiten bekommen, weil er gemeinsame Sache mit einem Feind der Krone machte. Debrett überlegte lange, bevor er handelte. Offensichtlich kam er zu dem Schluß, daß Dudley aus der Sache als Sieger hervorgehen würde. Er griff nach Bagenals Schwert.

»Keiner von euch hochwohlgeborenen Lords macht auch nur einen Finger krumm«, befahl eine Stimme.

»Wer sich bewegt, ist tot«, fügte eine zweite Stimme hinzu.

Den Bruchteil einer Sekunde lang erstarrten alle, bevor sie hochblickten zu den zwei walisischen Hünen, die auf sie zukamen. Richard hörte auf, gegen seine Widersacher anzukämpfen, und sah erleichtert, wie Odo zum Grafen von Leicester trat und ihm seine Schwertspitze ans Genick hielt.

»Seid gegrüßt, Cousins.« Richard war ungemein froh, die Verwandten seiner Frau zu sehen, er hätte sie küssen können — auf die Lippen.

»Sag deinen Männern, sie sollen sie loslassen«, befahl Odo an Dudley gewandt.

»Und laßt eure Waffen fallen«, fügte Hew hinzu, das Schwert im Rücken des Grafen von Eden.

»Auf die Behinderung der königlichen Soldaten steht eine schwere Strafe«, warnte Dudley sie. »Ich verspreche Euch, Ihr werdet in Tyburn am Galgen baumeln.«

»Was meinst du, Bruder?« fragte Odo.

»Bringen wir doch den Haufen um«, antwortete Hew. »Dann kann der Hundesohn der Königin nicht vorjammern, wie wir ihre Soldaten behinderten.«

»Wenn Euch etwas an Eurer Gesundheit liegt, befolgt ihre Anweisungen«, riet Richard, während sein Stiefvater seine Klinge an Leicesters Wange hielt. »Onkel Hals Hand zittert immer so, wenn er sich aufregt. Eine Schwertwunde würde Eure Schönheit beeinträchtigen.«

»Sehr komisch«, schnaubte Dudley, doch er gab nach. »Legt Eure Waffen nieder, Männer. Debrett, Ihr auch.«

Die fünf Soldaten ließen ihre Gefangenen los und gaben ihre Schwerter ab. Dudley und Debrett taten es ihnen gleich.

»Setzt euch an die Wand der Priorei und haltet die Hände nach oben«, befahl Hew.

Als die sieben Männer diesem Befehl nachgekommen waren, hielt Hew neben ihnen Wache. »Wenn ihr auch nur den kleinen Finger bewegt«, warnte er sie, »mache ich Hackfleisch aus euch.«

»Wo ist Keely?« fragte Richard nun Odo.

»Sie ist in Sicherheit, bei Rhys in Wales.«

Gott sei Dank, dachte Richard. Erleichtert legte er Odo die Hand auf die Schulter. »Danke, Cousin.«

»Nichts zu danken«, rief Hew, bevor sein Bruder etwas sagen konnte. »Der junge Marquis ist bei ihr.«

»Keely schickte uns zurück, um Euren Namen reinzuwaschen«, erklärte Odo. »Wir beschlossen, zuvor hier haltzumachen und den Baron zu töten, da er sie geschlagen hat.« An den Herzog gewandt, fügte der Hüne hinzu: »Scheint, als hat Henry das Zeug zum Helden. Er setzte sein Leben aufs Spiel, um unser kleines Mädchen in Sicherheit zu bringen.«

»Danke, daß Ihr mir dies mitteilt«, erwiderte Herzog Robert lächelnd mit vor Stolz geschwellter Brust. »Ich war stets davon überzeugt, daß er nach mir kommt.«

»Wir können Dudley ein paar Tage gefangenhalten, bis du Keely geholt hast«, schlug Onkel Hal Richard vor.

»Und was ist mit mir?« fragte Roger mit einem ängstlichen Seitenblick auf seinen Vater.

Richard blickte von Roger zu dem offensichtlich wütenden Grafen von Eden. Er lächelte dem Jungen zu und meinte: »Kleiner, Seine Gnaden und ich würden niemals erwägen, ohne dich zu reisen.«

»Nehmen wir doch ihre Pferde«, schlug Herzog Robert vor. »Dann brauchen wir die unseren nicht zu satteln.«

»Nein, wir reiten auf unseren eigenen«, entgegnete Richard.

»Einen Augenblick, Mylords«, unterbrach Odo sie. »Rhys hält Keely und Henry als Geiseln.«

Der Graf von Leicester und der Graf von Eden blickten einander an und lachten schadenfroh.

»Mein Schwager hält meine Frau als Geisel?« wiederholte Richard, außer sich vor Entrüstung.

Odo nickte.

»Wieviel will er?«

»Rhys will nicht Euer Geld«, antwortete Odo. An den Herzog gewandt, fügte er hinzu: »Baron Lloyd wünscht die schöne und liebreizende — ich denke, das war das Wort, das er gebrauchte — die liebreizende Lady Morgana als Braut.«

Herzog Robert lächelte. »Baron Lloyd kann die Hand meiner Tochter *und* eine ansehnliche Mitgift haben.«

Richard und sein Schwiegervater machten sich auf den Weg zu den Stallungen. Als er merkte, daß der Junge nicht an ihrer Seite war, rief Richard zurück: »Kommst du, Kleiner?«

Roger grinste und setzte ihnen nach.

»Komm sofort zurück, Sohn!« brüllte der Graf von Eden, auch wenn er sich angesichts des Schwerts, das der Hüne auf ihn richtete, nicht zu bewegen wagte. »Gehorche mir, oder ich schlag dich so gut wie tot. Ich enterbe dich!«

Richard hielt inne und drehte sich langsam um. »Roger besitzt mehr Anstand im kleinen Finger als zehn Edelleute zusammen. Wenn Ihr ihm auch nur ein Haar krümmt, werde ich dafür sorgen, daß Ihr noch vor der Mittsommernacht am Bettelstab geht.«

»Soll das eine Drohung sein?« begehrte der Graf von Eden auf.

»Betrachtet es als Versprechen.«

Der Graf von Basildon, der Herzog von Ludlow und der Page der Königin wandten sich um und machten sich auf zu den Stallungen. Als sie um die Ecke bogen, waren sie zwar nicht mehr zu sehen, aber noch immer zu hören.

»Warum nehmen wir nicht einfach ihre Pferde?« fragte Roger.

»Kleiner, du mußt stets den nächsten Zug deines Gegners in Erwägung ziehen«, erklärte Richard dem Jungen. »Wenn wir ihre Pferde nehmen, wird Dudley versuchen, Elisabeth dazu zu bewegen, uns wegen Pferdediebstahls zu hängen ...«

Fünfundzwanzig Meilen nordwestlich der Smythe Priorei lag der Sitz der Lloyds, eingebettet in ein abgelegenes Bergtal südlich des Sees von Vyrnwy. In den Waliser Bergen ließ sich der Frühling stets Zeit, aber dieser Tag war besonders grau und kühl, obwohl es nur noch ein paar Stunden bis zum ersten Mai waren. Es schien, als wolle der Winter die Menschen daran erinnern, daß er noch nicht besiegt war.

Keely betrat den Saal der Lloyds kurz vor dem Mittagessen. Sie trug einen schweren Wollmantel über dem Arm und einen alten Beltanekorb ihrer Mutter. Nachdem sie beides am Haupttisch abgelegt hatte, setzte sie sich neben ihren Bruder.

»Allmählich siehst du aus, als ob du etwas Größeres verschluckt hast«, neckte Rhys sie augenzwinkernd. »Wie geht es deiner Hand?«

»Bereits viel besser.« Keely blickte hinunter auf ihren dicken Bauch und errötete. Doch dann verdüsterte sich ihr Gesicht. Besorgt fragte sie ihren Bruder: »Denkst du, Odo und Hew sind sicher in London angekommen?«

»Wenn du ein Straßenräuber wärst, würdest du zwei Riesen angreifen?«

Keely schüttelte den Kopf. »Aber wie lange, glaubst du, dauert es, bis mein Mann freikommt?«

»Das hängt ganz von der englischen Königin ab«, meinte Rhys. »Wales ist deine Heimat, Schwester. Bleibe hier, solange du willst. Ich wäre froh, wenn du immer hier bliebest.«

»Danke«, antwortete Keely lächelnd. Seit Madoc tot war, fühlte sie sich in der Burg der Lloyd zu Hause. Niemand schimpfte sie mehr einen Bastard. Ganz im Gegenteil, die Clans- und Gefolgsleute der Lloyd schienen freundlicher zu sein als je zuvor. Vielleicht hatten sie Keely die ganze Zeit gut leiden können und nur Madocs Zorn gefürchtet.

»Ich kann aber nicht für immer hier bleiben«, antwortete sie. »Mein Mann und mein Baby brauchen mich, und sie brauchen *einander.* Trotz seiner vielen Fehler liebe ich Richard.«

Rhys warf ihr einen langen Blick zu und erkundigte sich, in welcher Hinsicht der Graf denn Fehler habe.

»Er ist so sehr englisch, daß er nicht über den Horizont hinausblicken kann.«

Rhys biß sich auf die Unterlippe, um ihr nicht ins Gesicht lachen zu müssen. Seine Schwester war so herrlich unlogisch. Schließlich gab es hier niemanden, der über den Horizont hinausblicken konnte. Nur Megan und Keely waren dazu in der Lage gewesen. Nicht wenige glaubten, seine verstorbene Stiefmutter wäre übersinnlich begabt gewesen. Rhys selbst war von Natur aus pragmatisch.

Keely ließ den Blick über den Saal schweifen. »Wo ist Henry?«

Rhys zwinkerte ihr zu. »Unterhält sich mit seiner neuesten Freundin, Elen von den großen Brüsten.«

Keely rollte die Augen. Sie hätte ihren jüngeren Bruder wirklich besser beaufsichtigen sollen. Doch angesichts der Tatsache, daß er ihr das Leben gerettet hatte, brachte sie es nicht übers Herz, ihn von seiner eigenen Art zu feiern abzuhalten.

»Ich muß Beltanezweige sammeln«, wechselte Keely das

Thema und streckte die Hand nach dem Mantel und dem Korb aus. »Danach möchte ich Megan besuchen.«

»Es ist kalt heute«, wandte Rhys ein. »Bleibe nicht zu lange draußen, es könnte meinem Neffen schaden.«

»Du willst sagen, deiner Nichte«, berichtigte sie ihn und verließ den Saal.

Draußen im Hof holte Keely tief Luft; hier in Wales war die Luft so rein. Die grauen Wolken hingen bedrückend tief, doch ab und an riß die Wolkendecke auf, und ein paar Sonnenstrahlen erreichten die Erde. In ihren Druidenknochen spürte Keely, daß der Winter vergebens darum kämpfte, das Land und die Menschen in seinen Klauen zu halten. Sie sah über den Horizont hinaus — hinter diesen dunkel dräuenden Wolken wartete der Frühling.

Keely zog den Mantel enger um die Schultern und ging in die Wälder, welche die Burg der Lloyds umgaben. Den Beltanekorb am Arm, suchte sie nach den neun verschiedenen Baumarten, von denen die Zweige für das heilige Beltanefeuer stammen mußten.

Zuerst suchte sie die Eichen- und Birkenzweige, die den Gott und die Göttin symbolisierten und damit die Fruchtbarkeit. Darauf folgten Ebereschenzweige zum Schutz gegen das Böse. Als nächstes kamen Weißdornzweige, die für Reinheit standen, und Haselnußzweige, die die Weisheit symbolisierten. Zum Schluß suchte sie noch wilden Wein zur Förderung der Freude und Tannenzweige als Symbol der Wiedergeburt. Am wichtigsten waren jedoch die Apfelbaumzweige, die sie obenauf legte und die für den Zauber der Liebe standen. Beim Beltanefest wurde die körperliche Vereinigung der jungen Liebenden gefeiert, und die Zweige vom Apfelbaum waren bei diesem Fest das wichtigste Zubehör.

Als sie mit dem Sammeln der Zweige fertig war, kehrte Keely zu der Lichtung im Tal zurück und suchte das Grab ihrer Mutter auf. Sie ging an dem Friedhof der Lloyds vorbei, bis sie zu dem grasbewachsenen Hügel kam, auf dem die drei mächtigen Eichen wie alte Freunde zusammenstanden. Das einsame Grab in ihrer Mitte war gen Osten ausgerichtet, der heiligen Richtung, in der die Sonne aufging.

»Guten Tag«, grüßte Keely die majestätischen Eichen, die Säulen gleich den Ort bewachten, an dem ihre Mutter zur ewigen Ruhe gebettet war.

Keely kniete sich vor das Grab und dachte an glücklichere Zeiten. Ob Sommer oder Winter, ob Regen oder Sonnenschein, hier waren Megan und sie zusammengesessen, hier hatte ihre Mutter sie das alte Wissen gelehrt, den Goldenen Faden der Kenntnis an sie weitergereicht.

Keely spürte, daß jemand gekommen war, und sah hoch. »Papa!« rief sie überrascht.

»Gott sei Dank, du bist in Sicherheit«, sagte Herzog Robert und kniete sich neben sie. Er zog sie an sich und küßte sie auf die Stirn.

»Ist das Megans Grab?« fragte er sie mit einem Blick auf das Grabmal.

»Hier liegt ihre sterbliche Hülle begraben«, antwortete Keely. »Aber ihre Seele ist aufgebrochen zum Großen Abenteuer.«

»Ein hochnäsiger englischer Junge, noch grün hinter den Ohren, aber überzeugt, alles zu wissen, reiste vor achtzehn Jahren nach Wales«, erzählte ihr Herzog Robert, den Blick versonnen in die Ferne gerichtet. »Er verliebte sich hoffnungslos in eine schöne, zauberhafte Frau, die einem uralten, walisischen Königsgeschlecht entstammte, und heiratete sie. Das Leben verschonte ihre Liebe nicht und trennte sie einige Zeit. Der Junge erwies sich als einfältiger Narr, der den Lügen seines Vaters Glauben schenkte … Du bist meine legitime Erbin, Keely, und ich habe vor, dich als solche anzuerkennen.«

»Ich habe mein ganzes Leben als Bastard gelebt«, entgegnete Keely. »Welchem Zweck würde es dienen, meinen Bruder zu einem Schicksal zu verurteilen, unter dem ich mein Leben lang gelitten habe. Außerdem bin ich nun kein Bastard mehr — ich bin die Frau des Grafen.«

»Ich dachte mir, daß du das sagen würdest.« Herzog Robert hob ihre verbundene Hand und küßte sie sanft. »Du bist Megan, von deinem Äußeren her wie von deinem Inneren.«

»Danke, Papa.« Keely lächelte den englischen Herzog an, der ihr Vater geworden war, und in diesem Lächeln lag ihre ganze Liebe zu ihm. »Bitte versuche mit aller Kraft, Elisabeth davon zu überzeugen, daß sie Richard freiläßt. Ich weiß, daß er mich nicht wirklich liebt, aber ich kann nicht zulassen, daß meine Tochter vaterlos aufwächst. Aus eigener Erfahrung weiß ich, wie schrecklich das ist.«

»Elisabeth änderte die Haft deines Mannes in Hausarrest um, nur wenige Stunden, bevor Smythe dich überredete, Devereux House zu verlassen«, berichtete ihr Herzog Robert. Er nahm den Drachenanhänger von seinem Hals und legte ihn in ihre Hand. »Richard liebt dich mehr als sein Leben und verdient es, das hier zu tragen als Symbol eurer Liebe.«

»Wenn das stimmt, warum hat er dich geschickt, um mich zu holen?« fragte ihn Keely, unfähig, das Unglück zu verbergen, das sie zu überwältigen drohte. Natürlich war sie unsäglich erleichtert, daß ihr Ehemann sich in Sicherheit befand, doch ...

»Wenn du über die Schulter blickst«, erwiderte Herzog Robert, »siehst du einen Mann, der den Zorn der Königin riskierte, als er aus Liebe zu dir dem Hausarrest entfloh.«

Keely fuhr herum. Unten am Hang stand ihr Mann und ließ sie nicht aus den Augen.

Richard war zu ihr gekommen.

»Ich wäre gerne einen Augenblick mit Megan allein«, flüsterte Herzog Robert ihr ins Ohr. »Geh zu deinem Mann, mein Kind.«

Ihr Vater reichte ihr die Hand, und sie stand auf und ging den Hang hinunter zu ihrem Mann. Mit einemmal war sie wieder schüchtern, ihre Schritte wurden langsamer, doch dann sah sie die Liebe in seinen Smaragdaugen.

Richard breitete die Arme aus. Mit einem lauten Freudenjuchzer hob Keely ihre Röcke und flog ihm entgegen.

Richard preßte Keely an sich, als wolle er sie nie mehr loslassen. Sein Mund suchte den ihren. Er küßte sie, und in diesen einen Kuß legte er seine ganze Liebe zu ihr.

»Ich liebe dich«, schwor er ihr. »*Pour tous jours.*«

»Und ich liebe dich, *für immer*«, flüsterte Keely. Sie sah den Drachenanhänger in ihrer Hand an und hängte ihn Richard um den Hals. »Das gehört dir.«

»Danke, Schatz.« Beinahe ehrfürchtig berührte Richard den funkelnden Drachenanhänger. »Ich werde ihn und deine Liebe immer in Ehren halten.«

»Können wir zur Beltanefeier hierbleiben?« fragte sie, und ihre veilchenblauen Augen funkelten aufgeregt. »Heute ist der Tag, an dem die jungen Liebenden über das Feuer springen.«

»Aye, und wir werden uns dieser Feier anschließen«, antwortete er und zog sie an sich. »Für dich würde ich über tausend Feuer springen, Geliebte.«

Keely blickte nach oben, zu ihrem Vater. Er saß an Megans Grab, eine einsame und traurige Gestalt.

»Mutter, er liebte dich so«, flüsterte Keely. »Schicke ihm ein Zeichen.«

Ferne grollte der Donner. Die Wolkendecke riß auf, und Sonnenstrahlen fanden den Weg auf die Welt. Riesige, grazile Schneeflocken schwebten herunter von den Wolkengebirgen und legten sich wie feine Spitzen über die Erde.

Überrascht sah Herzog Robert hoch zum Himmel. Ein heiteres Lächeln huschte über seine Lippen, der traurige Ausdruck war verflogen.

»Es donnert und schneit und die Sonne scheint«, stellte Richard fest. »Und alles zur selben Zeit.«

Keely sah mit ihren veilchenblauen Augen verwundert ihren Mann an und fragte ihn: »War ich das?«

»Nein, Schatz. *Das war Megan*.«

Sie kam am zehnten August an und sie nannten sie Blythe.

Sechs Wochen später, am einundzwanzigsten September, waren die englischen Hecken und Parks übersät mit purpurfarbenen Astern, die ihren eigenartigen Duft verströmten. Er kündete den Erntevollmond an und das Herbstäquinoktium, die vollkommene Tagundnachtgleiche.

Um Mitternacht hatten die Londoner Christen bereits ihre Festbraten zu Ehren des heiligen Michael verspeist, und die

Bauern vor der Stadt hatten ihr Erntefest begangen. Ganz England schlief — bis auf ein großes Herrenhaus am Strand.

»Du bist zufrieden mit einer Tochter statt eines Sohns?« fragte Keely die hochgewachsene Gestalt in der weißen Robe, die neben der Wiege stand.

»Um die Wahrheit zu sagen, ich bin *erleichtert*«, gestand Richard und lächelte sie an. »Ich liebe Blythe und dich zu sehr, um zu einer Pflichtreise nach Irland aufbrechen zu wollen. Und ich bin zu stolz, um Elisabeth einzugestehen, daß ich meine Meinung geändert habe.« Er blickte hinunter auf seine schlafende Tochter und beklagte sich: »Zum Teufel, ich halte es nicht aus, sie anzusehen.«

»Ja, Blythe ist ungewöhnlich hübsch.« Keely trat an seine Seite. »Sie ist die Frucht unserer Liebe.«

»Aye, das ist die Rache Gottes. Weil ich so viele Frauen verführt habe. Es wäre mir lieber, sie wäre nicht ganz so hübsch.«

»Warum?« fragte ihn Keely überrascht.

»Es gibt in England zu viele glattzüngige Schurken, die es nur darauf abgesehen haben, jungen Mädchen die Unschuld zu rauben«, antwortete Richard.

Keely mußte über seine Besorgtheit schmunzeln. »Ist das der Mann, dem keine Frau widerstehen konnte?« neckte sie ihn.

»Eine konnte widerstehen, und in diese habe ich mich verliebt«, entgegnete Richard und zog sie an seine Brust. »Was uns nicht weiterhilft bei dem augenblicklichen Problem, wie wir uns der gutaussehenden Verehrer erwehren, die hinter Blythe her sind.«

»Augenblickliches Problem? Sie ist erst sechs Wochen alt.«

»Es ist immer gut, auf alles vorbereitet zu sein.«

»Liebling, du kannst die Bienen nicht davon abhalten, den Nektar der Blumen zu kosten.«

»Sie sollen woanders ihren Nektar kosten — aber nicht den meinen.«

»Hast du vor, dir darüber die nächsten fünfzehn Jahre den Kopf zu zerbrechen?«

»Wahrscheinlich.«

Unten, im großen Saal, warteten die Familie und die Freunde darauf, daß Richard und Keely mit der kleinen Blythe erschienen. Es waren zwölf Personen, die an dieser Nachtzeremonie teilnehmen wollten, in der die Göttin die kleine Blythe segnen würde. Herzog Robert und Lady Dawn unterhielten sich vor dem Kamin leise mit Richards Eltern. Auf der anderen Seite des Saals standen Henry und Roger und tauschten süße Erinnerungen an ihren Aufenthalt in Wales und an Elen aus. Odo und Hew schäkerten mit ihren Frauen, June und May. Jennings, der Majordomus des Grafen, hatte darauf bestanden, in dieser für seine kleine Blythe so besonderen Nacht dabeizusein. Bei ihm stand Mrs. Ashemole, die Keely vor kurzem angestellt hatte, um ihr bei Blythe und allen Kindern, die noch folgen sollten, zur Hand zu gehen.

Bis auf Richards drei Schwestern, die im Ausland lebten, und Keelys Stiefbruder und Halbschwester waren alle Familienmitglieder anwesend. Morgana Lloyd hatte die lange Reise von Wales nicht antreten können, ihre Schwangerschaft bereitete ihr Beschwerden, und ihr Ehemann, Rhys, der sie anbetete, weigerte sich, sie allein zu lassen.

Nachdem sie die Kapuze ihres Zeremoniengewandes aufgesetzt hatte, reichte Keely jedem Gast eine Kerze. Die verschiedenen Farben der Kerzen standen für die Eigenschaften, die sie sich für ihre Tochter wünschte. Von Gesundheit und Mut bis hin zu wahrer Liebe und Glück war alles vertreten.

Während ihr Mann seine Tochter in den Armen hielt und wartete, zündete sie die Kerzen der Anwesenden an. Stumm führte sie die Prozession in den Park hinaus zu dem Ort, wo die Birke, die Eibe und die Eiche zusammenstanden.

Mit ihren heiligen Steinen legte Keely einen Kreis, nur im Westen ließ sie eine Öffnung. Zwischen die Steine legte sie wilde Holunderbeeren, Heidelbeeren, Schlehen und Pflaumen.

Alle betraten den Kreis durch die westliche Öffnung, und Keely schloß ihn mit dem letzten heiligen Stein. Dazu sprach sie die Worte: »Störende Gedanken bleiben draußen.«

Keely führte Richard und Blythe in die Kreismitte. Ihre Freunde hielten die Kerze hoch und bildeten einen Kreis um sie.

Auf ein Nicken seiner Frau hin hob Richard Blythe hoch und Keely rief: »Große Muttergöttin, Beschützerin all deiner Kinder. Behüte Blythe, das Juwel meines Lebens, in Liebe gezeugt und geboren. Schütze und segne sie. Sorge dafür, daß sie mit beiden Beinen fest auf der Erde steht, während ihr Geist sich erhebt und die Weisheit der Sterne sucht.«

Keely nahm Blythe aus Richards Armen und hielt sie an ihre Brust. Mit geschlossenen Augen flüsterte sie: »Öffne mein Herz, damit ich über den Horizont hinaussehe in die Zukunft meines geliebten Kindes.«

Die Zeit verstrich. Ein zufriedenes Lächeln spielte über Keelys Mund und verschwand wieder.

»Ich danke der Göttin, daß sie mich an ihrer Weisheit teilhaben ließ«, sagte Keely und beendete die Zeremonie.

Keely drückte Blythe Herzog Robert in die Arme und trat an den westlichen Rand des Kreises, um den Bann aufzuheben. »Glühwein und gewürzter Most wird im Saal gereicht«, erklärte sie, als die Gäste den Schutz des Kreises verließen.

Alle machten sich auf den Weg zurück ins Haus. Nur die stolzen Eltern blieben noch. Während Keely den Kreis außen umrundete und ihre Steine einsammelte, lief Richard zum nebelverhangenen Ufer der Themse und wartete auf sie.

»Was siehst du?« fragte Keely, als sie sich bei ihm unterhakte.

»Über den Horizont hinaus.«

Keely lächelte. »Du mußt die Augen eines Adlers haben.«

»Ich brauche Adleraugen, um die Schurken von unserer Tochter fernzuhalten.«

Keely kicherte. »Schatz, dein Gespür für das Unsichtbare gleicht dem eines Ziegelsteins.«

»Deshalb habe ich dich geheiratet«, entgegnete Richard augenzwinkernd. »So kannst du mich immer davor beschützen, über Dinge zu stolpern, die ich nicht sehen kann.«

»Du bist sehr komisch.«

Richard zog sie in seine Arme und küßte sie leidenschaftlich. »Ich liebe dich, Schatz«, flüsterte er.

»Und ich liebe dich«, hauchte sie.

Er hob sie hoch, und sie legte ihm die Arme um den Hals. Während er sie über die Rasenflächen zum Haus trug, fragte er sie: »Was hast du in Blythes Zukunft gesehen?«

»Einen Bruder«, antwortete Keely. »Und sechs Schwestern.«

Richard blieb abrupt stehen. »Ich muß auf sieben Mädchen aufpassen?«

»Bei den heiligen Steinen, laß mich nicht fallen!«

»Ich werde dich nie loslassen«, versprach Richard, und die Liebe leuchtete ihm aus den Augen. »*Pour tous jours*.«

»Für immer«, flüsterte Keely, und dann küßte sie ihn.